De geheime Newt

Van Geert Kimpen verschenen eerder:

De kabbalist
Stap voor stap. Van wens naar werkelijkheid

Geert Kimpen

De geheime Newton

Roman

UITGEVERIJ DE ARBEIDERSPERS
AMSTERDAM · ANTWERPEN

De auteur ontving voor het schrijven van dit boek een werkbeurs van de Stichting Fonds voor de Letteren en het Vlaams Fonds voor de Letteren, en een reisbeurs van het Vlaams Fonds voor de Letteren.

Vlaams Fonds voor de Letteren

Eerste druk september 2008
Tweede druk oktober 2008
Derde druk december 2008
Vierde druk juli 2009
Vijfde druk januari 2010

Omslagontwerp: Bram van Baal
Omslagillustratie: Johan Moreelse, *Marie-Madeleine pénitente*, Musée des Beaux-Arts, Caen; foto: Erich Lessing/Hollandse Hoogte

ISBN 978 90 295 7181 4 / NUR 301

www.arbeiderspers.nl
www.geertkimpen.com

Het is de plicht van de mens zichzelf steeds weer opnieuw
te overtreffen, tot het einde toe.

Koningin Christina van Zweden

Ja, zilver kun je wel ergens vinden,
Goud kun je wel ergens wassen,
IJzer uit de bodem halen,
Erts omsmelten tot koper:
Het duister kun je terugdringen,
En tot in de verste hoeken doorzoeken
De donkere diepte van de rotsen:
Ja, men hakt gangen uit, ver van de bewoonde wereld
Waar bijna niemand komt,
Kronkelgangen als draden zo dun.

Boven de aarde ontkiemt het graan,
Diep onderin woelt een soort vuur.
In haar gesteente is saffier te vinden
En stofgoud ook.
Geen roofvogel kent het pad daarnaartoe,
Zelfs de havik weet het niet te ontdekken.
De machtigste dieren blijven er weg,
Geen leeuw is er ooit doorgedrongen.
Alleen de mens, die de hand slaat aan het gesteente,
De fundamenten van de bergen omwoelt,
Tunnels boort in de rotsen,
Die ontdekt inderdaad allerlei kostbaarheden:
Damt hij de bronnen van de rivieren af,
Dan brengt hij inderdaad de meest verborgen schatten
  aan het licht.

Maar wijsheid, waar vind je die?
Weet iemand waar zij woont?

Job 28 : 1-12

1

Met *Scott** zou alles veranderen. Scott – James Scott voor vrienden – keek uit zijn torenkamer boven de grote poort, door het smalle glas-in-loodraam dat een strategisch zicht bood op het binnenplein van de universiteit van Cambridge. Elke middag genoot hij van het schouwspel dat exact bij de eerste klokslag van twaalf begon. De tientallen in toga geklede studenten stroomden uit alle leslokalen de binnenplaats op en kregen precies drieënveertig seconden de tijd, tot de twaalfde klokslag, om twee aan twee te verdwijnen door de boogvormige toegangspoort van de refter. Hij was trots op deze eerste gedrilde procedure die hij als kanselier van Cambridge had doorgevoerd.

Scott, de oudste maar onwettige zoon van koning *Charles*, zou deze gerenommeerde, bijna vierhonderd jaar oude universiteit afstoffen en weer de glans geven van weleer. Het archief en de bibliotheek waren al jaren niet meer bijgehouden en papieren verpulverden in de hand wanneer men ze oppakte. Er liepen hordes professoren rond van wie niemand wist wat ze doceerden en er verliepen dagen zonder dat er colleges werden gegeven. Maar Scott, de nieuwe kanselier, zou deze Augiasstallen uitmesten en ervoor zorgen dat afstuderen in Cambridge weer betekenis kreeg. Dat zou zijn vader trots maken. Charles sprak zich nooit uit of hij Scott als troonopvolger zag. Het leek of hij maar bleef geloven dat zijn echtgenote, *Catharina van Braganza*, hem alsnog een wettelijke zoon zou baren, ondanks haar rijke collectie miskramen. Scott verafschuwde de Portugese koningin, die met haar schoot, net zo onvoorspelbaar als een slapende vulkaan die ieder moment lava kon spuwen, een voortdurende bedreiging vormde voor zijn koningschap. Zolang Catharina kinderloos bleef, was *Jacobus*, de katholieke broer van Charles, de volgende in lijn van opvolging en dus Scotts gehate rivaal. Maar de tijd om als een wildebras tegen zijn vader tekeer te gaan was voorbij. Hij

* Wat is werkelijkheid en wat is fictie in *De geheime Newton*? Duik in de wereld die schuilgaat achter de roman. Over alle cursief gedrukte woorden en begrippen kunt u uitleg, achtergronden én afbeeldingen vinden in de rubriek '*De geheime Newton* – van A tot Z' op de website www.geertkimpen.com.

moest op een andere manier zijn respect zien te verdienen. Zijn vader was de zon. Scott moest proberen zijn vader te vertrouwen. Het leven te vertrouwen. Hij moest man worden. Wilde hij dat het volk hem ooit het vaderlijk gezag van een koning toekende, dan moest hij beginnen met zijn vader te erkennen. Om werkelijk een man te worden, moest een man zijn vader respecteren en vertrouwen. Wie tegen de zon vocht, vocht tegen het leven zelf.

Daar zul je hem eindelijk hebben, dacht Scott toen hij om precies vier over twaalf de in rood scharlaken toga geklede *Isaac Newton* de hofplaats diagonaal zag oversteken. Scott liep naar het ovale notenhouten bureau en haalde uit de la het 'dossier Newton'. Nog even dit zaakje oplossen, dacht hij, en dan snel naar Londen, voor belangrijkere kwesties. Toen ging hij zitten en telde het aantal seconden tot hij het geklop op de deur hoorde. '79,' noteerde hij.

'Binnen.'

Als een commandant die zijn troepen inspecteert, nam hij de hoogleraar van kop tot teen op. In gedachten maakte hij een lijstje van de punten die hem niet bevielen. Ongepoetste schoenen. Afgezakte kousen. Onbestemde vlekken op de toga. En onverzorgd lang haar samengebonden in een slordige vlecht. Het bevreemdde Scott dat Newton, met zijn tweeëndertig jaren, al zo grijs was. Ik hoop dat het leven mij de komende zes jaar minder zal tekenen, dacht hij. Zonder begroeting klapte hij het dossier open.

'Newton? Isaac Newton?'

'Ja, kanselier,' mompelde de hoogleraar.

'Ik versta u niet.'

'Ja, kanselier,' zei Isaac iets luider terwijl zijn linkeroog hinderlijk begon te trekken vanwege de zenuwen.

'Pardon?'

'Ja, kanselier,' zei Isaac nu luid.

'Geboren op 25 december 1642 in *Woolsthorpe*?'

'Ja, kanselier.'

'Beroep van vader: herenboer. Gestorven voor uw geboorte. Uw moeder hertrouwd met *Barnabas Smith*. Beroep: predikant?'

'Ja, kanselier.'

Even speelde er een lichte blijk van tevredenheid om Scotts lippen. Isaac kon de drang om naar de kloppende blauwe ader op de massieve hals van de kanselier te staren niet weerstaan. Net een stierennek, dacht hij.

'Wat is dit, meneer Newton? U bent uw studie hier begonnen in 1661, maar u studeerde pas zes jaar later af?'

'Ja, kanselier. De universiteit is twee jaar gesloten geweest. De Dood, weet u wel? De pest. Daardoor heb ik mijn studie twee jaar moeten onderbreken.'

Scott trok hooghartig zijn donkere, zwarte wenkbrauwen op.

'Uw moeder was intussen voor de tweede keer weduwe geworden, zie ik. U hebt haar toen geholpen op de boerderij, neem ik aan?'

'Nee, kanselier,' zei Isaac beschroomd. 'Ik heb niet zoveel aanleg voor de boerenstiel. Ik ben van weinig nut voor mijn moeder.'

Afkeurend klakte Scott met zijn tong terwijl hij zijn kroontjespen in de kristallen inktpot doopte om een aantekening te maken. Hij draaide met zijn wijsvinger door zijn lange cognackleurige krulpruik en bevochtigde met zijn tong zijn dunne lippen.

'Wat heeft u dan gedaan? Geluierd? Gefeest? Op kosten van uw moeder de beest uitgehangen?'

Scott had een hekel aan eenieder die zijn moeder niet op handen droeg. Hijzelf verafgoodde zijn moeder *Lucy Walters*, ondanks de kwalijke reputatie die ze genoot. Lucy was een wat ordinaire, gul gevulde brunette die zijn vader het hoofd op hol had gebracht toen hij als jonge troonopvolger in ballingschap in Den Haag leefde. Lucy had de eer de ontmaagding van de piepjonge Charles op haar palmares te schrijven en Scott was het warmbloedige souvenir van de hete zomer waarin ze hun liefdesgeschiedenis schreven. Zo was Scott de oudste zoon van een kroost van op z'n minst veertien buitenechtelijke kinderen. De stoet gezelschapsdames, minnaressen en courtisanes was hier een veelvoud van.

'Ik heb het *fluxioneren* ontwikkeld, kanselier.'

'Het wat?'

'Het fluxioneren. En dat ingevoegd in de differentiaalrekening, kanselier.'

'Ah zo, u heeft gefluxioneerd,' zei Scott 'Een voorbeeldige zoon die twee jaar zit te fluxioneren op kosten van zijn moeder.'

Isaac bedacht koortsachtig hoe hij deze doorbraak in de wiskunde, dit verfijnde instrument om parabolische en elliptische banen tot wel honderd cijfers na de komma haarfijn te berekenen, aan de kanselier moest uitleggen.

'Het fluxioneren is...'

'Het interesseert me geen donder wat fluxioneren is. Het klinkt erg vies. Had u werkelijk niets beters te doen dan de hele dag op uw kamer te fluxioneren?'

'Ik heb ook nog een kleurentheorie geformuleerd, kanselier.'

De kanselier klapte in zijn handen.

'Zo, zo, de *kleurentheorie van Newton,*' zei hij bewonderend. 'En die luidt?'

'Ik heb ontdekt dat wit licht niet bestaat, kanselier, maar een samenstelling is van de zeven kleuren van de regenboog.'

Vorsend keek Scott naar de verlegen hoogleraar. Zou deze man misschien maanziek zijn? Te lang boven zijn studieboeken hebben gezeten? Hij liep naar het raam en trok het open.

'Hoe noemt u dit zonlicht dat naar binnen valt, meneer Newton? Rood? Ben ík gek als ik zeg dat het wit is?'

Isaac trok zijn vilten toga dichter om zich heen ter bescherming tegen de gure decemberwind die naar binnen waaide. Hoe moest hij deze man uitleggen dat wit licht, gebroken door een prisma, in zeven kleuren uiteenviel? Laat staan dat hij tot deze ontdekking was gekomen door zijn studie van het verhaal van *Noach*, de nieuwe stamvader van de mens na de verwoestende zondvloed die iedereen had weggevaagd. God, die volgens de joodse kabbalisten, in oorsprong wit helder licht was, en dus in niets leek op de christelijke God met de grijze baard, legde Noach zeven geboden op door een regenboog aan de hemel te plaatsen. Zo zou iedereen, wanneer er zich een regenboog spande na regenval, herinnerd worden aan het nieuwe hemelse verbond. In de zeven kleuren van het spectrum liet God zien dat Hij in alles aanwezig was en dat er niets in de schepping was wat niet Goddelijk was.

Deze gecodeerde visie op het beroemde Noach-verhaal had Isaac geïnspireerd om te onderzoeken of wit licht in de fysieke werkelijkheid ook een uitdrukking was van de zeven wetten en de zeven kleuren. Hij herinnerde zich hoe verbluft hij was toen op zijn slaapkamermuur een straal wit licht in de kleuren rood, oranje, geel, groen, blauw, indigo en violet uiteenviel. Zeven kleuren die zich vermomden in een witte mantel, maar eenmaal ontkleed vochten om hun eigendunk te manifesteren. Net zoals alle menselijke zielen eigenlijk vervlochten waren in die ene grote, goddelijke ziel, maar hier op aarde afgescheiden waren van elkaar en niet meer zagen dat hun werkelijke kracht in hun verbondenheid lag. Ze kregen hun schittering pas door hun verschillen te bundelen tot dat ene zuivere, allesomvattende licht.

De wetten van de natuur zijn een cryptogram van de Schepper, had Newton zich met ontzag gerealiseerd.

Met het hardhandig dichtgooien van het raam, dat schudde in zijn sponningen, verbrijzelde de kanselier Isaacs glorieuze droombeelden uit die jaren in Woolsthorpe die hem zo'n vette oogst hadden opgeleverd.

'En?'

'Ik zou het u kunnen tonen, kanselier. Kijk, als ik even uw zilveren briefopener mag lenen, dan kan ik het u in een klein experiment laten zien...'

Tot afgrijzen van de kanselier stak Isaac de briefopener tussen zijn oogbal en neusbeen.

'Ik breng de punt zo dicht mogelijk achter mijn oog,' zei Isaac met geknepen stem, 'en druk nu op mijn oog zodat ik een kromming in mijn gezichtsveld maak. Ja, nu zie ik een heleboel witte, donkere én gekleurde cirkels. Als ik het mes stilhoud, dan vervagen de cirkels, maar als ik langs mijn oogbal blijf schuren, blijven de kleurcirkels duidelijk zichtbaar. Dit is het bewijs dat wit licht samengesteld is uit de zeven hoofdkleuren! Wilt u het proberen?'

Scott sloeg hard met zijn vlakke hand op het bureau.

'Zo is het wel genoeg, meneer Newton, met uw praatjes.'

Isaac trok het mes uit zijn oog en boog zijn hoofd. Hij had ook wel kunnen vermoeden dat Scott hem niet uit interesse voor zijn optische vindingen had uitgenodigd. Al had hij nog steeds geen idee wat dan wel de reden kon zijn van dit kruisverhoor. De vorige kanselier had hij slechts eenmaal ontmoet, bij zijn aanstelling als professor. Verder had die zich nooit met hem bemoeid.

'Meneer Newton, twee jaar na uw afstuderen kreeg u de *lucasiaanse leerstoel* in de wiskunde.'

'Ja, kanselier.'

'Aan deze functie zijn twee voorwaarden verbonden. U kent die?'

Eindelijk begon het Isaac te dagen waar de kanselier naartoe wilde. De bekleder van de leerstoel had de verplichting elk collegejaar een serie lezingen te geven over zijn onderzoek. Van deze lezingen moest hij een schriftelijk verslag maken en dat in het universiteitsarchief deponeren. Het eerste jaar had Isaac dit keurig volbracht. Maar na zijn eerste lezing was er geen student meer komen opdagen. Niet alleen het torenhoge niveau waarop hij doceerde had zijn gehoor weggejaagd, ook Isaacs presentatie was beroerd. Een man die in zijn privéleven al nauwelijks een woord sprak, was geenszins geschikt om een publiek te onderhouden. Hij had zich ertoe beperkt zijn notities eentonig voor te lezen. De meeste van deze spreekbeurten vonden plaats in een leeg klaslokaal. Isaac las zijn onderzoek voor aan de muren, die uit verveling leken af te bladderen. Omdat hij dat eerste jaar nog bang was dat hij zijn betrekking zou verliezen, had hij toch zijn reeks lezingen afgemaakt. Voortdurend was hij erop bedacht dat de toenmalige kanselier wel eens binnen zou kunnen vallen ter controle. Een enkele keer verschenen er een paar studenten. Niet uit interesse maar uit vermaak. Isaacs mensenschuwe gedrag was een dankbaar onderwerp voor spot onder de Cambridge-studenten, en sommigen vonden het hilarisch om zijn dorre uiteenzettingen bij te wonen en te proberen op alle mogelijke baldadige manieren een reactie van de wereldvreemde hoogleraar uit te lokken. Maar Isaac las onbewogen zijn notities voor en verliet zonder afscheidsgroet het lokaal. In het tweede jaar, toen hij ervan overtuigd was, dat het de kanselier koud liet of hij wel of geen lezingen gaf, was hij ermee gestopt.

'Ik heb gezocht, meneer Newton, in alle archieven,' zei Scott gedragen, 'met ongekende ijver. Ik was erg benieuwd naar uw werken. Maar ik vond geen enkele notitie van u van de afgelopen vijf jaar. Misschien betreft het hier wel slordigheid van mijn voorganger. Misschien is hij niet netjes met uw verslagen omgegaan. Maar u kunt vast licht in de duisternis scheppen. Ik neem aan dat u zelf een duplicaat heeft van uw lezingen?'

Tandenknarsend tuurde Isaac naar de neuzen van zijn schoenen. Hij kon geen enkele uitvlucht bedenken waarom hij niet aan zijn verplichting had voldaan.

'Meneer Newton?'

'Ja, kanselier.'

'Waar zijn uw aantekeningen?'

'Ik weet het niet, kanselier.'

'U weet het niet?'

Scott ging kaarsrecht zitten en keek hem met vlammende ogen aan. 'U weet het niet?'

'Nee, kanselier.'

In één beweging verhief de jonge kanselier zich uit zijn stoel en liep naar de transpirerende hoogleraar. Hij ging zo voor hem staan dat de neuzen van hun schoenen elkaar raakten.

'Kijkt u me aan.'

Isaac sloeg zijn blik op en schrok van de koolzwarte ogen die hem ijskoud aanstaarden.

'Vijf jaar lang kreeg u betaald om wiskundig onderzoek te plegen en en u heeft geen idee waar de weerslag van dat onderzoek gebleven is.'

'Nee, kanselier.'

Plotsklaps verzachtte de blik van de ervaren ondervrager. Kameraadschappelijk legde hij een hand op Isaacs schouder en gaf die een bemoedigend kneepje.

'Gaat u toch zitten, meneer Newton.'

Met alle galanterie presenteerde de kanselier de met gouddraad beklede stoel en knikte beminnelijk terwijl Isaac plaatsnam. Daarna haalde hij zijn eigen stoel en zette die vlak naast die van Newton. Ontspannen legde hij een hand op de knie van de professor.

'Tussen ons gezegd en gezwegen, meneer Newton,' zei hij amicaal, 'ik maak me niet bijzonder druk over die verdwenen aantekeningen. Mochten ze er al zijn, dan zou ik er niets van begrijpen. Toch?'

'Het is niet echt eenvoudige materie, kanselier,' antwoordde Isaac, op zijn hoede.

'Precies. Het gaat hier dan ook slechts om een administratieve formaliteit. U begrijpt dat ik voor u geen uitzondering kan maken. Regels zijn regels, nietwaar? Wat zouden we zonder regels en discipline zijn, meneer Newton? De universiteit zou ten onder gaan!'

'Ja, kanselier.'

'Dus kijkt u nog eens goed op uw kamer, en als u mij volgende week de verslagen brengt, dan kunnen we deze aangelegenheid afsluiten. Afgesproken?'

'Afgesproken, kanselier,' antwoordde Isaac opgelucht. Het was geen enkel probleem voor hem om uit zijn stapels aantekeningen een aantal vellen te selecteren die hij zou kunnen overhandigen. De kanselier zou er inderdaad toch niets van begrijpen en op deze manier zou hij aan zijn verplichting voldoen.

'Mooi. Dan nu het goede nieuws. Toen ik uw dossier doornam, stelde ik vast dat uw positie als hoogleraar nog niet officieel bekrachtigd is.'

'O,' zei Isaac zo onverschillig mogelijk, terwijl de zweetdruppels uit de poriën van zijn handpalmen braken.

'Een onvergeeflijke slordigheid van mijn voorganger. Ik heb daarom een verrassing voor u. Over precies één week, na mijn terugkomst uit Londen, zal de plechtigheid plaatsvinden. U zult de eed van de universiteit afleggen ten overstaan van uw collega's, en ik zal u benoemen als hoogleraar. Vanzelfsprekend zult u zoals gebruikelijk deze zelfde dag ook tot predikant worden gewijd. Wat zegt u daarvan?'

Alle kleur was uit Isaacs gelaat weggetrokken. Dit betekende het einde. Als hij, zoals de eed inhield, trouw zou zweren aan het geloof op de *Drie-eenheid* – dat God, Christus en de Heilige Geest één waren –, dan zou hij zichzelf in de spiegel nooit meer kunnen aankijken. Hoe zou hij, als professor in de wiskunde, kunnen zweren dat drie gelijk was aan één, zoals één aan drie? Dat spotte met elke logica. Alles waar hij in geloofde, zou hij verraden.

'U bent zo stil. Overvalt het u een beetje?' vroeg de kanselier vriendelijk.

'Het hoeft niet echt voor mij, kanselier. Ik ben een verlegen man. Ik hou niet van al die aandacht. Ik ben tevreden met mijn positie zoals die nu is. Het is heel vriendelijk van u natuurlijk, maar...'

'Kom, kom, kom, meneer Newton. U weet zelf toch ook dat u hier niet werkzaam kunt blijven zonder die beëdiging. De eed is de belangrijkste verplichting van elke professor die hier is aangesteld. Wat is het alternatief? U ontslaan? Is een optie, toegegeven. Als u me nu volgende week, precies dezelfde dag, om precies hetzelfde uur, de verslagen brengt, en in de tussentijd een nieuwe toga aanschaft voor uw beëdiging, dan treft *Peachell*, mijn vicekanselier, alle voorbereidingen voor de ceremonie om twaalf uur precies. Goed?'

'Goed, kanselier, dank u.'

'U kunt gaan.'

Toen Isaac de deur van de kanselier uit liep, wist hij dat zijn laatste uren aan de universiteit geteld waren. Zijn onbezorgde jaren waren voorgoed voorbij. Met Scott zou alles veranderen.

2

Welwillend keek Isaac toe hoe *John* gulzig zijn kippenbout afkloof. Zijn grote tanden scheurden behendig de repen wit vlees los en smakelijk kauwde hij erop. Isaac was een bescheiden eter vergeleken bij John. In de loop der jaren was het een dagelijks ritueel geworden dat zodra John zijn bord leeg had, ze hun borden wisselden en John de restjes van zijn vriend weg buffelde. Isaac wenkte de waard om de kroezen wijn bij te vullen. Hij nam een langzame slok en wachtte geduldig tot John het kippenvet van zijn lippen veegde en als een tempelier de inhoud van zijn beker achteroversloeg. Alles aan John was groot, veel en gulzig. Hij was minstens anderhalve kop groter dan Isaac en zijn lichaam was gebouwd als de oudtestamentische kampvechter Goliath. Aan het blonde, golvende haar ontbrak alleen nog een hoofdband.

Weldadig liet John een luide boer echoën uit de diepte van zijn ingewanden, maakte zijn gesp wat losser en zakte tevreden onderuit op zijn stoel.

'Dit moesten we vaker doen,' zei hij, terwijl hij op zijn sterke buikspieren roffelde. 'We zijn al een eeuwigheid niet meer uit geweest.'

John begreep niets van Isaacs ijver, discipline en obsessie. Hij had het talent van de tevredenheid. Er was toch niets meer te wensen voor een man die benoemd was, enkele uren Bijbelstudie per week moest geven, en iemand had met wie hij zoveel meer dan zijn kamer deelde? Voor dit leven wilde John tekenen tot zijn laatste zucht. Isaac was zijn tegenpool. Die verafschuwde tevredenheid. 'Wie niets meer te wensen heeft, kan net zo goed dood zijn,' had hij John proberen te prikkelen. 'Er is nog zoveel dat we niet weten, zoveel vragen die nog onbeantwoord zijn. Als je dan al niets meer voor jezelf wenst, dan kun je toch niet anders dan wensen hebben voor een betere, begrijpbaardere wereld?'

Met het servet verwijderde Isaac teder een vetdruppeltje van Johns kin.

'Vertel nu eindelijk eens waarom je me mee uit eten hebt genomen,' zei John. 'Er is iets te vieren, maar ik weet niet eens wat.'

Isaac sloot zijn ogen. Hij had geen subtiele woorden om zijn vriend het nieuws te brengen. Hij was blij dat hij het moment had kunnen uitstellen tot na het eten, anders had John geen hap binnen gekregen. Hij wilde hem niet kwellen, maar hij wist dat zodra hij zijn mond zou opendoen tussen hen niets meer hetzelfde zou zijn.

'Ik ga bij je weg,' zei hij.

In één klap zat John overeind en keek hem verschrikt aan. Het leek alsof de wijn die hem rozig had gemaakt in een steekvlam ontbrandde en of de wereld ophield met draaien.

'Hoezo weg?' stamelde hij. 'Waar ga je dan naartoe?'

Isaac wikte zijn woorden. Hij had nooit gelogen tegen John en dat wilde hij ook dit keer niet doen. Hij wilde precies dat zeggen wat tot het terrein van de waarheid behoorde en hetgeen John niet vatten kon verzwijgen. Iets niet zeggen was tenslotte geen liegen, hield hij zichzelf voor.

'Moeder is ernstig ziek. Ze heeft mijn hulp nodig. Er is niemand anders die de boerderij kan overnemen. Ik ga naar Woolsthorpe,' zei hij met zijn ogen op het tafelblad gericht, om er vervolgens met een verlegen blik naar John aan toe te voegen: 'Ik word boer.'

Met open mond had John geluisterd en hij liet de woorden een paar tellen tot zich doordringen.

'Dat kan toch niet?' was alles wat hij kon fluisteren. 'Jij zou een stier nog proberen te melken.'

Isaac onderdrukte de impuls om zijn hand op de grote rozige vuist van John te leggen. Doordringend keek hij hem aan, deze robuuste man met de kwetsbaarheid van een libelle die hem het geluk van zijn jeugd had geschonken. Zonder John had hij het nooit gered aan de universiteit. Als boerenzoon was zijn entree niet bepaald met tromgeroffel gepaard gegaan. Het enige bezit dat Isaac van thuis had meegebracht was een kamerpot, een doos kaarsen, een stevig slot voor zijn bureau en een gallon inkt. Het studeren kwam pas aan de orde nadat hij de borden van de rijkeluiszonen gewassen had, hun schoenen tot glimmens toe had gepoetst, hun kamers had geveegd en hun po's had geleegd. Alleen de brieven van *Catherine*, de dochter van de apotheker die hem huilend naar

Cambridge had zien vertrekken, overtuigden hem ervan dat er toch iemand om hem gaf. Tot hij John leerde kennen. John was door zijn onmatig uitgeschoten lijf en zijn niet al te snelle geest ook benoemd als huisknecht. Ze hadden elkaar ontmoet toen John een wandeling maakte door de velden rond Cambridge en Isaac terneergeslagen had aangetroffen tegen een hek. Twee verloren zielen die behalve hun eenzaamheid eigenlijk weinig gemeen hadden. Maar twee verongelijkten hebben weinig meer nodig dan een vijandige buitenwereld om een verbond te sluiten. Meer dan dat ze voor elkaar kozen was het een keuze tegen de wereld. Toen de vicekanselier hun schuwe verzoek had goedgekeurd om samen een kamer te delen, was alles veranderd. De brieven van de apothekersdochter beantwoordde Isaac niet meer. Hij verloor zich helemaal in zijn vriendschap met John en de kracht die dit hem gaf, maakte dat de etterbuilen hun interesse in Isaac verloren omdat hun hoon niet langer doel trof. Ze zochten nieuwe slachtoffers.

'We wisten alle twee dat dit vroeg of laat zou gebeuren, John,' zei hij. 'Moeder heeft het altijd vervloekt dat ik hier studeerde. Het heeft haar gestel geknakt dat ik hier ook na mijn studie nog bleef. Ze heeft zich krom gewerkt. Ze is op. Nu moet ik toch gehoor geven aan wat ze al mijn hele leven lang gevraagd heeft: mijn vader opvolgen.'

John rook instinctief dat er iets niet klopte. Daar kende hij Isaac te goed voor. Isaac was altijd onverzettelijk geweest tegen zijn moeders wens. Het kon niet dat hij haar nu zou gehoorzamen. Hij hield iets achter. Hij moest het weten, omdat wellicht juist daar de redding lag voor wat nu hopeloos verloren leek.

'Heeft het iets te maken met je onderhoud met de kanselier?' vroeg hij.

'Een beetje,' zei Isaac eerlijk. 'Die Scott is een principiële man. Hij zag dat ik nog niet tot predikant ben gewijd en de eed niet heb afgelegd. Hij eist dat ik dat precies over één week doe.'

'Doe dat dan,' zei John als een waakvlam die opflakkerde. 'Als je officieel benoemd bent, krijg je opslag. Met dat geld kun je je moeder ondersteunen!'

Isaac zweeg. Dit was het punt dat hij gevreesd had. Hij kon John onmogelijk uitleggen dat juist het zweren van die eed voor hem ondenkbaar was. John zou niet kunnen begrijpen dat een schijnbaar onschuldige eed reden was om weg te gaan.

Zweren op de Drie-eenheid was voor Isaac hetzelfde als afgoderij plegen. Het was een natuurlijke neiging van de mens om te proberen de onbegrensde grootsheid van de Schepper concreet te maken. Reeds in de vroegste tijden aanbaden mensen de hemellichamen, omdat de zon, de maan en de sterren zichtbare manifestaties waren van God. Later heiligde men bergen, rivieren en zelfs de donder en de wind. Tot slot ging men de mens vergoddelijken. Koningen en farao's kregen een goddelijke status, tot uiteindelijk een wijze rabbi uit Nazareth tot Gods gelijke werd uitgeroepen. De mens was vergeten dat al die afgodsbeelden slechts enkelvoudige uitdrukkingen waren van de ene, almachtige God die alles was, wat er is en zal zijn. Daarom was 'Gij zult niet aan afgoderij doen' het vanzelfsprekende eerste gebod dat Noach opgelegd kreeg. Wanneer de mens de eenheid van de schepping zou vergeten, en ieder volk op zijn lapje grond zijn eigen boom zou gaan aanbidden, zou de verbondenheid van de schepping transformeren tot afgescheidenheid. Het zou tot oorlog, bloedvergieten en haat leiden, in plaats van tot universele liefde.

Als overtuigde *noachied* kon Isaac onmogelijk een eed zweren op de Drie-eenheid. John had wel heilig respect voor de dogma's van de *Anglicaanse Kerk*, geformuleerd door de grote kerkvaders uit de geschiedenis. Hij was een devoot man met een talent voor geloof. Isaac wilde hem dit niet afpakken. Het was al erg genoeg dat hij hem zou verliezen. In zijn krachtige geloof zou John veerkracht vinden om dit verdriet te boven te komen.

'Nee John,' zei Isaac zacht. 'Ik voel me niet geroepen me tot predikant te laten wijden. Dit is een goed moment om een streep te zetten onder mijn academische carrière.'

'Een streep onder ons, zul je bedoelen,' zei John met vlammende ogen.

'We blijven toch vrienden?' zei Newton aarzelend. 'Je kunt me toch alle schoolvakanties komen opzoeken in Woolsthorpe?'

'Wat een onzin,' bulderde John. 'Je liegt! Je weet dat we elkaar dan nooit meer zullen zien!'

Iedereen keek hun kant op, en de waard kwam naar hun tafeltje.

'Gaat het, heren?'

'Het spijt me,' zei John, die van zichzelf was geschrokken.

'Geen gelazer in mijn café, vriend. Als je ruzie wilt maken, ga je maar elders.'

'Het spijt me,' zei Isaac. 'Mogen we nog wat wijn?'

Beiden zwegen, terwijl de dochter van de waard inschonk.

'Wat een lolbroeken zijn jullie twee,' zei ze spottend. 'Pas maar op dat je er niet in blijft. Zijn jullie thuis ook altijd zo uitgelaten?'

Ze knikten beleefd naar de jonge vrouw, die routineus met haar boezem schudde in de waan dat elk mannenhart daar wel weer van opknapte.

'Wees er niet bang voor dat dingen anders worden,' probeerde Isaac hem te troosten. 'Het leven is verandering. Alles in de natuur wordt geboren, komt tot bloei en sterft weer, om in de lente opnieuw geboren te worden. Alles wat je meemaakt, maakt je alleen maar sterker en wijzer. Ook hierin zit iets goeds, John, geloof me. Al kun je dat nu nog niet zien.'

'Het lijkt of je je beslissing al genomen hebt,' zei John na lange tijd.

Isaac knikte.

'Ik zie geen andere uitweg, John. Ik kan mijn moeder toch niet in de steek laten?'

'Ben ik de eerste die het hoort?'

Isaac schudde zijn hoofd.

'Ik heb vanmiddag het *Koninklijk Genootschap* in Londen geschreven om ook aan hen mijn ontslag aan te bieden. Die contributie kan ik niet meer opbrengen. Ik moet mijn uitgaven minderen.'

'Ontslag bij het Koninklijk Genootschap,' zei John ongelovig. 'Net nu ze je daar zo op handen dragen! *Oldenburg* heeft je de hemel in geprezen omwille van je telescoop!'

Hij liet het even tot zich doordringen. 'Het is je echt menens, hè?'

'Ja. Morgen ga ik de vicekanselier inlichten over mijn ontslag hier.'

Nu het John duidelijk werd dat het niet om een mogelijkheid ging, maar dat het besluit al helemaal vaststond, braken de spiegels van zijn ogen als werden ze gespleten door een hamer. Het leek alsof zijn hart uit zijn romp wilde springen. Zijn borstkas werd in een brandende pijn samengedrukt.

'Nee,' zei hij alleen maar, happend naar lucht. 'Nee, nee, nee.'

Nu niet zwak zijn, dacht Newton, die zich had voorgenomen zijn emoties uit te schakelen. Hij stond op en liep naar de toog om af te rekenen.

'Kom, John,' zei hij zacht. 'We gaan naar huis.'

Willoos liet John zich meevoeren en leunde met zijn volle gewicht op de man die hij wel naar de andere kant van de wereld zou willen dragen. De snerpende kou deed zijn pupillen stollen tot ijskristallen. Hij gleed uit over de beijzelde kasseien, viel op zijn knieën en vloekte naar de maan.

3

Koning Charles hield van de nevelflarden die in de vroege ochtend over de Theems dreven en Londen onderdompelden in een sprookjesachtig licht. Het hongerige gekrijs van de meeuwen klonk als een lied van een dag vol verwachtingen, mogelijkheden en zegeningen. Hij sloot genietend zijn ogen en gooide de dikke zwarte krullen van zijn pruik achterover in de wind. *Louise* legde haar hoofd op de sterke schouder van haar minnaar, die zijn arm beschermend om haar middel sloeg. Moeiteloos doorboorde de ijzeren boeg van het schip het dunne ijslaagje en bevrijdde de golven, die uitgelaten op de voorsteven te pletter sloegen om daarna weer schuimbekkend ten onder te gaan in de rivier. Van de vele vrouwen die Charles omringden, zo talrijk als de sterren aan de hemel bij een wolkeloze nacht, behoorde Louise, zijn blonde maîtresse van nauwelijks een meter vijftig, tot zijn favorieten. Hij was verslingerd aan haar naïeve oogopslag, haar onschuldige pruilmondje, haar kleine, volle meisjesborsten, haar nukken en grillen. Ze hoorden bij elkaar als de donder bij de bliksem. Zij deelde zijn geschommel tussen lichtvoetigheid en zwartgalligheid. Zij begreep de lokroep van de schreeuwende eenzaamheid van zijn ziel. De eeuwige doodsangst die hem als een sinistere kwelgeest op elke straathoek kon bespringen. Charles' dolende natuur die de eeuwig bloedende wonde van zijn hart probeerde te stelpen door zich over te geven aan feesten, vermaak en gevrij. De onthoofding van zijn vader was Charles' achilleshiel, hoewel hij probeerde moed te putten uit het voorbeeld dat zijn vader hem gaf bij het afscheid.

'Ben je niet bang, papa?' had hij gevraagd.

'Kijk, zoon,' zei hij. 'Ik draag een wollen wapenrok onder mijn overhemd. Zo zal niemand zien dat ik ril van angst. Laat je tegenstander nooit weten dat je bang bent, want dan ben je voorgoed verloren. De grootste angst van je tegenstander is dat jij niet bang voor hem zult zijn.'

'Waarom ben je toch zo lang in *Versailles* gebleven?' mokte Charles, terwijl hij de koude van Louises arm wreef. 'Londen is bevroren sinds jouw vertrek.'

Louise schonk hem niet meer dan een afwezige glimlach. Ook zij had een weke plek die nooit genas. Ook zij kon soms midden in een schaterbui overvallen worden door een intense droefenis, die ze verborg door weg te lopen en in de geborgenheid van haar slaapvertrek de fluwelen kussens nat te huilen. Het was die onpeilbare tristesse die Charles zo aantrekkelijk vond. Hij vermoedde een groot en donker verdriet in haar meisjeshart dat hij ooit wilde opgraven. Alles had ze hem al geschonken, behalve een blik op de monding van haar zilte tranenstroom. Ze voeren voorbij de ligplaats van de koninklijke marineschepen, waar de bemanningen reeds druk in de weer waren met hun herstelwerkzaamheden. Het teren van de romp, het vervangen van balken, het leggen van nieuwe lijnen en touwen. Overal waar ze passeerden, legden de matrozen, timmerlieden en schilders het werk neer en salueerden plechtig voor hun koning.

'Wat een zootje, Charles, je vloot,' zei Louise spottend. 'Wat een gehavende troep. Wil je daar de Fransen mee verslaan?'

'Ach, Louise,' zei hij, terwijl hij afwezig zwaaide naar de in het gelid staande matrozen, 'ik ben koning, maar van een arm land. Is het niet het parlement dat fortuinen uitgeeft om te vechten tegen Frankrijk, dan ben jij het wel.'

'Bijzondere vrouwen hebben nu eenmaal een bijzondere smaak, lieverd. Alleen een man die zijn meisje eert als een godin, verdient het haar in zijn bed aan te treffen als duivelin. Maar... ik heb goed nieuws voor je.'

'Wat dan, Louise, wat dan?'

Koket paradeerde Louise over het dek van het schip en draaide een pirouette, zodat haar rode kasjmieren mantel prachtig uitwaaierde.

'Ik heb hier ergens een brief van *koning Lodewijk*, door hem eigenhandig verstopt op een geheime plaats... met de uitdrukkelijke opdracht dat alleen jij hem mag openen...'

Ze rende snel weg naar de achtersteven, achternagezeten door een tierende Charles. Hij was gek op dit soort spelletjes en deed net alsof zijn meisje hem telkens ontglipte. Louise verloor haar evenwicht en ging onderuit over een ijzelplek. Charles dook, een eenogige piraat imiterend, boven op haar.

'Vertel dan, postvrouw, waar heeft die vervloekte Zonnekoning met zijn handen aangezeten? Waar verberg je je geheim?'

'O grote koning, ik ril en beef. Ik ben een onschuldig meisje zonder kwaad in haar gemoed. Ik ben slechts de envelop van een brief die u bezorgd wordt. Open mij en werp mij niet ongelezen weg, majesteit,' giechelde ze.

Streng trok hij haar mantel open en fouilleerde haar omstandig onder de rokken.

'Wat is het hier donker en vochtig. Is dit een hinderlaag?' echode hij vanonder het gewelf van stoffen. Louise sloeg haar rok omhoog en met een ondeugende oogopslag bracht ze zijn aandacht naar haar uitgesneden decolleté.

'Aha,' riep Charles, en hij opende de knoopjes van haar jurk met de gretigheid van een kind dat cadeautjes uitpakt. Verrukt keek hij naar het blanke vel dat met donkerpaarse inkt was beschreven.

'Je bent zelf de brief,' zuchtte hij verlangend, en hij tilde haar als een breekbaar kleinood van de grond. Hij bracht haar naar de warme kajuit, waar de ontbijttafel gedekt stond. Met één armbeweging veegde hij het servies van tafel en legde Louise op het koraalrode tafelkleed. Hij trok zijn bontmantel uit en plaatste zijn vinger op haar rechterborst, waar de brief begon.

'Beste Charles,' las hij, 'ik schrijf je op dit kostbaar vel, zodat ik zeker weet dat niemand anders dan jij deze boodschap zal lezen...'

'Het was mijn idee om mijn huid als perkament te lenen,' zei Louise met haar ogen onschuldig neergeslagen. 'Ik hoop dat je het goed kunt lezen.'

Charles grijnsde. Hij scheurde haar jurk met kracht open en zag hoe de gladde meisjeshuid van borst tot teen beschreven was met het krullige handschrift van Lodewijk. Terwijl zijn vingers over het koude vel van haar buik streken , las hij: 'Ik wil dat je de plannen van je parlement om Frankrijk aan te vallen meteen stopzet. Ik zal je een persoonlijke en geheime jaarlijkse toelage overmaken van...'

'Dit wilde hij per se hier schrijven,' zei Louise, en ze liet zedig haar kanten broekje omlaagglijden.

'600.000 pond sterling per jaar...' fluisterde Charles. 'Louise, je hebt het klaargespeeld!'

Hij overdekte het zwarte streepje dat zich als een uitroepteken onder het astronomische bedrag bevond met warme, dankbare kussen.

'Lees eerst verder, Charles,' zei Louise, en ze wenkte het dienstmeisje om thee in te schenken. De brief vervolgde langs de binnenkant van haar dijen, die ze behulpzaam spreidde.

'Louise zal je het vernuftige plan, door haarzelf bedacht, toelichten om die vervloekte anglicaanse parlementsleden van je buitenspel te zetten. Warme groet, Lodewijk. PS: En maak dat land van je nu eindelijk eens katholiek.'

Dankbaar beet hij in haar kleine teentjes en streek met zijn tong langs de onderkant van haar voet.

'Hou op, Charles. Ik mors, nu loopt de inkt uit!'

Met één ruk trok de koning zijn hemd uit en depte de theedruppels op haar boezem.

'Vertel, Louise: welk plan heb je bedacht?'

'Jij bent het hoofd van de Anglicaanse Kerk,' zei Louise terwijl ze het kopje aan het dienstmeisje gaf.

'Ja,' zei Charles, en hij knoopte zijn broek open.

'Het hoofd van de Anglicaanse Kerk is de plaatsvervanger van God op aarde.'

'Ja,' gromde Charles, die haar ongekreukte brief helemaal openvouwde.

'Dus... je bent goddelijk!'

'Ja,' beaamde Charles, terwijl hij stevig met de punt van zijn ganzenveer door het perkament heen drukte om zijn handtekening te plaatsen, 'ik ben God.'

'Daarom moet je meegaand zijn met het parlement.'

'Ik moet meegaand zijn met het parlement,' noteerde Charles in het zwierige ritme van zijn handschrift.

'Je moet de wet steunen die iedereen verplicht de Eed van de Anglicaanse Kerk te zweren...'

'Je raaskalt, Louise,' zei Charles in een geëxalteerde waas, terwijl hij met zijn handen over het getal 600.000 diep onder haar navel streelde. 'Ik kan Lodewijk nu toch niet tegen de haren in strijken?'

'Je bent goddelijk,' suste ze hem.

'Ja.'

'Toe dan.'

'Ja.'

'Je bent God,' moedigde ze aan.

'Ik ben God,' schreef hij keer op keer, 'ik ben God', tot hij zijn pen tot de laatste druppel inkt leeggeschreven had.

De warme damp van zijn uitgeputte ademhaling streek als dauwdruppels neer op de ronde heuvels die glinsterden in het mystieke ochtendlicht. Hoe stoer een man ook was wanneer hij een vrouw bevocht in het liefdesspel, dacht Louise, wanneer hij zich overgaf, werd hij week en broos als een zuigeling die troost zocht aan de moederborst. In zijn weerloosheid werd hij die haar vader had kunnen zijn haar kind. Een vrouw had ze zich bij hem nog nooit gevoeld. De kerkers van haar hart had hij nog nooit betreden. Iedere keer wanneer hij zijn kleine dood stierf, voelde ze zich verder dan ooit van hem verwijderd, en probeerde dan maar weer het kleine jongetje tot man te wekken.

'Luister,' zei ze, terwijl ze door zijn donkere krullen streek. 'Je moet in die wet je almacht als koning benadrukken. Dat wie werkelijk trouw zweert aan de Anglicaanse Kerk, dit in de eerste plaats doet aan jou. Dat je onfeilbaar bent. En dat iedereen die tegen jou is, tegen God is. Door die wet kun je het parlement volledig buitenspel zetten en de alleenheerser van Engeland worden.'

Verliefd keek hij in de heldere, lichtgroene ogen van Louise. Dit was werkelijk een schitterend plan. Charles had een verschrikkelijke hekel aan zijn parlement, waar hij voor iedere stap die hij zette verantwoording moest afleggen. Het werd tijd dat dit onzalige instituut eindelijk monddood werd gemaakt. Alsof God zich door een stel parlementariërs de les liet lezen! Jezus liet zich toch ook niet adviseren door een parlement? Hij werd rechtstreeks geïnspireerd door God. Hij was de zoon en hij was God. Net als Charles zelf. Het moment was aangebroken om zijn goddelijkheid te openbaren. Zijn goddelijke bloedlijn die door de Engelse geschiedenis kronkelde als een grillige, levensgevaarlijke slang. Stond de mensheid al open voor de mogelijkheid dat Jezus nageslacht had? Voor Charles was het een heilig weten. Het stond zelfs letterlijk in het Nieuwe Testament, waar Jezus beschreven werd als 'het woord van God'. Tot tweemaal toe vermeldden de Handelingen: 'Het woord van God vermenigvuldigde zich.' Niet meer of minder dan een bijbelse omschrijving om te zeggen dat Jezus twee kinderen kreeg. Twee zonen van *Maria Magdalena*, de vrouw die hij gehuwd had op het bruiloftsfeest in Kana. Wie anders dan de bruidegom zou zich er op een huwelijk druk over maken dat de wijn op was en zou de bedienden bevelen geven? Bovendien had Maria Magdalena zijn voorhoofd geolied, zoals bruiden altijd deden met een bruidegom van koninklijke afkomst. Jezus was de koning der joden. En een rabbi. Van een rabbi werd verwacht dat die gehuwd was en kinderen had. Jezus' zonen waren, zoals de geheime, koninklijke stamboom vertelde, met hun oom *Jozef van Arimathea* in Engeland terechtgekomen, waar ze een bloedband met de voorouders van Charles waren aangegaan. Zouden de parlementsleden op hun knieën vallen wanneer hij dit bekend maakte? Zouden ze hem eindelijk behandelen zoals hij verdiende: als een god? Misschien zou hij in één klap van alle gezeur en vooral van zijn geldproblemen af zijn. God zelf zou beslissen waar het belastinggeld aan besteed werd.

'En zodra iedereen erkent dat je God bent,' maakte Louise haar plan af, 'bekeer je jezelf tot het katholicisme en maak je van Engeland een katholieke natie. Want God... is onfeilbaar.'

'Ja, natuurlijk,' zei Charles afwezig. Of hij ook die laatste stap van het plan zou volbrengen, viel nog te bezien. 'Wat ben je toch geslepen, Louise.'

Louise draaide onbestemd haar hoofd af en haar indroeve blik kruiste die van het dienstmeisje, dat niet eens wist waarom ze de kleine maîtresse een bemoedigend knipoogje gaf.

4

Isaac keek kritisch naar de weerspiegeling van zijn verkreukelde gezicht in de koperen ketel die hij zorgvuldig had opgepoetst. Het dikke grijze haar dat hij, terwijl de rest van Cambridge nog ronkte op het ritme van de slaap, achteloos bij elkaar had gebonden in een strik, was een onontwarbare knot geworden. De slaapogen, met de paarse wallen eronder, keken zichzelf vorsend aan.

Hij wikkelde de koperen pot in een grijze paardendeken. Hij borg ze op in de laatste houten kist die nog openstond. Nog eenmaal woelde hij met zijn handen tussen de as in de ovenroosters van zijn alchemistische laboratorium, zoekend of er tussen de koolresten van het vermolmde hout nergens een verdwaalde stamper of pollepel lag. Toen hij zich ervan had vergewist dat alle bokalen, kegels, maatkolven, potjes met mengsels en flesjes met plantenextracten waren ingepakt, sloot hij de kist af met het deksel en sloeg er trefzeker een paar vingerlange spijkers in. Hij ging op de kist zitten en keek weemoedig rond in deze kleine houten schuur waar hij het leeuwendeel van zijn universitaire carrière had doorgebracht. Niemand van zijn collega-hoogleraren had zich ooit afgevraagd wat hij daar deed. Waarom de zelfgebouwde schoorstenen daar dag en nacht rookten. Niemand had zich tot voor kort met Newton bemoeid. Hij wist dat hij een zonderling was. Een schim die met eeuwig afgezakte kousen door de gangen van de universiteit slofte. Hij had zichzelf onzichtbaar gemaakt. Ongehinderd kon hij zich geheel toeleggen op zijn alchemistisch werk, zonder enige verplichting. Niemand had het al die jaren opgemerkt. Tot kanselier Scott was gekomen. Het was duidelijk: met dit nieuwe hoofd van de universiteit viel niet te marchanderen. Op abrupte wijze eindigde hier zijn universitaire carrière. Hij wilde erop vertrouwen dat alles wat hem overkwam een reden had, dat de wereld een open boek was dat vierentwintig uur per dag met hem communiceerde. Wanneer men niet zelf naar de tekenen van het leven luisterde, dan zorgde het leven ervoor dat je wel móést luisteren. Niet goedschiks, dan kwaadschiks. De ziel van de mens wist beter dan zijn verstand wanneer hij op een doodlopende weg zat. Soms moest het leven even geweld gebruiken om je te dwingen een nieuw pad in te slaan. Toch voelde hij een diepe leegte nu hij deze vertrouwde wereld moest achterlaten. De universiteit waar hij zijn hele jeugd van gedroomd had om bij te horen. Had hij daarvoor al die gevechten met zijn moeder geleverd? Keer op keer had ze hem van school gehaald. Het beviel haar niets dat haar oudste zoon aandrang had om te studeren. Waar had hij Latijn en Grieks voor nodig? 'Ik heb nog nooit een paard gezien dat Grieks spreekt,' was een van haar dooddoeners. Schapen hoeden, geiten melken, schuttingen repareren, zaaien, oogsten en het weer van de dag leren voorspellen: dát waren de lessen die hij moest leren. De schoolmeester van het *college van Grantham* had ze van het erf verjaagd toen hij kwam pleiten om Isaac toch verder te laten studeren. 'Je maakt die jongen gek met je praatjes,' had ze hem toegeschreeuwd. 'Bemoei je met je eigen kinderen, maar laat de mijne met rust!' Als Isaac nu simpelweg boer werd, dan konden haar drie andere kinderen uit haar tweede huwelijk tenminste studeren. Zij hoefden hun handen niet vies te maken. Maar al had de jonge Isaac een paar oprechte pogingen ondernomen om de boerenstiel aan te leren van de knechten, het lukte hem niet. Hij merkte zelfs niet eens dat de koeien door het vermolmde hek waren gebroken, omdat hij verzonken was in een van zijn studieboeken. Toen dit zijn moeder ook nog een flinke bekeuring opleverde vanwege het graan dat het vee bij de buurman kapot trapte, gaf ze het op. 'Laat me dan maar in de steek,' had ze verbitterd gezegd. 'En ik geloofde nog wel in de voorspelling dat als een kind zonder vader op de wereld komt, het een groot fortuin zou maken. Je ziet: allemaal onzinpraatjes. Het brengt alleen maar ongeluk.'

Toen de universiteit haar poorten sloot vanwege de pest, had hij noodgedwongen weer twee jaar in Woolsthorpe doorgebracht. Twee jaren, die achteraf bekeken de vruchtbaarste uit zijn leven waren tot nu toe. Twee jaar waarin zijn moeder op hem gescholden had, hem dag en nacht achter de vodden had gezeten om op te houden met die stompzinnige experimenten. Drie dagen lang was hij zelfs blind geweest toen hij in zijn zoektocht naar de essentie van wit licht te lang rechtstreeks in de zon had gekeken. Toen hij daarna zijn oog op een donkere muur had gericht, had hij bewegende geesten en gekleurde cirkels waargenomen. Beelden die oplosten en de vraag opdrongen of ze echt waren geweest of een zintuiglijke illusie. Wat was werkelijk rood? Het dieprode schapenbloed? Het koraalrode kersensap? Of de gekleurde cirkels op de muur? Hardnekkig wilde hij leren zien, in alle betekenissen van het woord. Hij wilde het wezen van zien begrijpen. Was wat hij observeerde de werkelijk heid, of slechts een onhandige vertaling van zijn ogen? Hij wilde weten of zien een lichamelijke gewaarwording was of een zielservaring. Wat waren kleuren? Waren ze een werkelijke kwaliteit van de dingen, of werden ze gekleurd door fantasie en verbeelding? Veroorzaakte licht dat op het netvlies viel trillingen die via de zenuwen de hersenen prikkelden? Hij ontdekte dat hij de kleureffecten ook in zijn geest kon nabootsen. Wanneer hij zich door louter gedachtekracht in het donker concentreerde op de effecten van het zonlicht, kon hij ze zich opnieuw levendig voorstellen. Hij ging twijfelen of de werkelijkheid wel bestond. De zintuigen leken wel gebrekkige instrumenten die slechts een zeer beperkt deel van de wereld konden waarnemen. Als het waar was wat de oude kabbalisten hadden geschreven, dat we meestal slechts in staat zijn om één honderdste van de realiteit waar te nemen, terwijl negenennegentig procent aan onze waarneming onttrokken was, dan zagen we misschien alleen maar de effecten en niet de oorzaken der dingen. Isaac had zich voorgenomen verder te kijken. Hij wilde weten waarom de dingen in de wereld gebeurden zoals ze gebeurden. Hij wilde de oorzaak kennen, en daardoor misschien wel beheersen. Hij wilde achter de schermen kijken van het grote marionettentheater van God. Alle grote vragen die hij zich toen stelde, had hij in stilte beantwoord. 'Wijsheid,' had hij opgeschreven in zijn aantekenboekje, 'is het kind van stilte en meditatie.' Hij had zichzelf gezien als een jongen die op het strand speelde en werd afgeleid doordat hij af en toe een gladdere kiezelsteen of mooiere schelp dan iemand anders vond, terwijl de grote oceaan der waarheid nog onontdekt voor hem lag. Hij ging zichzelf onderzoeken. Hij vermoedde dat de waarnemer invloed had op het waargenomene. Hij stond niet los van de werkelijkheid, maar was er onderdeel van en de intentie waarmee hij waarnam, beïnvloedde zijn resultaten. Hij zocht naar de ideale conditie om de natuur te observeren. Goede lucht hielp, schreef hij op, net als vasten, en een matig glaasje wijn. Anderzijds werden resultaten bezoedeld door dronkenschap en vraatzucht. Maar ook te veel studie had een negatief effect. De nachten die hij fanatiek had doorgehaald leidden tot vormen van waanzin, extreme hartstocht. Terwijl in Londen de grote brand woedde die dertienduizend huizen en zevenentachtig kerken in de as legde, ontdekte hij in de arcadische rust van de boerderij de wetten van de beweging, verfijnde hij de differentiaalrekening omdat hij dit instrument nodig had om ingewikkelde bewegingen te berekenen, ontraadselde hij het mysterie van de kleuren en ontstond het vermoeden dat het de zwaartekracht was die hemellichamen op hun plaats hield. Maar niets van dit alles had hij tot op de bodem uitgezocht. Het waren zuilen die in de steigers stonden, maar niet waren afgetimmerd. Een verlaten bouwwerf van wat een oogverblindende kathedraal zou kunnen worden. Voor Isaac waren het slechts vingeroefeningen geweest. Kleine etudes ter voorbereiding op zijn magnum opus. Ooit, had hij zich altijd voorgenomen, zou hij zijn Theorie van het Al publiceren. Een universele theorie die het leven en het universum in zijn geheel beschreef. Kleuren, beweging en *zwaartekracht* zouden daarin slechts losse onderdelen zijn – bouten die zijn bouwwerk bij elkaar hielden.

En nu stuurde de kanselier hem terug naar af. Het was niet anders. Het laboratorium was ontmanteld. Hij moest alleen nog zijn persoonlijke spullen inpakken op zijn kamer. Morgen zou hij vertrekken. Terug naar Woolsthorpe. Terug naar zijn moeder. Wat zou ze gloriëren op haar ziekbed. Eindelijk zou hij zijn taak als man opnemen en zijn vader als boer opvolgen. Zwoegen in het zweet des aanschijns onder dezelfde blakerende zon die de huid van zijn vader had gelooid. Terwijl hij de as van de ovens bij elkaar veegde, werd hij opgeschrikt uit zijn gemijmer door voorzichtig geklop op de deur. 'Binnen,' zei Newton.

Opgetogen met een brief zwaaiend liep John de houten schuur in. 'Post!'

Isaac griste de brief uit zijn handen en vroeg zich af van wie dit hoekige handschrift afkomstig kon zijn.

'Geachte heer Newton, tot mijn leedwezen vernam ik dat u ontslag hebt genomen bij het Koninklijk Genootschap. Ik heb daarom geen moment langer gewacht om contact met u te zoeken. Het is van het grootste belang dat wij elkaar ontmoeten. Ik geloof dat wij de handen in elkaar moeten slaan voor het "grote werk". Graag wil ik u uitnodigen voor een discrete ontmoeting op *Ragley Hall*, het landgoed van gravin *Anne Finch*. Uw dienaar, Mr. B.R. PS: Het zal u wellicht interesseren dat ik de anonieme verzender was van *De Sleutel...*'

'Mr. B.R., zou dat *Robert Boyle* zijn, Isaac? Ik heb altijd vermoed dat hij het moest zijn!' zei John glunderend.

'Je hebt gelijk gehad,' zei Isaac met een gezicht dat opklaarde.

Beide vrienden hadden vaak gespeculeerd wie de geheimzinnige zender was geweest van 'De Sleutel'. Het was een verbluffend gedetailleerd en helder recept om *filosofisch kwikzilver* te maken. De eerste stap voor iedere alchemist op zijn lange weg was het maken van deze eerste materie waaruit God zelf leven had geschapen in de chaos. Wie de natuur kon terugbrengen tot zijn oorspronkelijke bouwstenen, had net als een schilder op zijn palet de basiskleuren, waaruit alle andere kleuren konden gecomponeerd worden. Het was bekend dat het alchemistisch proces zich niet alleen in de smeulende smeltkroezen voltrok, maar in dezelfde mate in de persoonlijkheid van de alchemist zelf. Wie filosofisch kwikzilver kon creëren, beschikte over de geheime brandstof tot transformatie van zowel metaal tot goud, als van mens tot God. Het grootste mysterie van *alchemie* lag dan ook volgens Isaac niet in het maken van goud met behulp van de *Steen der Wijzen*, maar in de verandering van de alchemist zelf in goud. Goddelijk geïnspireerd. Wie goud kon maken, had een proces van spirituele ontwikkeling doorgemaakt waardoor hij over goddelijke kennis beschikte. Wie de Steen der Wijzen kon maken, doorgrondde alle geheimen van het universum. En dat was Isaacs missie, niets meer of minder.

'Maar waarom dan?' Isaac wisselde zijn opwinding meteen in voor achterdocht. 'Welk belang had Boyle om mij "De Sleutel" te sturen?'

Isaac was een groot bewonderaar van Boyle. Alle experimenten die hij in zijn alchemistische boeken beschreef, had Isaac precies zo overgedaan. Met teleurstellend resultaat. Er waren maar twee mogelijkheden, had hij geconcludeerd: of Boyle was totaal onkundig en schreef onzin, of hij hield in zijn boeken bewust cruciale informatie voor zichzelf. Nu Boyle de bezorger van 'De Sleutel' was geweest, wist hij dat het laatste aan de hand was. Boyle wist meer dan hij openlijk publiceerde. En om een mysterieuze reden had hij Isaac zijn geheime formule toevertrouwd. Een formule met wellicht moedwillig enkele onnauwkeurigheden en fouten, die Isaac eruit gedistilleerd had. Op deze manier had Boyle misschien zijn kennis willen testen.

'Ga je op zijn uitnodiging in?' vroeg John zo onverschillig mogelijk.

'Ik denk het wel.' Isaac kon niet anders. Dat was hij Boyle verschuldigd. En het zou leerzaam zijn om met hem die hij zo bewonderd had gedachten te kunnen uitwisselen.

'Mooi,' zei John opgetogen, 'want ik heb je hutkoffer al gepakt voor een paar nachtjes logeren.'

Verrast keek Isaac hem aan. Het ontroerde hem dat John altijd zo gul deelde in zijn leven. John had het vermogen om onvoorwaardelijk lief te hebben. Hijzelf had weinig talent voor de liefde. Zijn kritische geest, die hem van groot nut was bij zijn experimenten, stond zijn vermogen tot genieten in de weg. Hij kon alleen perfectie beminnen. Alles wat niet voldeed aan de voorwaarden die hij stelde, bekeek hij met ontevredenheid. In de eerste plaats zichzelf. Voor John was alleen al samenzijn een gezegend gevoel. John was vaak blijer om erkenning en geluk dan Isaac zelf. Hoe moest hij zonder deze man leven als hij Cambridge eenmaal definitief achter zich zou laten?

'Dank je wel, John,' zei hij, en hij kuste hem vluchtig op de wang.

'Ga nu maar snel. Het is een flinke rit.'

John zwaaide de koets, die zich al hobbelend een weg vocht door de drukke straatjes van Cambridge, na tot hij uit het zicht was verdwenen. Nooit zou hij Isaac bekennen dat hijzelf een brief aan Boyle had geschreven en had onthuld dat Isaac filosofisch kwikzilver had gemaakt. Hij hoopte zó dat Boyle hem een nieuwe vlaag van inspiratie zou geven die zijn beslissing om de universiteit te verlaten zou terugdraaien.

5

Achterdochtig keek Robert Boyle naar de blauwpaarse substantie die zich gevormd had in de smeltkroes. De misselijkmakende stank van ammoniak deerde hem niet. Onderzoekend strekte hij zijn lange, smalle vingers uit om het poreuze stolsel aan te raken.

'Niet doen,' zei Isaac geschrokken, en hij tikte hem op de vingers. 'Het is gloeiend heet.'

Hij goot behoedzaam een halve kan koel water uit op de blauwe lava. Met een ijzeren klopper maakte hij vervolgens het weke gesteente helemaal fijn. Het mengsel hevelde hij over in een andere smeltkroes en deze vloeistof overgoot hij weer met fris water. Doordringend keek hij Boyle aan.

'Nu moeten we wachten. Tien, vijftien minuutjes.'

'En dan...?'

'We zullen zien,' zei Isaac. 'Het lukt niet altijd.'

Gehaast liep hij de tot lab ingerichte paardenstal uit, op de voet gevolgd door de lange, graatmagere gestalte van Boyle, en tuurde vanuit het hoefijzerachtige binnenplein geconcentreerd naar de donkere contouren van de wilgen die zich aftekenden tegen de hemel. De sombere donkerpaarse wolken scheerden over de boomtoppen. Zijn zelfverzekerde blik stond in schril contrast met de schuwheid waarmee hij niet langer dan een uur geleden was aangekomen op Ragley Hall.

Gravin Anne Finch had even bezorgd haar voorhoofd gefronst toen ze door het raam van de muziekkamer de verlegen man van het afstapje van de koets zag struikelen. Snel had ze haar donkerblauwe wintermantel aangetrokken en zich door de ontvangsthal naar buiten gehaast. Voor Isaac leek de kaarsrechte dame die hem achter de balustrade opwachtte een sneeuwkoningin voor een ijspaleis. Aarzelend had hij de uitgestorven rozentuin doorkruist, zijn gezicht half verstopt in zijn jas ter bescherming tegen de koude wind. Schijnbaar ongevoelig voor de gloed van de honderden kaarsen die in de gouden luchters achter de ramen schitterden, had hij met gebogen hoofd de arduinen trappen beklommen.

'Ik heb een brief gekregen van Robert Boyle,' had hij gemompeld.

Anne Finch had meteen in zijn ernstige blik de obsessieve onrust herkend die zoveel van haar bezoekers kenmerkte.

'Ik weet het,' stelde ze hem gerust. 'U hoeft die brief niet te tonen. Meneer Boyle zal bijzonder verheugd zijn dat u op zijn uitnodiging bent ingegaan. Ik neem aan dat u zich eerst wil opfrissen op uw kamer?'

Isaac had haar wereldvreemd aangekeken. Opfrissen? Hij had geen idee wat ze bedoelde. Anne rinkelde met het koperen belletje in haar hand. Meteen was *Sophie*, het bruinharige dienstmeisje met het besproete gezicht, naar buiten gekomen en had een keurige reverence gemaakt voor haar mevrouw en voor Newton. Isaac had mechanisch door zijn knieën gebogen als schuchtere beantwoording van haar groet.

'Begeleid jij deze meneer naar het laboratorium, Sophie?'
'Natuurlijk, mevrouw.'
'Zal ik uw bagage alvast naar uw kamer laten brengen?'
Isaac had angstig nee geschud terwijl hij de koffer tegen zijn borst klemde. Anne Finch had haar gast, die verlegen om zich heen kijkend Sophie over de parklaan volgde naar de paardengalerij, geamuseerd nagekeken. Vorsers naar de waarheid hadden weinig talent voor het alledaagse, dacht ze.

'De wind is gaan liggen. Dat helpt. Het is natuurlijk het allerbest om het op een heldere, onbewolkte dag te doen, maar goed,' piekerde Isaac hardop, en hij schoot toen weer de paardenstal in.
'Wat is volgens u doorslaggevend? De verhoudingen? De receptuur? De hitte?' vroeg Boyle argwanend met schorre stem.
Afwezig schudde Isaac zijn hoofd, terwijl zijn blik gefixeerd bleef op het grauwgrijze water waarin sissende brokstukken langzaam naar de bodem dwarrelden.
'Alchemie is niet de kunst van de metalen, zoals sommigen denken. Zo'n simpele manier van denken is een belediging voor deze nobelste kunst,' antwoordde hij fluisterend.
Boyle knikte instemmend. Deze adept leek het niet nodig te vinden zichzelf mysterieus te maken. Integendeel, onopvallendheid en quasi-achteloosheid waren de belangrijkste kenmerken waarmee Isaac gehoor had gegeven aan Boyles verzoek hem te tonen hoe ver hij gevorderd was om 'De Sleutel' te kraken. Zonder omhaal had Isaac zijn jas uitgetrokken en was aan het werk gegaan. Zonder een woord te zeggen. Nu zinderde het laboratorium van verwachting, terwijl onder het oppervlak van het troebele water zich niets minder dan de schepping zelf voltrok. Boyle observeerde het devote gelaat van de jongeman dat aangestreken door het gele kaarslicht hem even aan Christus deed denken. Als gehypnotiseerd begonnen de spitse lippen weer te prevelen.
'Het eerste en belangrijkste inzicht in de alchemie is bescheidenheid. De stoffen in de smeltkroes lossen pas op wanneer ook de alchemist oplost. Wanneer hij zijn zucht naar roem laat vervliegen als parfum. Wanneer hij zijn persoonlijke belang loslaat, voltrekt zich het eerste alchemistische principe. Hoe beter een alchemist zich oefent in nederigheid, hoe meer hij door God opgetild wordt. Dat is *calcinatie*, verkalking. Het tot stof en as vergaan van het zelf...'
Boyle knikte aarzelend. Het oplossen was inderdaad de mantra waar alle alchemistische geschriften steeds op hamerden. Hoe vaak had hij niet, elke keer in andere bewoordingen, in zijn alchemistische biblio-

theek gelezen dat de proefnemer en de proefneming onlosmakelijk met elkaar verbonden waren? Dat het gewenste resultaat zich enkel toonde op het moment dat het transformatieproces zich ook in het binnenste van de alchemist had voltrokken? Het was overgave. Nederig je wezen overgeven aan de zachte kracht van de schepping die een nieuwe uitdrukkingsvorm van zichzelf boetseerde. Zoals een beeldhouwer uit een blok hout de vorm van een vrouwenlichaam tevoorschijn liet komen dat zich er al die tijd in schuilgehouden had. Plots waaide er een wind door het laboratorium, die de kaars uitblies.

'Ik kwam even kijken...' klonk de stem van gravin Anne Finch in de deuropening.

'Sst,' fluisterde Boyle gedecideerd.

Anne Finch sloot de deur achter zich en ging op de tast naar de plek waar Boyles stem vandaan was gekomen. Ze hoorde het gerommel waarmee hij in het donker met de tondeldoos de kaars weer aanstak. Eerbiedig zweeg ze en ging naast hem op het houten bankje bij de rood smeulende haard zitten. Boyle beduidde met zijn ogen dat ze naar de tot de rand gevulde smeltkroes met donker water moest kijken. Die mysterieuze poel waarin de oermaterie gistte. Isaac was onverstoord door Anne Finch' binnenkomst en het leek alsof zijn glinsterende ogen zich door het water boorden en de krachtbron waren van wat zich onzichtbaar manifesteerde. Zoals de zon met zijn gloed de aarde tot leven bracht. Alles wat in de natuur tot bezieling werd gebracht, had warmte nodig. De aarde wentelde zich immers ook vierentwintig uur per dag in de aandacht van de zon, die haar overal verwarmde. Alles waar een mens zijn aandacht op richtte, kwam tot groei. Zo creëerden gedachten de werkelijkheid. Pas toen Anne Finch geheel was opgelost in de gewijde stilte, begon Isaac weer te spreken.

'Alchemie geeft inzicht in hoe God de wereld en zijn schepselen creeerde. Alchemie is kennis van God. Het is de dringende uitnodiging van de Schepper aan de mens om zelf te creëren. Om de schepping te vervolmaken.'

Gefascineerd keken ze hoe Isaac uiterst behoedzaam met een pollepel door het water roerde.

'Zien jullie dat bezinksel daar op de bodem?' zei hij na lang geduldig wachten. 'Dat is het. Kwikzilver is de ziel van alle metalen. Het is het enige metaal dat vloeibaar en vormeloos is. Als gewoon kwikzilver op de juiste manier is gezuiverd, wordt het actief. Het kwikzilver wordt levend en bezield, net zoals de eerste materie waaruit het universum tot stand kwam. De oermaterie. Dat is wat we filosofisch kwikzilver noemen.'

Vol ontzag tuurden ze naar de kleine reflecterende en glimmende bolletjes die op de bodem dansten.

'Wanneer dit levende kwikzilver de volgende zes fasen van de alchemie doorloopt, dan hebben we de Steen der Wijzen, de substantie die het mogelijk maakt om van alle metalen goud te maken, en belangrijker nog: die de ziel veredelt.'

'Jij bent een ware adept, Isaac,' stamelde Boyle. 'Ik vermoedde het al, maar was toch bang dat je de zoveelste charlatan zou zijn. Kijk dan toch, Anne, kijk, die droesem; dat is het.'

Begerig alsof ze naar het leven zelf wilde grijpen, liet ze haar hand in het water van de kroes glijden.

'Au!' riep ze uit, en ze trok hem weer snel terug. Op haar vingers verschenen meteen rode blaren.

'Het spijt me, mevrouw,' stamelde Isaac, die in één tel uit zijn hypnose ontwaakt was. Hij zocht in het donker naar de houten emmer die hij daarstraks met vers putwater gevuld had. Boyle blies ondertussen ongelovig op de rode blazen die zo snel op haar huid waren opgekomen.

'Verbijsterend,' zei hij. 'Ik maak een zalf voor je. Ik had je moeten waarschuwen, neem me niet kwalijk. Maar je hebt wel het ultieme bewijs geleverd dat dit werkelijk filosofisch kwikzilver is. Het bezit een enorme hitte die niet afkoelt. Die glimmende bolletjes hebben het koude water binnen de kortste keren bijna tot kooktemperatuur gebracht. Het is ontzagwekkend.'

Isaac goot het koude putwater over Annes hand.

'Gaat het weer een beetje, mevrouw?' vroeg hij bezorgd.

'Het maakt niet uit,' zei ze luchtig om de pijn te verbergen. 'Het is misschien een rare tic van me, maar ik koester elke pijn van mijn lichaam. Lijden lost alle bijkomstigheden van de geest op. Het brengt me iedere keer weer bij de essentie. Ik vind het een voorrecht dat ik bij dit moment aanwezig kon zijn, meneer Newton. Robert, dit is de adept naar wie je je leven lang hebt gezocht.'

Boyle mengde hoofdschuddend de ingrediënten van de zalf. Uit zijn rechteroog liep traag een dikke traan naar zijn rechthoekige lippen, die licht beefden.

'Ik had dit nooit kunnen maken als u mij "De Sleutel" niet had opgestuurd, meneer Boyle,' zei Isaac terwijl hij zijn jas aantrok. 'Waarom heeft u mij in vertrouwen genomen? Waarom heeft u mij dit geheime recept bezorgd?'

Aarzelend keken Boyle en Anne Finch elkaar aan, alsof ze twijfelden of ze deze jongeman in vertrouwen konden nemen over hun geheim. Maar zou het niet volstrekt onrechtvaardig zijn om hem in het ongewisse te laten? Instemmend knikte Anne naar Boyle.

'Natuurlijk wil ik u dat graag vertellen,' zei Boyle.

'Maar we kunnen u nu, zo laat op de middag, niet meer naar huis laten vertrekken,' vulde Anne aan, 'ik heb een kamer voor u in orde laten maken. En ik neem aan dat u onze gast wilt zijn bij het diner.'

'Dat is heel aardig, mevrouw,' antwoordde Isaac, die koortsachtig naar een excuus zocht dat toch zwaarwegend genoeg was om meteen weer naar Cambridge af te reizen. Zolang hij zich op het vertrouwde terrein bevond van de zaken die hij goed kende, voelde hij zich zelfverzekerd, maar hij was panisch voor sociale aangelegenheden. Hij bezat volstrekt geen talent om te keuvelen en over koetjes en kalfjes te converseren. Anne Finch had echter een verleidelijk argument om hem misschien toch van gedachten te doen veranderen.

'Er is hier nog een bijzondere gast op Ragley Hall, van wie ik zeker weet dat u hem wilt ontmoeten...'

6

De dinerzaal, waar Anne Finch' voorvaderen, vereeuwigd in metershoge portretten, vanaf de okergele lambrisering ernstig neerkeken op de lange eettafel, baadde in het kaarslicht. Hoewel de tafel, met gouden bestek en kristallen glazen, gedekt was voor vierentwintig personen, zaten er slechts vier gasten aan een hoek, die beleefd naar elkaar glimlachten.

'In de wintermaanden is het hier altijd stil,' verklaarde Anne de lege tafel aan Isaac, die met open mond rondkeek, 'maar om onverwachte gasten toch altijd een warme ontvangst te kunnen geven, laat ik de tafel volledig dekken. Ik heb altijd gedroomd van een grote familie. Francis, dit is meneer Newton, hoogleraar aan de universiteit van Cambridge.'

'Ah, wat een genoegen,' zei *Francis van Helmont* hartelijk met zijn Vlaamse tongval. 'Heeft u een goede reis gehad?'

'Jeova Sanctus Unus,' mompelde Isaac. Het was de gewoonte onder adepten om zich in hun onderlinge contacten te bedienen van een pseudoniem. Zijn spaarzame brieven aan andere alchemisten ondertekende hij dan ook met deze naam. Het was een anagram van de Latijnse schrijfwijze van zijn naam, Isaacus Neuutonus. Van Helmonts ogen twinkelden geamuseerd vanwege het scherpe contrast tussen de slordige, verlegen man en zijn hoogdravende schuilnaam. Het aannemen van een occulte naam was een magische hergeboorte. In de naam die hij koos of toegewezen kreeg, lag zijn ware bestemming en missie besloten. Iemand die zich 'De Enige Heilige God' noemde, moest aan ziekelijke hoogmoed leiden of geniaal zijn. De geheime naam moest immers verinnerlijkt worden. Je moest in de sjabloon van de naam kruipen en je eigen persoonlijkheid boetseren tot je de naam geworden was. In elke naam, of het nu die van een wezen, een mens of een ding was, lag de definitie van zijn aard besloten. Naamgeving was een magische kracht die God aan Adam verleend had.

Anne Finch rinkelde met haar zilveren belletje als teken voor de dienstmeiden dat ze het voorgerecht mochten opdienen. In een strakke lijn kwamen vier met een linnen kapje en schort getooide jongedames de zaal in en namen plaats achter de gasten.

'Je kunt opdienen, Sophie,' zei Anne Finch tegen de vrolijk kijkende brunette.

De vier zilveren schalen werden tegelijkertijd neergezet bij de gasten en het kwartet verdween net zo gedisciplineerd als het was binnen gewandeld. Isaac had geen idee wat hij met de zeevruchten aan moest. Met jaloezie keek hij naar de natuurlijke souplesse waarmee Boyle ze kraakte, feilloos aan zijn vork prikte en opat. Net toen hij zelf een poging wilde wagen, richtte Van Helmont het woord tot hem.

'Ik hoorde dat uw experiment Anna bijna haar hand heeft gekost, meneer Newton?'

In zijn zenuwen stak Isaac een zeevrucht met schelp en al in zijn mond, die luidruchtig kraakte onder het taaie breken.

'Is het waar dat u erin geslaagd bent om filosofisch kwikzilver te maken?'

'Excuses,' mompelde Newton. Discreet wendden de tafelgenoten hun blik af terwijl hij de stukken gebroken schelp uit zijn mond haalde.

'Het is niet mijn verdienste,' hakkelde hij terwijl er nog wat schelpscherfjes tussen zijn tanden kraakten, 'dat ik filosofisch kwikzilver maakte. Ik kreeg een manuscript van meneer Boyle. Ik weet niet waarom. Ik...'

Het zweet stond op zijn voorhoofd en hij was volledig de draad kwijt van wat hij wilde vertellen. Hij wist nu zeker dat het geen goed idee was geweest om te blijven. Waarom moesten mensen als ze bij elkaar zaten toch altijd de stilte vullen met woorden? Wisten ze dan niet dat woorden scheppingskracht hadden? Als mensen nu maar eens net zo zorgvuldig hun woorden wogen als een alchemist zijn ingrediënten, dan zou het woord weer de kracht krijgen waarvoor het bedoeld was. Het woord zou weer heilig worden en wonderen tot stand brengen in plaats van afval, verwijdering en misverstand. Hij was dankbaar dat Boyle het overnam.

'Hij is veel te bescheiden. Het is waar, ik heb hem "De Sleutel" bezorgd. Ik volg meneer Newton al geruime tijd vanaf discrete afstand. Zo wist ik dat hij geen gelukszoeker was, maar in alle rust en anonimiteit het grote werk volbracht.'

'O ja? Wie heeft u dat dan verteld?' vroeg Isaac wantrouwend.

'Maakt u zich geen zorgen, meneer Newton,' suste Boyle. 'Al diegenen die op de hoogte zijn van uw werkzaamheden, zijn allen Onzichtbaren... lid van het *Onzichtbare College*.'

'Net als ik.' Anne hief mysterieus haar glas.

'En ik,' voegde Van Helmont eraan toe.

Achterdochtig keek Isaac naar zijn tafelgenoten, die uitnodigend het glas naar hem richtten.

'Het Onzichtbare College?'

'Het Koninklijk Genootschap, meneer Newton, waar u zelf ook lid van bent, werd slechts met één doel opgericht: het maskeren van het Onzichtbare College,' zei Anne.

'Hoe bedoelt u?'

'Leg jij het hem uit, Robert. Jij bent tenslotte de oprichter.'

'U weet, meneer Newton, dat alchemie bij wet verboden is. Niet geheel ten onrechte overigens; het zou desastreus voor ons land zijn mocht iemand met slechte intenties erin slagen om goud te maken. Zo iemand zou de economie in elkaar kunnen doen storten. Toch is het, zoals u als geen ander weet, noodzakelijk om te graven naar hoe de schepping nu werkelijk in elkaar steekt. En daarvoor zijn de alchemistische kennis en studie onontbeerlijk. Heeft u wel eens gehoord van de *Hartlib Circle*?'

Isaac knikte.

'Hier op Ragley Hall was de ontmoetingsplaats van de broeders van de Hartlib Circle,' vulde Anne met trots aan. 'Hier werd al hun geheime kennis die religie met natuurfilosofie verbond uitgewisseld. Hier was de bibliotheek waar alle verboden manuscripten geraadpleegd konden worden. Robert was de rechterhand van Hartlib.'

Anne genoot ervan het middelpunt te zijn voor vernieuwende denkers. Ragley Hall, met zijn tientallen kamers en zijn uitgestrekte klassiek aangelegde tuinen, strak in het gelid staande boomgaarden, aanleunende bossen, idyllische plantsoenen en met hagen aangelegde doolhoven, was veel te groot voor haar en haar man. Vanwege haar voortdurende hoofdpijn was het ondraaglijk om te reizen. Haar man, die haar geluk voor het zijne stelde, was blij dat zijn veelvuldige afwezigheid gecompenseerd werd door schrijvers, filosofen en alchemisten die zo lang te gast mochten blijven als ze zelf wilden. Sommigen, zoals de kabbalist Van Helmont, schreven in de gastenkamers hun boeken en verbleven er jarenlang. Ragley Hall was in de loop der jaren de geheime tempel geworden van alchemistische, religieuze en esoterische kennis. Een heerlijke oase waar schriftgeleerden en occultisten uit heel Europa verbleven en werkten. Een veilige haven om hun ideeën te toetsen waarvoor ze in de buitenwereld vervolgd en bestraft konden worden. In haar gedreven zoektocht naar antwoorden op de geheimen van het leven, had Anne Finch een netwerk opgebouwd tot in de verste uithoeken van Europa. Alle kennis die ze op de bijeenkomsten uit eerste hand vernam, becommentarieerde ze in haar dagboeken.

'Na Hartlibs dood,' zei Boyle, 'gingen de bijeenkomsten door. In Oxford, en in Londen zelfs op wekelijkse basis. Maar wanneer er werkelijk discretie vereist was, ontmoetten we elkaar hier op Ragley Hall. We besloten ons het Onzichtbare College te noemen. *Robert Moray* was de verbindende factor tussen de koning en ons. Charles had grote belangstelling voor onze zoektocht. U weet van zijn voortdurende geldgebrek, en als iemand van ons erin zou slagen de *lapis philosophicus* te maken, dan zou dat Charles bijzonder gelegen zijn. Dan zou hij op onbeperkte schaal over goud kunnen beschikken. Het was zijn idee om een sluier op te richten in de vorm van het Koninklijk Genootschap waaraan hij zijn naam verbond. Robert Moray legde ons het plan voor. In het Koninklijk Genootschap zouden we elkaar openbaar kunnen ontmoeten. Daar zou onderzoek plaatsvinden naar dat wat wél toelaatbaar is voor de puriteinse anglicanen. Daar zouden we ons richten op zaken die van praktisch nut waren voor ons land: het verbeteren van onze scheepvaart, het ontwikkelen van oorlogstuig, het berekenen van de lengtegraad. Het Onzichtbare College zou een parallel leven leiden onder de vlag van het Koninklijk Genootschap. En onder die veilige dekmantel gaat het Onzichtbare College door met zijn werkelijke onderzoek naar verborgen kennis. Ons onderzoeksterrein is de bijbelse kennis die we natuurfilosofisch willen verklaren, de alchemie, de *kabbala*. Zo is het Onzichtbare College er op meesterlijke wijze in geslaagd zich geheel te vermommen in het gewaad van het Koninklijk Genootschap. Zo werden we wat we wilden zijn: onzichtbaar.'

'En zoals u weet,' vulde Van Helmont aan, 'zijn esoterie en natuurfilosofie twee kanten van dezelfde medaille.'

Isaac was verbluft. Het leek alsof hij vanuit zijn geïsoleerde queeste opgenomen werd in een eeuwenoude parade van broeders die door dezelfde honger naar kennis gedreven werden. Alsof hij in de karrensporen van de tijd liep waarin al die mystici en adepten van de verloren gegane kennis elkaar ontmoetten en hun inzichten met elkaar deelden omdat de vracht te zwaar was voor één man alleen.

'Welkom bij het Onzichtbare Genootschap,' zei Boyle plechtig.

Terwijl de meiden de borden afruimden, schudde Isaac niet-begrijpend zijn hoofd.

'Waarom vertelt u mij dit, wat verwacht u van mij?' vroeg hij, op zijn hoede.

'Wat is hij bescheiden, hè?' zei Boyle bewonderend tegen Van Helmont.

'Meneer Newton,' zei Boyle, terwijl hij zijn hand op Isaacs hand legde, 'ware adepten zijn zeldzaam. U bent geslaagd voor de proef die ik u oplegde. Maar om verder te komen in het grote werk hebben we elkaar nodig. Daarom moeten ware adepten zich verbinden en hun missie dienstbaar maken aan een hoger doel. Ons doel is goud te maken. Voor de koning.'

'Wat?' vroeg Isaac ongelovig. 'Goud maken voor de koning? Dat is... neemt u mij niet kwalijk... belachelijk! U kunt dit toch niet ernstig menen?'

De dienstmeiden, die opnieuw hadden plaatsgenomen achter hun gasten, aarzelden of dit het goede moment was om te serveren. Anne gaf met een knikje haar goedkeuring aan Sophie, maar Newton ging onverdroten voort.

'Koningen hebben geen enkele andere verdienste dan dat ze voortkomen uit het zaad van andere koningen. Moeten wij hen daarom bewonderen, hun hogere gaven toedichten, hen verafgoden? Waarom eisen koningen de eer op van hun voorvaderen, hoe groot en machtig die misschien ook geweest zijn? Ieder mens moet zelf zijn werk volbrengen in deze wereld, ook een koning. Het is niet alleen een absurde, maar vooral een zondige neiging van de mens om koningen op een voetstuk te plaatsen. Er is maar één God. En we moeten allemaal zelf ons werk doen om Hem te leren kennen en een relatie met Hem op te bouwen. Als de koning zo graag goud wil maken, dan zal hij het zelf moeten doen.'

'Uitgeraasd?' vroeg Boyle vriendelijk toen Newtons woordenvloed eindelijk stokte.

'Ga jullie gang,' zei Anne Finch met een knipoog naar de roerloos voor zich uit starende dienstmeiden, die geoefend waren om in alle omstandigheden discreet en voorkomend te blijven.

Een lange tijd was alleen het geluid van het gouden bestek en beschaafd kauwende monden te horen. Toen nam Van Helmont, die zich tot dan afzijdig had gehouden, een slok uit zijn glas en sprak uiterst behoedzaam: 'Meneer Newton, het is een bewonderenswaardige prestatie van u om filosofisch kwikzilver te maken. Wat ik daarover weet – en corrigeert u mij vooral als ik het fout zie – is dat deze eerste stap, calcinatie, alleen lukt wanneer de alchemist zijn eigen belang oplost en loslaat. Klopt dat?'

'Precies,' zei Isaac, opgelucht dat tenminste iemand in dit gezelschap het wezen van zijn nobele kunst begreep.

Tevreden streek Van Helmont door zijn bruine baard, depte zijn lippen met het servet, schoof zijn stoel naar achteren en begon toen aan een langzame wandeling om de uitgestrekte tafel.

'Bent u vertrouwd met de kabbala?'

'Natuurlijk,' zei Newton, die met bewondering de door Van Helmont vertaalde werken van *Yitschak Luria* gelezen had waarin hij overtuigend aantoonde dat het Hebreeuws de oorspronkelijke taal van de schepping was en waarin met de tweeëntwintig letters van het Hebreeuwse alfabet het universum werd gecreëerd. Zelfs Isaacs kleurentheorie bleek al in de kabbalistische geschriften neergeschreven te zijn: 'Wit licht bevat alle kleuren van het spectrum. Alle kleuren vermengen zich met elkaar, uitgezonderd wit, omdat dit alle kleuren bevat.' In Van Helmonts vertaling vond hij de bevestiging dat alle kennis al in deze wereld aanwezig was geweest, maar verloren was gegaan.

'Genesis is het grootste alchemistische werk dat geschreven is. Een alchemist tracht het werk waarbij God uit donkere chaos de wereld, de wateren en de hemel creëerde, te imiteren. Ook wij proberen het leven in onze smeltkroezen opnieuw uit te vinden door de bouwstenen van de schepping te scheiden en ze nieuwe verbindingen te laten aangaan. Wie de teksten uit Genesis werkelijk goed ontleedt en decodeert, komt tot de meest exacte beschrijving van de werking van alchemie. De kabbala is een nauwkeurig instrument om die code te ontcijferen.'

Van Helmont knikte instemmend en bleef aan de andere kant van de tafel staan.

'U weet natuurlijk dat "kabbala" het Hebreeuwse woord is voor "ontvangen". Het is de geheime kennis die Mozes van God ontving op de berg Sinaï. Als ik de filosofie van de kabbala in één zin zou moeten samenvatten, dan zou die luiden: "Het principe dat elk wezen oneindig veel wil ontvangen van de schepping, om zo veel mogelijk te kunnen geven." Wanneer we alleen maar willen ontvangen voor onszelf, dan stokt de cyclus. Het rad van het leven draait volgens het principe dat men wat men geeft ook weer in ruime mate ontvangt, en omgekeerd.'

'Ja.' Hooghartig verborg Isaac zijn onwetendheid over de praktische implicaties van de kabbala.

'Nu dan,' zei Van Helmont, terwijl hij ontspannen op een stoel ging zitten en zijn benen op tafel legde, 'u heeft dat filosofisch kwikzilver kunnen maken omdat u erin slaagde uw eigenbelang op te geven en één te worden met de oplossing in uw mengsels. Maar nu u het heeft, kan ik me niet aan de indruk onttrekken, dat u zich aan het resultaat vast wilt klampen. Dat u deze uitvinding voor uzelf wil houden. Dat het een middel is om u alle macht en kennis van het universum te geven. Vreest u niet dat die u zo zal ontglippen?'

Isaac krabde ongemakkelijk aan zijn voorhoofd. Van Helmont wekte de demonen die hij dagelijks bevocht. Alleen door nederig, bijna routineus, elke dag dezelfde proeven te herhalen, waarbij hij het doel van de proeven uit het oog verloren was, was Isaac uiteindelijk geslaagd. Maar nu hij succesvol was, dreigde het grootste gevaar. Het was vrijwel onmenselijk om even nederig te blijven wanneer het eerste succes werd geboekt. Daarom werkte hij ook het liefst in de pastorale anonimiteit van Cambridge, waar niemand aandacht aan hem schonk, waar niemand belang stelde in waar hij mee bezig was. Dit bezoek aan Ragley Hall confronteerde hem met zijn diepste angst: dat zijn zelfzuchtigheid niet opgelost was, maar zich slechts tijdelijk op de bodem van zijn ziel had verscholen, zoals een zeemonster waarvan men veronderstelt dat het uitgestorven is. Met ingehouden adem keken Anne Finch en Boyle toe hoe Van Helmont behoedzaam een redenering opbouwde als een valstrik die uitgezet werd voor een haas.

'Nu dan, meneer Newton,' vervolgde Van Helmont zijn ommegang rond de tafel, 'het proces waar u in zit is diepmenselijk. Het is het gevecht dat wij allen elke dag leveren. We streven allemaal naar succes, ieder op onze eigen manier en met onze eigen doelen, maar wanneer het binnen handbereik is, brengen we een mechanisme op gang om het te boycotten. Hoe groot ons verlangen naar succes ook is, het intimideert ons en maakt ons bang. Stel dat u er werkelijk in slaagt ook de volgende zes stappen te doorlopen en de Steen der Wijzen te aanschouwen. Het zou van u de meest wijze en invloedrijke man op aarde maken. Wat een verantwoordelijkheid. Zou u die aankunnen? Zou u met die macht kunnen omgaan?'

Van Helmont legde zacht zijn handen op de schouders van Isaac, wie het zweet uitbrak. Hij voelde zich misselijk en verlangde naar huis, naar John.

'Waarom die neiging, meneer Newton, om uw inzichten uitsluitend voor uzelf te houden en niet te delen met de rest van de mensheid? Alles wat een mens geeft, ontvangt hij vroeg of laat weer terug op zijn pad. Geven en ontvangen zijn synoniemen. Dus wie weinig geeft, hoeft niet verbaasd te zijn dat hij weinig ontvangt van het leven...'

'Maar... maar...' hakkelde Newton, 'dat is niet waar. Ik heb mijn werk getoond aan Boyle, toch?'

'Ja,' zei Van Helmont, 'maar goud maken voor de koning is u te min? Wilt u zowel het materiële als het geestelijke goud voor uzelf houden? Vindt u de koning niet belangrijk genoeg? Het landsbelang? Uw land staat financieel aan de afgrond. Er is geld nodig om Londen weer op te bouwen, om een nieuwe vloot neer te zetten, om dit land veilig en welvarend te maken. Hoe denkt u dat koning *Salomon* zijn rijk zo welvarend heeft gemaakt?'

'Met goud,' beaamde Isaac na een lange stilte.

'En waar heeft uw land in deze moeilijke tijden de meeste behoefte aan?'

'Aan goud,' gaf Isaac toe.

'Heeft u dan het recht uw land te onthouden wat het kan redden? Heeft u, die begiftigd is met zo'n groots talent, het recht dit niet ten dienste te stellen van het nut van het algemeen? Er staat niet voor niets geschreven dat hij die werkelijk nederig is, het grootste offer dat denkbaar is heeft gebracht. Wanneer een mens zichzelf niet langer los ziet van de rest van de wereld. Alles wat we doen, hoort het algemene belang te dienen, in plaats van ons persoonlijk belang. Zou de mensheid ooit een ontwikkeling hebben doorgemaakt als alle grote genieën die hebben geleefd hun inzichten voor zichzelf hadden gehouden?'

Isaac tuurde in zijn bord.

'Neemt u me niet kwalijk,' zei hij ten slotte, en hij ontworstelde zich aan de greep van Van Helmont en stond op. 'Ik voel me niet zo lekker. Welterusten.'

7

Beroerd klampte Isaac zich vast aan de met bloemmotieven beschilderde baldakijnen van het bed. In een machteloos gebaar weerde hij met zijn hand de leren ruggen af die vanuit de bibliotheekkast naar hem toe leken te wankelen. Hij had het benauwd. Het zweet gutste uit al zijn poriën. Als een schuim verzamelende golfslag die op de kust af stormt, rees het gekokhals op uit zijn maag. Hij zwalkte naar het raam en duwde het met slappe armen open. Een rode gebonden soep met vermalen fazant en geplette druiven spoot in een paar forse stoten over de rand van het venster. Hij schaamde zich voor het dierlijke gebrul waarmee dit gepaard ging. Pas toen hij dacht dat werkelijk elke druppel maagsap uit zijn ingewanden was geperst, sloot hij het raam en ging opgelucht op de witte gehaakte sprei liggen. Maar enkele minuten later hing hij weer over de vensterbank. Anne Finch had gelijk, dacht hij, terwijl de ijzige wind door zijn haren speelde. Wanneer men ziek was, werd al het andere opeens onbelangrijk. Het intensiveerde de ervaring van het leven. Alsof de tijd, opgejaagd door almaar sneller gaande gedachten, tot stilstand werd gebracht. Het lijden dwong de mens stil te staan bij wat werkelijk essentieel was. Willoos, als een wapperend laken dat hangt te drogen in de wind, lag hij over de vensterbank toen hij gekraak in de kamer hoorde. Hij draaide zijn hoofd en dacht dat hij hallucineerde toen hij de boekenkast zag opendraaien als een deur. Door een donkere hal kwam langzaam een schim met een flakkerende kaars op hem toe lopen. Zijn hart bonkte in zijn keel, en als hij zich niet zo week in zijn knieën had gevoeld, dan zou hij zich als een stormram op de donkere figuur hebben gestort. Maar nu kon hij zich alleen maar klein maken, in elkaar gezakt tegen de koude roze muur onder het raam.

'Ga weg,' wilde hij schreeuwen, maar hij vond er de kracht niet toe. Toen voelde hij een koele hand op zijn voorhoofd.

'Rustig maar, meneer Newton.' Hij herkende de Vlaamse tongval van Van Helmont. 'Ik zal u helpen. Ik maak even wat zoutwater, dat uw maag wat rust zal geven. U moet overgevoelig zijn voor iets wat we vanavond gegeten hebben. De zeevruchten wellicht. Mijn vader kon daar ook niet tegen. Ik ben zo terug.'

Isaac had de kracht niet om te protesteren en zag dat de bibliotheekkast daadwerkelijk een geheime draaideur verborg, waarin Van Helmont verdween. Beschaamd strompelde hij naar het fragiele tafeltje waar een kan water stond, waar hij snel zijn gezicht mee schoonwaste. Daarna kroop hij weer naar zijn bed en toen hij daar nog maar net rillend in lag, kwam Van Helmont weer binnen met een glas zoutwater.

'Alle kleur is uit uw gezicht verdwenen, meneer Newton. Drinkt u dit maar met kleine slokjes op; dan zal het wel beter gaan.'

Als een hulpeloos kind gehoorzaamde hij, en hij liet zelfs toe dat Van Helmont door zijn haren streek. Hij probeerde te doen alsof hij sliep, maar Van Helmont bleef zwijgend als een bezorgde dokter naast zijn bed zitten. Terwijl langzaam de rust in Isaacs maag weerkeerde en zijn temperatuur zakte, besefte hij dat hij zich zijn ontmoeting met Van Helmont anders had voorgesteld. Hij schaamde zich om zo overgeleverd te zijn aan de zorgen van de vertaler die hij hevig bewonderde. Hij hield zijn ogen gesloten en hoopte dat dit voor de Vlaamse dokter reden zou zijn om de kamer zachtjes te verlaten. Maar de goedmoedige man bleef op zijn post en Isaac voelde dat zijn ernstige ogen onafgebroken op zijn gelaat bleven rusten.

'Gaat het weer een beetje, meneer Newton?'

'Ja hoor, dank u,' antwoordde Isaac met droge stem. 'Gaat u maar weer slapen. Ik red me nu wel.'

Van Helmont bleef zitten alsof hij Isaacs dringende verzoek niet had gehoord. Hij nam Newtons hand en lange tijd was alleen zijn geduldige, zware ademhaling te horen in de kamer die zo kil als een ijskelder was geworden. Van Helmont stond op, sloot de ramen en ging toen tot ergernis van Isaac weer op de stoel naast het bed zitten.

'Meneer Newton,' vroeg hij toen, 'wat gaat u eigenlijk doen nu u van plan bent om de universiteit van Cambridge te verlaten?'

'Ik ga terug naar Woolsthorpe. Naar mijn moeder. De boerderij overnemen.'

'Zo,' zei van Helmont begripvol. 'Dat zal een hele omslag zijn. Het boerenleven is erg zwaar. Maar als dat uw roeping is, moet u natuurlijk uw hart volgen.'

'Ja.'

'En de alchemie? Zult u die niet missen? Want daar zult u dan natuurlijk geen tijd meer voor hebben.'

Isaac zweeg. Wanneer ging deze man nu eindelijk eens weg, was het enige wat hij de hele tijd dacht. Hij probeerde een licht gesnurk in zijn ademhaling te laten doorklinken, maar Van Helmont bleef als een stenen wachter naast hem zitten.

'Ik kan me er wel iets bij voorstellen,' zei deze na een lange stilte. 'Als u benoemd wordt en tot predikant wordt gewijd, moet u de Eed van de Anglicaanse Kerk zweren, en voor een man op zoek naar universele kennis is dat onmogelijk.'

Isaac opende zijn ogen en keek Van Helmont verbaasd aan. Hoe kon hij weten dat dit de reden was dat hij de universiteit verliet? Tegen niemand, zelfs niet tegen zijn vriend John, had hij dit verteld.

'U bent niet alleen,' zei Van Helmont geruststellend. 'U denkt dat u uw geheimen angstvallig moet bewaren, maar de waarheid is dat u omringd bent door broeders die net als u graven naar de werkelijke kennis die in een ver verleden verloren is gegaan.'

Isaac ging rechtop zitten. Waar doelde Van Helmont op? Was hij niet de enige die het eigenzinnige pad bewandelde dat hij ging?

'Pas op, meneer Newton, u kunt beter nog wat blijven liggen.'

Van Helmont had gelijk. De misselijkheid kwam meteen weer opzetten, en Isaac zakte gedwee in de kussens.

'Weet u waarom ik die eed niet wil afleggen?' vroeg hij voorzichtig.

'Omdat u er niet in gelooft,' zei Van Helmont vanzelfsprekend.

Blij verrast keek Isaac hem aan. Deze man wist waar hij het over had. Zou het dan echt waar zijn dat hij niet alleen was? Isaac voelde voor het eerst behoefte om zijn verworven inzichten te delen. Nog nooit had hij met iemand kunnen praten over wat hij op eigen kracht had ontdekt.

'Zal ik u vertellen waarom die eed onmogelijk is?' vroeg hij zachtjes.

'Heel graag.'

'Wie zweert op de Drie-eenheid, doet aan afgoderij,' fluisterde Isaac.

Hij keek of Van Helmont schrok van deze mededeling, maar met een knikje moedigde die hem slechts aan zijn verhaal te vervolgen.

'Afgoderij zit in de mens ingebakken. God had nog maar net een verbond met Noach gesloten, of de mens verviel weer snel in ijdelheid en dacht dat hij zo gezegend was dat hij een toren kon bouwen die hem rechtstreeks toegang tot de hemel zou geven. Dat is de symboliek van de toren van Babel: de mens die in zijn zelfzucht God naar de kroon wilde steken. Wanneer we ons zelfbeeld bouwen op ijdelheid in plaats van op devote kennis, stort onze toren vroeg of laat in. God greep in door de gemeenschappelijke taal die de mensen toen spraken, het Hebreeuws, in zeventig verschillende talen uiteen te laten vallen. Men verstond elkaar niet meer, de toren stortte in, en de zeventig volkeren die zich over de aarde verspreidden, hielden zich niet langer aan de zeven *noachidische principes*. Zeventig stammen, onder het koningschap van de zonen en de kleinzonen van Noach. Om zichzelf te manifesteren, gingen de volkeren deze afstammelingen vergoddelijken. Ieder volk wilde zijn eigen God. Zo werd Noachs zoon Cham in de loop der eeuwen Hammon, Zeus of Jupiter. Over de hele wereld werden nieuwe goden gecreëerd die herinnerden aan het geslacht van Noach. De zinnelijke dochter van Ham werd Aphrodite, Venus en Ishtar. Er ontstond een chaos aan goden. En daar ontstonden de conflicten en oorlogen uit. Men ging elkaar bestrijden, met persoonlijke goden als beschermers. Dat was precies waar God ons voor gewaarschuwd had. Daarom heeft Hij ons het verbod op afgoderij gegeven. Er is slechts één alomtegenwoordige God, en die verbindt ons mensen met elkaar.'

'En zo maakten we ook van Christus een godheid, bedoelt u, een godheid die de mensen weer verdeelt, in plaats van samenbrengt?'

Wantrouwend keek Isaac of hij Van Helmont ook op dit tere punt in vertrouwen zou nemen. Isaac wist dat zijn ideeën hierover door iedereen als ketters zouden worden beschouwd. Die waren vrijwel onmogelijk uit te leggen aan mensen, die zich niet net zoals hij in de kerkgeschiedenis hadden verdiept. Maar de vertrouwelijke blik van Van Helmont gaf hem de moed ook in deze kwestie openhartig te zijn.

'Christus was een profeet, net zoals Mozes, die naar ons werd gestuurd om ons te herinneren aan het aloude verbond. Om ons te verenigen onder één God. Maar de boodschapper zelf werd een instrument voor afgoderij. God is God en Jezus is Zijn boodschapper, maar zweren dat die twee hetzelfde zijn, is gevaarlijk. Kijk maar naar alle Kerken en geloofsgemeenschappen die opgericht zijn omdat ze een net iets andere visie op Jezus verkondigen. Door Jezus tot God te verklaren, maakten we God menselijk. Doordat we onszelf in hem wilden herkennen, ontdekten we juist de verschillen. En die verschillen kregen de proporties van Kerken die elkaar bevechten. Het is daarom ketters Jezus te aanbidden alsof hij God zelf was.'

'Hoe ziet u Jezus dan?'

Isaac dacht na. Hij had een moeilijke verhouding met Jezus. Hij erkende zijn goddelijke bezieling en inspiratie, maar weigerde hem als God te zien.

'Zou God zichzelf laten kruisigen?' vroeg hij bedachtzaam. 'Wat zou de zin daarvan zijn? Pas in de menselijkheid van Jezus krijgen de kruisiging en het lijden betekenis. Jezus levert zich over aan God. Hij wierp zich toch plat ter aarde in de Hof van Olijven en riep uit: "Mijn vader, als het mogelijk is, laat deze beker aan mij voorbijgaan. Maar toch, niet zoals ik wil, maar zoals Gij wilt." Hij liet ons toch zijn onderworpenheid zien? Zijn onvoorwaardelijke vertrouwen in de ene God in wiens handen hij zijn lot en leven legt?'

'Maar,' formuleerde Van Helmont aarzelend, 'als Jezus niet gekruisigd was en drie dagen later niet uit de dood was opgestaan, dan was er misschien geen christendom ontstaan. Dan was Jezus slechts één van de vele profeten geweest. Heeft hij niet in zijn onsterfelijkheid zijn goddelijkheid bewezen?'

Isaac sloot zijn ogen en begon als in een trance heel rustig te vertellen. Woorden die hij nooit eerder zelf had gedacht of gelezen.

'Nee, Jezus was een instrument van God. In zijn herrijzenis liet God ons een glimp zien van de onsterfelijkheid die we allemaal bereiken kunnen. Jezus was een alchemist. Zijn kruisdood was zijn ultieme alchemistische werk. Hij loste zichzelf helemaal op. In dat proces ontstond een nieuwe vorm van leven, een onsterfelijke natuur, een spirituele staat van zijn. Dat is de Steen der Wijzen. In de ontbinding van de dood wordt de essentie van de mens herboren, precies zoals uit de oplossing van metalen uiteindelijk goud ontstaat.'

Toen hij zijn ogen weer opende, keek hij in twee paar ogen. Geruisloos was Anne Finch de kamer in gelopen en had met ontzag geluisterd naar de rustige stem van de bleke man op het bed. Even voelde ze zich verzoend met de dood van haar kleine jongetje dat op tweejarige leeftijd was overleden. Het was een mokerslag geweest die nog steeds na al die jaren nadreunde. Sinds die noodlottige dag had ze onophoudelijk die soms zeurende, vaak vlammende hoofdpijn die haar hersenen leek te koken. Zou alles, vroeg ze zich af, of het nu een steen, een bloem, een paard of een zuigeling was, behalve een materiële vorm ook een onsterfelijke, spirituele natuur bezitten? Was het de aard van deze spirituele natuur om zich te ontwikkelen tot zijn hoogst denkbare vorm? Zoals het winterbos zichzelf in de zomer weer probeerde te overtreffen in pracht en praal, was het streven van elk leven misschien wel zich te ontplooien tot een almaar betere versie van zichzelf. Was het wezen van het zieltje dat ze gebaard had zo zeldzaam vluchtig dat het was opgelost? Een filosofische transformatie tot een hogere, ijle levensvorm, zoals deze stugge alchemist de materie naar een hoger, zuiverder plan wilde tillen?

De voorzichtige schemer van een gure winterdag glooide door het slaapkamerraam.

'Welkom bij het Onzichtbare College,' zei Anne Finch. 'Morgen ga je naar Londen.'

'Naar Londen?'

'Ja,' fluisterde Anne. 'Wij zullen je helpen. Je gaat met Robert naar de koning.'

8

Terwijl de wind met vlakke hand, woest en opdringerig, tegen de ramen van het paleis van *Whitehall* sloeg, genoot koning Charles van het hete water dat zijn vermoeide benen kookte. Hij gaf zich over aan de zachte hoofdmassage van het kamermeisje, terwijl hij wachtte op de komst van Louise.

'Doe maar iets harder, lieverd,' kreunde hij, en gehoorzaam liet het meisje haar vingertoppen steviger over de koninklijke schedel cirkelen. Genoeglijk zag hij door de ramen hoe de kale takken van de bomen heen en weer werden geschud terwijl de donkergrijze wolken briesend voorbijraasden. De regen kletterde tegen de daken. Wat een geschenk om vanavond verder geen verplichtingen meer te hebben en zich volledig te kunnen overgeven aan zijn genegenheid voor zijn kleine Louise. Alleen al het verlangen naar haar gaf hem een donker-warm, bronstig gevoel, en hij verheugde zich op de surprise die ze hem voor vanavond beloofd had. Charles' nieuwe vriendin *Hortense*, die net zoveel van vrouwen als van mannen hield, had de trend gezet door hem te trakteren op een ménage à trois. Zijn oude vlammen wilden niet achterblijven en buitelden nu over elkaar heen om hem te tonen dat deze Franse modetrend niet aan hen voorbijging. Hoewel het veel van Charles' krachten en kunsten vroeg, wist hij dat als een vrouw alleen hem nog wilde behagen, ze wel zeer getalenteerd zou moeten zijn. Het was zo verrukkelijk het middelpunt te zijn in een liefdesfeest waarbij twee vrouwen elkaar en hem beminden. Het woordeloze spel met de ogen, het subtiele gevecht om aandacht dat harmonieus overvloeide in een gloed van overgave waarbij een kluwen lichamen een drie-eenheid werd. Het uitgeputte neerstorten waarbij twee warme vrouwenlichamen tegen hem aan kropen en vredig nagenoten in lieflijk gekus en gestreel. Hoe groter een man en zijn status, hoe meer hij het nodig had zich uit te drukken in de vrouw, zo was zijn overtuiging. Iemand die niet minder was dan de zoon van God, moest net als Zeus zijn zaad met wellust en creativiteit over de wereld verstrooien. Alleen bij vrouwen kon hij zich helemaal laten zien zoals hij was. Zowel in volle kracht als in weerloosheid, in verlangen en in ontroering, in slagvaardigheid en in twijfel. Zij waren de oases waar hij zijn dorst leste in zijn manmoedige tocht door de woestijn van het leven. In het aanraken van een vrouw vond hij de reden van zijn bestaan. Vrouwen herinnerden hem aan zijn betere zelf. Bij hen was hij slechts de virtuoze vertolker van de liefde die overgave, hartstocht en bevrediging meebracht zoals de drie koningen mirre, wierook en goud. Als er één titel was waarin hij herdacht wilde worden, dan was het als liefdesgod die vrouwen tot godin had gekust.

Charles' zoete dagdroom werd verstoord door geklop aan de deur, dat hij besloot te negeren. Hij had toch duidelijk gezegd dat niemand hem mocht storen. 'Zelfs als Londen vannacht weer afbrandt, moet je twee keer nadenken of het echt nodig is mij daarmee lastig te vallen,' had hij tegen zijn kamerheer gezegd.

Enkele minuten later werd er weer aangeklopt, en vastbesloten diegene, wie het ook was, voor eeuwig te verbannen naar een van de koloniën, sprong Charles geïrriteerd uit bad. Spiernaakt trok hij de deur open en zag de kamerheer staan, met in zijn kielzog Robert Boyle en een onbekende man.

'Doorluchtige hoogheid...' zei de kamerheer.

'Bedankt voor je diensten, Mike,' zei de koning. 'Dit was je laatste dag. Vaarwel.'

'Straft u deze goede man niet, majesteit,' kwam Boyle snel tussenbeide. 'Hij handelde slechts omdat ik zo vastberaden was. Hij heeft me op alle mogelijke manieren de deur willen wijzen, maar ik heb van hem geëist dat hij u stoorde.'

Brutaal keek Charles naar de glimmende Boyle.

'Ik hoop dat je daar een goede reden voor had, Robert.'

'Goud? Oneindige rijkdom? Nooit meer geldzorgen,' vroeg Boyle, 'is dat een goede reden?'

Charles dacht even na.

'Twee minuten,' zei hij. Kordaat stapte hij weer in het bad, waarin hij zich liet wegzakken. 'Ga verder, Maggy, hier bij mijn slapen.'

Zelfverzekerd liep Boyle naar het bad toe.

'Wat ik u te zeggen heb, is uiterst vertrouwelijk, sire. Ik kan het niet vertellen met haar erbij.'

Met een nors hoofdknikje dirigeerde hij het kamermeisje de deur uit.

'Dank u, sire. Dit is Isaac Newton, hoogleraar in Cambridge. U heeft destijds vol verwondering door zijn telescoop gekeken die hij aan het Koninklijk Genootschap heeft bezorgd.'

Charles herinnerde zich het donkerbruine apparaatje, nauwelijks een mannenhand groot, waarmee hij wel veertig keer verder had kunnen kijken dan met andere telescopen. Door niet rechtstreeks naar de sterren te kijken, maar naar het spiegelbeeld van het licht dat de lens opving, was ook de scherpte spectaculair verbeterd. Om een zo glanzend mogelijk spiegeltje te creëren had Newton gezuiverd *antimonium* onder een snel, heet vuur vermengd met ijzer, koper, tin, lood, zilver en drievoudig gedestilleerd kwikzilver. Zo had hij bijna spelenderwijs de *Star Regulus* gemaakt, wat de meeste alchemisten zelfs niet in een lang, toegewijd leven lukte. Toen deze kleine koning, zoals de steen ook genoemd werd, eenmaal was gewassen, bleek het de perfecte spiegel te zijn voor zijn telescoop. Koning Charles keek naar de verlegen man met de verwaaide haren en afgezakte kousen die bij de deur was blijven staan en naar de grond keek.

'Maar wat nog veel interessanter is, majesteit: Isaac is een van de zeldzame adepten die er in geslaagd zijn om filosofisch kwikzilver te maken. Zoals u weet is dat de eerste belangrijke stap ter voltooiing van de lapis philosophicus...'

Charles ging overeind zitten en gebaarde dat Isaac dichterbij moest komen.

'Kijk me aan,' sprak Charles.

Ingespannen probeerde Isaac naar de ogen van de koning te kijken en zijn blik niet te laten afdwalen naar diens naakte lichaam.

'Klopt het wat Robert zegt?'

'Ja, sire.'

Charles rees overeind en stond rechtop in al zijn koninklijke glorie. Hij stapte over de rand van het bad en liep naar de deuren van de grote ingebouwde kast, die hij opende. Isaac volgde de koning verbaasd langs de geheime trap die naar een middelgrote kamer leidde, recht onder de slaapkamer van de koning, waar alle benodigdheden stonden die een alchemist bij zijn werk gebruikt. Het was een volledig geëquipeerd laboratorium, dat, aan de smeulende haardkolen te zien, nog niet lang geleden gebruikt was. Charles ontstak een kaars en pakte van een schap een flesje, deed de kurkstop eraf en liet Newton ruiken.

'Merkwaardig,' zei hij, vervoerd door de delicate, fijne geur. 'Vlugzout, maar dan zonder de bijtende geur van ammoniak.'

'Mijn recept,' zei Charles trots. 'Ik heb het koningszout genoemd, maar sommige dierbare vriendinnen noemen het "Charles' druppels".'

'Ik ruik ruwe zijde,' zei Newton.

'Zeer goed, mijn jongen,' zei de koning. 'Dat is inderdaad het geheime bestanddeel. Mooi laboratorium, toch?'

Charles ging voor Newton staan, pakte zijn schouders stevig vast en vroeg indringend: 'Ik heb hier al heel wat alchemisten hun kunsten zien vertonen. Prachtige verhalen hebben ze, maar niet één heeft ook maar een gram goud gemaakt. Waarom zou jij het wel kunnen? Beweer jij dat je de Steen der Wijzen kunt maken? Kun jij alle onwaardige metalen van dit land omzetten in goud?'

'Als er iemand is die dat ooit kan,' antwoordde Isaac vastberaden, 'dan ben ik het.'

Charles verbaasde zich over dit zelfverzekerde antwoord. Boyle had hem al die tijd op de hoogte gehouden van zijn alchemistische vorderingen, maar altijd waren die omgeven door tal van mitsen en maren. Charles had allang de hoop opgegeven dat ooit iemand hem zou garanderen dat het lukte.

'Is dit waar?' vroeg hij aan Boyle.

'Meneer Newtons kwaliteiten zijn uitzonderlijk,' bevestigde Boyle. 'Maar...'

De koning liet Newton geërgerd los, liep de trap op en zocht weer warmte in het hete water van het bad. Daar kwam weer een maar om zijn prille hoop de bodem in te slaan.

'Isaac heeft een probleem. Om redenen die nu te ver leiden, wil hij niet de priestereed afleggen om vast benoemd te worden aan de universiteit. De kanselier, uw zoon, Scott, staat daarop en zal Isaac ontslaan als hij dat niet doet. Dat zou betekenen dat hij de boerderij van zijn moeder moet overnemen en niet meer in de gelegenheid is zijn onderzoek voort te zetten...'

'Dus?' vroeg Charles niet-begrijpend.

'Dus wil ik u verzoeken om dispensatie voor het afleggen van de eed.

U zult uw zoon daar ongetwijfeld van kunnen overtuigen...' zei Boyle terwijl hij de koning doordringend aankeek.

'Wat een timing,' riep Charles pathetisch uit. 'Ik probeer net het parlement te overtuigen om de wet waarin het hele land verplicht wordt de Eed van de Anglicaanse Kerk af te leggen aan te scherpen. Ik wil dat ze me goddelijk verklaren. Hoe kan ik dan verantwoorden dat alleen meneer Newton hiervan vrijgesteld is, beste Robert? Dan maak ik mezelf toch ongeloofwaardig?'

Monsterend keek hij naar de hoogleraar, die met gebogen hoofd voor hem stond.

'Vertel me: waarom wil je de eed niet afleggen?'

Boyle wilde in zijn plaats de vraag omzeilen, maar Isaac had al gemompeld: 'Het *Concilie van Nicea*.'

'Wat zei je?' vroeg de koning.

'Het Concilie van Nicea,' herhaalde Boyle. 'Maar daar gaat het nu niet om. De kwestie is...'

'Het Concilie van Nicea?'

Isaac aarzelde, maar vond dat het zijn plicht was, nu hij deze unieke kans had, de man die er verantwoordelijk voor was dat het hele land een valse eed moest zweren in te lichten over zijn onderzoek, al was het met gevaar voor eigen leven.

'Tijdens dat concilie, in 325, werden de grondslagen bediscussieerd waarop het christendom zou steunen. Een van de deelnemers, *Arius*, veroorzaakte ophef door te stellen dat God en Jezus niet dezelfde waren. "God is de vader en Jezus de zoon," zei hij. "De zoon onderwerpt zich aan de wil van zijn vader. Dat zou hij niet hoeven te doen als hij aan de vader gelijk was." Arius toonde aan dat met God in de Bijbel altijd alleen "de vader" wordt bedoeld. De zoon zegt dat zijn vader groter is en noemt hem zijn God. Jezus was misschien het vleesgeworden woord van God, maar niet God.'

Isaacs betoog was een openlijke sollicitatie naar de gevangenis van *Newgate*. Er waren genoeg voorbeelden van mensen die voor minder expliciete aanvallen op het fundament van de Anglicaanse Kerk aan de stroppen van *Tyburn* bengelden.

'Hoe liep het af met Arius?' vroeg Charles wantrouwend.

'De discussie duurde vijftig jaar,' vertelde Isaac, 'tot op het *Concilie van Constantinopel*. Arius werd verketterd en verloor. In de geloofsbelijdenis werden Jezus en de Heilige Geest goddelijk verklaard. De Drieeenheid werd een dogma voor elke christen. Eén plus één plus één, werd één. In plaats van drie...'

'Je zou natuurlijk ook kunnen zeggen dat één maal één maal één, één bleef,' probeerde Boyle de ketterse uitspraken van Isaac te vergoelijken. 'En zijn water, ijs en waterdamp per slot van rekening ook niet drie uitdrukkingsvormen van water?'

Het bleef lang stil in de slaapkamer van Charles. Langdurig staarde de koning naar de hoogleraar, die eerder trots dan schuldbewustheid uitstraalde. Wat een parmantig mannetje, dacht hij, een sukkel op het eerste oog, tot bleek dat dit een vermomming was voor een eigenzinnige geest met bloedgevaarlijke ideeën. Maar om met God te worstelen waren zijn armen wat kort, dacht Charles minachtend. Hij had al wel eerder gezien dat vastberaden principes snel ingeruild werden na een paar jaar opsluiting in de rattenkelder van Newgate. Overtuiging bleek dan plots minder belangrijk te zijn dan vrijheid. Een mens die zo ijdel was om de enige, juiste visie te hebben over de aard van God, ontdekte in een vochtige, volgepropte cel dat God zich weinig bekommerde om zijn ideeën. Charles' overwegingen werden onderbroken door het afgesproken geklop op de deur van Louise. Twee korte tikjes, een pauze, en toen nog een tik.

'Binnen,' riep Charles blij.

Hij keek verbaasd toen Louise gezeten op de rug van zijn broer Jacobus binnenkwam.

'Wat is de bedoeling hiervan?' vroeg hij.

'Je bent toch zo gek op een ménage à trois? Maar altijd met twee vrouwen wordt ook saai, niet? Dus heb ik je broertje gevraagd of hij meekwam...'

Charles lachte niet van harte mee met de uitgelaten Louise en Jacobus. Louise kon naar zijn zin iets té goed opschieten met zijn broer. Zijn hele dagdroom viel aan diggelen.

'En misschien kunnen je vrienden ook meedelen in de feestvreugde,' vroeg Louise, die spottend een arm om Newtons middel sloeg.

'De heren stonden net op het punt om te vertrekken, Louise,' zei Charles geërgerd. 'Zoals je wel zult begrijpen, Robert, kan ik onmogelijk aan je verzoek voldoen. Het druist in tegen mijn hele geloof en politiek. U, meneer Newton, raad ik aan om voortaan erg voorzichtig te zijn met uw godslasterlijke ideeën. Jacobus, doe jij de heren uitgeleide? Fijne avond nog.'

Zonder de minste aarzeling verliet Boyle in het kielzog van Jacobus de kamer van de koning, op de voet gevolgd door een verwarde Newton, die niets begreep van deze bijzondere ontmoeting. Tijdens de rit naar de De Zwaan, de herberg waar Isaac de nacht zou doorbrengen, sprak Robert geen woord. Hij keek door het raampje van de koets hoe de vrieskou Londen had bevroren. Het leven leek tot stilstand te zijn gekomen in de glinsterende ijzellaag waarmee de hele stad werd bedekt. Een intense kilte die alles wat leefde gevangenhield in een witte, adembenemende wurggreep.

'Ik respecteer je keuze,' zei Boyle toen de koets halt hield. 'Dankzij mijn vader heb ik in mijn jeugd heel Europa doorkruist om bij de beste leraren les te volgen. Ik ben in Parijs geweest, in Lyon, Marseille en Venetië, en in Florence heb ik zelfs les gekregen van de assistent van *Galileo Galilei*, die toen net overleden was. In elke nieuwe stad vond ik niet alleen een nieuwe leraar voor de geest, maar ook een nieuwe leermeesteres voor de liefde. Op een nacht, na een stiekem bezoekje aan de dochter van een Zwitserse musicus aan wie ik beloofd had om met haar te trouwen, klom ik uit het raam van de hofboerderij en ging terug naar mijn logementshuis. Het was een flinke wandeling en onderweg begon het verschrikkelijk te onweren. De hemel was melkwit van de bliksem en de donder rolde over mijn hoofd. Doodsbang liep ik zigzaggend door de weiden, terwijl het leek alsof God zelf naar me mikte met Zijn bliksemstralen. Huilend als een kind liet ik me in het gras vallen. De regen kletterde op mijn lijf en ik riep naar God: "Spaart U mij, redt U mij alstublieft het leven. Ik beloof dat ik nooit meer ontuchtig zal leven, nooit aan iemand anders trouw zal zweren dan aan U." Mijn hele leven heb ik me aan die belofte gehouden, en nooit, aan niemand, heb ik een eed gezworen. De aanbieding om het Koninklijk Genootschap voor te zitten heb ik om deze reden afgeslagen. Ik respecteer je keuze, Isaac, maar elke keuze heeft zijn prijs. Veel geluk op je boerderij, het ga je goed!'

Boyle klapte het portier dicht en porde de koetsier op om de reis voort te zetten. Isaac haalde niet-begrijpend de schouders op. Boyles interesse in hem was blijkbaar net zo snel bekoeld als dat die was opgelaaid. Hij verweet zichzelf dat hij zich had laten meeslepen door het enthousiasme van Boyle om persoonlijk bij de koning dispensatie te vragen. Hij had kunnen weten dat dit een onzinnige onderneming was. Alsof de koning voor hem een uitzondering zou maken. Het idee alleen al!

Deze nutteloze reis had de korte tijd die hij nog met John had kunnen doorbrengen helemaal opgesoupeerd. Zijn man achterlaten was het allermoeilijkste in de definitieve vernietiging van zijn persoonlijkheid. Zijn geleerdheid, zijn positie als professor, de kortstondige bijval die hij van Boyle had genoten – het was allemaal onbetekenend vergeleken met zijn gehechtheid aan John. De man bij wie hij dagenlang kon zwijgen zonder dat dat ongemakkelijk voelde of verwijten opleverde. De man die hem verzorgde, over hem waakte, en hem op momenten van wanhoop en vertwijfeling troostte en opbeurde. En dan die enkele keren per jaar dat ze zich in elkaar verscholen. Alsof ze, net zoals het vee in bepaalde jaargetijden, bevangen werden door een bronstige hitte, die ze dan dierlijk bij elkaar blusten. Pas wanneer hij deze liefdesband zou hebben doorgesneden, zou hij alles wat zijn persoonlijkheid met dit aardse bond hebben verpulverd tot kalk en as. Iemand worden zonder verhaal, zonder geschiedenis, zonder liefde. Niets. Alleen maar geest en ziel. Daarom werd de lokroep van de natuur steeds luider. Hij moest de duizelingwekkende vaart van zijn gedachten tot stilstand brengen. Denken was snel en vluchtig, zoals vloeistof die verdampte. Hij moest leren om te voelen. De natuur zou Isaac zijn ritme opleggen en in die vertraging zou eindelijk dat gevoel, waarvan hij zich niet kon herinneren wat het met hem deed, naar de oppervlakte drijven. Tot hij dan werkelijk helemaal verkalkt was in witte gezuiverde as. God mocht weten hoe lang het zou duren voor hij John helemaal uit zijn hart had gebannen, maar pas dan zou er ruimte ontstaan voor de volgende alchemistische stap: *dissolutie*, de ontbinding.

Wanneer hij weer in Cambridge zou zijn, zou Scott hem meteen ter verantwoording roepen waar hij geweest was en niet langer uitstel dulden over zijn inwijding. Uit zichzelf zou hij nooit zijn hoogleraarschap achter zich hebben durven laten. Nu besefte hij dat het een noodzakelijke stap was op zijn alchemistische pad. Alles waar hij gehecht aan was, alles waar hij zijn persoonlijkheid op gebouwd had, moest hij achterlaten. Het leven had voor hem de keuze gemaakt die hij zelf niet durfde te maken. Deze reis had hem in zijn overtuiging gesterkt dat dit de enige mogelijkheid was in overeenstemming met zijn geweten: afstand nemen van het wereldse leven en zich terugtrekken op het platteland, waar hij zou woekeren met de kracht van de vier seizoenen. Harmonie vinden met de natuur, zodat die hem jaarlijks een goede oogst zou opleveren.

9

Boyle liet halt houden voor het eenvoudige huis van Henry Oldenburg, de secretaris van het Koninklijk Genootschap. Vanavond werd, zo wist Boyle, de laatste hand gelegd aan het nieuwste nummer van *Filosofische Verhandelingen*. Hij omhelsde Oldenburg hartelijk.

'Beste Henri, hoe ver sta je met je blad?'

'Klaar,' antwoordde hij trots, 'ik liep net met Christopher nog eenmaal alle artikelen door op spelfouten. Het wordt weer een mooi nummer, Robert! Kom binnen! We zitten boven, op het kantoor.'

Op het tapijt bij het haardvuur zat *Christopher Wren*, de grote stadsarchitect van Londen, gebogen over een rij artikelen, netjes op volgorde gelegd zoals ze in het blad zouden verschijnen.

'Stop de persen, Christopher,' zei Boyle, 'ik heb groot nieuws, dat niet mag ontbreken in het nieuwste nummer!'

'Kan het niet wachten tot de volgende keer?' verzuchtte Christopher. 'Alles ligt klaar om naar de drukker te worden gebracht.'

Boyle ging bij de haard zitten en nam eerst een flinke slok van de warme, kruidige wijn die hij aangereikt kreeg door Henry.

'Ga er maar lekker voor zitten, heren, want dit is revolutionair. Ik heb, zoals afgesproken, Newton ontmoet en hem getest...'

'Ja?'

Wren klopte het stof van zijn donkergele kniebroek en ging nieuwsgierig tegenover Boyle zitten.

'Het goede nieuws is dat hij werkelijk uitzonderlijk begaafd is. Hij heeft "De Sleutel" gekraakt. Hij heeft in het manuscript een paar kleine, doch cruciale foutjes ontdekt, waardoor alles op zijn plaats viel. Hij is erin geslaagd filosofisch kwikzilver te maken!'

'Werkelijk?' riep Oldenburg uit, terwijl zijn dunne hangsnor haast een sprongetje maakte van opwinding. 'Is het werkelijk waar?'

'Ik heb het met mijn eigen ogen gezien, samen met Anne Finch. Dit is de belangrijkste doorbraak in de alchemie sinds eeuwen!'

'En het slechte nieuws?' vroeg Wren.

Boyles gezicht betrok en hij liep met het glas wijn naar het raam. Somber keek hij uit over de straat, waar zijn koetsier zich warm trachtte te houden door rondjes rond de koets te lopen.

'Hij is in ongenade gevallen bij de koning,' zei Boyle. 'Hoe geniaal hij aan de ene kant ook is, zo onbehouwen is hij aan de andere kant. Hij heeft de Drie-eenheid ter discussie gesteld bij koning Charles...'

'Wat?!' riepen Wren en Oldenburg gelijktijdig uit. Boyle draaide zich dramatisch om en knikte bevestigend.

'Beste Henri,' zei Boyle, 'ik heb medelijden met mijn koetsier. Zou hij zich mogen opwarmen bij jou in de keuken?'

'Natuurlijk,' zei Oldenburg, 'wat onbeleefd van me. Ik maak meteen wat warme wijn voor de goede man.'

Nadat Oldenburg de kamer had verlaten, liep Boyle naar Wren toe en fluisterde: 'Zoals je begrijpt, heeft Newton daarmee ook de goddelijkheid van koning Charles zelf ondermijnd. Wat heeft de bloedlijn tussen Charles en Jezus voor betekenis als Jezus zelf al niet goddelijk zou zijn? Hij heeft zichzelf dus onmogelijk gemaakt als adept van het Onzichtbare College.'

'Kent hij het geheim?' vroeg Wren, wiens volle wangen vuurrood waren aangelopen.

'Natuurlijk niet,' stelde Boyle hem meteen gerust.

Alleen de twaalf oprichters van het Koninklijk Genootschap wisten werkelijk hoe cruciaal het was dat koning Charles het land bestuurde. Zij waren op die legendarische vergadering van het Onzichtbare College door Robert Moray ingewijd. Moray had hun de perkamenten rol getoond waarop de volledige stamboom van Charles uitgetekend stond. Langs zijn vaderskant liep er door eeuwen van huwelijken heen een ononderbroken lijn naar *Anna*, de dochter van Joseph van Arimathea, de oom van Maria die zich in het jaar 36 in Glastonbury had gevestigd. Anna was getrouwd met *Bran de Gezegende*, een afstammeling van *koning Lear*. Hierdoor werd het bloed van de heilige familie vermengd met het Engelse koningshuis. Maar nog bloedstollender was de Schotse lijn langs moederskant. De stamboom onthulde een geheim dat de hele wereld kon veranderen. De dochter van zijn verre voorvader *koning Lucius* was getrouwd met *Aminadab*, de achterkleinzoon van Jezus. Dat betekende niet alleen dat het geslacht van de *Stuarts* werkelijk goddelijk bloed in de aderen had, maar vooral dat Jezus getrouwd was geweest met Maria Magdalena en bij haar kinderen had gekregen. Kinderen die zich in Engeland en Frankrijk hadden gevestigd. Als Jezus de zoon van God was, dan waren zijn zonen dat ook, en dan was koning Charles niet meer of minder dan de achterkleinzoon van God. Zo werd de missie van het Onzichtbare College om goud te maken voor Charles een goddelijke missie. Als twaalf apostelen werd hun gevraagd al hun kennis te bundelen en in te zetten ten dienste van de afstammeling van Jezus Christus. Alle twaalf hadden ze gehuiverd en plechtig de grootste geheimhouding toegezegd aan hun goddelijke koning.

'Hoe reageerde koning Charles?' vroeg Wren, voor hij even boven aan de trap ging luisteren of Oldenburg nog beneden was. Oldenburg hoorde niet bij de twaalf oprichters en was niet op de hoogte van het geheim. Wren voelde zich niet op zijn gemak als hierover werd gesproken in zijn huis.

'We werden onderbroken door het nogal giechelige bezoek van la belle Louise,' glimlachte Boyle. 'Daardoor kwam Newton er met een eenvoudige afwijzing van af. De koning werd afgeleid, zeg maar.'

Wren knikte begrijpend. Hij peinsde koortsachtig of het toch niet mogelijk zou zijn om Newton alsnog voor de grote zaak te winnen. Iemand die filosofisch kwikzilver kon maken, zou vroeg of laat ook in staat moeten zijn om de Steen der Wijzen te materialiseren. Een oneindige voorraad goud was wat er nodig was om alle utopische ideeën te realiseren waaraan ze werkten. Wren zelf had van koning Charles de opdracht gekregen Londen te herbouwen tot een *Nieuw Jeruzalem*, na de brand die tien jaar geleden de stad in de as had gelegd. Hij had een prachtig stadsplan ontworpen, geïnspireerd op de *kabbalistische levensboom*. Het goud van Newton zou van onschatbaar belang zijn om het plan in volle glorie te kunnen voltooien. Om van de brand een zegening te maken. Een Nieuw Jeruzalem waar koning Charles zou zetelen, de stad waar de twaalf *verloren Israëlitische stammen* zich zouden herenigen onder zijn heerschappij.

'Kunnen we Newton niet overhalen om zijn excuses te maken aan de koning?' opperde Wren. 'Dat hij het anders bedoelde of zo?'

'Onmogelijk,' zei Boyle. 'Newton is uitsluitend op zichzelf gericht, en eigenwijs. Bovendien... hij wil zelf helemaal niet verder met het grote werk. Zijn besluit om ontslag te nemen staat vast. Hij wil de boerderij van zijn moeder overnemen.'

'Onbegrijpelijk.' Wren schudde zijn hoofd. 'Een man met zulke talenten... aan het werk als boer?'

Blijmoedig kwam Oldenburg de kamer weer binnen. Hij had een bordje bij zich met stukken bloedworst en kaas, en een extra kruik wijn. Het kon wel eens laat worden, vermoedde hij.

'Zo, ik heb even de haard aangestoken voor die beste man,' zei hij. 'En, Robert, heb je het artikel van Newton bij je? Ik ben reuze benieuwd.'

Boyle dronk bedachtzaam van zijn wijn. Hij moest een goede manier vinden om Oldenburg, maar vooral Wren, te overtuigen van zijn plan.

'We moeten het belang van Newton in dit alles niet overdrijven,' zei hij. 'Vergeet niet dat als ik hem "De Sleutel" niet bezorgd had, het hem nooit was gelukt. Als er iemand is die over een uitgebreid netwerk van alchemisten beschikt, ben ik het. Zo kwam ik ook Newton op het spoor. Hij is niet meer dan een radertje in het grote geheel. Daarom wil ik zelf een artikel publiceren over de vondst van het filosofische kwikzilver. Het zal werken als honing voor bijen. Alchemisten uit heel Europa zullen me contacteren, en zo zal ik een nieuwe adept vinden voor de volgende stap...'

'Ga je het recept dan prijsgeven?' vroeg Wren verbouwereerd.

'Nee, natuurlijk niet,' zei Boyle. 'Ik schrijf dat het me gelukt is, maar laat in het midden hoe.'

'Dat het jou gelukt is...' zei Wren. 'En Newton dan? Vermeld je hem niet?'

'Nee, natuurlijk niet,' zei Boyle. 'Hij wil absolute anonimiteit. Daarom trekt hij zich ook terug op die boerderij. Nee, Newton is verloren voor het grote werk. Daar horen we nooit meer wat van, en dit artikel zal hij dan ook nooit lezen.'

'Schandelijk!' zei Wren, en hij stond op. 'Dit kun je toch niet menen, Robert? Dat is niet alleen diefstal, maar door geheime kennis te publiceren in het blad van het Koninklijk Genootschap verbreek je ook de discretie en het vertrouwen dat ons bindt. Niemand zal nog vrijuit zijn ideeën durven delen in het Onzichtbare College wanneer ze weten dat de kans bestaat dat ze in de krant op straat worden gegooid.'

'Daarom doe ik het onder mijn eigen naam,' verdedigde Robert zich, geschrokken van Wrens verontwaardiging, terwijl hij op applaus had gerekend. 'Niemand hoeft te weten dat Newton hiermee te maken heeft. En van Newton hoeven we niets te vrezen. Hij heeft altijd volkomen geïsoleerd van iedereen zijn werk gedaan.'

Boos trok Wren zijn jas aan en ijsbeerde door het kantoor. 'Als je dit plannetje wilt doorzetten, kun je het Onzichtbare College wel vergeten, met al onze idealen. Ik wil hier niets mee te maken hebben. Robert Moray zou zich omdraaien in zijn graf. Mijn naam mag je uit dit nummer schrappen. Het is ongehoord!'

Hij zette zijn hoed op, beende de trap af en smeet de deur luid achter zich dicht.

Schuldbewust staarden Boyle en Oldenburg een tijdlang in de vlammen van de haard. Tot Oldenburg een stukje worst nam, en bedachtzaam smakkend de stilte doorbrak: 'Ik heb op de achterpagina een artikel van *Hooke* over zijn vliegmachine met kunstmatige vleermuisvleugels. Een amusant artikel, maar misschien is het toch iets te weinig onderbouwd. Zou dat een goede plaats voor jouw artikel zijn, Robert?'

Hij viste quasi-achteloos een stukje vlees tussen zijn tanden uit en gaf Boyle een geruststellende knipoog.

10

Laat in de avond was Isaac weer thuisgekomen in Cambridge. Mismoedig had hij aangeklopt bij de nachtportier, die rillend in zijn nachtkleed het avondpoortje naast de grote toegangspoort had geopend. De oude portier vroeg hoe het kon dat nergens in het register een aantekening stond over de datum of reden dat Newton was weggegaan. Isaac antwoordde niet en liet het dreigende gesakker van de man gelaten over zich heen komen.

'Ik moet dit aan de kanselier melden, meneer Newton,' zei de portier, terwijl er wat bruin vocht van de pruimtabak over zijn kin sijpelde. 'Regels zijn regels. Hier tekenen, en met de datum erbij. Dit kan niet zonder gevolgen blijven, dat begrijpt u zelf toch ook wel?'

Isaac liep naar het fonteintje dat in het midden van het universiteitsplein stond. Daar ging hij zitten op de van kou doortrokken stenen bank en keek naar de tientallen smalle raampjes langs het carrévormige plein, waar niet één kaars brandde. Hoe was het mogelijk dat niet één van al zijn collega-hoogleraren nog gebogen zat over een boek, zijn ganzenveer stukbeet op een berekening, of een opstelling aan het bouwen was voor een experiment? Kenden zij dan niet die onrust dat er nog zoveel te ontdekken was? Lagen zij niet wakker over de raadselen van het uitspansel dat zich op winterse nachten als deze in zijn mysterieuze glorie toonde? Hoe kon een mens begiftigd met verstand de weinige tijd die hem gegeven is verdoen met slapen terwijl er nog zoveel werk in de wereld is? Voelde dan niemand zich geroepen? Cambridge sliep. Wanneer hij hier weg zou gaan, zou hij geen leegte achterlaten. Niemand zou hem missen. Hij zou in de vergetelheid verdwijnen en slechts een vage aantekening zijn in het register met data die niet klopten, maar waar niemand zich, op een ijverige portier na, verder druk over zou maken. Hij schuifelde over het grindpad naar het gangpoortje aan de noordzijde de trap op, stak zo zacht mogelijk zijn sleutel in het slot en sloot de deur achter zich. Met zijn hoofd tegen de deur geleund genoot hij van het geruststellende gesnurk van John.

Zo stil mogelijk trok hij zijn kleren uit en liet ze op de grond liggen. Niet uit achteloosheid, maar omdat hij wist dat John er genoegen in schepte die de volgende dag weer mopperend op te ruimen.

'Laat alles toch niet zo slingeren,' zou hij zeggen terwijl hij met tedere nauwkeurigheid de vouwen uit Newtons broek zou strijken. Blootsvoets ging Isaac op de tast naar het bed en kroop naast de dampende aanwezigheid van zijn grote, sterke man. Hij ging op zijn zij liggen, en nu zijn ogen aan het donker gewend waren, keek hij naar het door de maan beschenen ietwat onnozele gezicht dat met open mond de slaap der onschuldigen sliep. Isaac omklemde het stevige lichaam van John, die afwezig ontwaakte uit zijn dromen.

'Ben je terug?' vroeg hij grommend.

'Ja, ik ben er weer,' zei Isaac zacht, en hij kuste zijn ongeschoren wang. 'Slaap maar, John.'

'Wat voel je koud. Ik heb je gemist,' bromde John.

'Ik jou ook,' fluisterde Newton. 'Ik jou ook.'

De twee mannen staarden naar elkaar. Hun blik was leeg, de woorden op. Ze wisten dat dit hun laatste nacht samen was. Isaac hoefde niet over zijn reis te vertellen. De dikke traan die als een vlijmscherp mes langs zijn neus kerfde, vertelde het verhaal. John jammerde niet, protesteerde niet, noch probeerde hij alsnog Isaac over te halen om te blijven. Het gelijkmatige getik van de klok herinnerde hen elk moment aan het nakende afscheid, als de laatste korrels zand die van de ene helft van de zandloper in de andere vielen. Isaac scheurde zijn blik los en stond weer op. Hij trok zijn kleren aan en ging naar het laboratorium. Terwijl hij in een opengewrikte kist een smeltkroes en wat andere spullen bij elkaar zocht, hoorde hij dat John, die hem gevolgd was, vuur probeerde te stoken in een van de haarden. Alleen in de routine van hoe het leven al die jaren gelopen was konden ze hun grote verdriet en onrust temmen.

Terwijl Isaac onbestemd een nieuw mengsel maakte, hing John achterover in de schommelstoel met zijn holle blik ononderbroken op Isaac gericht. Zijn grote handen streelden afwezig de rosse zwerfkat die binnen was geslopen op zoek naar wat warmte in de koude nacht.

Met weemoed dacht Isaac aan de talloze nachten dat hij met zijn telescoop in het kruidentuintje naar de sterren had gekeken. Een deken om hem heen geslagen, en John die hem af en toe een kom soep bracht, en dan weer de ovens opstookte in zijn laboratorium. Hoe vaak had John niet in het laboratorium in de schommelstoel liggen slapen terwijl hij nog tot diep in de nacht in zijn smeltkroezen roerde? John stond erop dat ze altijd samen naar bed zouden gaan, hoe vaak Isaac hem ook had aangemoedigd er alvast in te stappen. Na verloop van tijd had hij het opgegeven en was hij gehecht geraakt aan Johns slapende aanwezigheid in zijn koortsige nachten. Het grote, ronkende lichaam dat in de stoel lag beschermde hem tegen waanzin. Hoe hoog de vlucht van zijn gedachten ook ging en hoezeer zijn verbeelding ook galoppeerde langs in mist gehulde gebieden uit vervlogen tijden, de adem van John hield Isaac met beiden voeten op aarde.

Toen de volgende middag de eerste van de twaalf klokslagen klonk, trok Isaac zijn jas aan. John sloeg hem met doffe ogen vanuit zijn stoel gade. Onafgebroken had hij de hele nacht en ochtend naar Isaac gekeken. Geen seconde van de weinige die hem nog gegund waren had hij willen missen.

'Hou jij het vuur even in de gaten, John?' zei Isaac, zenuwachtig omdat hij wist dat het nu eindelijk zou gebeuren. Hij was ongerust over hoe de kanselier zou reageren op het aanbod van zijn ontslag. Terwijl Isaac gehaast het plein overstak, besloot John om voor het eerst van zijn leven geen gehoor te geven aan Newtons opdracht. Het dichtvallen van de deur had voor hem geklonken als de laatste hamerslag op de laatste spijker van zijn doodskist. In een onmachtig gebaar gooide hij de zwerfkat van zijn schoot, die op de tafel belandde en daar verontwaardigd haar rug kromde en haar pluizige staart uitsloeg tegen een busje *natriumpoeder*, dat van tafel rolde en in haar drinkbak viel. John liep het laboratorium uit. Hij wilde niet op Isaacs terugkomst wachten. Hij wilde niet die fatale woorden 'Dan ga ik maar' horen. Hij wandelde snel en krachtig zonder nadenken door de straten. Almaar harder, tot hij rende over de hoofdweg en door de stadspoorten spurtte, over de landelijke wegen – zonder doel, zonder besef waar hij naartoe ging. Hij bleef rennen, ook al was zijn hoofd vuurrood, piepte zijn adem en droop zijn hemd van het zweet. Zelfs de verzuring van zijn benen was hem lief, want hoe harder hij zijn lichaam geselde, hoe minder ruimte er was om de onverdraaglijke pijn van het gemis van Isaac te voelen.

'Goedemiddag, meneer Newton,' zei Peachell terwijl hij zenuwachtig de dossiers van de ene stapel naar de andere verplaatste.

'Goedemiddag, meneer Peachell,' zei Isaac verbaasd. 'Ik had eigenlijk een afspraak met kanselier Scott. Maar u neemt zijn honneurs waar?'

'Gaat u zitten, gaat u zitten. Neemt u mij niet kwalijk.'

Peachell haalde met bevende handen de glinsterende dop van de kristallen ginfles, schonk zichzelf een glas in en sloeg het in één teug achterover.

'Wilt u ook een glas, meneer Newton?'

Beleefd wees hij het aanbod af.

'Kijk, meneer Newton, ik heb me niet werkelijk in uw dossier kunnen verdiepen. Het bevreemdt mij net zozeer als u dat ik hier zit. Nog maar een uurtje geleden ontving ik van een koerier een brief van de koning zelf. Kanselier Scott komt vanwege belangrijke staatszaken voorlopig niet terug. Mij is gevraagd zijn taken over te nemen...'

'U...?' Net als iedereen kende Isaac de reputatie van de vicekanselier, die weinig achtenswaardig was. Peachell was een zielige man, die nog nooit door iemand nuchter was aangetroffen. Een klein mannetje met altijd een rode neus en gesprongen aders op de wangen vanwege zijn drankzucht. Maar omdat hij verder niemand overlast gaf, werd hij door iedereen getolereerd.

'Ja,' zei Peachell, verontschuldigend zijn schouders ophalend. 'Wellicht konden ze op zo'n korte termijn geen beter iemand vinden.'

Isaac gaf hem een bemoedigend hoofdknikje. Hij had te doen met deze dronkaard, die een taak toegewezen kreeg die een jas te groot was. Tegelijkertijd was hij opgelucht dat hij zijn verhaal niet aan Scott hoefde te vertellen. Hij hoefde niets van deze man. Hij hoefde niets af te dwingen, niets te verbergen. Alleen maar in alle beleefdheid afscheid te nemen en zijn eigen weg te gaan.

'In elk geval, meneer Newton, in diezelfde brief stond een merkwaardig post scriptum dat u betreft...'

Ontsteld keek Isaac hem aan. Dit beloofde weinig goeds. Was hij maar niet op de uitnodiging van Boyle ingegaan. Was hij maar nooit naar Londen geweest.

'Ik had geen idee, meneer Newton, dat u zo'n goede relatie heeft met de koning. Hij moet wel bijzonder op u gesteld zijn. Leest u maar...'

Ongelovig las Isaac dat hij vrijgesteld werd van de eed en geen predikant van de Anglicaanse Kerk hoefde te worden.

'U moet de enige man in Engeland zijn die vrijgesteld wordt van het afleggen van de eed. Door de koning zelf verklaard nog wel. Iedereen, van de hoogste minister tot de laagste griffier, is verplicht om trouw te zweren op de geloofsartikelen van de Anglicaanse Kerk... behalve u. Wat een eer, meneer Newton. U bent dus officieel hoogleraar nu. Uw Lucas-leerstoel is ten eeuwigen dage vrijgesteld door de koning. Gefeliciteerd.'

Isaac voelde zich weeïg worden. Zijn hoofd draaide. Dit wilde hij helemaal niet. Hij wilde geen benoeming. Hij wilde geen leerstoel. Hij wilde weg. Boer worden. Verdwijnen. Oplossen. Verbranden. Hij hapte naar adem.

'Overvalt het nieuws u, meneer Newton?'

'Ik... ben verbijsterd, ik snap er niets van,' stamelde Isaac, terwijl zijn knokkels wit werden doordat hij zich vastklemde aan zijn stoelleuningen om niet onderuit te zakken. Peachell liep wankel op zijn benen naar hem toe en legde een hand op zijn schouder.

'Wilt u een glaasje water?'

Isaac stond op en struikelde bijna over zijn benen om zo snel mogelijk de kanselierskamer te verlaten. Gejaagd liep hij over het plein om naar de kapel te gaan en daar tegenover God zelf zijn vertwijfeling uit te storten. Maar net voor hij het trapje op wilde lopen, trok een zwarte rookpluim achter de toegangspoort zijn aandacht. Pas nu hoorde hij ook het zenuwachtige geroep om water en zag hij hoe tientallen studenten samengedromd in de open poort stonden te kijken.

Hij drong zich tussen de menigte naar voren. Zijn lichaam begon te beven toen hij zag dat zijn stenen schuurtje de aanleiding van de opwinding was. Vette vlammen likten langs de buitenmuur van de kapel waartegen de schuur gebouwd was. Het laboratorium was niet meer te redden, het geblus richtte zich op het nathouden van de kapel.

'Meneer Newton, uw schuur,' zei *Montagu*, een rijkeluisstudent die hij een tijdlang bijles in wiskunde had gegeven, meelevend.

'Ja,' zei Isaac, met een merkwaardige klaarte in zijn stem, en grijnzend keek hij de student aan. Hij pakte hem bij zijn schouders en zei: 'Al mijn aantekeningen, Montagu! Mijn bibliotheek. Mijn gereedschap. Alles! Alles, alles!'

En toen begon hij te lachen. Een grinnikende lach die in hoog tempo vanuit zijn buik rolde en aanzwol tot een hard hysterisch geschater, dat Montagu en de andere uitgelopen studenten deed terugwijken. Ze waren bang dat de gestoorde hoogleraar nu werkelijk door de maan bevangen was.

'Opgelost,' riep hij als een jarig kind, 'vernietigd! In de as gelegd. Dit is verkalking, Montagu dit is calcinatie. Je wilde toch zo graag weten wat ik met die smeltkroezen uitvoerde? Nou, dit dus: verkalken. Is het niet mooi? Flakker toch, kleurige vlammetjes van me! Brand als de hel. Flakker en vlam!'

Hij liep over het grasveldje naar de deur, waar de purperrode en gele vlammen naar buiten joegen. Hij wilde smelten in het vuur, het geknisper van zijn brandende vel horen, het gesis van het vet dat van zijn beenderen droop. Hij wilde tot witte as vernevelen in de donkergrijze hemel boven Cambridge. Maar Montagu en een andere stevige jongen, die al emmer na emmer hadden leeggegooid tegen de muur, pakten de verwarde man onder de armen en gooiden hem aan de overkant van de straat neer op de stoep. Daar bleef hij zitten tot het laatste vuur diep in de nacht gedoofd was.

Toen hij bedwelmd door de roes van de doordringende roetgeur zijn slaapkamer opzocht en in bed kroop, slaakte hij een kreet op het moment dat hij plots in de als karbonkels gloeiende ogen van John keek.

'Ik heb een besluit genomen,' zei John. 'Ik ga mee naar Woolsthorpe.'

II

De hand die Isaac streelde was net een rommelige hoop kippenboutjes: afgekloven en koud. Een hand die hij ooit vreesde omwille van de harde oorvegen die ze uitdeelde, maar die nu als een stuk afgedankt keukengerei op de deken lag. Haar gezicht was ernstig. Zelfs in haar slaap tekende zich een boze frons af in het dunne, doorzichtige vel van haar hoge voorhoofd. Een lap huid, zonder glans of veerkracht, die het had opgegeven om de blauwe aders en bruine vlekken te verbergen. Vermoeid vel, geschuurd en geschaad door het leven. Het dunne grijze haar was vettig en bijeengebonden in een strenge knot. Haar bloedeloze lippen opeengeperst in een stoutmoedig stilzwijgen. Een zieltogend lijf strak gespannen van woede en verbittering. Uren zat hij nu al bij haar bed, vanaf het moment dat hij was aangekomen. Haar slaapkamer was altijd verboden gebied geweest en nooit had hij zelfs maar overwogen de deurklink aan te raken. Ook nu voelde hij zich een indringer in de van ziekte, ontevredenheid en teleurstelling doortrokken ruimte. Isaac schrok iedere keer wanneer ze onverwacht naar adem hapte, met de wanhoop van een drenkeling die even zijn mond boven het schuim van de golven uitsteekt. Uit angst dat het hoopje knoken zich plots zou verheffen en zinderend op zijn wang zou kletsen, weerde hij zijn gezicht af. Hier, in ditzelfde eikenhouten bed, had zijn vader het leven de rug toegekeerd. Die ongeletterde schim uit zijn verleden die zich niet liet vangen. Hij had naar zijn contouren gezocht in zijn spiegelbeeld, maar niets gevonden wat echt rijmde. Want zijn aristocratische neus en scherp getekende lippen waren onmiskenbaar die van zijn moeder. Wat zou haar ooit aangetrokken hebben in zijn vader, een getormenteerde herenboer? De man die, zoals de knechten vaak verhaalden, met zijn blote handen een drachtige koe de lucht in kon tillen. Een knotwilg van een man die geveld werd door één fatale, onnozele beet van een teek. Hij moest een goede boer geweest zijn. Een man die hard werkte en weinig sprak. Pas op zijn vijfendertigste was hij getrouwd met zijn moeder, afkomstig uit de deftige familie Ayscoughs, die bij hem introk. Het vruchtbare boerenzaad had haar in dit bed in de lente bevrucht, maar in de zomer was hij ziek geworden. De ernst was meteen duidelijk. Hij liet zijn testament opstellen, waarin hij de boerderij, de 234 schapen, de 46 stuks overig vee en zijn vijfhonderd gespaarde ponden aan zijn kersverse vrouw naliet en bezegelde het met zijn duim, gedrukt in inkt. De benauwde zomerweken van haar zwangerschap had hij gutsend van het zweet in de bedstee doorgebracht. Het moest mededogen van de Heer geweest zijn dat Hij hem bij het begin van de herfst al kwam halen, zodat zij haar laatste trimester tenminste even de aandacht op zichzelf had kunnen richten en niet langer het voorhoofd van haar man met koude en warme kruidenkompressen hoefde te deppen. Gehuild had ze niet toen het kolossale lijk van haar echtgenoot in het graf verdween op die zonnige zesde oktober. Zelfs de grafdelvers keken opgelucht, omdat deze enorme kuil in de droge grond hun bijna de rug had gekost. Met het handjevol anekdotes die Isaac als een aalmoes waren toegestoken kon hij niet eens een grafsteen vullen, laat staan een korte schets schrijven. Zijn vader was een korte zin die halverwege was afgebroken en gevolgd werd door enkel wit. Hij zweefde op een onbestemde plek boven hem, zoals een zon die je niet kunt aankijken omdat hij het netvlies schroeit.

Zijn moeder was onverschillig voor het gebroed dat in haar gistte en wachtte gelaten op het baren. Op kerstavond zetten de weeën in, die als vloedgolven tegen de buikvliezen van de magere vrouw beukten. De meid was door de sneeuw gestuurd om in het dorp de vroedvrouw van haar kersttafel te trekken. 'Kom morgen maar terug,' had die gezegd. 'Ik kan nu toch niets doen. Zalig kerstfeest.' Maar de meid had bij thuiskomst nog niet de sneeuw uit haar winterjas geklopt, of dwingend had de bevalling zich aangekondigd. Met veel bombarie, geloei, gebalk en gekrijs. En daarna doodse stilte. In dit donker gebeitste bed, met de verbleekte gordijnen aan de houten pilaren, kwam hij op kerstnacht ter wereld, alsof zijn geboorte gehoorzaamde aan de wetten van de alchemie. Eerst zorgde de natuur voor bederf en verrotting, en daar ontstond nieuw leven uit. Nu het lijk van zijn vader was ontbonden en zijn lichaamssappen waren weggelekt in de donkere aarde, was dat bruine mengsel verdampt en uitgewasemd tot in de op barsten staande longblaasjes in de homp vlees. De wereld stierf voortdurend om opnieuw te worden geboren. De aarde was een groot dampend dier dat snuivend de adem van de ether inademde, dat gegiste mengsel uit het afval van de dood. Met afgrijzen had zijn moeder naar de bloederige prop gekeken die ze gebaard had. Een kleine, lelijke big, die slechts met verbeelding tot het menselijke ras kon gerekend worden. Waar is de rest, had ze gedacht. Was dit misschien de nageboorte en was het kind nog onderweg? Maar meer had de natuur haar niet te schenken. 'Zo miezerig... Het past wel in een jampotje,' was alles wat de meid kon stamelen. Toen het gedrocht het plakkerige slijm rond zijn oogleden plots opentrok, slaakten de twee vrouwen een gil van afschuw. Het leefde. Twee vuurkooltjes keken hen beschuldigend aan. Alsof hij had willen zeggen: 'Heb ik hierom gevraagd? Gebeurt er nog wat met mij?' Een eis om aandacht, die hij kracht bijzette door een monsterachtig getrompetter. 'Ga de vroedvrouw maar weer halen,' had zijn moeder gezegd. De meid zag op tegen de lange wandeling om medicijnen naar het huis van lady Pakenham en bleef koppig zitten.

'Weer door die sneeuw en die barre wind,' had ze gesnauwd, 'ik dacht het niet. Laten we wel wezen: dat scharminkel haalt het toch niet, en straks ben ik zelf nog verkouden.'

Zijn moeder had begrijpend geknikt. Het had geen zin. Net voor ze in slaap viel, hoorde ze de kerkklok twee uur slaan. Geboren en gestorven op een witte kerst. Het heeft wel wat, dacht ze tevreden. Drie dagen verbleef het wezentje in het rijk der schaduwen, een kussen rond het rimpelige nekje gevouwen omdat het gedeukte hoofdje steeds knakte als een takje aan de boom. Maar het vleesstolsel was blijven leven. De vierde dag veerde hij op. Op 29 december was het duidelijk dat een nieuwe Newton de wereld bevolkte. Toen pas kreeg hij zijn naam: Isaac, Hebreeuws voor 'hij die lacht'. Isaac Newton. Een ongewenst, vaderloos jongetje voor wie er weinig te lachen viel. Jaren later had hij gehoord dat op diezelfde dag, 29 december 1642, Galileo Galilei zijn laatste adem uitblies. Alsof de goden het vuur van Prometheus dat de mensheid verlichting schonk van Galilei hadden afgepakt en hadden overgedragen aan dat eigenwijze jongetje in die besneeuwde boerderij in Woolsthorpe, in de eeuwige kringloop van de natuur aangezwengeld door God zelf. Het jongetje dat van lieverlee dan toch maar eenvoudigweg gedoopt werd op nieuwjaarsdag in het familiekapelletje op het erf.

Nu was hij dankbaar dat de kosmische voorzienigheid hem bij de hand naar huis had gevoerd, dankbaar dat hij zijn moeder kon bijstaan in haar laatste strijd. Al was zij er nooit geweest toen hij haar nodig had, hij wilde er nu voor haar zijn. Hij had haar al eens eerder uitgezwaaid, maar nu zou het misschien anders zijn. Misschien was ze milder geworden. Isaacs gedachten dwaalden naar de kelders van zijn vroegste jeugd. Er was opwinding in huis. Verwachting. Een blij gezicht van zijn moeder. Een zeldzame gebeurtenis. Hij groef in de plooien van zijn geheugen naar de reden van haar blijdschap. Had die iets met hem te maken? Was er ooit een moment geweest dat zij zich verheugde om iets van hem? Het leek hem onwaarschijnlijk. Plotseling herinnerde hij zich dat hij drie jaar was en zijn moeder een huwelijksaanzoek kreeg. Haar oude aanbidder had zijn aanzoek kort en bondig op schrift gesteld en niet eens de moeite gedaan het zelf af te geven. Hij liet het bezorgen door zijn bediende. Isaac herinnerde zich de lichtheid die toen in de boerderij was. Zijn moeder die door de keuken danste. Het was een van de weinige keren dat zijn moeders ogen glommen. 'Dat er nog een man was die mij wilde,' vertelde ze zelfs jaren later nog met dezelfde verbazing. Ze was tenslotte al dertig, en met een kind was ze geen partij waarvoor het huwelijksaanzoeken regende. Haar broer probeerde haar enthousiasme te temperen. Hij trok de geschiedenis na van de kandidaat – een predikant, zo bleek. Barnabas Smith. Hij was niet knap en hij was niet jong. Maar hij was vermogend. Een drieënzestigjarige predikant uit Witham, een naburig dorp, die zelf een halfjaar tevoren weduwnaar was geworden. Dat hij geen kinderen had, was een pre, maar haar broer hoorde ook al snel de verhalen over zijn gierige en ongastvrije natuur. Toch drong zijn moeder erop aan de huwelijksonderhandelingen in te zetten. Barnabas legde de eerste eis op tafel. In de kleine Isaac had hij geen zin; die moest maar op de boerderij blijven. Als tegeneis wist ze eruit te slepen dat Barnabas opdraaide voor de kosten van een nieuw dak op de boerderij. Toen de oude vrek met veel mopperen ook nog instemde een stuk land aan Isaac over te dragen op zijn eenentwintigste, accepteerde ze zonder aarzelen zijn bod en vertrok. Ze liet haar kind achter met een dak boven zijn hoofd en grond onder zijn voeten. Meer kon je redelijkerwijs niet verwachten van een moeder. De dag dat ze wegging, trok weer aan hem voorbij. Zijn moeder zwaaide uitgelaten, met naast haar op de bok een chagrijnige gebogen man. De zon was al bijna onder toen de kleine Isaac in zijn te korte broek nog op het grindpad stond te zwaaien naar de verlaten weg. Zijn grootouders beantwoordden geen van zijn vragen. Waar is mama? Wanneer komt mama terug? Waarom mocht ik niet mee? De eerste keren dat hij de vragen stelde, hulden ze zich in zwijgen. Later kreeg hij een klap voor zijn kop. Zo hoopten ze het hem wel af te leren om vragen over het leven te stellen. Het leven kwam als een ongewenste gast waarmee je het maar moest zien te redden. Alsof zij om deze geseling van het lot gevraagd hadden. Zij hadden net zo weinig zin in de kleine jongen als zijn moeder. Wat moesten zij op hun leeftijd met een driejarig misbaksel dat almaar aandacht wilde? Het was hun christelijke plicht hem op te voeden – niet meer, niet minder. Zijn grootvader deed in de jaren die volgden wat hem te doen stond: de kleine jongen zo snel mogelijk klaarstomen tot herenboer. Hij hoopte dat hoe sneller de jongen de stiel leerde, hoe vlugger hij eindelijk van zijn oude dag zou kunnen gaan genieten. Maar hij zag het somber in. Isaac bleek wel handig, maar hij had totaal geen interesse. Hij was een dromer. Zijn grootvader probeerde die droomkastelen stuk te trappen, maar de jongen was hardnekkig. Wanneer zijn moeder om het jaar een uur, of bij uitzondering een middag langskwam, mopperde en klaagde hij alleen maar over de vooruitgang van de jongen. Isaac deugde nergens voor.

Misschien konden ze nu, in het licht van de dood, nader tot elkaar komen. Hij wilde haar vertellen over zijn hoogleraarschap. Dat hij de koning ontmoet had. Dat hij grootse ontdekkingen op het spoor was. Dat het hem best goed gegaan was, al had ze altijd gezegd dat er niets van hem terecht zou komen. Nog het liefst van alles wilde hij vergeving vragen voor die vreselijke passage in zijn jongensdagboek. Zijn duivelse plan om het huis waar zijn moeder met Barnabas woonde plat te branden en de nauwgezette aantekeningen over hoe hij de ingang zou versperren zodat ze er niet uit konden. Zijn moeder had hem op zijn kamer opgesloten toen zijn grootvader haar die regels bij haar jaarlijkse bezoekje had laten lezen. Dat jaar had hij haar drie minuten gezien. Isaac wilde haar nu zeggen dat het jongensonzin was geweest, dat het een krakkemikkige liefdesuiting was geweest omdat hij haar zo vreselijk miste.

Maar haar gezicht bleef gesloten, alsof ze zich in een koppig slapen van hem afwendde. Alsof ze ook nu niets met hem te maken wilde hebben. Ze wist niet eens dat hij er was. Deze magere, afgeleefde vrouw die niet alleen hem, maar ook nog drie andere kinderen baarde. Kinderen van Barnabas. Twee halfzussen en een halfbroer, met wie hij plots de boerderij had moeten delen toen de oude Barnabas na acht jaar huwelijk zijn laatste verdorven adem had uitgeblazen. De grootouders verhuisden en zijn moeder nam als verzuurde weduwe weer de riek in handen. De acht gescheiden jaren hadden de dunne navelstreng verteerd. Elke dag maakten ze ruzie en Isaac trok altijd aan het kortste eind wanneer het tussen hem en Barnabas' kinderen ging. Kinderen van wie alleen *Hannah*, de oudste dochter, nu had geschreven dat ze ook onderweg was om de stervende vrouw uitgeleide te doen. Zou ze voor Hannah haar ogen wel openen? Hij bad dat voor zij arriveerde hem een moment met zijn moeder alleen gegund zou zijn. Zodra Hannah er was, zou hij weer de jongen worden die gewend was om weg te duiken. De jongen die met zijn handen zijn hoofd beschermde. De jongen wie met dagelijkse preken ingepeperd werd dat hij naar zijn grootvader moest luisteren of dat zijn moeder anders helemaal niet meer langs zou komen. De moeder met die magere hand die nu in de zijne rustte die hem alleen geslagen had, en nooit gestreeld.

12

'Ja,' zei de dame, die haar ogen dichtkneep alsof ze in geen maanden buitenlicht had gezien, 'interessant, interessant. U bent dus een vriend van Isaac. Zo. Wat bijzonder.'

Schichtig wierp ze door de op een kier gehouden deur een blik rechts en links de verregende straat in.

'Kom snel binnen,' fluisterde ze toen, en ze trok John bij zijn jas de smalle gang in en trok de deur achter hem dicht. Ze lachte met een hese stem verontschuldigend haar eigen gedrag weg en bleef met samengeknepen ogen John van kop tot teen staan opnemen.

'Interessant,' herhaalde ze almaar, 'interessant.'

Zich plots bewust wordend van haar opengevallen blauwe kamerjas, waardoor ze er in haar vleeskleurige nachtjapon wel erg bloot bij stond met een vreemde man in de gang, sloeg ze met grote armgebaren de jas dicht als een dichtvallend theatergordijn dat een voorstelling besloot.

'Ja,' lachte ze veelbetekenend om haar eigen verstrooidheid, alsof ze wilde zeggen: 'Ik ben me er eentje.' John keek haar niet-begrijpend aan.

Hij had dagen getwijfeld of hij bij de apothekersdochter zou durven aanbellen. Toen John besloten had met Isaac mee te reizen, had hij hem gewaarschuwd dat zijn moeder een vreemde logé niet op prijs zou stellen. Daarom huurde John een kamer in herberg George in Grantham, het stadje tien kilometer ten noorden van Woolsthorpe. Hij vulde de lange, ledige dagen, in afwachting van nieuws of bezoek van Isaac, door alle plaatsen te bezoeken waar hij hem wel eens over had verteld. Zo verdreef hij zijn gepieker en sombere gedachten. Zijn eenzame gevecht om de tijd terug te draaien naar toen alles nog gewoon was. Een tijd die voor hem levenslang had mogen duren. Hij had altijd een rustige, voorspelbare toekomst voor zich gezien waarin ze leefden als een oud, vergroeid echtpaar dat voor elkaar zou zorgen. 'Niets is blijvend, alleen verandering,' had Isaac vaak *Heraclitus* geciteerd. Isaac had gelijk gekregen, zoals altijd.

Met gebogen hoofd liep Catherine door de gang naar de woonkamer. John liep haar achterna. Het was een afgeleefde kamer, die weelde noch vreugde verried. De verschoten fauteuils hadden kale plekken en het glas van de servieskast was gebroken.

'Zo,' zei Catherine onwennig, 'u heeft een boodschap van Isaac?'

'Nee,' antwoordde John. 'Ik wilde eigenlijk met u praten.'

Haar ogen openden zich in een onschuldige verbazing, maar meteen beet ze weer nerveus op haar onderlip. Ze liep naar het raam en sloot de gordijnen. Daarna verdween ze uit de kamer en hoorde John haar ergens een deur op slot draaien en zenuwachtig rinkelen met kopjes. Zijn jas lekte uit op het morsige tapijt. Net toen hij overwoog om stilletjes naar buiten te glippen, kwam Catherine met een trillend dienblad weer de kamer in. Ze overhandigde met een verontschuldigende blik een verbleekt schoteltje met een kopje zonder oortje.

'U lust toch thee?' vroeg ze, en ze ging zitten. Haar eigen kopje was nog meer gehavend, zag John.

'Ik wacht al geruime tijd op antwoord op een paar van mijn brieven,' zei ze, terwijl haar blote voet op en neer schudde. 'Om eerlijk te zijn al een goede twintig jaar. Ik ben opgehouden met mijn brieven te versturen, maar niet met ze te schrijven. Elke week schrijf ik er één. Misschien dat u ze kunt bezorgen?'

John, die staand in zijn kopje roerde, schraapte zijn keel en zei: 'Dat is op dit moment een beetje lastig. Isaac is in Woolsthorpe en wil daar voorlopig niemand zien. Zijn moeder is ziek.'

'Is zijn moeder ziek?' vroeg ze langzaam, en haar pupillen gleden afwezig naar boven.

'Kom,' zei ze toen, en ze wenkte John naast haar op de divan te komen zitten. Ze kneep haar ogen weer samen om goed zijn gezicht te bestuderen. Er verscheen een stralende lach op haar gezicht en ze snoof met haar neusvleugels alsof ze in John het aroma van Isaac herkende. Nu pas vielen John haar vriendelijke lippen en stralende tanden op. Het vlasachtige blonde haar, dat de hele tijd voor haar gezicht viel en dat ze met snelle handbewegingen wegstreek, verborg het soort schoonheid dat zich pas na een tweede blik openbaarde. Ze pakte zijn handen en legde ze in haar schoot.

'Het is goed iemand te zien die Isaac kent,' zei ze. 'Hier in Grantham wordt nooit meer over hem gepraat. Het is goed dat u langskomt, zelfs als... Ach, het doet er niet toe.'

'Was u goed bevriend met hem?'

Schichtig keek ze even rond om er zeker van te zijn dat er niemand anders in huis meeluisterde.

'U moet weten,' fluisterde ze, terwijl ze hem met haar grote, ronde ogen intens aankeek, 'Isaac was niet bijzonder geliefd op school. Hij had geen vrienden. Op die leeftijd maak je indruk met spieren en bravoure, niet met hersens. Ja, het is best eenzaam als je anders bent. Hij huurde bij mijn stiefvader een kamer. Zo zocht hij meer en meer mijn gezelschap. Hij leerde me timmeren. Samen maakten we meubeltjes voor mijn poppenhuis. Aanvankelijk speelde ik met hem uit medelijden. Ja, ik bood hem zelfs mijn genegenheid aan. Na school zat hij alleen maar te lezen op zijn kamer of hielp hij mijn stiefvader in de apotheek. Hij was een zielige jongen. Briljant misschien, maar zielig. Geen talent voor menselijke relaties.'

John knikte bevestigend. Wanneer het om zaken van het hart ging, was er geen ondoorgrondelijker natuur dan Isaac. Steen voor steen had John de muren moeten afbreken die hij rond zijn hart had gebouwd. Poorten die hij geopend had, konden ook van het ene op het andere moment weer gesloten worden wanneer een enkel woord Isaac kwetste. Maar na al die jaren was John dat gewend en was het zelfs een van de belangrijkste redenen geworden om van hem te houden. Dat was het grote verschil met verliefdheid; dan hield je juist van de grootsheid van je geliefde, maar in liefde leerde je van zijn kleinheid te houden.

'Met twee broers in huis, én Isaac, werd ik ook een halve jongen,' zei Catherine, en ze haalde de kopjes en het marmeren beeld van Venus van het salontafeltje, dat ze omdraaide. 'Zie je, dit is vorige week door zijn poten gezakt, maar ik heb het weer vastgetimmerd. Keurig gedaan, toch?'

John bevestigde knikkend het nette timmerwerk. Hij zette het tafeltje weer recht, terwijl Catherine de gang in schoot. Even later kwam ze met een geruststellend knikje binnen en sloeg toen weer verontschuldigend haar opengevallen kamerjas dicht.

'We werkten aan een watermolentje,' zei ze, 'bij de rivier. Isaac had een muisje gedresseerd om het rad aan te trappen. Hij hield een verhaal over de rotatie-energie, maar ik legde mijn vinger op zijn lippen. Uit mijn bloesje haalde ik een gedicht dat ik op zijn kamer had gevonden. Een liefdesgedicht, in zijn mooiste handschrift geschreven. "Wat is dit?" zei ik streng. Hij kleurde rood tot diep in zijn nek en stotterde en stamelde. Ik sprak hem vermanend toe. "Volgens mij is dit een liefdesgedicht. Welk meisje vind jij zo leuk dat je er zulke teksten aan wijdt? Ze moet wel een soort godin zijn. Waarom heb je me nooit over haar verteld?" Uiteindelijk bekende hij met horten en stoten dat ik het onderwerp van zijn gedicht was. En toen heb ik hem gekust.'

Catherine liet zich op de divan naast John vallen. Ze sloot haar ogen en zei peinzend: 'Ze zeggen dat een meisje bij de eerste kus kan voelen of een jongen echt van haar houdt. Misschien ben ik er te weinig meisje voor, maar ik voelde het niet. Het was vooral gedoe, eigenlijk. Ook later, bij andere jongens, heb ik het nooit kunnen voelen. Het kan natuurlijk ook zijn dat er nog nooit een jongen van me heeft gehouden.'

Ze lachte om zichzelf en zei toen ernstig: 'Vergeef me dat ik u deze onzin allemaal vertel. Het is zo stil in huis hier. Ik krijg niet vaak bezoek. Daarom klets ik zo.'

'Nee, helemaal niet, ik heb er toch zelf om gevraagd?' zei John, droef om deze prille liefde en deze eerste kus die haar en niet hem te beurt was gevallen. 'Maar uiteindelijk bent u met iemand anders getrouwd?'

Ze kneep haar ogen boosaardig samen en zei fel: 'Als trouwen "ja" zeggen is in een volle kerk tegen een man die je stiefvader heeft uitgekozen, ja, dan ben ik met iemand anders getrouwd.'

Ze pakte het salontafeltje, zette het van het tapijt af, trok toen het verkleurde kleed weg, en opende een luik dat in de plankenvloer verborgen zat.

'Handig als je wat kunt timmeren,' grijnsde ze, en ze toonde John de stapels samengebonden brieven, keurig in envelop en al met het adres van de universiteit van Cambridge, die nooit verzonden waren. 'Of is dit trouw?' vroeg ze. 'Wat vindt u?'

Met verbijstering keek hij naar haar geheime schat. Hij herinnerde zich de dagelijkse brieven die Isaac had gekregen toen ze net een kamer deelden. Hij herkende het keurige meisjeshandschrift. 'Waarom doe je dat nu,' had hij hem gevraagd, 'die brieven weggooien voor je ze gelezen hebt?' 'Ach, dat is van een meisje,' had Isaac geantwoord. 'Ik heb toch geen tijd voor dat meisjesgeklets.' Daarna hadden ze het er nooit meer over gehad, maar in het verloochenen van die brieven had Isaac zijn genegenheid voor John getoond, en zo was hun vriendschap veranderd in liefde. John keek naar de vrouw die, geknield bij de verborgen kruipkelder, verdiept was in een van haar brieven. Een vrouw die in haar onopgesmuktheid en verstrooide gedrag een aardse aantrekkelijkheid bezat. Een vrouw die van dezelfde man hield als hij.

'Wat was eigenlijk de reden dat u mij kwam opzoeken?' vroeg Catherine plots.

Maar John had nog geen aanzet tot een antwoord kunnen geven, toen de bel in de gang schelde. Verschrikt keek ze hem aan.

'Help me alstublieft,' zei ze, terwijl ze met haar hand door haar sluike haar ging. 'Zet alles weer neer zoals het was en ga dan snel zitten. Hoe zie ik eruit?'

Goed, knikte John weinig overtuigend, waarna hij vlug het luik dichtsloeg en het tapijt er weer overheen schoof.

'Ik geef u alles wat ik heb, meneer Richards, geloof me,' hoorde hij Catherine in de gang zeggen. Even later stond de corpulente man in de voorkamer en keek minachtend naar John, die zijn best deed er zo ontspannen mogelijk bij te zitten.

'U bent?' vroeg hij bars.

John stond op en stak zijn hand uit.

'John Wickins.'

'Meneer Wickins is een vriend. We haalden herinneringen op samen. Gaat u zitten, meneer Richards, ik ga het halen.'

Richards liet zijn logge, verregende lijf naast dat van John op de bank vallen.

De mannen zaten zwijgzaam naast elkaar terwijl Catherine een trap op snelde. John zocht koortsachtig naar een onderwerp om met de man over te praten, maar was geïntimideerd door diens voorname uiterlijk. Hij droeg een hoge zwarte hoed, een schitterende, weliswaar knellende blauwfluwelen borstrok en kniebroek, en glimmende schoenen met protserige strikken. John schonk Richards een onbeholpen knipoog, waarop die zich demonstratief verplaatste naar het uiterste uiteinde van de bank. Eindelijk kwam Catherine weer naar beneden. Uit een damesportemonneetje haalde ze vijf pond en ze telde ze voor Richards uit op de salontafel. Hij keek er onverschillig naar.

'Ja... en?' was het enige wat hij zei.

'Dit is alles. Meer heb ik nu niet.'

'De openstaande huur is vijfenveertig pond. En u geeft mij er vijf? Meneer Wickins,' hij richtte zich spottend tot John, 'als ik goed kan rekenen, is dat veertig te weinig.'

Behulpzaam graaide John in zijn broekzakken en legde twee gouden munten van één pond op tafel.

'U kent mijn man, meneer Richards. Even ging het goed, maar de laatste maanden... Ik doe wat ik kan om hem daarvoor te behoeden...'

'Vraagt u zich wel eens af waarom uw man doet wat hij doet? Mocht ik mijn vrouw met een vreemde man in haar slaapkleed op de bank treffen... De vrouw is het huis van de man. Vindt u het gek dat een man niet meer graag naar huis komt wanneer zij haar deur voor iedereen openzet? Ik ga geloof ik maar eens nette huurders zoeken. Onbesproken huurders. Op het eind van deze maand wil ik dat u dit huis heeft ontruimd en verlaten.'

Hij grabbelde de zeven pond van tafel, liet ze achteloos in zijn jaszak vallen, hees zich van de bank en stapte met gewichtige tred weer naar buiten. Even later kwam Catherine onverstoord weer de huiskamer binnen

'Het was fijn om even met u te praten, maar ik moet weer aan het werk. Altijd druk in een huishouden. U vindt zelf de weg?'

13

'*Kit*, blijf bij oom Isaac, hoor je me? Je bent veel te druk voor oma. En je luistert naar hem, begrepen?' had Hannah het twaalfjarige meisje toegesnauwd, en als voorschot op overtreding van haar gebod had ze er alvast een corrigerende oorveeg aan toegevoegd.

Een uur lang wachtte Isaac nu al aan de keukentafel met het meisje, dat braaf op de houten bank bleef zitten. Hij had met haar te doen. Hannah had de opvattingen van zijn moeder geërfd wat het moederschap aanging, en regeerde haar kind zoals een tirannieke koning zijn opstandige volk. Vanaf haar aankomst, voor dag en dauw, had ze meteen laten zien dat met haar niet te sollen viel. De meiden, die sinds de ziekte van hun meesteres gewend waren het haangekraai te negeren, werden uit de beddenbak naast de haard geschopt en op niet mis te verstane wijze aan het werk gezet. De knechten, die in de stallen sliepen, werden gewekt met een emmer ijskoud water in hun gezicht.

'Vanaf vandaag is het afgelopen met die luilakkerij,' had Hannah hun toegebeten. 'En wie dit niet bevalt, kan nu vertrekken.' De begroeting van haar broer was net zo hartelijk geweest. 'Wat zie jij er afgeleefd uit. Net een bejaarde vent. Zorg voor Kit, dan zal ik straks zeggen wat ik van jou verwacht.'

Gedwee had hij voor zijn nichtje een stuk brood afgesneden en nadat Kit dat had opgegeten, vroeg hij of het gesmaakt had.

'Ja, oom Isaac,' had ze met neergeslagen ogen gezegd.

Zo zaten ze zwijgzaam en ongemakkelijk te wachten tot Hannah weer beneden zou komen van het bezoek aan haar moeder. Isaac had zich al met de gedachte verzoend dat zijn moeder voor Hannah haar ogen wel zou openen. Hoe teder hij al die dagen ook de zweren op haar hals en lippen had verzorgd, er was hem zelfs geen gegrom ter erkenning gegund. Nachtenlang vermengde hij de drankjes met lichaamsvocht en bloed van zijn moeder, omdat hij uit de boeken van *Paracelcus* geleerd had dat hetgeen een mens ziek maakt, toegediend in een kleine dosis, hem ook weer kan genezen. Isaac wist dat het menselijk lichaam een alchemistisch laboratorium was dat zelfstandig het zuivere van het onzuivere scheidde, en zo elke stof tot zijn puurste, edelste vorm smeedde. De longen ziften en zuiverden de lucht, de nieren het water, de maag het voedsel van de aarde en de hersenen het bewustzijn van het vuur. Ziekte ontstond wanneer een van die interne laboratoria dichtslibde, waardoor het hele systeem vastliep. Bij alles wat de mens met zijn zintuigen opnam – niet alleen eten, drinken en lucht, maar ook ervaringen, ingrijpende gevoelens of herinneringen – was het de bedoeling het afval dat niet deugde weer te verwijderen. Maar soms klitte dat afval in het lichaam vast zoals steenzuur in een wijnvat. Verbeelding was een van de krachtigste gereedschappen om het ziekteproces te beïnvloeden. Door je de goddelijke wijsheid en volmaaktheid van je eigen lichaam voor te stellen, verdwenen ziektes, zoals een wondje op je hand onzichtbaar dichtgroeide. Hij fluisterde in het holst van de nacht, wanneer ze in diepe slaap was, dat haar lichaam gezond was en alle kennis in zich had om haar levenskracht weer te activeren. Gisteravond had ze heel eventjes haar ogen opgeslagen, maar toen Isaac 'Moeder?' had gezegd, had ze ze meteen weer dichtgeperst en voorgewend dat ze sliep. Toen was Isaac maar naar bed gegaan.

Hij kneep bemoedigend zijn ogen dicht naar het nichtje, dat hem schuchter vanuit haar ooghoeken aanstaarde. Maar zijn rare, vriendelijke toenadering joeg haar schrik aan. Het weinige dat Kit over haar oom had gehoord, was niet fraai. Nu zag ze hem voor het eerst in het echt: een man met een bezeten blik in zijn ogen die het meisje herinnerde aan tovenaars uit enge kindersprookjes.

'Ga je naar school?' vroeg Isaac, opgelucht dat hij eindelijk iets bedacht had wat je tegen zo'n meisje kon zeggen. Ze schoof achterdochtig wat verder weg van hem op de bank.

'Ja, oom Isaac,' was het zachte antwoord, waarna er weer een ondraaglijke stilte viel. Toen hij zelf twaalf was, had hij al geen aansluiting kunnen vinden bij zijn leeftijdgenoten, laat staan dat hij nu als volwassen man zou weten hoe hij tot de wereld van een kind kon doordringen.

'Blijft mama lang weg?' vroeg Kit, terwijl ze haar ogen gericht hield op de rokende ham boven de haard.

'Ik weet het niet,' antwoordde hij. 'Ze is bij oma. Oma is ziek.'

'Gaat ze dood?'

Droevig keek hij naar de serieuze meisjesogen. Kit had lange lichtbruine krulletjes en zag er best engelachtig uit in haar gesteven zwarte jurk.

'Ik weet het niet,' antwoordde hij.

'Mama had gelijk.'

'Wat bedoel je?'

'Dat u niets weet. Ze zegt dat u alleen maar boeken kunt lezen.'

Isaac probeerde zichzelf te bekijken door de ogen van het kind. Inderdaad, waar was hij goed voor? Wat had hij nu eigenlijk gedaan? Wat gelezen, wat geschreven, wat geëxperimenteerd en zo nu en dan gecorrespondeerd. Hij begreep dat dit in de ogen van een twaalfjarige een zinloos bestaan moest zijn. Hij grijnsde, maar zijn kaarsrechte rij tanden in het witroze tandvlees bezorgde haar rillingen.

'Gaat u me slaan?'

'Nee,' zei hij. 'Ik heb zelf als kind zoveel meppen gehad dat ik gezworen heb nooit iemand te slaan. Niet omdat het zo'n pijn deed, maar omdat je je er zo nietswaardig door ging voelen. Kijk, als je ervan uitgaat dat we allemaal één zijn, dan mep je eigenlijk jezelf. Je slaat dat wat je onuitstaanbaar vindt van jezelf bij een ander eruit. Gek toch? Dus je hoeft voor mij niet bang te zijn. Zullen we even gaan wandelen?'

'Nee,' zei het meisje kordaat. Haar moeder had haar vaak op het hart gedrukt op te passen voor kinderlokkers. En al was deze man dan haar oom, ze voelde instinctief dat hij het soort man was voor wie haar moeder waarschuwde. Een man met rare, al te vriendelijke praatjes, voor wie je op je hoede moest zijn.

'Goed,' zei Isaac. 'Vind je het dan leuk als ik je uitleg wat ik doe?'

Onverschillig haalde Kit haar schouders op.

'Ik bestudeer de natuur,' probeerde hij aarzelend de woorden te vinden om zijn missie uit te leggen. 'Ik kijk om me heen, stel me vragen over wat ik niet begrijp, en probeer die dan op te lossen.'

'Wat valt er dan niet te begrijpen?' zei het meisje.

Isaac liep naar het raam.

'Zie je de zon daar?' vroeg hij wijzend. 'Vraag jij je nooit af waarom die niet op de aarde valt? Zo'n grote bol vol licht en vuur? Hoe komt het dat die daar blijft en niet op ons valt?'

'Dat weet ik wel,' zei Kit. 'Omdat God hem daar geplaatst heeft. Dat heb ik op school geleerd. 'God maakte de twee grote lampen, de grootste om over de dag te heersen, de kleinste om te heersen over de nacht, en Hij maakte ook de sterren. Dat staat toch in de Bijbel?'

'Goed zo,' zei Isaac verrast. 'Heel pienter van je.'

'Waarom denkt u er dan over na, als het antwoord zo simpel is?' snoefde het meisje wijsneuzig.

'Omdat ik wil weten hoe God dat doet.'

Nu begon het meisje te giechelen. Haar moeder had gelijk: haar oom wás gestoord. Wie vroeg zich nu af hoe God iets deed? Dat was net zo dom als je afvragen waarom je zelf deed wat je deed.

'Vind je dat grappig?' vroeg Isaac geamuseerd. 'Ja, misschien is het dat ook wel. Het is een rare afwijking, die ik al heb zo lang ik me kan herinneren. Toen ik zo oud was als jij, maakte ik zonnewijzers.'

'Zonnewijzers?'

'Ja,' zei hij, en hij trok met kinderlijk enthousiasme de keukendeur open. 'Hier, kom maar eens kijken boven de deur. Hier hangt er nog een.'

Kit aarzelde en spitste haar oren of ze haar moeder nog niet van de trap hoorde komen. Toen gleed ze van de bank en ging quasi-onverschillig kijken naar de halve cirkel die boven de deur was gekerfd, met in het midden een stalen staak.

'Waar is dat goed voor?' vroeg ze spottend.

'Dan kun je zien hoe laat is. Zie je, die schaduw van die staak valt op de negen, dus...'

'Dus is het negen uur.'

Hautain keek het meisje hem aan. 'Knap, hoor. Wij kijken thuis op de klok.' Ze draaide zich koket om en ging weer op de bank bij de tafel zitten, waar haar moeder haar bezworen had te blijven.

'Ik heb geen tijd om zonnewijzers te maken,' zei Kit op het toontje van een zeurende huisvrouw. 'Ik help mama. Boenen, schrobben, wassen, poetsen, boodschappen, schillen, koken. Allemaal veel nuttiger dan zonnewijzers maken, toch?'

'Ja,' zuchtte Isaac, en hij keek met medelijden naar het kind. 'Zo ging het bij mij ook. Jouw oma vond het ook nutteloos. Ze wilde dat ik de schapen hoedde, de geiten molk, de varkens voederde of de kippen slachtte. Maar ik deed het niet. Ik had er geen aanleg voor.'

Kit schudde misprijzend haar hoofd. Wat moest het erg zijn om zonder nuttige gaven geboren te worden.

'Ieder mens wordt volgens mij geboren met een bepaald doel,' wilde Isaac zich bewijzen. 'Ieder mens heeft bepaalde unieke talenten waardoor alleen hij iets doen kan wat niemand anders kan. En ieder mens heeft de taak zijn talent maximaal te ontwikkelen en zijn steentje bij te dragen aan deze schepping. Want God gaf ons wel een overvloedige wereld, maar geen volmaakte. Als de wereld volmaakt was, dan zouden er geen oorlogen zijn, geen armoede, geen ziektes, geen haat. Dan leefden we in het Aards Paradijs. Maar God heeft de mens verheven tot medescheppers. Hij spoort ons aan om de wereld af te maken. Dus is het aan ons om er een aards paradijs van te maken. Mijn talent is dat ik mezelf vragen stel. Vraag jij je dan nooit iets af?'

'Nee hoor,' zei ze stellig. Ze wilde heel duidelijk gesteld zien dat zij wél nuttige talenten van God had gekregen. Op een dag zou ze net als haar moeder een serieuze man trouwen, die ze zou behagen door het huis smetteloos schoon te houden en het eten op tijd op tafel te zetten. Een man die haar zou prijzen voor haar godvruchtigheid en vroomheid. In het zweet des aanschijns zou ze baren en haar kinderen zouden altijd netjes gekleed zijn. Een heel ander leven dan dat van haar nietsnut van een oom, die zich de hele dag vragen stelde. Wat had je daar nou aan?

'Hoe lang duurt een dag?'

Kit keek hem verbijsterd aan. Wat een stomme vraag.

'Vierentwintig uur, natuurlijk.'

'Precies,' zei hij. 'En een dag duurt vierentwintig uur omdat in die tijd de aarde één keer om haar as draait. Wat ik me nu afvroeg toen ik net als jij op school leerde dat God in zes dagen de wereld creëerde was: hoe deed Hij dat? Hoe kun je zo'n enorm werk verrichten in slechts zes dagen tijd?'

'Omdat hij God is, natuurlijk,' zei Kit, haar lichte wenkbrauwen ophalend.

'Ja, precies. Dus wilde ik weten wie God was, hoe Hij die grootse dingen deed. En die vraag heeft me nooit losgelaten. Ook toen ik al groot was, las ik steeds opnieuw het scheppingsverhaal, dat jij ook zo goed kent. Ik ging dat verhaal ook in andere talen lezen. In het Grieks, het Latijn, zelfs het Hebreeuws, de oorspronkelijke taal waarin het geschreven is. En toen op een dag wist ik het...'

'Wat wist u toen?'

'Het had er al die tijd gestaan, in de Bijbel, maar ik had het niet goed gelezen. Op welke dag maakte God de zon en de maan?'

Kit dacht even na. 'Op de vierde?'

'Ja! Op de vierde dag! En pas toen God de zon gemaakt had, duurde een dag vierentwintig uur. Dat had ik al ontdekt door mijn zonnewijzer. Wat wil dat zeggen?'

'Dat de eerste drie dagen geen vierentwintig uur lang waren?'

'Heel goed, Kit,' riep Isaac uit. 'Die eerste drie dagen duurden net zo lang als God zelf wenste. Misschien wel tientallen, honderden, duizenden of miljoenen jaren. Want de tijd zoals wij die kennen, bestond niet gedurende die eerste drie dagen. Voor God bestaat er geen tijd. Dus zo heeft God het gedaan!'

Hoewel Kit dit een leuk gedachtespelletje vond, verborg ze haar verrastheid achter een blik van desinteresse. Haar moeder had haar goed ingeprent haar oom in geen enkel opzicht serieus te nemen.

'Waar leeft u van?' vroeg ze, plots brutaal.

'Ik word betaald. Door de universiteit.'

'En wat moet u doen om betaald te worden?'

'Lesgeven.'

Het meisje knikte tevreden. Hij was toch niet helemaal nutteloos, die oom van haar. Hij moest toch iets doen om de kost te verdienen.

'En waarin geeft u les?'

'Ik gaf les in optica. Maar na een tijdje kwamen er geen leerlingen meer. Toen ben ik maar opgehouden met mijn lessen,' zei Isaac enigszins beschaamd.

'Wat?' riep Kit verbouwereerd uit. 'En nu hebt u geen werk meer?'

'Toch wel,' zei Isaac moeilijk. Cambridge leek nu zo ver weg. Het was onbegrijpelijk dat hij benoemd was. Zou Boyle zo machtig zijn dat hij de koning overtuigd had? 'Hoewel, op dit moment weet ik het niet zeker. Ze vinden het blijkbaar zo belangrijk dat ik op de universiteit blijf dat zelfs de koning zich ermee bemoeide.'

Kit werd nu pas echt angstig door Isaacs vertwijfelde blik. Haar oom leefde in een waanwereld. Hij dacht dat de koning zich met hem inliet. Oom Isaac was echt een enge man. Gelukkig kwam op dat moment haar moeder naar beneden. 'Isaac, jouw beurt. Moeder vraagt om je.'

Blij verrast keek hij op, en hij haastte zich naar de trap. Zijn moeder zat rechtop in bed als een koningin in haar koets. Een magere vorstin weliswaar, met als koningsmantel een dun laagje vel over het skelet.

'Ben je daar eindelijk, nietsnut?' zei ze met schorre stem. 'Geef je moeder eens een kus.'

Hij boog voorover, maar nog voor zijn lippen haar witte wang konden raken, mepte ze met haar hand tegen zijn wang.

'Nagel aan mijn doodskist!' voegde ze er fijntjes aan toe. 'Wat zie je er weer onverzorgd uit. Hebben ze geen barbieren in Cambridge? Dat stoffige haar van je! Net je vader. En je gekreukelde kleren. Je moest je schamen om je zo aan je moeder te vertonen. Hopelijk heeft niemand je gezien in het dorp. En trek die kousen op. Altijd en eeuwig die afgezakte kousen. Moet je daar zo oud voor geworden zijn? Geen wonder dat je geen vrouw vindt. Hoe denk je dat het voor een moeder is om een kind gebaard te hebben waar niemand van houdt? Je bent een groot klein kind. Zelfs die Kit van onze Hannah is volwassener dan jij. Jongens, jongens toch!'

Vertederd hoorde Isaac haar aan. Het maakte hem gelukkig dat ze sprak. Hij had geen illusies meer over wat ze zou zeggen, maar alleen haar stem nog eens te horen was meer dan hij had durven hopen na die lange dagen van stilte.

'Hoe gaat het met u, moeder?' vroeg hij.

'Wat denk je zelf?' blafte ze terug. 'Zie ik eruit alsof ik jarig ben? Niet bepaald, toch? Kijk niet zo meelijwekkend naar me. Als je werkelijk medelijden met me had, dan was je nooit weggegaan. Op het moment dat hier mankracht nodig was, zette jij je koppige zin door. Waar heeft het je gebracht? Een trieste, eenzame vrijgezel ben je geworden. Als je toen naar me had geluisterd, dan had ik een man van je kunnen maken. Dan was je nu herenboer. Niet dat het gemakkelijk geweest zou zijn om een vrouw voor je te interesseren, maar goed, Gods wonderen zijn de wereld nog niet uit. Maar wat nu? Wat moet er nu gebeuren met de boerderij als ik er niet meer ben? De anderen zijn goed terechtgekomen. Die zijn goed getrouwd. Zij worden gerespecteerd als deftige burgers. Aan hen kan ik niet vragen om achter te laten wat ze opgebouwd hebben om de boel hier te redden. En jij weet nog steeds niet wat het verschil is tussen een koe en een kip. Mijn god, had ik die vader van je maar nooit leren kennen. Dan was jij er ook nooit geweest. Dan was mijn leven stukken fortuinlijker geweest.'

Haar tirade werd onderbroken door een langdurige hoestbui. Isaac wilde op haar rug kloppen, maar hardhandig duwde ze hem weg, en het haastig volgeschonken glas water sloeg ze uit zijn handen. Toen na tien minuten haar longen eindelijk weer kalmeerden en lucht kregen en haar kin onder het opgedroogde spuug zat, keek ze hem kwaad aan, alsof hij de oorzaak was van haar gehoest.

'Ik zal een drankje voor u maken, moeder.'

'Daar, in de la van mijn kast, ligt mijn testament. Pak het eens.'

Gedwee gaf hij het document aan zijn moeder, die het met bevende handen aannam.

'Mijn bril,' zei ze ongeduldig. 'Zo kan ik het toch niet lezen!'

Toen ze de bril op had, las ze het testament voor alsof ze zelf de notaris was.

'Alle schulden en lasten van de boerderij en mijn landerijen draag ik over aan mijn zoon Isaac. Van hem verwacht ik dat hij als een goede huisvader dit roerend en onroerend goed zal beheren en bestieren.'

'Dat is precies de reden waarom ik hiernaartoe ben gekomen,' zei Isaac. 'Ik neem ontslag op de universiteit. Ik wil u helpen en bijstaan. Ik...'

'Zwijg en luister. Door mijn ziekte gaat de boerderij zienderogen achteruit. Ik weet niet wat mijn knechten en de pachtboeren uitspoken, maar het zal wel weinig goeds betekenen. Als je ziet hoeveel rekeningen ik ontvang! Je hebt ook veel te lang op je laten wachten. Waarom kwam je niet meteen toen ik schreef dat ik ziek was? In mijn la vind je het kasregister. Je hebt toch wel leren rekenen daar, hoop ik? Kijk alles na en stel orde op zaken. Dit is je laatste kans om te bewijzen dat je ooit iets om mij hebt gegeven.'

'Ja, moeder.'

Demonstratief sloot de vrouw haar ogen.

'En nu wil ik slapen. Vooruit, pak de papieren en aan de slag. En, Isaac...'

'Ja, moeder?'

'Ik heb je voor het eerst in je leven iets verstandigs horen zeggen.'

Glunderend en trots liep Isaac met twee treden tegelijk de trap af, het kasregister stevig onder de arm. Ditmaal zou hij haar niet teleurstellen.

14

Nachtenlang zat Isaac aan het bureau op zijn oude jongenskamer bij kaarslicht met de grootste precisie het kasregister uit te pluizen. Zich onderdompelen in deze cijfers voelde als een lauw bad in de lente. Mooie, concrete getallen die geen onvatbare grootheden vertegenwoordigden, zoals de afstand van de aarde tot de maan, maar tastbare ponden. Cijfers hadden epische kracht. Het cijferboek, dat vanaf het moment dat zijn moeder met zijn vader trouwde exact was bijgehouden, vertelde het verhaal van haar leven. Op de eerste bladzijden waren het aarzelende, weerbarstige en bescheiden getallen die het hoofd bogen bij de dood van zijn vader. Ze hulden zich niet langer in het adellijke blauw, maar in rode schavotkleren. Hier en daar was de rode inkt door een opgedroogde traan zelfs moeilijk leesbaar. Isaac hield van negatieve getallen, in tegenstelling tot sommige collega's, die ze als het werk van de duivel beschouwden omdat volgens hen God alleen positieve getallen had geschapen. Anderen deden ze dan weer af als numeri absurdi. Negatieve getallen waren mysterieus omdat ze geen equivalent kenden in de werkelijkheid. Drie appels waren duidelijk. Maar hoe moest je je min drie appels voorstellen? Negatieve cijfers leken een blik te gunnen achter het gordijn van een antiwereld. Een soort *antimaterie*, alsof al het zichtbare een omgekeerde component had in een andere, niet waar te nemen werkelijkheid. Iets wat niet voor te stellen was, behalve dan in abstracte begrippen. Zoals hij wel eens gelezen had dat de sleutel om het elixer te brouwen inzicht was in het *anti-elixer*. Of zoals hij het onmogelijke begrip van de oneindigheid van het heelal probeerde te doorgronden door zich te verdiepen in het oneindig kleine. Als je nul deelde door twee, was dat wiskundig twee keer zo weinig als wanneer je nul deelde door één... Een absurde redenering, waar hij zich al jaren stuk op beet. De al chemie had hem geleerd dat elke redenering die voor het grotere gold ook voor het kleinere hoorde te gelden.

Pas vanaf het tweede huwelijk van zijn moeder krabbelden de cijfers, als drenkelingen die zich uit een wak hesen, boven de nul. Deze bladzijden waren in het handschrift van zijn grootmoeder. De huwelijksonderhandelingen hadden voor een doorbraak gezorgd en met hernieuwd zelfvertrouwen beklommen de cijfers in een gestaag ritme de positieve tegenpool van het negatiefste dieptepunt. Een echte vlucht namen ze pas bij de dood van Barnabas, zijn stiefvader. De cijfers, opnieuw in zijn moeders handschrift, blaakten nu van gezondheid en zelfbewustzijn. Tot zijn verbazing ontdekte Isaac dat zijn moeder tijdens zijn jaren in Cambridge een jaarinkomen van meer dan zevenhonderd pond kon noteren. Wat een pijnlijk contrast was met de vijftien pond die ze hem jaarlijks meegaf om van rond te komen. De daaropvolgende jaren werden de bedragen alleen maar uitbundiger en tuimelden ze over elkaar heen in een poging elkaar te overtroeven. Tot het punt dat ze een dramatische val maakten, enkele maanden geleden, op het moment dat zijn moeder ziek was geworden. Het duurde een paar nachten voor hij er inzicht in kreeg hoe deze duikvlucht zo abrupt had kunnen plaatsvinden. Maar getallen logen niet, wist hij. Daarom hield hij er zo van en kon hij uren dwalen in wouden van cijfers. Niets bezorgde hem meer genot dan een berekening die klopte. God drukte zich uit in getallen. Geen enkele andere taal was zo exact en zei zo precies wat hij bedoelde. Woorden hadden nuances, of konden anders geïnterpreteerd worden, of verkeerd worden vertaald en begrepen. Cijfers waren universeel; die klopten of klopten niet. En het verhaal dat de getallen vertelde, openbaarde in zijn schoonheid de volmaakte manier waarop God het universum had geschapen. Een taal die zonder opsmuk of gewichtigdoenerij de eenvoudige waarheid vertelde, zoals in de cijfers van deze eenvoudige boekhouding van een boerderij in Woolsthorpe de waarheid werd blootgelegd. Door met de scherpte van een scalpel de cijfers te dissecteren, ontdekte hij het gezwel. De ziekte van de heerseres van Woolsthorpe had een nest aasgieren ertoe aangezet om hun rekeningen niet meer te betalen. Met verbolgen verve schreef hij dreigbrieven naar deze wanbetalers. Hij spande de lijn strak aan en waarschuwde dat een rechtsgang de volgende stap zou zijn. Alleen de rekeningen van Catherine Storer legde hij opzij. Hij begreep dat het ongepast was dat het eerste wat de apothekersdochter in twintig jaar van hem zou horen een aanmaning zou zijn. Al begreep hij niet dat ze in de loop der jaren zo diep gezonken moest zijn, en broedde hij op een omweg om ook haar te laten betalen.

Toen Kit hem die middag trots de zonnewijzer liet zien, met als staak een stok die ze met veel inzet had ontveld en geverfd, was Isaac aangedaan.

'Eens even kijken of je goed hebt opgelet, Kit,' zei hij schoolmeesterachtig. 'Waar moet je hem ophangen, zodat hij nauwkeurig werkt?'

Het meisje keek fronsend naar de zon.

'Het is twaalf uur 's middags als de schaduw naar het noorden wijst,' zei ze nadenkend, 'want dan staat de zon in het zuiden... In het zuiden dus?'

'Ja,' zei Isaac, 'maar het probleem is dat geen enkele muur hier van de boerderij precies naar het zuiden wijst. Je hebt nu links en rechts een symmetrische uurverdeling gemaakt, maar als je hem nu zou ophangen op de meest zuidelijk gerichte muur...'

'Dan zou hij niet meer kloppen,' vulde Kit teleurgesteld aan.

'Tja, het is handiger om de zonnewijzer meteen op de plek te maken waar hij moet komen te hangen,' zei Isaac. 'Geloof me, ik heb er zelf ook een aantal moeten maken voordat ik daarachter kwam. Maar zo, Kit, doorgrond je uiteindelijk de natuur: door proefnemingen te doen. En wanneer het dan niet helemaal klopt, moet je je afvragen wat je niet goed hebt gedaan. En het dan opnieuw proberen, en leren van je fouten. De antwoorden liggen al in de natuur. De zon doet gewoon elke dag opnieuw hetzelfde. En als wij mensen dat goed observeren en erover nadenken, leren we hoe de natuur werkt en hoe God de dingen beweegt.'

Hun gesprek werd plots onderbroken door het ijselijke geroep van Hannah, die uit het raam hing: 'Isaac! Isaac! Kom eens naar boven, nietsnut!'

Isaac en Kit renden de trap op. Hij trof een geel uitgeslagen moeder aan, die hevig schudde en beefde in bed. Haar ledematen maakten spastische bewegingen en het zweet gutste van haar af.

'Hou haar armen vast,' riep Isaac. 'Ik maak een kalmeringsmiddel.'

'Nee, blijf hier!' gilde Hannah. 'Ze stikt, haar tong is dubbelgeslagen. Ze krijgt geen adem. Hou haar vast, dan probeer ik haar mond open te krijgen.'

Maar het oude tengere vrouwtje klapperde met haar kaken en de vingers die Hannah wroetend tussen haar tanden probeerde te steken, veroorzaakten kokhalzen in plaats van bevrijding. De ingevallen buik spande zich en het maagsap spoot via de slokdarm naar boven en verstikte haar van binnenuit. Ze verdronk in haar eigen voedselresten.

'Zet haar recht,' zei Isaac. 'Ze stikt.'

Met wijd open ogen keek de oude vrouw hulpeloos naar haar kinderen, die trachtten zowel haar mond leeg te maken als haar schokbewegingen onder controle te krijgen.

'Probeer jij het eens, Isaac. Het lukt me niet, verdomme,' zei Hannah, kwaad op zichzelf.

Isaac probeerde de kaken van zijn moeder open te wrikken, zodat de bloedende tong weer naar voren getrokken kon worden, maar haar scherpe rotte tanden boorden zich in zijn vingers, waardoor hij schielijk zijn hand terugtrok. Toen zag hij Kit staan.

'Kit, vlug, haal die staak van je zonnewijzer. Die kunnen we tussen haar tanden steken.'

Het meisje rende de trap af, het erf op, maar aarzelde toen ze haar zonnewijzer in het gras zag liggen. Ze had er zo hard aan gewerkt. In het diepste geheim. Ze had het respect van haar oom willen winnen. Haar oom, die er al die dagen op gehamerd had dat er meer was in het leven dan een schoon huis. Dat een meisje niet alleen met netheid en schoonheid, maar ook met slimheid indruk kon maken. Nu wilde ze hem laten zien dat ze best nog voor iets anders deugde dan dweilen. Maar als ze de staak afbrak, moest ze weer helemaal opnieuw beginnen. Ze had de wijzer nog niet eens aan haar moeder kunnen laten zien. Geagiteerd rende ze naar de appelboomgaard om te kijken of daar niet een tak op de grond lag die net zo goed kon dienen. Maar de boomgaard lag er netjes bij en ze was niet sterk genoeg om een tak af te breken. Paniekerig zocht ze rond of ze iemand zag die een schop of een bezem bij zich droeg. Maar de knechten waren weg om de schapen te laten grazen en de meiden aten in de lentezon aan de overkant van de rivier hun middagmaal. Aarzelend liep ze uiteindelijk terug naar haar zonnewijzer en haalde diep adem. Toen de staak kraakte, leek het alsof ze haar dromen in tweeën brak. Met vochtige ogen liep ze weer de boerderij binnen en ging langzaam de trap op. Toen ze boven kwam, lag het lichaam van haar oma stil op het bed. Isaac snikte geluidloos aan de borst van zijn moeder. De kans dat er iets van waardering over haar lippen zou komen, was nu voorgoed verkeken. Ook haar laatste blik, toen ze in ademnood haar leven voelde wegglippen, had vol verwijt gezeten, net voor haar ogen braken. Zodra ze haar laatste adem had uitgeblazen, was ook de bezieling uit de vrouw weg. Haar stoffelijk overschot was niet meer dan een slechte schets van hoe ze er werkelijk had uitgezien. Het leek wel op haar, maar ze was het niet. Hij vroeg zich af of het haar ziel was die haar lichaam als een kledingstuk had afgeworpen en was opgegaan in de universele kosmos. Maar waar naartoe? Waar waren die hemelen dan? Zou de mens dan ooit een telescoop kunnen bouwen die krachtig genoeg was om dat hemelse koninkrijk waar te nemen? Of was het die mysterieuze antiwereld, die niet voor te stellen negatieve getallen die deze wereld spiegelden? Een andere werkelijkheid waarvoor onze zintuigen en verbeeldingsvermogen tekortschoten? Of was dood toch dood? Vergaan tot stof en as? In de krochten van de aarde wachten tot er een *Messias* kwam om de doden tot leven te wekken en hun levensdaden te wikken en te wegen?

Hannah zat verslagen op de vloer tegen de rand van het bed.

'Neem me niet kwalijk, mama, ik kon niet zo snel een stok vinden. Ik heb mijn best gedaan. Het spijt me, mama.'

Hannah haalde uit voor een afwezige oorveeg, die doel miste. Ze hadden geen aandacht voor het schuldgevoel van Kit. Hun moeder was dood, gestikt in haar eigen braaksel. Beiden hadden ze gefaald. Hun moeder was ten onder gegaan zoals ze had geleefd: strijdend en vechtend. Onverzoend met het lot van haar leven. De dood van een herenboerin die zich altijd een barones had gevoeld.

15

Isaac was nu wees. Wees van een vader die hij niet had gekend en van een moeder die hem niet had liefgehad. Samen met zijn halfbroer en -zussen nam hij de condoleances van de dorpsgenoten in de mooie kamer van de boerderij in ontvangst. Een kamer waarvan niemand zich kon herinneren hoe lang het geleden was dat hij nog gebruikt was. Zelfs de lakens waarmee de pronkmeubelen waren afgedekt, lagen onder een groezelige laag stof.

Het was een sobere begrafenisplechtigheid geweest, zonder franje en zonder persoonlijke accenten, maar bovenal zonder overmatig verdriet. Noch bij de pachtboeren, noch bij de dorpsgenoten, laat staan bij de meiden en knechten, had de weduwe zich erg geliefd gemaakt. Ze werd door iedereen herinnerd als een kijvende vrouw die erg op de centen was en weinig om mensen gaf. De rouwbetuigingen waren dan ook plichtmatig en bestonden uit stukgekauwde clichés. Niemand had ter troost een sentimentele herinnering. Plichtsgetrouw hadden de kerkgangers de kist begeleid naar de kleine begraafplaats achter de kerk van Colsterworth, het naburige dorp.

Nu iedereen zijn verplichte kopje thee op had, namen de gasten met een zoutloos 'Sterkte' afscheid. De enige niet-familieleden die overbleven op deze weinig gedenkwaardige gebeurtenis waren Catherine Storer en John. Voor de laatste was het de eerste keer dat hij op de boerderij kwam. Hij deed zijn uiterste best zijn geheim voor de familie te verbergen door zich zo mannelijk mogelijk te gedragen, maar niemand wijdde veel aandacht aan John. Of het moest een wrevelige irritatie zijn waarom die zwijgzame collega van hun broer de familie niet met rust liet en maar onbeweeglijk op zijn stoel bleef zitten. John voelde de woordeloze druk die steeds meer opgevoerd werd om hem het huis te doen verlaten. Zelfs Isaac negeerde hem, in gedachten verzonken. Maar John kon niet weg. Hij wilde op deze donkere dag zo dicht mogelijk bij Isaac zijn. Zijn liefdevolle plichtsgevoel was sterker dan de onverdraaglijke ergernis waarmee hij door Isaacs broer en zussen bekeken werd. Uiteindelijk deed hij een poging de spanning te doorbreken door het woord te nemen.

'Heeft iemand van jullie de "Gazette" gelezen?' vroeg hij.

Niemand antwoordde. Ze keken hem ontzet aan, alsof hij een immoreel voorstel had gedaan.

'Natuurlijk hadden jullie wel wat anders aan jullie hoofd,' verontschuldigde hij zichzelf meteen, 'maar het ging over Scott. Je weet wel, de zoon van de koning, die kanselier bij ons was. Wel, nu is duidelijk waarom hij niet terugkeerde naar de universiteit...'

John realiseerde zich benauwd dat hij nu zijn verhaal moest afmaken, hoewel niemand enige interesse toonde. Met een steeds zachter wordende stem probeerde hij in een paar korte zinnen een punt achter deze mislukte poging te zetten.

'Hij werd door koning Charles naar Frankrijk gestuurd als commandant van een bataljon soldaten. Dat blijkt hij schitterend gedaan te hebben, en hij heeft de Fransen een flinke aframmeling gegeven in Saint-Denis. Dat had ik nooit achter hem gezocht. Nu ja, ik heb hem ook nooit persoonlijk ontmoet. Isaac wel. Maar hij is nu terug in Londen en schijnt weergaloos populair te zijn. Ze roepen nu zelfs in het parlement dat Charles hem maar eens officieel moet erkennen als zoon, en dus als zijn troonopvolger. Tja, iedereen is natuurlijk bang dat anders die katholieke Jacobus, de broer van Charles, onze volgende koning wordt. Maar weet je wat Charles nu gedaan heeft?'

Iedereen keek naar de neuzen van zijn schoenen.

'Hij heeft verklaard dat hij nooit getrouwd is geweest met de moeder van Scott, en dat hij dus nooit mag hopen als officiële zoon erkend te worden. Het moet toch een mokerslag zijn voor zo'n jongen als je vader je zo ontkent?' zei John. Zijn woorden zonken als een zware steen in een diepe vijver zonder rimpelingen na te laten. Zelfs Isaac was tijdens zijn korte verhaal even opgestaan om door het raam naar de plensregen te kijken. Voor het eerst drong het ten volle tot Isaac door dat zijn academische leven nu echt voorbij was, dat er geen weg terug was. Zijn moeder was dood. Hannah zou vertrekken. En op hem rustte de taak het familiebedrijf voort te zetten. Toen hij zich er in Cambridge mee verzoend had zijn hoogleraarschap op te geven, was dat uit een begeerte naar anonimiteit geweest, nadat plots allerlei mensen, tot de koning aan toe, iets van hem hadden gewild. Het was het verlangen geen verantwoording te hoeven afleggen. Het zich terugtrekken in een cocon, zoals hij wist dat nodig was voor de tweede, grote alchemistische stap. Zijn oude bestaan oplossen en laten ontbinden, durven voelen in plaats van denken. Maar nu besefte hij dat als Hannah er niet meer was, hij ook haar taken zou moeten overnemen. Het dagelijkse leven op de boerderij bestieren. Leidinggeven. Voor filosoferen, onderzoek, experimenteren, processen in smeltkroezen observeren, lezen en schrijven zou geen tijd meer over zijn. De geschiedenis had nog nooit een alchemistische boer voortgebracht. Zijn gedachten zouden niet langer over het universum zweven, maar over de aarde die bewerkt moest worden. Onder het bureau op zijn kamer stond een smeltkroes waarvan hij hoopte dat zich daar in stilte het tweede proces van zijn alchemistische pad voltrok: dissolutie. Een langzaam ontbindingsproces van het filosofisch kwikzilver dat zich zou voltrekken in hetzelfde tempo waarin hijzelf erin slaagde alles uit zijn verleden achter zich te laten. Alle oordelen die hij had, alle remmingen. Een proces waarbij hij moest leren zich over te geven aan de stroom van het leven. Zoals het water bij een overstroming de aarde schoonspoelde van alles wat niet standvastig was, zo moest hij zich durven schoonwassen van al zijn wankele overtuigingen. Pas dan zou het water ook in de smeltkroes de restanten van de as oplossen.

Deze opdracht, waarvan nu pas alle consequenties tot hem doordrongen, drukte op zijn borst en benam hem de adem. De fase van dissolutie voelde nu als een enorme desillusie.

'Wisten jullie dat Isaac de koning heeft ontmoet?' probeerde John toch nog vergeefs zijn gezicht te redden.

De enige die verrast opkeek was Kit; haar oom was dus geen fantast. John probeerde zich onzichtbaar te maken en zo stil te ademen dat hij in het niets zou verdwijnen. Dat lukte aardig, want vanaf dat moment werd hij volkomen genegeerd. Met de aanwezigheid van Catherine leek de stieffamilie van Isaac duidelijk meer ingenomen. Hannah verzorgde haar ongewoon hartelijk door voortdurend thee bij te schenken en steeds plakjes kaneelcake af te snijden, die Catherine beleefd opat. Hannah besloot dat er nu wel voldoende tijd verstreken was om niet meer uitsluitend over de nagedachtenis van hun moeder te hoeven converseren.

'Dus jij bent getrouwd met de zoon van de hoofdmeester, Catherine? Henri heet hij toch?'

Isaac keek vreemd op. Was Catherine met *Henri* getrouwd? Wat een vreemde keuze, vond hij.

'Met die Henri ben jij toch nog eens op de vuist gegaan, Isaac?'

'Dat is zo lang geleden, Hannah,' zei Isaac.

'Nou, ik hoorde dat zijn handjes nog steeds loszitten,' ging Hannah onverstoord verder.

Catherine knipperde met haar ogen en lachte onbeholpen: 'Ja, het is me er eentje, mijn Henri.'

'Tja, en als je dan een glas te veel op hebt...' porde Hannah.

Isaac wilde deze onbeleefde insinuaties stoppen, maar Catherine glimlachte hem geruststellend toe.

'Hij werkt als griffier op het notariskantoor, die man van mij. Een heel voorname functie.'

Isaac herinnerde zich Henri als een jongen met een bot verstand. Iemand die later iets met zijn handen zou gaan doen, omdat hij achter een bureau zou wegkwijnen als een kamerplant zonder licht.

'Drinkt hij nog steeds zoveel?'

Isaac wierp Hannah een vernietigende blik toe, die Catherine ontging.

'Hij houdt wel van gezelligheid, ja. Het is altijd lachen met mijn man. Ach, die Henri,' hinnikte ze met een vreugdeloze lach.

'Slaat hij jou ook?'

Isaac ging recht overeind zitten. 'Wat?! Slaat hij je?' herhaalde hij Hannahs vraag.

'Wie, mij?' Catherine keek verbaasd de kamer rond wie Hannah bedoelde. Om er vervolgens na een lange stilte met neergeslagen ogen aan toe te voegen: 'Maar ik kan best wel eens een kreng zijn, hoor. Weet je wel, Isaac?'

Isaac had geen idee waar ze op doelde. Er was in zijn jeugd niemand die hem met meer genegenheid had bejegend dan Catherine. Allen zwegen en keken voor zich uit. Behalve de kleine Kit, die de mysterieuze vrouw die zo anders was dan anderen ontzet aanstaarde. Met een gevoel voor timing waar de actrices van Londen jaloers op konden zijn doorbrak Hannah de stilte met nog een weloverwogen vraag: 'Is het nu echt waar dat je ook je huis uit gezet dreigt te worden?'

Catherine streek het haar voor haar helblauwe ogen weg en haar blik was niet aangedaan of gegeneerd, maar eerder verwonderd. Ze was oprecht verbaasd dat Hannah zo'n belang in haar stelde.

'Ja,' zei ze luchtig. 'We kijken uit naar iets anders. Het is toch wat groot voor ons tweetjes. En kinderen lijken ons niet gegund.'

Isaacs onderlip trilde van verontwaardiging, stelde Hannah tevreden vast. Hij stond op en ijsbeerde de kamer door. De onverbloemde vragen van zijn zus schetsten een tragisch leven, dat hem meer raakte dan hij voor mogelijk had gehouden. Hij werd overvallen door een rechtvaardigheidsgevoel, alsof hij de manier waarop hij Catherine in zijn jeugd had verraden nu goed moest maken. Het was onvermijdelijk dat je op je levenspad stommiteiten beging of mensen kwetste, had Isaac in de boeken van Van Helmont gelezen. Maar wie de moed had die oude schulden in te lossen, wist dat de graad van spirituele ontwikkeling af te lezen was aan hoe iemand met zijn naaste omging. Plots bleef hij pal voor Catherine staan en sprak haar streng toe.

'Je moet het me vertellen, Catherine: waarom moet je je huis uit? Heb je geldproblemen? Ik vond bij moeder ook een paar onbetaalde rekeningen.'

'Echt,' zei ze, en ze pakte haar handtas, om langdurig te graaien naar een verloren munt die ze niet vond. 'Ik kom zo snel mogelijk betalen.'

'Nee, Catherine, dat bedoel ik niet. Ik... Het spijt me heel erg dat ik na een tijd je brieven niet langer beantwoord heb. Ik kan het je niet uitleggen, maar...'

'Ik snap het wel,' zei ze met een korte blik op de ademloos luisterende John gericht.

Hannah, die snel van John naar Isaac keek, begreep het nu ook. John was helemaal niet een 'goede collega en vriend'. John keek naar beneden en Isaacs hart klopte in zijn keel. Zou iemand in de kamer Catherines subtiele onthulling begrepen hebben?

'Ik zal je helpen, Catherine,' veranderde hij snel en besluitvaardig van onderwerp, en hij keek hooghartig zijn halfbroer en -zussen aan. 'Deze boerderij is vanaf nu van mij, met al zijn lusten en lasten. Ik zal Catherine helpen. Dat is mijn plicht.'

Hannah knikte instemmend.

16

Onder de slappe vilten hoed die alle glans verloren had, priemden twee felblauwe ogen die Boyle aankeken. Het was een slanke jongen met zwarte krullen van hooguit vijfentwintig, die een lange, haastige reis gemaakt leek te hebben zonder zich te bekommeren om het stof en de scheuren die zijn eenvoudige kostuum besmeurd hadden. Hij was ongeschoren en zijn rimpels getuigden van slapeloze nachten of ernstige zorgen. Maar zijn blik was helder en zijn Engels, met een Franse tongval, was verzorgd en voornaam.

'Hier ben ik dan, meneer Boyle. Uiteindelijk is het gelukt u de hand te drukken.'

Boyle ging de vreemdeling voor door de gang waar hij de melkglazen deur naar zijn laboratorium opende. Sinds hij de ontdekking van het filosofisch kwikzilver gepubliceerd had in de 'Filosofische Verhandelingen', werd hij dagelijks bezocht door een bonte verzameling alchemisten. Of eerder: mannen die voorwendden alchemist te zijn, maar die er vooral op uit waren Boyle kennis dan wel geld afhandig te maken in ruil voor inwijding in hun 'geheimen'. Boyle had ze allemaal ontvangen, gewikt en gewogen. Maar niemand van deze goed gebekte geluk zoekers had zijn mooie verhalen waargemaakt. Niemand had hem één stap verder gebracht dan Isaac, die hem op die gedenkwaardige avond de exacte bereiding van filosofisch kwikzilver had getoond. Toch werd hij wonderwel niet cynisch, maar gaf iedere bezoeker opnieuw een eerlijke kans zich te bewijzen. Hij kon ook niet anders. Zelf kwam hij niet verder. Hij moest iemand vinden die meer wist dan hijzelf, die meer kon dan Isaac. Al knaagde geregeld de twijfel of de lapis philosophicus, die alle metalen in goud veranderen kon, toch geen fabeltje was. Een fantastisch concept uit ver vervlogen tijden, verzonnen door een schrijver met een levendige verbeeldingskracht. Hoe ver heen moest je zijn om te geloven in een steen die het mogelijk maakte alle talen van de wereld te begrijpen, zelfs die van de gevleugelde en ongevleugelde dieren? Was het een stoornis om te geloven in een steen die inzicht geeft in hemelse invloeden en die mogelijke toekomsten laat zien? Een pathetisch verlangen, dat de doodsangst bezwoer, om te geloven dat er een steen bestond die het lichaam verjongde en elke ziekte genas? Misschien was de lapis philosophicus niet meer dan een idee, een symbolische omschrijving van een ideaalbeeld waarnaar de mens moest streven. Misschien was de vervaardiging van goud enkel een allegorische omschrijving van de nobele eigenschappen die de mens in zijn verdorven karakter moest omsmeden. Maar toch, iedere keer als er weer een brief werd bezorgd van een adept die erop zinspeelde iets te weten, leefde Boyles jongensachtige hart hoopvol op, en verzond hij dezelfde dag een uitnodiging voor een demonstratie.

Het bevreemdde Boyle dat de bleke jongeling moeilijk liep en om een stoel vroeg om zijn vermoeide benen even rust te geven.

'Heeft u een lange reis achter de rug?' informeerde Boyle.

'Het valt wel mee,' antwoordde de bezoeker opgewekt. 'Ik ben naar het noorden getrokken en heb elk deel van de bewoonde wereld gezien. Maar toch, op mijn leeftijd gaat een reis door Perzië, China en de koninkrijken van de sultan niet meer vanzelf.'

Boyle grinnikte om het grapje van de jongeman.

'Dat zal wel meevallen, toch?' zei hij. 'Hoe oud bent u?'

'Toch al een eind in de honderd,' antwoordde de man, 'maar ik voel me best kranig, hoor. Wat heeft u een mooi laboratorium trouwens, uitstekend. Heeft u lood op voorraad?'

Boyle mocht deze jongen wel, met zijn eigenaardige gevoel voor humor en zijn directe benadering.

De reiziger sprong op toen *Kathy* de koffie binnenbracht.

'Wat een charmante echtgenote heeft u, meneer Boyle.'

'Lady Ranelagh is mijn zuster. Sinds het overlijden van haar man delen we dit huis.'

'Enchanté, madame,' zei hij, en hij kuste haar hand.

Kathy haalde toen ze wegliep haar neus op: het afgesproken teken wanneer zij dacht dat een bezoeker geen charlatan was. Het was de eerste maal dat ze dit teken gaf. Ze vond het een gave dat haar broer nooit echt volwassen was geworden en met het enthousiasme van een kind steeds maar nieuw vertrouwen stelde in adepten; maar als een moeder die haar kind beschermde, probeerde ze hem te behoeden voor lichtgelovigheid.

'Hoe is uw naam eigenlijk, meneer?'

'Reiziger van de Waarheid, meneer Boyle.'

'Natuurlijk, Reiziger van de Waarheid,' zei Boyle plechtig, die wist welk belang alchemisten eraan hechten bij de door henzelf toegekende bijnaam te worden aangesproken. De reiziger sloeg de inhoud van het koffiekopje in één teug achterover, en dit had blijkbaar een dermate verkwikkend effect dat hij opsprong om een kijkje te nemen in de glazen kast waar Boyle zijn verzameling vloeistoffen en poeders in flesjes en bokalen bewaarde. Zijn snelle ogen lazen de etiketten en af en toe nam hij een flesje op en bekeek het tegen het binnenvallende stoffige daglicht.

'Als u misschien alvast een smeltkroes op het vuur wilt zetten,' zei hij, 'dan kunnen we aan de slag.'

Het pleitte voor de jongen dat hij het niet nodig achtte zich eerst te bewijzen in ellenlange theoretische uiteenzettingen. Boyle was zelf ook een man van de praktijk. Met eindeloos aristotelisch gefilosofeer was nog nooit iemand opgeschoten. Als het grote werk zich zou voltrekken, dan zou het in een smeltkroes plaatsvinden en niet tijdens een debat. Bedreven stookte Boyle de kolen op met de blaasbalg en plaatste de kroes op het vuur. Op aanwijzingen van de jongeman gooide hij er twee ons lood in en beiden wachtten geduldig tot het smolt. Toen haalde de jongeman uit de linkerzak van zijn rode jas een opgevouwen stukje papier waarin wat poeder zat. Bijna achteloos gooide hij een paar korrels in het gesmolten lood en hij gaf Boyle de opdracht de kolen vijftien minuten lang flink op te stoken. Boyle pompte ferm de piepende balg, waarvan het leer bijna scheurde. De witte rook prikte in zijn ogen. Het vuur flakkerde intens op, maar toen brak de hitte een van de opgloeiende kooltjes waarop de smeltkroes met een pootje rustte in tweeën. De kroes viel om en het gesmolten lood droop sissend weg tussen de vlammen en de as. De Reiziger van de Waarheid was aangeslagen. Het incident beroofde hem even van zijn flair en bravoure.

'Wat jammer nou,' zei hij. 'Het proces was nog lang niet voltooid. Ik had u willen laten zien hoe je op een heel eenvoudige manier filosofisch kwikzilver kunt maken, veel simpeler dan u in uw artikel bespreekt. Maar nu is het mislukt.'

'We kunnen toch opnieuw beginnen?' zei Boyle.

'Nee,' sprak de reiziger ferm tegen, 'dat kan niet. Ik heb niet genoeg poeder over. Nee. Ach, u denkt wellicht dat ik een van die vele huichelaars ben die veel poneert maar weinig kan.'

'Natuurlijk niet,' troostte Boyle. 'Het was toch mijn fout? Ik vind het vooral jammer voor u. U heeft zo ver gereisd, en naar nu blijkt helemaal voor niets.'

Plots leefden de ogen van de jongeman weer op. Hij keek snel rond en nam een schone smeltkroes, die hij zorgvuldig en stabiel op de kolen plaatste. Nu haalde hij uit zijn rechterzak een ruw klompje goud en gaf het aan Boyle.

'Smelt het maar,' zei hij met een veelbelovende knipoog, en hij wachtte vervolgens rustig op een stoel bij het vuur tot het goud gesmolten was. Door tweemaal kort te fluiten wenkte hij Boyle, die verzonken was in een oud boek van Paracelcus waarin hij meer vertrouwen had. De reiziger nam een klein zilveren flesje, ditmaal uit zijn binnenzak. Fluitend goot hij enkele druppels in het gesmolten goud. Boyle las weer verder, terwijl de ontspannen bezoeker nonchalant het vuur aanwakkerde door te blazen en wat te wapperen met zijn hand. Zo liet hij het goud een paar minuten sudderen en trok toen een paar handschoenen aan om de smeltkroes op de vensterbank te zetten om af te koelen. Daarna ging hij weer naast Boyle zitten, die de weinig opwindende verrichtingen van de jongeman slechts zijdeling had gevolgd.

'Lukt het?' vroeg hij beleefd terwijl hij zijn boek weglegde.

'Ja hoor,' zei de jongeman vrolijk. 'Gewoon nog eventjes afkoelen. Ik moet u trouwens nog deze brief geven van mijn meester.'

Boyle las een flatterend epistel, dat hem de eerste twee pagina's alleen maar lof toezwaaide omwille van zijn belangwekkende onderzoek en kennis van de alchemie en zijn moed en openheid om zijn bevindingen te publiceren in de 'Filosofische Verhandelingen'.

'Mijn knecht zal u enkele experimenten tonen die uiterst vertrouwelijk zijn,' zo ging de brief verder. 'Proeven die u de vrucht van mijn jarenlange werk zullen tonen. Explosieve stoffen die als ze in de verkeerde handen vallen de wereld in gevaar brengen. Ik meen dat ik u door u vertrouwen en inzicht te schenken in mijn vorderingen zal overtuigen van mijn oprechte bedoelingen. Want mijn weg is doodgelopen. Ik heb uw hulp nodig. Door een groot adept, wiens naam ik u niet mag noemen, ben ik in het bezit van een kleine hoeveelheid *rode aarde*. In u, meneer Boyle, stel ik mijn hoop en verlangen dat u deze stof zult kunnen analyseren en daardoor opnieuw componeren. Wie over rode aarde beschikt, kan... Dat merkt u nog wel. Ik zal later laten weten hoe u in het bezit kunt komen van de rode aarde. Laat de experimenten die zich nu voltrekken hun eigen verhaal vertellen. Uw toegenegen *patriarch van Antiochië.*'

Boyle groef in zijn geheugen waar hij die naam eerder had gehoord. Natuurlijk ging het niet om de echte patriarch, de geestelijk leider van de orthodoxe christenen in het Ottomaanse Rijk. Maar deze schuilnaam verried dat het om iemand moest gaan die terug wilde grijpen op het oorspronkelijke christendom.

'Zo,' zei de reiziger toen Boyle de brief dichtvouwde, 'ik heb gedaan wat mijn meester me heeft opgedragen. Hartelijk dank voor uw gastvrijheid, meneer Boyle.'

De jongeman lichtte zijn hoed op en verliet het laboratorium nog voor Boyle één vraag over zijn meester had kunnen stellen. Toen hij de deur hoorde dichtslaan, liep hij naar de smeltkroes op de vensterbank. Op de bodem lag geen goud, maar een klomp metaal. Hoewel hij nog warm aanvoelde, pakte hij de brok in zijn handen en de haartjes op zijn arm kwamen overeind toen het broze metaal afbrak en onwaarschijnlijk licht bleek aan te voelen. Zo licht als lucht. Een broos mengsel van koper en tin, dat even snel tussen zijn vingers oploste als vuur papier verpulverde tot as. Had deze jongeman het anti-elixer gedemonstreerd? Het universele middel dat alle materie oploste? De *Alkahest*, zoals Paracelsus het genoemd had? Als het anti-elixer voor elkaar kreeg dat een stevige klomp goud in enkele minuten kon veranderen in een waardeloos, bijna gewichtloos metaal dat wegslonk waar hij bij stond, dan was het niet langer ondenkbeeldig dat ook het ware elixer, de lapis philosophicus, moest bestaan. Alleen, hoe kon het dan dat het flesje waar het middel in zat niet was opgelost in de binnenzak van de jongeman?

17

Al een paar keer was Hannah in een verloren zijstraatje van Grantham langs het huis met de afgebladderde gevel gelopen. Het huis met de gesloten gordijnen waar ze een bruid voor haar broer hoopte te vinden. Toch twijfelde ze of ze zomaar andermans leven binnen kon dringen en overhoop kon halen. Maar de belofte aan haar moeder woog zwaarder. 'Zorg ervoor dat hij mans genoeg is om de boerderij over te nemen en zoek een vrouw voor hem,' had haar opdracht geluid. Hannah had het beloofd, al had ze, tot op de begrafenis van haar moeder, geen vrouw kunnen bedenken die met Isaac onder één dak zou willen leven. Maar het leek of haar moeder over de randen van haar graf heen een handje had geholpen door Catherine te zenden, als was ze een engel. Het enige meisje voor wie Isaac ooit gevoelens had gehad, en bovendien gevangen in een ongelukkig huwelijk. Kon het nog beter?

Toen ze nogmaals langs het raam liep, werd ze opgeschrikt door het geluid van rinkelend glas, gevolgd door een rauwe kreet. Zonder nog te aarzelen trok ze stevig en lang aan het touw van de bel, maar ze wachtte niet of er wel of niet zou worden opengedaan. Ze liep door het smalle zijtuintje achterom en probeerde de achterdeur. Toen ze via een kleine keuken plots in de woonkamer stond, zag ze een man die zwaaide met een porseleinen vaas. Catherine zat weggedoken bij de servieskast.

'Laat haar ogenblikkelijk met rust,' zei Hannah ongewoon kalm.

De man liet de vaas uit zijn handen vallen en draaide zich afwezig naar de indringster.

'En u bent?' grijnsde hij.

'Hannah. Een goede vriendin van Catherine, en ik wil dat dit ophoudt,' zei ze, terwijl ze dapper op hem af stapte.

Een lallende lach klonk hol uit zijn mond die naar alcohol rook.

'Ga weg,' fluisterde Catherine. 'Alsjeblieft, Hannah, ga weg.'

Maar snel en onverwacht greep de man Hannah bij de pols en duwde haar tegen de servieskast, waaruit de bordjes naar beneden kletterden.

'Een vriendin van Catherine,' zei hij belangstellend. 'Zozo, ik wist niet dat mijn vrouw vriendinnen had. Maar wees welkom, eh...?'

'Hannah.'

'Hannah,' herhaalde hij flauw op dezelfde toon. 'Hannah, Hannah, Hannah. Leuke naam.'

Hij hield haar armen tegen de kast geklemd en bekeek haar rustig van top tot teen.

'Alsjeblieft, Henri, doe geen domme dingen,' glimlachte Catherine, terwijl haar rechteroog van zenuwen bleef trillen. 'Hij maakt maar een grapje, hoor Hannah, het is zo'n geestige man. Maar misschien kom je een beetje ongelegen op dit moment. Zullen we iets anders afspreken?'

'Wat onbeleefd nu, Catherine,' zei Henri berispend. 'We kunnen jouw vriendinnen toch niet zomaar de deur uit sturen? Jouw vriendinnen zijn mijn vriendinnen.'

Genietend van deze onverwachte wending in hun dagelijkse geruzie duwde Henri zich zo dicht mogelijk tegen Hannah aan.

'Ik ben Henri,' zei hij met zijn mond vlak bij die van Hannah, 'de echtgenoot van Catherine.'

'Dag Henri,' zei Hannah onbewogen. 'Ik heb veel over je gehoord.'

Hij proestte het stomdronken uit, terwijl zijn wazige hoofd op de schouder van Hannah rustte. Catherine gebaarde dat ze weg moest gaan, maar Hannah onderging onverstoorbaar zijn geschutter en hete drankadem in haar hals. Henri richtte langzaam zijn hoofd op en zei toen ernstig: 'Ik vind het gezellig dat je er bent, Hannah. Ga toch zitten.'

Hij greep haar bij de pols en met een trefzekere uithaal zwaaide hij haar naar de bank, waar ze hardhandig op terechtkwam. Nog voor ze de tijd had recht te krabbelen, zette hij haar klem met zijn knie.

'Je gaat toch niet weg, Hannah? We krijgen niet zoveel bezoek. Mijn vrouw is nogal mensenschuw. Het doet me veel plezier dat ze in jou een vriendin heeft gevonden. Kom eens hier, Catherine.'

Gehoorzaam liep Catherine op hem toe. Ze wist dat hij het meest gevaarlijk en onvoorspelbaar was wanneer hij rustig en ingehouden sprak. Met haar hand in de zijne begeleidde hij haar als een heer naast Hannah op de bank.

'Ik vind het erg gezellig dat je er bent, Hannah,' zei hij. 'Ik ben blij dat mijn vrouw vriendinnen heeft. Ik heb ook vriendinnen, maar die zijn hier nooit welkom. Ik zal je laten zien, Catherine, hoe het ook kan in een huwelijk. Hoe je elkaar het beste kunt gunnen. Ik ben niet jaloers. Ik maak geen toestanden. Ik ben blij als er andere mensen om je geven. Vooruit, kus haar maar.'

'Alsjeblieft, Henri,' zei Catherine, 'doe niet zo grappig.'

'Grappig? Dat dóé je toch met vriendinnen? Tenminste, ik wel. Jullie zíjn toch wel goede vriendinnen?' vroeg hij wantrouwend met een stemverhoging die weinig goeds beloofde. 'Nou dan, kus haar.'

Hij sloeg Catherine met zijn vlakke hand tegen haar wang en toen hij dreigend uithaalde om met Hannah hetzelfde te doen, drukte Catherine een snelle, krampachtige kus op Hannahs lippen. Beide vrouwen keken tijdens de gedwongen kus uit hun ooghoeken of het opvolgen van dit commando de dronken man tevredenstelde. Hij lachte hees en verbaasd. Hannah kneep haar ogen even geruststellend dicht naar Catherine, opende toen voorzichtig haar mond en streelde verkennend met haar tong de lippen van de snel ademende vrouw. Toen Catherine voelde dat de greep om haar polsen verslapte, begreep ze wat Hannah van plan was en opende ze op haar beurt haar mond en beantwoordde het gebaar onzeker. Ze verwonderde zich erover hoe zacht die was. Nog nooit in haar leven was ze teder gekust. Het verwarde haar. Dit kon toch niet het gevoel zijn dat je vertelde of iemand van je hield? De kus was op een onverdraaglijke manier lieflijk. Het hoorde niet. Zo mochten alleen minnaars kussen die veel van elkaar hielden.

Henri slikte met droge mond, verrast dat deze twee vrouwen zonder morren deden wat hij wilde. Het leek verdomd of ze het nog lekker vonden ook, dacht hij met een wazige blik op de zoenende vrouwen. Deze sombere dag kreeg dus onverwacht toch nog een gouden randje. Hij verlustigde zich toen zijn vrouw de opgebonden knot van Hannah losmaakte en die er met loshangend haar een stuk aantrekkelijker uit kwam te zien. Het weeïge gevoel in zijn maag won het van zijn drift om zijn machteloze woede te koelen. Hij voelde dat er voor het eerst sinds lange, lange tijd weer bloed tussen zijn benen stroomde. Zijn ademhaling werd zwaar toen hij de handen volgde die over de boezem van zijn vrouw streelden en voorzichtig knoopje voor knoopje de jurk openden.

Hij streek over zijn gulp en trok met bruuske bewegingen zijn broeksknopen los. Zo zat hij half verdoofd tegen het salontafeltje en vergat zijn eigen gedachten bij het aanschouwen van deze onbekende vrouw die zijn echtgenote liefkoosde met een verbeelding die zijn fantasieën in de schaduw stelde.

Hannah voelde zich onprettig door de intensiteit waarmee haar liefkozingen werden beantwoord. Catherine kuste zo gretig en huiverde zo daar waar haar handen streelden dat ze zich afvroeg of ze wel wist wat de bedoeling was. Bijna leek het alsof zijzelf in een val van Catherine en Henri was gelopen, in plaats van dat zij het verloop der dingen bepaalde. Catherine duwde nieuwsgierig haar borsten naar voren, sidderend door Hannahs handen, die ze voor de vorm kneedden. Berekenend probeerde ze bij elke liefkozing die ze ondernam het effect in te schatten op de toeschouwer om wie het allemaal begonnen was. Terwijl ze zich vertwijfeld afvroeg hoe ver ze wilde gaan om de belofte van haar moeder waar te maken, voelde ze hoe Catherines handen begerig over haar hele lichaam streelden. Terwijl de handen een weg zochten onder haar rok, zag ze uit haar ooghoeken hoe Henri als een dorstige hond hijgde en met ruwe halen zijn halfopgerichte geslacht probeerde te vermannen.

'Kleed jullie uit,' kreunde hij.

'Wil je ons bloot zien?' vroeg Hannah zacht.

'Ja,' zuchtte Henri met grote, smekende kinderogen.

Langzaam, om de broze, onwaarschijnlijke spanning niet te verbreken, stond ze op en knoopte haar jurk open. Ze voelde niet alleen de hete blik van Henri, maar ook Catherines ogen branden op haar lichaam. Henri sjorde verbeten om zijn mannelijkheid eindelijk weer net zo sterk in zijn handen te voelen als in zijn jongemannenjaren.

'Vooruit Catherine, jij ook, lieve vriendin,' nodigde Hannah haar zachtjes uit.

Catherine stond met een wulpse beweging op met haar halfafgezakte jurk en ging tegenover Hannah staan. Ze had zich nog nooit zo vrouwelijk gevoeld als nu. Catherine keek met stokkende adem naar hun borsten, die elkaar net niet raakten, de handen aarzelend op de heupen of ze wel of niet haar jurk helemaal uit zouden trekken. Het kwijl droop langs Henri's kin terwijl hij met dichtgeknepen ogen heftig zijn lid beroerde. Net toen Hannah haar heupen sensueel leek te ontbloten, haalde ze onverwacht uit met haar voet, die ze staalhard in Henri's geslacht plantte terwijl ze 'Ja!' riep. Verdwaasd zag Catherine toe hoe haar man kermde en Hannah het marmeren Venusbeeld van de salontafel greep, dat ze met alle kracht stuksloeg op Henri's hoofd. Na een vreselijke brul zeeg hij bewusteloos neer, terwijl het bloed uit zijn hoofd sijpelde. Voor de zekerheid sloeg ze nog een tweede en zelfs een derde keer.

'Vlug, haal touwen,' beval Hannah, terwijl ze haar jurk optrok en dichtknoopte.

Catherine liep op haar toe en wilde haar dankend kussen, maar Hannah riep die avances met een korte kaakslag een halt toe.

'Catherine, dit was een spel, weet je wel? Haal touwen.'

'Ik heb geen touwen,' stamelde de verwarde Catherine, die de vreemde en snelle gebeurtenissen niet met elkaar kon rijmen.

'Gordijnkoorden, lakens – het maakt niet uit.'

Catherine bleef echter geschokt staan, zich niet bewust van haar ontblote bovenlichaam, en daarom haastte Hannah zich geërgerd de trap op, trok de gordijnkoorden bij het slaapkamerraam weg en griste de lakens van het bed. Toen ze weer beneden kwam, stond Catherine er nog net hetzelfde bij.

'Catherine,' zei Hannah, en ze schudde haar door elkaar. 'Catherine, je moet me helpen, nu, verdomme!'

Mechanisch volgde Catherine Hannahs aanwijzingen op om samen de man overeind te zetten en zijn handen en voeten vast te knopen aan de poten van de tafel en de bank.

'Verrek,' zei Hannah opeens, 'ik denk dat hij dood is.'

18

Isaac werd overrompeld door de plotselinge komst van Catherine. Zwijgzaam had hij geluisterd naar het verdraaide relaas dat Hannah van de gebeurtenissen deed. Toen ze hem daarna langdurig en afwachtend had aangekeken, kwam hij pas enkele onwennige minuten later op het idee om Catherine voor te stellen op de boerderij tot rust te komen. Hij bood haar de kamer van zijn moeder aan. Hannah gaf Catherine een snelle knipoog. Zie je wel, leek ze te zeggen. Ze nam haar mee naar boven, maar gaf haar een andere kamer: de slaapkamer naast die van Isaac. Daar hielp ze haar het vertrek klaar te maken.

'Ga nu maar wat rusten, Catherine,' zei ze. 'Het is een zware dag voor je geweest.'

'Wat goed van je, Hannah, dat je Catherine uit de handen van die bruut hebt gered. Maar hoe heeft het zo uit de hand kunnen lopen? Konden jullie niet vluchten?' vroeg Isaac toen ze weer naar beneden kwam.

'Het was hij of ik, Isaac. Wat kon ik als weerloze vrouw tegen zo'n man uitrichten? Hij had een mes in de hand en stond klaar om me neer te steken. Maar hoe kon jij je nu zo stroef gedragen?' veranderde ze handig van onderwerp. 'Catherine is geknakt door al die jaren van vernedering en mishandeling. Ze wantrouwt alle mannen. Nu denkt ze ook nog dat ze hier niet welkom is. Je deed zo stug toen ze hier aankwam. Je zei geen woord, toonde geen greintje medeleven. En hoe kon je haar nu de kamer van moeder aanbieden?'

'Dat is toch onze beste kamer?' zei Isaac verbaasd.

'Een kamer met de geur van de dood nog in de lakens? Zag je niet hoe ze schrok? Alsof je haar een graf aanbood als slaapplaats. Je bent een onbeholpen stuk vreten. Je moet haar gaan geruststellen, Isaac, zeggen dat ze hier welkom is. Dat ze zo lang kan blijven als ze wil. Dat jij voor haar wilt zorgen. Ze is een bang vogeltje geworden door al die wreedheid. Ze wou zelfs morgen vertrekken naar haar stiefvader. Maar jij snapt toch ook wel dat ze in Grantham zal worden nagekeken? Je weet hoe de mensen zijn. Ze zullen zeggen dat ze zelf al die mishandeling heeft uitgelokt. Dat ze een hoer is. Alleen hier kan ze tot rust komen, Isaac. Je moet haar zeggen dat ze hier moet blijven.'

'Deed ik dan echt zo stuurs, Hannah?' vroeg Isaac verbouwereerd over zichzelf. 'Het spijt me, daar was ik me niet van bewust. Ik weet toch ook niet wat je tegen een vrouw die zoiets heeft meegemaakt moet zeggen?'

'Welkom in de echte wereld, Isaac. Het wordt tijd dat je eens leert hoe je met vrouwen omgaat in plaats van met boeken.'

'Het spijt me, werkelijk,' zei Isaac aangeslagen. 'Ik ga nu meteen naar haar toe. Natuurlijk.'

Hannah verborg haar tevreden glimlach toen haar broer schoorvoetend de trap op ging. Hij klopte beleefd aan bij de slaapkamer.

'Ja.'

Catherine staarde zichzelf aan in de spiegel van het kaptafeltje.

'Het spijt me van die slaapkamer,' hakkelde hij.

Niet-begrijpend keek ze hem aan. Behoedzaam ging hij op bed zitten, zoekend naar woorden.

'Ik dacht: moeders kamer is de beste, maar deze is... is natuurlijk veel beter. Met die ramen en zo. Toch? Lekker licht. Of niet?'

'Dank dat ik hier vannacht mag blijven, Isaac,' zei ze. 'Ik zal je natuurlijk schadeloos stellen. Op dit moment is het een beetje lastig, maar binnenkort zal ik mijn rekening betalen. Overigens, maak je geen zorgen – morgen ben ik weg.'

'Nee, Catherine,' zei Isaac gehaast. 'Nee. Ik wil niet dat ze je in Grantham als hoer beschimpen. Of uitmaken voor moordenares. Of wie weet nog erger.'

'Hoezo?'

'Omdat je het zelf hebt uitgelokt, natuurlijk.'

Aarzelend stond Catherine op en ze keek hem met grote ogen aan.

'Ik ga,' zei ze duizelig, en ze liep naar de deur. 'Het was een vergissing om hiernaartoe te komen. Het ga je goed, Isaac. Ik vind het een beetje jammer hoe je over me denkt, maar...'

'Wat? Nee, nee, Catherine, ík denk niet zo over je. De mensen, weet je wel? Zo zijn de mensen toch? Tenminste, dat zei Hannah.'

'Zegt Hannah dat ik een hoer ben?' vroeg Catherine, terwijl haar neusvleugels trilden.

'Nee, Catherine, toe. Hannah vindt dat je een bang vogeltje bent.'

'Ah, zo,' zei ze, en ze legde haar hand op de klink.

'Ik probeer alleen maar te zeggen... Je kunt hier blijven. Zo lang je wilt.'

'Omdat Hannah medelijden met me heeft?'

'Ja. Ik bedoel, nee. Ik vind het goed. Leuk. Ja, ik vind het wel leuk. Niet wat er met jou gebeurd is, natuurlijk. Het is vreselijk dat je je man verloren hebt. Dat is niet leuk. Maar...'

Het zweet stond op zijn voorhoofd, terwijl hij zich verloor in de doolhof van een onbegrijpelijke vrouwenziel.

'Laat maar,' zei Catherine ten slotte, die niet anders kon dan gniffelen om Isaacs gestamel. Ze keek hem langdurig aan, en om zich voor haar blik te verbergen, deed hij alsof hij de kamer inspecteerde.

'Ik heb nooit van Henri gehouden, Isaac. Ik heb "ja" tegen hem gezegd omdat ik niet meer geloofde in de liefde. Ik heb Henri geen enkele kans gegeven om er wat van te maken. Geen wonder dat hij ging drinken. Nooit heb ik hem voldoening gegeven, nooit bevestiging. Terwijl hij wel van mij hield. Weet je wat ik denk? Wanneer hij me sloeg, was dat zijn onbehouwen manier om mij te bereiken.'

'Zeg dat toch niet, Catherine. Op school was hij al een vechtersbaas,' zei Isaac verontwaardigd.

'Weet je nog dat jij eens met hem gevochten hebt?' zei Catherine plots met oplevende ogen. 'Op het kerkhof. Je pakte hem bij zijn oren en schaafde zijn hele gezicht open langs het kerkhofmuurtje. Het was één open wond. Ik was heel trots op je. Had je maar wat vaker gevochten, Isaac. Ach, Isaac toch. Het is zo lang geleden. Je bent zo afwezig geweest in mijn gedachten, vergeten haast. Maar je bent nog niets veranderd.'

'Ach,' zei hij, en hij ging op bed zitten. Hij haalde zijn schouders op. 'Ik probeer het wel, maar het is ook de aard van het beestje. Ik...'

'Wat een dwaasheid dat ik jou als jong meisje brieven schreef,' zei Catherine met neergeslagen ogen. Ze ging naast hem zitten. 'Ik hoop maar dat je er niet te veel aandacht aan hebt besteed.'

'Mijn studie was natuurlijk erg druk,' antwoordde Isaac voorzichtig, 'het waren er ook zoveel. Ik heb ze niet allemaal gelezen.'

'Gelukkig maar,' lachte Catherine vreugdeloos. 'Al die jongemeisjesonzin. Jij had wel wat anders aan je hoofd dan het gezeur van een meisje uit Grantham. Weet je, ik kon je vergeven door me voor te stellen hoe jij zou moeten knokken als boerenzoon in Cambridge. Dat heb ik mezelf aangeleerd. Ik werd het zat om almaar iedereen de schuld te geven van wat me werd aangedaan. Toen probeerde ik bij wijze van spelletje eens te bedenken hoe het voor de ander moest zijn. En weet je, als je in de schoenen van een ander gaat staan, wordt het verhaal altijd heel anders. Henri heeft geen kans meer om te vergeven. Vind je dat ik gestraft moet worden voor zijn dood?'

'Tja,' zei Isaac, terwijl hij zijn kousen optrok. Hij wist niet of het verstandig was om eerlijk te zeggen wat hij vond.

'Wat vind je, Isaac?'

'"Gij zult niet doden" is een van de zeven geboden die God aan Noach gaf. Strikt genomen is er nooit een excuus om iemand anders het leven te benemen, zelfs niet als die jouw leven bedreigt. "Als iemand u op de rechterwang slaat, keer hem dan ook de andere toe," preekte Jezus. "En als iemand u voor het gerecht wil dagen en uw onderkleed wil afnemen, laat hem dan ook het bovenkleed. En als iemand u vordert één mijl met hem te gaan, ga er dan twee met hem." Wie ons kwaad doet, zal driemaal zo erg getroffen worden door kwaad, wilde Jezus zeggen. Maar wie ons helpt, zal driemaal zo groots beloond worden. Omdat het universum hier zorgt voor draagt, hoeven we niet zelf de straf te voltrekken. Snap je?'

'Bedoel je dat ik driemaal gestraft zal worden?' vroeg Catherine verschrikt.

'Jij hebt hem toch niet gedood?' stelde Isaac haar gerust.

Catherine had zich erover verbaasd dat de dokter zonder meer Hannahs verhaal had geloofd dat haar leven bedreigd werd en ze niets anders had kunnen doen. Maar ze wilde niet dat Hannah alsnog zou boeten. Het was een daad van liefde geweest. Aan Hannah had ze haar vrijheid te danken.

'Wat moet je nu hier, Isaac?' Ze probeerde haar gedachten te verzetten. 'Je was toch nooit erg verknocht aan de boerderij? Mis je de universiteit niet? Goede gesprekken met collega's die ergens over gaan? Niet mijn soort praatjes...'

'Ik heb genoeg aan mijn eigen gedachten, Catherine. Dat is altijd zo geweest. En of ik nu hier denk of in Cambridge, dat maakt niet zoveel uit.'

'Wat denk je nu?' vroeg ze zo onverschillig mogelijk.

'Nu? Hoe bedoel je...?'

'Waar ben je in gedachten mee bezig, waar filosofeer je over? Vroeger had je dagen dat je over windmolens nadacht, tot je er blijkbaar alles over gedacht had wat erover te denken was, en dan ging je over zonnewijzers nadenken.'

'Dat is waar,' zei hij, verbaasd dat ze zich dat herinnerde. 'Dat is eigenlijk nog precies zo. Ik denk voortdurend aan een onderwerp, totdat er iets begint te dagen. Stukje bij beetje. Net zo lang tot het helder is.'

'Wel dan, waar denk je nu aan?'

Hij herinnerde zich het warme gevoel dat ze hem in zijn jeugd zo vaak had gegeven wanneer hij haar deelgenoot had gemaakt van zijn ontdekkingen. Zij had het vermogen om met overgave te luisteren en hem het gevoel te geven dat hij iemand was, dat hij precies goed was zoals hij was. Hij wist nooit of ze werkelijk begreep wat hij haar probeerde uit te leggen, maar haar aandacht was voldoende. Hij aarzelde of hij opnieuw zijn gedachten kon delen. Zou Hannah het niet volkomen ongepast vinden om een vrouw die zojuist haar man had verloren lastig te vallen met filosofische vraagstukken?

'Toe dan,' drong ze aan met een vriendelijk tikje op zijn been. Ze kneep haar ogen half dicht om zich te concentreren, zodat ze geen woord zou missen.

'Ik bereken de zwaartekracht. Voor een weddenschap.'

'Een weddenschap?'

'Ik kreeg een brief van *Edmund Halley*, een astronoom uit Londen. Hij riep mijn hulp in voor een weddenschap die hij afsloot met Christopher Wren...'

'De beroemde stadsarchitect van Londen?'

'Ja, en met Robert Hooke. Een derderangs natuurfilosoof die een tijdje geleden geprobeerd heeft mijn theorieën in het Koninklijk Genootschap onderuit te halen. Zonder succes, overigens.'

'Waar gaat die weddenschap dan over?'

'Wren heeft een boek ter waarde van veertig shilling uitgeloofd voor degene die de kracht kan verklaren en berekenen die de hemellichamen in hun baan houdt.'

'En jij kunt dat?'

'Tja,' zei Isaac bescheiden, 'die heb ik meer dan tien jaar geleden al berekend. Toen de universiteit gesloten was vanwege de pest, heb ik dat hier in Woolsthorpe op papier gezet. Maar mijn notities zijn in rook opgegaan bij de brand die mijn laboratorium heeft verwoest. Dus bereken ik het opnieuw.'

'Dat lijkt me niet echt gemakkelijk,' lachte Catherine.

'Ach...' Isaac haalde zijn schouders op. 'Filosofen zoeken al een paar duizend jaar naar het antwoord. Terwijl ze niet beseften dat het gewoon oeroude kennis is, die Noach al bezat. Zo heb ik het herontdekt. De oudste volkeren hielden een eeuwigdurend vuur brandende in het midden van hun heilige plaatsen, het vuur waar de priesters en volgelingen zich omheen verzamelden. Hun oude tempels symboliseerden de wetten van het heelal. De tempel was een uitdrukking van de werking van God. Het centrale vuur in de tempel trok de leerlingen aan zoals de zon de hemellichamen. Maar de zon zendt niet enkel stralen uit; tegelijkertijd oefent hij ook een aantrekkingskracht uit op zijn centrum. Er moet dus een kracht zijn die hemellichamen van hart tot hart aantrekt, van zwaartepunt tot zwaartepunt,' probeerde Isaac zijn redenering onder woorden te brengen.

'Aha,' zei Catherine, aarzelend omdat ze deze logica niet helemaal vatte, maar hem nu niet in zijn enthousiasme wilde stuiten.

'Ik leg het niet duidelijk uit, zeker?' zei Isaac terneergeslagen. 'Ik ben ook nog maar net begonnen met het reconstrueren van mijn oude theorie.'

'Ik denk dat je al aardig op weg bent,' monterde Catherine hem op, en ze schonk hem een stralende lach.

Aan de deur luisterde Hannah verbijsterd over Isaacs rare ideeën, maar tevreden over de tederheid van de conversatie. Ze wist wel dat ze een handje moest helpen om deze twee mensen eindelijk bij elkaar te brengen. Ze wist dat ze voor elkaar bestemd waren. Bijna zou ze met een gerust hart de boerderij kunnen verlaten en weer naar huis kunnen gaan. De natuur zou haar werk overnemen. Ze moest het lot nog één definitief zetje geven, en de toekomst van de boerderij was verzekerd. Haar broer zou eindelijk het geluk vinden. De laatste wil van haar moeder zou vervuld worden.

19

Johns hart sloeg over toen hij die ochtend bij het ontbijt in de George Inn Hannah speurend zag rondlopen tussen de tafeltjes. Hij wenkte haar in de hoop dat ze hem zocht. Sinds de begrafenis had hij voortdurend gepiekerd of hij wel voldoende voor Isaac had betekend, hem wel genoeg steun had gegeven. Daarnaast somberde hij of hij hun geheim wel goed genoeg verborgen had gehouden. Hij verlangde er intens naar om, al was het maar even, tijd met Isaac alleen door te brengen. Even te praten, hem even te omhelzen, even in zijn ogen te kijken. Maar hij snapte dat Isaac wel iets anders aan zijn hoofd had. Hoe moest hij zijn leven weer oppikken na het verlies van zijn moeder? Waar moest hij de kracht vandaan halen om die dood te dragen? Daarom wachtte John. Hij wilde er zijn wanneer Isaac hem nodig had. Altijd zat hij bij het haardvuur in de herberg, hopend op een bezoek van zijn vriend.

'Mag ik bij je komen zitten?' vroeg Hannah.

John veerde meteen op en schoof de stoel naar achteren om Hannah te helpen plaatsnemen.

'Hoe gaat het met je, Hannah?' vroeg hij bezorgd. 'Hier, een kom koffie. Wat moeten het zware dagen voor je zijn. Het is ondraaglijk om je moeder te verliezen.'

Hannah nipte van haar koffie. Ze slikte haar irritatie weg over de weeë zoetigheid die om deze man hing. Zijn weinig gespierde taalgebruik, zijn trouwe hondenogen en zijn slappe stem. Geen uur zou ze het met zo'n man uithouden. Hoe had Isaac twintig jaar met hem een kamer kunnen delen zonder hem het raam uit te kieperen? Zo'n internaat met alleen maar jongens en mannen, dat kon ook niet gezond zijn.

'Ik moet je iets vertellen, John,' zei ze toen ze haar kom leeg had.

'Natuurlijk, Hannah, doe maar rustig aan. Ik heb alle tijd voor je. Vertel maar.'

'Catherine woont nu op de boerderij.'

Even was hij verrast, maar toen lichtte er een glinstering op in zijn bezorgde ogen.

'Wat goed! Heeft ze de moed gehad om haar man te verlaten? Wat knap! Ze lijkt fragiel maar het is best een sterke vrouw. Ondanks alles is ze heel fier, en erg mooi op een aparte manier. Wat lief dat jullie haar onderdak geven. Op de boerderij kan ze aansterken en wat uitrusten. Het arme kind. Vind je het goed dat ik haar eens opzoek om wat te praten?'

'Liever niet, John.'

'O?' vroeg hij verbaasd. 'Is ze er zo erg aan toe? Ze is toch niet ziek, of gewond?'

Hannah verborg haar ergernis om zijn bezorgdheid met glimlachend tandengeknars. Haar nekharen stonden recht overeind.

'Henri is dood. Toen ik haar wilde redden, probeerde hij mij te vermoorden. In een impuls heb ik een beeld op zijn hoofd kapotgeslagen.'

Langdurig staarde John haar aan om haar mededeling te laten doordringen. Hij zocht naar woorden die hij als predikant zou spreken. 'Hannah, wat vreselijk. Maar je hoeft jezelf daar geen verwijten over te maken. Je moest jezelf verdedigen, toch?'

'Ik maak mezelf ook geen verwijten.'

'Goed zo,' zei hij verbaasd. 'Heel dapper van je. En Catherine?'

'Met haar gaat het ook heel goed. Maar...'

'Maar...?'

Goed dan, dacht ze, dan zal ik dat schijnheilige masker van hem eindelijk eens verbrijzelen.

'Ze is erg gelukkig nu zij en Isaac elkaar weer gevonden hebben.'

Het leek alsof John van het ene moment op het andere geen vaste grond meer onder zijn voeten had en niets meer had om zich aan vast te houden, alsof hij in een bodemloze grot tuimelde naar de diepste krochten van de aarde. Het was enkel wachten tot hij met een smak ergens neer zou storten.

'Elkaar weer gevonden...' herhaalde hij schor.

'Ja. Alle rampspoed was uiteindelijk voorzienigheid. De dood van onze moeder, de mishandeling van Catherine, de dood van Henri. Het lijkt wel of het allemaal de bedoeling had om Isaac en Catherine eindelijk bij elkaar te brengen.'

'Bij elkaar?'

'Ja,' ging ze met een dodelijke vrolijkheid verder, 'ze zijn stapelverliefd. Ze hebben elkaar ook al veel te lang uit het oog verloren, maar nu zijn ze voor altijd samen. Catherine is vrij nu. Ze blijven samen in Woolsthorpe wonen.'

John kon het nauwelijks geloven. Wat was er allemaal gebeurd de afgelopen dagen? Als geen ander was John er altijd van doordrongen geweest dat zijn relatie met Isaac zondig was. Hoe buigzaam hij zijn hele gemoed en persoon ook had geplooid naar elke regel, elk woord en elke komma uit de Bijbel, de zeven verzen die hem aanklaagden om zijn sodomie, verstrooid tussen de duizenden Bijbelhoofdstukken, hadden hem altijd doodsangst aangejaagd. Suizend galmde de waarschuwing van Paulus aan de Romeinen in zijn hoofd: 'Mannen hebben de natuurlijke gemeenschap met vrouwen opgegeven en zijn in lust voor elkaar ontbrand: mannen plegen ontucht met mannen. Zo ontvangen zij aan den lijve het verdiende loon voor hun dwaling.' Het vers dat hij, net als die andere zes verzen die zijn geaardheid genadeloos veroordeelden, altijd had gemeden. Maar God was het niet vergeten. Was vandaag dan de dag dat Hij kwam afrekenen? Was dit dan zijn verdiende loon, vroeg John zich af. God had een wreed spel met hem gespeeld. Als predikant en theoloog dwong Hij hem om de geschriften en de geboden beter dan wie ook te kennen, en tegelijkertijd stelde Hij hem op de proef door hem van een man te laten houden. Had God in Zijn almachtige goedheid zijn hele leven al geroepen om hem terug bij de kudde te krijgen? Maakte God dan maar zelf de keuze voor hem omdat hij die niet durfde te maken? Hij had Isaac in de armen van een vrouw gedreven, en zo John voor een voldongen feit geplaatst.

'Wat is er?' vroeg Hannah luchtig. 'Je bent zo stil.'

'Nee hoor,' piepte hij. 'Ik ben... een beetje overdonderd, snap je?'

'O,' zei ze begripvol, 'dat was ik ook. Van zulke oplaaiende passie word je stil. Ik bedek Kits oren 's nachts, als je begrijpt wat ik bedoel!'

Het lukte John niet haar gegniffel met zelfs maar een monkellachje te beantwoorden.

'Nou, dan ga ik maar weer,' zei Hannah, en ze klopte op tafel om het gesprek te beëindigen. 'Isaac vroeg me om je dit te komen vertellen. Dus ik heb mijn plicht gedaan. Ik heb nog veel te doen. Ik geef samen met Catherine de boerderij nog een goede schoonmaakbeurt en dan ga ik weer naar mijn man. Die heeft me ook al veel te lang moeten missen. Ben jij eigenlijk verloofd, John?'

'Ik?' vroeg John getroffen. Hij bleef een poosje stil. 'Ik geloof het niet.'

Laat mij sterven, Heer, dacht John. Het was toch ook potsierlijk om op mannen te vallen? Als God het zo gewild had, dan had Hij wel twee Adams gecreëerd.

'Wat ben je me er toch eentje – "ik geloof het niet"! Volgens mij vast wel. Of heb je een oogje op iemand en weet je niet zeker of zij ook van je houdt?'

'Ja, zoiets,' zei John afwezig. 'Eh... Hannah...'

'Ja, John?'

'Waarom kan ik eigenlijk niet langskomen? Ik wil ze natuurlijk met dit geluk en nieuws feliciteren.'

Hannah trok een ernstig gezicht.

'Dat begrijp ik, John. Ik wilde je dit ook liever niet vertellen. Maar goed, je vraagt erom. Hij vertrouwde me toe dat jij het enige bent wat zijn geluk nu in de weg staat. Het irriteert hem nogal dat jij al die tijd hier in Grantham rondhangt. Dat je dweepziek in zijn geschiedenis woelt, zijn woonplekken bezoekt zoals een pelgrim het graf van een heilige. Hij zei me dat hij destijds een kamer met je deelde in Cambridge omdat jij zo zielig was. Hij had medelijden met je. En dat is al die jaren zo gebleven. Hij ervaart je – ja, ik vind het pijnlijk om te zeggen – als een molensteen om zijn nek die hem al een leven lang naar beneden trekt.'

Als bevroren keek hij naar de pratende mond van de vrouw die in enkele zinnen zijn bestaansrecht had neergemaaid. Was het wel verbeelding dat hij even een gespleten slangentong tussen haar dunne lippen meende te ontwaren? De hand die Hannah op de zijne legde, voelde als de poot van een dodelijk, koudbloedig reptiel.

'Ik zei ook tegen Isaac dat ik het niet begreep, John. Ik zei: "Hij lijkt me zo'n aardige, gevoelige man. Een goede vriend, op wie je kunt rekenen." Maar hij zei dat jouw zachtheid hem de adem benam. Dat hij zich benauwd voelde door je gelatenheid, het je altijd wegcijferen, altijd maar in zijn schaduw lopen. Hij werd er zelfs misselijk van, beweerde hij. Daarom wil hij helemaal opnieuw beginnen. Een nieuw leven. En daar passen mensen van Cambridge niet langer in, zei hij stellig. Hij wil terug naar zijn wortels, John.'

Nog even en deze ratelslang prikt haar trillende angel in mijn slagader en dan zink ik rozig weg en is alles voorbij, hoopte John.

'Ach, John toch, ik vermoedde wel dat je een zachtaardige man was. Isaac weet echt niet wat voor kostbare vriendschap hij vergooit. Maar ja, je weet hoe verliefde mensen zijn,' sprak ze geruststellend. 'Niet bepaald toerekeningsvatbaar, geloof mij maar. Ze laten alles en iedereen vallen, hebben alleen maar aandacht voor elkaar en de rest van de wereld interesseert ze niet meer. Kit en mij ziet hij ook nog nauwelijks staan, hoor. Hij verdrinkt nog eens in die mooie blauwe ogen van haar!'

'Maar waarom komt hij mij dat niet zelf vertellen?' vroeg John in een flauwe opleving van vechtlust.

'Precies, dat heb ik hem ook gezegd, John. Ik zei hem: "Zo'n goede vriend, die kun je toch niet zomaar met een bericht van zijn zus wegsturen?" Maar ach, John, jij kent hem als geen ander. Het interesseert hem niet meer. Hij zei alleen tegen me: "Maak hem duidelijk dat onze vriendschap over is, dat ik hem niet meer wil zien, en dat hij me zeker niet gaat schrijven of zo." Ja, zo zei hij het. Ik wou dat het anders was, John. Ik zou zo graag willen dat het anders was.'

Murw geslagen strekte John zijn hals als zoenoffer voor de fatale beet.

'Jij kunt er ook niets aan doen, Hannah. Ik vind het moedig dat jij het wel durft.'

'Ach, John, ik vond je meteen sympathiek. Natuurlijk doe ik dat voor je. Ach, beste man, misschien moet jij ook maar eens een meisje gaan zoeken. Je hebt er toch de leeftijd voor?'

'Ja,' zei hij, en hij omhelsde Hannah. Zijn grote lijf schokschouderde in haar dodelijke tentakels.

20

'Zie je die *appel,* Kit?' vroeg Isaac terwijl hij naast het meisje op het bankje onder de appelboom van de schemerende avond genoot.

'Ja.'

'Als niemand hem plukt, wat gebeurt er dan mee?'

'Dan valt hij naar beneden.'

'Heel goed,' zei hij. 'Denk je dat die appel stil hangt?'

Wijsneuzig keek ze hem aan. Ze wist dat dit weer een van die rare oom Isaac-vragen was die nooit iemand anders zou stellen.

Kit had gezeurd of ze nog een tijdje op de boerderij mocht blijven toen haar moeder weer naar huis vertrok. Haar leven in Woolsthorpe was zo anders dan ze gewend was in Brigstock in Northhamptonshire. De verhalen van Isaac hadden de wereld ontsloten. Ze had met andere ogen naar de natuur leren kijken. Ze berustte niet langer in de overtuiging dat alles was zoals het was, maar stelde zich vragen. Uiteindelijk, mede dankzij de toezegging van Catherine dat ze goed op haar zou letten, had Hannah toegestemd. Het was misschien niet slecht om haar broer een tijdje de zorg voor een kind toe te vertrouwen. Het zou hem met beide voeten op de grond houden, en wie weet zelfs een kinderwens in hem doen ontwaken.

Hoewel de appel vanzelfsprekend stil hing, zou oom Isaac ongetwijfeld het tegendeel beweren, dacht Kit.

'Ik heb nog nooit een appel zo zien bewegen,' zei ze.

'Die appel,' zei Isaac, 'vliegt op dit moment door de ruimte. Hij reist zelfs ongeveer veertigduizend kilometer ver vandaag. Hij tolt samen met de hele aarde om zijn as. En toch lijkt hij stil en onbeweeglijk aan de boom te hangen. Waarom vliegt hij niet uit zijn baan, denk je, zoals een steen uit een slinger vliegt? Waarom valt hij op de aarde en vliegt hij niet weg?'

'Omdat hij zo dik is?' probeerde Kit. 'Zo zwaar?'

Goedkeurend keek hij haar aan. Hij kneep enthousiast in haar knie.

'Zijn zwaarte heeft er inderdaad mee te maken, Kit,' zei Isaac, 'maar eigenlijk valt hij naar beneden omdat hij zo licht is, vergeleken met de aarde waar hij naartoe valt. De aarde, die veel zwaarder is, oefent een kracht uit die de appel ernaartoe trekt. Maar als je nu naar de maan kijkt, die ook als een soort grote appel boven ons hangt, waarom valt die dan niet naar beneden? Waarom valt de maan niet op ons hoofd? Vraag je je dat nooit af, Kit?'

'Elke dag, oom Isaac,' zei ze plagerig, 'elke ochtend ben ik opgelucht dat de maan niet op mijn hoofd is gevallen.'

Hij grijnsde. Hij plukte de appel van de boom en hield hem hoog in zijn hand, zoals de maan.

'Al sinds het begin der tijden zijn er mannen zoals ik die de hele nacht verliefd naar de maan kijken. Gefascineerd door haar schoonheid, met al die zilveren sterren gedrapeerd op haar diepblauwe, oneindige gewaad. Dichters wijdden hun mooiste werken aan de maan, priesters gingen haar aanbidden, gaven haar godinnennamen zoals Isis, Diana of Ishtar, en filosofen vragen zich al eeuwenlang elke nacht weer af welke kracht het toch is die ervoor zorgt dat de maan daar boven blijft,' zei Isaac.

'Wijze vrouwen hebben geen tijd om zich dat af te vragen,' zei Kit. 'Die moeten het huis aan kant houden, zorgen voor eten op tafel, zich mooi maken voor hun man. Vraagt u zich nooit af waarom het alleen maar mannen zijn die blijkbaar tijd hebben om daarover na te denken, oom Isaac?'

'Nee,' wees hij haar terecht, 'want dat is niet zo. Anne Finch, een gravin die ik ken, is een vrouw die voortdurend over dat soort onderwerpen nadenkt. Daarom nodigt ze op haar landgoed mensen uit met bijzondere denkwijzen, om zichzelf zo te ontwikkelen en tot antwoorden te komen.'

'Ja,' snoefde Kit, 'voor gravinnen is dat gemakkelijk. Die hoeven niet te werken en hebben geld genoeg.'

'Juist als je geld hebt, is het veel verleidelijker je alleen maar over te geven aan de oppervlakkigheden van het leven,' corrigeerde Isaac streng. 'Ik denk trouwens dat er wel een heleboel bijzondere vrouwen geweest zijn die verstandige vragen én antwoorden hebben geformuleerd. Zullen we samen eens kijken naar grote vrouwen in de geschiedenis? Maar dan moet jij ook aan de slag. Hand erop?'

Trots legde ze haar hand in de grote handpalm van Isaac. 'Hand erop.'

'Maar,' zei hij, 'eerst dat probleempje van de maan oplossen... Weet je, de maan valt wél naar de aarde toe! Maar omdat hij zo zwaar is, zoveel zwaarder dan deze appel, oefent hij tegelijkertijd ook een kracht uit op de aarde. Als je op de maan zou staan, zou de aarde een reuzenappel lijken die op hem kan vallen. De aarde trekt dus aan de maan, terwijl de maan aan de aarde trekt.'

'Zoals met touwtrekken?'

'Ja, inderdaad! Als twee mensen die ongeveer even sterk zijn in tegengestelde richting aan een touw trekken, dan blijven ze ook op dezelfde afstand van elkaar. En daarom valt de maan niet op ons, maar van ons weg, in een eeuwigdurende baan. En de kracht die daarvoor verantwoordelijk is, is de zwaartekracht. Die kracht nu heb ik berekend,' zei hij trots.

Kit dacht na over wat haar oom vertelde. Het zou best wel knap zijn wat hij bedacht had, maar wat kon je ermee?

'Wacht eens,' zei ze als bij ingeving. 'Als de aarde aangetrokken wordt door de maan en een appel door de aarde, hoe zit het dan met mensen? Worden die ook tot elkaar aangetrokken door de zwaartekracht? Kunt u dat ook berekenen?'

'Wat een bijzondere vraag,' zei hij. 'Misschien wel. Want alle wetten die in het groot gelden, gelden ook in het klein. De wetten van de kosmos zijn ook de wetten van het leven. Nu ik erover nadenk, is het misschien wel de zwaartekracht die mensen tot elkaar aantrekt. Lichamen worden van nature namelijk aangetrokken tot het centrum van de ander. Dat heb ik "middelpuntzoekend" genoemd. En van dat soort aantrekkingskracht is in wezen ook sprake wanneer twee mensen verliefd worden: ze worden aangetrokken tot elkaars "centrum".'

'Maar als hun kracht even groot is, dan blijven ze net zo ver van elkaar verwijderd als de aarde en de maan,' concludeerde Kit. 'Dan blijven ze cirkeltjes rond elkaar heen draaien in plaats van zich zoals een appel gewoon over te geven en voor elkaar te vallen.'

'*Ellipsen*,' corrigeerde Isaac.

'Ellipsen?'

'Ze draaien niet in cirkeltjes, maar in ellipsen,' legde hij verlegen uit, 'maar dat doet er nu niet toe.'

Hij geneerde zich voor zijn schoolmeestersgedrag. Kit had zijn theorie teruggebracht tot de meest eenvoudige uitwerking ervan. Zijn nichtje had hem in zijn hemd gezet. De krachten die hij in formules had berekend, waren dezelfde krachten geweest die hem op afstand hadden gehouden van Catherine, besefte hij nu. Pas wanneer hij zijn hart zou openen en zich zou overgeven, zou hij zich overleveren aan de wet van de aantrekkingskracht. Pas wanneer je contact maakte met wat je diep in je hart wilde, hielpen de wetten van het heelal om het naar je toe te brengen. Maar wanneer je bang was of je verzette, bleef het object van je begeerte net zulke banen om je heen maken als de maan om de aarde – een plagende verleidster die met haar vallende sluier om je heen danste, maar nooit dichterbij kwam en je gek maakte van verlangen.

'Valt u voor Catherine?' vroeg Kit hoopvol.

'Het is bedtijd voor jou,' zei hij. 'Welterusten.'

Terwijl de meiden de haard aanstaken, borden spoelden en de vloer met vers wit zand bestrooiden, de knechten de laatste ronde in de stallen liepen en Catherine Kit naar bed bracht, stopte Isaac een pijp, die hij oprookte op het bankje bij de appelboom. Een kwartiertje later kwam Catherine bij hem zitten en maakten ze samen een avondwandeling langs de oever van de rivier.

Isaac nam haar bij de hand mee naar het bankje bij de brug. Catherine was hem in de afgelopen tijd ontzettend dierbaar geworden. Gesprek na gesprek verdiepte zich de genegenheid tussen de twee jeugdvrienden, die beiden voor het eerst iemand vonden met wie ze konden delen wat onbespreekbaar was. Was hij niet ziende blind, vroeg hij zich af, als hij het geluk dat voor hem lag niet greep? Was John niet een vlucht geweest in de kilte van Cambridge, waar alleen aandacht was voor de geest en geen plaats voor affectie? Twee strompelende eenzame zielen die troost en bescherming bij elkaar hadden gevonden en dat verward hadden met liefde? Natuurlijk had hij geweten dat hij zijn leven met John in Woolsthorpe onmogelijk kon voortzetten. Waar was hij eigenlijk bang voor? Als hij zich de lacherige verhalen van jongemannen uit zijn jeugd goed herinnerde, was er geen groter genot denkbaar dan dat wat een vrouw kon geven. Ze raakten er niet over uitgepraat, werden alleen al door hun eigen verhalen opgewonden. Het zou toch de hemel op aarde zijn, beweerden ze? Hij had het nooit geprobeerd, toch? Dus was het misschien dan nu niet de tijd om ook dit te onderzoeken? Om zijn weerstand en vooroordelen op te lossen, zijn denken uit te schakelen en zich over te geven aan verlangens en gevoelens die hij misschien zijn hele leven had onderdrukt? De vrouwelijke manier waarop Catherine erin slaagde hem te laten praten over hartszaken deed een bron in hemzelf stromen die hij daarvoor niet had gekend. Hij gaf uiting aan gedachten en gevoelens waar hij tot nu toe geen weet van had gehad, alsof zij de onvruchtbare akker van zijn gemoed liefdevol omploegde en weer levensvatbaar maakte.

Hij haalde diep adem en sprak toen de woorden die hij op het bankje had geoefend: 'Wil je met me trouwen, Catherine?'

Catherine wendde verschrikt haar hoofd af en staarde verstard over de ruisende rivier. Isaac trok even onzeker aan zijn pijp, schraapte toen zijn keel en wilde zijn vraag herhalen.

'Wil je...'

'Doe dat nu niet, Isaac,' onderbrak Catherine hem fel. 'Opnieuw verwar je vriendschap en genegenheid met liefde. Ik hou van je. Als vrouw. Altijd. Vanaf dat ik een klein meisje was. Maar jij houdt van me als vriendin. Daar ben ik gelukkig mee. Het is meer dan ik ooit heb durven hopen. Maar doe me geen pijn. Vraag me dat niet.'

'Maar... Maar ik verlang naar je,' hakkelde Isaac.

'Ik ga naar huis,' zei Catherine, en ze stond op en liep met vlugge pasjes over de gladde kasseien. Isaac ging haar achterna, greep haar bij de arm en keek haar wanhopig in de ogen. Toen drukte hij zijn mond op haar lippen, die lang dichtgeperst bleven, tot ze niet anders kon dan zich overgeven en zijn kus beantwoorden. Ja, wist ze nu, zo voelt een kus van een man die van je houdt. Ze schonk hem haar mooiste lach en hand in hand liepen ze naar de boerderij, waar ze iedereen bij elkaar riepen bij de appelboom. Kit werd uit bed gehaald en zat op Catherines schoot toen Newton met een zelfverzekerd vuur in zijn ogen uitriep: 'Kit, beste vrienden, mag ik jullie voorstellen? Dit is mevrouw Newton. Catherine en ik gaan trouwen.'

De knechten en boerenmeiden, de pachtboeren en de kinderen – iedereen juichte. Al die tijd hadden ze de omtrekkende bewegingen van de wereldvreemde professor en hun nieuwe herenboerin gadegeslagen en met elkaar gewed of ze tot elkaar zouden komen. In Isaac hadden ze weinig vertrouwen dat hij de boerderij erbovenop zou krijgen, maar met die stevige en aardige tante aan zijn zij zag hun toekomst er een stuk rooskleuriger uit. Isaac gaf opdracht een vet schaap te slachten en de kruiken wijn uit de opslag te halen. Kit hoefde niet meer naar bed en besprak met de boerenjongen die ze al een tijdje leuk vond op de hooiberg het huwelijk. Catherine zweefde van gelukzaligheid en tot laat op de avond dansten ze bij de melancholieke vioolmuziek die een van de knechten speelde.

'Tref alle voorbereidingen voor ons huwelijk, Catherine. Er is hier nog nooit gefeest op de boerderij. Ik wil dat de stallen schudden op hun grondvesten!'

Terwijl ze elkaar zacht op de lippen kusten, vertraagde de koets die op de landweg langsreed.

'Nog iets langzamer,' verzocht John de koetsier, die de teugels aantrok. Te midden van het gelach, gedans en gezuip zag hij opeens zijn grote liefde een vrouw kussen. Hij huiverde en vroeg de koetsier een moment te stoppen. Even leek het of Isaac hem opmerkte en iets wilde roepen, maar John had de koetsier alweer de opdracht gegeven zo hard mogelijk de paarden de sporen te geven. Op weg naar de vrouw van zijn leven: zijn moeder. In haar dorp zou hij als predikant een nieuw leven beginnen.

21

'Charles! Hou je aandacht bij het stuk,' verzuchtte Louise terwijl ze geergerd haar vinger door haar blonde pijpenkrullen draaide.

Maar hoe geestig en frivool de komedie 'Ze kan wel als ze wil' ook was, en hoezeer de hoofdrolspeelster *Moll Davis* ook al haar talenten uitspeelde om bijval te verwerven van de koninklijke loge, het leek een verloren strijd. Toen *Nell Gwyn*, een actrice van het concurrerende gezelschap The King's House, ter ore was gekomen dat de koning naar haar rivale Moll ging kijken, had ze al haar theatercontacten ingeschakeld om ervoor te zorgen dat ze een plaats had in de loge naast die van de koning. Haar roze jurk met blote schouders, waarin haar melkwitte boezem, omhooggeduwd door het strakke korset, verbluffend tot zijn recht kwam, had zijn uitwerking niet gemist. Reeds in de eerste akte was Nell erin geslaagd de aandacht van de koning van het stuk af te leiden. Koket en met veel omhaal had ze haar zakdoekje laten vallen, en ze hoefde er slechts een tijdlang voorovergebogen naar te zoeken om Charles' warme blik te voelen branden op haar koele huid. Toen ze weer overeind kwam, schonk ze hem een schalkse blik, die in combinatie met een deemoedige reverence wonderen deed. Charles had al eerder overwogen om Nell in zijn schare van minnaressen op te nemen. De onderhandelingen hiervoor, onder bemiddeling van een van Charles' discrete vrouwenadviseurs, waren zelfs al in een vergevorderd stadium. Maar toen Nell, die zich goed bewust was van haar jeugdige aantrekkelijkheid, vijfhonderd pond op jaarbasis had geëist, had Charles met pijn in het hart deze zoete beker aan zich voorbij laten gaan. Het ergerde hem dat hij als koning van Engeland voortdurend met geldproblemen kampte en niet ten volle het uitbundige leven kon leiden dat toch bij zijn koningschap en goddelijkheid hoorde.

Zijn plannetje om koning Lodewijk nog meer geld afhandig te maken dan de 600.000 toegezegde ponden was mislukt. Misschien was het al te doorzichtig geweest om zijn zoon Scott naar Frankrijk te sturen om te vechten met het excuus dat het parlement dit eiste. Charles had aan Lodewijk geschreven dat als hij nog meer geld kreeg, hij er persoonlijk voor zou zorgen dat Scotts bataljon werd teruggeroepen uit Saint-Denis. Maar Lodewijk had furieus gereageerd en de geldkraan helemaal dichtgedraaid. Nu zat hij niet alleen zonder bron van inkomsten, maar ook met een buitenechtelijke zoon die luidkeels om officiële erkenning riep, omdat het succes hem naar het hoofd was gestegen.

Charles bestudeerde niet zozeer de plot van het toneelstuk, maar vergeleek gedurende de tweede akte vooral de twee actrices. De ene die zich op het toneel in het zweet werkte en om onverklaarbare redenen steeds krampachtiger ging acteren; de andere die flirtend naast hem in de zaal zat en hem steeds vrijmoediger het hoofd op hol bracht. Nell, nauwelijks zeventien, had vanavond geen halve maatregelen genomen. Vanmiddag had ze eigenhandig een cake gebakken met een krachtig laxeermiddel erin, en ervoor gezorgd dat de kleedster deze voor de voorstelling aan Moll zou serveren. Tot haar genoegen zag ze dat de cake zijn werk begon te doen en dat Moll meer concentratie aan den dag legde om haar buikspieren te controleren dan voor haar spel. Ondertussen maakte Nell met guitige blikken aan de vorst duidelijk dat de vertolking maar zozo was, en ze speelde zelfs in haar loge de tegen buikloop vechtende actrice in een volmaakte parodie na. Louise voelde alleen maar minachting voor de koning, die zo weinig verfijnd was zich te verliezen in een ordinaire straatmadelief van zeventien. In haar bijzijn nog wel! Toen de derde akte bruusk werd afgebroken omdat Moll ijlings het toneel af rende, wist Nell dat ze had gewonnen. De toneelmeester vroeg met kruiperige stem begrip van het publiek voor ongewone omstandigheden en drukte hun vooral op het hart na een korte onderbreking straks weer plaats te nemen.

'En hoe vindt u, als kenner, het stuk?' vroeg Charles toen hij Nell in de foyer van het theater tegen het lijf liep.

'Laat ik het zo zeggen,' antwoordde Nell met haar kristalheldere stem, die zo luid klonk dat iedereen kon meegenieten, 'ik vind vooral de titel ervan goed gekozen: "Ze kan wel als ze wil".'

De overvolle foyer barstte in een gulle lach uit, die in schril contrast stond met het zeldzame gegniffel dat de komedie in de zaal het publiek tot nu toe had weten te ontlokken.

'Mag ik u voorstellen aan de hertogin van Portsmouth, Louise de Penancourt de Kérouaille?' zei Charles toen hij was uitgelachen.

'Enchantée, hertogin,' zei Nell, en ze ging op haar hurken zitten alsof ze tot een kind sprak. 'Dat u terwijl u nog zo klein bent nog zo laat op stap mag! Nu begrijp ik waarom iedereen u adembenemend noemt! Zelfs voor een actrice is het onmogelijk uw naam in één adem uit te spreken. Weet u dat wij bijna dezelfde bijnaam hebben?'

'O ja?' zei Louise uit de hoogte.

'U noemen ze toch de katholieke hoer? Troost u, ik word de protestantse hoer genoemd.'

Weer slaagde ze erin een – ditmaal besmuikt – lachsalvo te ontlokken aan toeschouwers in de foyer, die allemaal hetzelfde toneeltje opvoerden: doen alsof ze met elkaar in conversatie waren, maar tegelijkertijd al hun aandacht wijdden aan de koning en zijn explosieve gezelschap.

'Louise vertrekt morgen voor familiebezoek naar Frankrijk,' zei Charles.

'Ach,' zei Nell meelevend, 'wat zult u het Engelse theater dan missen.'

'Excuseer,' klonk het plots achter de koning, en opgelucht maakten ze plaats voor Robert Boyle, die zich door de menigte heen had gedrongen.

'Majesteit,' sprak Boyle, 'excuseer dat ik interrumpeer, maar ik heb belangrijk nieuws, geloof ik.'

'Beste Robert, kan dat niet toch morgen wachten?'

'Nee,' zei hij beslist, en hij overhandigde het gele omslag dat die ochtend bij hem bezorgd was.

Met tegenzin las de koning snel de brief door. Hij fronste zijn wenkbrauwen en zei toen: 'Het is een beetje lastig om dit hier te bespreken, Robert, dat begrijp je wel.'

'Laten we dan even naar uw loge in de theaterzaal gaan. Daar is nu niemand.'

'Excuseer, dames,' zei Charles. 'U heeft samen vast veel te bespreken. Ik moet even mijn aandacht aan staatszaken wijden.'

Als een splijtende Rode Zee trok het publiek zich langs twee zijden terug waar de koning, met Boyle in zijn kielzog passeerde. Ze gingen de trap op naar de loge, waarvan hij de deur achter zich in het slot draaide.

'Jij bent dus, als ik het goed begrijp, Robert, uitgekozen om Engeland te vertegenwoordigen op een alchemistisch congres in Nice, georganiseerd door een zekere patriarch van Antiochië. En daar zul je ingewijd worden, en een hoeveelheid rode aarde, het geheime bestanddeel om goud te maken, ter beschikking krijgen om te onderzoeken...'

'Ja,' zei Robert trots.

'En wie is die patriarch van Antiochië?'

'Ik weet het niet. Een tijdje geleden werd ik bezocht door zijn knecht, die zich de Reiziger van de Waarheid noemde. Hij heeft in mijn laboratorium het anti-elixer gedemonstreerd. Het resultaat was verbluffend: een klomp goud veranderde in een ogenblik in een stuk roestig ijzer, dat helemaal oploste. Die knecht beloofde toen dat er spoedig nieuwe informatie zou komen. Dat is deze brief dus...'

'Hmm,' zei Charles, onder de indruk. 'Als die patriarch over het anti-elixer beschikt, is de kans niet ondenkbeeldig dat hij ook rode aarde heeft om het elixer te maken. Maar met alle respect, Robert, waarom kiest hij jou uit?'

'Door mijn publicatie over het filosofisch kwikzilver heb ik natuurlijk mijn reputatie gevestigd...'

'Maar dat was toch de verdienste van die hoogleraar uit Cambridge, die Newton? Aparte man was dat. Hij had iets wat me toch deed twijfelen – een soort zeldzame schranderheid. Heb ik hem voor niets een vrijstelling bezorgd?'

'Heeft u hem toch dispensatie verleend?' vroeg Boyle verbouwereerd.

'In elk geval moet u begrijpen dat men doordat men mij uitverkiest, daarmee ook Engeland, en dus u, uitverkiest. Het doel van het congres is namelijk door middel van bundeling van alle esoterische kennis een eind te maken aan alle oorlogen die nu woeden. De vorst die in het bezit is van de lapis philosophicus, wordt dan de verheven vorst boven alle partijen. En het lijkt erop dat men u daarvoor op het oog heeft. Als ik voor u de lapis philosophicus kan bereiden, wordt u de belangrijkste, rijkste en machtigste koning van Europa... wellicht zelfs de enige koning. Zeg maar de koning Salomo van deze tijd. Precies zoals u toekomt, dankzij uw goddelijke natuur.'

Charles leunde over de balustrade van de loge en tuurde naar het verlaten toneel. Zou het echt mogelijk zijn dat hij binnenkort een hoofdrol in Europa zou spelen? Dat al zijn geldzorgen definitief over zouden zijn? Dat hij werkelijk erkend zou worden als plaatsvervanger van God op aarde, als vorst van de wereld?

'En wat wil je van mij, Robert?'

'Een diplomatieke vrijbrief om te reizen. Nu de verhoudingen tussen Engeland en Frankrijk zo gespannen zijn, heb ik weinig zin om opgepakt te worden op verdenking van spionage.'

'Natuurlijk. Dat is geen probleem, Robert. Goed werk, beste vriend, goed werk. Wie weet. We moeten het proberen. En die Newton, moet hij niet met jou meereizen?'

'Het is een strikt persoonlijke uitnodiging, sire,' zei Boyle gepikeerd. 'Newton is zover ik weet op dit ogenblik boer. Van hem hoeven we niets te verwachten.'

Wantrouwend keek Charles hem aan. Hij had genoeg gekonkel aan het hof meegemaakt om te beseffen dat zo'n radicale ommekeer van bewondering naar minachting altijd een reden had. Maar nu had hij in elk geval Boyle nodig. Hij legde zijn hand vriendschappelijk op diens schouder en zei: 'Die diplomatieke vrijbrief wordt morgenochtend bij je bezorgd, Robert. Als je me nu wilt excuseren, er zijn twee dames die op me wachten.'

Nog voor hij de loge verliet, duwde beneden hem, op de parterre, Louise geruisloos de theaterdeur open om zich snel in de foyer weer onder de mensen te begeven. Tot haar afgrijzen was Nell de eerste tegen wie ze aan liep.

'Zo, hertogin, wat jaagt u zo snel uit de theaterzaal? Was Moll haar stemoefeningen aan het doen?'

'Daar zijn jullie, dames,' zei Charles, 'is er al bekend wanneer de voorstelling hervat wordt?'

'Lieve Charles,' zei Louise, 'ik moet mijn garderobe nog laten pakken voor mijn vertrek morgenochtend. Ik denk dat je in deze dame deskundig gezelschap hebt gevonden om van het tweede deel van het toneelstuk te genieten. Ik wil me graag excuseren en naar het paleis laten brengen.'

'Maar natuurlijk, Louise,' zei Charles gretig. 'Welterusten voor straks.'

'Jij ook, Charles. Ik zal je teerbeminde vrouw Catharina laten waarschuwen dat de toneelvoorstelling door onvoorziene omstandigheden uitloopt.'

Nell schonk haar een stralende lach en fluisterde haar toen ze zich omdraaide in het oor: 'Dank, hertogin, dat u mij deze nacht gunt. Als wederdienst zal ik natuurlijk niet vertellen dat u aan het luistervinken was in het theater...'

Betrapt verliet Louise het theater. Er was geen tijd te verliezen.

22

Met strenge blik keurde Isaac zijn trouwkostuum in de spiegel. Langzaam gleden zijn ogen over de krap zittende mosgroene rokjas, de donkerrode kniebroek en het bijpassende diep uitgesneden gilet dat tot net over de heupen viel.

'Wat denken jullie?' vroeg hij.

'Ik vind het prachtig, oom Isaac,' riep Kit, en ze klapte in haar handen.

'Ik ben heel trots op je,' viel Catherine haar bij. 'Dat je dit pak helemaal zelf hebt uitgekozen bij de kleermaker! Dit is de bruidegom van mijn dromen.'

Ze omhelsde hem en fluisterde in zijn oor: 'Ik kan mijn handen nauwelijks van je afhouden.'

Isaac paradeerde even door de slaapkamer om te kijken of het kostuum werkelijk goed zat. Hij moest toegeven dat de kleermaker van Grantham vakwerk had afgeleverd. Het kostte een rib uit zijn lijf, maar het was een pak waar hij ook na zijn trouwdag nog vaak plezier van zou hebben. Isaac was overvallen geweest door de haast waarmee Catherine alles voor elkaar had gekregen nadat ze 'ja' had gezegd op zijn aanzoek. De hele boerderij was in een wervelwind van bedrijvigheid en opwinding terechtgekomen die hij nooit eerder had meegemaakt. Gelukkig had Catherine hem slechts één taak toebedeeld: ervoor zorgen dat hij tijdig een mooi pak liet maken voor het feest.

Te midden van alle hectiek van de voorbereidingen had Isaac zich teruggetrokken op zijn kamer. Ontevreden herlas hij zijn werk over de zwaartekracht dat hij had opgestuurd naar Halley voor de weddenschap. Hoewel de berekeningen heel nauwkeurig waren, ontdekte hij toch een zwakke plek in zijn redenering. Wiskundig had hij aangetoond dat het de zwaartekracht was die hemellichamen in ellipsen om elkaar heen deed bewegen, maar zwaartekracht werkte volgens alchemistische principes die de Londense natuurfilosofen zouden verwerpen. Er bestond een breed geaccepteerde consensus over de theorie van *Descartes*: volgens hem kon het niet anders of de hele ruimte was gevuld met een onzichtbare ether waar de hemellichamen in ronddreven en elkaar in draaikolken voortbewogen, zoals wanneer je wervelingen maakte in een teil gevuld met schuimwater waarin houten bootjes cirkels draaien. Er moest immers een mechanische aandrijving zijn, zo stelde Descartes, die het binnenwerk van het heelal in beweging hield, net zoals de tandwielen en radertjes een klok lieten draaien.

Een onzichtbare, immateriële kracht die op duizenden kilometers afstand werkzaam was en zich níét voortbewoog in een zee van ether, zou men een stap terug in de tijd noemen. Hekserij. Occultisme. Onzin. Zelfs Isaac was tijdenlang in verwarring gebracht door Descartes. Pas door zijn alchemistische experimenten, die hem keer op keer hadden getoond dat er wel degelijk onzichtbare krachten waren die op afstand stoffen op elkaar deden reageren, durfde hij te gaan geloven dat er ook in het grotere geheel, in de kosmos, zulke krachten actief waren. Niet alleen de aarde, maar het hele universum werkte als een geïntegreerd, levend organisme, niet als de raderen van een klok.

Terwijl Catherine het personeel aanstuurde om de hele boerderij een laatste schoonmaakbeurt te geven, knutselde Isaac op zijn oude jongenskamer hermetisch gesloten glazen terrariums in elkaar waarin hij slingers ophing. Hij onttrok alle lucht aan het glazen terrarium en mat zorgvuldig de tijd waarin de slinger tot stilstand kwam wanneer het leeg was, of half gevuld met zand, olie of kwikzilver. Toen de slinger telkens in precies dezelfde tijd tot stilstand kwam, had hij het bewijs gevonden dat het geen onzichtbare ether was die weerstand veroorzaakte, maar een magische kracht die door de lege ruimte reisde.

In zijn jongenskamer in Woolsthorpe versloeg hij in een stil gevecht Descartes terwijl alle vrolijke nervositeit van de bruiloft zonder dat hij het besefte om hen heen broeide. Zelfverzekerd had hij principes genoteerd die nog geen enkele andere natuurfilosoof voor hem had durven opschrijven, omdat hij daarmee als ketter zou worden beschouwd. Isaac wachtte nu gespannen af of Halley het Koninklijk Genootschap zou kunnen overhalen om zijn boek te publiceren, al had die gewaarschuwd dat de kans klein was. Van hun vorige uitgave 'Historia Piscium', De geschiedenis van de vissen, hadden ze niet één exemplaar verkocht. Nochtans had het Koninklijk Genootschap hoge verwachtingen gehad van de publicatie, en men had erop gerekend dat het in heel Europa aftrek zou vinden. Maar zelfs de auteur had het boek niet willen kopen, omdat hij ontevreden was over de kwaliteit van de afbeeldingen. Als er al geen publiek te vinden was dat geïnteresseerd was in een toegankelijk onderwerp als vissen, wie zou dan een boek kopen over de ellipsvormige beweging van hemellichamen?

'Nog eens even alles op een rijtje,' zei hij gespannen tegen Catherine. 'De koets komt ons morgenochtend om halfnegen ophalen en dan rijden we naar de kerk van Colsterworth. De mis begint om negen uur. Ondertussen brengen de meiden en knechten hier alles op orde voor het feest. Vanaf twaalf uur ontvangen we de gasten en wordt er gegeten en gedronken aan de tafels op het erf.'

Hij keek even bezorgd door het raam naar buiten. 'De kraaien zitten nog steeds in de hooioppers. Grote kans op regen morgen, Catherine.'

'De grote schuur is helemaal opgeruimd,' zei ze geruststellend. 'Dan verplaatsen we het feest gewoon naar binnen.'

Hij bromde instemmend. 'Weet je zeker dat we genoeg hebben voor iedereen?'

'Anders slachten we toch gewoon een extra schaap?' suste ze.

'Heb je Edward op het hart gedrukt dat ik op onze bruiloft alleen volgens de spijswetten geslacht vlees wil?'

'Waarom?' vroeg Kit om Isaac te plagen.

'Vanwege de derde wet van Noach,' zei Isaac verontwaardigd.

'"Gij zult dieren niet onnodig doen lijden,"' vulden Catherine en Kit aan.

Elke avond weer had Isaac geprobeerd Catherine ervan te doordringen dat ze hun gasten alleen groenten en fruit moest serveren. Sinds zijn verhuizing naar Woolsthorpe had hij een afkeer gekregen van vlees eten. Hij werd onpasselijk wanneer hij zag hoe wreed knechten het vee afslachtten.

'Adam en Eva aten toch ook geen vlees in de hof van Eden?' had hij geprobeerd Catherine te overtuigen. 'De mens was van oorsprong geen vleeseter. Grote mannen als *Pythagoras* aten nooit vlees. Het eten van vlees is een uiting van agressie en egoïsme. Waarom zouden wij dan vlees eten?' Het fascineerde Isaac dat Pythagoras' communeleden de wijsheid van hun leermeester toeschreven aan het feit dat hij geen vlees at. Pythagoras was ervan overtuigd dat een mens als een ander mens, maar ook als een dier kon reïncarneren. Al menigmaal had Isaac Catherines eetlust bedorven door het verhaal op te rakelen van Pythagoras die op een man af liep die een kalfje wilde slachten. 'Stop!' had Pythagoras geroepen. 'Stopt u daar onmiddellijk mee. In het gekerm van dit kalfje herken ik de angstkreet van een vriend die onlangs is overleden.' Maar Catherine was niet te vermurwen geweest; ze zou zich doodschamen als ze de bruiloftsgasten niet een mals stukje vlees kon serveren.

'Goed, na het eten maken we met z'n allen een flinke wandeling, zodat hier alles aan kant kan worden gemaakt. En als we dan terugkomen, staan de muzikanten klaar voor het dansfeest. Is het echt nodig dat wij de openingsdans doen, Catherine?'

'Maak je geen zorgen. Het is een ensemble met viola da gamba, gitaar en luit, dat rustige muziek speelt. Je doet het echt voortreffelijk. We hebben elke avond geoefend, dus het kan niet misgaan.'

Ze nam zijn rechterhand en legde haar linkerhand licht op zijn schouder. Terwijl ze de maat telde, deed ze hem nogmaals de eenvoudige walspasjes voor waarmee hij onmogelijk een belachelijk figuur kon slaan.

'Zie je wel? Het gaat vanzelf. En na onze dans vraag je Kit.'

Kit stond te glunderen toen Isaac de eerbiedige buiging oefende die Catherine hem geleerd had om het meisje ten dans te vragen. Ze maakte een reverence en telde op haar beurt de maat voor haar oom, terwijl hij probeerde met zijn bruine leren schoenen haar meisjesvoeten te ontwijken.

'Goed zo! Dan bedank je Kit voor de dans, en kun je gaan zitten. Als je wilt, hoef je dan de rest van de avond niet meer te dansen.'

'En de logeerkamers? Zijn die allemaal...?'

'Alles is geregeld, Isaac. Je hoeft je nergens druk om te maken. Je hoeft alleen maar te genieten. Je bent zeker ontzettend benieuwd hoe wij eruitzien?'

'Eh... ja, inderdaad. Maar dat mag ik morgen toch pas zien?'

'Mag ik mijn jurk al aantrekken, tante Catherine?'

'Nee, Kit. Oom Isaac moet maar geduld hebben. Hij zal niet geloven wat hij ziet.'

Morgen zou Catherine dan eindelijk mevrouw Newton worden. Een lang geleden begraven meisjesdroom ging alsnog in vervulling. Ze liet zich met een gelukkige zucht achterover op het bed vallen.

'Vertel eens, Isaac: denk je dat het voorbestemd was dat wij uiteindelijk toch met elkaar zouden trouwen?'

Isaac liep moeizaam door de kamer, zich ergerend aan het piepgeluid dat zijn nieuwe schoenen maakten.

'Het hele universum is gebaseerd op aantrekkings- en afstotingskracht,' doceerde hij alsof hij voor een auditorium studenten sprak. 'Dat is een onzichtbare kracht. Het enige wat bestaat zijn materie en geest. Die twee beïnvloeden elkaar. De geest is een scheppende kracht die de materie creëert. Het is de geest van God die overal in aanwezig is. In het heelal, maar ook in de mens. We kunnen creëren met onze gedachten, manifesteren. Dat is waar de alchemie over gaat: dat de alchemist zo ontwikkeld is dat hij alles kan creëren wat hij wil. Dat hij zich de scheppende kracht van God eigen heeft gemaakt.'

'Ja,' zei Catherine vertederd, 'maar ik vroeg of het volgens jou voorbestemd is dat wij elkaar zouden huwen...'

Kit giechelde.

Isaac stond stil en keek haar verbaasd aan. 'Dat zei ik toch? Je trekt precies dat aan in je leven wat je in je gedachten gecreëerd hebt. Dat is wat jij je hele leven al hebt gedaan. Je hebt je altijd een huwelijk met mij voorgesteld, en nu gebeurt het dus...'

Catherine ging rechtop op het bed zitten en pakte Isaacs hand.

'En jij, Isaac? Is dit ook wat jij je hele leven gecreëerd hebt? Werkt die aantrekkingskracht ook op jou?'

Hij keek haar aarzelend aan. Ging de vergelijking met natuurkrachten naadloos op voor de liefde? Moest hij zeggen dat hij stapelverliefd was? Was er chemie tussen hem en Catherine? Natuurlijk had de alchemist *Albertus Magnus* al vierhonderd jaar geleden geschreven dat gevoelens van affiniteit zowel chemische stoffen verbindingen deed aangaan als mensen bij elkaar bracht.

'Net zoals stoffen elkaar aantrekken of afstoten,' zei hij stug, 'doet zich een gelijksoortig complex proces voor wanneer twee mensen elkaar ontmoeten. Dat is wat men "chemie" tussen twee mensen noemt, of in de smeltkroes chemische affiniteit. Zelfs Plato heeft al geschreven dat het menselijk verkeer gebaseerd is op aantrekking en afstoting...'

'Ja, dus...?' vroeg Catherine hoopvol.

Bij Catherine voelde hij zich licht, was het enige wat hij zeker wist. Zij zorgde voor aangenaam leven in huis, voor beweging, zonder dat ze verwachtte dat hij zich daarin liet meeslepen. Veel meer dan John begreep ze ook waar hij mee bezig was. Ze was gretig in haar wil hem te begrijpen, niet bang om domme vragen te stellen. Ze wilde werkelijk snappen wat er in hem omging en in zijn pogingen dat onder woorden te brengen verduidelijkte hij de zaken ook voor zichzelf. Maar of hij zich werkelijk onweerstaanbaar tot haar aangetrokken voelde, zoals de aarde naar de maan verlangde?

'Ik heb in de *Principia*, mijn werk voor Halley, drie *bewegingswetten* opgesteld. De eerste wet luidt dat een voorwerp altijd volhardt in de toestand waarin het zich bevindt, of dat nu rust of beweging is, tenzij er een kracht op inwerkt die de toestand ervan verandert. Ook mijn leven gehoorzaamt aan die wet. Net als de meeste mensen hou ik niet van verandering. Ik streef ernaar om in dezelfde toestand te blijven waarin ik verkeer, want die is bekend en veilig. Tot ik door de kracht van het leven gedwongen word om te veranderen, te bewegen. Zoals de gebeurtenissen me uit Cambridge naar Woolsthorpe hebben gedreven. Zelf zou ik nooit de moed hebben gevonden om de veilige zekerheden van mijn universiteitsleven achter me te laten en zou ik hebben volhard in de toestand waarin ik verkeerde, die ondanks alle ongemakken veilig en bekend voelde. Nu breng jij mij opnieuw in beweging, Catherine. Mijn toestand van zonderlinge vrijgezel ruil ik in voor die van getrouwde herenboer. Als ik eerlijk mag zijn, ben ik bang voor die verandering, maar toch heb ik geleerd dat als je een duwtje van het leven krijgt, je je nooit mag verzetten...'

'Want anders zou de eerste bewegingswet van Newton niet meer kloppen,' glimlachte Catherine, ontroerd bij zijn eerlijkheid. 'Je hoeft niet bang te zijn, Isaac. We doen het samen, jij en ik.'

23

Uit alle windstreken waren de meesters van de esoterische kennis afgereisd naar het kasteel van de *hertog van Savoye*, dat verscholen lag op een heuveltop in de beboste bergen rond Nice. De hertog, vereerd dat hij de gastheer mocht zijn van dit oecumenische congres van kabbalistische en alchemistische filosofen, had strenge veiligheidsmaatregelen genomen en zijn wachten uitgezet langs alle wegen en rotsige bergpaadjes die naar het kasteel voerden. Eenieder die de vereiste documenten en uitnodiging niet kon laten zien, werd onverbiddelijk weggestuurd. Op deze grote bijeenkomst van de *Asterism*, wat zoveel betekende als 'sterrenstelsel', zouden afgevaardigden komen van alle geheime genootschappen, ongeacht hun religieuze achtergronden. Het congres had de ambitie bruggen te slaan en kennis uit te wisselen, met als hoger doel de wereld te veranderen.

De patriarch van Antiochië had een groots visioen over een verenigde wereld. De tijd was aangebroken om alle oorlogen die in Europa woedden, vaak met onbenullige meningsverschillen en opvattingen over de heilige geschriften als inzet, definitief te beëindigen. Hij wilde de lont uit het kruitvat trekken. Natuurlijk was de patriarch zich er als geen ander van bewust dat met name het Nieuwe Testament wemelde van twijfelachtige passages. Geestelijk leiders hadden in het verleden niet geschroomd volledige evangeliën in de ban te doen en verzen of zelfs hoofdstukken te herschrijven met als doel hun gelijk te halen. In het jaar 367 had de kerkvader *Athanasius* trots de zevenentwintig genomineerde en opgeschoonde boeken die het Nieuwe Testament zouden worden gepresenteerd. Een keuze, zo had deze kerkvader gezegd, die gemaakt was onder de goddelijke inspiratie van de Heilige Geest.

Wanneer we ons nu richten op de eerste vijf boeken van het Oude Testament, zo was het plan van de patriarch, op de Thora, dan kunnen we ons richten op wat ons bindt, in plaats van op wat ons van elkaar scheidt. Over de Thora was vrijwel iedereen het eens dat dit ongeschonden, authentieke teksten waren, door God zelf gedicteerd aan Mozes op de berg Sinaï, boeken die geschonken werden in de woestijn, omdat de woestijn niemand toebehoorde, zodat geen enkel land of volk de boeken kon opeisen, maar ze alleen kon accepteren. Vijf boeken die sinds Mozes' tijd volgens de strengste procedures letter voor letter met de hand werden overgeschreven door devote Thora-schrijvers, die zeven jaar lang werden opgeleid om zorgvuldig te kunnen schrijven met de speciale zwarte inkt gemaakt van galnoten gemengd met kopersulfaat, Arabische gom en water, op perkament van de huiden van koosjere dieren. Een heilig werk, dat een jaar lang arbeid vergde en daarna letter voor letter werd gecontroleerd door twee geleerden. Maar vooral boeken die door zowel christenen, islamieten als joden erkend werden. Vijf boeken waarin – daarvan was de patriarch overtuigd – alle wijsheid te vinden was die de mensheid nodig had, omdat onder de letterlijke betekenis van de verhalen zeventig geheime lagen waren verborgen die alle raadselen van het universum en het leven onthulden. Wanneer de mensheid zich zou verenigen in de nuchtere, kabbalistische studie van de Thora, zouden alle conflicten ophouden. Vijandschap zou plaatsmaken voor broederschap. De Asterism zouden daarin het voorbeeld geven. Daarom waren er zelfs hindoeïstische meesters uitgenodigd, die van de oevers van de Ganges kwamen, en met wie ze zich zouden verbinden in mystieke, universele kennis. In uitwisseling. Het congres zou zich vooral richten op de praktische kennis van de kabbala, de alchemie. Waar leidde al die kennis toe? Wat kon je ermee? Hoe kon het de mensheid vooruithelpen? Werkelijke meesters beseften dat ze allemaal slechts een deel van het geheel kenden, en alleen maar verder zouden komen wanneer ze bereid waren te delen wat ze zelf wisten, zodat anderen erop verder konden bouwen. Kennis en wijsheid waren geen persoonlijk bezit, en waren waardeloos wanneer ze niet werden gedeeld en nuttig gemaakt. De meesters van de Asterism waren in de meest uiteenlopende terreinen onderlegd. Elke dag stond er een meester centraal die zijn kunde demonstreerde, en dit had al tot opmerkelijke vertoningen geleid. Zo had meester Sabitiele een poeder getoond dat water kon doen stollen tot een doorzichtige steen. Een Poolse filosoof had laten zien hoe hij het proces der natuur kon doen versnellen door een zaadje in twee uur tijd te laten ontkiemen en uitgroeien tot een vrucht dragende plant. Maar ondanks alle opmerkelijke, opzienbarende en soms teleurstellende demonstraties waren de congresgangers vooral opgetogen door het gerucht dat Boyle, de grote alchemistische meester uit Engeland, zich snel bij hen zou voegen. De patriarch had dit zelf op een ochtend bij het ontbijt aan het voltallige gezelschap bekendgemaakt. Hij vergeleek Boyle met de mystieke aartsvader van de alchemie, *Hermes Trismegistus*, en kondigde alvast in ronkende bewoordingen aan dat hij in woord, en wellicht ook in daad, 'De Sleutel' zou onthullen, het recept voor filosofisch kwikzilver. Nooit eerder had iemand zo concreet deze bereidingswijze genoteerd, en voor sommige meesters was zijn komst alleen al reden geweest de verre reis naar Nice te ondernemen. Als er iemand was die de volgende stappen in het eeuwenoude alchemistisch proces zou kunnen ondernemen, dan zou het Boyle zijn. De patriarch van Antiochië, die zelf een legendarische reputatie had als alchemist, hoopte dat hij het geheim van de rode aarde zou kunnen ontraadselen. Ooit was de patriarch, zo vertelde hij, in het bezit gekomen van een hoeveelheid daarvan. Hoe wilde hij niet vertellen. Keer op keer had hij in proefnemingen kunnen vaststellen dat dit de stof was waarmee men van onedele metalen goud kon maken. Maar waaruit die stof was samengesteld of hoe hij gemaakt kon worden, had hij nooit kunnen achterhalen. Nu had hij nog slechts een verwaarloosbare hoeveelheid over, die hij bereid was aan Boyle over te dragen.

De ochtend dat de Reiziger van de Waarheid er door de patriarch op uit werd gestuurd om af te reizen naar Calais, waar hij Boyle persoonlijk moest opwachten en daarna begeleiden naar het kasteel van Savoye, leek een ochtend als alle andere. Na het gemeenschappelijke ontbijt en gebed in de grote feestzaal van het kasteel waren de alchemisten vrij hun eigen tijd te besteden tot het middaguur, wanneer er steeds een demonstratie plaatsvond. Sommigen gebruikten deze tijd om in kleinere groepjes onderzoek te doen of te discussiëren; anderen werkten achter de gesloten deuren van hun kamer aan de voltooiing van hun experimenten waarmee ze het congres hoopten te verbazen; en een enkeling gebruikte de vrije tijd om een wandeling te maken door de bossen in de omgeving van het kasteel.

Niemand had oog voor de jonge wacht die op die ochtend was opgesteld als bewaker van de munitiekamer die zich in een grote stenen schuur tegen de wallen van het kasteel bevond. Niemand had opgemerkt dat hij vanuit deze kamer een wit stuk touw had uitgelegd tot een veilig eind in het struikgewas. Het was iedereen ontgaan dat hij die ochtend zenuwachtiger was geweest dan anders, dat hij met niemand had gesproken en reeds veel vroeger dan nodig op zijn post was. Hoe had iemand kunnen vermoeden dat deze jonge soldaat zich voor wat geld – in zijn eigen beleving voor veel geld – had laten omkopen door een afgezant van de koning van Frankrijk? In de paar vrije dagen die hij onlangs feestend in Nice had doorgebracht, was hij dronken gevoerd door de afgezant en uitgehoord over de bedrijvigheden in het kasteel.

Getipt door zijn geheim agente Louise, die zo voortreffelijk Charles liet geloven dat ze van hem hield, was Lodewijk erachter gekomen dat er op het kasteel van Savoye dingen gebeurden die hem niets bevielen. Dat men daar een soort wereldmacht aan het formeren was die zowel politiek als religieus wel eens heel gevaarlijk kon zijn. Een alchemistisch congres waarbij zeldzame kennis werd uitgewisseld en in handen van vijandelijke mogendheden kon komen. Lodewijk dankte zijn superieure Europese overmacht aan zijn overvloedige rijkdom. Met zijn gulle giften aan Charles had hij zijn gevaarlijkste opponent, Engeland, in het gareel gehouden. Charles was een van de marionetten die hij virtuoos had bespeeld. Tenminste, dat dacht hij. Tot hij erachter kwam dat Charles wel dankbaar zijn hand ophield, maar tegelijkertijd toch Frankrijk bleef belegeren, in de hoop op nog meer geld. Gelukkig had hij de kleine Louise, die rechtstreeks verslag uitbracht vanuit de bedstee van Charles. Na het opzeggen van de geheime, financiële bijdrage had Lodewijk echter nog weinig invloed op Charles. Zolang Engeland geldproblemen had, hoefde Lodewijk niet bevreesd te zijn. Maar nu werd de situatie erg gevaarlijk. Hij moest elk risico vermijden dat Engelse alchemisten in het bezit zouden komen van het geheim van de Steen der Wijzen. Lodewijk had nog maar net aan den lijve ondervonden dat die occulte gifmengers tot veel in staat waren. De huid van zijn maîtresse was verbrand door een met gif geïmpregneerde jurk. Door dit tragische voorval, resultaat van alle intriges die aan het hof van Versailles speelden om bij de Zonnekoning in aanzien te komen, had men een poging om hemzelf ook te vergiftigen net op tijd weten te verijdelen. Hij zou eens en voor altijd met deze occultisten afrekenen. Zijn leger had hij de volmacht gegeven dat te doen wat nodig was. De jonge wacht was een gewillige prooi geweest. Hij was niet erg slim, en streefde zoals elke jongeman vooral naar een heldhaftig leven. Hij was nog te nat achter de oren om te beseffen dat werkelijke onsterfelijkheid veelal alleen bereikt wordt door goede daden, niet door slechte. Hij was gedreven door het verlangen boven zichzelf en zijn lot uit te stijgen. Hij wilde toch niet zijn leven lang de wacht blijven houden op een kasteel vol zonderlingen waar nooit iets gebeurde? Dit was zijn kans om fortuin te maken, om rijk te worden en met flink wat geld de mooie dochter van de specerijenkoopman in Nice ten huwelijk te vragen.

Toen hij zich ervan verzekerd had dat niemand op hem lette, had hij in het struikgewas de lont aangestoken. Daarna had hij het op een lopen gezet. Hij rende door het dennenbos de steile berg af, maar sneller dan hij verwacht had, hoorde hij een donderslag, gevolgd door een luchtverplaatsing die hem de lucht in tilde. Die paar tellen dat hij als een adelaar gevlogen had, waren er geen gedachten in zijn hoofd geweest. Toen hij op de rotsen werd geworpen, was hij meteen dood – verpletterd door zijn eerzucht. Achter hem stond het kasteel van Savoye in lichterlaaie. De ontplofte munitiekamer had een enorme bres geslagen in het kasteel en door de bossen liepen verbrande, verwarde, gewonde en beroete meesters. Voor meer dan dertig alchemistische meesters eindigde hier hun zoektocht. Hun hoop om de wereld tot een plek van wijsheid en vrede te maken ging in rook op. Hun kennis en verworven inzichten zouden ze nooit meer kunnen delen.

24

Het was nog donker toen de hele boerderij in rep en roer was vanwege het feest. Isaac was sprakeloos geweest toen Catherine in haar bruidsjurk de trap af liep, haar sleep van Brusselse kant en zijden rozetten gedragen door de bijna al even zo verblindende Kit. Hij was van tevoren bang geweest dat hij niet enthousiast genoeg zou reageren, maar zijn verrukte blik had zijn twee vrouwen doen glunderen van geluk. De bruiloftskoets was ruimschoots op tijd gearriveerd en versierd met witte linten, en Catherine had al plaatsgenomen. Maar net voor Isaac ook wilde instappen, kwam Wendy, een van de dienstmeiden, aanlopen met een brief.

'Zonet bezorgd, meneer Newton. Ik dacht: met de bruiloft en zo zal het misschien wel belangrijk zijn.'

'Dank je, Wendy,' zei hij, en hij scheurde meteen de brief, waarop hij het handschrift van Halley herkende, open. Snel las hij het eerste vel en stak de brief toen triomfantelijk in de lucht.

'Hij gaat het uitgeven! Catherine! Kit! Mijn werk wordt uitgegeven! Door Halley zelf!'

'O, Isaac!' riep Catherine blij, en ze legde vertederd haar gehandschoende hand op zijn arm, meteen gevolgd door Kit, die haar armen om haar oom heen sloeg.

'Wat een geweldig nieuws. Het lijkt of alles meezit wanneer je je verbindt met je zielsverwant, alsof God zelf de ene na de andere zegening brengt,' fluisterde ze ontroerd.

'Ja,' zei Isaac. 'Moet je nu toch lezen! "Hoewel het Koninklijk Genootschap het werk bijzonder hoogacht, zullen ze wel een morele, maar geen financiële bijdrage leveren. Maar niet getreurd, ik vind uw werk zo belangwekkend dat ik het zelf zal financieren. Niet dat ik een weldoener ben. Om eerlijk te zijn, ben ik bijna bankroet. Maar maakt u zich geen zorgen, ik vind wel middelen, en ik beschouw het vanaf nu als mijn belangrijkste taak ervoor te zorgen dat uw werk gepubliceerd wordt."'

'Hij is echt een weldoener,' zei Catherine, 'waarom heb je hem niet op ons huwelijk gevraagd?'

'Ik ken hem alleen van onze briefwisseling,' zei Isaac, en hij maakte zich los uit de omhelzing van Kit om het vervolg van de brief te lezen.

'"Er is nog één dingetje dat ik met u moet bespreken, meneer Newton. Na de presentatie van uw werk in het Koninklijk Genootschap stelde de heer Hooke, die er zoals u begrijpt moeite mee heeft dat hij de weddenschap heeft verloren, dat u uw berekeningen aan zijn werk ontleend hebt. Over enkele dagen wil hij een lezing houden in het Koninklijk Genootschap waarin hij zijn 'onmisbare' bijdrage aan uw theorie toelicht. Hij lijkt te verwachten dat u in uw voorwoord uw erkentelijkheid aan hem betuigt. Dan is wat hem betreft de zaak afgedaan. Ik zie het als mijn uitgeverstaak u zijn eis voor te leggen om uw mening hierover te vernemen..."'

Isaac begon te trillen toen hij deze regels hardop voorlas. Zijn wangen werden vlammend rood. Hij verkreukelde de brief met een paar woeste handbewegingen en gooide de prop op het grindpad. Toen schopte hij zo hard hij kon tegen de witte lak van het rijtuig.

'Kalm aan, meneer,' zei de koetsier verontwaardigd. 'Ik begrijp dat u zenuwachtig bent, maar...'

'Isaac!' zei Catherine geschrokken. 'Isaac, wat maakt je zo overstuur?'

'Laat me met rust,' snauwde hij. 'Laat me alsjeblieft met rust nu.'

Woedend stampvoette hij het pad op en neer.

'Hoe durft hij? Die nietige bultenaar, dat gluiperig fossiel met de hersenen van een halve garnaal! Hoe kan hij ook maar denken dat een van mijn berekeningen aan zijn achterlijke verstand ontleend zou zijn? Diefstal is het!'

Catherine was door Kit uit de koets geholpen en hield Isaac staande.

'Dan maar geen boek,' zei Isaac beledigd. 'Liever geen boek dan dat er ook maar op één bladzijde de naam van Hooke zou voorkomen.'

'Maar Isaac, je geeft zo'n boek toch niet op om zo'n akkefietje. Kun je niet bewijzen dat jij alles berekend hebt?' zei Catherine, geschrokken door zijn razernij.

Isaac keek haar verrast aan en kuste haar toen op de mond.

Hij had inderdaad de hele vroegere briefwisseling met Hooke bewaard, zodat hij duidelijk zou kunnen aantonen dat hij Hooke geen greintje dank verschuldigd was. Hij stormde naar binnen en ging de trap op naar zijn werkkamer om te kijken of hij die brief niet had meegenomen tussen een van zijn boeken. Hij haalde alle planken leeg, keek onder het bed, onder zijn bureau, en zag toen de smeltkroes staan waar hij al die tijd niet naar had omgekeken. Isaac huiverde toen hij zag wat zich in stilte had voltrokken. De asresten waren door de werking van het water in twee elementen uit elkaar gevallen: roestbrokken en een gelig zuur dat op het oppervlak dreef. De verwoestende kracht van het water had in alle rust zijn werk gedaan en de harde metaalresten opgesplitst in de twee geheime ingrediënten van de alchemie: zwavelzuur en roest. Eenvoudig water bleek het ultieme oplosmiddel te zijn.

Dit is een teken, dacht hij. Het tweede proces moest dus ook in hemzelf voltrokken zijn. Hij had zich overgeleverd aan het leven zoals het zich aandiende. Zijn verleden had hij schoongewassen. Hij had zijn moeder vergeven, John achter zich gelaten en uit zijn jarenlange onderzoek alleen dat overgehouden wat praktisch nut had voor de mensheid. Het was tijd voor zijn hergeboorte. Met de brief van Halley leek het of het leven hem riep het derde alchemistische proces te beginnen, de *separatie*. Het scheiden. Het ontdekken van zijn essentie. Hij moest nu de moed hebben alles achter zich te laten, afstand durven nemen van alles wat hem tegenhield in zijn werkelijke missie. Zonder te weten wat hij zou overhouden.

Hij rende de trap af om te kijken of de brief van Hooke misschien in de woonkamer rondslingerde, maar kon hem nergens vinden. Dan moest hij op zijn kamer in Cambridge liggen. Bij zijn persoonlijke spullen in de lades die hij niet had leeggeruimd. Hij moest nu meteen actie ondernemen om deze lastercampagne stop te zetten. Hij mocht Hooke niet de kans geven in een lezing zijn leugens te verkondigen. Hij moest het kwaad met wortel en tak uitrukken. Een onmiddellijk antwoord was vereist. Het kon niet anders; zijn reputatie hing ervan af.

'Isaac, zeg me nu wat er aan de hand is,' smeekte Catherine, die hem achterna was gelopen en zag dat hij op zijn kamer bezig was zijn kleren, aantekeningen en wat boeken in de koffer te gooien.

Met wanhopige ogen keek hij haar aan.

'Het spijt me, Catherine. Ik moet nu terug naar Cambridge. Ik word beschuldigd van plagiaat. Hooke haalt mijn goede naam door het slijk. Ik moet onmiddellijk reageren, of alles waar ik mijn hele leven aan gewerkt heb, wordt door die schurk onderuitgehaald.'

'Maar dat kan toch niet,'stamelde Catherine. 'We gaan trouwen. Je kunt nu toch niet weg?'

'Ik moet, Catherine!' riep hij uit. 'Begrijp het dan toch! De "Principia" is het distillaat van wie ik nu ben. Daar moet ik voor staan. Zonder dat boek ben ik niet de man die jij wilt trouwen. En trouwen kan altijd nog, maar dit kan niet wachten.'

Ze trok aan zijn jasje en probeerde hem te kussen, maar hij duwde haar van zich af en ging onverstoorbaar verder met het pakken van zijn koffer.

'Isaac, alsjeblieft! Dit kun je me niet aandoen! Alsjeblieft!'

Isaac liet het boek dat hij in zijn hand had in de koffer vallen en draaide zich rustig om.

'Als je echt van me houdt, dan begrijp je dit, Catherine.'

Geschokt staarde ze hem aan.

'Isaac Newton,' zei ze ten slotte, 'als jij nu vertrekt, dan ben ik ook weg. Dit is je laatste kans. Als je mij als vrouw wilt, dan blijf je hier en trouw je met me. Nu.'

Langdurig keken ze elkaar aan. In dit ene moment lag het lot van twee desperate mensen besloten.

25

Midden in de nacht werd er luid op de deur geklopt bij pastoor Huddleston. Een vrouw, die haar hoofd verborg onder een zwarte kapmantel, zei dwingend dat er sprake was van een spoedgeval. Ze maande hem zich snel aan te kleden en alle benodigdheden in te pakken voor zowel een doopsel als een ziekenzalving. De brave, plichtsgetrouwe pastoor trok meteen zijn habijt aan over zijn slaapkleed en vulde zijn lederen tas met de heilige oliën, een zilveren kistje met hosties, wijwater, en natuurlijk een bijbel.

'Draai u om,' zei de vrouw streng, en ze bond hem snel een blinddoek voor.

'Maar wie bent u, beste mevrouw? Wat wilt u van mij?' jammerde de pastoor.

Met kordate hand begeleidde ze hem naar buiten, waar een koets stond te wachten. In een vaart vol doodsverachting zwenkte de koets door de straten van Londen. Benauwd klampte de pastoor zich vast aan de leuning, terwijl hij smeekte om te weten te komen wat er aan de hand was. De onbekende vrouw beet hem toe dat hij moest zwijgen, terwijl de wind een dreigend lied floot. Huddleston zocht kracht in de stilte van het gebed terwijl hij heen en weer slingerde door het op hol geslagen rijtuig. Toen voelde hij de paarden vertragen en zodra ze stilstonden, werd hij door de vrouwenhand in zijn nek gegrepen en begeleid bij het uitstappen. Om zijn schouders werd een lange, zware mantel gelegd, die hardhandig werd dichtgeknoopt. Een mantel waar hij telkens over struikelde toen hij voortgeduwd werd door een poort en door holle, lange gangen waar geen eind aan leek te komen. Hij moest trappen op en af, deuren werden voor hem geopend en daarna weer gesloten. Hij moest kamers doorsteken en via binnenpleintjes weer door nog meer uitgestrekte gangen lopen. Dit moest het landgoed zijn van een ongekend welgestelde man, dacht Huddleston toen hij de zoveelste lange, statige trap af werd geduwd.

'Wacht hier,' gebood de vrouw toen zij alleen een allerlaatste deur binnenging.

'Iedereen naar buiten,' hoorde hij haar roepen. 'Speciaal bezoek. Wacht in de spreekkamer tot u weer geroepen wordt.'

Huddleston hoorde de voetstappen van een groepje mensen die hem passeerden en nieuwsgierig bij hem stilhielden om te kijken wie hij was. Toen werd hij de kamer binnengeduwd en werd zijn blinddoek losgeknoopt.

'Jacobus, hou jij buiten de wacht,' hoorde hij de vrouw fluisteren, waarna een laatste man de kamer verliet en de deur op slot draaide.

Pastoor Huddleston moest bijna braken van de misselijkmakende lucht die in de kamer hing. Het was een grote kamer, verlicht met slechts enkele kaarsen. Tegen de muur stond een groot bed met een goudglinsterend baldakijn en roodfluwelen gordijnen om de pilaren gedrapeerd, waarin een man lag. De vrouw ontdeed de pastoor van zijn mantel en liep, terwijl ze haar eigen mantel losknoopte, naar de man.

'Hij is er,' zei ze. 'Ben je er klaar voor?'

'Ik ben zo benauwd,' antwoordde een zwakke stem. 'Kunnen we niet wachten? Ik wil even wat slapen, Louise.'

'Uitvluchten, Charles, almaar uitvluchten. Een leven lang uitvluchten.'

Gepikeerd liep ze naar de deur en klopte tweemaal kort en eenmaal hard. Jacobus draaide de deur open.

'Ja?'

'Hou de pastoor bij je op de gang,' zei Louise. 'Ik moet Charles nog even onder vier ogen spreken.'

Nadat ze de pastoor naar buiten had geduwd en toen de deur weer op slot was, ging ze bij Charles op het bed zitten.

'Luister, lieverd,' zei ze, 'ik ben de enige die je kan redden. Je weet dat ik niets liever wil. Maar ik heb ook mijn instructies. Het is een snel werkend gif, Charles, dat in de chocoladecake zat. Als we niets doen, heb je hooguit nog een paar uur te leven.'

Ze toonde hem plagerig een gouden flaconnetje dat aan haar collier hing en veilig tussen haar borsten was opgeborgen.

'Dit is het tegengif, Charles. Een paar druppeltjes en je zult wonderwel herstellen. Je dokters zullen voor een raadsel staan. Het is de allernieuwste trend uit Versailles. Maar je moet het wel verdienen, ondeugd.'

Charles wilde zijn hand uitsteken naar het flesje, maar zelfs die geringe inspanning veroorzaakte een hoestbui diep vanuit zijn longen, die op knappen leken te staan.

'Waarom, lieve Louise? Ik ben toch altijd goed voor je geweest? Ik heb je alles gegeven wat je begeerde. Alle hofdames benijden je. Waarom?'

'Ik moest,' zei Louise met haar ogen zedig neergeslagen. 'Ik werd onder druk gezet. Maar Lodewijk heeft me beloofd dat als je nu eindelijk katholiek wordt, hij je met rust zal laten en alleen maar zal steunen. Je bent in de bloei van je leven, Charles, je kunt nog jaren regeren als katholiek vorst, tot je broer Jacobus het van je overneemt. De Zonnekoning heeft toch altijd goed voor je gezorgd? Honderdduizenden ponden heeft hij je geschonken. Hij heeft echt het beste met je voor, Charles.'

'Ik heb zijn geld niet langer nodig, Louise. Ik heb bijna de Steen der Wijzen in handen. Boyle is op ditzelfde moment op een congres waar hem het geheim wordt onthuld,' zei Charles strijdvaardig.

'Heb je het dan nog niet gehoord?' zei Louise meewarig. 'Het kasteel waar dat congres plaatsvond, is ontploft. Er zijn heel veel doden. Een jammerlijk ongeluk, naar verluidt...'

Charles zakte weg in de kussens. Er stond hem nu niets anders te doen dan eerst zijn leven te redden. Pas wanneer hij weer over zijn kracht en zinnen beschikte, kon hij zich bezinnen op nieuwe plannen.

'Goed dan,' zei hij. 'Laat de pastoor maar weer binnenkomen.'

Louise aarzelde geen ogenblik en liet met het afgesproken geklop de deur weer openmaken. Ze knipoogde geruststellend naar Jacobus en duwde de pastoor de kamer in. Voorzichtig naderde Huddleston het bed. Toen hij zag wie daarin lag, trilde hij op zijn benen.

'Sire?'

Met lome, gezwollen ogen keek Charles naar de oude pastoor. Hij probeerde een moeizame glimlach om zijn lippen te toveren om de geschrokken geestelijke, die vol ontzag op zijn knieën was gevallen, gerust te stellen.

'Sta op, alstublieft,' zei hij met droge keel. 'Ik ben het inderdaad. Ik heb niet zo lang meer, pastoor. Ik wil graag gedoopt worden.'

'U?' vroeg de pastoor wantrouwend. 'Wilt u katholiek worden?'

Huddleston kon zich niet voorstellen dat de koning die met alle wetten en regels de katholieken het leven zo moeilijk had gemaakt zich zou willen bekeren. Er was toch niemand die ooit meer voor de belangen van de Anglicaanse Kerk had gedaan? Niemand die zich ooit uitgesprokener had gedragen als leider van die Kerk, als plaatsvervanger van God op aarde.

Charles probeerde een beetje rechterop te gaan zitten in het bed. Voor deze pastoor hoefde hij geen schaamte te voelen over zijn ingevallen gezicht en holle ogen. Wat eerst een onschuldige vorm van misselijkheid had geleken, was in enkele dagen tijd zo ernstig geworden dat zijn beste lijfartsen hem hadden moeten teleurstellen. Ze wisten niet wat er aan de hand was. De koning transpireerde urine, kreeg hevige hoofdpijnen en was zelfs even in een lichte coma geweest. Noch het aftappen van bloed, noch het toedienen van purgeermiddelen had hem opgelapt. Charles wist dat zonder het tegengif zijn einde gekomen was.

'Ik ben je koning, pastoor, ik beveel je mij te bekeren. Je kunt mij de inwilliging van dit verzoek niet weigeren.'

'Nee, natuurlijk niet,' haastte de angstige pastoor, die vreesde verzeild te zijn geraakt in een vernuftig complot, zich te antwoorden. Zouden ze hem er zo dadelijk op heterdaad op betrappen dat hij een doodzieke koning tegen zijn wil tot het katholicisme bekeerde? Maar Huddleston zag geen andere uitweg dan te gehoorzamen.

'Goed,' zei hij, en hij sloeg een kruisteken. Toen legde hij zijn beide handen op het vochtige voorhoofd van de koning.

'Sire, bent u bereid voortaan te verzaken aan de satan?'

'Ja,' zei de koning, terwijl hij even een blik op Louise liet rusten, die het ritueel nauwlettend volgde. 'Dat is mijn grote verlangen.'

Uit zijn tas haalde de pastoor een kruikje met wijwater, dat hij opende. Hij goot een beetje over het hoofd van Charles.

'Ik doop u in de naam van de Vader,' sprak hij, en hij goot weer een straaltje water, 'en de Zoon', en hij besprenkelde de koning toen voor de derde maal, 'en de Heilige Geest.'

'Is dit het?' vroeg de koning opgelucht. 'Ben ik nu katholiek?'

'Ja,' verklaarde de pastoor plechtig, 'u bent nu katholiek. Welkom in onze Kerk.'

Charles begon zachtjes te huilen. Huddleston werd rustiger nu hij zag dat het Charles ernst was geweest en dat hij hem vanuit een oprecht verlangen had gevraagd hem op te nemen in de Katholieke Kerk. Stil dankte hij God voor dit grootse moment, dat hij niet vatten kon en toeschreef aan de miraculeuze wegen van de Heer die altijd op tijd Zijn kinderen bij zich roept.

'Dank u, pastoor,' zei de koning.

'Gefeliciteerd, Charles,' zei Louise, en ze deed het collier af. Ze draaide het schroefdopje los en liet hem drinken uit het gouden flesje. De pastoor nam de hand van Charles en streelde geruststellend met zijn oude vingers over de geïrriteerde huid.

'Als u wilt dat ik u ook de ziekenzalving toedien,' zei de pastoor na een tijdje, 'dan moet u eerst biechten.'

'De ziekenzalving heb ik niet meer nodig, pastoor. Maar biechten...' zei Charles twijfelend. 'Misschien is dat wel een goed idee nu. Kan ik u vertrouwen, pastoor?'

'Ik ben gebonden aan het biechtgeheim, sire. Niets wat u tegen mij zegt, zal deze kamer verlaten. Maar dan moet ik mevrouw wel verzoeken ons alleen te laten.'

'Zou je dat nu wel doen, Charles?' zei Louise gespannen. 'Je hebt al je kracht nodig om weer sterker te worden, toch?'

'Ga,' zei Charles met herwonnen kracht. Met strenge blik dirigeerde hij haar naar buiten. Toen ontspande zijn gelaat. Hij voelde zich veilig bij deze oude dienaar van God. Zelfs de kloppende hoofdpijn leek even naar de achtergrond te zijn verdreven.

'Goed dan,' zei Charles. 'Ik ben geen goede echtgenoot geweest, pastoor. Ik heb mijn vrouw Catharina talloze malen bedrogen. Toch heb ik altijd van haar gehouden. Toen het hele land riep dat ik van haar moest scheiden, bleef ik naast haar staan. Maar mijn aandrang was te groot om haar vleselijk trouw te zijn. Ik kon niet anders, maar het berouwt me wel...'

Zijn woorden bleven in de lucht hangen. De pastoor, die al zo vaak aan ziekbedden had gezeten, voelde dat het opbiechten van deze zonde hem niet wezenlijk veel moeite kostte. Het was een plichtmatige biecht van iemand die niet werkelijk betreurde wat hij had gedaan.

'Is er nog iets anders, sire?'

De gelige ogen van de koning keken de pastoor langdurig aan. Hij aarzelde of hij werkelijk moest benoemen wat zijn hart bezwaarde.

'Ja,' zei hij uiteindelijk, en hij wenkte de pastoor tot vlak bij zijn gezicht, zodat hij kon fluisteren. 'Ik heb gelogen tegen mijn zoon Scott. Ik ben wél getrouwd geweest met zijn moeder Lucy Walter. De documenten heb ik laten verdwijnen en ik heb het huwelijk in alle toonaarden ontkend. Dat betekent dat Scott de enige wettelijke troonopvolger is.'

Vol ontzag over deze explosieve onthulling tekende de pastoor met zijn duim een kruisje op het voorhoofd van de koning.

'Omdat u mogelijk in uw stervensuur bent, sire, verleen ik u met de pauselijke zegen een volle *aflaat*. Ik ontsla u van uw zonden in de Naam van de Vader, de Zoon en de Heilige Geest. Amen.'

Wat heerlijk, dacht Charles, dat hij nu als katholiek door een bemiddelaar vergeven kon worden en niet zelf zijn berouw hoefde te bepleiten voor God. Al had hij er wel vertrouwen in dat God voor hem, als Zijn zoon, een oogje zou dichtknijpen. Maar plots begon de koning te stuiptrekken. Hij klampte zich vast aan de handen van de pastoor. Zijn pupillen waren groot en smeekten om hulp van de oude man.

'Pastoor!' stamelde hij. 'Mijn geluk van de laatste tijd heb ik helemaal aan Nell te danken. Zorg dat er goed wordt gezorgd voor deze grootste actrice die ons land ooit heeft gekend. Zij heeft mij werkelijk liefgehad.'

Louise en Jacobus renden de kamer in en keken glunderend naar de schokkende koning.

'Toe nu, pastoor,' zei Jacobus, 'u ziet toch dat mijn broer lijdt? Maak hem in zijn stervensuur toch deelgenoot in de mystieke eenwording met Christus. Geef hem de hostie...'

'Maar...' De pastoor wilde zich verzetten om een man in ademnood een stuk brood op de tong te leggen, maar Jacobus gooide de lederen tas van de pastoor leeg en overhandigde hem met kille blik het zilveren kistje.

'Doe het...'

Met bevende wangen opende de pastoor het kistje, zegende de hostie en stak die tussen de verkrampte lippen van de stikkende koning. Terwijl Jacobus hardhandig de pastoor afvoerde, vroeg Louise: 'Gaat het, mijn duifje?'

Charles kon niet praten en probeerde haar duidelijk te maken dat de hostie zijn luchtpijp hermetisch afsloot. Maar Louise deed of ze hem niet begreep en keek geïnteresseerd toe hoe de koning schokte en machteloos naar adem snakte.

'Jacobus, kom snel kijken!' riep ze.

'Wat een indrukwekkend schouwspel, Louise,' zei Jacobus, die de pastoor op de gang had gegooid. 'Echt theater, en daar hield hij zo van.' Hij klapte enthousiast in zijn handen.

Charles rolde op de vlucht voor de dood uit bed en bleef liggen kronkelen op de grond. Zijn gezicht was blauw aangelopen en zijn tong puilde uit.

'Hoe lang zou dat nu duren, zo'n verstikkingsproces?' vroeg Jacobus.

'Geen idee,' antwoordde Louise, 'maar mij kan het niet lang genoeg zijn. Wat fascinerend. Ik geloof dat ik toch het verkeerde flesje heb meegenomen, Charles. Ik twijfelde al de hele tijd. In elk geval, lieverd, nu we toch aan het biechten zijn, heb je er recht op te weten dat ik nooit van je gehouden heb. Je was toch altijd zo nieuwsgierig naar het donkere geheim van je kindvrouwtje? Om heel eerlijk te zijn, heb ik je altijd een zielige tweederangsfiguur gevonden. Een koning zonder geld en zonder macht. Alle omgang met jou diende slechts één doel: mijn grote liefde Lodewijk bewijzen dat ik alles voor hem overhad. Zelfs zoveel verspilde tijd met jou doorbrengen...'

De stem van Louise klonk van heel ver weg terwijl Charles langzaam weggleed in het donker. Nog eenmaal sperde hij zijn ogen open, en het laatste wat hij zag, was een schaterende Louise.

26

Precies de aanwijzingen opvolgend van de geheimzinnige boodschapper ging Robert Boyle, toen de kerkklokken drie uur sloegen, zitten op de derde houten koorstoel van de derde rij in de zuidelijke zijbeuk van *Westminster Abbey*. De boodschapper had hem opgedragen om zijn ogen te sluiten en ze onder geen beding te openen. Hij moest doen alsof hij in gebed was. Boyle hield niet van bidden. Ooit had een meester hem verteld hoe absurd het was om te bidden. 'Bidden is God smeken om van Zijn plan af te wijken. Als we erop vertrouwen dat God het beste met ons voorheeft, dan accepteren we het leven zoals het zich aandient. Hij weet zelf wel het best wat we nodig hebben in ons leven. Waarom zouden we tot Hem bidden om van idee te veranderen? Bovendien, denk je dat het nodig is om hem te vertellen dat je je ellendig voelt? Dat weet hij allang! Hij zou zich pas verwonderen als je bad om te vertellen dat je zo gelukkig was. En als je toch wilt bidden, vraag je dan niet af of Hij luistert, maar of je zelf luistert. Wil jij de consequenties dragen en een beter mens worden, ben jij bereid om te veranderen?' Ja, dacht Boyle, ik ben bereid te veranderen. Als God mij heeft voorbestemd het grote werk te volbrengen, ben ik bereid alles te offeren wat Hij nodig acht. Aan niemand, zelfs niet aan zijn zus, mocht hij vertellen dat hij deze afspraak had. Het was druk in de abdijkerk. Duizenden mensen kwamen hun laatste eer bewijzen bij de tombe van de vorst die het volk zo onverwacht was ontvallen. Boyle luisterde naar de schuifelende voetstappen, het gefluister, het gesnuif en gesnuit van de bedevaartgangers. Na enkele minuten hoorde hij vlakbij gestommel op de koorbanken, van iemand die naar hem toe kwam en naast hem ging zitten.

'Houd uw ogen gesloten,' fluisterde een oude, gezaghebbende stem met een Italiaans accent. 'Hebt u de brief van de Reiziger van de Waarheid ontvangen?'

Boyle moest alle mogelijke moeite doen om zijn nieuwsgierigheid te bedwingen en perste zijn oogleden zo hard mogelijk dicht.

'Over de explosie in Nice? Ja,' antwoordde Boyle.

'Hoewel de patriarch van Antiochië en ik uw beslissing om toch niet te komen betreurden, prijzen we nu God voor Zijn voorzienigheid. We zijn grote meesters verloren. We waren allemaal geschokt. Na de begrafenis van onze vrienden zijn degenen die niet te erg gewond waren weer naar huis gereisd. Ik ben meteen hiernaartoe gekomen om u te spreken. We hebben dringend uw hulp nodig.'

'Wie bent u dan, beste vriend? Waarom al deze geheimzinnigheid? Namens wie spreekt u?'

Boyle hoorde aan de adem van de man dat hij aarzelde wat hij zou prijsgeven. Even voelde hij de ruwe stof van zijn mouw langs zijn hand schuren. Zou het een monnik kunnen zijn, vroeg Boyle zich af. De man zweeg een tijdje, omdat twee vrouwen vlak voor de koorbanken elkaar begonnen te vertellen hoeveel zorgen ze zich maakten over Charles' opvolging. 'Had hij nu toch maar die Scott erkend,' verzuchtte de jonge vrouw. 'Zo'n knappe man. Nu zitten we opgescheept met die lelijke Jacobus.'

'Ja,' viel de andere haar bij. 'Iedereen kan het roer vasthouden zolang de zee kalm is, maar nu gaat het land kopje-onder.'

Toen de vrouwen weggingen, zei de Italiaanse stem: 'Die dames hebben gelijk. Met de dood van Charles eindigt de bloedlijn van de Stuarts. Scott is niet erkend, en Jacobus is een gedresseerde valk in de handen van koning Lodewijk. Hij zal Engeland katholiek maken. Engeland is nu officieus gekoloniseerd door Frankrijk, een kolonie die door Jacobus als een soort aartsbisschop bestuurd zal worden in opdracht van paus Lodewijk de Veertiende.'

'Paus Lodewijk de Veertiende,' lachte Boyle.

'U weet toch dat Lodewijk zich wil losscheuren van de Kerk van Rome? Hij ziet zichzelf als het hoofd van de Kerk. Het zal niet lang meer duren voordat hij zichzelf tot paus uitroept.'

Geruchten daarover deden al enige tijd de ronde sinds Frankrijk meer en meer de confrontatie had gezocht met het Roomse gezag, en had verklaard dat de Franse bisdommen voortaan onder leiding van de koning stonden. 'De paus is slechts een bisschop,' had Lodewijk gezegd. 'Een koning is door God zelf aangesteld om leiding te geven in deze wereld.'

'Het is waar,' zei Boyle somber. 'Onbegrijpelijk dat onze koning, die een en al levenslust was, gestorven is door een beroerte.'

'Door gif zult u bedoelen,' fluisterde de man.

'Wat?' schrok Boyle. 'Hoe weet u dat?'

'Wie had er belang bij een snelle troonopvolging door Jacobus?'

'Zit Lodewijk hierachter?'

'Ik moet snel ter zake komen,' zei de man gehaast. 'Engeland is niet veilig voor me. Ons congres diende een hoger doel. Door onze kennis met de grootste meesters ter wereld te delen, wilden we een basis leggen voor een nieuw christelijk rijk. We wilden wat alle verschillende Kerken bindt vastleggen als *manifest voor een nieuwe wereldkerk*. Hoewel dit ideaal nu al zoveel levens heeft gekost, zetten we door. De komende weken komen gezagdragers van alle oosterse en westerse Kerken bij elkaar in Rome. De bisschop van de Griekse Kerk is er al. Hij voert discrete gesprekken met de paus over een hereniging met de Latijnse Kerk. De patriarch van Armenië is samen met zesendertig bisschoppen onderweg. Maar we willen ook de protestanten betrekken, de calvinisten, de lutheranen, de anglicanen, de joden en de moslims. De conferentie wordt geleid door niemand minder dan koningin *Christina van Zweden*. Ook een verdienstelijk alchemiste, zoals u weet. En... de patriarch van Antiochië.'

'Meneer...' stamelde Boyle, 'vergeef me als ik zeg dat ik er moeite mee heb dit te geloven. De verschillen tussen al die geloofsrichtingen zijn onoverbrugbaar. Het is onmogelijk.'

'Natuurlijk is het moeilijk,' antwoordde de man, 'maar voor het eerst is de wil er.'

'Ook bij de paus?'

'Zelfs bij de paus.'

'Maar hoe kan dat? Honderden jaren hebben ze elkaar bevochten, en nu zouden ze dat allemaal opzijzetten?'

'Omdat er voor het eerst bereidheid is om te kijken naar wat hen bindt, in plaats van naar wat hen scheidt. Iedereen heeft een eed gezworen op de Thora, de eerste vijf boeken van het Oude Testament, die door alle geloofsstromingen erkend worden. Er wordt geprobeerd uitgangspunten te formuleren die alle Kerken kunnen onderschrijven. Als we dat kunnen bereiken, is een hereniging een bijna logische stap.'

Boyle zweeg. Hij kon niet vatten dat er iemand genoeg gezag zou hebben om dit voor elkaar te krijgen.

'En ik?' vroeg hij. 'Wat heb ik met dit alles te maken?'

'Zoals u weet,' zei de man, 'is de alchemie een praktische vertaling van de kabbala. De wetmatigheden van de natuur die we in de kabbala kunnen decoderen, worden in de alchemie gematerialiseerd. Het is belangrijk dat de kerkvaders en de kenners van esoterische kennis hun ideeën uitwisselen, dat de kerkvaders inzien dat er ook een objectieve manier bestaat om naar de oude teksten te kijken. Een manier die niet gebaseerd is op interpretatie, maar op experiment. Zoals natuurfilosofen naar de natuur kijken, en wiskundigen naar getallen. Het klopt of het klopt niet. U, als een van de meest vooraanstaande alchemisten, hoort bij die uitwisseling. Ik ben hier om u uit te nodigen. En nu met Charles het hoofd van de Anglicaanse Kerk is weggevallen, bent u de aangewezen persoon om de anglicaanse woordvoerder te zijn.'

'Daar moet ik over nadenken,' zei Boyle. 'Dit verhaal is zo groots, ik weet niet wat ik ervan moet denken.'

'De patriarch van Antiochië rekent ditmaal op u. Vergeet niet: hij heeft een kleine hoeveelheid rode aarde die hij samen met u wil onderzoeken,' zei de stem dwingend. 'U moet naar Rome komen. Hier heeft u een brief met alle instructies, en de eed die u moet afleggen. Ik moet nu gaan...'

Boyle voelde dat de man opstond en snel wegliep. Hij opende zijn ogen en zag een bruine monnikspij die zich snel een weg probeerde te banen tussen de rouwenden.

'Bent u zelf de patriarch van Antiochië?' vroeg Boyle snel.

De monnik hield stil en Boyle zag de kap een enkele maal bevestigend knikken, waarna de man verdween in de menigte die aanschoof om het graf van koning Charles te bezoeken.

27

Kauwend als een opgejaagde bergbok vermaalde Isaac een stuk brood met marmelade staande bij het bureau. Zijn kaken gingen bezeten op en neer om maar zo snel mogelijk het voedsel naar binnen gewerkt te krijgen en het daarna gulzig weg te spoelen met een beker water. *Humphrey*, de jonge student die Isaac bij zijn terugkomst in dienst had genomen, kon er niet aan wennen. De paar minuten die het kostte om een handvol brood op te eten, leek zijn meester als verspilde tijd te zien. 'Als ik al iemand ben, wat ik ten zeerste betwijfel, dan heb ik dat bereikt door hard te werken,' had Isaac kort en bondig geantwoord toen Humphrey vroeg waarom hij altijd bezig was. De verlegen student had zich aangepast en voortaan beleefdheidshalve ook maar staand gegeten.

Gedreven door zijn grote schuldgevoel omdat hij Catherine vernederd had door haar in haar bruidsjurk op haar huwelijksdag achter te laten, werkte hij nu bijna de klok rond om zijn boek af te maken. Pas wanneer het manuscript persklaar bij Halley ingeleverd zou zijn, kon hij proberen de scherven van haar hart te lijmen. Hij zou zich neerleggen bij haar beslissing om hem wel of niet te vergeven. Voor zichzelf wist hij zekerder dan ooit dat hij op z'n minst dit ene boek moest publiceren. Waar hadden al die jaren van studie en onderzoek anders toe gediend? Zijn moeder had hem toch altijd ingepeperd dat hij iets nuttigs moest doen in zijn leven? Dit wás nuttig, wist hij zeker. Dit was zijn spirituele nalatenschap aan de mensheid. In dit boek zou hij aantonen hoe het universum geregeerd werd door goddelijke principes die zich alleen maar lieten beschrijven in Gods taal: de wiskunde. Als hij dit boek niet zou schrijven in al zijn nuances, dan zou Hooke het doen. Dan zou het een boek worden waarin God dood werd verklaard. De prachtige wet van de aantrekkingskracht, zonder zijn mystieke context, zou dan een lomp vehikel lijken. Hooke bleef hem ondertussen opjutten en sarren. De eerste beschuldiging had Isaac succesvol kunnen weerleggen door zijn correspondentie aan Halley op te sturen, waaruit zwart op wit bleek dat Newton niets had ontleend aan Hooke. Maar Hooke had teruggeslagen door andere, oudere brieven op te duikelen, waardoor hij nu beweerde dat hij en niet Isaac ontdekt had dat de banen van hemellichamen ellipsvormig waren. De enige manier waarop Isaac weerwoord kon bieden, was door een meesterwerk te schrijven, waaruit het voor iedereen duidelijk zou zijn dat het zulke oorspronkelijke gedachten waren dat het onmogelijk was dat Hooke hier ook maar iets mee te maken had.

Zijn dagelijkse gang naar de refter om de broodmaaltijd voor hen beiden op te halen was voor Humphrey een kans om aan de koortsachtige spanning die van 's ochtends vroeg tot 's avonds laat in Isaacs kamer heerste te ontsnappen.

De jongen was blij dat hij zich nuttig kon maken. Het weinige geld dat hij ermee verdiende was welkom, maar de beloning om iets te kunnen betekenen voor iemand die zo gedreven en geobsedeerd iets groots aan het creëren was, gaf hem een groot gevoel van eigenwaarde. Ook al begreep hij niets van de woorden die zijn meester hem dicteerde terwijl hij met gesloten ogen door de kamer liep. Gedachten die soms zo geconcentreerd waren, en zo vlijmscherp in hun exactheid, dat Isaac ze woord voor woord moest uitspreken, alsof hij ze ter plekke uitvond. Omdat hij geen gereedschap had om zijn formules mee uit te drukken, maakte hij dat zelf. Als een zwetende smid sloeg hij op het aambeeld om van vormeloos gloeiend metaal een perfecte mal te creëren die nieuwe begrippen als massa, kracht, tijd, ruimte, plaats, beweging en snelheid uitdrukte. De wereld bestond uit getal, gewicht en maat, zoals Salomo al zo lang geleden gesteld had. De wiskundige tijd van Isaac was de eeuwige stromende tijd van God, onafhankelijk van de beperkte menselijke waarneming. In het definiëren van deze begrippen definieerde hij God. 'God is altijd en overal,' dicteerde hij. 'Hij is een en al oog, een en al oor, een en al brein, een en al arm, een en al vermogen tot gewaarworden, inzicht en daadkracht.' Ademloos, met de ganzenveer in de aanslag, zat Humphrey aan het tafelblad om ieder woord op te vangen dat zijn meester hem toewierp. Spreken met elkaar deden ze nooit, of het moesten Isaacs korte aanwijzigen zijn om iets aan te geven, op te zoeken of op te schrijven. Humphrey aarzelde of hij vandaag de geconcentreerde stilte zou durven doorbreken. Hij wist niet of het zijn meester zou interesseren wat hij in de refter had opgevangen. Professoren en studenten waren eensgezind verontwaardigd en hadden de tafels tegen elkaar geschoven om te debatteren. Nog nooit was er zo heftig gediscussieerd in de eetzaal als vandaag. Humphrey besloot het risico van een flinke uitbrander maar voor lief te nemen.

'Koning Jacobus wil dat er een katholiek tot doctorandus in de letteren wordt benoemd in Cambridge, meneer.' Hij probeerde toen hij het bord van Isaac wegnam in één snelle zin de commotie samen te vatten.

Als door een wesp gestoken keek Isaac hem aan.

'Wat?'

'Koning Jacobus wil dat er een katholieke monnik tot doctorandus wordt benoemd in Cambridge, meneer.'

De gewijde stilte in tweeën scheurend sloeg Isaac met zijn vuist op het eikenhouten blad van zijn bureau.

'Ik wíst dat Jacobus ons land in het verderf zou storten,' tierde Isaac. 'Wat is de reactie van kanselier Peachell?'

Trots dat Humphrey goed had ingeschat dat dit nieuws opzienbarend genoeg was om Isaac mee te storen, tartte hij zijn geluk.

'Heb ik permissie om te praten, meneer Newton? Dank u wel, meneer. Wel, meneer, Peachell was – vergeeft u mij dat ik het zo zeg, meneer – dronken. "Over mijn lijk, over mijn lijk!" riep hij. Toen viel hij in slaap. Ja, echt waar, met zijn hoofd op tafel. Nu komt er een comité, meneer, een raad van wijzen. Zij zullen Peachell helpen in zijn verdediging. Dank u wel, meneer.'

'Het is schandalig,' zei Isaac minachtend. 'Een katholiek op onze universiteit! En let maar op: dit is nog maar het begin. Voor je het weet, hebben we een katholieke kanselier. Dan kun je nog beter een dronkenlap hebben. Een katholiek! Dat druist toch volledig tegen onze statuten in?'

Hij zei het zo bijtend dat het bijna leek of hij Humphrey er persoonlijk voor aansprakelijk stelde.

'Vergeef me, meester,' vroeg Humphrey met de grootste behoedzaamheid, 'niet dat ik een katholiek wil, meneer, nee, zeer zeker niet, maar mag ik weten waarom u zo fel tegen katholieken bent, meneer? Als het niet te veel van uw tijd vraagt natuurlijk. Ik ben wellicht te vrijpostig, maar ben benieuwd naar uw argumenten, meneer Newton.'

Isaac aarzelde of hij zijn jonge assistent hierover in vertrouwen kon nemen, maar hij was niet ongevoelig voor de vleierij die in de vraag besloten lag. Naar zijn overtuiging had hij ijzersterke redenen om een katholieke benoeming aan de universiteit als een rampzalige bedreiging te beschouwen.

'Ga zitten,' zei hij nors. 'Ik zal het je uitleggen.'

Humphrey voelde opgewonden zijn hart bonzen. Nooit eerder had zijn meester zich verwaardigd hem iets te verklaren, noch in zijn precieze aanwijzingen over de mengsels die hij moest opstoken in het heropgebouwde laboratorium tegen de kapelmuur, noch in de wiskundige redevoeringen die hij dicteerde. Humphrey was niet meer dan de gedienstige knecht van wie niet werd verwacht dat hij nadacht, maar dat hij dééd. Dat zijn meester nu bereid was hem deelgenoot te maken van zijn kennis, vervulde hem met trots.

'Geloof is een persoonlijke zaak,' zei Isaac, alsof hij een tekst dicteerde. 'Een kwestie tussen ieder mens en God waar niemand zich mee te bemoeien heeft. Ik heb niets tegen rooms-katholieke mensen. Zij geloven in wat ze geleerd hebben van hun kerkvaders. Ze kunnen niet weten dat belangrijke geloofsstellingen, zoals de Drie-eenheid, gebaseerd zijn op corrupties. De meeste mensen – ook anglicanen trouwens – zijn niet eens in staat hun eigen bijbel te lezen. Ze begrijpen het Latijn niet dat in de missen wordt gesproken.'

'Excuseer, meneer. Een corruptie zei u, meneer. Maar wij, anglicanen, geloven toch ook in de Drie-eenheid, meneer? Ik heb u vast niet goed begrepen, meneer. Excuses,' zei Humphrey met het zweet op zijn voorhoofd.

'Je hebt me heel goed begrepen,' zei Isaac kordaat. 'Er is een goede reden om onderscheid te maken tussen geloof en Kerken.'

Isaac realiseerde zich dat hij zijn jonge assistent pijn deed. Humphrey was een overtuigde anglicaan, en niets was zo pijnlijk als gekwetst te worden in die rotsvaste overtuigingen waar je je leven naar inrichtte. Maar in het verklaren aan de jongeman kon hij voor zichzelf weer scherp krijgen waarom zijn hele instinct hem toeschreeuwde dat het vermijden van een katholieke benoeming aan de universiteit nu belangrijker was dan verder te werken aan zijn boek.

'Kijk,' zei Isaac, en hij schetste op een vel papier in grote lijnen de kerkgeschiedenis, 'het woord "kerk" komt van het Hebreeuwse "kahál". Dat betekent "vergadering". In essentie is een kerk een vergadering van mensen die bijeenkomen om hun geloof te belijden. Het stichten van Kerken was niet meer dan een soort plaatselijke vergaderingen opzetten, precies zoals Jezus met zijn apostelen samenkwam op sabbat. De oerchristenen leefden geheel in de joodse traditie, net als Jezus zelf. Ze geloofden slechts in één God, eerbiedigden de Halacha, de joodse wetgeving, vierden de sabbat en lieten zich besnijden. De scheuring met het jodendom vond plaats op het moment dat de christenen Jezus als de *Messias* gingen beschouwen. Dat was voor de joden onaanvaardbaar. In zijn bekeringsdrang versoepelde de apostel Paulus plots belangrijke joodse wetten. Dus werden de christenen geëxcommuniceerd door de joden.'

'Pardon meneer, zei u dat de eerste christenen in de joodse traditie leefden?' vroeg Humphrey.

'Natuurlijk,' zei Newton, hoofdschuddend bij zoveel onwetendheid. 'Jezus preekte voor de joden. Alles wat hij zei was niet meer dan een kabbalistische verdieping van de Thora.'

'U bedoelt dat Jezus een kabbalist was?'

Isaac wuifde ongeduldig zijn vraag weg. 'We hebben het nu over de kerkgeschiedenis, Humphrey. De apostelen verspreidden Jezus' boodschap door het Romeinse Rijk en overal ontstonden gemeenschappen van christenen. Ze werden vervolgd omdat ze weigerden te verklaren dat de Romeinse keizer goddelijk was. Tot er in de vierde eeuw iets merkwaardigs gebeurde. *Keizer Constantijn*, die zelf de zonnegod aanbad, zag in de nacht voorafgaand aan een grote overwinning een kruis in zijn droom. Uit dankbaarheid liet hij de christenvervolgingen ophouden. Hij maakte zelfs de weg vrij om het christendom tot staatsgodsdienst uit te roepen. Daarvoor moesten de christenen en heidenen zich verenigen in dezelfde geloofsstellingen. In zijn residentie in Nicea riep hij een concilie bij elkaar met vertegenwoordigers uit alle windstreken. Jezus moest samensmelten met de God van de zon. Door de sabbat, de zaterdag, te vervangen door de dag van de zonnegod, zondag, werden de banden met het jodendom definitief doorgesneden. Dat daarmee de tijd ontheiligd werd, is niet eens het ergste, want God is groot genoeg om de zaterdag voor de zondag in te wisselen. Maar de aard van het feest werd daarmee ook wezenlijk veranderd. De sabbat was bedoeld als een vreugdevol gebeuren, een moment van samenzijn, een dag vol licht, vreugde en inspiratie. In de meeste kerken werd de zondag een dag van hel en verdoemenis, van schuldgevoel, boete, week na week het lijden en de dood herdenken, in plaats van het leven en de liefde. Vijfentwintig december werd uitgeroepen tot de geboortedag van Jezus, omdat de Romeinen die dag toch al de geboortedag vierden van Sol Invictus, de onoverwinnelijke zon. De gewone dagen van de week werden gewijd aan heidense goden: de maandag aan de maan; de dinsdag aan Týr, de god van de oorlog; de woensdag aan Wodin, de god van de wijsheid; de donderdag aan de dondergod Thor; de vrijdag aan Wodins vrouw, de moedergodin Frigg; en de zaterdag aan de Romeinse god van de landbouw Saturnus.'

'Maar, meneer, dat is een nieuwe godsdienst, meneer?'

'Ja, en een die ver afstond van het oorspronkelijke christendom. Een godsdienst waarvan het de vraag is of Jezus zelf zich er nog in zou herkennen.'

'Maar waarom?'

'Om van levende mensen goden te maken. De joden geloven in één God. In *Ein Sof* – Hebreeuws voor "zonder eind". Volgens hen is er niets in de hele schepping wat niet God is. De ketterse godsdiensten aanbaden de zon en andere natuurelementen. Maar het christendom had nu een levende verpersoonlijking van God uitgevonden, een menselijke God: Jezus, die op aarde vertegenwoordigd werd door zijn plaatsvervangers. Het zorgde voor ongekende macht. Maar nu ontstond er een eeuwenlange strijd over wie deze macht zou verkrijgen. De keizer? Of een van de patriarchen die de kerkelijke gebieden leidden?'

Het duizelde Humphrey. Hij wist niet of hij dit allemaal wel wilde horen. Hij vond kracht in de Bijbel, inspiratie in Jezus. Al deze onbekende geschiedenissen besmeurden zijn zuivere geloof. Maar zelfs als het gegaan was zoals zijn meester zei, zelfs als Jezus niet goddelijk zou zijn, dan bleef hij toch een voorbeeld voor de mensen.

'De patriarch van Rome won de strijd. De Roomse Kerk riep zichzelf uit als de moeder van alle kerken. Tenslotte was *Petrus*, redeneerden ze, de oprichter van de Kerk, in Rome begraven. Hij was door keizer Nero gekruisigd. Ondersteboven, op zijn eigen verzoek met het hoofd naar beneden. Hij wilde zo laten zien dat door Jezus' komst alle verhoudingen waren omgekeerd. Daar heeft hij gelijk in gekregen. De patriarch werd paus en de paus werd de plaatsbekleder van Christus. Hij werd moeder en hoofd van urbis et orbis, stad en wereld.'

Isaac staarde strijdvaardig voor zich uit. Het doornemen van de katholieke geschiedenis in vogelvlucht sterkte hem in zijn gelijk.

'Daarom moeten we ons verzetten tegen de toelating van katholieken, die zich onderwerpen aan de paus,' besloot hij zijn betoog. 'Iedereen aan deze universiteit moet trouw zweren aan de eed van de Anglicaanse Kerk. Dat zal een katholiek nooit doen. En als je die eed niet zweert, heb je hier niets te zoeken.'

Dat er tot op heden maar één iemand aan de hele universiteit benoemd was die de eed niet had afgelegd, namelijk Isaac zelf, durfde Humphrey niet in te brengen. Om onbegrijpelijke redenen zag zijn meester dat blijkbaar anders en maakte hij een onderscheid tussen zijn eigen vrijstelling en de vrijstelling die de koning nu aan de katholieke monnik wilde geven.

Isaac liep peinzend rondjes door de kamer, terwijl hij met een mes graankorrels tussen zijn tanden verwijderde. Plots stond hij stil en zei tegen Humphrey: 'Ga naar de refter, en zeg dat ik in de raad van wijzen wil zetelen.'

'U, meneer?' riep Humphrey verbaasd uit.

Voor iemand die zich nog nooit met iemand anders op de universiteit had ingelaten, was dit een opmerkelijk verzoek. Al de tijd die Humphrey met Isaac had doorgebracht was exclusief gericht geweest op de universele zwaartekracht. Hij had in een moordend tempo een tweede deel van zijn boek gedicteerd en nu waren ze een flink eind op weg met het derde en laatste deel: een hoofdstuk dat zo mogelijk de twee vorige nog overtrof in onnavolgbare theorieën. Humphrey kon zich niet voorstellen dat Isaac op het hoogtepunt van zijn werk zijn aandacht zou laten afleiden door de mogelijke benoeming van een monnik.

'Weet u dat zeker, meester?'

'Het voortbestaan van onze universiteit staat op het spel, jongeman,' zei Isaac kwaad. 'Als we dit toestaan, kunnen we wel stoppen met ons boek. Met ons onderzoek. Met onze vrije manier van denken. Alles zal getoetst worden aan de katholieke dogmatiek. Alles wat niet binnen dat wereldbeeld past, zal verboden worden. Ken je geschiedenis! Wat denk je dat er met mijn boek zal gebeuren wanneer de katholieken het hier voor het zeggen krijgen? Welke straf zal ik krijgen? Een publicatieverbod? Huisarrest? De brandstapel? En nu, ingerukt. Ga mij aanmelden.'

28

Boyle kon geen geheimen verborgen houden voor zijn zus. Hoewel hem uitdrukkelijk verboden was om tegen iemand iets los te laten over zijn uitnodiging voor het congres in Rome, had hij nog dezelfde avond Kathy de brief laten lezen. De eis een eed af te leggen zat hem behoorlijk dwars. Net als Isaac had hij een afkeer van eden, maar dan om andere redenen. Eenmaal had hij een bedrieglijke belofte gedaan aan de wulpse, maar vrome muzikantendochter in Zwitserland. 'Ik wil echt niets liever dan met je trouwen,' had hij als beslissend argument gebruikt om haar over te halen zich die nacht aan hem te geven – een belofte waarvan hij al wist dat die niets waard was op het moment dat hij hem uitsprak. God zelf had hem diezelfde nacht achtervolgd met bliksemschichten en die doodsangst zat nog steeds zo in zijn lijf gegrift dat hij aan niets of niemand meer trouw zou zweren. Het had hem tot een eenzaat gemaakt: iemand die vele mensen kende, maar aan niemand zijn hart of vriendschap gaf. De enige die hij dicht in zijn leven had toegelaten, was zijn zus. De vrouw die, doordat ze niet naar zijn gunst hoefde te dingen, de ideale partner was gebleken om het leven mee te delen.

Toen Boyle die avond vroeg naar bed was gegaan, had Kathy de uitnodiging langdurig met een vergrootglas bestudeerd. Niet zozeer de inhoud, als wel het handschrift, waarvan ze zeker wist dat ze het ergens van kende. De hele nacht had ze op zijn studeerkamer Boyles volledige brievenarchief doorgenomen netjes opgeborgen in mappen per onderwerp. Uiteindelijk vond ze de brief die de identiteit verraadde. Een brief uit 1666, het rampzalige pestjaar. Een brief van *Borri*, Europa's meest befaamde en beruchte alchemist, die via de Hartlib Circle liet weten een groot bewonderaar te zijn van Boyles alchemistische publicaties. Ze herinnerde zich hoe gevleid haar broer toen was geweest. Borri was een levende legende. Jarenlang werkte hij als alchemist voor het hof van koningin Christina van Zweden. Wekenlang had haar broer aandachtig de samenstelling van het stroopachtig mengsel bestudeerd dat Borri had meegestuurd. 'Met dit medicijn kunt u de pest genezen,' had Borri geschreven. 'Het zal u, waarde broeder, weinig moeite kosten het in voldoende hoeveelheid te maken. U zult de redder van Engeland zijn.' Maar dat was een overschatting geweest van Boyles capaciteiten, want het was hem niet gelukt te ontdekken uit welke ingrediënten het monster bestond.

Kathy zag meteen dat de instructies voor de conferentie in Rome en de brief uit 1666 door dezelfde hand waren geschreven. Borri bediende zich dus van het pseudoniem van de patriarch van Antiochië, wat een aantal raadsels verduidelijkte. In Antiochië werd na de dood van Christus de eerste kerk gesticht buiten Palestina. Daarom werd de patriarch van Antiochië gezien als de oprichter en behoeder van het allerzuiverste christendom, precies dezelfde ambitie die Borri had.

Op het Romeinse seminarie had Borri de kabbala bestudeerd, en daar was zijn grootse visioen ontstaan dat hij de profeet was die de hele wereld zou verenigen in een zuiver kabbalistisch christendom. De paus was minder enthousiast over dit ideaal, joeg hem jarenlang op en kon hem uiteindelijk arresteren. Maar tot verbazing van velen werd Borri niet ter dood veroordeeld. Integendeel, hij kreeg de beroemde Engelenburcht in Rome toegewezen, waarvan bekend was dat die met een geheime gang verbonden was met het Vaticaan. Onder toezicht van de paus mocht hij zijn alchemistische experimenten voortzetten. Nu bleek dus dat Borri zelfs aan zijn grote ideaal mocht voortbouwen vanuit de Engelenburcht, met steun en samenwerking van de paus en koningin Christina. Van de laatste kon Kathy zich dat voorstellen. Ze was net zoals vele vrouwen gefascineerd door Christina, die aan elk hof opzien baarde door in mannenkleren te verschijnen. Ze stond erom bekend openbaar haar controversiële ideeën te uiten, zoals de overeenkomst die ze zag tussen Mohammed en Mozes. Was het dankzij haar dat de plannen om alle godsdiensten te verenigen blijkbaar zo serieus waren dat al die vertegenwoordigers van rivaliserende Kerken zich in Rome verzamelden om tot toenadering en versmelting te komen? Kathy kon het zich nauwelijks voorstellen.

Ze had haar broer die nacht wakker gemaakt. Ze was op zijn bed gaan zitten en had gezegd: 'Robert, Robert, je mag niet naar Rome gaan. Het klopt niet. Het voelt niet goed. Als alle Kerken met instemming van de paus verenigd worden, wie denk je dan dat die wereldkerk zal leiden?'

Slaperig had hij geantwoord: 'De paus.'

'Precies,' had ze uitgeroepen, 'dit congres geeft de paus de kans de machtigste kerkleider te worden. En als jij goud maakt, ook nog eens de rijkste. Hij zal de wereldheerser worden. Je hele leven heb je het pauselijk gezag veracht, Robert! Je missie droeg je op aan koning Charles, omdat hij de zoon van God was. Jij hebt de stamboom in handen die Charles met Jezus verbindt. Hoe kun je dan je talent ten dienste stellen van de *antichrist*?'

Boyle was in één tel recht gaan zitten. 'De antichrist, zei je... En de patriarch is in staat het anti-elixer te maken,' zei hij verbijsterd. 'Daarom kan hij alleen de negatieve kant van de Steen maken, die de wereld kan vernietigen. Daarom heeft hij mij nodig. Hij hoopt via mij de positieve steen te maken. Zodat ze de keuze hebben: of met het anti-elixer het einde van de wereld veroorzaken, of met het goud de wereld opkopen... onder heerschappij van de paus. Je hebt gelijk, Kathy: ze willen mij betrekken in het grootste complot aller tijden.'

De volgende ochtend had Boyle zich pas de symbolische betekenis gerealiseerd van de afspraak die hij met de patriarch in Westminster Abbey had gehad. Om drie uur, op de derde stoel op de derde koorbank. 333: het getal van *Choronzon*, de demon van de afgrond. *John Dee*, de adviseur en alchemist van koningin Elizabeth, had geschreven dat elke alchemist deze demon op zijn weg tegenkwam. Alleen de grootste meesters konden de demon verslaan en hun pad vervolgen. Wie de demon ontmoette, stond oog in oog met het slechtste en kwaadste wat op deze wereld te vinden was. Niet voor niets was 333 de helft van 666, het getal van het beest. John Dee, die in zijn tijd ook een verenigde wereldgodsdienst wilde creëren, had de adepten gewaarschuwd dat 333 henzelf en de wereld kon verpulveren.

Dagenlang was Boyle in paniek geweest over het grote gevaar dat vanuit Rome dreigde. Want wat als hij niet de enige was die gevraagd was om naar Rome te komen? Wie zei dat ze inmiddels niet wisten dat Boyles reputatie gevestigd was op de verdienste van Newton? Heel Londen fluisterde over Newton. Boyle had deze Cambridge-professor verschrikkelijk onderschat. Hij was ervan overtuigd geweest dat de naam Newton net zo snel vergeten zou zijn als een zonnige dag in een natte zomer. Maar nu was Newton de rijzende ster in Londen. Iedereen had het over zijn binnenkort te verschijnen werk, dat de wereld op zijn grondvesten zou doen schudden. Newton verbleef zelfs op ditzelfde ogenblik in Londen, had hij gehoord. Hoe lang zou het duren voordat hij erachter kwam dat Boyle goede sier had gemaakt met zijn formule van filosofisch kwikzilver? Het was niet ondenkbaar dat Newton dan revanche zou nemen wanneer de patriarch van Antiochië hem uitnodigde. Boyle kon geen kant meer op. De bloedlijn van Charles was met zijn dood opgehouden. Hij had geen officieel nageslacht aan wie Boyle het werk kon opdragen. Het grote werk aan de paus opdragen was ondenkbaar. En zijn netwerk was uit elkaar gevallen na zijn verraad aan Newton. Vele voormalige leden van het Onzichtbare College hadden zich van hem afgekeerd. Wat kon hij doen? Uiteindelijk was Kathy degene die op een ochtend een oplossing had aangedragen.

'Je moet een traktaat schrijven, Robert, met alles wat je weet over het anti-elixer. Een verschrikkelijk traktaat over de enorme kracht van het anti-elixer, onder jouw beroemde naam. Een traktaat dat zo overtuigend is dat het zowel de alchemisten in Rome als Newton hier, ervan weerhoudt om hun werk voort te zetten.'

Dat was wat Boyle uiteindelijk gedaan had. Een werk waaraan hij eindeloos had geschrapt en geschaafd. Voortdurend twijfelde hij of hij het wel zou publiceren. Aan Kathy gaf hij hierover het laatste woord.

'Het is gewaagd,' zei ze nadat ze het laatste vel papier had gelezen en omgedraaid op de tafel legde, 'maar wat heb je te verliezen?'

Boyle had al die tijd niets gezegd en zenuwachtig heen en weer geschoven op zijn stoel.

'Laat het drukken, Robert. Zorg dat het bij alle adepten terechtkomt. Van Borri tot Newton. Er is er maar één die het grote werk mag voltooien, en dat ben jij. Je laatste regels zijn subliem, broer.'

Ze zette haar leesbril weer op en las met haar voorname vertelstem gedragen de regels voor waar Boyle met gesloten ogen kritisch naar luisterde, vertwijfeld of ze voldoende effect zouden genereren: ' "Zoals ik de kracht en het gevaar van het anti-elixer heb aangetoond, dat alles kan vernietigen in deze wereld, zo is het effect van het werkelijke elixer, de lapis philosophicus, nog groter. Wanneer de Steen in de verkeerde handen valt, zal dit leiden tot de grootste politieke crisis ooit. Het zal desastreus zijn voor de verhoudingen in Europa en de economie zal in elkaar storten wanneer iemand zonder scrupules deze kennis bezit. Het zal chaos veroorzaken voor de gehele mensheid, leiden tot tirannie en een algemene verwarring veroorzaken die onze christelijke wereld op zijn kop zal zetten, waarvoor in de Apocalyps gewaarschuwd werd. In het belang van de mensheid verklaar ik daarom bij dezen dat ik nooit meer mijn kennis met wie dan ook zal delen. Ik heb met eigen ogen de vernietigende kracht van het anti-elixer waargenomen, dat in enkele seconden tijd klompen goud vernietigde tot as, zoals ijs smelt in warm water. Ik roep alle collega-adepten uit de hele wereld op om samen met mij het grote werk stil te leggen en rustig te wachten op betere tijden, want Europa is een kruidvat dat door de Steen der Wijzen tot explosie kan worden gebracht..." '

Het was het manifest van een wanhopige ziel die besloten had dat als het hém niet lukte, het niemand mocht lukken. Want de enige alchemist die met genoeg verantwoordelijkheidsgevoel met de Steen zou kunnen omgaan was hij, de schatbewaarder van het geheim van de zoon van God.

29

'Allemaal staan!' riep de griffier toen de gezette rechter de zaal binnenkwam en met zijn sluwe arendsogen de rechtszaal overzag. *Jeffreys* schudde even de witte lokken van zijn pruik en sloeg toen de lederen kaft open van de zaak die vandaag voor hem lag. Isaac was geïmponeerd door de marmeren zaal met de mahoniehouten verhoging waar de rechter bovenuit torende. Een slim contrast met het eenvoudige krukje achter het houten hekje waarop hun vertegenwoordiger gezeten was. Isaac en zijn acht collega-hoogleraren die naar Londen waren afgereisd om hun kanselier te ondersteunen, hadden hun best gedaan erop toe te zien dat Peachell op deze belangrijke ochtend geen alcohol zou nuttigen. Hij zat gebogen op de kruk en ademde diep. Het was niet duidelijk of hij sliep of zich op de komende zitting concentreerde. De rechter bladerde intussen tergend langzaam door het dossier en fluisterde af en toe iets onverstaanbaars tegen zijn hulprechters die links en rechts van hem zetelden. Toen nam hij het hamertje en opende de zaak.

'Kanselier Peachell,' vroeg hij, 'u voert het woord namens de universiteit van Cambridge?'

Peachell schrok wakker en zei geschrokken: 'Jazeker, edelachtbare, hoe maakt u het?'

'Goed,' zei Jeffreys. 'We kunnen kort zijn in deze zaak. De kwestie is eenvoudig: koning Jacobus heeft u een koninklijk decreet gestuurd om monnik *Alban Francis* te benoemen op uw universiteit. U heeft dit tot nu toe gedwarsboomd. Daarmee gaat u in tegen de wil van de koning, pleegt u majesteitsschennis en stelt u een daad van burgerlijke ongehoorzaamheid. In opdracht van Zijne Majesteit ontneem ik u bij dezen uw kanselierschap, uw jaarlijkse vergoeding, en de u toegekende woonruimte. U kunt gaan.'

Peachell keek de rechter ontzet aan. Hij was oprecht van plan geweest om alle argumenten die hem ingefluisterd waren te reproduceren, maar hij kreeg niet eens de kans. Vertwijfeld vroeg hij zich af of er weer een krater in zijn tijdsbesef was geslagen en de zitting misschien al langer had geduurd dan hij zich nu kon herinneren. Beschaamd stond hij op.

'Ik begrijp het, edelachtbare,' zei hij aangeslagen. 'Dank u voor uw tijd.'

Hij wankelde op zijn benen. Had hij zich nu maar niet vlak voor de zitting onder het mom van toiletbezoek teruggetrokken om die heupflacon met gin achterover te slaan. Toen draaide hij zich om naar de tribune waar de aangeslagen hoogleraren zaten en zei: 'Het spijt me heren, ik heb echt mijn best gedaan. Het spijt me werkelijk.'

Zelfs de twee bewakers die hem moesten ondersteunen toen ze hem onder zachte dwang afvoerden, hadden medelijden met de dronken man. Jeffreys hield van verrassende openingszetten die de tegenstander verpletterden. Koning Jacobus had erop aangedrongen er bij de hoogleraren geen misverstand over te laten bestaan wie de baas was in het nieuwe Engeland. Het moest afgelopen zijn met al die anglicaanse intellectuelen die jaar na jaar de universiteit verlieten en een grote mond opzetten in het machtscentrum van Londen. Met harde hand had hij in Oxford al vijfentwintig hoogleraren die zich verzetten tegen de benoeming van de katholieke bisschop als kanselier laten ontslaan. Nu was Cambridge aan de beurt om schoon schip te maken. Jeffreys nam de hamer in de hand en verklaarde: 'Nu Cambridge geen vertegenwoordiging meer heeft, kunnen we deze zaak afsluiten.'

Maar nog voor het staal het tafelblad raakte, klonk er een stem: 'Dan voer ik het woord.'

Een ijzige stilte volgde.

'En u bent?'

'Isaac. Isaac Newton. Ik bekleed de Lucas-leerstoel in het Trinity College van Cambridge.'

Zijn acht collega's waren net zo verbouwereerd als de rechter zelf. Besefte deze man niet dat hij met zijn carrière speelde? Jeffreys had duidelijk te kennen gegeven dat het besluit vaststond en dat de koning bereid was iedereen te offeren die zijn plannen wilde dwarsbomen.

'Isaac Newton,' herhaalde Jeffreys, alsof hij een vieze smaak in zijn mond had. 'Wel, wel. Dat is lang geleden. Hoe vaak heb ik u niet moeten berispen omdat u mijn schoenen zo slordig had gepoetst?'

Nu pas herkende ook Isaac in de morsige rechter een van zijn oude kwelduivels toen hij pas was aangenomen aan de universiteit. Jeffreys, bijna afgestudeerd en van goede komaf, had geen groter genoegen gekend dan Isaac voortdurend te vernederen met nutteloze klussen. Zo liet hij iedere middag opnieuw zijn kom soep uit zijn handen vallen, zodat Isaac op zijn knieën moest gaan dweilen, onder gespot van de studenten in de refter. Isaac was blij dat hij zijn strakke trouwpak had aangetrokken; dat sterkte zijn zelfvertrouwen nu zijn hartslag tekeerging als een kudde op hol geslagen paarden. Jeffreys sloeg de lederen map weer open. Minachtend bladerde hij door het dossier om te zoeken wat er over Newton bekend was. Hij liep rood aan toen hij een paar onthutsende regels vond onder zijn naam: 'Een van de felste tegenstanders op de universiteit is professor Newton. Hij is door koning Charles zelf om bijzonder zwaarwichtige redenen van de eed vrijgesteld. Gebruik dit argument in geen geval. Isaac Newton moet koste wat het kost bewaard blijven aan de universiteit. In het landsbelang.' Jeffreys fronste zijn voorhoofd. Hij hield er niet van in zijn rechterlijke almacht beperkingen opgelegd te krijgen, ook al waren die afkomstig van de koning zelf. Hij keek naar de onzeker kijkende man, die hij liefst zou opdragen zijn rechtszaal te boenen. Met één enkele hoofdknik zou hij hem naar Newgate kunnen sturen. Wat zou het land ervoor belang bij kunnen hebben om deze boerenkinkel een voorbeeld stellend vonnis te besparen?

'Komt u naar voren, meneer Newton.'

De hoogleraren waren verbluft door het lef waarmee Isaac zich naar het beklaagdenbankje begaf. Het was hun natuurlijk wel opgevallen dat hij zich de voorbije weken had ontpopt als de felste van hen allemaal tegen de katholieke benoeming. Als het aan hen had gelegen, was de monnik geruisloos toegelaten. Hun voorstel was om er in een brief om te vragen dat zijn acceptatie geen precedent zou scheppen voor toekomstige benoemingen. Maar Isaac had hier fel tegen geprotesteerd. 'Dan geven we onze universiteit op,' had hij gezegd. Alleen omdat hij zo doordramde, stonden ze nu met hun kansloze zaak in deze Londense rechtszaal. Maar dat Isaac zover zou gaan, zou nooit iemand van hen vermoed hebben.

'U meende toch nog iets van enig belang te kunnen melden, meneer Newton?' vroeg Jeffreys fijntjes.

'Onze universiteit heeft een rijke geschiedenis, edelachtbare,' sprak Isaac met trillende stem. 'Die is gegrondvest op anglicaanse principes. Volgens onze statuten is het een verplichting voor iedere student en voor iedere professor een eed af te leggen op de eenendertig geloofsstellingen om toegelaten te worden. We kunnen noch de geschiedenis, noch de reputatie van deze traditie overboord zetten. De benoeming heeft geen wettelijke grond en kan dus ook nooit reden zijn om iemand die die eed niet aflegt te bestraffen.'

Wat een lef, dacht Jeffreys, de enige man op de hele universiteit die benoemd is zonder eed, houdt een pleidooi om niemand toe te laten die deze eed weigert? Hij verbeet de aandrang om deze onsympathieke hoogleraar met zijn eigen benoeming te confronteren. Het was onbegrijpelijk dat uitgerekend hij beschermd werd door het hof.

'Meneer Newton, het is u in de ivoren torens van Cambridge misschien ontgaan, maar we leven in een nieuwe tijd. Dit land heeft een katholieke vorst die vastbesloten is van Engeland een katholieke natie te maken. De universiteit valt onder de verantwoordelijkheid van de koning, dus u heeft zich hier enkel en alleen naar te schikken en te leren leven onder dit nieuwe regime. Ik raad u en uw collega-hoogleraren ten zeerste aan om vanaf nu te gehoorzamen aan koninklijke bevelen en daarmee een goed voorbeeld te geven aan uw studenten, in tegenstelling tot de wanvertoning die u hier opvoert en waarbij u zich beroept op onbenullige statuten.'

Isaac raakte bevangen door een withete woede. De kleinerende toon die Jeffreys ooit keer op keer tegen hem had aangeslagen, was hem nu te veel. Het kon hem niet schelen dat hij net als Peachell geroyeerd zou worden. Hij had zijn benoeming niet nodig om daar zijn zelfrespect aan te ontlenen. Maar hij wilde wel serieus genomen worden. Met argumenten kunnen debatteren, en niet als een schooljongen in een hoek geplaatst worden door een man die zijn positie niet te danken had aan zijn talent, maar aan de afkomst van zijn vader.

'Edelachtbare, niet alleen het voortbestaan van onze universiteit, maar dat van de gehele natuurfilosofie staat op het spel,' zei Isaac gedecideerd. 'Als we onze anglicaanse wortels opgeven, is het afgelopen. Dan kunnen we de deuren wel sluiten.'

'Zo is het genoeg, meneer Newton,' riep Jeffreys, en hij zette zijn woorden kracht bij met de hamer. 'U draaft door. Wat een gebrek aan zelfvertrouwen om te denken dat één monnik in Cambridge een eeuwenlange traditie onderuit zal halen.'

'Als er één katholiek hoogleraar wordt, zijn het er straks wel honderd. Voor we het weten, hebben we een katholieke kanselier,' riep Isaac terug.

'En wat dan nog?' beet Jeffreys hem toe, die opvloog en met vlammende ogen naar de hoogleraar keek, die hij in alle andere omstandigheden zou hebben laten verhangen.

'Ik zal u vertellen waar dat toe leidt,' zei Isaac doodkalm terwijl hij Jeffreys strak in de ogen keek. 'Copernicus schreef dat de zon centraal staat in ons stelsel en niet de aarde; zijn boeken werden verboden. Giordano Bruno, die hetzelfde beweerde, eindigde in Rome op de brandstapel. En Galileo Galilei werd toen hij beweerde dat de aarde om de zon beweegt door de paus in de ban gedaan en tot aan zijn dood onder huisarrest geplaatst. Begrijpt u nu mijn wantrouwen tegen katholieken aan onze universiteit?'

Hooghartig gooide Jeffreys zijn hamer neer. De bewakers waren uitgelopen om bij de minste aanwijzing deze opstandige hoogleraar in de boeien te slaan. Ze vonden het onbegrijpelijk dat hij al zo lang de kans had gekregen het hof te beledigen. Jeffreys was nog nooit op zo'n toon tegengesproken. Hij was gewend doodsbange ogen te zien, smeekbedes te horen, angstzweet te ruiken. Maar nu had hij geen enkel middel om deze man af te straffen. Hij die in één seconde over leven en dood kon beslissen, was nu met de handen gebonden aan de koninklijke aanbeveling. Hij kon niet tegen de koninklijke bescherming ingaan. Jacobus was onvoorspelbaar. Vandaag had hij nog alle steun en vriendschap van de koning, maar dat kon morgen heel anders zijn. Hij haalde diep adem.

'Laat ik mij beperken tot wat er in de geschriften staat, meneer Newton, want ik neem aan dat u deze toch net als ik onderkent... Ga, en zondig niet langer of er zullen u verschrikkelijke dingen overkomen.'

Hij besloot zijn uitspraak met een harde hamertik en sloeg de map dicht.

'Dan zeg ik tot u wat Giordano Bruno voor zijn terechtstelling zei: "U, mijn rechter, spreekt dit vonnis met meer angst uit dan waarmee ik het onderga." '

Jeffreys beende de rechtszaal uit en knalde de deur dicht. Isaacs knieen knikten nog toen hij gefeliciteerd werd door zijn collega's om de moed die hun zelf had ontbroken. Ondanks de nederlaag was Isaac opgelucht. Hij had van zichzelf nooit verwacht dat hij zo zelfverzekerd voor zijn principes op zou staan, dat hij het publiekelijk zou durven opnemen tegen de meest gevreesde rechter van het land. En wat hem misschien nog het meest verbaasde: hij genoot ervan. De complimenten om zijn optreden gaven hem vleugels en voldoening op een manier die hij nooit eerder gekend had.

30

Hoewel Hannah de pathetische brieven van Catherine, over dat Isaac de andere helft van haar ziel was, onbeantwoord liet, was ze door haar laatste schrijven genoodzaakt te handelen. Hannah was van mening dat Catherine maar eens van haar roze wolk af moest komen. Een vrouw die zo met zich liet sollen, vroeg erom dat ze vernederd werd. Ze ergerde zich aan Catherines dwaze begrip voor Isaacs levensmissie – alsof dat het geheime middel was om een huwelijk te doen slagen. Ze leek nog steeds niet te snappen dat een huwelijk een zakelijk verbond was, een contract waarin een man beloofde een vrouw te onderhouden in ruil voor zorg en nageslacht. Zo eenvoudig was het. Liefde was een zoet reukwater dat snel vervloog en overschaduwd werd door de geur van zweet en een rotte adem. Catherine leek maar niet te snappen dat het voortbestaan van de boerderij het enige was wat telde. Het was onbegrijpelijk dat Catherine in haar devote liefde braaf zat te wachten op zijn terugkomst. Ze moest hem bij de haren uit Cambridge meesleuren en met een schop onder zijn kont aan het werk zetten op de akkers. Desondanks bleef de smoorverliefde Catherine brieven schrijven dat ze zo trots was op Isaac en dat ze zich gezegend voelde met zo'n lieve schoonzus die haar als een prinses had wakker gekust. Straks wil ze nog dat ik bijspring, had Hannah gedacht. Nou nee! Ze zoekt het maar uit, ik heb mijn plicht gedaan. Bovendien had ze wel wat anders aan haar hoofd. Sinds haar terugkomst uit Woolsthorpe had het leven haar flink door elkaar gerammeld. Een slecht genezen kou op de borst van haar man maakte hem nu al maanden bedlegerig. Maanden waarin hij niets verdiende, omdat hij de kracht niet had om te gaan preken. Hannah had haar trots opzij moeten zetten en om werk gevraagd bij de barones, voor wie ze nu de was deed. Hoewel haar moeder haar had voorgehouden dat haar hoogste streven moest zijn een adellijke man, liefst een baron, aan de haak te slaan, was ze nu wasvrouw voor de barones.

'Waar heb ik dit verdomde rotleven toch aan verdiend?' sakkerde ze tegen Kit.

'Ik wil niet dat u nog langer vloekt, mama,' had Kit geprotesteerd. 'Beseft u dan niet dat u de schepping beledigt? Dat u daardoor laat zien dat u ontevreden bent met hoe God onze wereld geschapen heeft? In plaats van dankbaar te zijn, spuugt u op het leven. Alles wat ons overkomt, heeft betekenis en is uiteindelijk goed. Weet u wat Job antwoordde toen zijn vrouw hem vroeg waarom hij zich na alle ellende niet afkeerde van God? "Het goede nemen we wel aan van God, waarom dan het kwade niet?" Heeft u dan nog nooit gehoord van Noachs gebod "Gij zult het woord van God niet ijdel gebruiken"?'

'Weer van je oom Isaac, zeker,' had Hannah haar toegesnauwd. 'Zie je nu nog steeds niet in wat voor nietsnut hij is? Als hij zijn taak op de boerderij zou vervullen, dan zou hij ons kunnen ondersteunen. Wat heb ik om dankbaar voor te zijn? Een man die de hele dag in bed ligt, een dochter met een grote mond die me minacht, en een zoon die te lui is om te werken.'

'Dat is de wet van drie,' had Kit zacht gezegd.

'Wat?'

'De wet van drie.'

'Wat is dat?'

'Als u goed doet, ontvangt u dat drievoudig op uw pad terug. Maar als u slecht doet, wordt u ook drie keer door het slechte getroffen.'

Hannah had haar een klinkende oorveeg gegeven en haar wantrouwend aangekeken. Zou die Catherine zo dom zijn geweest haar dochter te vertellen over het 'ongeluk'? Wist Kit dat ze een man vermoord had? Eén ding was zeker: ze zou Kit nooit meer aan Catherine toevertrouwen. Ze moest zorgen dat ze nooit meer met haar te maken kreeg. Maar toen kwam er weer een brief, ditmaal heel anders van toon, waardoor Hannah niet anders kon dan reageren.

'Lieve Hannah,' had Catherine geschreven, 'ik zeg het maar zoals het is. Ik heb een huwelijksaanzoek gekregen van meneer Vincent, een nette man in Grantham. Ik heb besloten hierop in te gaan. Er is geen toekomst voor Isaac en mij. Dat heb ik nu eindelijk ingezien. De zakelijke afwikkeling heb ik overgedragen aan mijn broer Edward. Hij is van mening dat de opbrengsten ons toebehoren, gezien onze arbeid. Ik neem aan dat je hiermee akkoord gaat en dit aan Isaac zult mededelen. Mijn broer zal, tot nader bericht van jullie, in ruil voor de winst verder toezicht houden op de boerderij. Nu jij noch Isaac mijn brieven beantwoordt, kan ik niet anders. Jij, Hannah, hebt mij gered uit mijn ongelukkige huwelijk, daar zal ik je eeuwig dankbaar voor blijven. Die middag dat je me bevrijdde uit mijn gevangenis, heb je de vrouw in me wakker gekust die ik verloren was. Haar natuur kan nu door niets meer getemd worden, zelfs niet door haar eeuwige liefde voor Isaac. Want Isaac is Isaac. Het was onrechtvaardig te proberen hem te veranderen. Hij heeft een andere missie in het leven dan met mij te trouwen en in de voetsporen van zijn ouders te treden. Als je hem ziet, wil je dan zeggen dat hij altijd een warme plek in mijn hart zal houden? En geef ook Kit een dikke knuffel van me. Ze is altijd welkom wanneer ze in de buurt van Grantham zou zijn. Ze herinnerde mij elke dag aan het meisje in mezelf dat ik in mijn jeugd verloor. Ik omhels je. Je toegenegen Catherine Clarke.'

Sakkerend en scheldend had Hannah meteen haar koffers gepakt en was met Kit afgereisd naar Cambridge. Daar kreeg ze te horen dat haar broer in Londen verbleef. Ze trof hem na een lange reis en een zoektocht met veel navraag 's avonds aan bij het haardvuur in het logementshuis gebogen over een boek.

'Wat doen jullie hier?' zei hij geschrokken.

'Hoe is het verdomd mogelijk?' zei Hannah minachtend. 'Meneer zit hier een boek te lezen terwijl zijn erfenis onder zijn kont vandaan gepikt wordt.'

In een paar hoekige zinnen schetste Hannah de rampzalige situatie in Woolsthorpe en haar eigen financiële noodlot, ongehinderd door de heren in de leeskamer, die nieuwsgierig meeluisterden naar haar relaas.

'Je hebt het gruwelijk verpest, Isaac,' besloot ze. 'Nu sta je er echt helemaal alleen voor. Je had een prachtige vrouw. Een geschenk uit de hemel. Maar je hebt haar door je onbeschofte gedrag van het erf verjaagd. Moeder draait zich om in haar graf. En op mij hoef je ook niet te rekenen. Het is jouw erfenis. Ik ga niet voor de schade opdraaien. Het kost me al moeite genoeg om zelf het hoofd boven water te houden. Morgen ga je meteen naar Woolsthorpe om orde op zaken te stellen.'

Isaac was omvergeblazen door een wereld die in de nevelen van zijn geest was weggezakt sinds hij door de Muzen bij de hand was genomen. Aangeslagen keek hij naar de zwarte rook die uit de brandende open haard sloeg.

'Morgenochtend nemen we alles met elkaar door. Die broer van haar, Edward, moeten we natuurlijk voor de rechter dagen wegens diefstal. Goed. Dan ga ik hier een kamer huren voor de nacht. Op jouw rekening. Kit, kom je?'

'Mag ik even bij oom Isaac blijven, mama?' vroeg Kit.

Getergd snauwde Hannah dat ze haar over een kwartier op de kamer verwachtte en vroeg de herbergier om een sleutel. Kit ging tegenover Isaac zitten. Ze keek hem ernstig aan.

'Ben jij ook teleurgesteld in me?' vroeg hij na een tijdje.

Ze wilde kwaad haar teleurstelling spuien, maar omdat hij zo zielig uit zijn ogen keek, als een verregende zwerfhond, verdween haar boosheid en schoot ze in de lach.

'Ik had niet anders van u verwacht, oom Isaac,' zei ze.

Verrast keek hij in de lieve ogen. Ze was hard gegroeid sinds de laatste keer, alsof ze in een groeispurt het kind van zich af had geschud.

'Ben jij al die tijd bij Catherine gebleven?' vroeg hij.

'Nee,' zei ze, 'ik moest naar huis komen toen u vertrokken was. Maar het is thuis echt niet leuk meer. Alle dagen maak ik ruzie met mijn moeder. Mijn vader zegt dat de satan in me gevaren is. Ik wil lezen, oom Isaac. Leren. Moeder zegt dat ik een slecht kind ben geworden. Tante Catherine was anders. Met haar kon ik over alles praten. We lazen samen, zelfs in uw boeken, en probeerden het samen te begrijpen. Waarom bent u niet teruggekomen? Was u ons vergeten? Waarom hield u niet meer van ons?'

Een koude rilling trok over Isaacs schouders. Uit de paar zinnen van Kit begreep hij pas welke tragedie zich na zijn wegblijven in Woolsthorpe had voltrokken. Hij had niet alleen zijn bruid voor schut gezet, maar ook dit meisje, voor wie hij een deur naar een andere wereld had geopend maar die toen genadeloos had dichtgeklapt.

'Het spijt me,' zei hij, 'het spijt me echt. Maar hoor eens, Kit... Luister nooit, echt nooit, naar iemand die wil dat je ophoudt met jezelf vragen te stellen. Zelfs al is het je moeder. Je hele leven zullen mensen willen dat je blijft zoals je bent. Ze zullen je afraden om risico's te nemen. Ze zullen je bekritiseren wanneer je ongebaande paden bewandelt. Maar je moet altijd je hart volgen. Altijd vragen stellen, en nooit genoegen nemen met nietszeggende antwoorden. Je bent voorbestemd voor iets groots, Kit, en grote mensen maken nu eenmaal grote fouten.'

'Maar wat was het dan, oom Isaac? Wat was het dat u hier hield? Waarom verlangde u niet net zo naar ons als wij naar u?'

Hij liet zijn hoofd tussen zijn schouders achterovervallen en zuchtte. Het huwelijk was ver weggezakt in het drijfzand van zijn geheugen. Hij had slechts een vage herinnering aan het plan om samen met Catherine van de boerderij weer een florerend bedrijf te maken. Samen de seizoenen te trotseren en als man en vrouw elkaar te steunen. Wat had hem bezield? Had hij ooit dezelfde hartstocht gevoeld voor het huwelijk als de passie waardoor hij nu bevangen was? Zo helder als zijn gedachten in de wiskunde waren, zo troebel leken ze in deze hartszaken. Hij vond het veel gemakkelijker de grootheden te berekenen waarmee planeten op elkaar inwerkten dan om de woorden te vinden die een verdrietig meisje opbeurden. Hij vond geen gebaar van troost. Het schrijven van de 'Principia' was een mystieke ervaring die de hele wereld om hem heen tot stilstand had gebracht.

'Ach, ik begrijp het best, oom Isaac,' zei Kit verzoenend. 'Londen lijkt wel een sprookje. We hebben hier de hele dag rondgelopen op zoek naar dit logementshuis. Wat een drukte is het hier, wat een statige huizen, en de dames dragen zulke betoverende japonnen.'

Isaac glunderde. Als hij ooit een dochter zou krijgen, dan zou hij de Heer smeken dat het een meisje was als Kit.

'Wat doet u hier eigenlijk, oom?'

Isaacs hart stroomde over nu hij voor het eerst iemand van zijn eigen vlees en bloed kon vertellen wat er allemaal met hem gebeurde. Hij praatte met haar als met een volwassen vrouw en deed uitgebreid verslag over de rechtszaak die zoveel respect had gebracht, zijn boek, dat nu bijna helemaal klaar was en dat hij hier in Londen, samen met Halley, redigeerde. Met open mond luisterde Kit naar de fabelachtige gebeurtenissen.

'Maar dan kunt u toch helemaal niet terug naar Woolsthorpe?' riep het meisje verontwaardigd. 'U moet uw boek afmaken! U moet uw werk verdedigen! Ik wist al van het begin af aan dat u geen boer was. Daar zijn uw handen veel te vrouwelijk voor. Ik heb trouwens een verrassing voor u, oom...'

'O ja?' vroeg Newton terwijl hij verbaasd naar zijn handen keek.

'We hebben toch afgesproken dat we op zoek zouden gaan naar bijzondere vrouwen in de geschiedenis?'

'Ja,' zei Newton verrast.

'Waar kon ik mijn zoektocht beter beginnen dan bij de allereerste vrouw: Eva? Ik heb haar verhaal keer op keer gelezen om het beter te begrijpen. En ik denk... dat zij de allereerste denker was...'

Vanachter de boeken en kranten waren alle oren van de heren in de leeskamer nu gespitst op de heldere stem van het vroegwijze meisje.

'Vertel,' moedigde Isaac haar aan.

'De slang zei tegen Eva: "God weet dat uw ogen open zullen gaan als u eet van die boom, en dat u dan gelijk zult worden aan God, door de kennis van goed en kwaad." Eva was dus hongerig. Ze wilde kennis. Net als ik. Ze had genoeg van onwetendheid. Ze wilde haar ogen openen. Ze wilde weten, dus ze was een denker, de eerste denker, nog voor Adam, die bang was voor kennis.'

Bewonderend staarde Isaac zijn nichtje aan, dat op eigen houtje haar zoektocht naar kennis was begonnen. Tussen het zemen, poetsen en naaien door had ze zich vastgebeten in een vraagstuk en niet losgelaten tot er een antwoord daagde. Een verbluffend, helder antwoord.

'Nou?' vroeg ze onzeker.

'Ik ben heel trots op je,' zei Isaac zacht.

Kit bloosde. Ze aarzelde of ze een nog gewaagder idee ook zou delen. Ze merkte dat iedereen om hen heen het gesprek volgde. Ze verzamelde moed, stond op en fluisterde toen in Isaacs oor: 'Er staat ook: "Nu gaan wij de mens maken, als beeld van ons." Dat zei God voor Hij de man en de vrouw schiep. Zou dat kunnen betekenen dat God mannelijk en vrouwelijk was? Hij spreekt toch in de wij-vorm?'

Isaac schudde geïmponeerd zijn hoofd. Dit meisje had een scherper verstand dan hij bij vele hoogleraren had aangetroffen.

'Nu moet je doorgaan, Kit. Zoeken door de geschiedenis naar de grote, vrouwelijke denkers. Maar je zou Grieks moeten leren, en liefst ook nog Hebreeuws, zodat je naar de oorspronkelijke teksten kunt kijken. Je hebt overtuigend aangetoond dat kennis en denken bij de vrouw begonnen zijn. Levensgevaarlijke kennis zelfs. Want Adam en Eva werden verbannen uit de Hof van Eden met de woorden van God: "De mens is nu in de kennis van goed en kwaad als een van ons geworden..."'

Hij fluisterde op zijn beurt in haar oor: 'God wilde niet dat ze nu nog langer van de boom van het leven konden eten, waardoor ze eeuwig zouden blijven leven. Want nu de mens de gave van het denken had gekregen, daagde God hen uit die maximaal te benutten. De mens moest zijn denkkracht gebruiken om tot kennis van God en het eeuwige leven te komen. En dat is mijn zoektocht: de levensboom. De Steen der Wijzen. Het eeuwige goud en het *levenselixer* dat de mens weer onsterfelijk maakt. Tenminste, als ik niet genoodzaakt ben om weer naar de boerderij te gaan.'

Kits neusvleugels trilden van trots dat Isaac haar zo tot zijn gelijke maakte en haar in vertrouwen nam. Aangespoord door zijn bevestiging fluisterde ze: 'U moet een brief schrijven aan Edward, de broer van Catherine. U moet hem zeggen dat hij de boerderij van u mag pachten. Edward is een goede vent. Hij kent de boerderij en zal dat uitstekend doen. Hij betaalt u jaarlijks een deel van de opbrengst, en u bent van alle zorgen verlost! Ik vind het wel jammer van tante Catherine. Maar u had haar toch nooit kunnen geven wat ze had gehoopt.'

Hij legde zijn zachte handen op de wangen van het meisje en drukte dankbaar zijn voorhoofd tegen het hare, net toen Hannah de salon kwam binnen benen.

'Dat had je beter met Catherine kunnen doen,' beet ze Isaac toe. 'Hup, Kit, naar boven.'

Na een vluchtige kus op Isaacs wang rende het meisje weg.

'Wat heb jij een bijzondere dochter,' zei Isaac met herwonnen kracht. 'Als je ooit werk voor haar zoekt, stuur haar dan naar mij. Ik ga in elk geval niet terug naar Woolsthorpe. Ik verpacht de boerderij aan Edward.'

Hannah liep rood aan. Ze zette haar vuisten in haar volle heupen.

'Ben ik dáárvoor naar Londen gereisd? Je bent nog niet geschikt om voor de duvel te dansen, stuk onbenul! Je bent een zorgenkind dat nooit volwassen is geworden. In nog geen duizend jaar zou ik Kit aan jou toevertrouwen. Het is vanavond de laatste keer dat je haar hebt gezien, verdomme, met je verderfelijke invloed. Je hebt haar verpest met je rare praatjes. Ik zorg dat ik elke herinnering aan jou eruit sla, vervloekt nog an toe.'

'En ik wil dat je ermee ophoudt je dochter met je eigen bitterheid murw te slaan,' barstte Newton los. 'Wil jij je uitgeven voor een keurige, vrome christen? Een domineesvrouw? Nog nooit gehoord van "Heb je naaste lief, zoals jezelf"? Je hebt geen idee hoe schrander Kit is. Jij minacht de halve wereld. Iedereen die anders is dan jij veroordeel je. Denk je nou echt dat jij de meetlat bent waarlangs de rest van de mensheid moet worden afgemeten?'

Isaac schrok zelf van zijn krachtige woorden.

Hannah draaide zich om, doorkruiste de salon met het harde gebonk van haar klompen, en smeet de deur achter zich dicht. Een oudere heer sloeg zijn krant neer en gaf Isaac een complimenteuze knipoog.

31

Blakend van het zelfvertrouwen liet Isaac zich na slechts wat koket geprutte1 gemakkelijk overhalen om, nu hij toch in Londen was, de belangrijkste theorieën van zijn 'Principia' te presenteren aan het Koninklijk Genootschap. Halley had een vreugdesprong gemaakt toen Isaac had toegezegd. Alle geld dat Halley moeizaam bij elkaar sprokkelde door links en rechts artikelen te publiceren, investeerde hij in de 'Principia'. Hij nam zelfs genereus alle kosten voor de verlenging van Isaacs verblijf in het logementshuis voor zijn rekening. Dit was immers een uitgelezen kans om met de meester zelf nog eens minutieus door het bijna voltooide manuscript te gaan en wat laatste correcties aan te brengen alvorens het naar de drukker zou gaan. Isaac legde al zijn hartstocht in zijn driedelige werk de 'Principia'. De principes, de Wetten van het leven. De juichende respons van Halley iedere keer dat hij nieuwe hoofdstukken aan hem voorlas, stimuleerde hem om zichzelf almaar meer uit te dagen en zichzelf te overtreffen. Niets werkte zo opwekkend voor een man die creëerde als lofprijzingen en complimenten. Ze verleidden hem te streven naar nog meer trompetgeschal, nog meer applaus. Halley was een geboren uitgever, had Isaac ondervonden. Iemand die zijn auteur tot het opperste van zijn kunnen stimuleerde, die met hem meedacht, en zijn kritische bedenkingen verpakte in goedwillende vragen die Isaac uitdaagden nog scherper te worden in zijn beweringen. Zich ervan bewust dat Hooke op Isaac werkte als een rode lap op een stier, voedde hij hem met de laatste roddels over zijn rivaal, omdat die hem stimuleerden een nog beter meesterwerk te schrijven dat Hooke zou verpletteren.

'Weet je wat hij deze week gedemonstreerd heeft in het Koninklijk Genootschap, Isaac!' plaagde Halley. 'Hij heeft de buikholte van een levende hond opengesneden. En toen hij alle organen had blootgelegd, heeft hij met een rietje in de luchtpijp van het arme beest geblazen – om te onderzoeken hoe lang het hondenhart zou blijven kloppen. Hij heeft het experiment zelf moeten stilleggen, omdat hij onpasselijk werd.'

'Schandalig,' zei Isaac, 'de manier waarop een mens met dieren omgaat, zegt alles over zijn innerlijke beschaving.'

Halley was nog opgewondener over de nakende verschijning van het werk dan Isaac zelf. Als zijn instinct hem niet bedroog, had hij een topboek in handen. Hij zette dan ook in op een oplage van maar liefst vierhonderd exemplaren en stelde de verkoopprijs op negen shilling, bijna een halve pond sterling. Een redelijke prijs, vond hij, voor een boek van 511 bladzijden met lederen band. Isaacs besluit om het boek in het Latijn te schrijven maakte het werk internationaal. Hierdoor was er niet alleen in Engeland een markt voor het boek, maar zou heel Europa het kunnen lezen, al was dat niet Isaacs motief geweest. Nadat Hooke lafhartig een dankbetuiging had geëist in het voorwoord, had Isaac besloten het boek zo ingewikkeld mogelijk te maken, zodat alleen de grootste geesten zich erover zouden kunnen buigen. Het Latijn was tezamen met de ingenieuze meetkunde het obstakel dat hij opwierp, zodat amateurs zoals Hooke zich stuk zouden bijten op zijn werk. Ze zouden eenvoudigweg niet over de basiskennis beschikken om zijn boek te lezen, laat staan er hun onzinnige ideeën en kritiek op kunnen loslaten. Voor Halley was de barricade die Isaac wilde opwerpen juist een extra verkoopargument. Het exclusieve van het boek zou het tot een felbegeerd object maken. Hij kende de dikdoenerij van de natuurfilosofen, die qua kennis niet voor elkaar onder wilden doen. Ze strooiden in hun conversaties met titels van boeken zoals een ongetalenteerde kok met een overvloed aan specerijen.

'Als mensen mij vragen,' vroeg Halley gedurende een van hun werksessies, 'welke voorkennis ze nodig hebben om je meesterwerk werkelijk te begrijpen, wat kan ik dan antwoorden?'

Isaac dacht even na en dicteerde toen de literatuurlijst die hij aanbeval en die door Halley driftig genoteerd werd:

'Laat ze beginnen met het lezen van de *Elementen* van Euclides. De veertien delen, natuurlijk. Vooral met extra aandacht voor de passages over de eigenschappen van kegelvormigen. Die moeten goed begrepen worden. Wat de algebra betreft, kunnen ze best eerst even Bartholins inleiding lezen. Daar komen ze natuurlijk enkele ingewikkelde problemen in tegen, maar die kunnen ze dan nader bestuderen in de "Commentaren op de geometrie" van Descartes. Tja, en wat de astronomie betreft, het verslag van het systeem van Copernicus op het eind van de "Astronomie" van Gassendus is wel aardig. Al is het noodzakelijk om natuurlijk ook de "Astronomie" van Mercator door te lezen. Eventueel niet helemaal. Alleen wel alles over telescopen, maar dat kunnen ze in de appendix opzoeken. Op zich heb je dan wel een redelijke basis om mijn boek te lezen. Maar mochten ze "Horologium oscillatorium" van Hugenius op de kop kunnen tikken, hoewel dat moeilijk verkrijgbaar is, dan wordt het lezen van de "Principia" een lust en een plezier...'

Als een gepokte en gemazelde uitgever verspreidde Halley deze imponerende literatuurlijst in Londens intellectuele kringen, wat ervoor zorgde dat de opwinding over Newtons te verschijnen werk bijna net zoveel besproken werd als de berichten over de rampzalige revolutie in West-Engeland die iedereen gespannen volgde.

Scott, die tijdens zijn ballingschap in Den Haag had gehoord dat zijn vader Charles hem op zijn sterfbed toch tot zijn troonopvolger had aangewezen, was met een vloot van tachtig man naar Engeland gevaren. Op weg naar Londen had hij duizenden boerenzonen voor zijn zaak gewonnen, bereid om te sterven om de katholieke koning Jacobus af te zetten. Onderweg, in *Taunton*, had Scott zichzelf tot koning laten kronen. Jacobus sloeg hard terug en iedereen sprak over het vreselijke bloedblad dat in *Sedgemoor* had plaatsgevonden. Volgens de laatste geruchten waren er inmiddels tussen het vermorzelde koren vijftienhonderd lijken van neergehakte rebellen geteld. Met man en macht werd er gewerkt aan enorme massagraven waar wel honderdzeventig boerenzonen tegelijkertijd hun laatste rustplaats vonden. Rechter Jeffreys was er persoonlijk op uitgestuurd om ter plaatse een vonnis uit te spreken over de vijfhonderd gevangenen. Voor hen waren er maar twee opties: hangen of als slaaf verscheept worden naar West-Indië. Andere troepen, zo vertelde men, maakten intussen bitter jacht op de gevluchte rebellen. Op het hoofd van Scott, de ontsnapte koningszoon, stond een beloning van vijfduizend pond.

Isaac voerde ondertussen in zijn eentje zijn veldslag tegen een legioen natuurfilosofen, onder wie de beroemde Nederlander *Huygens*, die af gekomen waren op zijn lezing in het Koninklijk Genootschap. Hoewel Newton het afgeladen auditorium trof door algemeen geaccepteerde stellingen roekeloos neer te maaien, durfde niemand in het publiek zich te verzetten. Al werd hun eigen gefilosofeer in één klap naar de prullenmand verwezen als zou blijken dat wat Newton – zonder enige aarzeling – verkondigde waar was. Levenswerken en reputaties werden met deze ene gedenkwaardige lezing plots gedevalueerd tot gepruts in de marge. Niemand durfde het op te nemen tegen Newtons intellectuele overmacht in de aula, bang om publiekelijk door hem vernederd en gevierendeeld te worden. De hoogleraar die in Cambridge niet eens een paar studenten kon boeien, sprak nu overtuigend voor een zaal gevuld met de grootste denkers van Engeland.

In één middag zette Newton een nieuwe manier van denken neer, een visie die stelde dat theorieën tot stand komen door observatie en onderzoek in plaats van door debat. De menselijke geest was vindingrijk genoeg om zelfs voor de meest onzinnige theorie argumenten te verzinnen die aannemelijk klonken, maar de natuur liet niet met zich sollen. Die week nooit af van haar onwrikbare principes die door God zelf waren gedicteerd. Het was aan de mens om deze natuur te observeren en daar door onderzoek de algemeen geldende wetmatigheden uit af te leiden. Definities die altijd en in alle omstandigheden golden tot het tegendeel was bewezen. Natuurfilosofie was goddelijke rechtspraak geworden. De

Bijbel en de natuur waren de wetboeken waarop gezworen moest worden. Niet de mens, maar God beschikte.

God had twee grote boeken geschreven: de Bijbel en de natuur. Twee boeken die buitengewoon helder de wetten van het leven onthulden, mits ze goed werden gelezen. Het grote boek van Newton, in drie delen, was niet meer dan een toelichting op de twee basisboeken van het leven, zoals de joden in de Talmoed een commentaar hadden geschreven op de Torah.

Newton kon niet verklaren waarom God de zwaartekracht als alomtegenwoordige kracht het universum in had geblazen, maar kon wel bewijzen dát dat zo was en volgens welke wiskundige regels die zich manifesteerde. Bewijzen met precieze cijfers tot ver achter de komma. Hij besloot zijn pleidooi met het verhaal van de joodse rabbi *Maimonides*, die op een dag een prachtig schilderij van een landschap toonde aan zijn leerlingen.

'Wie heeft dat gemaakt?' vroegen ze bewonderend. 'Niemand,' zei Maimonides. 'Dit doek stond in mijn kamer en een bezoeker liep tegen de tafel aan, waardoor er een paar verfpotjes op werden uitgegoten, met dit als resultaat.' Zijn leerlingen lachten hooghartig. 'Dat dit schilderij uit zichzelf is ontstaan, geloven jullie niet,' zei Maimonides verbaasd, 'en toch durven jullie wel te beweren dat die volmaakte kosmos, waarin alles elkaar in evenwicht houdt, uit toeval is ontstaan?'

Na Isaacs indrukwekkende betoog bleef het onheilspellend stil op de tribune. Huygens keek chagrijnig naar de neuzen van zijn schoenen. Het duurde een hele poos tot uiteindelijk een mysterieuze jongeman met donkere, golvende haren op de eerste rij overeind kwam en begon te klappen. Toen ook een lange, wat oudere man naast hem opstond, volgde de rest van de zaal in een eensgezinde staande ovatie. Zelfs Huygens kon niet anders dan beleefd mee-applaudisseren. De man die zich jarenlang had opgesloten in zijn studeerkamer in Cambridge, was naar buiten getreden en werd ingehaald alsof hij de Messias van de Natuurfilosofie zelf was. Hij werd gefeliciteerd, omhelsd, uitgenodigd, bewonderd en gekust. Als laatste in de rij van de stoet heren die Isaac de hand wilden drukken, stonden de twee onbekende mannen die het stormachtige applaus hadden aangezwengeld.

'Je m'appelle *Nicolaas Fatio de Duillier*,' zei de jongeman met een sierlijke buiging. 'Ik woon in Den Haag, maar ben eigenlijk een Zwitser. Wat een gelukkig toeval dat ik getuige mocht zijn van deze dag waarop geschiedenis werd geschreven. De dag dat de blik van de mensheid op het universum voorgoed veranderde. Men moet uw voorname gelaatstrekken vastleggen in het grootste blok marmer dat er op aarde te vinden is en het in het centrum van Londen plaatsen, de stad die nederig dankbaar mag zijn dat u die uitverkoos om er uw theorie wereldkundig te maken. Naar mijn bescheiden mening is uw zwaartekrachttheorie nog veel universeler dan u vanmiddag liet doorschemeren. Ik vroeg me af of u van mening bent dat diezelfde zwaartekracht ook mensen tot elkaar aantrekt? Of misschien zelfs werkzaam is in de manier waarop zielen zich aangetrokken voelen door God? Mag ik u mede namens mijn vriend hier, *John Locke*, uitnodigen om spoedig met ons samen te dineren zodat we ons nog meer kunnen laven aan uw spirituele bron?'

Isaac mompelde een paar verlegen woorden van dank voor de poëtische lof die de flamboyante Zwitser met de donkerbruine gloed in zijn heldere ogen hem toezwaaide. Hij kreeg zowaar een kleur toen Fatio zijn hand pakte en er een lange, warme kus op drukte.

'Oui?' vroeg Fatio hoopvol.

'Natuurlijk,' zei Isaac, 'het is me een geweldige eer en genoegen met u en meneer...'

'Locke. John Locke,' zei de lange man vriendelijk. 'Mag ik u alstublieft omhelzen?'

Ontdaan onderging Isaac de begroeting van de grote, aardige man, die hem koesterde alsof hij hem jaren niet gezien had.

'Uw lezing heeft diepe indruk op me gemaakt, meneer Newton,' zei Locke. 'Ik zorg dat er over uw boek een recensie verschijnt in het tijdschrift *Bibliothèque Universelle et Historique*. Dan is uw werk in één klap internationaal bekend. Mag ik u op mijn beurt mijn boek schenken, meneer Newton? Ik heb geprobeerd de menselijke geest te beschrijven. Volgens mij worden wij geboren als een onbeschreven blad. Niemand heeft een voorsprong bij de geboorte. Het is aan ieder individu om kennis en ervaringen te verzamelen, en zo een werkstuk van zijn leven te maken. U bent daar een levend voorbeeld van.'

'Interessant,' zei Isaac overrompeld, terwijl zijn hand weer door de jonge Zwitser werd vastgenomen en zacht werd gestreeld. 'Ik wil graag met u beiden van gedachten wisselen, maar ik werk op dit moment hard aan het persklaar maken van mijn manuscript. Misschien dat u een van de komende weken in de gelegenheid bent naar Cambridge af te reizen? Hoe lang blijft u in Engeland?'

'Meneer Newton,' zei Fatio met een speelse knipoog, 'al moest ik naar Engeland emigreren om u ooit te kunnen spreken, ik zou het doen...'

Halley, die vlijtig de voorintekeningen op het boek noteerde, krabde tevreden aan zijn voorhoofd toen hij zijn sprakeloze auteur zag blozen met nog steeds de hand van de Zwitser in de zijne. De man die met zijn onbevangen applaus het stormachtige succes had afgedwongen van deze nu al legendarische middag.

32

'Met permissie, meneer, het is toch afschuwelijk, meneer,' zei Humphrey, die elke ochtend wanneer hij aankwam op Isaacs kamer de kortstondige belangstelling van zijn meester probeerde te trekken met het laatste nieuws.

'Wat dan?' vroeg Isaac afwezig.

'Wel, meneer, het is zelfs met vijf bijlslagen niet gelukt om het hoofd van Scott eraf te hakken. En ze hadden nog wel de meest ervaren beul uitgekozen, meneer. Hij heeft het hoofd er met een mes af moeten snijden, meneer.'

Met een pijnlijke grimas wendde Isaac zijn hoofd af, terwijl hij voor zich zag hoe de stierennek van Scott half gekliefd werd door de scherpe snee van een hakbijl.

'En dat is nog niet alles, meneer,' probeerde Humphrey de aandacht van zijn meester vast te houden.

Isaac legde zijn ganzenveer neer en beduidde met een knikje van zijn kin dat Humphrey permissie had zijn verhaal af te maken.

'De koning kwam er na de onthoofding pas achter dat er niet één staatsportret van Scott bestond, meneer. Terwijl hij toch de zoon van de koning was. Jacobus heeft de kist laten opgraven. Zijn romp hebben ze op een stoel gezet, meneer, werkelijk, met daarbovenop het afgehakte hoofd. Zo heeft *Kneller* het officiële staatsportret gemaakt, meneer!'

Isaac schudde afkeurend zijn hoofd. Humphrey had hem dagelijks op de hoogte gehouden van het laatste nieuws over Scott. Zoals de geruchten die de ronde deden dat Scott, om zijn leven te redden, gesmeekt had om katholiek te mogen worden. Koning Jacobus had het geweigerd. Isaac vroeg zich af of híj ook als hij oog in oog met de dood stond zijn stelligste principes zou verloochenen.

Hij dacht terug aan zijn eerste ontmoeting met Scott, die zijn hele leven had veranderd. Hij herinnerde zich Scotts onwrikbaarheid over het zweren van de anglicaanse eed. Zijn eis had hem uit de kloostercel van de universiteit gejaagd. Het had hem gedwongen zijn onderzoek te staken en boer te worden. Hij was John kwijtgeraakt, die nog slechts één keer iets van zich had laten horen: een korte brief waarin hij schreef dat hij een vrouw had gevonden en als predikant werkte in zijn geboortedorp, waar hij met zijn vrouw naast zijn moeder was gaan wonen. Het was een formeel opgestelde bedelbrief om bijbels voor de armen van zijn gemeente. Isaac was toen echter zo druk met zijn 'Principia' dat hij niet de tijd had genomen hem persoonlijk te beantwoorden. Hij had wel Humphrey de opdracht gegeven een kistje met bijbels op te sturen.

Zonder Scott hadden alle ontwikkelingen nooit plaatsgevonden. Die ene – weliswaar onaangename – ontmoeting had alles veranderd. En nu, op de vooravond van de publicatie van zijn boek, leek het of met de onthoofding van Scott, de man die hem had uitgedaagd zijn diepste geloof te verraden, het proces van separatie volledig in hem was voltrokken. De derde alchemistische stap. Hij had de verwachtingen van zijn moeder achter zich gelaten, de druk van Hannah en de rest van de familie naast zich neergelegd. Alles uit zijn verleden wat hem niet langer van nut was, had hij opgegeven. De mensen die hem beknotten, de overtuigingen die hem beperkten, het eigendom dat hem last berokkende. Hij voelde zich herboren in zijn ware levensmissie. Alsof er een frisse wind door zijn hoofd waaide die hem levensadem gaf. Alle ballast was uit zijn leven verdwenen.

Hij had ontdekt dat zijn geloof in de onopgesmukte waarheid zijn kompas was. Door de grillen van het lot had hij hoogleraar kunnen blijven, zonder een eed te zweren waarin hij niet geloofde. Hij had gestaan voor zijn principes en in de koninklijke vrijstelling een legitimatie en bevestiging van zijn uitzonderlijkheid gevonden. Daarom was het volkomen in overeenstemming geweest met zijn geweten om zich zo fel te verzetten tegen een monnik die ook koninklijke vrijstelling dreigde te krijgen. Het grote verschil was dat Isaac die had gekregen omwille van zijn unieke talenten die voor grote voorspoed in het land konden zorgen, en dat de monnik een politieke pion was geweest. Tot zijn opluchting had de monnik overigens zijn benoeming niet verzilverd en werd er niets meer van hem vernomen. Ook deze gebeurtenis had hem gelouterd. Die had hem bevrijd van zijn spreekangst en doen ervaren dat hij het redenaarstalent had om zaken waarin hij heilig geloofde te verdedigen. Daar waar de droom van Scott eindigde, kwam de zijne pas werkelijk tot bloei. Nu Isaac in de openbaarheid was getreden, was er geen weg terug. Hij moest nu staan voor zijn opvattingen en aan de wereld laten zien dat dit slechts het begin was.

'Goed,' besloot Isaac zijn uitwaaierende gedachten. 'Ik krijg vandaag belangrijk bezoek, Humphrey. Meneer Fatio de Duillier en zijn vriend John Locke komen me opzoeken. Ik wil dat je alles hier opruimt. Zorg dat er wat wijn, kaas en brood in huis zijn. Ik ga aan het werk in het lab. Kom me maar halen als ze er zijn.'

Hij pakte zijn aantekeningen van tafel, verliet zijn kamer en slofte de trap af die naar het herbouwde schuurtje leidde in de kruidentuin. Het was enkele weken geleden dat hij hier geweest was. Alle tijd was opgegaan aan het schrijven en bijschaven van de 'Principia'. Nu hij de laatste correcties per koerier naar Halley had laten sturen, kon hij eindelijk de alchemistische bereidingen waarover hij Humphrey nauwkeurig had geïnstrueerd weer zelf overnemen. Hoezeer hij dit edele werk ook had gemist, toch wist hij dat het voor het proces goed was er een tijdlang niet bij betrokken te zijn geweest. Het proces van separatie was een autonoom gebeuren, waarin ook de alchemist en zijn werk zich een tijdlang van elkaar afwendden.

Tevreden keek hij naar de opstelling op de houten tafel. Vanuit de bodem van de hooggeplaatste smeltkroes liep een pijp naar een bolvormige glazen maatbeker. Daarin had druppel voor druppel de afgescheiden, zuivere vloeistof zich aan het stolsel onttrokken. Verliefd liet Isaac de schitterend gele vloeistof rondwalsen in de halfgevulde bol die verlicht door het zonlicht bijna licht vloeibaar goud leek. De mannelijke en vrouwelijke bestanddelen waren nu van elkaar gescheiden in het gele water in de maatkolf en een uitgezuiverde steen in de kroes. De kleverige substantie op de bodem schraapte hij zorgvuldig weg. Dit was het overbodig geworden restafval, onzuivere materie die weg mocht. Nauwkeurig inspecteerde en poetste hij de glazen maatbekers, kolven, pijpjes en instrumenten die al die tijd ongebruikt waren geweest. Hij legde een lijst aan van ingrediënten en maakte notities om zijn nieuwe proefnemingen voor te bereiden. Alles werd in gereedheid gebracht voor de volgende grote stap: *conjunctie*. Hierin moest hij de twee uitgezuiverde bestanddelen, de vloeistof en het stolsel, ofwel de koning en de koningin, weer laten samensmelten, ze laten huwen en seksueel verenigen. Hij zou de ziel, die stond voor verbeelding, moeten verbinden met de geest, die het verstand vertegenwoordigde. Zonder de passie van de ziel was het onmogelijk dat de geest tot een alomvattende theorie zou komen. De Geest moest de Ziel het hof maken, een proces dat hij ook zelf zou moeten doormaken. Precies zoals hij in de *Kabbala Denudata*, het meesterwerk van Van Helmont, had gelezen: 'Wanneer de moeder zich van gezicht tot gezicht verenigt met de koning, in de volheid van de sabbat, worden alle dingen één, wordt de wereld gezegend en kun je de vreugde van het universum zien.' Voor kabbalistische liefdesparen was het traditie zich iedere vrijdagavond weer, op sabbat, met elkaar te verenigen. In volle overgave met heel hun hart en ziel de liefde te bedrijven en zo iedere week weer hun liefdesband te hernieuwen en te heiligen. In hun aardse liefde veroorzaakten ze dan ook een vereniging van God met zijn bruid, de *Shekina*. De menselijke liefde was immers een reflectie van de goddelijke liefde, stelden de kabbalisten. De manier waarop de mens zijn seksualiteit beleefde, liet zien in hoeverre zijn vermogen tot liefde in relatie tot de wereld en de medemens ontwikkeld was. Wanneer je goddelijk de liefde bedreef, was dat een liefdeszegening voor de hele wereld.

In de late middag klopte Humphrey aan en meldde dat het bezoek was gearriveerd.

'Mooi,' zei Isaac. 'Jij bent de rest van de dag vrij.'

'Als ik u een nederig verzoek mag doen, meneer,' zei Humphrey teleurgesteld. 'Ik hoopte getuige te mogen zijn van jullie discussie. Ik zal mijn mond natuurlijk niet opendoen, meneer. Dat beloof ik.'

Het optrekken van Isaacs wenkbrauwen was voldoende om de jonge assistent duidelijk te maken dat hij zich niets in het hoofd hoefde te halen. Hij overhandigde hem zijn boodschappenlijst en gaf opdracht alles in Londen in te slaan en ervoor te zorgen dat hij uiterlijk dinsdag terug was. Snel trok Isaac nog even een kam door zijn samengeklitte haarbos en trok de knoop rond de knot van zijn hoofdband aan. Hij plukte wat pluisjes van zijn jas en haalde een stofdoek over zijn schoenen.

'Hoe zie ik eruit?'

'Hetzelfde als daarnet, meneer,' zei Humphrey onwillig. 'Alleen iets minder bestoft.'

Na even krachtig zijn longen met een diepe zucht geledigd te hebben, groette hij zijn assistent en liep toen de trap op naar zijn kamer.

Fatio sprong meteen op van zijn stoel toen hij de deur hoorde opengaan.

'Monsieur Newton,' riep hij met de blijheid van een uitgelaten hond die zijn baasje begroette, 'wat een feest om u te zien. Quel honneur om in deze kamer te mogen zijn waar de visie van de mens op het universum fundamenteel veranderd is.'

Isaac wuifde verlegen de complimenten weg met zijn hand.

'Is meneer Locke...'

'Nee,' onderbrak Fatio hem; hij liep op hem af en omklemde Isaacs hand met zijn warme handpalmen. 'Meneer Locke is, eh... gisteren in Londen een oude vlam tegen het lijf gelopen. Een jeugdliefde met wie hij al die jaren dat hij in Nederland woonde is blijven corresponderen. Al was ze inmiddels getrouwd met een weduwnaar met acht kinderen. Ik heb haar even gezien en ze is inderdaad een flamboyante schoonheid. U mag het hem niet kwalijk nemen dat u het tegen haar moet afleggen. Ik vrees dat u het vanavond met mij zult moeten stellen.'

'Natuurlijk,' stamelde Isaac, en hij werd opnieuw geraakt door de mahoniehouten glans uit de ogen van de Zwitser. 'Ik geloof dat we best veel met elkaar te bespreken hebben.'

'Dat denk ik ook,' zei Fatio, die met zijn gezicht zo dicht bij Isaac stond dat zijn frisse adem hem als een briesje koelte toe blies. Hij hield Isaacs hand stevig vast, terwijl er iets van een vage, haast verleidelijke zweem om zijn lippen speelde. Isaac kon zich niet bewegen. Hij voelde zich wee worden in zijn maag en licht in het hoofd. Zijn lippen zochten naar woorden, maar doordat zijn hart in zijn keel klopte kreeg hij geen adem. In een ongemakkelijke, langdurige stilte verdronken hun ogen in elkaar. Geen van tweeën wisten ze hoe ze zich uit deze betovering konden bevrijden. Isaacs lip beefde zachtjes toen Fatio's blik hem geruststellend leek te zeggen: toe maar. Toen, alsof de natuur hem zelf leidde, drukte hij zijn lippen op die van de jongeman en kusten de twee vreemde zielen elkaar langdurig, terwijl hun handen hongerig elkaars lichaam verkenden. Alsof een mysterieuze alchemie hen samenbond. Zoals in het mystieke gedicht van *Ibn-Hazm* waarin de ziel van de minnaar verlangt naar de ander zoals ijzer wordt aangetrokken door een magneet.

33

Boyle was met zijn hoofd op tafel in slaap gevallen. Van tussen zijn dunne lippen liep een straaltje spuug dat de tekst van de *Smaragden Tafel*, die hij die avond steeds weer opnieuw gelezen had, doorweekte. De kaarsvlam sloeg in doodsnood zijn vleugels uit om zich op te trekken boven het oppervlak van de smeltende was, die hem als een moeras naar beneden trok. Het monotone getik van de slingerklok bracht ritme aan in het onrustige diepe gesnurk van Boyle, die in zijn dromen opgejaagd werd door de grote alchemisten uit de geschiedenis die hem bespotten en met kokend lood wilden overgieten. Kathy was allang naar bed gegaan. De tijden leken voorgoed voorbij dat ze samen de dag afsloten met een glas dieprode wijn en bij het haardvuur van gedachten wisselden over het boek dat zij voorlas. Het verscheurde haar te zien dat haar broer er ondanks al zijn inzet, ondanks al zijn investeringen, ondanks al zijn intelligentie, maar niet in slaagde de geheimen bloot te leggen waar hij dag en nacht naar wroette. Robert was nu werkelijk vel over been geworden. Zijn droeve ogen dreven in hun holle kassen, zijn flinterdunne lippen hadden al maanden zelfs geen glimlach voortgebracht. Hij wist dat hij een doodlopende weg bewandelde. Zijn vrienden hadden zich van hem afgekeerd, zijn beschermheer en inspiratiebron Charles was dood, en na zijn traktaat over de verschrikkingen die de Steen der Wijzen kon veroorzaken was de stroom bezoekers stilgevallen. Zijn enige bondgenoot was Kathy. Zij hielp hem waar ze kon. Ze was niet te beroerd om met zware ketels te sjouwen, haar jurk zwart van het roet van de oven die steeds maar weer opgestookt moest worden. Ze zocht net zo naarstig mee in de boeken van zijn omvangrijke bibliotheek naar aanwijzingen en sleutels. De somberte van Robert had haar meegezogen in een donkergrijze poel van wanhoop.

De klok sloeg het uur van de wolf, het uur waarin de nacht het donkerst is, en de gedachten het helderst. Dat gitzwarte uur dat heerst voor het verdreven wordt door de rijzende zon. Het uur waarop in het Verre Oosten rabbi's opstonden om de heilige teksten te bestuderen, maar in het Westen geen zinnig mens zich op straat waagde. Toch klonken er voetstappen op de kasseien van Pall Mall. Heldere, jeugdige voetstappen, die opgewekt galmden in de nacht. Ze hielden halt voor nummer 67, het statige herenhuis van Boyle en zijn zus. Twee glimmende ogen keken door het raam naar binnen. De jongeman schudde medelijdend het hoofd toen hij de beroemde natuurfilosoof, weerloos met zijn kaal geworden hoofd, met opengevallen mond zag slapen. Hij ging naar de voordeur en met hetzelfde geloof dat bergen kon verzetten, twijfelde hij geen moment of die open was. Alsof hij thuiskwam en er al jaren woonde, stapte hij naar binnen, hing zijn jas en vilten hoed aan de kapstok en liep naar de salon. Hij deed niet eens moeite om stil te zijn. Hij nam de tijd om het portret van Boyle dat boven de haard hing te vergelijken met de man zelf, en concludeerde dat de schilder zijn model had willen vleien, want de langwerpige neus was in werkelijkheid toch een stuk groter dan op het schilderij. Het verwonderde hem niet echt dat Boyle nooit getrouwd was. Zijn niet-aflatende verlangen om de hermetische formule van de 'Smaragden Tafel' te ontcijferen had zijn ongehuwde staat ruimschoots gecompenseerd. Geen vrouw zou geaccepteerd hebben dat hij er zo'n minnares van eeuwigdurende schoonheid op na had gehouden. Een geliefde die hem zo betoverd had dat hij zijn fortuin eraan verpachtte en die dag en nacht in zijn gedachten was. Zo'n concurrente kon niemand dulden. Ondanks alle ontgoochelingen, alle mislukking, de talrijke keren dat ze hem verlaten en bedrogen had, was hij net zo verliefd op haar gebleven. Al was hij inmiddels een man van zestig, zijn enthousiasme was nog net zo groot als toen hij voor het eerst een glimp van haar had opgevangen, in een ver verleden, in het laboratorium van zijn leermeester *Starkey*. De jongeman nam een stoel en ging naast de slapende Boyle zitten. De kaarsvlam rekte zich nog eenmaal uit en verdween toen in een pluimpje zwarte rook, nog even de herinnering aan zijn licht in het duister nalatend.

'Meneer Boyle,' fluisterde de jongeman. 'Meneer Boyle, ik ben er...'

Loom trok Boyle zijn dunne oogleden op en hij schrok toen hij merkte dat er iemand naast hem zat. De jongeman stak een nieuwe kaars aan en Boyle keek hem verstard aan.

'Kwade dromen hechten zich aan een mens als een vlam aan de kaars,' fluisterde de jongen.

'Ben jij het? Hoe kom je hier? De Reiziger van de Waarheid?'

'De Reiziger van de Waarheid,' zei de jongeman met een hoofs knikje, om er met een Italiaans accent aan toe te voegen: 'Of de patriarch van Antiochië, of, zoals mijn werkelijke naam luidt, *Saint Germain*.'

'Was jij dat ook in Westminster Abbey? Waarom ben je niet in Rome bij je meester? Of ben jij de patriarch? Hoe kom je hier binnen?'

'Zoveel vragen, meneer Boyle,' zei Saint Germain, 'of mag ik Robert zeggen? Maar toch zijn dat niet de vragen waar je werkelijk een antwoord op zoekt, is het wel?'

'Nee,' gaf Boyle toe, die zijn gebeden verhoord wist door het raadselachtige bezoek van deze engelachtige jongeman. 'Wilt u iets drinken, iets eten misschien? U zult wel een lange reis achter de rug hebben.'

'Een heel lange reis, ja,' antwoordde Saint Germain, 'maar eten en drinken doe ik bijna nooit. Een van de prijzen die je moet betalen voor onsterfelijkheid, is een streng dieet. Gelukkig zijn er andere vruchten van de schepping waar ik me aan kan laven: de wind, de aarde, het vuur en het water.'

Boyle wist dat hij zijn bezoeker nu niet moest overvallen met vragen die zijn wereldvreemde mededelingen opriepen. Hij deed zijn best zijn opwinding te verbergen om te laten blijken dat hij hem begreep en dat hij nergens vreemd van opkeek. Misschien droom ik wel, dacht Boyle even. Misschien is dit een levendig droomvisioen dat me antwoorden brengt. Misschien zal ik het als ik wakker word pas ten volle begrijpen.

'Ik ben Saint Germain,' zei de jongeman zakelijk. 'Ik ben geboren in 1561 en ik ben hier nu om je te helpen.'

Boyle probeerde ongenaakbaar te reageren. De jongeman die voor hem zat, was hooguit vijfentwintig, dertig jaar, maar als hij in 1561 geboren zou zijn, dan was hij bijna honderdtwintig. Boyle herinnerde zich de grapjes die de reiziger bij zijn eerste bezoek had gemaakt. Hij had er toen op gezinspeeld dat hij oud was en niet meer zo goed ter been. Boyle had dat toen geweten aan een apart gevoel voor humor.

'Wie het lood in zijn ziel tot goud verandert, smeedt een stralend lichaam. Alleen dat verschaft onsterfelijkheid. Ik ben de meester die zich vermomt als knecht. Ik heb me dienstig gemaakt aan de patriarch van

Antiochië – Borri, zoals je inmiddels weet. Maar hij heeft gefaald. De conferentie was een grote mislukking. Je deed er goed aan om thuis te blijven. Al is een grote kans aan de mensheid voorbijgegaan. De intenties waren er. Koningin Christina van Zweden was de ideale gastvrouw. Ze charmeerde alle religieuze leiders met haar kennis en humor. Ze hielp hun schroom en weerstand te vergeten. Er was er echter één die andere bedoelingen had. Eén die voorgewend had zich met zijn broeders in het geloof te willen verenigen, maar die andere, duistere plannen had...'

'De patriarch?' vroeg Boyle geschrokken.

'Nee, de paus. Hij heeft geen seconde overwogen om één millimeter toe te geven, om zich open te stellen voor een niet-dogmatische blik op de Bijbel. Het enige wat hij wilde was alle Kerken verenigen, onder zijn leiding, tegen de koning van Frankrijk.'

'Omdat die zelf paus wil worden?'

'Precies. De kerkleiders verlieten een voor een Rome toen ze erachter kwamen dat die rivaliteit de reden was waarom de paus het Vaticaan had opengesteld. Het was geen conferentie over geloof, over wat hen bond, maar over politiek en macht. De paus heeft nu een ander machtsmiddel gegrepen. Hij heeft een kist vol goud laten bezorgen aan stadhouder *Willem van Oranje* van de Nederlanden. Een gift, als Willem belooft Engeland aan te vallen en koning Jacobus verjaagt.'

Boyle moest nu werkelijk zijn best doen serieus te kijken. Dit was een heel bizar verhaal. Alsof de paus geld zou geven aan een protestantse stadhouder om een katholieke koning van de troon te verdrijven! Misschien moest hij dit relaas symbolisch zien te begrijpen, want dat was onmogelijk. Bovendien, nu de vrouw van koning Jacobus een mannelijke troonopvolger had gebaard, was een nieuwe dynastie met katholieke koningen een voldongen feit.

'En Borri,' vroeg Boyle, 'hoe reageerde hij op dit alles?'

'Diep teleurgesteld, wat dacht je? Hij geloofde werkelijk dat het zou lukken. De paus was zijn held. Hij had beloofd hem tot échte patriarch van Antiochië te benoemen als de hervorming tot stand kwam. Borri leeft nu teruggetrokken in zijn Engelenburcht, vereenzaamd en verbitterd. Koningin Christina reageerde laconieker. "Het is de plicht van de mens zichzelf steeds weer opnieuw te overtreffen, tot het einde toe," zei ze.'

Saint Germain nam het vel papier waarop Boyle in slaap was gevallen van tafel. Hij las de tekst van de Smaragden Tafel hardop voor. "Zijn vader is de zon. Zijn moeder is de maan. De wind draagt het in zijn buik. De voedster ervan is de aarde..." Het staat er toch allemaal? Zo moeilijk is het toch niet?'

Boyle trok schaapachtig zijn schouders op. Zijn hele leven brak hij zich al het hoofd over deze tekst. Die mystieke formule, door Hermes Trismegistus, ofwel Hermes Driewerf de Grootste, op een smaragd geschreven die alle wijsheid die er te weten viel samenvatte. Regels waarover alchemisten eeuwenlang bibliotheken vol schreven.

'Ik zal je helpen,' zei Saint Germain, 'op voorwaarde dat je met niemand over mij spreekt. Noch over de geheimen die ik met je zal delen.'

'Natuurlijk doe ik dat niet,' antwoordde Boyle onmiddellijk.

'Robert,' zei de jongeman als een teleurgestelde leraar tot een schoolkind, 'je staat niet bepaald bekend om je discretie. Je hebt al heel wat brokken gemaakt door je loslippigheid. Leg je eed alsjeblieft niet te lichtvaardig af. Ik zei: met niemand. Dus ook niet met je zus.'

Boyle bloosde. Deze man kende hem beter dan hij vermoedde. Hij had gelijk natuurlijk. Misschien was dat wel de fout die hij altijd gemaakt had. Waar had het hem gebracht alles wat hij wist in publicaties naar buiten te brengen? Het had hem alleen tijdrovend bezoek opgeleverd van charlatans en oplichters die uit waren op zijn kennis en geld. De oude adepten hadden er niet voor niets altijd op gehamerd dat het grote werk alleen voltrokken kon worden in het duistere licht van de discretie. Maar het zou een stuk moeilijker worden om tegen Kathy dit merkwaardige bezoek – of was het toch een levendige droom? – te verzwijgen. Zij was een deelgenoot in al zijn bekommernissen.

'Je hebt gelijk, Saint Germain,' zei Boyle deemoedig, 'maar ik beloof je dat ik ditmaal geen woord over onze ontmoeting zal zeggen. Ook niet tegen Kathy.'

Saint Germain wierp een ironische blik op de man die alles zou verpanden wat hem lief was.

'Goed,' zei hij, 'mijn aanwezigheid en mijn verschijning bewijzen dat ik de kennis heb die je zoekt. Ik ken het geheim van de lapis philosophicus. Ik ken de werking van het levenselixer waardoor ik onsterfelijk ben. Ik ben het bewijs dat de Smaragden Tafel de formule van het leven is. Ik kan je echter niet inwijden. Wie zichzelf innerlijk overwint, verslaat ook elk obstakel daarbuiten. Je weet dat de steen zich pas openbaart aan de man die daaraan toe is. Maar zoals ik geholpen ben, zal ik jou helpen.'

Uit zijn borstzakje haalde hij een blauwe envelop en hij legde hem op de tafel.

'Hierin zit waar je al zo lang naar zoekt.'

Boyle wilde de envelop meteen openscheuren, maar Saint Germain legde zijn hand dwingend op die van Boyle.

'Deze rode aarde zal zijn werking pas aan je tonen wanneer je er op de juiste wijze mee omgaat. Zonder innerlijke verandering is hij nutteloos en net zo werkzaam als wit zand. Ik zal je aanwijzingen sturen die je strikt dient op te volgen. De experimenten moet je alleen doen en in volle devotie. Begrepen?'

'Ja, Saint Germain.'

'Goed. Hier volgt de eerste opdracht. Jij moet ervoor zorgen dat het parlement de wet die alchemie en valsemunterij strafbaar maakt afschaft in het parlement.'

'Waarom?'

'Geen vragen, Robert. Gewoon mijn aanwijzingen opvolgen. Begrepen?'

'Begrepen.'

'Goed. Tot ziens, Robert.'

Nog voor Boyle 'Wacht!' kon zeggen, was de reiziger spoorloos verdwenen. Alleen de brandende kaars en de blauwe envelop herinnerden aan zijn aanwezigheid. Boyle voelde zich rustiger dan ooit. Nu het rode poeder voor hem lag en bereid was zich in zijn volle naaktheid te tonen, aarzelde hij. Naast zijn opwinding werd hij bevangen door een gevoel van enorme leegte. Hij had zich altijd voorgesteld dat ze zich op een nacht in zijn laboratorium zou onthullen. Op een totaal onverwacht moment zou zij, terwijl hij peinzend in een van zijn vele mengsels zou roeren, opstaan als in een visioen: een rode, naakte engel met het gezicht van de Zwitserse muzikantendochter. Ze zou hem verblinden met haar pracht en hij zou voor haar op zijn knieën vallen. Maar wat was het anders gelopen. Via een vreemde reiziger kwam ze nu tot hem, gekleed in slechts een blauwe envelop. Boyles neusvleugels trilden. Langzaam sneed hij met de zilveren briefopener het document open.

34

Het was Fatio's idee om Isaac door de beroemde schilder Godfrey Kneller te laten vereeuwigen in een portret. Het kostte hun na al die maanden nog steeds moeite van elkaar af te blijven terwijl ze op weg waren langs de brede, drukke avenues van Londen. In een chique herenkledingzaak kocht Fatio een mooi wit overhemd met rechtopstaande kraag, en een elegant vallende zwarte toga, in harmonie met de laatste trends van het continent en Isaacs nieuwe reputatie.

Van de anonieme professor in Cambridge was Isaac een beroemdheid geworden. Niemand kon om de 'Principia' heen. Zijn reputatie raasde als een bosbrand aangewakkerd door een orkaan door heel Europa. Nog belangrijker dan zijn beroemdheid was dat die hem in contact had gebracht met Fatio, en dat hun passie was opgelaaid als een steekvlam die naar het wolkendek reikte. Sinds dat elektrisch geladen ogenblik, toen het even had geleken of de zon tot stilstand was gekomen, die gezegende seconde dat hun lippen elkaar geraakt hadden, waren ze geen moment meer zonder elkaar geweest. Met de komst van Fatio had Humphrey, de jonge student, op staande voet ontslag gekregen. In Isaac had Fatio een muze, een missie en een minnaar gevonden. Ook al scheelden ze veel in leeftijd, met niemand had Isaac zich ooit zo verwant gevoeld als met deze jonge Zwitser, met zijn glanzende zwarte haar, zijn ondeugende donkere ogen en zijn immer verleidelijke Franse accent. Fatio leerde hem de liefde kennen zoals hij zich zelfs niet had kunnen voorstellen dat die bestond. Het stille, zwijgzame gedoe met John was een aanfluiting geweest voor dit nieuwe vak waarvan hij nu pas de grondbeginselen leerde. Isaac, die zich nooit erg bekommerd had om zijn lichaam, ontdekte het vernuft van de zintuigen, de sensatie van smaak, het opwindende van geur, het sidderen van huid, het intense van geluid en het schaamteloze genot van kijken en bekeken worden. Altijd had hij de vervulling van de primaire behoeften van zijn lijf, zoals die aan voedsel, drinken en slaap, als onwelkom tijdverlies gezien. Vervelende interrupties die een noodzakelijk kwaad waren. Maar nu was dat slapende voertuig van zijn ziel en geest wakker gekust. Fatio had hem een lichaam geschonken, hem het mysterie van mannelijkheid onthuld. Het gevoel van kracht, van levenslust, van hongerige, blinkende ogen, van fierheid wanneer zijn geslacht 's ochtends een uitbundige groet aan de zon en het leven bracht. Fatio had hem ingewijd in de geneugten van de gastronomie, hem de regels van de etiquette bijgebracht, hem geleerd hoe hij in vooraanstaand gezelschap geacht werd te dineren. Een ontzettende ommekeer voor iemand die gewend was om binnen een mum van tijd zijn maaltijd weg te werken. Met de komst van Fatio was hij een compleet mens geworden. Zijn geest had een lichaam gevonden.

Er leek niets met Isaac aan de hand toen ze onderweg de straatverkopers afwimpelden, de vorderingen aan de *St.-Pauls-kathedraal* nog even bewonderden en struinden over de boekenmarkt waar astrologen hun almanakken trachtten te slijten. Maar toen ze Queen Street in liepen, waar het atelier van Kneller was, werd Isaac bevangen door onzekerheid.

'Dat is toch niets voor mij, Fatio?' zei hij. 'Het is allemaal ijdelheid. Wie wil er nu mijn hoofd op een schilderij zien?'

Fatio moest lachen om zijn gesputter. De man die zonder een spoor van twijfel alle grote natuurfilosofen had uitgedaagd, zag nu net zo bleek om de neus als een kind dat voor het eerst zijn haren liet knippen.

Samen met Kneller zocht Fatio in het grote, sfeervolle zolderatelier naar de meest voordelige houding voor Isaac. Ze lieten hem zijn boek vasthouden, met een arm nonchalant op de marmeren schoorsteen leunen, trots staren over een globe, verrast opkijken terwijl hij met een ganzenveer iets noteerde, maar uiteindelijk kozen ze er eensgezind voor om Isaac vanwege zijn houterigheid gewoon op een stoel te laten zitten.

'Gelukkig heeft u gekozen voor een carrière in de natuurfilosofie,' knipoogde Kneller, 'en niet in het theater.'

'Nee,' gaf Isaac toe, 'een theaterdier ben ik nooit geweest. We zijn vorige week naar *Dido en Aeneas* gaan kijken. De eerste akte vond ik nog wel aardig, maar in zo'n opera blijven ze maar zingen. Tijdens de tweede akte viel ik in slaap. Bij de derde ben ik maar stilletjes weggeslopen.'

In plaats van altijd maar die saaie samengebonden grijze vlecht borstelde Fatio zelf de lange grijze haren, die nu als viriele lokken loshingen en Isaac er stukken jonger deden uitzien. Terwijl Kneller met houtskool een schets van Isaac op het doek tekende, maakten zijn leerlingen aan de andere kant van het atelier een naaktstudie. Een langharige brunette, met één hand bevallig op een afgebroken zuil, hield een tros druiven boven haar mond waar ze naar hapte.

'Veelzijdig werk hier,' merkte Fatio op.

'O, dat,' zei Kneller. 'Dat is een opdracht van Willem en *Mary* van Oranje. Je weet hoe vorsten zijn. Toen ze vorige week Whitehall betrokken, zag Mary dat de vrouw van koning Jacobus haar twaalf mooiste hofdames in sensuele poses had laten portretteren. "Dat wil ik ook," zei ze tegen me, "maar mijn serie moet minder ordinair worden!"'

Isaac keek even opzij naar het model.

'Dan ben ik wel benieuwd naar de modellen van Jacobus,' zei hij. De brunette wierp hem een vernietigende blik toe.

'Dit is slechts een studie, meneer Newton. Uiteraard zullen de hofdames die komen poseren hun mooiste jurken aantrekken. En nu weer naar rechts kijken, alstublieft. Kijkt u maar naar uw vriend hier. Niet zo stijfjes, meneer Newton. En blijven ademen. Ja, die vertederde blik, dat is prachtig.'

Door het hele land ging een nieuwe wind, nu Willem en Mary binnenkort tot vorsten zouden worden gekroond. De geboorte van zijn zoon was voor koning Jacobus het begin van het einde geweest. Gealarmeerd nu Jacobus' katholieke opvolging met deze mannelijke telg verzekerd was, had een groepje verontruste edelmannen hulp gevraagd aan de protestantse stadhouder der Nederlanden Willem van Oranje. Willem was in beraad gegaan met zijn vrouw Mary, de dochter van koning Jacobus. Haar liefde voor haar man en haar protestantse geloof wonnen het van de toch al niet grote loyaliteit aan haar vader. Ze gaf Willem toestemming om Engeland binnen te vallen, maar vroeg hem te proberen haar vader ongedeerd te laten. Toen Willem ook nog uit onverwachte hoek gesteund werd door een meer dan gulhartige gouden gift van de paus, was er geen bezwaar meer. Willem verzamelde in Hellevoetsluis een imponerende krijgsmacht van maar liefst 21.000 soldaten. Een schril contrast met de tachtig mannen met wie Scott had geprobeerd Jacobus van de troon te stoten. Jacobus had snel beseft dat zijn koningsdagen geteld waren. Hij vluchtte met zijn gezin naar Frankrijk, waar Lodewijk hem asiel verleende.

'U zetelt toch in het parlement?' vroeg Kneller in een poging Isaac wat minder gespannen te laten kijken.

'Ja,' zei Isaac, 'ze denken dat je als schrijver overal verstand van hebt. Maar goed, het is wel een belangrijke fase voor ons land. We zijn nieuwe wetten aan het formuleren. We willen vermijden dat er ooit weer een vorst kan komen die denkt dat hij God is en het parlement buitenspel zet. En met het opstellen van wetten heb ik wel enige ervaring...'

'Ja,' zei Kneller, terwijl hij Isaacs vochtige hand iets mannelijker op de stoelleuning modelleerde, 'dat mag u wel zeggen. Er wordt flink gepraat over die bewegingswetten van u, ook onder kunstenaars. Ik had er gisteren nog een discussie met mijn leerlingen over toen we ideeën voor uw portret bespraken. Ik vind dat ze zich breed moeten interesseren als schilder. Zich moeten inleven in hun onderwerp. Kijk, die eerste wet, die begrijp ik nog wel, maar voor uw tweede bewegingswet is mijn verstand eerlijk gezegd te klein.'

Nog voor Isaac de kans kreeg een toelichting te geven, nam Fatio het woord.

'Zo moeilijk is het toch niet, meneer Kneller? Écoute. In gewone woorden stelt de wet dat een voorwerp net zoveel van richting verandert als de kracht die erop inwerkt, en dat dit in een rechte lijn gebeurt...'

'En wat moeten we daar dan mee?' vroeg Kneller, die het gordijn naast Isaac half dichtschoof, zodat de linkerhelft van zijn gelaat meer schaduw kreeg en zijn aristocratische neus daardoor beter tot zijn recht kwam.

'Het is een wet die niet alleen voor voorwerpen en hemellichamen geldt, meneer Kneller, maar ook voor ons mensen. Zo boven, zo beneden. Bent u bijvoorbeeld beïnvloed door een of andere schilder?'

'Nou en of,' zei Kneller. Op zijn kleurpalet mengde hij wat rood, wit en oker om een gezonde gelaatskleur voor Isaac uit te zoeken. 'Ik ben in Amsterdam leerling geweest van Rembrandt. Zoals hij dramatiek in een schilderij wist te leggen door met licht en schaduw te spelen, dat was een openbaring.'

'Exactement,' oreerde Fatio, alsof hij als een impresario Newtons talenten verkocht. 'Rembrandt werkte als een enorme kracht op u in. Hij deed u van richting veranderen. En die kracht was zo groot dat u tot de dag van vandaag nog steeds in dezelfde richting verder werkt als waarin hij u stuurde. Dat wat diepe indruk op ons maakt, verandert onze levensrichting. We worden een nieuwe kant op gestuurd, of we willen of niet. Zoals mijn leven veranderde toen ik Isaac leerde kennen...'

'Juist, ja,' zei Kneller, die allang meer aandacht had voor het grove neerstrijken van de verf dan voor Fatio's discours. Het naaktmodel, dat een rustpauze was gegund, had een gebloemde kamerjas aangetrokken en kwam kijken naar de vorderingen van het portret.

'Excusez moi, mademoiselle.' Fatio liep meteen op haar af. 'Meneer wordt liever niet gestoord tijdens het poseren.'

Hooghartig keek het model hem aan.

'O nee? En wie is meneer dan wel niet?' vroeg ze.

'Meneer Newton. De grootste natuurfilosoof van deze tijd, juffrouw. En mijn vriend.'

'Newton? Nu herken ik u. Wel, wel, het gaat u voor de wind, zo te zien.'

'Pardon,' zei Isaac, 'heb ik u eerder ontmoet?'

'Sophie,' zei het meisje met het besproete gezicht, en ze maakte een potsierlijke kniebuiging. 'Ja, meneer, nee, meneer, nog iets tot uw dienst, meneer?'

'O ja, natuurlijk,' zei Isaac, terwijl hij zich het hoofd brak wie ze kon zijn.

'Ik heb als dienstmeisje op Ragley Hall gewerkt. Ik zie er nu natuurlijk iets anders uit dan in zo'n dienstmeidenjurkje,' zei ze, en ze gooide spottend haar kamerjas open. 'Vindt u dit ordinair, ja? Ach, u had toen ook al niet veel oog voor vrouwelijk schoon. Wat hebben we gelachen in de keuken om uw schlemiel gedrag. Wel, wel, dat ik die dief hier tegen het lijf loop...'

'Zo is het wel genoeg, Sophie,' zei Kneller streng. 'Wij zijn hier aan het werk.'

'Dief?' vroeg Isaac gepikeerd. 'Wat insinueert u?'

'Laat die straatmeid toch, Isaac,' suste Fatio.

'Nee, ik wil het weten. Wat bedoelt u, juffrouw?'

'Ik ben de vriendin van uw collega Robert Hooke, meneer Newton.'

'Van Hooke?'

'Hooke ontwerpt het nieuwe kasteel voor *graaf Conway*. De graaf werd gek na de dood van Anne Finch. Hij heeft het kasteel tegen de vlakte laten gooien. Hij vond de herinneringen aan zijn vrouw onverdraaglijk. Het was meteen vlam in de pan tussen Hooke en mij. Hij is echt een schatje. Maar ik heb dus van heel dichtbij meegemaakt hoe u de reputatie van mijn lief vernietigde, meneer Newton. U weet verdomd goed dat u alles van hem hebt gepikt. Moet u uzelf daar nou eens zo opgeprikt zien zitten. Ze moesten u in Newgate gooien.'

'Sophie, kleed je onmiddellijk aan en scheer je weg. Zo wordt er niet met mijn klanten omgegaan. Je bent ontslagen, straatmadelief,' brieste Kneller.

Sophie liet haar kamerjas vallen en liep naar de stoel waar haar kleding hing. 'Uw derde wet is toch die van actie en reactie? Ook van mijn Robert gepikt, trouwens! Elke actie veroorzaakt toch altijd een gelijke tegengestelde reactie? Nou, pas maar op, meneer Newton. Alle rottigheid die u heeft uitgehaald, krijgt u ooit nog eens flink in het gezicht. Pronken met andermans veren, u moest zich schamen.'

Terwijl ze haar jurk dichtknoopte, wierp ze een minachtende blik op het schilderij.

'Wie is hier de lichtekooi, Godfrey? Hoeveel laat je die hark extra betalen om het nog ergens op te laten lijken? Ik dacht dat een kunstenaar vanuit zijn hart werkte, in plaats van vanuit zijn portemonnee.'

Hooghartig verliet ze het atelier, waar een lange, bedrukte stilte viel. Toen stond Isaac op en trok zijn handschoenen aan.

'Ik wist wel dat dit geen goed idee was,' zei hij aangeslagen. 'Genoeg geposeerd.'

35

In het grote sanctuarium, op loopafstand van het parlementsgebouw, hadden Isaac en Fatio een ruime kamer gehuurd met een prachtig zicht op Westminster Abbey. Rijk werd hij niet van zijn boek, noch van zijn parlementaire vergoeding, maar met zijn honorarium van Cambridge en de onregelmatige pachtinkomsten van Woolsthorpe, was dit een gedroomd, betaalbaar en anoniem liefdesnest, in een gebouw waar alle huurders slechts voor beperkte tijd woonden en niemand zich met een ander bemoeide. Al snel was de kamer het centrum van intellectueel en politiek Londen geworden. Fatio was de drijvende kracht achter een overvolle agenda met dineetjes, lunchafspraken en borrels. Iedereen wilde zich maar al te graag laven aan Newtons bron van kennis en origineel denkvermogen. Fatio was de ideale gastheer die ervoor zorgde dat iedereen hartelijk werd ontvangen, kennismaakte met de Zwitserse keuken en voldoende drank kreeg. Aan de zijde van Isaac leerde Fatio binnen de kortste keren iedereen in Londen van enig belang kennen. Van onbekende reiziger die de stad bezocht was hij in enkele maanden tijd een geliefde societyfiguur geworden. Met zijn natuurlijke charme liet hij iedereen zich thuis voelen, maar ook maakte hij indruk door zijn sprankelende bijdragen aan de conversaties. Als er interessante demonstraties waren bij het Koninklijk Genootschap, woonden ze die bij, behalve wanneer Hooke erbij betrokken was. Ze bezochten samen koffiehuizen, gingen in op uitnodigingen voor feestjes en recepties, en correspondeerden met lezers van de 'Principia' die Isaac feliciteerden of meer informatie vroegen.

Grote genegenheid en affiniteit ontwikkelde Isaac voor John Locke, de vriend met wie Fatio zijn legendarische lezing bezocht had. Locke was een gulzige levensgenieter, die Isaac en Fatio regelmatig uitnodigde om een avond met hem te filosoferen. Veel meer dan in de zwaartekracht vonden ze elkaar in hun gemeenschappelijke fascinatie voor het religieuze. Op Fatio na was Locke de enige aan wie Isaac zijn geheime stellingen durfde toe te lichten waarom volgens hem Jezus niet goddelijk was.

Onder invloed van de 'Kabbalah Denudata' van Van Helmont had Isaac meer en meer een kabbalistische visie op Jezus ontwikkeld, die hem rust gaf in zijn gemengde gevoelens. Hij raakte ervan overtuigd dat het niet anders kon of Jezus moest een van die selecte rabbijnen geweest zijn die ingewijd waren in de geheime kabbala, en in nieuwe bewoordingen de oude, mystieke visie geopenbaard had aan grote groepen volgelingen. Geheel in kabbalistische traditie preekte Jezus voor het grote publiek in parabelen, een sluier die hij ophield tussen de verblindende schoonheid van de Thora en dat wat een gewoon mens kon bevatten. Tot zijn leerlingen zei hij: 'Aan u is het gegeven de geheimen van het Rijk der Hemelen te kennen, maar als ik tot hen spreek in gelijkenissen, dan is het omdat zij, ofschoon zij ogen hebben, niet zien en ofschoon zij oren hebben, niet horen of begrijpen.' Zoals ook de kabbalisten hun geheimen generaties lang mondeling overdroegen aan hun belangrijkste leerlingen. Hoe toevallig kon het zijn dat de tien begrippen waar Jezus maar steeds opnieuw op hamerde, precies overeenkwamen met de tien sefirot, de tien eigenschappen van God die samen de kabbalistische levensboom vormden: liefde, vertrouwen, wilskracht, geloof, medeleven, gerechtigheid, schoonheid, glorie, wijsheid en begrip. En hoe toevallig was het dat Jezus' belofte 'Als gij maar geloof hebt en niet twijfelt, dan zult gij alles verkrijgen wat gij zult vragen' ook de levensvisie van de kabbala was? Want ook de kabbalisten verklaarden dat wanneer iemands wilskracht en geloof onwankelbaar waren, die alles kon krijgen wat hij wenste. Dat was wat men toveren noemde, of mirakelen. Jezus beweerde nergens dat hij de enige mens was die dit kon, maar stelde dat het in ieders vermogen lag. Omdat iedereen de zoon of dochter van God was, net als hijzelf.

Fatio moedigde hem aan zijn ideeën op te schrijven voor publicatie. Toen ook Locke daar enthousiast over bleek te zijn, overwon Isaac zijn schroom en begon hij aan een nieuw schriftje waarin hij boven aan de eerste pagina *Ariaans Manifest* schreef en onderlijnde. Het zou een boek worden dat nog meer stof zou doen opwaaien dan zijn 'Principia', omdat het zo'n beladen onderwerp behandelde dat het de mens in zijn diepste overtuiging kon schokken. Door weloverwogen onderzoek en redenering wilde hij aantonen dat Jezus meer dan bijzonder genoeg was, ook zonder de goddelijkheid die op het Concilie van Nicea was bedisseld.

'Wat staat er vanavond op het programma?' vroeg Isaac opgewekt toen hij die avond thuiskwam van zijn parlementswerk en een stapel documenten op tafel legde.

'Robert Boyle,' antwoordde Fatio, die in een pan prei kookte in melk, en op smaak bracht met kaneel.

Fatio had grote bewondering voor Boyle. Hij wilde graag de beroemde luchtpomp zien waaruit Boyle zijn wetten over druk en volume van gassen had afgeleid. Daarom had hij meteen met een uitnodiging geantwoord toen Boyle een briefje had laten bezorgen dat hij Isaac dringend wilde spreken.

Isaac schrok toen hij de deur voor Boyle opende. Hij was een levend skelet geworden. Een bejaarde, kale en afgetobde man. Hij moest hem ondersteunen bij het bestijgen van de trap en het duurde een hele poos voordat hij weer op adem kwam en een woord kon uitbrengen. Boyle was gedurende de hele maaltijd erg afwezig, ondanks Fatio's talrijke pogingen het gesprek op gang te brengen.

'Weet u waarover ik me verbaasde?' zei Fatio in een laatste poging Boyle op zijn praatstoel te krijgen. 'Dat u alle alchemisten opriep om met het grote werk te stoppen, terwijl u vroeger zelfs uw uitvinding van filosofisch kwikzilver openlijk publiceerde...'

Isaac legde zijn vork neer, niet zeker of hij Fatio wel goed begrepen had.

'Pardon?' vroeg hij.

'Heb jij dat dan niet gelezen, Isaac? Meneer Boyle raadt iedereen aan te stoppen met...'

'Nee, dat bedoel ik niet,' zei Isaac. 'Heb jij mijn recept over filosofisch kwikzilver gepubliceerd, Robert?'

'Jouw recept!' schamperde Boyle. 'Je bent in al je roem toch niet vergeten dat ik degene ben die je "De Sleutel" bezorgd heeft?'

'Jij kwam er niet uit, Robert! Pas nadat ik de fouten uit je geschrift had gehaald, en je had gedemonstreerd hoe het moest, snapte je het. Ben jij dat vergeten?'

'Nou...' zei Boyle besmuikt.

'Hoe kun je het nou in je hoofd halen dat te publiceren? Mijn ontdekking onder jouw naam! Dat druist toch tegen alle afspraken van de meesters in? Wat als de kennis in verkeerde handen valt? Wat voor schade zou dat de wereld niet berokkenen! Dat is toch totaal onverantwoord, Robert?'

'Daarom heb ik ook iedereen opgeroepen te stoppen met het werk,' verdedigde Boyle zich, en hij at nukkig zijn bord leeg.

Toen bedankte hij Fatio kortaf voor het eten en werd de reden van zijn zwijgzaamheid duidelijk. 'Blijf jij er de hele tijd bij? Ik wil Isaac onder vier ogen spreken.'

Fatio's mond viel open. Dit was hem nog nooit gebeurd. Tot nu toe had iedereen hem meteen aanvaard als vertrouweling van Isaac, en niemand had zich verdere vragen gesteld over de aard van hun relatie. Na een vervelende, onbesliste stilte gooide Fatio gedecideerd zijn servet op zijn bord, stond op en zei: 'Ik ga de stad in. Goedenavond.'

Hij trok zijn jas aan, schudde zijn haar naar achteren en plaatste daar trots zijn hoed op. De deur smeet hij luidruchtig achter zich dicht. Isaac schaamde zich dat hij niet onomwonden voor Fatio koos. Bewees liefde zich juist niet in voor elkaar opkomen wanneer een van de twee onrecht werd aangedaan? Als er één manier was waarop Isaac zijn respect en bewondering voor Fatio kon uitdrukken, was het wel door Boyle op zijn plaats te zetten. Isaac besefte nu pas hoe Fatio hem voortdurend en schaamteloos in gezelschap bewierookte. Hij was het vanzelfsprekend gaan vinden dat Fatio in al hun contacten de loftrompet over hem stak. En al wimpelde hij die lof quasi bescheiden weg, hij genoot ervan als een kater die over zijn buik gestreeld werd. Fatio voedde dagelijks zijn zelfvertrouwen, zijn geloof bijzonder te zijn. Maar omgekeerd deed Isaac nooit hetzelfde bij hem. Hoewel hij wel degelijk heel trots was op Fatio, gaf hij daar geen uiting aan, of hoogstens wanneer niemand anders het hoorde. Waarom had hij nog niet één keer in het openbaar gezegd dat Fatio een van de weinigen was die de 'Principia' werkelijk begrepen hadden? Alles draaide altijd om hem, besefte hij voor het eerst, en zelfs tegen Boyle, de man voor wie hij nu alleen maar minachting voelde, zweeg hij.

'Je moet oppassen met die jongeman,' zei Boyle, die stoïcijns het vertrek van Fatio had gadegeslagen. 'Iedereen in Londen heeft het over hem. Weet je hoe ze hem noemen? De aap van Newton...'

Isaacs gezicht betrok. Hij was ervan overtuigd dat iedereen net zo onder de indruk was van zijn vriend als hijzelf, maar nu zou dat dus schijnheilig gedrag geweest zijn?

'En er wordt nog meer geroddeld, Isaac, over de aard van jullie vriendschap. Weet je wel? Zorg dat je de roem en het respect die je hebt opgebouwd, niet te grabbel gooit door je hartstocht. Je zou niet de eerste man zijn die daaraan ten onder ging. Ware adepten kiezen voor een celibatair leven. Ik ken die zwakheden wel, hoor, die jou op het begin van je weg nu opjagen. Ik heb ooit een mooi Zwitsers meisje gekend, de dochter van een musicus...'

'Dat heb je al verteld,' onderbrak Isaac hem ruw.

'Ook goed. Kijk zelf maar wat je met die aap doet. Tenslotte ben ik daarvoor niet hier.'

Isaac was woedend. Wie Fatio raakte, raakte hem. Het liefst wilde hij de bejaarde man eruit gooien, maar het opgevouwen papiertje dat Boyle trillend uit zijn binnenzak haalde en op tafel legde, weerhield hem daarvan.

'Dit is rode aarde,' zei Boyle, terwijl hij het papiertje openvouwde. 'Ik heb er talloze experimenten mee gedaan, die me mijn gezondheid hebben gekost. Het is uitzonderlijk krachtig spul dat erg giftige gassen vrijmaakt. Ik weet inmiddels bijna exact hoe ik het moet gebruiken. Nog een paar proeven en ik weet wat de juiste dosering en werkwijze zijn om goud te maken.'

Isaac staarde gebiologeerd naar de glinsterende helrode korreltjes. Had Boyle hem overtroffen? Wie dit poeder kon maken, was vlak bij de definitieve ontknoping.

'Ik ben bereid je in te wijden in het geheim,' zei Boyle, terwijl hij met bevende handen het papier weer dichtvouwde. 'Maar op twee voorwaarden. Eén: het is strikt vertrouwelijk, dus ik wil dat je hier niemand iets over vertelt, zeker niet tegen dat huisdier van je. Twee: ik wijd je pas in als je er als parlementslid voor zorgt dat je de *wet op valsemunterij* ongedaan maakt.'

Isaac stond op en schopte zijn stoel omver. Als Boyle een jongere man was, zou hij hem hard in zijn gezicht slaan. Maar dit was een duivel vermomd als een mager, hulpeloos oud ventje. Bovendien legde hij twee belachelijke en onredelijke eisen op tafel. Fatio was zijn man; voor hem wilde hij nooit een geheim hebben. En alsof hij die oude wet zou kunnen laten veranderen die het verbood dat alchemisten onedele metalen transformeerden in goud. Wanneer hij alleen nog maar de aandacht op die wet zou vestigen, zou hij zichzelf onmiddellijk verdacht maken en zijn naam te grabbel gooien. Hij zou geen enkel argument als reden kunnen aanvoeren om die oude wet uit 1404 in het parlement ter sprake te brengen.

Boyle stak het papiertje weer in zijn zak.

'Goedenavond, Isaac,' zei hij. 'Denk er maar over na. Er valt verder niet over te onderhandelen.'

Isaac zei niets. Hij keek naar de magere man die probeerde op te staan, maar terugviel op zijn stoel. Hij voelde niet de minste aandrang hem te helpen en hem als een zoon een arm te bieden.

'En aan wie draag je je werk nu op, Robert, nu je geen koning meer hebt om goud voor te maken?' vroeg hij sarcastisch. 'Wie wilde mij er ook weer van overtuigen dat je het grote werk aan een hoger belang moest wijden? Aan een koning? Geldt dat nu opeens niet meer? Of kom je er nu pas voor uit dat jijzelf altijd dat grotere belang bent geweest?'

Boyle hapte hijgend naar adem. Hij verafschuwde het dat hij om hulp had moeten aankloppen. Bij al zijn voormalige vrienden had hij al steun gevraagd om de wet te laten afschaffen, maar niemand wilde hem helpen. Er was geen enkel argument aan te voeren om valsemunterij opeens niet langer strafbaar te maken. Alleen Newton zou er belang bij kunnen hebben dat die wet uit het strafboek verdween. Het was zijn laatste kans om de eerste opdracht van Saint Germain te doen slagen.

'Je hebt je nooit om die wet bekommerd, Robert. Ben je bang om gearresteerd te worden nu je niet langer door de koning wordt beschermd? Daar hoef je niet bang voor te zijn, want het zal je toch niet lukken. Je hebt nog nooit zelfstandig een experiment volbracht. Geniet van je laatste jaren. Jaag geen droom na die voor jou niet is weggelegd.'

Boyle slaagde er eindelijk in om overeind te komen uit zijn stoel en schuifelde naar de deur.

'Doe de groeten aan je baviaan,' zei Boyle, en hij verliet de kamer en liep in zijn eigen oudemannentempo de trap af.

Zodra hij de deur achter zich had dichtgetrokken, gooide Isaac zijn bord woedend tegen de muur in scherven.

Terwijl Boyle zich als een verzuurde, onttroonde vorst in een koets naar Pall Mall liet rijden, rende Fatio vernederd door de straten op weg naar zijn vriend Locke, bij wie hij vanwege diens libertijnse opvattingen zijn hart zou kunnen uitstorten. Maar Fatio wist niet dat Locke op datzelfde ogenblik in een bijzonder intense uitwisseling van gedachten verkeerde met de vrouw aan wie hij in Nederland iedere nacht had gedacht. Fatio trok luid aan de bel, net op het moment dat Locke *Damaris* na een vervelend betoog van repliek wilde dienen.

'Nee,' zei Damaris toen de bel opnieuw langdurig klonk en een grote urgentie deed vermoeden. Aarzelend keek Locke haar aan.

'Niet denken. Toe dan, kom dan toch! Ga door,' verzuchtte ze.

Damaris plaatste haar handen op zijn oren, trok zijn gezicht tegen het hare en proefde haar vocht op zijn lippen. Maar de bel bleef langdurig en dwingend schellen, en wanhopig stapte Locke uit zijn verhaal, gooide de gordijnen naar links en naar rechts, en duwde met een forse haal het raam open.

'Ik wist wel dat je thuis was,' riep de jonge Zwitser op de straat. 'Ik moet je spreken, John!'

'Fatio,' riep Locke uit. 'In 's hemelsnaam! Om deze tijd? Kan het niet tot morgen wachten?'

'Nee, echt niet,' riep Fatio als in doodsnood. 'Je moet me binnenlaten. Ik kan nergens anders terecht.'

Hij schrok toen hij plots naast Locke de verhitte Damaris zag verschijnen, die zich zonder zich te bekommeren om haar ronde naaktheid over de vensterbank boog.

'Je m'excuse, Damaris,' stamelde Fatio, en hij keek snel naar de kasseien onder hem, 'ik wist niet dat jij hier was.'

Ze lachte om zijn verlegenheid.

'Hier, pak aan,' riep ze, en ze gooide hem de sleutel toe.

Fatio schaamde zich diep toen hij de woonkamer binnenliep, waar Locke in zijn snel aangeschoten jas en Damaris in haar kamerjas op hem wachtten.

'Het spijt me echt, Damaris...'

Locke gniffelde om Fatio's blozende wangen.

'Tja,' zei hij, en hij sloeg zijn arm stevig om het middel van de blonde vrouw, 'Damaris en ik hadden een heel diepgaand... gesprek... Het werd te laat om vanavond nog naar *Oates* te reizen.'

'Een goede reden om naar ons te verhuizen, John. Wist je al dat John binnenkort bij ons komt wonen, Fatio?'

'Hoe? Je bent toch getrouwd? En je man en kinderen dan?' vroeg Fatio geschrokken.

'Mijn dochters hebben een goede leraar nodig,' zei ze luchtig. 'Zolang men meent dat vrouwen op een universiteit niets te zoeken hebben, moeten we ons behelpen met een privéleraar. Mijn man is het er volkomen mee eens dat hun leraar beter dicht in de buurt kan wonen. Per slot van rekening hebben we genoeg lege kamers op ons landgoed in Oates.'

'Wel dan,' zei Locke, en hij overhandigde Fatio een glas wijn. 'Ik hoop dat je een goede reden hebt om ons gesprek over de deugdzaamheid van de vrouw te onderbreken. Cheers.'

'Ja,' vulde Damaris vrolijk aan, terwijl ze op de leuning van de blauwe divan ging zitten. 'Ik gaf John net een levendige toelichting op het traktaat dat ik schrijf over de dubbele moraal voor vrouwen en mannen. Neem nou kuisheid. Al eeuwenlang wordt kuisheid als de belangrijkste deugd van de vrouw beschouwd. Vind jij het ook niet vreemd dat het een vrouwelijke deugd is? Terwijl kuisheid toch leidt tot de nog grotere zonde van verwaandheid. Is het je opgevallen met hoeveel dedain kuise vrouwen neerkijken op vrouwen die niet zoveel belang aan hun reputatie hechten? Het kost die vrouwen bovendien zoveel energie om kuis te zijn dat ze geen tijd meer overhebben om andere kwaliteiten te ontwikkelen. Intelligentie, bijvoorbeeld. Heeft God ons dan geen zintuigen geschonken om van het leven te genieten? Nou, dan is het toch niet chic om dat volle glas wijn af te slaan?'

'Nee,' was het enige wat Fatio kon uitbrengen, en hij lachte geamuseerd toen ze kordaat haar ene been over het andere sloeg als om haar betoog kracht bij te zetten.

'Nu dan,' zei Locke, en hij klopte kameraadschappelijk op de schouder van zijn jonge vriend, 'wat brengt je hier?'

'Robert Boyle was vanavond op bezoek bij ons.'

'Robert, mijn oude vriend! Hoe is het met zijn gezondheid? Hij zag er niet best uit de laatste keer dat ik hem zag.'

'Is hij werkelijk een vriend van je? Zo'n impotent stuk chagrijn? Hij heeft me de hele avond straal genegeerd. Hij behandelde me als een keukenmeid. Hij weigerde iets zinnigs te zeggen zolang ik er was, en zei zelfs dat ik moest ophoepelen, zodat hij met Isaac kon praten! In mijn eigen huis! Ik ben er met slaande deuren vandoor gegaan. En het ergste vind ik nog dat Isaac niet heeft ingegrepen. Ik kan onmogelijk vanavond naar hem teruggaan. Hij moet maar eens weten dat ik geen vaatdoek ben.'

'Je wilt hier toch niet blijven slapen?'

'Ik wist natuurlijk niet dat Damaris bij je was.'

'Natuurlijk blijf je slapen,' zei Damaris beslist. 'Je hebt volkomen gelijk om je niet zo te laten behandelen.'

Locke zuchtte diep. Nog maar een paar minuten geleden had ze gesmeekt, alsof ze het anders niet zou overleven, haar diep en hard te beminnen, en nu bood ze deze gast onderdak?

'Met vrouwen gaat het net zo,' zei ze. 'Wij worden neergezet als een bloemstuk op tafel. Zoet ruikende decoratie die mooi moet zijn, maar die opzij wordt geschoven als de maaltijd voorbij is. Dan trekken de heren zich terug in de rookkamer en praten ze pas echt over wezenlijke zaken. Ik begrijp heel goed hoe je je voelt, Fatio.'

'Precies! Als je eens wist hoeveel avonden het uitsluitend over Isaac gaat. Nooit wordt aan mij gevraagd waarmee ik bezig ben, welk onderzoek ik doe. Isaac heeft dan wel verklaard hoe de zwaartekracht werkt, maar ik heb ontdekt waarom dat zo is. We zouden samen een nieuwe editie van de "Principia" schrijven. De eerste druk is bijna uitverkocht, maar hij heeft het er nooit meer over. Hij gaat helemaal op in zijn parlementsleventje, in de contacten die ik voor hem leg. Al onze gasten hangen aan zijn lippen, en al zou ik ondertussen de horlepiep dansen, het zou hun niet eens opvallen.'

'Schandalig,' beaamde Damaris.

'Ik gun hem zijn succes van harte, maar hij lijkt wel eens te vergeten dat ik degene ben die hem groots maakt. Al die tijd dat we elkaar nu kennen, heb ik aan hem gewijd. Ik heb mezelf weggecijferd. Voor hem gezorgd, hem geholpen, naar hem geluisterd. Waar zou hij zonder mij zijn?'

'Je moet voor jezelf opkomen, Fatio.'

'Zonder mij zou hij nooit iemand ontmoeten.'

'Hoor eens, je wordt pas serieus genomen als je jouw woorden bundelt met een kaft eromheen. Schrijf die theorie van je op, publiceer hem. Laat Isaac maar eens zien wie jij werkelijk bent. Ontwikkel jezelf tot je hoogst mogelijke vorm, en kijk dan maar eens of hij jou nog wel kan bijbenen,' betoogde Damaris, terwijl ze als een generaal die zijn troepen aanjaagt door de kamer liep.

'Maar jij ook, Damaris, jij moet ook publiceren!'

'Denk je dat er iemand geïnteresseerd zou zijn als ik mijn traktaat onder mijn eigen naam uitgaf? Mannen zouden zich schamen als ze het boek van een vrouw lazen. Jij hebt tenminste het geluk in een mannenlichaam te zijn geboren.'

'Wat een flauwekul! Er moet toch één vrouw de eerste zijn? Jij bent krachtig genoeg.'

'We moeten samen publiceren!'

'Juist, ja, we zullen de wereld eens laten zien wie we zijn.'

Ze klonken met hun glazen en keken elkaar strijdlustig in de ogen terwijl ze dronken.

'Wel,' zei Locke droog, die het tafereel had gadegeslagen, 'niets is onbeleefder dan iemand in het vuur van zijn betoog te onderbreken, dus nu jullie het helemaal met elkaar eens zijn, neem ik de kans te baat mijn bed op te zoeken. Vergeet je niet de kaarsen straks uit te doen, lieverd?'

Tot diep in de nacht bezegelden Damaris en Fatio, met flink wat wijn erbij, hun vriendschap met theorieën, anekdotes, hemelbestormende plannen over publicaties, en vooral veel gepraat en gebrul.

37

Isaac verafschuwde het opdringerige geroep waarmee de marktkooplui hem naar hun stalletjes probeerden te lokken. Ongelukkig worstelde hij zich door de nauwelijks vooruitkomende stoet huisvrouwen, dienstmeiden en knechten die zich het spel lieten welgevallen. De grove grappen die over en weer vlogen, het weinig subtiele geflirt, het ongelikte geschreeuw, de opstootjes, discussies en ruzies, raasden als een sterke windvlaag om hem heen. Maar nu Fatio gesteld had dat Isaac op z'n minst de boodschappen kon doen, in ruil voor zijn dagelijks koken, moest hij zich wel geregeld tussen deze menigte begeven op de Piazza van Covent Garden: een volgepakte marktplaats met duizenden stalletjes, karren en kratten, die allemaal precies dezelfde waar aanboden: groenten en fruit. Dat was vragen om bikkelharde concurrentie, strijd en getier. Ooit was dit een goede buurt van Londen geweest, grenzend aan de achtertuin van het koninklijke paleis, waar rijke burgers in landelijke huizen van het goede leven genoten. Maar met de komst van de markt waren ze verjaagd. Voor een habbekrats hadden ze hun bezit verkocht aan gefortuneerde marktkooplui, die de huizen opengooiden als markthallen. Al die dagelijkse handel had bovendien allerlei tuig aangetrokken: zakkenrollers, gokkers, marionettenspelers en prostituees die zich ophielden rond de straten van Covent Garden en geen middel schroomden om geld in hun zakken te krijgen.

Met strenge blik keurde hij bij een kar een voorraadje Bonne Louise d'Avranches-peren, een van de vele culinaire geheimen van Fatio. Een peer met een lekker zure en sappige smaak. Een drietal peren die de selectie passeerden om hun donkerbruine blos, en nog eens nauwgezet werden gecontroleerd of ze niet aangetast waren door schimmel, kon zijn goedkeuring wegdragen.

'Wat vraag je hiervoor?' vroeg hij zo onverschillig mogelijk.

'Ik zag het meteen, u bent een fijnproever, meneer,' zei de koopman met blozende wangen. 'U heeft mijn beste waar eruit gehaald. Twee penny's, alstublieft-dankuwel.'

Zonder de vriendelijke man een blik te gunnen, liep Isaac weg. Was hij helemaal gek geworden, dacht hij. Twee penny's voor drie peren, belachelijk!

'Grapje meneer, grapje,' riep de marktkoopman hem snel achterna. 'Voor anderhalve penny mag u ze hebben.'

Isaac draaide zich om. 'Eén penny, en geen cent meer.'

De koopman aarzelde. Hij had nog niets verkocht die dag, omdat niemand er oog voor had dat zijn waar beter was dan bij de anderen. Aan één penny hield hij niets over, maar misschien zou die zijn kansen doen keren. Als er iemand kocht, trok dat altijd andere belangstellenden en zou er misschien eindelijk wat leven bij zijn kraam komen. Hij kon toch niet weer met een lege beurs thuiskomen?

Maar Isaacs aandacht was al afgeleid door een hondje dat hem vanuit een kooitje toekefte alsof het hem herkende. Het was een blond dwergkeesje met een trotse, manenachtige kraag die het beestje droeg als een verliefde jonker.

'Hoe heet hij?' vroeg Isaac aan het jongetje dat bij het kooitje stond.

'Doggie, meneer.'

'Doggie,' herhaalde Isaac afkeurend. Zo'n sierlijk hondje verdiende een edeler naam.

'Is hij te koop?'

Nog voor het jongetje kon antwoorden, spotte zijn vader, die in de stal ernaast sla verkocht: 'Te koop? U mag hem voor niets hebben. Dat rotbeest heeft me al twee keer in mijn been gebeten. Ik zei tegen Bill: als je hem tegen vanavond niet hebt weggegeven, verzuipen we hem in de Theems, met kooitje en al.'

'Mag ik hem even vasthouden?'

Toen het diertje uit zijn gevangenis bevrijd werd, besprong het Isaac en bracht hem met zijn fiere, gekrulde staart een hoofse groet, zoals een jonge edelman met zijn gevederde hoed zou doen. *Diamantje*, dacht Isaac, dat zou een naam zijn die bij hem past.

'Hij is echt heel lief,' fluisterde het jongetje. 'Alleen mijn vader mag hij niet. Maar hoe zou u het vinden als u de hele tijd geschopt werd?'

De lange pluizige haren van het dwergkeesje roken naar het zoete haar van Fatio. Misschien zou dit hem opbeuren, dacht Isaac. Fatio was zo somber de laatste weken. Dagenlang bracht hij lusteloos in bed door. Het zat hem ontzettend dwars dat niemand zijn theorie over de werking van de zwaartekracht serieus nam. Met dit hondje zouden Fatio's dagen minder stil zijn wanneer Isaac naar het parlement was. Hij zou lange wandelingen met hem kunnen maken, stelde Isaac zich dromerig voor.

'Eén penny is goed, meneer,' probeerde de andere koopman hem terug te lokken. 'Zal ik de peren voor u inpakken, meneer? U heeft echt lekkere, sappige peren gekozen. Gestoofd zijn ze trouwens ook heel lekker, wist u dat?'

Isaac gaf het hondje terug aan de jongen. Net toen hij de peren wilde afrekenen, werd hij op de schouder getikt.

'Isaac?'

'John!' riep Isaac blij verrast toen hij in de stralende ogen keek. 'John Locke!'

'Wat een leuk toeval!' zei John. 'Ik heb net vanochtend je laatste bladzijden gelezen van het "Ariaans Manifest." Ik dacht: ik maak even een wandelingetje, en nu kom ik jou tegen! Kun jij ook zo genieten van die levendigheid hier?'

'En,' vroeg Isaac hongerig, wat vind je van het "Manifest"?'

'Laten we wat gaan drinken,' zei Locke, en hij sloeg kameraadschappelijk een arm om Isaac heen.

'Uw peren, meneer! U vergeet uw peren. Eén penny! Alstublieft, meneer, alstublieft-dankuwel...' riep de koopman, maar de twee mannen die opgingen in de menigte hoorden hem al niet meer. Terneergeslagen zakte hij neer op zijn krukje. Ook het jongetje keek de mannen teleurgesteld na en streelde zijn vriendje, dat vanavond een verdrinkingsdood zou sterven als hij niet snel een nieuw baasje vond.

Op het in de zon badende binnenpleintje van het koffiehuis op Drury Lane sloeg Locke met zijn warme handen op Isaacs knieën.

'Wat een werk!' Zijn enthousiasme over het 'Manifest' rolde als een vloedgolf over Isaac heen. 'Formidabel, hoor. Het zal inslaan als een bom. Nog nooit heb ik zulk explosief materiaal gelezen. Maar je onderbouwt het onweerlegbaar: de Bijbel is vervalst. Ik kon het eerst niet geloven, mijn beste. De Drie-eenheid klinkt als een eeuwenoud begrip. Ik ben het gaan nazoeken, en inderdaad: nergens is de zinsnede "En deze drie zijn één" in de eerste brief van Johannes te vinden. Nergens in al die oude Hebreeuwse, Griekse en Latijnse teksten.'

Isaac gebaarde onrustig dat hij zachter moest praten, omdat de mensen aan de tafeltjes om hem heen vreemd opkeken bij Lockes lofprijzing. Maar Locke haalde alleen maar onverschillig zijn schouders op om de achterdochtige natuur van zijn vriend.

'Het is werkelijk verbluffend.'

Isaac glunderde. 'Ja,' zei hij trots, 'pas in de dertiende eeuw werd dat zinnetje toegevoegd. En zo heb ik maar liefst zesentwintig toevoegingen gevonden. Zinnen die niet in de oorspronkelijke teksten stonden, maar er veel later tussen werden geschreven om de valse dogma's te ondersteunen.'

'En is het echt waar van die beroemde kabbalaleraar met dezelfde naam die in de tijd van Jezus rond Jeruzalem leefde?'

'Ja, het is heel frappant. Jezus' naam in het Aramees was *Yehoshuah*, de verlosser. En die kabbalaleraar heette ook Yehoshuah. Het was een grote leraar, die zijn wijsheid doorgaf aan rabbi *Akiba*, van wie de belangrijkste leerling *Sjimon bar Jochai* was, de auteur van het standaardwerk over de kabbala, de *Zohar*.'

'Dus dat zou betekenen dat Jezus degene was die de kabbala openbaar heeft gemaakt. Misschien was dat dan wel de reden dat de joodse rechtbank hem ter dood veroordeelde. Formidabel! Je begrijpt dat ik het wil laten publiceren, natuurlijk.'

Isaac verslikte zich in zijn koffie.

'Onmogelijk,' fluisterde hij geschrokken. 'Ik heb het "Manifest" alleen voor jou geschreven. En voor misschien nog een paar vrienden die ik vertrouw. Maar de tijd is absoluut niet rijp voor dit boek. We hebben gisteren in het parlement over de *Tolerantiewet* gestemd. Een wet die uitdrukkelijk katholieken én *arianen* uitsluit van een tolerante bejegening! Mijn boek ondergraaft de fundamenten van dit land.'

'En waarom heb je dan met die wet ingestemd,' vroeg Locke verbaasd.

Verontschuldigend haalde Isaac zijn schouders op. Wat had hij moeten doen? De wet had vooral als doel te vermijden dat er ooit weer een katholieke koning het land zou kunnen regeren. Daar was Isaac het geheel mee eens geweest. Jacobus probeerde nog steeds met hulp van de koning van Frankrijk Engeland te heroveren. Dat in diezelfde wet ook aanhangers van Arius werden uitgesloten van officiële functies, was niet zo vreemd. Mensen die de Drie-eenheid ontkenden werden als net zo staatsgevaarlijk gezien als katholieken. Het zou van een ongelukkige timing getuigen als Isaac de stellingen van Arius in het parlement zou verdedigen.

'Ik geloof niet dat er een groot politicus in mij schuilt,' zei Isaac, die verlegen zijn schouders ophaalde. 'Wetten schrijven is tot daaraan toe, maar dat gedebateer is niets voor mij. Ik heb tot nu toe eenmaal mijn mond opengedaan tijdens een vergadering: om te vragen of het raampje achter me dicht mocht, omdat het tochtte. Ik schrok enorm toen ik de dag daarop zag dat mijn verzoek in het verslag was opgenomen.'

'Geen probleem,' zei Locke met een brede lach. 'Dan laten we het boek toch in Holland drukken? Dit werk is te belangrijk. Het moet verkrijgbaar zijn. Ik zal *Jean le Clerc* schrijven, een goede vriend uit mijn Hollandse jaren. Hij is de aangewezen man om dit te publiceren.'

'Maar dan wel onder een pseudoniem, of liever nog anoniem,' zei Isaac vlug.

'Als jij dat wilt, oké,' zei Locke, en hij wilde Isaac de hand drukken om de zaak te bezegelen.

Isaac glimlachte onzeker. Hoe trots hij ook was op zijn werk dat de kracht had een nieuwe visie op de Bijbel en Jezus te introduceren, hij wist niet of dit wel de goede tijd was. Locke bestelde opnieuw koffie en schoof zijn stoel dichterbij. Hij keek even schattend rond en zei toen met zachte stem: 'Ik was gisteren bij Boyle. Hij is heel ver met zijn onderzoek. Hij wil jou erin betrekken, maar hij durft niet verder tot hij beschermd wordt door de wet. Hij zei me dat hij jou had benaderd om die af te schaffen.'

'Daar is toch nooit een meerderheid voor te vinden. Er is geen enkele aanleiding toe. Bovendien, ik wantrouw Boyle,' zei Isaac, op zijn hoede omdat hij niet goed kon inschatten hoe hecht diens vriendschap met Locke was. 'Zelfs als ik erin slaag die wet afgeschaft te krijgen, geloof ik nooit dat hij me bij zijn onderzoek zal betrekken. Hij is uit op eigen eer en glorie. En bovendien zal het rode poeder alleen transformeren wanneer Boyle zelf transformeert. Ik weet het niet, John. Ik bewandel misschien een langzamere weg, maar wel een die me tot nu toe zijn nut heeft bewezen.'

'Ik snap het,' zei Locke. 'Maar hij heeft wél het rode poeder. Jij zou het kunnen analyseren. Het zou jouw proces ook kunnen versnellen.'

'Tja,' beaamde Isaac. 'Ik geef toe dat ik wel nieuwsgierig ben.'

'En is het ook voor jezelf niet veiliger als die wet afgeschaft wordt? Nu heb je macht en immuniteit, maar je zult toch niet eeuwig in het parlement blijven. Nu je zover gevorderd bent, zou het toch verschrikkelijk zijn als ze je gevangen zouden zetten. Of onthoofden. Als jij nu de afschaffing van de wet indient, dan kan ik wel wat lobbyen. Ik heb wat vriendjes in het parlement die ik kan aanspreken om je te steunen. En ik was in Den Haag al kind aan huis bij Willem en Mary. Met wat diplomatieke hulp van het koningspaar... Als je dan zorgt dat de stemming plaatsvindt op een lome vrijdagmiddag zoals vandaag, wanneer iedereen liever naar huis wil...'

Locke wist dat hij behoedzaam moest zijn met zijn aansporingen om Newton te laten samenwerken met Boyle. Maar hij nam de opdracht die zijn vrienden Willem en Mary hem hadden gegeven uiterst serieus. Het koningspaar had veel geld nodig om de Fransen af te slaan, die bijna op alle continenten probeerden Engelse koloniën in te pikken. Locke was gevraagd om te proberen de twee verst gevorderde alchemisten van het land te prikkelen en misschien wel te doen samenwerken, in de vage hoop dat dit goud zou opleveren. Boyle had het rode poeder, maar ontbeerde het inzicht. Isaac had de kennis, maar bezat geen rood poeder. Locke moest de twee stijfkoppen nader tot elkaar brengen. Isaac liet zuchtend zijn hoofd achterovervallen. Het was waar dat hij zichzelf niet oud zag worden als parlementslid. De tijdgeest kon vluchtig van richting veranderen, had hij nu al vaak ondervonden. De wind die hem nu meezat, kon hem morgen in het gezicht slaan. En dan zou hij niet meer beschermd zijn door immuniteit.

'Ben je al bezig met het proces van conjunctie?' vroeg Locke.

'Nee.' Isaac schudde langzaam zijn hoofd. Zijn alchemistisch werk was op een doodlopende weg terechtgekomen. Tijdens het proces van conjunctie moest er een *alchemistisch huwelijk* tot stand worden gebracht tussen de koning en de koningin. Een inwijding met een enorme seksuele kracht die totale overgave vereiste. Seksuele overgave.

'Voor conjunctie of vereniging,' aarzelde Locke, 'daar heb je een vrouw voor nodig, toch? De alchemist moet zich aan de koningin overgeven?'

Isaac knikte.

'Heb je dan niet een probleem, Isaac?' probeerde Locke zo discreet mogelijk te vragen.

'Het gaat om vrouwelijke energie... en die heeft Fatio genoeg.'

'Fatio? Het spijt me, Isaac, maar dat is echt wel een haantje, hoor.'

Isaac antwoordde niet. Hij wist dat Fatio die droevige nacht had doorgebracht bij John en Damaris. Damaris was degene geweest die hem had opgehitst zich te ontwikkelen. Sinds die ongelukkige nacht waren Fatio's zwaarmoedige buien begonnen. Dat was ook de reden dat hij Fatio nog niet had durven vragen voor het ingrijpende ritueel. Hij vreesde een desastreuze inzinking wanneer hij Fatio in deze labiele toestand zou blootstellen aan de heftige energieën die het ritueel opwekte.

'Wordt het niet tijd dat je een vrouw zoekt, Isaac? Ik veroordeel jullie niet, dat weet je, maar misschien moet je het toch eens proberen. Londen is soms net een dorp. Een huwelijk zou je reputatie goed doen, met al die geruchten die over je gaan. Mensen zijn niet gek en... een huwelijk hoeft niet uit te sluiten dat je Fatio nog ziet. Kijk maar naar mij en Damaris.'

'Het spijt me, John, maar ik bemoei me ook niet met jullie relatie. Als ik met iemand het ritueel volvoer, dan is het met Fatio,' zei Isaac kil.

'Natuurlijk,' suste Locke, 'natuurlijk. Ik zeg je dit gewoon als vriend,

Isaac. Weet je, mocht je van gedachten veranderen, dan wil ik Damaris wel vragen. Zij is bijzonder geïntrigeerd door je alchemistische werk. En ik zou er ook geen problemen mee hebben...'

'Ik ga maar eens,' zei Isaac verbouwereerd, en hij stak zijn hand uit.

Hoe kon Locke als een pooier de vrouw die hij beminde aanbieden voor zo'n ritueel? Isaac zou nog liever zijn alchemistische werk opgeven dan op dit voorstel ingaan. Het was ondenkbaar dat hij zijn liefde voor Fatio zou loochenen. Toen hij even later de sleutel in de deur van het grote sanctuarium stak, besefte hij pas dat hij was vergeten waarvoor hij op pad was gegaan: Bonne Louise d'Avranches-peren.

38

Isaac liet zijn glanzende ogen over het naar lust ruikende lichaam gaan dat triomfantelijk met de armen en benen wijd uitgestrekt naast hem lag te slapen. Het uitgewaaierde lange bruine haar als een koningskroon, de brede, majestueuze schouders, de gebeeldhouwde rug van zuiver brons en zo zacht als hermelijn, de billen die wilskracht en veroveringszucht uitdrukten, de zelfs in zijn slaap regerende gouden scepter en de vorstelijke benen als van een winnende volbloed. Fatio deed slaperig zijn ogen open en voelde de blik van Isaac, die naast hem zijn lichaam streelde. Hij strekte lui en bezitterig zijn hand uit naar Isaacs borst en verkende met zijn vingertoppen de oases van zijn tepels, de vlaktes van zijn buik; ze duikelden in het vijvertje van zijn navel en vervolgden toen hun weg langs het donkere paadje van haarkrulletjes dat als in een onheilspellend bos naar de grote woudreus voerde. Isaac genoot grommend van de warme hand die over zijn lichaam gleed. Fatio liet zijn greep los en ging rechtop zitten. Het zonlicht uit de kieren van het raamluik trok gouden strepen over zijn gebruinde lichaam. Hij stond op en liep naar de tafel, die bezaaid was met boeken, post en losse vellen met aantekeningen, waarop Diamantje waakte als een sfinx over een verborgen kamer: het hondje dat van een gewisse dood gered was toen Isaac zich bij zijn tweede bezoek aan de markt door hem had laten verleiden. Fatio krauwde over de kop van het hondje, dat met zijn ruwe tong dankbaar zijn hand likte.

'Van wie is deze pentekening?' vroeg hij toen hij de post doornam en in een geopende envelop een ovaal vrouwenportret aantrof.

'O, dat? Dat is Catherine,' zei Isaac. 'Ze zendt het als souvenir. Aardig, toch?'

'O?'

Hij hoopte dat Isaac uit zichzelf wat nadere toelichting zou geven, maar die was verzonken in zijn eigen gedachten en stopte een pijp.

'Hoe goed kende je haar?' Hij probeerde hem bij de les te houden.

'Catherine?'

Isaac stak de tabak aan en blies langzaam een grote rookwolk uit.

'We waren jeugdvrienden,' zei hij ten slotte, 'kalverliefde.'

'Het lijkt me sterk dat ze je dan nu nog haar portret toestuurt,' zei Fatio wantrouwend.

'Ja, ik vind het ook vreemd,' zei Isaac achteloos. 'Misschien had ze een aanval van nostalgie of zo.'

'Nostalgie,' zei Fatio zo rustig mogelijk. 'Ze wilde toch met je trouwen?'

Niet-begrijpend schudde Isaac het hoofd.

'Hoe was ze?' drong Fatio aan.

'Wat kan ik over haar zeggen?' zei Isaac, weinig geïnteresseerd in het onderwerp. 'Ze was een bijzondere vrouw, ze had veel meegemaakt, maar was nooit verbitterd. Ze was leergierig, intelligent. En erg handig. Ze kon net zo goed timmeren als een man.'

Gekrenkt staarde Fatio voor zich uit. Plots liep hij op Isaac toe, trok hem aan de arm en riep: 'Zeg nou toch eerlijk dat je nog steeds iets met haar hebt.'

Verstomd keek Isaac hem aan. Hij had zijn vriend nog nooit boos gezien. Hij keek Fatio diep in de ogen en merkte nu pas dat hij zichzelf volkomen overstuur had gemaakt door waangedachten dat Catherine zijn minnares was.

'Hoe kom je daar nu bij?' zei hij ongelovig. 'Echt niet.'

Fatio geloofde hem niet. Waarom had ze dan haar portret opgestuurd? Waarom had Isaac dit niet uit zichzelf verteld?

'Alsjeblieft, Fatio,' zei Isaac terwijl hij een verloren traan van Fatio's gezicht veegde. 'Je gaat toch geen toestand maken om Catherine? Je weet toch dat ik nooit interesse in vrouwen heb gehad?'

Fatio schaamde zich. Natuurlijk wist hij dat. Maar het portret van Catherine had een niet eerder ontwaakt gevoel van bezitterigheid in hem losgemaakt. Hij voelde zich bedreigd door die vrouw die Isaac zoveel langer had gekend dan hij. Met een man kon hij best concurreren, maar met een vrouw streed hij met ongelijke middelen. Zou een vrouw niet beter bij Isaac passen?

'Het spijt me, Isaac,' zei hij beschaamd, 'ik weet niet wat ik heb. Was er nog post voor mij?'

'Ja,' zei Isaac ontdaan, 'op tafel. Kijk maar.'

'Aan Fatio de Duillier...' las hij, aan tafel. 'Wanneer is die brief bezorgd?'

'Vanochtend vroeg. Je hebt ook zo lang geslapen.'

Fatio's toch al wankelende geest stortte in als een slecht getimmerde steiger bij onweer toen hij de brief van zijn broer uit Zwitserland las, die schreef dat hun moeder zo ernstig ziek was en dat hij als hij haar nog levend wilde zien onmiddellijk naar huis moest komen. Zijn moeder was zijn alles. Er was niets wat hij in de wereld volbracht waarbij hij zich niet afvroeg wat zijn moeder ervan zou vinden. Zijn moeder was degene die hem had weggestuurd met het Bijbelvers: 'Zo komt het dat een man zijn vader en zijn moeder verlaat.' Al van jongs af aan had ze geweten dat Fatio anders was dan haar twaalf andere kinderen. Zijn onrust zou niet gedijen in het Zwitserse alpendal, waar de belangrijkste verandering het wisselen van de seizoenen was.

'Jij moet de wereld in,' had ze hem al als klein jongetje toegefluisterd wanneer hij in haar schoot geborgenheid zocht. 'Jij bent voor grootse zaken bestemd. Jij wilt weten wat er achter de bergen ligt.'

Nu was hij dan bijna dertig. Maar wat had hij bereikt? Niet één publicatie had hij aan zijn moeder kunnen opsturen. In het begin kon hij zich nog beroepen op zijn vriendschap en omgang met de groten der aarde. Zijn moeder had hem enthousiast gefeliciteerd toen hij bij *Cassini* en Huygens in de leer was gegaan. Toen hij zich vestigde als professor in de wiskunde in Den Haag, had ze gejubeld. Maar nergens had hij volgehouden. Altijd had hij verder gezworven en nooit was hij onder de schaduw uit gekomen van die grote vrienden die hem waardeerden omdat hij hun bewondering en bevestiging gaf. Had zijn moeder wel gelijk gehad? Wás hij wel voor grootsheid voorbestemd?

Isaac schrok minstens zo erg van het bericht, maar om andere redenen. Hij vond het onverdraaglijk om gescheiden te worden van Fatio. Hoewel hij wist dat het vals was om Fatio over te halen bij hem te blijven, kon hij het niet laten.

'Koester de herinnering aan je moeder zoals ze is, Fatio,' zei hij. 'Tart jezelf niet door het leven uit haar te zien wegglijden. Een dood lichaam lijkt immers in niets op de persoon bij leven. Je gunt niemand die laatste herinnering op zijn netvlies. Onthoud haar zoals je haar hebt gekend. Als een mooie, sterke vrouw vol levenslust. Ga toch niet. Schrijf een brief. Dat zal ze toch wel begrijpen? Ze weet toch dat jij je dromen moet najagen? Zij heeft je ertoe aangezet!'

'Nee,' zei Fatio gepikeerd terwijl hij zijn koffer onder het bed vandaan trok. 'Ik moet naar haar toe. Bovendien...'

Hij twijfelde of hij zou zeggen waar hij nu al zo lang mee rondliep.

'Bovendien wat?' vroeg Isaac en legde een troostende hand op zijn schouder.

'Het is goed voor ons, denk ik, als we even uit elkaar zijn...'

'Wat?'

'Ik ben niet meer de man op wie jij verliefd bent geworden,' zei Fatio, die zich een houding gaf door gejaagd wat kleren uit te zoeken en in de koffer te gooien. 'Weet je nog dat ik je verbaasde toen ik je mijn theorie toelichtte die jouw "Principia" complementeerde? Daar hebben we het nooit meer over.'

'Maar ik ben het "Ariaans Manifest" aan het aanscherpen, Fatio. Dat weet je toch? Het is misschien nog wel een belangrijker boek dan de "Principia". Maar het ligt veel gevoeliger. Ik moet die ideeën nu toch eens en voor altijd op papier zetten, zo uitgebalanceerd mogelijk. Dat begrijp je toch?'

'Je snapt me niet,' zei Fatio geïrriteerd terwijl hij zijn broek aantrok. 'Ik ben jouw schaduw geworden. En al is dat soms heerlijk, schaduwen lossen op zodra er wolken voor de zon komen. Ik moet ervoor zorgen dat mijn theorie gepubliceerd wordt. Ik doe het niet alleen voor mezelf, Isaac, maar voor ons.'

Hoe moeilijk het hem ook viel, Isaac begreep zijn roep om de wereld te verbazen. Maar waarom kon dat niet samen met hem? Hij zou hem toch helpen? Isaac haalde uit de la het schrift waarin Fatio zijn nog onhandig geformuleerde theorie grofweg had uitgewerkt in een artikel. Toen doopte hij zijn pen in de inkt en schreef in de kantlijn: 'Al neig ik ertoe de oorzaak van zwaartekracht toe te schrijven aan de ondoorgrondelijkheid van God, als deze in een mechanische theorie beschreven kan worden, dan is het in deze unieke hypothese voor het eerst bedacht door de meest ingenieuze meetkundige Nicolaas Fatio de Duillier...'

'We kunnen zoveel doen samen, Fatio,' zei Isaac in een poging Fatio toch nog bij zich te houden, en hij greep naar zijn hand. 'Ik wil je overal bij betrekken. Ik zal je inwijden in alles wat ik weet. Ik heb zoveel plannen, er is zoveel onderzoek dat we samen kunnen uitvoeren, we kunnen samen schrijven. En...'

Verdrietig keek hij naar de gebogen, naakte rug van zijn vriend, die zijn koffer pakte. God, wat zou hij deze man missen. Hij had nog slechts één troef.

'Ik wil je uitnodigen voor een ritueel dat ik alleen maar met jou wil uitvoeren...'

'Wat dan?'

'Ik wil mijn alchemistische onderzoek weer oppakken. Ik moet een conjunctie maken tussen het roest en het zwavelzuur door het te mengen met kaliumnitraat. Maar dat kan alleen met het ritueel van het huwelijk tussen de koning en de koningin. Jij moet mijn koningin zijn...'

'Je koningin?'

'Het gaat om de kracht van liefde en verbinding. Daarom kan ik het alleen maar met jou uitvoeren. Wil jij met mij een alchemistisch huwelijk aangaan?'

'Je zit vol verrassingen, Isaac,' zei Fatio, vertederd door de man die verloren aan de tafel zat. 'Maar ik moet afscheid nemen van moeder. Ik blijf niet zo lang weg. Ik ga naar Zwitserland en op de terugweg reis ik langs Amsterdam en Parijs om mijn artikel aan te bieden. Over een paar weken ben ik weer terug.'

Isaac knikte begrijpend.

'Maar ik beloof je: zodra ik terug ben, wil ik niets liever dan je koningin zijn. Waag het niet dit ritueel ooit met iemand anders uit te voeren, Isaac!'

Natuurlijk niet, dacht Isaac droevig, natuurlijk niet.

39

Zelfs een theelepeltje opium kon Kathy niet meer kalmeren; de zenuwen gierden door haar lichaam terwijl ze de hele middag op en neer liep langs de melkglazen deur van Boyles laboratorium, als een doorregende, hongerige kat die aan de buitendeur klauwde om binnengelaten te worden. Het gedrag van haar broer had haar uitgeput. Sinds hij met uitgebluste ogen thuis was gekomen van zijn afspraak met Newton, nu een paar weken geleden, was er een soort bitterheid in hem gevaren, die met de dag erger werd. Bleef het eerst nog beperkt tot snauwen en onverwachte woedeaanvallen, op den duur was hij ook gaan gooien met de zeldzame vazen van Chinees porselein die hij opeens verachtte, en had hij de staande slingerklok met het koperen carillon getrapt, en af en toe had hij zelfs uitgehaald naar Kathy zelf, die doodsbang was geworden. Hij leefde alleen even op wanneer Kathy met de 'Gazette' thuiskwam, die hij spelde op zoek naar een bericht over de wet op valsemunterij. Die wet was een obsessie geworden, alsof het ademen hem onmogelijk werd gemaakt zolang die wet in het wetboek stond. De hele dag foeterde en vloekte hij op Newton, die alles aan hem te danken had en hem nu het graf in treiterde door een oude man een onbeduidende wederdienst te weigeren. Wanneer er weer niets in de krant stond, hield hij zijn glas nors omhoog ten teken dat Kathy het nog eens vol moest schenken. Bij het bezoek van Locke had hij gesmeekt Newton er met alle mogelijke middelen van te overtuigen dat hij de wet moest afschaffen. Verder waren er de afgelopen tijd alleen maar lange stiltes geweest. En aanvallen van waanzin, want wanneer er op straat voetstappen klonken die bij hun huis even stilhielden verstopte hij zich onder de salontafel. 'Ze komen me arresteren,' fluisterde hij dan met bange ogen. 'Zeg als ze aanbellen dat ik op reis ben.' Of die middagen waarop hij een sprei van het bed trok, die om zijn schouders hing en Kathy verplichtte mee te spelen in een rollenspel waarin zij Hermes Trismegistus moest vertolken. Hij speelde dan *Balinas*, de legendarische zestienjarige Turkse jongen, die rond het jaar 20 na Christus geleefd zou hebben en die net als hij onverzadigbaar was geweest in zijn honger naar kennis. Boyle zwierf dan met zijn stramme botten door het huis zoals Balinas door de straten van Tyana had gedaan op zoek naar een leraar. Van Kathy werd verwacht dat ze boven aan de trap ging staan, versteend als het marmeren standbeeld van Hermes waar Balinas toe aangetrokken werd. In haar handen hield ze de tekst die op een plakkaat bij het standbeeld zou hebben gestaan: 'Ziedaar! Ik ben Hermes Trismegistus, hij die drievuldig gezegend is door wijsheid. Eens heb ik aan iedereen mijn wijsheid geopenbaard, maar nu heb ik mij verborgen, zodat alleen degene die net zo wijs wordt als ikzelf me zal vinden. Wanneer de oren van de leerling klaar zijn om te luisteren, zullen er lippen komen om ze te vullen met wijsheid.'

Het was waanzin, deze toneeltjes, dat besefte Kathy maar al te goed, maar het deed even zijn bitterheid verdrijven en vervulde hem een uurtje met jeugdigheid, en daarom gaf ze zich er met toegewijde zusterliefde aan over. Het leek wel of hij kinds was geworden. 's Avonds in bed huilde ze van heimwee naar de vroegere gezelligheid waarin zij zijn queeste had gedeeld, de filosofische gesprekken die ze gewend waren bij het haardvuur te voeren, en de schare onverwachte gasten die het leven elke dag boeiend maakte in hun huis aan Pall Mall.

Kathy's hart leefde op op de ochtend dat ze het onooglijke krantenberichtje aan Boyle kon voorlezen dat meldde dat het parlement had besloten de wet op valsemunterij te annuleren. Ze had hoop dat nu alles weer zou worden zoals het was. Boyle veerde die dag ook op. Zijn ogen glansden weer en meteen dicteerde hij een korte brief, die Kathy een paar keer moest overschrijven en vervolgens moest laten bezorgen bij zijn overgebleven vrienden. 'Beste vrienden,' luidde de tekst, 'gezien mijn wankele gezondheid is het onmogelijk de komende tijd bezoek te ontvangen. Het ga u allen goed.'

Boyle had zich niets aangetrokken van Kathy's twijfels of het nu wel zo verstandig was een dergelijke brief te versturen. Ze kregen al zo weinig bezoek de laatste tijd, en nu zouden ze zich helemaal isoleren.

'Doe nu maar wat ik zeg, en zorg dat deze brief in elk geval vandaag nog bij Newton bezorgd wordt. En luister eens, ik wil door niemand gestoord worden, ook niet door jou. Alleen post mag je onder de deur van het laboratorium door schuiven.'

Kathy had die middag zelf de brieven bezorgd, een prettig uitstapje uit de sombere kooi van zwaarte en terreur, en toen ze thuiskwam, had haar broer zich opgesloten in zijn laboratorium. Ze had door het melkglas van de deur gekeken en ze meende dat ze hem hoorde praten, maar doordat ze niet meer zo goed zag wist ze niet zeker of ze nu wel of niet de schim van een onbekend manspersoon in zijn laboratorium had waargenomen. Die avond was haar broer niet meer naar buiten gekomen, maar daar had ze zich niet echt zorgen over gemaakt. Het was wel rustig en vertrouwd dat ze het gerommel hoorde terwijl zij een boek las en ten slotte naar bed ging.

Maar ook de daaropvolgende dagen verliet Boyle geen moment zijn werkkamer. De deur bleef dicht, en omdat ze telkens gepraat hoorde, was ze ervan overtuigd dat hij een jonge man bij zich had. Ze had aan de deur geklopt, geroepen en gestampt, maar nergens had hij op gereageerd. Ondanks haar groeiende woede dat haar broer haar zo in het ongewisse liet, terwijl hij toch gewend was om alles met haar te delen, zette ze driemaal per dag eten voor de deur, dat snel werd binnengehaald wanneer zij in de voorkamer was. Dit ging nu al twee weken lang zo, en ze kon aan niets anders meer denken: wat deed haar broer daar toch? Wie was die man? Ook de vrienden die na de vreemde brief belangstellend bij haar geïnformeerd hadden maakten zich zorgen, maar Boyle bleef onbereikbaar voor wie dan ook. Kathy maakte zich zo druk dat haar hartkloppingen steeds vaker opspeelden.

Die middag vrat die benauwing zich door haar lichaam naar boven, als een ijzeren hand die haar strottenhoofd dichtkneep. Er trok een verlamming over haar gezicht en ze kreeg zo'n stekend en kloppend gevoel in haar borst dat ze niet anders kon dan languit op het tapijt van de hal gaan liggen, in de hoop dat ze op die manier adem zou kunnen krijgen. Ze wist niet wat het meeste pijn deed: het gemis van haar broer of de brandende lans die haar hartstreek doorboorde. Twintig jaar van haar leven had ze met Robert gedeeld en niemand kende ze beter dan deze eigenzinnige broer, haar bondgenoot en de avonturier aan wie ze haar levenslot verbonden had. Het was onverdraaglijk dat hij haar nu, nu de voltooiing van zijn levenswerk blijkbaar in zicht was, buitensloot en het hem zelfs wellicht niet eens kon schelen dat ze vocht voor haar leven. Ze probeerde hem te roepen, maar haar stem was schor en de inspanning drukte zo op haar borst dat ze het al snel opgaf. Haar hoofd barstte van de druk en haar schouders waren verkrampt. Toen voelde ze haar hart nog één keer krachtig zwellen, als een zon die dreigt te exploderen. Door het schijnsel van het melkglas zag ze de vage silhouetten van de twee mannen die geanimeerd praatten, toen haar lichaam de opgekropte spanning losliet en het helder licht werd, een koesterend licht dat haar opnam en troost schonk voor al die jaren van zorg en zichzelf wegcijferen. Haar ogen staarden hol en leeg naar de gesloten deur.

40

De gravure van het *rode hoedje* bij de kerkpoort waar Fatio aanbelde herinnerde aan de voormalige bestemming van het Amsterdamse grachtenpand. Tot vijftig jaar geleden was hier een hoedenmakerij gevestigd, had Fatio, onzeker of dit het juiste adres was, zich laten vertellen door de buurvrouw die uit het venster hing. De hoedenmaker had het pand voor een schappelijk prijsje verkocht aan de *Remonstrantse Broederschap*, een eigenzinnige groep predikanten die na de *Synode van Dordrecht* uit de Gereformeerde Kerk waren gezet. De remonstranten weigerden zich neer te leggen bij dogma's en riepen hun kerkgangers op tot kritisch onderzoek van de Bijbelteksten, met respect voor elkaars afwijkende standpunten.

Jean le Clerc, net als Fatio afkomstig uit Genève, zwaaide de kerkpoort open en ging hem met zijn dikke, waggelende achterwerk voor door de kale houten kerk. Hij bood Fatio aan plaats te nemen op het voorste kerkbankje en ging zelf op de balustrade voor het enorme kerkorgel zitten. Zijn benen bengelden vrolijk op en neer en er ontsnapte hem een zenuwachtig lachje.

'Wat een tijd geleden alweer, Fatio, dat wij samen op het seminarie zaten,' zei Le Clerc. 'Hoe gaat het met je?'

'Hoe zou het gaan met een man zonder moeder?' zuchtte Fatio, en hij sloot zijn ogen. Hij dacht weer terug aan hoe hij door het raampje van de koets de donkere lucht had gezien die boven het dal van *Duillier* dreef, en hoe hij de koetsier had aangespoord alle kracht van de paarden te vergen. De krakende wielen die tot stilstand waren gekomen op het binnenplein van het kleine familiekasteel en zijn oudste broer die in zijn armen viel en hete tranen plengde. Al op dat moment had Fatio geweten dat hij te laat was. Op de begraafplaats bij de kerk had hij zich op het graf geworpen.

'Heeft ze nog naar me gevraagd?' had hij zijn broer hulpeloos gevraagd.

'Je was haar dierbaar,' was al wat hij als troost kreeg. Met de armen om elkaars schouders waren ze door het dal teruggelopen naar het kasteel, dat in rouw was gedompeld. Toen ze langs de wijngaard liepen, had zijn broer hem bij de schouders gepakt en gezegd: 'Nu wordt het tijd om volwassen te worden, Fatio. Je speeltijd is over. We moeten de erfenis met z'n dertienen verdelen, dus je begrijpt dat je niet veel hoeft te verwachten. Je kunt ons niet langer schrijven als je in geldproblemen zit. Je moet voor jezelf zorgen. Een betrekking zoeken, en een vrouw. Een gezin stichten. Dat is het laatste wat je voor moeder kunt doen.'

De tranen liepen over Fatio's wangen. 'Ik had haar zo graag nog één keer gezien,' zei hij somber tegen Le Clerc, die zich geen raad wist met zijn geëmotioneerde oud-studiegenoot. 'Maar daarvoor ben ik niet hier, Jean. Je m'excuse. Dank voor je medeleven.'

'En wat heb je allemaal uitgespookt na je studie?' Le Clerc probeerde luchtig van onderwerp te veranderen.

'Ik ben naar Parijs gegaan,' zei Fatio. Hij snoot zijn neus en herstelde zich wonderwel snel. Hij was hier immers voor zijn moeder. Vandaag zou hij bewijzen dat ze gelijk had, dat hij wél voor iets groots was voorbestemd. 'Je herinnert je toch nog wel de brief die ik van Cassini ontving? Nee? Ik heb hem toen nog voorgelezen in de klas. Wel, ik kreeg een baantje bij Cassini in Parijs. Daar is het begonnen eigenlijk: mijn zoektocht om de werking van het universum te ontraadselen. En zoals je hebt kunnen lezen, niet zonder resultaat!'

Le Clercs ogen schoten zenuwachtig heen en weer. Net zoals destijds op het seminarie voelde hij zich ongemakkelijk in het gezelschap van deze knappe leeftijdgenoot. Met zijn bravoure en charme was Fatio de meest geliefde student geweest onder zijn professoren. Niemand bleef onbewogen in zijn gezelschap en jaloers had Le Clerc vaak toegezien hoe Fatio erin slaagde vriendschappen op te bouwen met de leraren die hijzelf vreesde. Niemand was blijer geweest dan Le Clerc toen Fatio dramatisch tijdens een college mededeelde dat hij zou stoppen met zijn studie. Maar nu, bijna tien jaar later, werd hij opnieuw overvallen door de verlegenheid en onzekerheid waarvan hij dacht dat hij ze in zijn jeugd had afgeschud. In Fatio's nabijheid werd hij weer het onbeduidende mannetje dat te pas en te onpas grinnikte om zich een houding te geven.

'Ik heb je artikel ontvangen, jazeker,' zei Le Clerc. 'Fijn om weer iets van je te horen na al die tijd. Je artikel dus, "De oorzaak van de zwaartekracht". Daar wilde je het met mij over hebben. Als ik het goed begrepen heb, is je stelling dat zwaartekracht uit piepkleine deeltjes bestaat, te vergelijken met lichtdeeltjes, die het vermogen hebben om door vaste materialen heen te dringen. En sommige deeltjes worden dan net als bij licht geabsorbeerd en andere deeltjes teruggekaatst?'

'Pas mal, Jean.' Fatio lachte zijn hagelwitte tanden bloot. 'Voor een theoloog. Helemaal niet slecht. Misschien vind je het gek dat zwaartekrachtdeeltjes heen kunnen dringen door de materie van vaste lichamen, zoals de aarde. Maar als ik jou nu eens vertel dat goud, bijvoorbeeld, een triljoen aantal keren meer lege ruimte bevat dan vaste materie, dan zie je hoe poreus alles is!'

'Buitengewoon, ja,' zei Le Clerc. 'Dat wist ik inderdaad niet. Opmerkelijk. Ik las ook dat je theorie door niet de minsten gesteund wordt...'

'Goed dat je erover begint,' zei Fatio, die ontspannen zijn benen op de houten bank legde. 'Inderdaad, Halley en Huygens laten zich bijzonder opgetogen uit over mijn artikel. Maar Newton legt natuurlijk het meeste gewicht in de schaal. Ik heb hem toestemming gegeven om in zijn tweede druk van de "Principia" mijn theorie te verwerken.'

Met een opmerkelijke behendigheid sprong Le Clerc van de balustrade. Hij gaf Fatio een knipoog en wenkte om hem te volgen. Hij nam hem mee naar de deur van de predikantenkamer, viste een grote sleutelbos uit zijn broekzak en ontsloot de deur alsof hij toegang gaf tot het heiligste der heiligen in de tempel van Jeruzalem. Drie wanden van de kamer waren gevuld met een imponerende collectie boeken. Le Clerc liep trefzeker naar de rechtermuur en trok zonder nadenken een dun schriftje uit het rek dat tussen twee lederen banden was gepropt.

'Kijk eens,' zei hij trots.

'"Arian Manifesto,"' las Fatio, en hij opende het handgeschreven boekje. Hij werd overvallen door een onmetelijk gevoel van tederheid toen hij het handschrift van Isaac herkende. Zacht wreef hij met zijn vingers over de sierlijke letters, alsof ze het gezicht waren van zijn geliefde. Hij was sprakeloos en voelde zijn ogen wazig worden.

Le Clerc liep even naar de deur om te kijken of niemand hen gevolgd was of afluisterde, en fluisterde toen: 'Ik kreeg het opgestuurd door mijn goede vriend Locke. Hij zei dat de auteur anoniem wilde blijven, maar dat ik het in mijn tijdschrift mocht publiceren. Ik heb echter wel zo'n vermoeden wie er achter dit kleine meesterwerkje zit. Wie dit boekje gelezen heeft, kan niet langer volhouden dat Jezus en God gelijk zijn aan elkaar...'

Fatio knikte langzaam.

'Klopt mijn vermoeden, herken je zijn handschrift?' Le Clerc probeerde zo discreet mogelijk zijn nieuwsgierigheid te bevredigen.

Met gesloten ogen knikte Fatio.

Le Clerc kon maar net de neiging onderdrukken een vreugdesprongetje te maken.

'Ik wist het wel!' zei hij. 'Maar ook als ik het niet zeker had geweten, had ik het nog gepubliceerd. Vooral het hoofdstuk over de Heilige Geest was voor mij een openbaring. Ik heb dat altijd zo'n raar begrip gevonden, de Heilige Geest. Een geest die bovendien nog Maria bevruchtte. Ik kon me daar nooit iets bij voorstellen, tot ik dit boekje las.'

Isaac had geaarzeld of hij dat hoofdstuk zou opnemen, maar Fatio had avond na avond op hem ingepraat dat hij het beslist moest toevoegen, omdat het een groot misverstand verduidelijkte.

'Eigenlijk is het heel logisch,' lichtte Fatio ongevraagd Isaacs theorie toe alsof het de zijne was. 'Het woord "geest" is gewoon een slechte vertaling. In de oorspronkelijke tekst staat *Ruach*, een Hebreeuws vrouwelijk naamwoord. Met Ruach wordt de vrouwelijke geest van God bedoeld, de Shekina. Kabbalisten schrijven dat op het moment dat een man zijn vrouw bevrucht, ook God de Shekina bevrucht. Uit de aardse bevruchting komt het lichaam voort, en uit de goddelijke bevruchting de ziel. Dus wat er eigenlijk staat, is dat toen Maria bevrucht werd, ze ook ontvangen werd door de vrouwelijke kant van God, die haar kindje een ziel schonk. Zoals bij elke vrouw die wordt bevrucht. Het zou daarom eigenlijk logischer zijn om te bidden: "In naam van de Vader, de Zoon, en de Moeder." Wist je trouwens dat kabbalisten weinig onderscheid maken tussen bidden en vrijen? Daarom schudden ze tijdens het bidden met hun lichaam, want een gebed dat niet lichamelijk wordt gemaakt, is net zoiets als tijdens het vrijen stil blijven liggen.'

'Natuurlijk.' Le Clerc verborg zijn verbazing. 'Maar toch is het nogal wat. Dit alles houdt in dat Maria helemaal niet onbevlekt ontvangen werd en vrij was van de erfzonde. Het betekent dat Jozef de vader van Jezus was. En eigenlijk kan dat natuurlijk ook niet anders, bedacht ik later, als we accepteren dat Jezus de Messias zou zijn – want de Messias werd aangekondigd als een zoon van het geslacht van David. Mattheus beschrijft toch niet voor niets Jozefs stamboom die teruggaat tot David? Want de naam werd bij de joden doorgegeven door de vader, en het joods-zijn door de moeder.'

'Weet je,' zei Fatio, die Isaacs theorieën tot in detail kende, 'Jezus heeft nooit beweerd dat hij de enige zoon van God was. Daarom spreekt hij over "onze vader". God is de vader en moeder van alle mensen, want de Shekina heeft bij de bevruchting ieder mens een ziel gegeven. De joden zouden ook nooit hebben geaccepteerd dat hij zich de zoon van God zou noemen, want volgens de messiaanse traditie zou de Messias een zoon van de mensen zijn, en niet een zoon van God.'

'Dit wordt het hoofdartikel van mijn volgende editie,' zei Le Clerc trots. 'Dit artikel zal veel stof doen opwaaien in Europa. Niet dat het me daarom gaat, maar mijn tijdschrift zal in één klap beroemd zijn.'

Fatio slikte zijn ontroering weg en besefte dat hij nu ter zake moest komen. Hij legde kameraadschappelijk een hand op Le Clercs schouder en sprak hem indringend toe: 'Dit is een gezegende dag voor je, Jean. In je volgende editie kun je niet alleen uitpakken met Newtons "Ariaans Manifest", maar ik geef je ook het recht mijn artikel "Over de oorzaak van zwaartekracht" te publiceren. Als oude studiegenoot gun ik jou die primeur.'

Le Clercs zenuwachtige gelach werd bijna gehinnik terwijl hij zich onopvallend wilde losmaken uit Fatio's omklemming. Hij ging wat onbestemd staan rommelen bij de tegenoverliggende boekenwand.

'Het overvalt je een beetje, zeker?' zei Fatio. 'Het is natuurlijk ook een wereldprimeur die ik je geef.'

'Nee,' zei Le Clerc met zijn rug naar Fatio.

'Nee?'

'Ik kan je artikel niet publiceren, Fatio. Het valt buiten de inhoud van de "Bibliothèque universelle". Mijn tijdschrift gaat over geloofszaken, en niet over wiskunde, astronomie of natuurfilosofie.'

'Wat?!' zei Fatio, en hij liep op hem af en gaf een ruk aan zijn schouder, zodat hij tenminste in zijn ogen kon kijken. 'Weet je wel welke kans je misloopt? Een plaats in de wereldgeschiedenis! En hou op met dat idiote gegrinnik. Dat irriteerde me vroeger ook al mateloos.'

Tot zijn eigen verbazing hield Le Clerc meteen op met zijn domme lachje. Fatio's uitval maakte een zelfverzekerdheid in hem wakker die hij zelden had durven uiten.

'Als het werkelijk zo'n revolutionaire theorie is, Fatio, waarom laat je die dan niet door het Koninklijk Genootschap publiceren? Of de Academie Française? Waarom zou je er in 's hemelsnaam in mijn theologische blaadje over willen publiceren? Misschien omdat je geen andere uitgever kunt vinden?'

Fatio luisterde stomverbaasd naar Le Clercs bijtende aanval. Het was waar dat hij had geprobeerd zijn artikel aan andere tijdschriften te slijten, maar dat niemand overtuigd genoeg was van het belang ervan. In Londen had hij het niet geprobeerd, omdat hij niet wilde dat men zou denken dat het eigenlijk een theorie van Newton was. Maar nu zelfs dit obscure blaadje van het remonstrantse kerkgenootschap zijn vinding niet wilde hebben, leek het alsof de hele wereld tegen hem samenspande. Waar was zijn geluk gebleven, de flair die hem in zijn jeugd zo gekenmerkt had, toen alle poorten van de grootste geesten van Europa voor hem openzwaaiden? Hij die als prille twintiger vriend aan huis was bij Huygens en Cassini, die correspondeerde met *Leibniz*, dineerde met Willem van Oranje – werd hem nu de les gelezen door deze oud-klasgenoot?

Le Clerc had in zijn overstromende moed Fatio's werkje inmiddels met een sierlijke zwaai uit het boekenrek gevist en hield het met uitgestrekte arm voor zich. 'Hier, neem mee, en veel geluk ermee,' zei hij kordaat.

Fatio rukte het uit zijn hand en zijn voetstappen galmden door de lege kerk. In dezelfde drift rende hij over de Amsterdamse grachten, zich volkomen onbewust van de drukte om hem heen. 'Mon Dieu, waar ben ik mezelf verloren?' brulde hij opeens terwijl hij stilstond op een brug over de gracht.

'Ach jongen toch,' zei een oude prostituee, 'dat vraag ik me ook elke dag af. Zullen we samen gaan zoeken?'

41

Locke voelde zich een aasgier toen hij die avond rondscharrelde in het door kaarsen verlichte laboratorium van Boyle. Goed, hij had dan wel die brief van Boyle waarin hij hem expliciet vroeg of hij, mocht er iets met hem gebeuren, de beheerder van zijn erfgoed wilde zijn. Een sombere hartenkreet, waarin Boyle blijkbaar voorvoelde dat het hem niet zou lukken de geschiedenis in te gaan als de man die de formule van de lapis philosophicus had gevonden. Maar Locke had nooit verwacht dat hij zo snel Boyles opdracht ten uitvoer zou moeten brengen. Precies een week geleden had hij de diep aangeslagen Boyle nog ondersteund op het kerkhof bij het ten grave dragen van zijn zuster Kathy, die zo eenzaam aan haar eind was gekomen. Was het haar dood die hem zo aangegrepen had dat hij haar een week later in het graf volgde? Of was het zijn ondoordachte besluit geweest om nu alles te doen wat nodig was om de Steen der Wijzen te bereiden? Was hij overmoedig geweest? Had hij onnodige risico's genomen met zijn experimenten? Hij was door de huishoudster gevonden, in elkaar gezakt op een stoel in het laboratorium, alsof hij voor eeuwig toekeek naar de damp uit een smeulende smeltkroes. Locke was meteen naar Londen gereisd toen hij het nieuws vernam, en regelde vanuit dit ongelukkige huis dat tweemaal bezocht was door de dood alle voorbereidingen voor de begrafenis. Tegelijkertijd, doordat hij hier logeerde, kon hij erop toezien dat er niets uit het huis ontvreemd zou worden door de vrienden of bekenden die een laatste groet brachten aan de in zijn slaapkamer opgebaarde Boyle. Locke beschouwde het als een uitgelezen kans om op deze manier zijn belofte aan Willem en Mary versneld na te komen. Alle hoop was nu op Newton gevestigd. Wanneer hij in het laboratorium het rode poeder zou vinden, kon hij Newton onder druk zetten om nu eindelijk zijn alchemistische weg te vervolgen. Hij zou het rode poeder natuurlijk niet zomaar aan Newton geven. Maar nu was het zijn eerste prioriteit om de rode aarde veilig te stellen. Boyle had in zijn openlijke bravoure met zoveel mensen contact gehad over zijn alchemistisch onderzoek dat er ongetwijfeld ook velen op de hoogte waren van zijn geëxperimenteer met het poeder. Je wist nooit wat figuren met minder verantwoordelijkheidsgevoel ermee zouden doen.

Het was vreemd om rond te scharrelen in een huis dat niet het zijne was en waarvan de eigenaar dood in bed lag. Locke kreeg het gevoel dat hij gevolgd werd toen hij van de boeken naar de apothekerskast liep, maar hij zag niemand. Terwijl hij de flesjes met oplosmiddelen en poeders bekeek en de etiketten las, leek het alsof er iemand in zijn nek ademde. Hij draaide zich om en slaakte een gil, omdat hij in een flits een man zag die achter hem stond. Maar de man was meteen weer verdwenen, opgelost. Hij herinnerde zich dat Kathy hem enkele weken geleden verteld had dat ze de hele tijd stemmen had gehoord in het laboratorium en door het melkglas contouren van een bezoeker gezien meende te hebben. Locke besloot het zekere voor het onzekere te nemen en eerst het hele huis te controleren of er niet ergens een indringer was, of er misschien ergens een raam openstond. Terwijl hij van kamer naar kamer liep, hield hij de hele tijd het onbehaaglijke gevoel dat hij werd gevolgd. Af en toe voelde hij heel duidelijk een koele bries die in zijn gezicht blies, alsof er een deur openwaaide. Hij suste zichzelf dat het zijn verbeelding was, maar de haartjes op zijn arm stonden recht overeind. Toen hij op de tweede etage bij de slaapkamer van Boyle kwam, schrok hij dat de deur op een kiertje stond. Hij wist toch zeker dat hij die na de laatste bezoeker had dichtgedaan. Uit de dodenkamer kwam bovendien de flakkerende gloed van een kaars. Dit is onmogelijk, dacht Locke, ik weet zeker dat ik alle kaarsen gedoofd heb. Voetje voor voetje schuifelde hij richting de deur, waar hij een tijdlang met bonzend hart bleef staan. Toen duwde hij hem met een bruuske beweging open. Hij slaakte een kreet toen hij de vergeelde Boyle rechtop in bed zag grijnzen en er een gestalte wegliep die in het niets leek op te lossen. Locke rende de kamer uit. Toen hij zich omdraaide op de gang, zag hij dat de gouden gloed van de kaarsen verdwenen was. Doodsbenauwd liep hij terug naar de kamer, waar het nu helemaal donker was, maar waar wel de geur hing van een gedoofde lont. Hij klapte de deur dicht en overtuigde zichzelf ervan dat het allemaal inbeelding was. Vooruit, Locke, vermande hij zich, doe nu in het laboratorium wat je te doen hebt en ga naar bed.

In het laboratorium wachtte hem een nieuwe verrassing: alle kaarsen die hij er had aangestoken, waren nu uit. Hij besloot zich niet meer van de wijs te laten brengen en liep met zo luid mogelijk klinkende passen naar de woonkamer, waar hij de kandelaar haalde, en ging toen terug naar het laboratorium. Hij schrok niet eens toen hij op de stoel bij de oven, waar Boyle dood was aangetroffen, een jongeman zag zitten die hem hooghartig aankeek. De jongeman wees met zijn vinger naar het werkblad en verdween toen treiterig lachend weer in het niets. Op de tafel stond een flesje met enkele korrels rood stof op de bodem. In het duidelijke handschrift van Boyle stond er RODE AARDE op het etiket. Het flesje stond op een aantal schriften en losse vellen papier, en Locke zag al vlug dat deze aantekeningen alle betrekking hadden op het beruchte poeder. Hoewel hij zeker wist dat deze tafel daarstraks nog leeg was geweest, verdrong hij die gedachte en nam het flesje en de aantekeningen. Daarna verliet hij het huis, sloot het goed af en zocht een hotelkamer in de buurt. In dat vervloekte huis aan Pall Mall wilde hij beslist niet de nacht doorbrengen.

42

Op een open plek in het park van Oates, vlak achter het meer waar zwanen elkaar het hof maakten, had de tuinman in het hoge gras een pentagram gefreesd: een scherpe vijfpuntige ster die zou dienen als altaar voor het ritueel waarvan beiden niet wisten wat ze ervan verwachten moesten. Rond de ster bakenden fakkels een cirkel af waarover de volle maan zijn zilveren licht uitgoot. Bij de punt aan de noordelijke zijde zat Isaac geknield in een blauw blinkend gewaad, als een alchemistische koning. Bij de zuidelijke punt zat zijn koningin. In het midden van de vijfpuntige ster likten vlammen langs de randen van de smeltkroes waarin het *aqua fortis*, vermengd met zwavelzuur, hete luchtbellen blies.

Isaac had de leiding over het sensuele ritueel. Uit de oude boeken had hij versnipperde en cryptische aanwijzingen verzameld, die hij op deze lauwe zomernacht, waarin de maan en Saturnus zich in dezelfde hellingshoek ten opzichte van de aarde bevonden, tot uitvoering en leven moest wekken. Deze vierde grote stap in zijn alchemistische werk kon hij niet alleen voltrekken. De verbinding, het huwelijk tussen de koning en de koningin. Op deze sabbatavond, net na middernacht, staarden beide mensen in de vlammen van het waaierende vuur en probeerden ze hun angsten en bijgedachten tot bedaren te brengen. Ze wisten dat ze de priesters zouden zijn van een oeroud alchemistisch ritueel.

Op voorwaarde dat hij de vierde alchemistische stap zou voltrekken, had John Locke het rode poeder van Boyle aan Isaac gegeven om het te analyseren. Al maanden had Isaac niets meer van Fatio gehoord. Hij had geen idee waar hij was, wist niet of hij ooit terug zou komen. De betovering van Londen was verbleekt zonder Fatio aan zijn zijde. Isaac had zijn parlementaire toga uitgetrokken en was teruggekeerd naar Cambridge. Terug naar zijn eenzame kamer, waar hij eerbiedig zou luisteren naar wat de oude boeken hem te zeggen hadden, tevergeefs proberend Fatio uit zijn gedachten te bannen. Daar had Locke hem opgezocht. Verleid door zijn begeerte naar de rode aarde, had Isaac zichzelf ervan overtuigd dat het hier slechts om een ritueel zou gaan, dat het niets met ontrouw te maken had. De mogelijkheid om voor het ritueel Damaris als partner te kiezen had hij echter als belachelijk van de hand gewezen.

Toen Isaac meende dat hij voldoende geconcentreerd was en diep vanuit zijn buik ademhaalde, stond hij op en sprak de woorden die hij uit zijn hoofd had geleerd: 'Ik draag dit werk op aan onze Geheime Minnaar, onze beschermengel. We staan hier voor het altaar van de Shekina en haar bruidegom, gezuiverd en gelouterd door licht, kleur en wierook, op dit heiligdom van de koninklijke gnosis. Alle ballast die ons hart en geest bezwaart, hebben we achtergelaten, en we bieden onszelf aan als kinderen van het licht om deel te nemen aan deze eucharistie van goddelijke schittering. In naam van de Vader, de Zoon en de Moeder.'

Met zwetende handen knoopte hij zijn donkerblauwe gewaad los met de woorden: 'Ik, Isaac Newton, leg mijn kleding vol duisternis af om me te hullen in het gewaad van het licht.'

Hij trok plechtig het kleed uit, stond nu naakt in de tuin en strekte zijn handen naar de maan. Er voer een rilling door zijn lichaam en hij voelde zich krachtig, alsof hij gedragen werd door de levenskracht van de natuur. Hij knikte naar de koningin tegenover hem om haar uit te nodigen hem na te volgen. Met schitterende blauwe ogen keek Catherine hem aan. De warme zomeravond, de mystieke rituele plaats en de ernst van Isaacs woorden hadden haar in een roes gebracht en ze verlangde ernaar deel te nemen aan het wonder dat zich vanavond zou voltrekken.

'Als ik het al met een vrouw voltrek,' had Isaac zich tegen Locke laten ontvallen, 'dan met Catherine.'

Locke was meteen naar Grantham vertrokken en het had hem niet veel moeite gekost Catherine te overreden. Haar huwelijk was rustig, maar saai. Ze miste het avontuur dat Isaac in haar leven had gebracht. Maar ze begreep vooral dat ze door mee te doen aan het ritueel Isaac een grote dienst zou bewijzen. Ze vertelde haar man dat ze een verre tante moest bijstaan aan haar sterfbed en was met Locke naar Oates gereisd.

Aarzelend sprak Catherine de woorden: 'Ik, Catherine Storer, leg nu mijn kleding vol duisternis af om me te hullen in het gewaad van het licht,' waarna ze op haar beurt langzaam de toga van haar schouders liet glijden en met gestrekte armen een groet aan de maan bracht. Tot haar eigen verbazing voelde ze geen enkele schaamte dat ze haar naaktheid toonde.

Isaacs ogen streken langs het lichaam van zijn hogepriesteres. Er daalde een diepe rust op hem neer, die hem gidste bij het volbrengen van de plechtigheid.

Voor de verdwaalde voorbijganger die vanaf de overkant van het meer naar deze twee mensen die de maan aanbaden gluurde, moest dit ritueel wel heel duister en occult lijken. Voor Isaac leek het echter alsof hij in een eeuwenoude traditie stapte waarbij zijn ziel versmolt met die van grote voorgangers. Hij nam de kom die voor hem stond, waarin het gesepareerde roestextract zat. Hij stak hem in de lucht als was het een offer aan de antieke goden. Toen liep hij langzaam naar de smeltkroes in het midden van de vijfpuntige ster en strooide het extract uit in het kolkende mengsel, dat meteen begon te stomen en te sputteren en een blauwe rookpluim de lucht in joeg. Isaac snoof de damp van het zwavelzuur op en straalde. Hij voelde een mannelijke oerenergie door zijn bloed stromen, die hem de kracht van een koning gaf. Deze avond ervoer hij de waardigheid en de kennis die zijn grote helden duizenden jaren geleden ook hadden bezeten. Hij liep naar Catherine toe en omhelsde haar.

'Zegen ons, o bruid van de Heer,' sprak hij, 'met het heiligste sacrament van de oorspronkelijke kennis. Het sacrament van man en vrouw. De voltrekking van de vereniging in dezelfde overgave en extase waarin U zich verenigt met Uw bruidegom. We dragen dit werk op aan uw Heilige Aanwezigheid.'

Ze gingen tegenover elkaar staan, de alchemistische koning tegenover zijn rituele koningin. Als vanzelf knielde Catherine neer en ze drukte een zachte kus op Isaacs geslacht. Alsof ze met haar handen een kelk naar haar lippen bracht, tilde ze zijn mannelijkheid op en bracht hem naar haar koele lippen, die in een traag ritme over zijn eikel schoven. Een gezwollen groet was zijn antwoord op haar elfvoudige welkomstwoord. Ze boog eerbiedig haar hoofd en ging toen weer staan, met haar benen uitnodigend geopend. Op zijn beurt knielde Isaac nu en bracht zijn gezicht naar het zachte, blonde dons van haar vrouwelijkheid.

'Open uw schoot,' prevelde hij zacht, 'zoals de aarde bevrucht wordt door het zaaigoed, zo wens ik te strooien in uw vruchtbare bodem. Zoals wij gemaakt zijn van stof en klei, keren wij in onze dood terug in de schoot van moeder aarde.' Hij gaf haar de devote welkomstkus door elfmaal met zijn tong langs haar in bloei staande rozenknop te strijken, zoals in de boeken geschreven stond, de toegangspoort tot haar vrouwelijke energie. Catherine sidderde en omklemde haar gezwollen borsten, terwijl ze met gesloten ogen en bevende lippen de warme groet van de priester ontving. Hij sloeg zijn ogen op naar het golvende lichaam dat het ritme van zijn kussen volgde. Zo wekten ze samen de *kundalini*-kracht, die opgerolde, slapende slang in hun bekken. Kus na kus barstte chakra na chakra open als een bombardement van openspattende bloemen. Isaac boog eerbiedig voor haar tempel en ging weer staan. Ze wisselden een heilige kus. Beiden verloren zich in een roes, vervuld van zin, van opwinding, van genot, een hunkerende lust die gevaarlijk in hun bekkens gromde als een hongerig roofdier. Boven de smeltkroes pakte hun seksuele energie zich samen als een dampende wolk die het grote wonder beregende. Isaac voelde een hitte door zijn lichaam stromen, een rode gloed van drift die ernaar snakte om verenigd te worden. In zijn bekken lag een vulkanische kracht opgeslagen die kolkte en beefde als warme lava. Verbonden door de onzichtbare navelstreng van verlangen liepen ze langs de contouren van het pentagram, hij naar de oostelijke punt, zij naar het westen.

Nu ze weer met tintelende, naar seks ruikende lichamen tegenover elkaar stonden, voelden ze hoe de kundalini-slang zijn kop ophief vanuit het bekken als een roofdier dat zich klaarmaakte om toe te springen door de zeven ringen van energie in een geluidloze schreeuw van tijdloos besef. Zijn gespleten tong brandde zich dwars door hun fontanel, zodat de rook van hun hoofden zich vermengde met de kosmische geest. De koningin kolkte en bruiste als een wilde bergrivier. De koning sidderde en richtte zijn magische staf naar de sterren. Met een schreeuw diep vanuit zijn binnenste gaf Isaac het teken dat het hun toestond zich nu werkelijk met elkaar te verenigen. Met de handpalmen naar boven gericht liep Catherine op haar priester toe en sloeg zich als een wurgslang rond zijn bekken, terwijl ze hem met haar tong vurig liefkoosde. Het was hemels en schaamteloos om naar deze vrouw te kijken, een liefdesgodin die al haar geheimen prijsgaf en die slechts hoogmoedig glimlachte om zijn broeierige ogen die zich vastzogen aan haar vrouwelijkheid. 'Kom in me,' zuchtte Catherine. 'Vul me, verwarm me...'

Ze dwong met haar daadkrachtige heupen zijn steigerende genot tussen haar benen omdat ze helemaal gevuld wilde worden, en Isaac dacht nergens aan terwijl zijn handen begerig over haar schuimende borsten en de stroming van haar dijen gleden. 'Ik open me,' zuchtte ze, 'zo ver als ik kan, zo diep als jij kunt. Betreed mijn tunnel van licht met al je kracht, diep in mijn bekken, tot mijn navel. Laat me stromen als de zondvloed.' Ze werden één ritme, één wezen. In hun drang zo dicht mogelijk bij elkaar te zijn versmolt het koningspaar met elkaar. Ze ontstegen hun individualiteit en werden één vuur van liefdesenergie, die niet langer persoonlijk maar universeel was. Zo wekten ze een enorme kracht op, die zelfs zichtbaar was in een warme waas van hitte, vermengd met rook.

In Catherine ontmoette hij slavin en moeder, zuster en dienster, koningin en raadsvrouwe – een onpeilbare diepte van intuïtieve vrouwelijke wijsheid waaruit hij eeuwig zou kunnen putten. Gelijktijdig begonnen hun lichamen te bewegen in een gelijkmatig, zacht ritme, dat ontstond vanuit Catherines bekken als een golfslag die almaar aanzwol en hun adem samenvoegde tot één levenszucht. Ze voelden zich licht en dronken, en op hun gelaat lag een extatische gloed. Isaac voelde zich Adam en duwde zijn nog steeds zwellende erectie dieper in haar, terwijl Catherine op zijn lippen beet. Ze zoog en likte, en verdeelde de zoete appel van de lust tussen haar en zijn mond. Hij beet in haar hals als een liefkozende wolf. En toen opeens schreeuwde hij 'O mijn God!' Gelijktijdig klonk er een oerkreet toen ze hun heilige vochten zich lieten vermengen en stromen, en schudde de grond als vond er een lichte aardbeving plaats. Catherine leek de oermoeder die de wereld zelf baarde vanuit kosmisch zaad en haar gebrul klonk dierlijk, met een diepe trilling die zwoel door hun onderbuik vibreerde. Op het moment dat Catherine het uitschreeuwde en haar stem die over het park van Oates galmde de voyeur aan de overkant van het meer schrik aanjoeg, leek het of ze een gulle beker vol liefdessap uitstortte. Isaac rilde van tantrisch genot dat van zijn haarwortels over zijn ruggengraat tot zijn tenen zweepte. Ten slotte vielen ze uitgeput neer. Catherine likte met haar tong een verdwaalde druppel van haar lippen. Toen ze naar boven wilde kruipen om Isaac te kussen, verborg hij zijn gezicht in het gras en hoorde ze hem ontzet fluisteren: 'Fatio, o, Fatio, het spijt me.'

Isaac stond op, zijn lichaam besmeurd met sap en aarde, gras en dauw. Hij verrichtte de laatste handelingen die van hem als hogepriester werden verwacht. Hij haalde de smeltkroes van het vuur, goot de gloeiende inhoud over in een kruik, die hij afsloot, en wikkelde deze in een witte doek.

Daarna groef hij een kuil, waar hij de kruik in legde. Hij bedekte hem met aarde en wist dat hij nu een hele tijd zou moeten wachten om te zien of het proces zich al dan niet zou voltrekken. Uit dit heilige ritueel zou in Isaac het *androgyne* kind geboren worden, een nieuwe staat van bewustzijn dat in de alchemist ontwaakte. Een hogere vorm van intuïtie en begrip. De mindere steen, zoals de oude meesters het noemden...

43

'Nicolaas Fatio de Duillier,' herhaalde mevrouw Cunningham, de oude kamerverhuurster, 'dat zegt me helemaal niets.'

De vrouw had geen zin in moeilijkheden. Maar al te vaak probeerden bedrogen echtgenoten haar te ontfutselen of hun man of vrouw bij haar een kamer huurde. Ze kon haar zaak wel sluiten als ze haar lippen niet stijf op elkaar hield. Horen, zien en zwijgen, was haar motto.

'Ik weet het zeker,' zei Isaac. 'Kijk, hij heeft kortgeleden deze brief geschreven. Hij schrijft dat hij hier logeert. Kijk dan toch, mevrouw.'

'Ik kan niet lezen, meneer,' zei de kamerverhuurster, 'en nu wegwezen, ik heb nog veel werk te doen.'

'Hij verkeert in levensgevaar, mevrouw, als hij al niet dood is. Daarom ben ik meteen naar Londen gekomen. Hij schrijft dat er een zweer is opengebarsten in zijn long. Bent u mevrouw Cunningham? Hij schrijft over u; u zou mij over zijn lot inlichten. Newton is mijn naam. Isaac Newton.'

Isaac schreeuwde tegen de gesloten deur achter de balie die de vrouw had dichtgeklapt. Hij kroop over de balie, bonkte op de deur, rammelde met de klink, en smeekte: 'Alstublieft mevrouw Cunningham, u wilt toch geen dood op uw geweten hebben? Straks moet u de zaak nog sluiten als hier een man zonder hulp sterft. Wat wilt u? Ik geef u een shilling, mevrouw. Alstublieft! Twee shilling? Help me. Goed, vijf shilling, ik geef u vijf shilling.'

De sleutel van het slot draaide om en de vrouw stak haar hoofd door de deuropening.

'Laat zien.'

Isaac graaide in zijn beurs en toonde haar vijf bronzen munten.

'Ga achter mijn balie vandaan.'

Zo snel hij kon kroop hij weer naar de andere kant van de receptie.

De oude vrouw beet met haar gele tanden op de munten en inspecteerde kritisch de randen.

'Sinds die zakkenvullers in het parlement de wet op valsemunterij hebben afgeschaft, vind je geen geldstuk meer waar niet mee gerommeld is,' zei ze.

Isaac beaamde het en keek hoopvol naar de oude vrouw, die de geïncasseerde munten goedkeurde en naar achteren bracht. Isaac wist dat hij een waardeloze, desastreuze wetswijziging had ingediend. Toen hij bovendien gemerkt had met hoeveel gemak hij erin geslaagd was de wet op valsemunterij af te schaffen, enkel en alleen door de toezegging dat hij mee zou stemmen wanneer zijn collega's zijn stem nodig hadden, hadden hem een onthullende blik geschonken op politiek gekonkel.

Even later kwam de hospita terug met een sleutel en beduidde hem met een hoofdgebaar haar te volgen. Isaac liep achter de mopperende vrouw aan, die zich trap voor trap moeizaam naar boven hees. Waarom had Fatio zo'n goedkoop etablissement uitgezocht? Waarom was hij niet meteen naar hém doorgereisd? Waarom had hij niet duidelijk gemaakt dat zijn geldnood zo groot was? Isaac zou voor hem gezorgd hebben.

De vrouw klopte aan bij een kamer op de bovenste verdieping.

'Meneer De Duillier? Meneer De Duillier, er is bezoek voor u. Meneer...'

'Fatio, ik ben het, Isaac. Doe open alsjeblieft.'

Er kwam geen enkel geluid uit de kamer. De hospita begon zich nu ook zorgen te maken. Ze wist zeker dat de bleke jongeman op zijn kamer moest zijn. Een week of wat geleden had ze hem nog gezien toen hij haar had verzocht een brief te posten. Ze herinnerde zich zijn zware, irritante hoest, maar verder had ze geen gedachten meer aan hem vuilgemaakt. Pas twee dagen later had ze de brief gepost. Zuchtend voelde ze aan de klink en ze merkte verbaasd dat de deur open was. Een zieke lucht walmde hun vanuit de donkere kamer tegemoet. Isaac rende naar het bed, waar een roerloze gestalte lag.

'Fatio, mijn jongen,' zei hij, terwijl hij onmiddellijk het ijskoude lichaam onderzocht. Hij trok de oogleden op en zag dat het oogwit geel gekleurd was. Hij voelde geen warme lucht toen hij zijn hand onder zijn neusgaten hield. De lakens waren nat en Isaac rook dat Fatio het bed had bevuild. Hij haalde pas opgelucht adem toen hij een zwakke polsslag voelde.

'Hij leeft nog,' zei hij. 'Maar wat is hij er slecht aan toe. Dank u, mevrouw Cunningham, ik zorg verder wel voor hem.'

'Dan blijft u hier ook slapen? Dat kost tien penny per nacht. Vooraf te voldoen.'

'Geen probleem,' zei Isaac, terwijl hij de vrouw nog een shilling in haar handen duwde en haar naar buiten dirigeerde. Hij sloot de deur en opende de gordijnen. Met een doek depte hij teder het spierwitte gezicht van zijn geliefde.

'Fatio, jongen, hoor je me?' fluisterde hij.

Er kwam geen enkele reactie. Isaac haalde een flesje uit zijn koffer. Hij sprenkelde wat druppeltjes ammoniak op het doek en hield die onder Fatio's neus. Die kreunde en draaide moeizaam zijn hoofd om. Langzaam leek hij terug te keren van een verre reis en hij sloeg zijn ogen op.

'Ik ben het,' zei Isaac, en hij overlaadde Fatio's gezicht met zachte kussen. 'Ik ben het, mijn lief. Ik ben er voor je. Maak je maar geen zorgen.'

Heel even sprankelden de ogen van de jongeman, die op sterven na dood was, maar toen vielen ze weer dicht.

Toen het licht zich de volgende ochtend schuchter in de kamer drong, opende Fatio zijn ogen opnieuw. Niet even, als instinctieve schrikreactie op de penetrante ammoniakgeur, maar op eigen kracht, langzaam en doelbewust. Isaac, die al die tijd had gewaakt en zijn vriend drankjes had toegediend, weerhield zichzelf ervan om hem te omhelzen, zodat hij rustig de tijd kreeg om te wennen aan het rijk der levenden. Lange tijd staarde Fatio naar het plafond. Zijn blik verried verbazing noch opluchting. Zijn ogen deden niets anders dan waar ze voor bedoeld waren: kijken. Na meer dan een uur gevoelloos naar boven gestaard te hebben, verkenden ze de rest van de kamer en kwamen met dezelfde lege uitdrukking tot stilstand op Isaacs gezicht.

'Fatio, mijn lief, je bent er weer,' fluisterde Isaac ontroerd.

Fatio's ogen gaven geen blijk van herkenning of dankbaarheid. Zijn blik hechtte zich alleen maar lang en ongevoelig aan hem vast, als een rups aan het blad van een bloem.

'Isaac?' vroeg hij na verloop van veel tijd.

'Ja, lief.'

'Waar is de reiziger?'

'De reiziger?'

'Saint Germain, de Reiziger van de Waarheid?'

'Rustig maar, jongen,' zei Isaac tegen zijn ijlende vriend. 'Vermoei je nu maar niet.'

Hij bracht het glas naar zijn lippen en liet hem wat drinken van het medicijn. Al waren dit hun laatste momenten samen geweest, hij zou de Schepper eeuwig dankbaar zijn dat hij nog eenmaal zijn naam had horen uitspreken.

Fatio viel weer in slaap en werd laat in de middag wakker. Zijn blik was nu veel helderder. Isaac zat naast hem en hield zijn hand vast. Fatio vroeg of hij hem rechtop wilde zetten, wat Isaac eerst weigerde, maar na kort aandringen toch deed. Hij ondersteunde hem met kussens en keek bezorgd of deze inspanning niet te groot was.

'Luister eens,' zei Fatio zacht, 'ik moet je wat vertellen.'

'Doe straks maar, jongen, je bent nog te zwak.'

'Nee,' zei Fatio geïrriteerd. 'Je moet nu luisteren.'

Bezorgd concentreerde Isaac zich op Fatio's woorden. Diens gezicht was bleek en ingevallen. Hij zou nog flink moeten rusten en eten om weer op kracht te komen.

'Saint Germain heeft me gered.'

'Wie is Saint Germain, lief?'

'Ik weet het niet. Ik dacht dat jij hem gestuurd had. Hij was hier opeens nadat ik jou had geschreven. Ik denk dat de hospita hem heeft binnengelaten. Hij heeft een medicijn voor me gemaakt op basis van kwikzilver. Het helpt tegen longziektes, tegen tering en *pokken*. Het bevrijdt het lichaam van zwarte gal. Ik heb alles overgegeven wat ik in me had. Het heeft de ziekte uit mijn lijf verdreven. Het geneest negen van de tien ziektes, vertelde hij me.'

Isaac zei niets. De jongen ijlde, dus had het geen zin hem tegen te spreken. Isaac knikte alleen begrijpend en streelde geruststellend zijn hand.

'God heeft me teruggestuurd uit de dood, Isaac, hoewel ik geroepen was. Waarom moest je me toch verraden?'

'Ik? Heb ik jou verraden?'

'Ik vergeef je, Isaac. God geeft me nog één kans. Ik heb tot nu toe niet veel nuttigs gedaan met mijn talenten,' zei Fatio met doffe stem.

Isaac wilde hem troosten, zijn briljante geest loven, de vreugde prijzen die hij in zijn bestaan had gebracht, maar Fatio vervolgde: 'Hij heeft me Saint Germain gestuurd en mijn levensopdracht. Saint Germain is bereid me in te wijden in het maken van het medicijn. Hij wil me opleiden. Jij zei toch dat iedereen een meester nodig heeft om het werk te volbrengen? De meester heeft zijn leerling gevonden, Isaac. Ik heb vier jaar lang honderdvijftig pond sterling nodig, heeft Saint Germain me voorgerekend. Kun jij mij helpen? Kun jij mij het geld lenen? Dat is toch het minste wat je kunt doen, na wat je me hebt aangedaan? Ik betaal je later alles terug. Stel je eens voor hoe rijk ik zal worden als ik iedereen kan genezen. Dit is mijn laatste kans.'

Isaac verborg zijn verbijstering en glimlachte. Fatio glimlachte dankbaar terug en sloot zijn ogen. Zodra hij weer echt beter was, zou Isaac hem voorzichtig uitleggen dat het niet een droomverschijning als gevolg van hoge koorts was die hem gered had, maar hijzelf.

'Ga maar slapen, lieverd,' zei Isaac zacht.

Met een vreemde uitdrukking op zijn gezicht prevelde Fatio nog: 'Het is het levenselixer,' en viel toen uitgeput in slaap.

Dag na dag sterkte Fatio weer aan, maar tot Isaacs groeiende irritatie bleef hij ijlen over Saint Germain. Hij kon over niets anders meer praten. En tussendoor vergaf hij Isaac. Toch vroeg Isaac niet waarvoor, noch bood hij meteen weerwoord. Hij was te opgelucht dat Fatio het had gehaald en dat het levensgevaar geleidelijk week. Hij kende als geen ander de drang van zijn droomprins die zich zo graag wilde manifesteren in deze wereld. Hij wilde iemand zijn, hij wilde iets groots neerzetten. Isaac hoopte dat het visioen met het zakken van de koorts wel zou vervagen en dat Fatio zou inzien dat het Isaacs medicijnen waren die hem hadden gered. Maar Isaacs ontwijkende reacties en het feit dat hij niet inging op Fatio's gebedel om geld hadden een averechts effect. Met een nog grotere devotie bezong hij de grote kennis van Saint Germain, die zoveel verder was in zijn alchemistische kunde dan Isaac en die misschien wel bereid was zijn kennis ook met hem te delen. 'Maar ik heb kapitaal nodig, Isaac, om het middel grootschalig te kunnen produceren. Ik heb het met Saint Germain besproken.'

'Hou nu toch eens op met je gezwets!' zei Isaac terwijl ze theedronken bij het tafeltje bij het raam nadat hij al een week lang iedere middag lofzangen op Saint Germain had moeten aanhoren. 'Je weet niet waarover je praat met je levenselixer. Je lijkt Robert Boyle wel!'

Gekwetst staarde Fatio hem aan. Verblind door zijn grootse plannen was hij ervan overtuigd geweest dat Isaac diep onder de indruk was en dat zijn stilzwijgen het gevolg was van de onthutsende impact van zijn woorden. Maar nu zijn levensmissie werd afgedaan als gezwets, trilde hij over zijn hele lichaam. Fatio incasseerde de klap die de grondvesten van zijn nieuwe bestaan deed wankelen. Hij trok zijn nachthemd uit, kroop in bed en trok de lakens over zijn hoofd.

'Fatio,' zei Isaac, 'toe nou, zo bedoelde ik het niet. Het spijt me.'

Maar Fatio reageerde niet.

'Toe nou,' troostte Isaac, 'het spijt me. Ik hou van je, dat weet je toch? Ik hou zielsveel van je. We gaan samen in Cambridge wonen. Ik heb de kamer naast me vrijgehouden. Zo heb je een plek voor jezelf en zijn we toch samen. De lucht van Cambridge zal je goeddoen. We zullen grote wandelingen maken samen. We zullen samen werken. Dag en nacht van elkaar genieten. Toe nou, Fatio.'

'Je neemt me niet serieus,' zei Fatio de volgende ochtend.

'Natuurlijk wel,' antwoordde Isaac aarzelend, 'alleen...'

'Alleen wat?'

'Je bent ver heen geweest, Fatio. Hoe moet ik het zeggen? Je hebt een levendige droom gehad, een visioen. Er is hier op je kamer niemand geweest. Ik heb het nagevraagd bij mevrouw Cunningham. Je hebt je kamer niet verlaten sinds je hier bent aangekomen, en ik ben je enige bezoeker geweest. Er bestaat geen Saint Germain, Fatio. Vertel me liever eens of je een uitgever hebt gevonden voor je artikel.'

Langzaam schudde Fatio zijn hoofd.

'Hoe kan dat nu?' vroeg Isaac verbaasd.

'Niemand durft het aan. Het is zijn tijd te ver vooruit. Zelfs Le Clerc, die jouw "Ariaans Manifest" gaat publiceren, wilde het niet.'

'Wat? Dan schrijf ik hem meteen dat hij mijn artikel ook niet mag plaatsen. Wat een schoft.'

Isaac had al grote twijfels gehad of het wel verstandig was om publiekelijk uit te komen voor zijn ariaanse gedachten. Al zou het boekje dan anoniem gepubliceerd worden, het zou niet lang duren voordat men zou ontdekken dat hij de auteur was. Hij had geen zin in controverse, en discussies. In het afwijzen van het artikel van Fatio vond hij een dankbare aanleiding om de publicatie te verbieden. Hij ging naast Fatio liggen en legde troostend een hand op zijn schouder. Teder streelde hij zijn rug. Hij kuste hem in zijn hals en zijn handen gleden naar het schuchtere, levenloze geslacht van Fatio, die met opengesperde ogen naar het raam staarde. Hij had niet eens gemerkt dat Isaac hem streelde, en was nog vol van de dreun van Isaacs genadeslag. Pas toen hij Isaacs opdringende, steigerende bekken tegen zijn billen voelde woelen, realiseerde hij zich woedend dat voor Isaac de zaak afgedaan was en dat diens gedachten en zinnen allang aan iets anders waren gewijd.

'Blijf van me af!' snauwde hij, en hij stootte met zijn elleboog in Isaacs maag.

Isaac hield meteen op en ging stil op zijn rug naast hem liggen.

'Wat is dit banaal, Isaac,' zei Fatio minachtend. 'Ik weet toch dat je op vrouwen valt? Ik heb je toch bezig gezien?'

'Wat bedoel je?'

'Ik heb jullie gadegeslagen. Vanaf de overkant van het meer heb ik alles gezien. Dat was geen ritueel, Isaac, dat was seks. Ik heb gezien hoe je in Catherine stootte, ik heb je geschreeuw gehoord.'

Het rituele huwelijk dat op die warme zomeravond had plaatsgevonden, had in het gemoed van Fatio zijn geblakerde sporen nagelaten. Op zijn terugreis had hij eerst een bezoek willen brengen aan zijn vrienden John en Damaris, voordat hij naar Isaac zou doorreizen. Maar toen hij die avond aan kwam rijden en twee figuren in de tuin had gezien, was hij uit de koets gestapt en naar de rand van het meer geslopen. Het voelde als een mokerslag toen hij zag dat Isaac, tegen hun afspraak in, het ritueel met Catherine voltrok. Het was toen, herinnerde hij zich nu, dat hij het gevoel had gehad dat zijn longen klapten. Hij was teruggeslopen naar zijn rijtuig en had de koetsier gevraagd hem naar het eerste het beste logementshuis in Londen te brengen. Verstandelijk begreep hij dat Isaac een alchemistische handeling had voltrokken, om een brandstof op te wekken die op geen enkele andere manier verkregen kon worden. Hij zocht zelfs de schuld bij zichzelf. Tenslotte had Fatio maandenlang niets van zich laten horen, en hij begreep ook wel dat Isaac verder moest. Maar ondanks het begrip verscheurden de beelden die hem door het hoofd spookten, waarbij hij Isaac als een bronstige stier tekeer zag gaan, zijn hart. Na zo'n extatische ervaring, waarbij vergeleken hún gewone vrijen op een burgerlijk theekransje leek, was het onmogelijk dat hun minnespel hem nu nog zou bevredigen. Het overschrijden van de grens van de tuin der lusten was een weg waarop terugkeren verhinderd werd door de wakende aartsengel die zwaaide met zijn vlammend zwaard. Zoals bij Eva die van de appel at, waardoor alles veranderde en ze nooit meer dezelfde onschuld en onwetendheid zou kennen. Hij die altijd geloofd had in de grote liefde, de verbinding, zielsverwantschap. Het had hem doodziek gemaakt om getuige te zijn van het ritueel, maar het had hem ook gezuiverd.

'Maar dat was anders,' stamelde Isaac, die bleek werd bij het besef dat Fatio had toegekeken. 'Het was een heilig ritueel. Het was de koning, niet ik. Mijn overgave betrof het alchemistisch werk, niet Catherine.'

Isaac wist dat dit niet helemaal waar was. Catherine had sinds die nacht onophoudelijk zijn gedachten in beslag genomen. Met geen enkel middel had hij de beelden kunnen verdrijven en ze maakten een dierlijke wellust in hem los. Hij begreep zelf niet dat de herinnering aan het ritueel hem zo opwond, dat iets in hem blijkbaar hoopte dat hij deze ervaring nogmaals zou beleven. Hij fantaseerde zelfs over wat hij dan zou doen wat hij nu had nagelaten. Hij wilde er niet aan denken, laat staan ernaar verlangen, maar zijn lichaam leidde een eigen leven en zijn mannelijkheid duwde zich met geweld omhoog terwijl hij zich om afleiding te zoeken wanhopig op het zonderlinge verzoekschrift van koning Willem had gestort om een hervormingsplan voor de munt te schrijven.

Fatio sprong uit bed en liep naar het raam.

'Onze tijd samen is op,' zei hij kil, zonder omkijken. 'We waren bevangen door een demon die ons liet denken dat we liefdespartners waren. We verwarden onze wederzijdse intellectuele bewondering met liefde. Ik adoreer je nog steeds, Isaac. Je bent mijn meerdere in de natuurfilosofie. Maar ik heb nu een grotere leraar gevonden. Hij heeft me gevraagd om hier op hem te wachten en als hij terugkomt, zal hij me inwijden. Het is beter als we elkaar een tijd niet zien. Dat jij je hartstocht en ik mijn haat laat bekoelen, zodat we elkaar niet nodeloos kwetsen. Dan kunnen we weer als vrienden verder. Ga naar Catherine, Isaac. Dat is wat jij nodig hebt: een vrouw aan je zijde. Ik ben gedoemd om alleen te blijven.'

Fatio was volkomen rustig en genoot ervan dat Isaac diep getroffen leek. Voor het eerst had hij het gevoel zijn meerdere te zijn.

'Ooit zul je me eeuwig dankbaar zijn. Ik verlos je door je los te laten. Hier scheiden onze wegen, Isaac...'

44

In de koets op weg van Londen naar Cambridge werd het Isaac opeens allemaal duidelijk. Hij riep de koetsier toe van richting te veranderen. 'Naar Essex!' brulde hij boven het geraas van de karrenwielen uit. 'Breng me onmiddellijk naar Oates in Essex.'

Hij moest terug naar de plek waar hij met zijn zaad het liefdesvuur van Fatio had geblust. Het was dwaasheid geweest om het ritueel op Oates met Catherine te voltrekken, zag Isaac plotseling in. Tegennatuurlijk. Hij had, zoals hij al zijn hele leven had gedaan, eigenzinnig zijn weg moeten volgen. John Locke was degene geweest die hem aan het twijfelen had gebracht door te opperen dat hij een vrouw zou moeten zoeken. Hij had het moeten wantrouwen toen hij het landgoed beschikbaar had gesteld, in ruil voor de rode aarde. Locke was het kwaadaardige brein dat gebruikmakend van de situatie, Fatio en Isaac uit elkaar had gedreven – onder het mom van vriendschap. Isaac besefte nu dat het onzin was dat hij zich met een vrouw had moeten verenigen. Alsof Fatio en hij niet zelf bij uitstek gezegend waren met een uitgebalanceerde mix van mannelijkheid en vrouwelijkheid. Het ritueel had over liefde moeten gaan, verbinding, zielsverwantschap. Er was maar één persoon met wie hij het ritueel had moeten voltrekken: Fatio. Met open ogen was hij op het valse aanbod van Locke ingegaan om Catherine erbij te betrekken. Het was een nietsontziende poging geweest om hem te compromitteren, met als doel om hem van zijn anders-zijn te genezen. Hoe had Isaac een heilig, kosmisch huwelijk met Catherine kunnen sluiten? Nu pas drong tot hem door dat Locke onophoudelijk had geprobeerd zijn liefde kapot te maken, zoals Damaris Fatio ook had opgestookt zichzelf te gaan ontdekken. Zij hadden de enige grote liefde uit zijn leven verjaagd. Daar zouden ze nu de prijs voor betalen. In al hun zogenaamde vrijzinnigheid schoot hun verbeelding tekort om te begrijpen dat wat hij en Fatio samen hadden veel intenser was dan wat de meeste huwelijkspartners met elkaar deelden. De hele rit naar Oates groeide Isaacs woede jegens Locke. Toen de koets tot stilstand kwam op het binnenplein van het landgoed van Damaris, sprong hij er meteen uit, en riep met een galmende stem alsof hij de goden op de Olympus wilde toespreken: 'John Locke! Waar zit je? Kom onmiddellijk naar buiten, als je durft. John Locke!'

Het schemerde en door de ramen zag Isaac de gezellige gloed van een haardvuur. Het maakte hem nog furieuzer dat Locke hier liefdevol kon samenleven met zijn geliefde, onder één dak met haar echtgenoot. Was dat dan wél normaal? Hij zocht in zijn razernij naar een stevige kei om door het raam te gooien om die gezelligheid in één klap te verbrijzelen. Net toen hij op het punt stond de steen te gooien, kwam Locke het plein op lopen. Isaac aarzelde of hij zijn mikpunt naar hem zou verleggen, maar Locke stak bezwerend zijn handen op, zodat Isaac daar, althans voor even, van weerhouden werd.

'Rustig maar, Isaac, rustig, goede vriend. Je hebt vast een goede reden om overstuur te zijn. Maar doe nu geen dwaze dingen. Straks verwond je nog iemand. Leg die steen neer, alsjeblieft. Toe...'

Met de steen in de aanslag keek Isaac minachtend naar de man die zijn leven had geruïneerd.

'Het enige wat mij nog gelukkig maakt, Locke, is jouw dood.'

'Oké,' zei Locke kalmerend, 'je wilt mij dood hebben. Als ik je daarmee kan helpen – goed! Maar mag ik dan weten waarom? Waarom ben je zo boos op me? Wat heb ik je aangedaan? Waarom moet ik sterven?'

De koetsier keek gespannen toe naar de krachtmeting tussen de twee mannen, die elkaar nu zo dicht genaderd waren dat een met kracht geworpen kei fatale gevolgen kon hebben. Had hij het eerst als een buitenkansje gezien dat zijn klant een omweg van wel dertig mijl via Essex wilde maken, nu had hij er spijt van dat hij er gehoor aan had gegeven. Hij werd ongewild getuige van een vete die blijkbaar zo diep zat dat hij tot moord kon leiden.

Isaac aarzelde of hij meteen zijn woede zou koelen of eerst Locke zou overladen met verwijten. Hij zag dat hij door het raam nauwlettend in de gaten werd gehouden door Damaris en haar man. Hij had niet veel tijd voordat er misschien iemand zou ingrijpen en Locke zijn straf zou ontlopen.

'Door jou heb ik me ingelaten met vrouwen, Locke!' schreeuwde hij. 'Je hebt me dingen laten doen die tegen mijn natuur ingaan. Jij hebt me verdreven van Fatio. Als ik jou nooit had leren kennen, dan was het nooit gebeurd. Ik wil dat je sterft, Locke.'

Locke was overdonderd door het verwijt. Blijkbaar had het ritueel wonden geslagen in Isaacs verhouding met Fatio en werd hij nu als aanstichter van het kwaad gezien.

'Isaac,' sprak hij bezwerend, 'ik wilde je alleen maar helpen. Je had toch een vrouw nodig voor het ritueel? Dat was toch een noodzakelijke stap in je queeste? Het was immers een ritueel, een heilig gebeuren? Ik heb je willen helpen. Ik heb je het rode poeder toch gegeven? Ik heb me toch aan onze afspraak gehouden? Dit alles had toch niets te maken met jouw liefde voor Fatio?'

Natuurlijk had Locke gelijk, en Isaac had er precies hetzelfde over gedacht, totdat Fatio had bekend hoe de aanblik van het ritueel hem geschokt had. Pas toen begreep hij ten volle dat wat er die nacht gebeurd was heel veel minder was dan een sacrale voltrekking. Het was een heidense orgie geweest, een zwarte mis die ook de demonen in zijn eigen hoofd had bevrijd.

'Wil je dat ik met Fatio praat, Isaac? Misschien kan ik het hem uitleggen. Het spijt me heel erg als dit het gevolg moet zijn. Maar jullie houden toch echt van elkaar? Dan kan dit niet het einde zijn.'

De woorden sneden Isaac door de ziel. Fatio hield niet langer van hem. Fatio had alle banden doorgesneden. De man met wie hij oud had willen worden, had de deur dichtgeslagen. Hij was weer helemaal alleen, en die eenzaamheid was niet te torsen. Hij had zich aan Fatio gegeven en nu bleef er niets meer van hem over. Zijn enige kans op liefde was voorbij. En daar moest iemand voor boeten. De enige schuldige die Isaac kon aanwijzen, was Locke. Hij bewoog met kracht zijn arm naar achteren om de steen te werpen, maar net op het moment dat hij wilde gooien, werd hij tegengehouden door een stalknecht die erin geslaagd was om naar de indringer toe te sluipen. Isaac liet de steen vallen en kromp in elkaar van de bikkelharde vuistslag in zijn maag, meteen gevolgd door een rechtse hoek op zijn kin, waardoor hij met zijn hoofd tegen een buitenmuur van het landhuis viel. De knecht stond op het punt Isaac hard tussen zijn benen te schoppen, toen hij werd tegengehouden door de autoritaire stem van Locke: 'Stop!'

Bezorgd liep Locke op hem toe, op de voet gevolgd door Damaris, die met een vochtige doek Isaacs bloedende gezicht schoonmaakte. Isaac was enige tijd buiten bewustzijn, maar toen hij wazig zijn ogen weer opsloeg en het gezicht van de vrouw voor hem zag die zijn Fatio had opgestookt, werd hij witheet en greep met zijn beide stevige handen haar hals vast om haar te wurgen. Damaris hapte verschrikt naar adem en zag dat zowel Locke als de stalknecht met alle kracht probeerden de ijzeren wurggreep los te wrikken. Toen ze eindelijk bevrijd was, moest ze braken, en hield de stalknecht Isaac in een wurggreep vast, zodat hij niet meer kon bewegen. Nadat Locke Damaris op haar rug had geklopt en in zijn armen had gekalmeerd, maakte ze zich los en liep de tuin in, langs het meer, waar de slapende zwanen verschrikt opkeken. Locke gaf de stalknecht een stuk touw. Beschaamd keek Isaac naar de grond, terwijl Locke de stalknecht hielp zijn handen op zijn rug te binden en hem toen overdroeg aan de koetsier.

'Vergeef het deze man,' zei Locke. 'Hij is overstuur, hij weet niet wat hij doet. Wilt u alstublieft goed voor hem zorgen? Breng hem veilig thuis. Morgenochtend zal hij wel gekalmeerd zijn.'

Hij gaf de koetsier een handvol geldstukken en hielp hem om Isaac met gebonden handen in de koets te laten plaatsnemen.

'Ik blijf je vriend, Isaac,' zei Locke ten afscheid. 'Ik vergeef je wat er vanavond is gebeurd, en als ik je ook maar op enige manier kan helpen, dan zal ik dat doen, zoals ik altijd heb gedaan. Goede reis, vriend.'

Isaac draaide zijn hoofd weg.

Locke klapte het portier dicht en de koets zette zich langzaam in beweging, en net toen hij gedraaid was over het binnenplein en vaart wilde maken over de oprijlaan, riep Damaris uit de verte: 'Stop, stop de koets!'

Het rijtuig viel stil en Damaris kwam aangerend met een pakje dat in een vuile doek was gewikkeld.

'Mag ik heel even?' vroeg ze de koetsier, en ze klom in de koets. Ze fluisterde in Isaacs oor: 'Wat hebben we je misdaan, Isaac? Jij wilde het toch zelf? Hoe denk je dat het voor Catherine was? Die vrouw houdt van je, Isaac, maar ze was volwassen genoeg om te beseffen dat jullie vereniging eenmalig was. Ze stelde geen eisen aan je, zelfs niet toen bleek dat ze zwanger was. Ja, Isaac, ze is zwanger. Ze heeft het mij geschreven. Ze draagt jouw alchemistische kind. Ze vroeg mij om elke dag bij de plek te gaan zitten waar jij de kruik begraven hebt, om haar vrucht kracht te geven. Ze wist dat ze jou beter niet kon schrijven om te vragen of je het vaderschap aanvaardt. Al weet haar man dat het kind zeker niet van hem is. Zij vrijen nooit met elkaar. Denk toch niet alleen aan jezelf, Isaac.'

Ze zette de in de doek gewikkelde kruik stevig vast in het bagagerek. 'Neem dit kind tenminste mee,' zei ze. Verbijsterd keek hij haar aan toen ze hem op de wang kuste.

Toen de volgende ochtend de koets Cambridge bereikte, en Isaac zich diep schaamde om wat hij had aangericht, had de koetsier medelijden met hem. Hij maakte het touw los en wenste de verdwaasde man veel sterkte. Met gebogen hoofd liep Isaac door de universiteitspoort en ging schuw de trap op, omdat hij door niemand gezien wilde worden. Maar voor de deur van de kamer wachtte hem een nieuwe verrassing. Daar zat een mooie, jonge vrouw.

'Oom Isaac,' zei ze blij.

Hij keek haar onwezenlijk aan.

'Vader is overleden,' zei Kit, 'en ik wil niet langer met mijn moeder leven.'

45

Met hoopvolle, glanzende bruine ogen wachtte Kit gespannen op de reactie van haar oom. De vorige dag was ze aangekomen en toen de portier schuilde voor een hevige regenbui, was ze naar binnen geglipt. Ze wist uit Isaacs verhalen dat zijn kamer vlak bij de grote, gebogen toegangspoort moest zijn en dat hij uitkeek op een kruidentuintje tegen de kapelmuur. Maar toen ze in het halletje, achter de portierskamer, de trap op was gelopen, waar volgens haar inschatting Isaac moest wonen, werd er niet op haar geklop gereageerd. Ze was een verkenningstocht begonnen door de wirwar van witgekalkte gangen, trappenhuizen en poortjes. Al snel was ze verdwaald in de carrévormige doolhof. Verscholen onder een trap, en iedere keer met bonzend hart wanneer een oude professor of een groepje studenten haar passeerde, had ze gewacht tot het donker werd. Toen was ze het binnenplein op geslopen om zich opnieuw te orienteren. Als een schaduw was ze weer naar de poort geslopen aan de andere kant van het plein. Maar bij de deur waarvan ze vermoedde dat haar oom er woonde, werd nog steeds niet opengedaan. Ze had zich opgerold tegen de deur, met de bijbel en een paar andere boeken uit haar knapzak als hoofdkussen, en had zo geprobeerd te slapen. Ze was dankbaar dat haar gebed verhoord was, dat oom Isaac de volgende ochtend weer thuis zou komen.

'En?' vroeg ze.

'Ga naar huis,' snauwde hij, 'je hebt hier niets te zoeken. Ik kan niets voor je betekenen.'

Hij duwde haar opzij, zocht geërgerd naar de sleutel in zijn jas en opende de deur, maar werd door een doordringende rottende geur die hem toe walmde meteen terug de gang in gedreven. Alsof hij een grafsteen had weggerold.

Met zijn mouw tegen zijn neus liep hij naar de haard, maar daar zag hij niets wat de geur van ontbinding en bederf kon veroorzaken. Ook in zijn lege voorraadkast lag niets wat na zijn overhaaste vertrek verrot kon zijn.

'Oom Isaac,' riep Kit, die hem brutaal achterna was gelopen. 'Kom hier, kijk.'

Op het bed lag het halfvergane lijkje van een hondje, zijn door maden weggevreten neusje in een slaaphemd van Isaac geduwd dat hij het bed op gesleept moest hebben.

'Diamantje,' zei Isaac schor.

De rillingen liepen hem over de rug. Toen hij halsoverkop naar Londen was vertrokken, had hij geen moment nagedacht over zijn trouwe viervoeter. Hij had het beestje achtergelaten zonder eten of drinken, besefte hij nu. Diamantje moest, zoals hij altijd had gedaan wanneer Isaac even alleen wegging, vol vertrouwen op het bed zijn gaan liggen om te wachten op zijn thuiskomst. Hij had het slaaphemd opgegraven en in Isaacs geur troost gezocht, terwijl hij langzaam verhongerde en uitdroogde. Zijn schitterende vacht was dof geworden, zijn buikje was opengevreten en de botjes staken door het vel van zijn pootjes. De messcherpe geur van de dood doorkliefde Isaac. Waarom ontglipte hem alles wat hem lief was? Waarom was het leven zo wreed en werd alles wat werkelijk van waarde was hem afgenomen? Zijn lichaam voelde loodzwaar en hij zakte door zijn knieën. Verbijsterd staarde hij naar het diertje dat hem trouwer was geweest dan ieder mens die hij gekend had. Zijn hond was een vriend geweest die hem nooit iets kwalijk nam, die nooit protesteerde. En nu had Isaac het vertrouwen van deze vriend zo fataal geschonden. Hij was hem vergeten. Op de heenreis geheel in paniek over de vraag of hij Fatio zou kunnen redden, en op de terugreis een tornado van woede en schuimend verdriet. Hij had de afgelopen weken niet één gedachte aan Diamantje gewijd. Hij kon zichzelf wel stompen, zijn hoofd tot bloedens toe op de rand van het bed slaan, met een gloeiende pook zijn huid verbranden, ongeremd huilen en zijn keel hees schreeuwen, maar zijn ogen waren uitgedroogde vijvers en zijn keel was zo dor als een verschraalde distelstruik. Hij kon alleen maar met slappe mond en versteende ogen naar het verrotte kadaver staren. Geluidloos God smeken om vergiffenis en mededogen.

Kit legde haar handen op de schouders van haar oom en verborg haar gezicht in zijn verwilderde grijze haar. Hij voelde haar tranen langs zijn nek over zijn rug lopen en even was hij dankbaar voor dit plengoffer, waar hij zelf niet toe in staat was. Alle levenskracht was uit hem geweken en het voelde alsof zijn skelet als een kaartenhuis in elkaar stortte. Nadat het meisje hem langdurig door zijn uitgedroogde haar had gestreeld, terwijl hij zo lamgeslagen op het rode tapijt voor het bed bleef liggen, stond ze uiteindelijk op. Teder wikkelde ze het gistende lijkje in Isaacs slaapkleed, drukte het tegen zich aan en liep ermee naar buiten. De koude wind maakte de geur draaglijk. Als een moeder haar pasgeboren baby droeg ze het pakje door de opgetogen drukte van het ontwakende stadje. Ze liep door de stadspoort de lange toegangsweg op langs de boomgaard en waadde in haar lange, vaalblauwe jurk als een hogepriesteres van de dood door de verlaten wei. Bij een appelboom, vanwege hun vroegere gesprekken het symbool van het verbond tussen haar en haar oom, groef ze met haar handen een kuil. Daar legde ze het in zijn doodsgewaad gewikkelde lijkje in, gooide het zand er weer over, en maakte met twee takken een klein kruisje voor het hondje. Op haar knieën zegde ze een gebed en liep toen weer naar de stad. Op de markt bij Market Hill kocht ze wat aardappelen, andijvie en wat brood. De avances van de studenten in hun zwarte toga's ontgingen haar. Toen de portier bij de universiteitspoort haar tegenhield en vroeg: 'Wat zoek je hier, meisje?', antwoordde ze zelfverzekerd: 'Bestelling voor professor Newton.' 'Geef maar hier,' had de portier gezegd, maar zonder te verblikken of verblozen zei ze: 'Dat dacht ik niet. Mij is door een belangrijk persoon opgedragen de spullen persoonlijk af te geven.' Wantrouwend had de portier haar doorgelaten, maar hij had er zijn vingers niet aan willen branden. Je wist het immers nooit met die Newton. Er deden zoveel geruchten over hem de ronde. Een paar weken geleden was er nog een verzegelde brief van koning Willem voor hun beroemd geworden professor bezorgd. 'Loop maar door,' had hij gezegd. De deur stond nog wagenwijd open toen Kit terugkwam, en Isaac lag nog in precies dezelfde houding en leek in slaap te zijn gevallen. Ze pakte de dekens van het bed en legde die over haar oom. Ze kuste hem op zijn voorhoofd en fluisterde: 'Slaap lekker, oom Isaac.'

Daarna zette ze de ramen wijd open om de muffe lijkgeur te verdrijven, en deed wat lang niemand had gedaan in deze kamer. Ze haalde alle stof af met een natte doek, ruimde op, dweilde, waste de lakens, die ze op de vensterbank liet drogen, en verschoof de kasten, de tafel en het bed tot een nieuwe opstelling. Toen ze tot haar tevredenheid van de sombere, vervuilde mannenkamer iets gezelligs had weten te maken, plukte ze in het hofje wat winterse takken, die ze tot een boeket schikte. Daarna – het was al avond geworden – bereidde ze gestoofde andijvie. Toen wekte ze Isaac. Verdwaasd keek hij om zich heen en hij kende zijn eigen kamer nauwelijks terug. Kit had de tafel mooi gedekt voor hen beiden. Ze had de kaarsen aangestoken en vroeg nu of hij kwam eten. Moeizaam stond hij op, liep naar de tafel, ging zitten en keek haar toen streng aan. Haar gezicht was volwassen geworden, ze had haar bruine haren lang laten groeien en zorgvuldig uitgekamd, en ze droeg er een dun blauw lint in. Haar vormen waren vrouwelijk en verleidelijk geworden sinds de laatste keer dat hij haar had gezien. Isaac rammelde van de honger, pakte zijn lepel en wilde een hap nemen, maar werd gecorrigeerd door Kit, die 'Smakelijk' zei.

'Smakelijk,' mompelde hij.

Kit popelde om Isaac te vertellen wat ze had ontdekt, maar ze aarzelde of dit wel het goede moment was. Niets van de vroegere warmte tussen hen leek de tijd doorstaan te hebben. Had ze zich als meisje alleen maar in het hoofd gehaald dat hij een bijzondere genegenheid voor haar koesterde? Zij was hem al die tijd blijven volgen. Aan iedereen die uit Brigstock – haar dorp – naar Londen moest, vroeg ze om naar haar oom te informeren, en zo sprokkelde ze de gekoesterde nieuwtjes bij elkaar over het succes van zijn boek, dat hij parlementslid was, en dat iedereen hem op handen droeg. Ze was heel trots dat hij haar oom was. Een oom die een andere werkelijkheid voor haar had ontsluierd en haar hoop had gegeven op een opwindend leven, hoe uitzichtloos haar bestaan onder de vleugels van haar benepen moeder er ook uit had gezien. Aangespoord door zijn opmerking dat ze Hebreeuws en Grieks moest leren, had ze haar vader, de predikant, het hoofd gek gezeurd om haar les te geven. Hij had het onzin gevonden; studeren was immers niets voor meisjes, en zeker niet het leren van talen. Die had ze nergens voor nodig. Het zou haar alleen nog maar opstandiger maken dan ze al was. Dus had ze op gevaar van lijfstraf boek voor boek uit zijn bibliotheek ontvreemd, en had ze bij het licht van een kaars zelf gestudeerd. Wilskrachtig, bladzijde voor bladzijde, tot ze het begreep. Ze had deze talenstudie gerelateerd aan haar grote vraag of er nu werkelijk nooit denkende vrouwen in de geschiedenis waren geweest. Na Eva, de eerste vrouw uit het Oude Testament, was Maria, de eerste uit het Nieuwe Testament, haar studieobject geworden.

Kit schudde haar hoofd toen ze zag hoe haar oom boven zijn bord hing als een varken boven zijn trog en het eten naar binnen schrokte. Wat was er toch met hem aan de hand?

'Oom Isaac?' zei ze.

Hij sloeg slechts even zijn ogen op en at toen onverstoorbaar verder.

'Ik heb mijn zoektocht naar bijzondere vrouwen voortgezet,' vervolgde ze.

Ze moest het hem vertellen. Ze moest zijn mening weten: of het onzin was wat ze dacht te hebben ontdekt, of een vertaalfout waarvan ze de consequenties niet kon overzien.

'Ditmaal heb ik het verhaal van Maria bestudeerd,' vertelde ze onzeker, 'en de voorspelling van de komst van de Messias in Jesaja. Maar niet alleen in het Engels, ik heb ook Hebreeuws en Grieks geleerd.'

Isaac stopte even stomverbaasd met kauwen. Hoe had ze dat voor elkaar gekregen? Maar hij had de fut niet het te vragen; hij had geen zin zich te verdiepen in de beslommeringen en theorieën van een meisje van hooguit vijftien.

'In Jesaja vond ik: "Zie, de Maagd is zwanger en zal een zoon ter wereld brengen, en gij zult hem de naam Immanuel, God-met-ons, geven." Maar in het Hebreeuws stond heel wat anders! Daar staat voor het woord "Maagd" "almâ". En dat betekent volgens mijn studieboeken helemaal niet "maagd", maar "jonge vrouw"! Dus toen heb ik het woord "maagd" opgezocht. Dat is in het Hebreeuws "betulah". De Griekse vertaler heeft het woord "almâ" dus verkeerd vertaald. Hij vertaalde "almâ" in "parthenos", dat wel "maagd" betekent! En de Engelse Bijbel is toch weer vertaald uit het Grieks? Zijn we door die vertaalfout gaan geloven dat Maria een maagd was, in plaats van een jonge vrouw? Dan wil dat toch zeggen dat ze niet onbevlekt ontvangen is, maar dat gewoon Jozef de vader is...'

Haar adem ging hoog in haar keel snel op en neer. Ze hoopte dat ze duidelijk had geformuleerd waarover ze nu al zo lang tobde en opgewonden was. Zodra ze van een paar jongens had gehoord hoe een man en een vrouw kinderen maakten, was de vraag in haar opgekomen waarom het dan bij de grote moeder, Maria, anders gegaan zou zijn. Als dat de natuurlijke manier was, hoe vreemd ook, waarom was Maria dan op een tegennatuurlijke manier zwanger geworden? En hoe moest dat dan gegaan zijn: bevrucht worden door een Heilige Geest? Ze probeerde onverschillig door te eten, maar haar grote pupillen sloegen gespannen gade hoe Isaac traag zijn lepel neerlegde.

Ze hoopte dat zijn fronsende voorhoofd beduidde dat hij over haar vondst nadacht. Maar Isaac liet een boer, stond op en zei toen: 'Vannacht kun je hier blijven, maar morgen vertrek je.'

Had hij hier dan niets over te melden? Kon hij niet op z'n minst bevestigen dat het bijzonder was dat ze die moeilijke talen geleerd had? Isaac liep naar de commode, trok een la open en zocht iets tussen de stapels papier.

'U heeft geen dank gezegd voor het eten,' zei Kit gekrenkt.

Onverschillig keek hij haar over zijn schouder aan.

'Dank je,' zei hij, en hij pakte een stapeltje aantekeningen uit de la en een paar boeken uit de kast, en ging aan zijn bureau zitten.

Kit waste de borden, sloot de gordijnen, en ontstak nieuwe kaarsen, zodat haar oom voldoende licht had om te kunnen werken. Toen kleedde ze zich uit achter de kledingkast, die ze in de nieuwe schikking als een kamerscherm had opgesteld, deed haar nachtpon aan, bad een avondgebed en kroop in het bed van haar oom.

'Welterusten, oom Isaac,' zei ze teleurgesteld.

46

John Locke en Charles Montagu, de minister van Financiën, bekeken zwijgend de schitterende collectie schilderijen in de Koningsgalerij. In de langwerpige kamer, tegen de koninklijke rode muren, hingen meesterwerken van Titiaan, Leonardo da Vinci en Michelangelo. Door de tegenoverliggende ramen, statig omkleed door roodfluwelen gordijnen, viel het eerste daglicht binnen. Het was zes uur in de ochtend, het tijdstip waarop Willem al jarenlang gewend was zijn dag te beginnen. Ook belangrijke bijeenkomsten als deze plande hij het liefst bij het opgaan van de zon, zodat ze in alle rust en discretie konden plaatsvinden. Montagu gaf Locke een vriendelijke knipoog toen ze in de belendende kleedkamer, waar de kamerheren de koning hielpen met het aantrekken van zijn kleding, een korte verwensing van Willem hoorden.

'Gelukkig hoeven we er niet bij te staan en te applaudisseren,' fluisterde Montagu, 'zoals in Frankrijk.'

Van de Zonnekoning was bekend dat hij 's ochtends van alle aristocraten verwachtte dat ze aanwezig waren bij het koninklijk ontwaken. Ze moesten zijn zonsopgang bewonderen en het zorgde ervoor dat Lodewijks hovelingen van de vroege ochtend tot zonsondergang in zijn buurt waren. Zo zouden ze tenminste niet met elkaar konkelen. Willem was een heel ander soort koning. Dat hij Whitehall, in hartje Londen, verruild had voor Paleis *Kensington*, had beslist niet alleen als reden dat de bruine rookwalm uit de duizenden schoorstenen van de stad zijn astma ondraaglijk maakte. Het bezorgde hem vooral een relatieve privacy. Locke en Montagu bogen diep toen koning Willem door de kamerheer werd aangekondigd.

'Het is al goed,' zei hij gehaast, en hij liep naar de pluchen zetels bij het haardvuur. 'Ga zitten, heren. De dag begint goed. Onze vloot heeft een krachtige oostenwind mee.'

Boven de marmeren schoorsteen hing een anemoscoop die de koning door een klokkenmaker had laten maken. Op een ingelijst schilderij van een plattegrond van Engeland en Europa, bevond zich een grote bronzen wijzer, onzichtbaar verbonden met een windhaan op het dak, zodat hij kon zien waar de wind vandaan kwam.

'Goed, mijne heren,' kwam hij meteen ter zake. 'De schatkist is leeg. Frankrijk dreigt ons definitief te verslaan. Dat betekent dat we niet alleen Vlaanderen verliezen, maar we lijden ook nederlagen tegen de Fransen in Saint Kitts, Mississippi, Acadië, Maine, Canada, New York, Nieuw Engeland en in de Hudsonbaai!'

'Zo,' zuchtte Locke, 'dat is niet best.'

'We hebben geld nodig, en wel onmiddellijk,' ging Willem zakelijk en onverstoorbaar verder. 'Ik beslis vandaag wat er gaat gebeuren.'

Aan vier mannen die hij hoogachtte omwille van hun intelligentie – John Locke, Charles Montagu, Christopher Wren en Isaac Newton – had hij discreet gevraagd na te denken over oplossingen voor het nakende bankroet van Engeland. Voor deze speciale vergadering had hij slechts twee mannen uitgenodigd. De eerste, Locke, vanwege hun jarenlange vriendschap en de wijze adviezen die hij hem ook al in de Nederlanden had gegeven; en Montagu, zijn jonge minister van Financiën.

'Charles, leg me jouw plan eens uit om een *Bank van Engeland* op te richten.'

Montagu, gekleed in een zwierige groene mantel, ging elegant in zijn stoel verzitten en schraapte zijn keel. Het vroege zonlicht zette zijn knappe gelaatstrekken, doordringende grijze ogen en geprononceerde lippen half in de schaduw. Hij heeft wel wat van de 'David' van Michelangelo, dacht Locke. Montagu wist dat hij kort en bondig de belangrijkste voordelen van zijn plan zou moeten opsommen om de aandacht van de koning vast te houden.

'Majesteit,' zei hij zelfverzekerd met zijn honingzoete stem, 'u heeft op korte termijn geld nodig. Eigenlijk onmiddellijk. Daarom is er een kortetermijnoplossing geboden. Wanneer we een Bank van Engeland oprichten, beschikken we meteen over geld. Het idee is heel eenvoudig: Engeland leent geld van zijn rijke onderdanen. Zo heb ik inmiddels de toezegging van sir *Paterson* dat hij bereid is één miljoen pond ter beschikking te stellen.'

Willem slikte. Eén miljoen pond. Dat was een bedrag dat zijn stoutste dromen voor deze dag overtrof.

'Het spreekt voor zich dat er veel meer investeerders zullen volgen. Zo zal de bank blijven voorzien in een voortdurende stroom van inkomsten voor Engeland.'

Willem dacht na. Had hij van nature al een ernstige, stille aard, na de plotselinge dood van koningin Mary aan pokken, nu enkele maanden geleden, had hij zich helemaal verschanst achter een emotieloos masker. Het was zijn kracht dat niemand grip op hem kon krijgen. Hij liet geen enkele adviseur toe tot de privévertrekken van zijn paleis en hart. Hoe verbeten de politieke bewegingen in het land, die vaak sneller van standpunt wisselden dan een vrouw van kleding, hem ook probeerden in te lijven, koning Willem voer zijn eigen koers. Misschien kwam dat doordat hij uit het buitenland kwam en meer geïnteresseerd was in de internationale ontwikkelingen dan in alle gemuggenzift waarover het parlement zich druk maakte. Koning Willem wist heel precies wat hij wilde: Europa en het overzeese koloniale gebied moest protestants worden en onder zijn leiding komen te staan. Hij wilde eenvoudigweg de protestantse wereldheerser worden. Er was echter één groot probleem: Lodewijk de Veertiende wilde de wereld katholiek kleuren en liefst van al ook nog paus worden.

'Wat vindt het parlement?'

'Aha... hebben die dan een keuze?' vroeg Montagu triomfantelijk en hij schudde zijn donkerblonde pruik. 'Het alternatief is een bankroet...'

Sinds Willem en Mary aan de macht waren gekomen, was Engeland in een permanente staat van oorlog geweest. Eerst tegen Jacobus, die via Ierland vergeefs had geprobeerd zijn koningstroon te heroveren, maar met de staart tussen de benen was gevlucht. Daarna al die tijd tegen de aartsvijand Frankrijk, met wisselend succes voor beide partijen. Maar nu de Engelse schatkist leeg was en het parlement luid protesteerde om nog langer geld te verkwisten aan de eeuwige strijd, besefte koning Willem dat als er niet snel iets gebeurde, hij roemloos ten onder zou gaan. Hij had geld nodig, oneindig veel geld om de wereld te veroveren. Gaandeweg had hij geleerd dat een oorlog niet gewonnen werd door het sterkste, maar door het rijkste leger. De goudreserves van de Zonnekoning waren net zo onuitputtelijk als zijn fantasie om nieuwe belastingen te bedenken. Het kostte Lodewijk geen enkele moeite om steeds weer nieuwe, goed bewapende troepen naar het front te sturen. Zijn spionnen hadden het vijandelijke leger op zelfs vierhonderdduizend manschappen ingeschat. Zakelijk schakelde Willem over naar Locke.

'Jij pleit voor een nieuwe munt, John?'

'Dat is onvermijdelijk, Willem,' zei Locke, terwijl hij familiair een stuk toast met marmelade besmeerde voor de koning. 'Onze munt is niets meer waard. Ik heb het vorige week zelf nog ondervonden. Ik kreeg vijftig pond terug die ik aan iemand geleend had. Het exacte bedrag weliswaar, maar nu nog vijfentwintig pond waard. Je vindt in dit hele land geen goud- of zilverstuk meer waarvan de randen niet danig zijn afgeveild om er nieuwe munten van te maken. Het lijkt wel of valsemunterij de nationale liefhebberij is geworden. En kun je het de mensen kwalijk nemen? Onze munten zijn van slechte kwaliteit. Ze zijn zo na te maken. Dus van elke munt worden onbeschaamd stukjes af geslepen, er worden nieuwe munten van gesmeed, en zo verdubbel je geld. Ieder vertrouwen is weg. Geen wonder dat men onze munten naar het buitenland smokkelt, omsmeedt en dan verkoopt voor hun werkelijke waarde in goud of zilver. Alle handel in de stad valt stil. Niemand wil nog geldstukken aanvaarden, omdat ze met de dag minder waard zijn.'

Willem knikte. Alleen vatte hij niet dat het invoeren van een nieuwe munt geld zou opleveren. Voorlopig zag hij alleen de kosten. Het vervaardigen van munten kostte geld, en dat besteedde hij liever aan soldaten dan aan muntslagers.

'Wat stel je precies voor, John, en wat levert het op?'

'De huidige munt moet je ongeldig verklaren. De bevolking moet verplicht worden alle munten in te ruilen voor nieuwe. Maar volgens het gewicht van hun oude munten, niet volgens de geldwaarde die erop staat.'

'Dat doen ze heus niet,' hoonde Montagu. 'Wie levert er nu een pond in wanneer je daar maar een halve pond voor terugkrijgt?'

'Als jij per koninklijk decreet stelt, Willem, dat hun oude munten na een bepaalde datum niets meer waard zijn, moeten ze wel. En zodra er een nieuwe munt is, onvervalsbaar en waardevast, zal de economie opnieuw gaan groeien. Ondernemers zullen weer zaken durven doen. En op hun winst kun jij weer belastingen heffen, en zo stroomt de schatkist vol...'

'Dat ben ik niet met u eens, meneer Locke,' protesteerde Montagu. 'We kunnen toch niet meer muntstukken maken dan dat we goud of zilver hebben? Onze voorraad is beperkt, en de aanvoer uit onze koloniën is onvoorspelbaar.'

'Klopt,' zei Locke, 'daarom... hebben we een *muntmeester* nodig die goud kan maken.'

Montagu barstte in lachen uit. 'Ja, dat zou mooi zijn. Dan waren we van al onze zorgen verlost. We hebben een alchemist nodig als hoofd van de munt!'

Zijn vrolijkheid stokte toen hij een instemmende glimlach zag op het gezicht van de koning.

'Bedoel je...'

'Isaac Newton,' vulde Locke aan. 'Precies, Willem, als er iemand dicht bij de voltooiing van het grote werk is, dan is het Isaac Newton.'

Montagu bestudeerde de gezichten van de beide mannen om te zien of er iets was dat wees op ironie. Maar ze waren bloedserieus.

'Hij is om twee redenen de meest geschikte man,' ging Locke verder. 'Als de grootste wiskundige die er in dit land te vinden is, zal hij het slaan van de nieuwe munten zo kunnen begeleiden dat het maximale winst oplevert. Maar dat is slechts de eerste fase. Als we hem de enorme smidse van de munt in de *Tower* in handen geven, beschikt hij over het grootste laboratorium dat een alchemist ooit tot zijn beschikking had...'

Koning Willems ogen begonnen te schitteren. Het zou een geniale zet zijn om Newton te benoemen tot hoofd van de munt, omdat dan als hij goud zou kunnen maken, dat zou toebehoren aan de troon. Het was de koninklijke weg om van Engeland de meest welvarende natie ooit te maken.

'Denk je dat hij dit zou willen doen?' vroeg Willem.

Locke zweeg en dacht na. Isaac was erg op zijn rust gesteld, wist hij, en deze functie zou zeker in de beginjaren hectisch zijn. Hij zou voortdurend met mensen van allerlei rangen en standen te maken hebben en leiding moeten geven – capaciteiten die hij tot nog toe nooit had ontwikkeld.

'Ik ben niet de aangewezen persoon om hem hierover te polsen,' antwoordde Locke eerlijk. 'Newton en ik zijn op dit moment een beetje gebrouilleerd. Hij is door persoonlijke omstandigheden wat in de war. Maar ik weet wel dat hij verder is in het proces van alchemie dan wie ook.'

'Ik heb nog privéles van hem gehad in Cambridge,' zei Montagu, die merkte dat het de twee mannen ernst was. 'In wiskunde. Hij mocht mij wel, geloof ik, vanwege mijn leergierigheid. Hij gaf les in zijn laboratorium, maar over zijn alchemistische experimenten liet hij niets los. Ik nam hem eerlijk gezegd niet zo serieus. Op een dag ging zijn laboratorium in vlammen op, en ik huiver nog als ik aan die enge lach van hem denk. Of hij nu de aangewezen man is om onze muntmeester te worden...'

'Hij heeft een wat grillige natuur,' beaamde Locke zalvend.

'Ik weet genoeg, heren,' zei koning Willem, en hij pakte een vel papier en schreef in sierlijke letters een volmacht uit voor Montagu.

'Je prioriteit ligt bij het oprichten van de Bank van Engeland, Charles. Zorg dat dat deze week gebeurt, en dat we dat miljoen van Paterson meteen innen. Daarna reis je persoonlijk naar Newton en zeg je dat de koning hem uitdrukkelijk aanwijst als de nieuwe muntmeester. De huidige muntmeester bied je maar een ander erebaantje aan. Heren, u wordt bedankt. Ik heb nog andere zaken te regelen.'

Toen Locke over de lange koninklijke laan die van Kensington naar het centrum van Londen leidde, met Montagu in de kille ochtendzon wegliep, hield hij hem ineens staande en zei: 'Doe voorzichtig aan met

Isaac. Zeg dat die baan hem niet al te veel tijd zal kosten, en dat hij nog alle tijd zal hebben voor zijn persoonlijke onderzoek. En bied hem maar een vorstelijk salaris aan, dat helpt.'

'Wat is vorstelijk voor hem?'

'Tja, hij verdient nu honderd pond per jaar. Vervijfvoudig dat maar. En bied hem een provisie op elke geslagen munt.'

'Geloof je nu echt dat hij goud kan maken?' vroeg Montagu, weinig overtuigd.

'Geloof me,' zei Locke, 'hij zal Engeland voorgoed veranderen.'

47

Kit wist niet waaraan ze het te danken had dat Isaac haar de volgende dag toch niet de deur uit had gezet. Toen hij al naar het laboratorium was gegaan, had ze op de tafel een stapeltje aantekeningen gevonden, met een briefje met de tekst: 'Lees dit.' In de papieren vond ze zijn bevestiging over haar vondst over 'de maagd'.

'Uit de eerste hoofdstukken van Lucas blijkt,' las ze, 'dat Maria en Jozef orthodoxe joden waren die zich aan de wetten van Mozes hielden. Dat betekent dat ze zich zeker aan het belangrijke joodse gebod "Wees vruchtbaar en vermenigvuldig u" gehouden zullen hebben. Dat maakt het bovendien zeer waarschijnlijk dat ze Jezus rond zijn dertiende, na zijn *bar mitswa* – de viering waarop een jongen als zoon van de wet wordt benoemd en er zelf verantwoordelijk voor wordt om zich aan de wet te houden –, uitgehuwelijkt hebben. Kan het toeval zijn dat slechts twee van de vier testamenten iets vertellen over Jezus' kinderleven tot zijn twaalfde, net voor zijn bar mitswa? Dat we in geen van de vier testamenten iets lezen over de daaropvolgende achttien levensjaren, en ze zijn leven pas weer oppakken vanaf zijn dertigste? Of kunnen we vermoeden dat hier een aantal hoofdstukken is weggesneden? Feit is dat we dan Jezus aantreffen als een rabbi die mocht preken in synagogen. Voor rabbi's gold het gebod "zich te vermenigvuldigen" nog strikter dan voor gewone joden. Daar is de *Talmoed,* het gezaghebbend commentaar op de Thora, heel duidelijk over. Dit maakt het erg waarschijnlijk dat Jezus getrouwd was en kinderen had.'

Maar met wie was hij dan getrouwd, vroeg Kit zich geschokt af. En wie waren dan Jezus' kinderen? Voor Isaac leek het onderwerp afgesloten, want in geen van de daaropvolgende weken beantwoordde hij haar vragen. Hij toonde ook geen enkele dankbaarheid voor haar werkzaamheden, laat staan genegenheid. Het grootste gedeelte van de tijd werd ze genegeerd. Wanneer ze samen aten, had ze het gevoel dat ze werd getolereerd. Meestal werd er tijdens de maaltijd geen woord gewisseld.

'Tante Catherine heeft een misgeboorte gekregen,' had ze eens geprobeerd een gesprek op gang te brengen. 'Ze vraagt in haar brief of u haar misschien eens wilt schrijven. Er staat een huis naast haar te koop en ze dacht dat u misschien interesse had.'

'Ik wil niets over Catherine horen,' had hij haar afgeblaft.

Isaac schaamde zich gruwelijk om wat hij had gedaan met Catherine, de vrouw die zichzelf had gegeven in het ritueel.

'Ons kindje heeft het niet overleefd,' had ze ook hem geschreven. 'Het kwam te snel op deze wereld. Het was een gulzig kindje; ze wilde alles uit het leven halen. Eerst wilde ik zelf ook niet meer leven. Maar wie moet er zich dan ons kindje herinneren? Een vrouw moet het leven toch wiegen, zelfs als het dood is? Ze was als de wind. Ik wilde haar vangen, maar had alleen lucht in mijn handen. Maar nu ik die inadem, vervult die me van top tot teen. Ik heb zelf de oogjes gesloten en ben het, samen met Damaris, gaan begraven op de plek waar ze tot ons kwam. De plek waar jij de kruik begroef. Hopelijk ga je haar daar ooit groeten.'

Slechts af en toe gaf hij iets prijs van waar hij mee bezig was. Wanneer hij de niet-begrijpende ogen van Kit zag, wees hij geïrriteerd een boek aan dat ze dan maar moest lezen om te begrijpen wat hij bedoelde. Kit volgde al deze leesadviezen op. Het waren vaak dikke, ondoorgrondelijke werken, maar ze dwong zichzelf ieder boek van begin tot eind te lezen, erop vertrouwend dat haar oom het niet voor niets had aanbevolen en ze er toch minstens iets van kon opsteken. Ze had zich zelfs door zijn economische traktaat met aanbevelingen voor de munthervorming heen geworsteld. In de korte tijd dat ze hier nu was, had ze al meer geleerd dan in haar hele schooltijd. Soms keek ze over de rand van haar boek hoe haar oom driftig aantekeningen maakte en bewonderde ze zijn ernst en vlijt. Zijn ravijndiepe triestheid ontging haar, want die vatte ze op als diepe concentratie. Van de leegte in zijn ziel had ze geen idee. Alleen in de dood van Diamantje zag ze een verklaring voor zijn permanente somberheid. Ze had geen vermoeden dat achter zijn gefronste gezicht en stilzwijgen een hellevuur woedde. Een ondraaglijk gemis van Fatio, een bijtend schuldgevoel om de miskraam van Catherine en de dood van Diamantje, die als salpeterzuur zijn binnenste wegvraten.

Kit was er voornamelijk mee bezig zich een plaats binnen de kleine wereld van oom Isaac te verwerven, in de voortdurende hoop dat hij op een dag zou zeggen: 'Kit, je mag blijven.' Ze deed er alles aan hem tot nut en niet tot overlast te zijn. Alle zaken van huishoudelijke aard nam ze hem uit handen en de weinige bezoekers die hem wilden spreken stuurde ze weg met de zinnen die haar oom haar had opgedragen: 'Mijn oom kan onmogelijk mensen ontvangen. U kunt een schriftelijk bericht voor hem achterlaten en wanneer de tijd het hem toestaat, zal hij contact met u opnemen.'

Maar het bezoek van die vreemd uitziende jongeman die winterse ochtend leek haar wankele positie ernstig in gevaar te brengen. De jongeman met de vilten hoed en het ziekelijke ooggeel die haar monsterend had aangekeken.

'Ik ben Saint Germain,' had hij gezegd. 'Ik wil Isaac Newton spreken.'

Net toen ze haar standaardformule wilde afdraaien, leek het alsof haar door zijn dwingende blik de mond werd gesnoerd. Ze besefte dat ze zich de gramschap van haar oom op de hals haalde door hem te storen, maar ze had voor haar gevoel geen keus. Alsof de man haar tot handelen dwong. Ze bood de man aan te wachten bij de eettafel, terwijl zij haar oom zou gaan halen. Voorzichtig klopte ze aan bij zijn laboratorium in het besneeuwde hofje. Ze voelde een blik branden in haar rug en toen ze omhoogkeek, zag ze dat de jongeman voor het raam uitdrukkingloos naar haar stond te kijken. Isaac antwoordde niet, ook niet na een tweede en derde maal aankloppen. Ze wilde weer naar boven gaan, naar de warmte, maar de ogen die uit het raam op haar rusten, verplichtten haar tegen alle regels in de deur te openen. Ze trof haar oom aan terwijl hij een zware smeltkroes waar een enorme rookwolk vanaf sloeg uit de oven tilde en naar de vensterbank bracht om af te koelen. Vlammend keek hij haar aan en snauwde: 'Weg! Ik heb je toch gezegd dat ik hier nooit gestoord wil worden?'

Kits hart klopte haar in de keel toen ze snel zei: 'Meneer Saint Germain wil u spreken,' en de deur weer achter zich dicht trok. In het besef dat ze het grootste verbod van haar oom had overtreden, bleef ze met huiverende ademhaling met haar rug tegen de gesloten deur staan. Enkele seconden later werd die opengetrokken en viel ze achterover in de armen van Isaac, die haar meteen omdraaide, bij de schouders pakte en ontzet vroeg: 'Wat zei je? Wie is er, zei je?'

'Het spijt me heel erg dat ik u gestoord heb, oom Isaac. Ik zal meneer Saint Germain meteen wegsturen.'

'Nee,' snauwde hij, en hij trok haar naar binnen en gooide de deur dicht.

'Luister eens. Zolang deze man bij mij op bezoek is, wil ik je niet zien. Ik weet niet hoe lang hij blijft, maar ik raad je aan ander onderdak te zoeken. Hier heb je een pond, en neem mijn vest maar. Ga terug naar je moeder. Ik wil dat je tegen niemand zegt dat Saint Germain hier op bezoek is. Begrepen?'

'Maar oom, ik wil helemaal niet naar mijn moeder,' zei Kit.

'Begrepen?'

Isaac duwde het meisje hardhandig naar buiten, sloot de buitendeur af en haastte zich naar de poort. Kit volgde in zijn kielzog, en net voor hij de trappenhal in ging, draaide hij zich om.

'Je hebt gehoord wat ik zei,' dreigde hij op een toon die geen tegenspraak duldde.

'Goed, oom,' zei Kit. 'Dank u wel dat ik hier mocht logeren.'

Maar Isaac was al de trap op gestoven, zijn nichtje aan haar lot in de ijzige kou achterlatend.

48

Nadat Isaac de deur met een luide knal had dichtgesmeten, schreeuwde hij: 'Wat heb jij met Fatio gedaan?!'

'Doet het pijn?' vroeg Saint Germain, die ontspannen aan de tafel zat.

'Wat?' zei Isaac, even uit zijn evenwicht gebracht.

Saint Germain wierp een melancholische blik op de twijfelaar in de hoek van de kamer.

'Was dat het bed waar je hem beminde, waar jullie met elkaar versmolten? Niets zo treurig als een bed waarin de liefde werd gevierd dat weer alleen beslapen moet worden. Maar gelukkig had je het gezelschap van je mooie nichtje.'

'Heb jij iets met Fatio?' brulde Isaac terwijl hij met zijn vuist op het tafelblad sloeg. 'Hoe ben je op zijn kamer gekomen? Volgens de hospita ontving hij nooit bezoek. Wie ben jij eigenlijk?'

'Ga zitten, Isaac,' zei Saint Germain hoofdschuddend. 'Laat ik beginnen me voor te stellen. Ik ben Saint Germain, ook wel bekend onder de naam de Reiziger van de Waarheid. Ik heb iets met Fatio, ja, maar maak je geen zorgen: het is van een heel andere orde dan wat jij met hem had. Een meester komt wanneer een leerling hem werkelijk nodig heeft en naar hem verlangt. Wel, Fatio had me nodig. Wanneer de oren van de leerling klaar zijn om te luisteren, komen er lippen om ze te vullen met wijsheid.'

'Onzin,' wierp Isaac venijnig tegen. 'Hij hád een meester. Ik wijdde hem in. Hij was mijn vertrouweling. Ik hield niets voor hem achter.'

'Misschien ben ik doordat ik een dagje ouder ben wat ouderwets,' zei de jongeman, 'maar een meester die met zijn leerling slaapt, is doorgaans niet te vertrouwen. Een werkelijke meester stelt de ontwikkeling van zijn leerling voorop en tracht hem tot een hoger niveau te verheffen. Een grote meester streeft ernaar dat de leerling hem overtreft, omdat hij weet dat kennis niet persoonlijk is, maar een oneindig vat waaruit iedereen kan tappen. Kennis is als een levend organisme: voortdurend in ontwikkeling. Een meester dient alleen zichzelf wanneer de kennis bij hem begint en eindigt. Een goede leraar maakt zichzelf overbodig.'

Isaac keek stuurs voor zich uit. Saint Germain wilde een zalvende hand op zijn schouder leggen, maar Isaac keerde zich instinctmatig af. Hoewel zijn bezoeker erin geslaagd was hem meteen aan het denken te zetten, wantrouwde hij hem. Hij had te veel verhalen gehoord over rondzwervende alchemisten die pretendeerden de Steen der Wijzen te hebben. Nadat ze vertrouwen hadden gewonnen door een wellicht kunstig in scène gezette transformatie, troggelden ze hun publiek geld af en verdwenen met de noorderzon. Nooit had ook maar één van die rondreizende alchemisten iets achtergelaten wat het werk openbaarde. Charlatans waren het, kermisklanten, goochelaars.

'Ik ben een paar keer op bezoek geweest bij je vriend Boyle,' zei Saint Germain. 'Hij was een niet onaardige alchemist, maar ondanks al mijn hulp en het feit dat ik hem rode aarde ter beschikking stelde, heeft hij het grote werk niet kunnen voltooien. Misschien boek ik bij Fatio, of wie weet bij jou, wel betere resultaten.'

'Was jij degene die Boyle die rode aarde heeft gegeven – of beter gezegd: arsenicumpoeder?' zei Isaac, op zijn hoede. Hij was gechoqueerd geweest toen hij het rode poeder in zijn laboratorium geanalyseerd had en erachter was gekomen dat het in het geheel geen gezuiverd alchemistische extract was, maar puur gif.

De reiziger schudde meewarig zijn hoofd.

'Isaac toch! Je begrijpt toch wel dat ik de rode aarde na zijn dood meteen heb weggehaald? En je hebt gelijk: ik heb het potje inderdaad verwisseld met roodgekleurd arsenicum. Een terechte straf voor wie iets uit Boyles erfenis zou willen ontvreemden. "Gij zult niet stelen", toch? Maar je hebt talent. Misschien mag je wel mijn leerling worden...'

'Jíj wilt míjn meester worden?' vroeg Isaac spottend.

Saint Germain stond op en ging op de vensterbank zitten. Hij zag dat Newtons nichtje op de aangevroren stoep van de straat zat te bibberen en met betraande ogen naar het raam keek. Vriendelijk stak hij zijn hand even op en aarzelend wuifde ze terug.

'Dacht je dan werkelijk, Isaac, dat je het werk helemaal alleen aankon? Spirituele ontwikkeling laat zich niet uitdrukken in het aantal boeken dat je gelezen hebt. Aan de manier waarop iemand met zijn medemensen omgaat kun je exact zien in hoeverre hij spiritueel ontwikkeld is. Het laboratorium bevindt zich niet daar in je schuur, maar op straat, Isaac. Het werkelijke proces voltrekt zich in de wereld, niet in je smeltkroes. Ik wil je helpen, maar alleen als je geholpen wilt worden.'

'Hoe gaat het met Fatio?' probeerde Isaac zo onverschillig mogelijk te vragen.

'Hij woekert met zijn talenten,' glimlachte Saint Germain, 'net als alle stervelingen. Hij werkt heel gedreven. Hij wil oprecht het levenselixer ontdekken, en ik help hem daarbij. Hij overweegt geneeskunde te gaan studeren. En om het hoofd boven water te houden geeft hij wiskundebijlessen aan kinderen.'

Isaac knikte, gerustgesteld.

'Het pleit voor je, Isaac, dat je aan mij twijfelt. Je moet immers nooit iets geloven wat je niet zelf hebt onderzocht. God had ons geen vrije wil gegeven als Hij van ons goedgelovigheid had verwacht. Die zeven noachidische geboden van je zijn dode letters als je ze alleen naleeft omdat ze zo geschreven staan. Een van de geboden is toch "Gij zult geen ontucht plegen"? Maar hoe verantwoord je dan voor jezelf dat je van een man houdt? In de ogen van veel mensen bestaat er niets ontuchtigers dan dat...'

Isaac, die zich er maar niet over verbaasde hoe deze man wist dat hij zijn leven inderdaad aan de zeven noachidische geboden probeerde te wijden, verdedigde rustig zijn liefde voor een man: 'Als God niet oordeelt, wat geeft dan de mensen het recht elkaar te veroordelen om hun anders-zijn? Als je jezelf ontkent in je puurste essentie, hoe kun je dan ooit enige ontwikkeling doormaken? De mens is op aarde om zichzelf te vervolmaken. Dat zou toch onmogelijk zijn wanneer het twee mensen die toevallig van hetzelfde geslacht waren verboden werd elkaar te beminnen zoals zichzelf? Er bestaat geen goed noch kwaad, alles is geschapen in evenwicht.'

'Precies,' zei Saint Germain. 'Er bestaat geen goed en kwaad. Maar in hoeverre geloof je dat werkelijk? In welke mate omhels je het leven totaal? Hoe overtuigd ben je van de volmaaktheid van de schepping – dat alles wat er is en wat een mens overkomt een reden heeft, een onderdeel is van een harmonisch, geniaal plan? Daar ben ik benieuwd naar. Denk maar eens aan een bladerloze lindeboom. Is die boos op zijn schaduw? Probeert hij zijn silhouet, door de winterzon getekend, weg te krassen? Nee toch? Die boom weet dat zijn schaduw net zo onlosmakelijk bij hem hoort als zijn lichtkant. Mocht je denken, Isaac, dat je het ergste achter de rug hebt, dan heb ik slecht nieuws voor je: je zit nu midden in de allermoeilijkste fase en ik ben gekomen om je daarin te begeleiden. Tenminste, als je de moed hebt dit proces aan te gaan...'

Isaac was nog geen stap vooruitgekomen met zijn vijfde stap, die van *fermentatie*. Misschien moet hij nu wel zo nederig zijn een leraar te accepteren. Misschien moest hij Saint Germain het voordeel van de twijfel geven.

'Ik ben bereid,' gromde Isaac onwillig.

'Goed,' knikte Saint Germain. 'We zullen zien of dat werkelijk zo is. Ik ben hier om je in te wijden. Wie ben jij?'

'Hoe bedoel je?'

'Ik vraag je wie jij bent. Vertel me wie Isaac Newton is.'

Isaac schuifelde ongemakkelijk op zijn stoel. Wat was dit nu voor rare vraag? Saint Germain wist toch alles over hem?

'Ik ben alchemist, natuurfilosoof en heb de "Principia" geschreven,' zei Isaac met tegenzin. 'Ik ben hoogleraar hier in Cambridge. Ik heb de differentiaalrekening uitgevonden, een spiegeltelescoop. Ik heb reeds vier grote alchemistische processen met succes doorlopen...'

Saint Germain liep op hem toe en spuugde hem in zijn gezicht.

'Ik vroeg niet wat je doet, maar wie je bent!' riep hij uit.

Isaac slikte zijn verbijstering in, ook al kookte hij van kwaadheid om de vernederende kwak vocht die over zijn wang droop. Hij ademde diep en deed een nieuwe poging antwoord te geven: 'Ik ben Isaac Newton, geboren op kerstavond in 1642 in Woolsthorpe. Mijn vader was een boer, maar ik heb hem nooit gekend. Ik was voorbestemd om boer te worden, maar ben gaan studeren.'

'Je bent dus een boer,' zei Saint Germain tevreden.

'Nee, ik ben professor, maar had volgens mijn ouders boer moeten worden, zei ik.'

'Je bent een boer.'

'Nee, ik ben geen boer.'

'Je bent een boer, zei ik,' beet Saint Germain hem toe, en hij gaf hem een klap.

Isaacs wang stond in brand en hij moest al zijn zelfbeheersing aanwenden om de arrogante jongeman niet naar de strot te vliegen. Maar hij begreep dat Saint Germain eropuit was hem ergens naartoe te leiden waar hij geen idee van had, en was bereid zich voor even aan hem over te leveren en daarvoor desnoods door het stof te kruipen.

'Ik ben een boer, wat jij wilt,' zei Isaac snibbig.

'Niet wat ík wil. Wat jíj wilt. Wie ben je?'

'Ik ben een boer,' riep Newton vertwijfeld.

'Goed,' complimenteerde Saint Germain hem gul. 'Blij dat je het zelf zegt. Je bent een boer. Een nietige keuterboer van het platteland, die het hoog in de bol heeft gekregen. Die denkt dat hij een hele meneer is omdat hij professor is geworden en een boekje heeft geschreven. Een boer die wat gerommeld heeft met alchemie, maar in werkelijkheid nog niets weet. Niet eens wie hij zelf is. Wie ben je?'

'Een boer,' zei Isaac, in elkaar gedoken want hij was bang dat hij anders weer een klap zou krijgen.

'Die hele "Principia" van jou, Isaac Newton, is een lachertje. Je berekent dan misschien wel de zwaartekracht in cijfers, maar wat die kracht is, laat staan hoe hij werkt, daar lees ik geen helder woord over. Grote omtrekkende bewegingen rond de hete brij. Een vage woordenstroom die een exact wiskundige onwaardig is. Je probeert een mysterie te beschrijven waar je geen donder van weet. Je hele boek is een zeepbel. Je hebt een stelletje hielenlikkers om je heen verzameld, die je geïmponeerd hebt met je hoogdravende wiskunde, en die, omdat ze bang zijn om voor dom versleten te worden, zeggen dat je geniaal bent. Maar wie ben je werkelijk, Isaac?'

'Een boer,' antwoordde Newton, murw geslagen.

'Een boer die een leven lang geprobeerd heeft de menselijkheid van Jezus aan te tonen. Maar Jezus had in elk geval meer goddelijkheid in het topje van zijn pink dan jij in je hele lijf.'

Tot laat in de avond zette Saint Germain zijn aanval voort. Zag Isaac het in het begin nog als een soort ritueel duel, gaandeweg ging hij de werkelijkheid zien. Saint Germain had gelijk: hij wás een afgrijselijk schepsel, gedreven door eerzucht en zelfverheerlijking, een onverdraagzaam persoon, die nooit van iemand had gehouden. Zelfs zijn liefde voor Fatio, zag hij nu, was enkel gericht geweest op zijn eigenbelang. Geen moment had hij zich bekommerd om wat Fatio werkelijk nodig had, wat zijn weg was, hoe hij hem kon helpen. Alles had hij geïnterpreteerd vanuit zichzelf. Iedereen in zijn omgeving had te lijden onder zijn invloed: Catherine, zijn ongeboren kind, zelfs Diamantje.

'Heb je honger?' vroeg Saint Germain toen de klok al twaalf uur had geslagen.

'Ja,' zei Isaac hopend op een onderbreking.

'Jammer dan. Je gaat vanaf nu vasten. Vijf dagen lang krijg je geen hap te eten. Tot je werkelijk je verachtelijkste eigenschappen onder ogen wilt zien. Je maag is je tweede brein. Krampen en maagzweren zijn uitdrukkingen van geestelijke onrust. Door te vasten, zul je in een bewustzijnstoestand komen die je precies vertelt wie je nu eigenlijk bent. Je dacht misschien dat je het ergste al achter de rug had, maar dat moet nog komen, Isaac. Kom, we gaan naar buiten.'

Lamgeslagen liep Isaac met zijn handen diep in de zakken van zijn winterjas achter Saint Germain aan, die door Cambridge banjerde alsof hij er zijn hele leven had gewoond. Hij nam hem een paar straten verderop mee naar het kerkhof bij de Heilige Drie-eenheidkerk en dwong hem op een besneeuwde halfverzonken grafsteen te gaan liggen.

'Dacht je dat je meer was dan het rottende lijk dat hier onder je ligt, Isaac? Dit is al wat je in wezen bent: een verzameling beenderen, bij elkaar gehouden door vadsig vlees dat ooit door kevers en mieren zal worden opgevreten. Pas dan zul je werkelijk nuttig zijn, wanneer je voedsel wordt voor andere wezens. Een lijk in ontbinding. Dat ben je, Isaac Newton. Wie ben je?'

'Een ontbindend lijk,' zei Isaac huiverend, zich bewust van zijn sterfelijkheid, en er voor het eerst van doordrongen dat zijn tijd op aarde zo kort was dat het je reinste hoogmoed zou zijn om ook maar te denken dat hij een wezenlijke bijdrage aan de wereld zou kunnen leveren. De maan gloeide vol en hevig. De roep van een uil kondigde de dood aan die steeds om de hoek lag, ook al werd die ontkend in de ijdelheid van het leven.

'Dat nichtje van je,' zei Saint Germain, 'knap ding trouwens, dat is het symbolische hermafrodiete kind dat is voortgekomen uit het huwelijk van de koning en de koningin. Ze komt precies op het goede moment in je leven. Ze is de vergane vrucht van jou en die Babylonische hoer. Jammer dat die onschuldige meid ook moet rotten om te worden herboren. Daar moet jij voor zorgen.'

Nu schrok Isaac pas echt.

'Wat wil je van me? Ik kan Kit hier toch niet in betrekken? Ik kan haar toch geen schade berokkenen?'

Saint Germain lachte. 'Alsof je dat offer niet zou willen brengen in al je hebzucht en hang naar roem. Maar maak je geen zorgen. Het meisje stort zichzelf wel langzaam maar zeker in het verderf. Het enige wat jij hoeft te doen, is haar opnemen in je omgeving. Ze moet rotten en dan weer gisten, net als gefermenteerde kaas. Haar masker van onschuld zal afgerukt worden en ze zal een verwerpelijk schepseltje worden. Een dochter die helemaal op jou zal lijken. Net zo rot. En jij zult jezelf ook niet herkennen. Je leven zal een totaal nieuwe wending nemen. Je zult in de onderwereld van de maatschappij terechtkomen, waar je net zo slecht zult worden als het ergste gespuis dat er op aarde te vinden is. Je zult je grootste schaduwkant leven. Pas wanneer je ziel zich in dat verachtelijke moeras helemaal heeft uitgeleefd, de smaak van bloed geproefd heeft, krijg je de kans om herboren te worden. Of niet. Misschien eindig je de reis wel in het voorgeborchte van de hel op de aarde.'

Isaac kon zich niet voorstellen wat Saint Germain voorspelde. Hij kon niet geloven dat zijn leven op zijn kop gezet zou worden. Hoewel iets in de blik van Saint Germain hem vertelde dat die zaken zag die voor hem in de onzichtbare sluier van de toekomst verborgen lagen.

49

Naar huis gaan was geen optie, had Kit vrijwel meteen besloten toen ze op de trap van de universiteitspoort was achtergelaten door haar oom. Naar huis gaan was zichzelf begraven. Wat het alternatief was, wist ze ook niet. Maar ze zou overleven. Ze zou haar eigen weg door het leven wel vinden. Dan maar zonder oom Isaac. Hij had het tenslotte ook alleen gedaan, en misschien was dat wel de enige weg. Haar hart bonsde in haar keel van opwinding dat vanaf nu haar leven werkelijk één avontuur zou zijn dat ze frank en vrij in de ogen zou kijken. Ze was teruggeworpen op zichzelf en hoefde zich tegenover niemand te verantwoorden. Ze zou bij elke keuze die ze maakte op haar eigen intuïtie moeten vertrouwen. Wanneer ze fout koos, zou ze daar zelf de prijs voor moeten betalen. Maar ook dat vond ze niet erg. Het hoorde bij het leven om fouten te maken, besloot ze in haar vroegrijpheid.

De mens was op deze aarde gezet als een schepsel dat zich moest ontwikkelen tot schepper, had ze in een van oom Isaacs boeken gelezen. God had de schepping onvoltooid gelaten omdat Hij de mens als zijn gelijke had gecreëerd. Hij had de mens de gave van de verbeelding, de intelligentie, en het geweten gegeven. Met die eigenschappen kon ieder mens van zijn leven een kunstwerk maken. Dat was haar voornemen. In de voetsporen van haar oom zou ze zelf een schepper worden. Iemand die het verschil maakte, iemand die woekerde met de talenten die haar gegeven waren en die tot maximale ontplooiing zou brengen. De werkelijkheid van vandaag waren de dromen van gisteren. Alles wat in haar nadeel was, zoals haar gebrek aan opleiding, het feit dat ze vrouw was, en het feit dat ze één pond bezat, zou ze ombuigen tot haar kracht.

Terwijl ze zichzelf aldus moed inpraatte, had ze de hele dag door het winterse Cambridge gelopen, met haar hoofd in de wolken en zich nauwelijks bewust van de drukte om haar heen van schreeuwende marktkramers, spijbelende studenten, en koetsen die af en aan reden.

Toen het donker was geworden, zag Kit zich voor de eerste grote uitdaging in haar nieuwe leven gesteld. Ze was verkleumd en haar maag deed pijn van de honger, maar ze wist dat ze haar ene pond maar één keer kon uitgeven. Als ze dat vanavond deed, zou ze morgen in nog grotere moeilijkheden zijn. Haar hart bonsde in haar keel in het besef dat elke beslissing die ze nu nam haar toekomst bepaalde. Ze mocht zich nu niet laten leiden door angst, niet bang zijn om verkeerde beslissingen te nemen.

Het kaarslicht dat door het lichtgele loodglas van het raam van de *Adelaar* viel, verspreidde een warme gloed op de besneeuwde straat. Kit hoorde het luide gelach, de heftige discussies en het studentikoze gezang terwijl ze door de rechthoekige ruitjes naar binnen gluurde. Het haardvuur flakkerde in volle hevigheid en de volle glazen gin, waarmee de meiden op bladen rondgingen, werden sneller achterovergeslagen dan rondgebracht. Kit haalde diep adem. Ze streek met haar hand door haar haar, trok haar mannenvest recht en gooide toen met één zelfbewust gebaar de deur open. Het koperen belletje klingelde luid en de stamgasten keken even nieuwsgierig op naar de jonge vrouw die stoer naar binnen stapte. Ze deed alsof ze iemand zocht en viel al snel niet meer op in de drukte van roepende en drinkende mannen, die vettig lachten en haar hier en daar bij het passeren op de billen sloegen. In de achterste kamer vond ze een plekje bij de open haard, waar ze probeerde zich zo onzichtbaar mogelijk te maken, zodat de barmeiden haar niet zouden vragen wat ze wilde drinken. Toen ze een afgesloten zithouding gevonden had, die mensen ervan weerhield contact met haar te zoeken, merkte ze dat ze was opgelost in het tumult van kaartspel, discussies, gelach en geflikflooi. Vanuit haar ooghoeken bestudeerde ze de vrouwen: de manier waarop ze zelfbewust heupwiegden door de zaak, het ruwe taalgebruik waarmee ze vervelende mannen op hun plaats zetten, hoe ze hier zwansden, daar een flirterige knipoog schonken, hun dubbelzinnige grappen en hun rauwheid. Ze schraapte al haar moed bij elkaar en besloot op dezelfde manier een rondje te maken door de verschillende kamers van de kroeg, voorwendend dat ze iemand zocht.

'Hebben jullie Bill gezien?' vroeg ze aan een tafeltje waar vier studenten zaten te eten, terwijl ze brutaal een stukje kip van een bord pakte en het uitdagend opat.

'Nee, maar kom er gezellig bij zitten, lekkere meid,' nodigden ze haar uit. Ze imiteerde de knipoog die ze van de barmeiden had afgekeken, en deed toen of ze ergens achterin Bill zag staan. Brutaal nam ze nog een slok van het bier en zei met een ondeugende glimlach: 'Ander keertje, jongens. Hé, Bill!'

Zo blufte ze zich een paar keer door de vier kamers van de Adelaar heen, en sprokkelde een warme maaltijd bij elkaar. Toen haar maag gevuld was, zocht ze opnieuw haar plekje bij de haard op, maakte zichzelf weer onbenaderbaar en zo viel ze met haar hoofd tussen haar benen in een voldane slaap. Bij de bar stond een man die haar gefascineerd gadesloeg.

Kit had geen idee hoe lang ze van de wereld was geweest, toen ze bij haar schouders zachtjes werd wakker geschud. Het moest in elk geval behoorlijk laat zijn, want de herberg was half leeggelopen.

'Neem me niet kwalijk dat ik je wakker maak, juffrouw, maar ze schenken de laatste ronde. Mag ik je iets aanbieden?' vroeg de man van een jaar of dertig, veertig haar vriendelijk.

Kit stapte meteen weer in haar rol van cafémeid en keek hem brutaal aan.

'Ben ik verdomd nog aan toe in slaap gevallen,' zei ze terwijl ze haar ogen uitwreef. 'Zeker te veel gezopen.'

De man lachte. Dit soort taal paste niet bij het keurige meisje in de brave wit-blauw geblokte jurk dat hij al de hele avond observeerde en van wie hij zich afvroeg wat ze er deed en bij wie ze hoorde.

'Ik zal me even voorstellen,' zei hij. 'Ik ben graaf Montagu. Ik ben vanavond aangekomen uit Londen, omdat ik morgen iemand hier in Cambridge wil bezoeken.'

Kit nam de man in zich op. Hij had niet alleen een aardig, maar ook een beslist niet onknap gezicht. Hij had mooie, donkerblonde lokken, speelse, jonge ogen die haar meteen op haar gemak stelden, een krachtige Griekse neus en hagelwitte tanden. Hij was elegant gekleed in een mosgroene pofbroek en een zijden overhemd.

'Zo, een graaf,' hield ze haar imago als vroegrijpe barmeid vol. 'Dat die zijn kont hier aanschuift in dit rovershol!'

Weer moest Montagu lachen. Er ging geen actrice verloren aan dit meisje dat haar rol veel te nadrukkelijk speelde, maar dat maakte haar wel weer onweerstaanbaar grappig en aantrekkelijk. Loslopende meisjes van deze leeftijd kwam je niet vaak tegen. Hoewel hij haar vader kon zijn, was ze oud genoeg om hem een warme nacht te bezorgen. Had hij daar geen recht op als echtgenoot van een vrouw die zijn moeder had kunnen zijn?

'En, wat wil je drinken?' vroeg hij.

'Mijn keel is zo droog alsof er een paard in gescheten heeft,' herhaalde ze een van de uitspraken die haarzelf die avond aan het lachen hadden gemaakt.

'Bruin biertje dan maar?' vroeg Montagu.

'Ach ja, eentje om het af te leren,' antwoordde Kit stoer.

Montagu besloot het meisje in haar waarde te laten en haar niet meteen te ontmaskeren in haar overduidelijke onschuld. Ze had wellicht goede redenen om zich deze rol aan te meten. Hij voelde zich uitgedaagd om haar zo op haar gemak te stellen dat ze de waarheid zou spreken.

'Proost!' zei hij. 'Het doet goed om weer in Cambridge te zijn. Ik heb hier vroeger gestudeerd. Dit was mijn stamkroeg.'

'Ja, het is een goede tent,' beaamde ze met het schuim van het bier op haar lippen.

Montagu behandelde haar zoals ze hoopte, als een volwassen vrouw, en maakte zichzelf interessant door hoog op te geven over zijn rol bij de oprichting van de Bank van Engeland.

'Je wilt dus meer investeerders vinden om geld aan de schatkist te lenen?' vatte Kit zijn wollige verhaal samen. 'Die lui willen natuurlijk eerst weten of ze hun geld ooit nog terugzien. Dan moet je gewoon nieuwe belastingen heffen, toch?'

'Dat is een exacte analyse,' zei de schalkse minister complimenterend. 'Ik vermoedde al een schrandere geest achter die mooie oogopslag. Alleen – Kit was het toch? – is het in de stad moeilijk om op een evenwichtige manier belastingen te heffen. Het is onmogelijk om te weten wie welke inkomsten heeft of welk kapitaal bezit, om daarop een tax te innen.'

'Ja, dat snap ik,' zei Kit, terwijl ze een stevige slok van het bier nam. 'Op het platteland is dat gemakkelijker. Daar zie je hoeveel grond iemand heeft, of hoeveel vee, en dat zegt iets over diens rijkdom of inkomsten. Maar...'

'Ja?'

'In de stad kun je het toch zien aan de grootte van de huizen? Iemand die rijk is, woont in een groter huis dan iemand die arm is. Je zou eigenlijk moeten tellen hoeveel ramen iemands huis heeft, en daar de belastingen van moeten laten afhangen...'

'Een *vensterbelasting*!' riep Montagu verrukt uit. 'Maar dat is een briljant plan! Dat niemand van al mijn adviseurs dat bedacht heeft. Dat ik daar zélf niet op gekomen ben!'

Montagu was gaandeweg vergeten dat hij met een tienermeisje praatte. Er waren wel eens conversaties met adellijke dames geweest die aanzienlijk minder niveau hadden dan zij.

Kits neus krulde van trots. Ze verzweeg wijselijk dat ze het klad van het traktaat van haar oom over Engelands financiële problemen gelezen had toen hij haar op het hart had gedrukt voorzichtig te zijn met het aannemen van wisselgeld op de markt. Daarin had hij zijn idee over een ramenbelasting geschrapt en ze had hem nog gevraagd waarom. Maar hij had alleen zijn schouders opgehaald. Montagu's verlangen groeide met de minuut. Kit was niet alleen een knap meisje, maar ze was ook nog eens prettig gezelschap waarmee goed te praten viel. Zijn ogen streken snel langs haar trotse boezem. Hij wilde dit meisje. Haar onschuld in combinatie met haar gespeelde bravoure maakten alle duivels in hem wakker.

De kroeg was inmiddels bijna verlaten, op een paar beschonken gasten na, en de waard zette de stoelen op de tafels. Hij moest snel actie ondernemen als hij deze ontluikende roos wilde plukken.

'Ik ga maar eens naar bed,' zei hij. 'Woon je hier in Cambridge, of heb je ook een kamer gehuurd?'

'Om eerlijk te zijn...' zei ze.

'Ja?' zei Montagu iets te snel.

Kit besefte dat ze voor de keuze stond tussen een ijskoude nacht buiten en een nacht waarin ze een rol zou vertolken waar ze geen voorbeeld van had.

'Ik woon een flink eind buiten de stad. Ik was van plan terug te gaan vanavond – maar ja, doordat ik in slaap gevallen ben, is het nu zo laat geworden. Enfin, er zit niets anders op...'

'Tja, hier overnachten kun je ook niet,' zei Montagu. 'Ik heb de laatste kamer geboekt. Nou, goede terugreis dan maar. Ben je te paard of...'

Hij wist dat hij het risico nam om het meisje te laten ontglippen, maar vertrouwde erop dat de beste strategie was het initiatief bij haar te laten. Ze mocht niet denken dat hij een oude snoeper was met een vooropgezet plan.

'Ja,' zei ze, 'dan ga ik maar eens...'

'Goed,' zei hij, en hij pakte haar hand en kuste die als die van een dame. 'Ik hoop dat we elkaar nog eens zullen zien. Ik vond het echt een genoegen met je kennis te maken.'

Ze glimlachte triest en liep naar de deur. Was het ingrijpen van de hemel of de hel dat op dat moment een heftige sneeuwbui maakte dat ze niet eens door de ramen de overkant van de straat kon zien? Montagu greep in elk geval meteen de kans om haar zijn hoed en handschoenen aan te bieden.

'Je kunt ze hier morgen gewoon weer afgeven voor mij,' zei hij, 'of...'

'Of?' vroeg ze.

'Of je mag de nacht natuurlijk ook op mijn kamer doorbrengen. Met dit weer...'

Aarzelend keek ze nog even door het raam en toen naar de man die zo onverschillig mogelijk probeerde te kijken bij de keuze die ze zou maken. Zijn aardige blik kon echter niet verhullen wat hij wilde. Ze voelde dat zijn ogen snel van haar borsten naar haar gezicht schoten, haar haast uitkleedden, en dat er een hitte van hem af sloeg die haar aantrok, maar ook bang maakte.

'Ik heb weinig zin om doornat te worden,' zei ze terwijl ze haar gespannen ademhaling onder controle probeerde te krijgen. 'En ik moest ook maar eens wat minder zuipen.'

Montagu grijnsde breed en haalde de sleutel op achter de bar. Even later liep ze zenuwachtig achter hem aan de trap op, zich vertwijfeld afvragend of deze eerste grote zelfstandige keuze haar leven zou veranderen...

50

Het druiste tegen elke logica in dat Saint Germain zodra de matte winterzon zich uitrekte, was verdwenen. Isaac wilde niet geloven dat hij zomaar van de ene seconde op de andere was opgelost in het niets. Dit moest een slimme verdwijntruc zijn, handig en snel uitgevoerd. Hoezeer hij na de ijskoude nacht ook naar zijn bed verlangde, hij kamde het hele kerkhof uit. Hij zocht achter de witte zerken, achter de steunberen van de kerk, keek achter de bakstenen muur die het kerkhof van de straat scheidde, maar nergens zag hij een glimp van Saint Germain of voetsporen in de sneeuw die een snelle vlucht zouden bewijzen. Hij kon niet geloven dat de jongeman de alchemistische *wet der trillingen* zou beheersen. Omdat alles trilling was, zo hadden de oude meesters geschreven, was alles wat zichtbaar was niet meer dan gestolde materie in een lage trillingsfrequentie. Hoe fijner en subtieler iets trilde, hoe minder waarneembaar het voor de gewone sterveling was – zoals het bij een snel draaiend wiel leek of het stilstond. Ware meesters zouden hun trillingsgetal zodanig kunnen verhogen dat ze met de snelheid van een gedachte van de ene naar de andere plaats konden reizen. Geest en gedachten waren de lichte trillingen aan de ene kant van het spectrum, en materie de zware trillingen aan de andere kant. Wanneer een meester zijn gedachten zo beheerste dat hij zijn intenties in trillingen kon vertalen, dan kon hij alles materialiseren wat men in de volksmond 'magisch' noemde. Of, zoals Jezus gezegd had: 'Wanneer gij een geloof bezit, ook al is dit klein als een mosterdzaadje, dan kunt ge tot deze berg zeggen: verplaats u van hier naar daar, en hij zal zich verplaatsen. Niets zal u onmogelijk zijn.'

Alles was beweging. Alles op aarde was aan ontwikkeling onderhevig. Zo kwam alle materie in de natuur tot stand. Het plantenrijk, de dieren, maar ook stenen en mineralen. Door natuurlijke omstandigheden en de grillen van de natuur ging elk levend wezen verbindingen aan met andere, en daardoor ontstonden de transmutaties. Onder invloed van de vier elementen lucht, vuur, water en aarde werden bestanddelen gesplitst en weer met andere samengevoegd, waaruit de rijke schakering aan materie ontstond die op aarde te vinden was. Het enige wat de alchemist deed was deze processen versnellen. Dat wat in de natuur honderden of duizenden jaren vergde, werd in het laboratorium van de alchemist teruggebracht tot enkele jaren, maanden, weken of zelfs dagen. Wie de formules van de natuur ontraadselde, kon deze reproduceren. Daarom was het volstrekt logisch dat alchemisten goud konden maken, al was deze kunst dan het magnum opus voor elke meester.

Maar Isaacs geloof dat een mens zichzelf ook zo kon transformeren, laat staan bewegen door ruimte en tijd, was wankel zolang hij het niet zelf ervaren had. Zou hij zich dan alles verbeeld hebben? In een roes terecht zijn gekomen? Had hij te veel antimoondampen opgesnoven? De naam 'antimoon' was niet voor niets afkomstig van de frase 'anti-monnik' nadat de alchemist *Basilius Valentinus* een aantal van zijn medebenedictijner monniken had vergiftigd in plaats van genezen door toediening van dit fijne kristal. Maar hij had toch Saint Germains handen op zijn schouders gevoeld, zijn adem geroken, in zijn gelige ogen gekeken? Kit had hem toch ook gezien? Of zou het zijn schaduwkant zijn die tot hem had gesproken – zijn diepste angst en onzekerheid vermomd in een levendig visioen dat hem naar dit kerkhof had geleid?

Verward en stram wandelde Isaac piekerend naar huis. Hij realiseerde zich dat er radicale veranderingen in zijn leven moesten plaatsvinden, wilde hij nog verder komen in de voltooiing van het grote werk. Verzonken in zijn sombere gedachten botste hij bij de poort van het *Sint-Johannescollege* op een groep studenten die ademloos stonden te kijken naar de ramen van een studentenhuis.

'Wat is hier aan de hand?' vroeg hij.

'De hele ochtend verschijnt er nu eens boven en dan weer onder een soort geest voor de ramen. Een jongeman met een vilten hoedje. Het ene moment zien we hem daar boven, en dan opeens helemaal beneden. Het is ongelooflijk.'

Saint Germain, flitste het door Isaacs hoofd. Hij wil me een teken nalaten dat het werkelijk gebeurd is, dat dit zich niet in mijn hoofd heeft afgespeeld. Hij bleef een tijdje staan kijken, maar er gebeurde niets.

'Stelletje idioten,' mopperde hij. 'Zijn jullie nou de toekomst van Engeland? Krijgen jullie dan nooit verstand?'

'Kunt u het dan verklaren? Dat huis staat al maanden leeg. Kijk maar, de deur is dichtgetimmerd.'

'Bijgeloof,' zei Isaac, en hij duwde tegen de jongens aan om ze aan te manen naar huis te gaan. 'Geesten bestaan niet, hoor je me? Maak jezelf toch niets wijs en ga wat nuttigs doen.'

Maar de groep richtte zich als één blok tegen de chagrijnige man en Isaac kon ternauwernood de klappen die hem links en rechts werden uitgedeeld afweren. Met vier man grepen de studenten hem bij armen en benen en wierpen hem joelend een stuk verder de kasseien op. Een paar wildebrassen die de hoogleraar nog wat trappen na wilden verkopen, werden gelukkig tegengehouden door een man in een donkergroene mantel die kwam aanlopen.

'Rustig, heren! Zo gaan we niet om met een van de grootste auteurs van ons land.'

'O, en wie is hij dan wel?' vroeg een student wiens vuisten jeukten.

'Dat is Isaac Newton, de auteur van de "Principia".'

'Is hij die man die dat boek heeft geschreven dat niemand begrijpt?' spotte een student.

'Ja, zelfs hijzelf niet,' riep een andere, die de lachers op zijn hand kreeg.

'Kijk!' riep nog een andere, en hij wees naar een van de ramen. De korte verschijning deed hen meteen de ruziezoeker vergeten.

'Meneer Newton,' zei Montagu, die Isaac overeind hielp. 'U bent na al die jaren nog niets veranderd. Gaat het een beetje? Ik was naar u op weg.'

'Wie bent u?' vroeg Isaac beschaamd, terwijl hij de sneeuw van zijn kleren klopte.

'Charles Montagu. Herkent u mij niet meer? U heeft mij bijles gegeven.'

'O, ja,' zei Isaac, die zich nu nog meer schaamde. 'Dank dat je me van die oproerkraaiers bevrijd hebt. Wat doe jij hier? Ik las toch in de "Gazette" dat jij minister van Financiën was geworden?'

'Ja, uw lessen hebben toch tot iets geleid, meneer Newton.'

'Isaac, zeg alsjeblieft, Isaac, Charles. Hoor jij niet in Londen te zijn?'

'Ik ben speciaal voor jou naar Cambridge gekomen, Isaac,' zei Montagu, en hij kuste zijn voormalige leraar op de wang. 'Kom, ik trakteer je op een ontbijt in de Adelaar, daar verblijf ik.'

Vriendschappelijk sloeg Montagu een arm om zijn oude professor heen en leidde hem door de gladde stegen naar de Adelaar.

'Doe mij alleen maar een kop hete melk,' zei hij rillend.

Montagu liet zich daar niet door weerhouden om voor zichzelf een stevig ontbijt te laten aanrukken. Zijn bravoureverhaal over het jonge, knappe meisje dat hij afgelopen nacht had opgescharreld en dat hem een onvergetelijke nacht had bezorgd, drong nauwelijks tot Isaac door.

'Goed,' zei Montagu terwijl hij zwierig zijn spek met eieren aansneed, 'ik zal je vertellen waarom ik gekomen ben. De koning was onder de indruk van je analyse van de monetaire situatie van dit land. Hij volgt je helemaal in je aanbeveling om de Engelse munt te hersmeden, maar vind dat je ook de daad bij het woord moet voegen. Hij doet een dringend beroep op je om hoofd van de Munt te worden.'

'Hoofd van de Munt?' vroeg Isaac verbaasd.

'Ja,' zei Montagu triomfantelijk, en hij at eerst zijn mond leeg. 'Hij vindt jou de aangewezen man om het proces van het hermunten te leiden. Gezien je grote wiskundige kennis zul jij exact toezicht kunnen houden op dit omvattende en delicate gebeuren.'

Isaac schudde meewarig zijn hoofd. Wat een onzin. Er waren tientallen mannen die meer geschikt waren voor dit karwei. Ze hadden hiervoor echt geen wiskundige nodig, maar alleen een goede leider, iemand die de snijders en muntslagers goed zou aansturen, een opzichter om het proces zo snel mogelijk te laten verlopen. Hij had hierin noch ervaring, noch lust.

'Het leidinggeven is een luizenbaantje, dat zal weinig aandacht van je vragen. En het levert je algauw vijfhonderd pond per jaar op, plus een percentage van de nieuwe munten die onder jouw leiding geslagen worden.'

'Nee,' wees Isaac het aanbod resoluut af. 'Ik heb een andere missie in mijn leven, Charles. Ik kan mijn onderzoek niet opgeven.'

'Daarnaast,' zei Montagu op zachtere toon, zodat de andere gasten het niet konden horen, 'wil de koning dat je verdergaat met je grote werk. De smeedovens van de Munt staan daarvoor helemaal tot je beschikking. Je laboratorium hier wordt toch wat klein, Isaac. Je wilt toch niet dat je nog eens alles verliest in de vlammen...'

Isaac zweeg en staarde voor zich uit. Het vooruitzicht over de grootste ovens van het land te beschikken om zijn experimenten op grote schaal voort te zetten, was natuurlijk zeer aanlokkelijk. Bovendien zou de drukte van een verhuizing en een nieuwe baan zijn gedachten afleiden van Fatio. Plots werd zijn aandacht getrokken door een meisje dat de trap af kwam.

'Kit!' riep hij.

'Oom Isaac!' antwoordde Kit blij verrast, en ze liep op hem toe. 'Zocht u mij?'

Toen pas zag ze dat haar oom aan tafel zat met graaf Montagu. Ze kleurde tot aan haar navel. De jonge graaf beduidde haar met zijn ogen streng dat ze geen spoor van herkenning mocht laten blijken.

'Dit is graaf Montagu, de minister van Financiën,' zei Isaac, 'en dit is mijn nichtje Kit.'

'Aangenaam, graaf,' zei Kit, en ze bood hem haar hand aan om die te laten kussen.

'Aangenaam, juffrouw,' antwoordde hij, dwingend in haar hand knijpend om haar het zwijgen op te leggen.

'Ik overweeg om naar Londen te verhuizen,' zei Isaac. 'De minister biedt me aan om hoofd van de Munt te worden.'

'Wat fijn voor u, oom. Gefeliciteerd.'

'Als ik het doe, kan ik wel wat hulp gebruiken. Zou je dan meegaan, Kit?'

Ze wisselde een korte blik met Montagu, die haar aanspoorde toe te zeggen.

'Ik was eigenlijk van plan de wijde wereld in te trekken, oom,' zei Kit. 'Reizen in de voetsporen van de grote vrouwen uit de geschiedenis...'

'Misschien schrijf je zelf wel geschiedenis in Londen, juffrouw,' zei Charles. 'Is er een betere plek in de wereld voor een jongedame om helemaal tot ontplooiing te komen?'

51

De hele weg van Cambridge naar Londen zweepte de natte sneeuw onvermoeibaar in dikke vlagen tegen de koets. Montagu's ministeriële rijtuig balanceerde in een voorzichtig ritme over de slijkerige zandwegen. Isaac staarde tussen de gordijntjes naar de neerslaande en stuivende vlokken terwijl hij opgewonden plannen maakte voor zijn nieuwe leven in Londen. Wanneer het leven aan de deur klopte, moest je opendoen, praatte hij zichzelf moed in. Wanneer een mens te lang op één plek bleef, roestte hij vast. Het was noodzakelijk om zo nu en dan alle verworven zekerheden achter je te laten, om opnieuw geïnspireerd te worden. Hij verfoeide zijn Cambridge-collega's die nooit buiten de stadsmuren waren geweest. Hoogleraren die in de bloei van hun jeugd hun eed hadden afgelegd en jaar in jaar uit, tot de dood erop volgde, dezelfde lessen opdreunden. Pas wanneer een mens het lef had zich door het leven te laten uitdagen, kon hij zichzelf ten volle ontplooien, nieuwe talenten ontwikkelen. Het leven was verandering, en wie zich daartegen verzette, vergiftigde langzaam maar zeker zichzelf met het vitriool van afgunst, verbittering, of – erger nog – ingebeelde tevredenheid. Het gekraak van de wielen maakte het onmogelijk te volgen wat Montagu zijn nichtje allemaal te vertellen had, maar de wolkjes warme lucht die onophoudelijk uit hun monden ontsnapten, wezen op een geanimeerd gesprek. Ze zou zich wel weten te redden in Londen, stelde Isaac tevreden vast. Het was goed voor haar ontwikkeling om met vooraanstaande mannen als Montagu om te gaan. In ruil voor hulp in de praktische zaken van het huishouden, zou hij zich ontfermen over haar ontwikkeling. Haar leergierige geest zou in Londen een klimaat vinden dat haar prikkelde. Ze waren van dezelfde bloedgroep, dacht hij trots.

De eerste halte in Londen was het uit roodoranje steen opgetrokken paleis van Kensington. De wachters zwaaiden meteen het gouden hek open voor de koets terwijl de kamerheer hun al schuivend over de sneeuw tegemoet kwam lopen. Hij haastte zich met de bezoekers via de brede eikenhouten trap naar het kabinet waar koning Willem achter een eenvoudig bureau zijn dagelijkse papierwerk volbracht. Kit kon alleen maar met open mond staren naar de vorst met de arendsneus, die meteen informeerde naar Isaacs visie op zijn grootse taak.

'Ik wil een snelle analyse maken, sire. Overal waar het werk efficiënter kan, zal ik veranderingen doorvoeren, zodat over enkele maanden heel Engeland over een nieuwe munt beschikt.'

'Liever vandaag dan morgen, Isaac,' zei Willem, niet geheel gerustgesteld door dit antwoord. Hij wreef onophoudelijk met zijn fijne handen over het groene vilt van zijn bureaublad, alsof het de vacht van een ziek paard was.

'Alle handel is stilgevallen,' lichtte Montagu de situatie toe. 'Niemand heeft nog vertrouwen in de munt. En geld heeft alleen maar waarde bij gratie van geloof. Van een munt kan niemand eten. Kun je het de mensen kwalijk nemen dat ze liever een paar laarzen ruilen voor een kip dan voor een munt waarvan niemand weet wat hij waard is, laat staan of hij echt is?'

'Ik heb weinig talent voor geloof,' zei Isaac terwijl hij nerveus in de binnenzakken van zijn jas naar zijn aantekeningen zocht. 'Ik geloof niets wat ik niet kan bewijzen. Ik wil hardmaken dat een munt waarop één pond staat, ook daadwerkelijk de waarde van één pond heeft. Dat moet heel exact gebeuren. En om een nieuwe, krachtige munt te introduceren, zullen we hem ook met kracht moeten verdedigen. De grootste ondermijners van de geloofwaardigheid zijn valsemunters. Die moeten stuk voor stuk opgespoord worden...'

'Zegt de man die de wet op valsemunterij heeft afgeschaft...' merkte Willem verrast op. Hij stond op en gooide een blok hout in het haardvuur. Terwijl hij rusteloos het vuur oppookte, luisterde hij aandachtig naar Isaacs verweer.

'Wie star vasthoudt aan zijn oude ideeën, is een dwaas, sire,' verklaarde Isaac, die het zichzelf kwalijk nam dat hij zich voor Boyles karretje had laten spannen. 'Die wet afschaffen was een grote vergissing, dat geef ik meteen toe. Maar ik heb een nieuwe wet geformuleerd die veel verdergaat dan degene die we hebben afgeschaft, en hopelijk kan ik daar mijn jeugdzonde mee ongedaan maken...'

Willem las het vel papier met zijn wetsvoorstel dat Isaac hem overhandigde. Zelfs mensen die gereedschap in huis hadden waarmee ze munten zouden kunnen namaken, moesten worden gestraft.

'En u wilt benoemd worden tot lekenrechter om zelf de straffen te kunnen uitspreken?' zei Willem, onder de indruk. 'Ik zal kijken wat ik kan doen. Goed. Heeft Charles u ook verteld dat we niet alleen een nieuwe munt, maar vooral nieuw goud nodig hebben... veel goud...?'

'Dat heb ik inderdaad begrepen,' zei Isaac ernstig. 'Zodra alles in de Munt op rolletjes loopt, zal dat mijn grootste aandacht krijgen.'

'Mooi,' zei Willem tevreden. 'Ik vertrouw er dan maar op dat mijn vriend John Locke goed advies heeft gegeven door uw naam te noemen als nieuwe muntmeester. Dan zullen we nu de eed afnemen. Als u voor mij wilt knielen...'

Isaac was verrast dat Locke degene was geweest die hem had voorgedragen, ondanks het feit dat hij hem bijna vermoord had. Hij besefte nu dat Locke hem had aangespoord zijn alchemistische weg te vervolgen omwille van het landsbelang en niet om hem en Fatio uit elkaar te drijven. Plechtig ging Isaac op één knie voor het bureau van de koning zitten en hield zijn hand omhoog.

'Zweert u dat u de geheimen van de Munt aan niemand zult onthullen, en de procedures nooit direct of indirect aan iemand bekend zult maken?'

'Dat zweer ik,' zei Isaac luid en krachtig.

'Moge God u helpen bij uw voorname taak,' sprak de koning, en hij beduidde hem weer op te staan. Hij schudde hem de hand en wenste hem veel succes. Toen liep hij naar Kit en feliciteerde ook het meisje. Kit realiseerde zich hoe grillig het lot kon zijn. Een paar dagen geleden was ze nog een zwerfster geweest met één pond op zak. Nu was ze er in de werkkamer van de koning van Engeland getuige van hoe haar oom werd aangenomen op een van de belangrijkste posten van het land. Kwam het doordat ze haar onfortuinlijke lot zo onvoorwaardelijk omhelsd had, dat het tij zo snel was gekeerd, vroeg ze zich af. Koning Willem gaf haar een vriendelijke knipoog.

'Je mag trots zijn op je oom, Kit. De toekomst van Engeland ligt in zijn handen. Sta hem bij in zijn werkzaamheden, jongedame.'

'Jazeker, sire,' zei Kit, en ze maakte een reverence en kuste eerbiedig de koninklijke hand. 'En nog gecondoleerd met het overlijden van uw echtgenote, koningin Mary.'

Verrast keek de koning in de gevoelige ogen van het meisje.

'Dank je wel,' zei hij, zijn schorheid wegslikkend. 'Attent van je.'

Meteen werd de reis voortgezet. Ze gingen dwars door de stad naar de best beveiligde uit kalksteen opgetrokken burcht van Londen, omringd door een diepe slotgracht, op de heuvel aan de noordelijke oever van de Theems. In de Tower werden de vooraanstaande in ongenade gevallen personen van het land gevangen gehouden, maar gezien de onneembaarheid van de vesting was het ook de uitverkoren plek om het goud van Engeland te bewaren en om te zetten in munten. Dag en nacht werd de Tower bewaakt door een legioen garnizoenssoldaten die de eenentwintig torens, muren en toegangen scherp in de gaten hielden. De werkplaatsen van de Munt lagen in de straat tussen de dikke buiten- en binnenmuur. Het was een smerige straat bezaaid met paardendrek en vol vervallen werkplaatsen, stallen, koetshuizen en arbeiderswoningen. Er klonk een oorverdovend gedreun van machines, scheldende mannen en karren die kraakten onder het gewicht van stapels ingenomen geldstukken die over de gebroken kasseien rolden. Isaac geloofde zijn ogen niet toen hij het armoedige houten gebouw bezocht waar het oude geld in grote houten bakken wachtte tot het werd omgesmolten.

'Moet hier zo dadelijk zes miljoen pond opgeslagen worden?' vroeg hij.

'Ja,' zei Montagu vrolijk. 'Op 2 april is de huidige munt niets meer waard en moeten alle munten ingeleverd zijn.'

Isaac slikte. Wandelend door deze steeg van chaotische bedrijvigheid, waar in de ene lekkende werkplaats de oude munten op vuren in aardenwerken potten werden gesmolten, en in het andere schuurtje met lange lepels in een mal tot platen werden gegoten, raakte hij overrompeld door het gebrek aan vakmanschap en de rommelige organisatie. De goudplaten werden, in een andere barak, vijftien keer onder molenstenen gerold, aangetrokken door paarden, tot de dikte van een munt. Hoofdschuddend bekeek hij in het magazijn de grote pers die door vier stevige mannen met geweld gedraaid werd, terwijl een jongetje van hooguit twaalf de gouden platen bliksemsnel onder de mal moest schuiven, waarna deze donderend neerkwam en er een nieuwe koning Willem-munt was geslagen. De vier mannen die aan de met honderd kilo lood verzwaarde armen van de pers draaiden, werden om het kwartier afgelost door een andere ploeg.

'Ze slaan drie munten per minuut, heb ik opgemeten,' zei Isaac. 'In dat tempo duurt het langer dan vijf jaar voordat er voldoende nieuwe munten zijn om de economie weer draaiende te krijgen. Dat moet sneller.'

Montagu tikte bemoedigend op zijn schouder. Het getuigde van Newtons ambitie om het tempo te willen opdrijven, maar dat zou niet eenvoudig zijn. 'Loop maar even mee,' zei hij, en hij ging naar een stenen loods die werd bewaakt door garnizoenssoldaten.

'Hier staat onze meest geheime machine die de valsemunters moet verslaan,' zei hij trots. Het was een werkbank met een enorm metalen tandwiel dat een rollend en schril geluid voortbracht terwijl de randen van de munt schurend gegraveerd werden met een niet na te maken patroon. Zwijgzaam liepen ze de weg terug door de straat. Isaac besefte dat als hij deze taak niet naar behoren zou uitvoeren, er ofwel een revolutie, ofwel een oorlog zou uitbreken. Vanaf 2 april zou er een schrijnend geldgebrek zijn.

'En dit is jouw kantoor,' zei Montagu bij een somber uit donkerbruine baksteen opgetrokken huisje aan het begin van de straat. Isaac liep een snel rondje door de kamers, wreef in zijn handen en zei: 'Prima. Ik wil meteen aan de slag. Hier gaan we wonen, Kit. Wil je de koetsier vragen om mijn spullen hier af te leveren?'

'Weet je dat wel zeker, Isaac? Het is hier erg gehorig. Het is alleen als kantoor bedoeld. Naast mij in de straat staat een prachtig huis te huur.'

'Nee,' zei Isaac beslist, 'ik wil ter plaatse zijn om het proces aan te sturen. Daarna is er nog tijd genoeg om te verhuizen. Hoeveel uur wordt hier gewerkt?'

'Er zijn twee ploegen. De eerste werkt van vijf uur 's ochtends tot twee uur 's middags; de tweede van twee uur 's middags tot twaalf uur 's avonds.'

'Mooi,' zei Newton. 'Vanaf morgenochtend beginnen ze om vier uur en gaan we door tot één uur. Dat wordt de eerste verandering. Kijk, ik heb onderweg even de inventaris opgenomen. Er zijn vier molenaars, vijftig paarden, twee paardenhouders, drie muntsnijders, twee pletthamers, acht plaatslagers, één kneder, drie blekers, twee markeurs en twee persen met zestien arbeiders om ze te trekken. En op de loonlijst staan nog eens tweehonderdvijftig mannen van wie niemand me heeft kunnen uitleggen wat ze hier doen. Het nettoresultaat van al die mensen, paarden en machines is drie muntstukken per minuut. Dat kan natuurlijk niet. Door het proces te stroomlijnen, moet op z'n minst vijfentwintig munten per minuut haalbaar zijn. Maar mijn streven is vijftig...'

'Vijftig muntstukken per minuut?' vroeg Montagu ongelovig.

'Het moet,' zei Newton zelfverzekerd. 'Ik wil meteen aan de slag om het te berekenen. Kit, roep de koetsier voor onze spullen.'

'Weet u, oom,' zei het meisje voorzichtig, 'misschien loop ik u alleen maar in de weg. Als u het goedvindt, ga ik mee met graaf Montagu; dan kan ik het nieuwe huis alvast in orde maken.'

'Natuurlijk,' zei Isaac verrast. 'Misschien is dat wel een goed idee. Wat denk je, Charles? Kan ik haar jou toevertrouwen?'

'Jawel,' zei Montagu, 'ik zal haar helpen waar ik kan.'

'Mooi. Ik neem aan dat jij haar voldoende geld kunt geven om de noodzakelijke aankopen te doen? Draag zorg voor haar, vriend, ik wil dat haar niets overkomt.'

'Natuurlijk,' zei Montagu ernstig, 'ik zal voor haar zorgen alsof ze mijn eigen dochter was. En als jij iets nodig hebt, Isaac, hoor ik het graag.'

'Kit!' riep Newton zijn nichtje terug, die al de trap af was gelopen. 'Richt het huis maar helemaal in naar je eigen inzicht. Maar kies één kamer uit, waar je eenmaal in komt en die je daarna afsluit tot ik thuiskom. In die kamer moet je de afgesloten aarden kruik zetten uit mijn hutkoffer. Haal de dop eraf en ga dan snel naar buiten. Begrepen?'

'Natuurlijk, oom,' zei ze vrolijk. Kit gaf hem een kus en danste de trap af, haar vrijheid tegemoet.

52

Kit was vastbesloten de kans die ze kreeg om in Londen een nieuw leven te beginnen met beide handen aan te grijpen. Hoewel er bij het inrichten van het grote huis in *Jermyn Street* veel meer kwam kijken dan ze had gedacht, dook ze ieder vrij moment in de boeken om haar speurtocht voort te zetten. Als Jezus getrouwd was, zou Maria Magdalena de meest voor de hand liggende vrouw voor hem zijn, redeneerde ze. Maar dit riep weer nieuwe vragen op. Waarom zou Jezus nu juist voor een prostituee kiezen en niet voor een of andere wijze vrouw? Het was een doorbraak toen ze ontdekte dat Maria Magdalena bij het zalven van Jezus in de traditie trad van de bruid die koning Salomo met nardusolie zalfde in het Hooglied. Een man kon alleen tot het goddelijke komen wanneer hij werd ingewijd door de mysterieuze wijsheid van de vrouw, die van nature met het goddelijke verbonden is. Het lichaam van de priesteres was de poort naar God. Het zalven hoorde bij het ritueel dat het voorrecht was van de messiaanse bruid. Het Griekse woord *christos* betekent letterlijk 'gezalfde'. Met andere woorden, redeneerde Kit, Maria Magdalena was degene die Jezus tot Christus maakte. Magdalena verhief Jezus tot koning. Zij moest dus de mystieke bruid zijn geweest, die door oningewijden als prostituee werd beschimpt, die het *Heilig Huwelijk* met Jezus voltrokken had.

Die avond trof Montagu een aangeslagen Kit aan.

'Wat is er, meid?' vroeg hij. 'Waarom kijk je zo sip?'

'Ach, Charles,' zuchtte ze, 'Als ik ook nog de rest van dit grote huis helemaal moet inrichten en daarna moet onderhouden, en dan nog straks voor oom Isaacs boodschappen en maaltijden moet zorgen, kom ik nergens meer aan toe. Ik zou de hele dag in mijn boeken willen lezen. Hoe kan ik anders ooit mijn onderzoek voltooien? Er valt zoveel te onderzoeken.'

Onwillig liet Montagu zich naast haar in de zetel trekken, waar ze haar hoofd op zijn schouder vlijde.

'Ik vertelde je gisteren toch dat ik dacht dat Maria Magdalena de bruid van Jezus moet zijn geweest?'

'Ja,' zei Montagu beleefd, 'omdat ze zijn voeten zalfde, toch, en dat een voorrecht was voor bruiden van koningen.'

'Precies,' zei ze. 'Maar dan blijft het vreemd dat Jezus pas rond zijn dertigste getrouwd zou zijn. Joodse jongens trouwden na hun bar mitswa, zo rond hun dertiende, weet ik van oom Isaac. Nu werd mijn aandacht opeens getrokken door *Salomé...*'

'Wacht even, bedoel je die prinses die in ruil voor een verleidelijke buikdans het hoofd van Johannes de Doper vroeg?' zei Montagu, plots geïnteresseerd in de hoop dat Kit hem warm maakte voor een verleidelijke dans. Hij knielde bij haar voeten, knoopte traag haar rijglaarsjes los, trok ze uit en masseerde met zijn warme handen haar vermoeide voeten.

'Nee, een andere Salomé, de moeder van twee apostelen. Zij was een van de vrouwen die de kruisiging van Jezus bijwoonden...'

'Kan zijn,' zei Montagu, terwijl hij haar lichtroze zijden kousen uittrok, met zijn vingers langs de lijnen van haar voeten streelde en die onder de warme en tedere kussen bedolf.

'Er is iets raars met haar aan de hand,' vertelde Kit geheimzinnig met gesloten ogen, terwijl ze met uitgestrekte benen genoot van de voetenmassage. 'Salomé vroeg aan Jezus of haar twee zonen, Johannes en Jacobus, links en rechts van hem mochten zitten in het koninkrijk Gods. Jezus vroeg aan die twee apostelen of ze bereid zouden zijn om dezelfde bittere beker te drinken als hij. Ze antwoordden dat ze dat waren.'

Montagu sloeg haar zalmkleurige japon en gesteven onderrok over de knie en keek verhit naar de meisjesbenen die uitgestrekt voor hem lagen.

'Ja, en?'

'Hoe zou Salomé zo'n bijzonder voorrecht durven op te eisen als... het niet Jezus' zonen zelf waren...'

'Wie weet, Kit, wie weet. Misschien was Salomé wel Jezus' bruid, ja. Ontspan je nu maar. Wat jij nodig hebt, Kit, is personeel. Zodat jij gewoon je wonderlijke gang kunt gaan. Rustig nu maar. Vandaag ga ik je iets nieuws leren. Let goed op. Doe je benen iets uit elkaar – ja, goed zo, meisje,' fluisterde hij terwijl zijn tong over de tintelende binnenkant van haar benen onverschrokken naar boven gleed. Dankbaar kroelde ze met haar handen door de stof van haar rokken heen over het warme hoofd en spreidde haar benen steeds verder om hem doorgang te verlenen. Nooit had ze kunnen vermoeden dat er zoveel manieren waren waarop een vrouw benaderd kon worden, en ze bewonderde de rijke kennis van haar leraar die haar iedere keer weer anders belaagde en wist te ontspannen en te ontdooien. Terwijl ze hem zachtjes in de dunne stof van haar kanten slipje voelde bijten, vroeg ze: 'Personeel? Vertelt u mij heer, hoe moet ik dat doen?'

Toen ze gemerkt had hoe het hem opwond wanneer ze hem tijdens de liefdeslessen 'heer' noemde, was dat zijn koosnaampje geworden.

Met zijn tanden trok de minister van Financiën grommend het witte broekje naar beneden, waar hij, alsof het een kostbaar relikwie betrof, aan rook en dat hij met een knipoog in zijn zak borg. Toen verdween hij weer onder de jurk en kuste plagerig de jonge vrucht.

'Een beetje meer open, Kit,' zei hij vermanend. 'Ik hoef je toch niet alles twee keer uit te leggen?'

'Het spijt me, heer,' zei Kit gehoorzaam, en ze opende voorzichtig haar benen, die ze op zijn schouders liet rusten. Ze was benieuwd naar het nieuwe hoofdstuk dat haar meester in de liefde vandaag aansneed en bewoog leergierig haar heupen op het gestage ritme waarmee ze de vurige tong voelde strijken.

'Doe ik het zo goed, heer?' vroeg ze met stokkende ademhaling. Dit had hij nog niet eerder gedaan en ze was verrast dat haar onderste lippen net zo konden genieten van zijn vurige kussen als toen hij haar die eerste nacht in de herberg met de mond had leren zoenen. Ze vroeg zich nieuwsgierig af of ze met deze dunne lippen hem ook kon zoenen en spande haar bekkenspieren om zijn gevrij met vlinderkusjes van haar onderlichaam te beantwoorden. Weer voelde ze wat ze al zo vaak tijdens zijn lessen ervaren had; ze werd heerlijk rozig en dronken van het stromende liefdesvocht.

'O heer,' zuchtte ze, 'dit is echt voor gevorderde meisjes, niet?'

'Nee, Kit,' zei Montagu met geveinsde strengheid, 'ik ben nog steeds bezig je de elementaire basisbegrippen bij te brengen. Het alfabet van de liefde. Open je nu maar zo wijd mogelijk; dan demonstreer ik je alle mogelijkheden.'

Ze stak haar benen in de lucht en haar japon gleed naar beneden en ontblootte haar vrouwelijkheid tot de navel. Ze beet in het kussen van de divan terwijl ze verrast alle sensaties over zich heen liet komen die Montagu haar met zijn ervaren tong bereidde. Zijn tong leek een klein zweepje dat haar zacht geselde, tikjes uitdeelde, duwde, en op het precies goede moment weer minnekoosde in een ritme dat almaar opgedreven werd. Ze giechelde wanneer zijn hete, vochtige genotsknuppeltje ook langs de naad van haar billen streek, die ze bereidwillig omhoogduwde, zodat hij ook haar meest geheime meisjesplekje kon liefhebben.

'O heer,' zuchtte ze. 'Ik wou dat hier nooit een einde aan kwam. Ik wil personeel, zodat ik de hele dag tijd heb om te oefenen.'

Montagu voelde zich als de liefdesgod Eros omdat hij met de talenten van zijn tong deze jonge vrouw helemaal in vervoering kon brengen, en zijn ogen genoten van het welvende lichaam.

'Zorg voor dienstmeisjes,' zuchtte hij, terwijl hij zich wijdde aan de voltooiing van zijn les en zelfverzekerd zijn vingers naar binnen duwde. 'Mooie dienstmeisjes. De schoonheid van de dienstmeid bepaalt de allure van de vrouwe des huizes. Zij geven haar aanzien, ze zijn haar kroonjuwelen. Ze moeten mooi, gedienstig, vlijtig en discreet zijn.'

'Ja,' zuchtte Kit in haar roes, 'mooi... gedienstig... vlijtig... discreet... net als ik...'

'Ja,' gromde hij, en hij dreef het ritme op, 'net als jij. Ontspan je maar, kleine dame, laat al je zorgen maar los, laat je maar gaan, vlieg maar. Vlucht in je tempeltje van vreugde, waar je altijd warmte en liefde vindt...'

'Ja,' jammerde ze, 'ja, ja, ja...'

Ze klemde zijn hoofd stevig tussen haar benen en fixeerde zo de smachtende kus die haar over het randje van haar grenzen had geduwd en zorgde voor een hete golfslag die door haar hele lijf rolde, waardoor ze trilde en huiverde en het uitgilde. Minutenlang echode de kreet van de liefde na in haar lijf. Montagu had het niet eens erg gevonden als hij gestikt was in deze verrukkelijke zoet geurende schoot. In een visioen zag ze hoe hoog in de door vlammen verlichte wolken ook de Shekina, waarover ze in de papieren van haar oom had gelezen, in een bliksemend en donderend orgasme haar bekken schudde rond het goddelijk genot van haar bruidegom. Toen pas liet ze los en vielen haar benen uitgeput neer op de divan. Montagu keek tevreden naar zijn studente die met de ogen gesloten schaamteloos nagenoot in een pose waarbij hij zich tot het uiterste moest beheersen om haar niet hier en nu te nemen. Want dat, had hij zich voorgenomen, zou zijn kroonstuk worden en wilde hij zo lang mogelijk uitstellen als ultieme les, wanneer het lichaam helemaal op smaak was gebracht en voldoende was gerijpt, zoals volle wijn, om de finale proef te kunnen ondergaan.

'Ik zal wel wat meisjes naar je toe sturen,' zei Montagu behulpzaam, 'zodat je een keuze kunt maken. Je voornaamste bekommernis moet nu de verdere uitbreiding van je garderobe worden. In je kleding moet je een eigen smaak ontwikkelen. Je moet een stijl vinden die jouw karakter en persoon het best uitdrukt. De kleuren waarin je mooie gezichtje het best uitkomt. Japonnen die je figuur het fraaist accentueren. Accessoires. Strikjes en linten, lange handschoenen, navelkettingen en oorringen. Ik laat je morgen naar Bourbon brengen met een dame die je zal inwijden in de kunst van het kleden. Met haar hulp kun je de naaiateliers van Londen aan het werk zetten...'

Kit rolde zich als een gezapige kattin op de divan op en keek naar haar leraar.

'U bent zo goed voor me, heer,' zei ze verliefd. 'Het moet voorbestemd zijn dat wij elkaar in Cambridge hebben ontmoet. Maar wat als mijn oom ontdekt dat u mijn leraar bent geworden. Dan zal hij toch verschrikkelijk boos zijn?'

Montagu maakte zich daar ook ernstig zorgen over. Wanneer Newton zou weten wat hij met zijn vijftienjarige nichtje uitspookte, liep hij niet alleen het risico zijn vurige studente kwijt te raken, maar was Newton, vreesde hij, zelfs in staat zijn positie als muntmeester op te geven en terug te keren naar Cambridge. Hij keek haar streng aan.

'Het is van het grootste belang dat je oom dit nooit te weten komt, Kit. Heb je dat goed begrepen?'

'Ja, heer,' zei ze geruststellend. 'Dat heb ik goed begrepen...'

'Goed, het is erg laat. Ik moet weer naar mijn vrouw. Je hebt goed je best gedaan, Kit, ik ben tevreden.'

'Blijf hier, Charles,' vroeg ze met een klein stemmetje. 'De nachten zijn zo stil hier in dit grote huis. Blijf alsjeblieft hier.'

'Ik zou niets liever willen, Kit. Maar mijn vrouw heeft me nodig, dat weet je.'

'Hoe gaat het met haar?'

Montagu haalde zijn schouders op.

'Ze denkt sinds gisteren dat ik de keizer van China ben. Ze praat in een zelfgefantaseerd Chinees taaltje. Tja, ze is echt kinds geworden. Soms is het best grappig, hoor, maar het is ook in- en intriest dat iemand die ooit zo verfijnd was nu weer in de luiers zit.'

Kit knikte.

'Mag ik je alleen nog even vertellen wat ik vandaag ontdekt heb?'

'Natuurlijk,' zei Montagu geeuwend.

'Ik geloof niet dat Salomé met Jezus getrouwd was, want ook haar man wordt vermeld, *Zebedee*. Maar zijn naam komt van het Hebreeuwse woord "zebed" wat betekent "aan iemand anders gegeven"... Nu dacht ik: misschien heeft Jezus de zorg voor zijn zonen, Johannes en Jacobus, aan Salomé en Zebedee gegeven. Misschien waren het zonen uit Jezus' eerste huwelijk...'

Montagu drukte een kus op haar lippen en lichtte toen haar hoofd op.

'Het lijkt me een beetje vergezocht, Kit,' zei hij terwijl hij zijn jas aantrok. 'Kies je morgen mooie kleren uit, lieverd?'

'Maar het zijn ook zijn twee lievelingsapostelen, Charles. Hij noemt ze beiden "zonen van de donder", en donder associeer je toch met een godheid?! Tijdens het Laatste Avondmaal laat Jezus zelfs Johannes tegen zijn borst leunen, en hij noemt hem de apostel van wie hij houdt!'

'Jij bent in elk geval de apostel van wie ik hou,' zei Montagu met de klink van de woonkamerdeur al in zijn hand. 'Tot morgen, lief.'

'Ga maar,' zei ze afwezig. 'Ik zal van je dromen.'

'Ik ook van jou, mijn lief, ik ook van jou.'

53

Samen met *Hopton*, zijn beste klerk, had Isaac een tafeltje uitgezocht bij de balustrade op de tussenvloer waar ze het beste overzicht hadden over de bedrijvigheden in het bordeel. Hopton was verkleed als een verlopen scheepskapitein, en Isaac droeg een stoere matrozenjas, met een aangeplakte baard, een pet op zijn wilde haar en een pijp in zijn mond. Ze bestelden de ene gin na de andere, die ze niet achteroversloegen, maar ongemerkt uitgoten op de met zand bestrooide houten vloer. De gin gaf hun een excuus voor te wenden dat ze almaar dronkener werden en daarom de prostituees die iedere keer wanneer ze weer een klant hadden afgewerkt bij hen kwamen flirten, af te weren.

'Straks, mevrouw,' speelde Isaac de rol van verlegen matroos, die niet eens zo ver van hem af stond. 'Eerst m'n blaas vullen.'

Er waren mannen genoeg die minder aansporing nodig hadden, dus de prostituees bekommerden zich niet al te veel om het zonderlinge tweetal dat meer belangstelling voor drank en dobbelen dan voor vrouwen had.

Het bordeelbezoek was de tweede fase van Isaacs Munt-avontuur, nu de eerste fase op stoom was. Door de verschillende processen beter op elkaar af te stemmen en de mannen gecoördineerder te laten samenwerken, had hij de productie opgedreven tot vijftig munten per minuut, oftewel maar liefst drieduizend per uur. Een verbluffend contrast met de honderdtachtig munten die daarvoor in een uur tijd geslagen werden. Zijn jarenlange alchemistische ervaring kon hij nu praktisch toepasbaar maken door exacte aanwijzingen te geven over smelttemperaturen en distillatieprocessen om het zuiverste goud te verkrijgen.

Nu stortte hij zich op het volgende onderdeel van zijn plan: het opsporen en arresteren van valsemunters. Alles stond en viel bij het opruimen van de vervalsers. Het geavanceerde lijnenpatroon op de randen van de munten had de kruimeldieven de nekslag toegebracht. Voor hen was het onmogelijk om nieuwe valse munten te smeden, omdat de arceringen te ingewikkeld waren. Maar tegelijkertijd slaagden professionele lieden in de stad er wel in de nieuwe munt na te maken van minderwaardige materialen met een gouden laagje. Door onbekendheid met de nieuwe munt waren ze voor de leek niet van elkaar te onderscheiden. Isaac zag het als een persoonlijke belediging, die om een stevig antwoord vroeg. Montagu had de nieuwe wetten in het parlement erdoorheen gejaagd, zodat Isaac eigenzinnig de valsemunters kon vervolgen. Hij kreeg een vrijbrief om de bendes te ontmaskeren. Om Kit hoefde Isaac zich geen zorgen te maken, zo had hij hem gerustgesteld. Montagu hielp haar waar hij kon bij de inrichting van het huis en ze genoot zijn volledige bescherming, zo verzekerde hij. Isaac kreeg budgetten om een netwerk van geheime agenten aan het werk te zetten die infiltreerden in de onderwereld van Londen. Maar hij weigerde uitsluitend te vertrouwen op zijn agenten. Hij wilde zelf het netwerk oprollen en beet zich vast in zijn nieuwe rol van privédetective. Na een dag lang berekeningen maken, orders geven, maatregelen doorvoeren, verslagen schrijven en kwaliteitstesten van de geslagen munt afnemen, verruilde hij zijn nette pak voor zijn schippersjas en schuimde samen met de stoer uitziende Hopton de kroegen en bordelen van nachtelijk Londen af.

'Ik heb ontdekt dat dit het favoriete trefpunt is van de grote jongens,' fluisterde Newton. 'Als we deze meisjes kunnen betrappen op bezit van valse munten, kunnen we via hen traceren van wie ze die hebben gekregen...'

'Zullen we dan maar?' vroeg Hopton.

'Ja. Zorg dat je minstens één vrouw op heterdaad betrapt. Dat geeft ons het recht om het hele zootje te arresteren en te ondervragen.'

Hopton wreef door zijn stoppelbaard, keek even rond, en knipte toen met zijn vinger naar het meisje met de lange bruine haren dat bijzonder goed in de smaak viel bij de klandizie en nooit langer dan een paar minuten rondtippelde. Met een vermoeide lach op haar besproete gezicht liep ze heupwiegend de trap op naar hun tafel.

'Hadden jullie mij geroepen, lieverds?' vroeg ze.

'Ben je eindelijk vrij?' grijnsde Hopton. 'Mijn handen jeuken al de hele avond.'

'Is de nood zo hoog, ondeugende jongen? Je hoeft het niet te berouwen dat je zo lang hebt moeten wachten, schatje,' zei het meisje, en ze ging op zijn schoot zitten en gunde hem een gulle blik op haar diepe decolleté. 'Er is genoeg voor iedereen, zie je wel? Hoe heet je?'

'Kapitein Hopton'

'Ik ben Sophie. En wie is je knappe vriend?'

Isaac deed of hij boven zijn ginglas in slaap dommelde, en verborg zijn gezicht in zijn handen, omdat hij bang was dat het naaktmodel met wie hij al zo'n onaangenaam akkefietje had gehad in het schildersatelier hem zou herkennen.

'Hé, matroosje, je hoeft niet zo pips te kijken. Er zijn meisjes genoeg vanavond. Zal ik je voorstellen aan een van mijn vriendinnetjes? Of wacht je liever tot je kapitein zijn vlag in de mast heeft gehesen?'

'Dat is Isaac,' zei Hopton. 'Hij is niet helemaal goed bij zijn hoofd en wat verlegen. Hij is zich moed aan het indrinken.'

'Wat lief,' zei Sophie, en ze boog zich voorover naar Isaac, streek hem over de wang en schonk ook hem een onthullende blik op haar ronde, met sproeten overdekte boezem. 'Volgens mij ben jij hier al eens eerder geweest. Ik ken je ergens van. Je hoeft niet zo verschrikt te kijken. Die zijn om mee te spelen hoor, Isaac, ze bijten niet. Ik ga met je kapiteintje het ruime sop kiezen. Wedden dat jij dan straks ook je ankertje licht...?'

'Doe maar,' bromde Isaac, gegeneerd naar het tafelblad turend.

Hoe konden mensen het verachtelijk vinden wanneer twee mannen van elkaar hielden, dacht Isaac, terwijl er in nachtelijk Londen zoveel eden van trouw gebroken werden? Zoveel mannen die ooit in hun mooiste pak voor het altaar zich tot de dood hen zou scheiden aan hun vrouw hadden verbonden, en nu met een broek vol lust loensten naar de schaars geklede prostituees. Als een man zich al niet aan zijn huwelijkseed hield, in welk ander opzicht zou je hem dan vertrouwen? Hoe kon je een vrouw die je kinderen had gebaard zo misprijzen door de begeerte waar zij recht op had bij hoeren te verstrooien? Wisten ze dan niet dat de rabbi's hadden geschreven: 'Praat niet met God terwijl je aan vrouwen denkt, maar praat met een vrouw terwijl je aan God denkt'? Hadden ze nooit gehoord van de wet van Noach die zei: 'Gij zult geen ontucht plegen'?

Sophie pakte Hopton bij de hand en leidde hem een trap hoger naar de gang met slaapvertrekken. Ze opende de deur van haar kamer, ging op de rode sprei zitten en sloeg uitdagend haar benen over elkaar.

'Ik hoopte al dat je mij zou kiezen,' zei ze terwijl ze langzaam de veter van haar paarse lijfje losmaakte. 'Ik zag je wel kijken de hele avond. Maar eerst betalen, liefje, dan hoeven we tenminste niet meer over die vervelende centjes na te denken.'

'Hoeveel is het?' vroeg Hopton.

'Als je volle wind in de zeilen wilt, kapiteintje, één pond...'

Hij overhandigde haar een muntstuk van twee pond en vroeg of ze kon teruggeven.

'Eens even in mijn beursje kijken,' zei ze met een schalkse knipoog, en ze liet de jurk van haar schouders glijden en zocht in het speciaal daarvoor genaaide vakje in haar kanten slipje naar een pond.

'Hoewel...' zei ze, en ze stak plagerig haar hand in haar broekje, wentelde zich op haar buik en draaide uitdagend met haar billen, 'voor twee pond kunnen we het ook over een andere boeg gooien...'

'Nee, dank je,' zei hij beleefd. Afwachtend stak hij zijn hand uit. Hooghartig viste ze een pond wisselgeld uit het vakje en gooide hem de munt toe. Hopton raapte die op van het tapijt, wierp snel een kritische blik op het geldstuk en zuchtte, opgelucht dat het een duidelijke vervalsing was. Hij trok bliksemsnel zijn pistool, richtte het op het geschrokken meisje en zei: 'Je staat onder arrest. Je wordt beschuldigd van valsemunterij.'

Hij dwong haar bij de arm zich om te draaien en deed de overrompelde Sophie behendig handboeien om.

'Hé, toe nou schatje!' probeerde ze hem te paaien. 'Wil je graag dat ik geboeid ben? Dat kan, hoor liefje, maar doe alsjeblieft dat schietding weg.'

Zonder mededogen duwde Hopton Sophie de kamer uit en liep, met haar als gijzelaar, door de gang en duwde een voor een de deuren van de kamers open. Onder bedreiging van het pistool dwong hij de angstige klanten hun meisjes vast te binden, en gebood ze dan zich onmiddellijk aan te kleden en op te hoepelen, omdat ze anders ook gearresteerd zouden worden. Isaac had ondertussen zijn agenten die in de kroeg aan de overkant wachtten bij het raam het sein gegeven om binnen te vallen. Binnen twintig minuten waren de vijftien prostituees in de boeien geslagen en werden ze in de gereedstaande koetsen weggeleid naar de gevangenis van Newgate.

'Goed werk, Hopton,' zei Isaac tevreden, en hij trok aan zijn pijp. 'Laat ze morgen om negen uur overbrengen naar de Munt voor ondervraging. Welterusten.'

54

Precies om negen uur werd Sophie als hoofdverdachte voorgeleid in de bibliotheek, terwijl de andere prostituees, streng bewaakt door garnizoenssoldaten, geknield wachtten in de gang. Isaac droeg een lange, zilvergrijze pruik en een rode toga om zijn bevoegdheid als lekenrechter kracht bij te zetten. Naast hem, aan het lange, rechthoekige bureau, zat Hopton, die alle ondervragingen woord voor woord moest noteren. Achter hem benamen de openstaande boekenkasten het zicht op de ramen. Als stille, voorname getuigen stonden de leren kaften zij aan zij: de monetaire naslagwerken uit heel Europa, de vele wetboeken en de Bijbel. De pijlers van de Engelse staat. Hij had nooit verwacht dat hij ook het zevende gebod van Noach – 'Gij zult rechtbanken opzetten' – zou kunnen volbrengen. Wat hadden de andere geboden immers voor zin wanneer er geen aards gerecht was waar overtreders van de wetten zich moesten verantwoorden? Daarom was de noachidische rechtbank geen rechtbank die uitging van straf en boetedoening. God wist dat de mens geneigd was tot falen. De mens was hier op aarde om fouten te maken, omdat daar nu eenmaal de grootste levenslessen in verscholen lagen. Het ging er niet om hoe vaak de mens viel, het ging erom hoe vaak hij weer opstond. Zo werd de mens gelouterd door de ervaring, kwam hij tot inzicht en berouw, en kon hij besluiten ongedaan te maken wat verkeerd was geweest. Isaac had zich voorgenomen een rechtvaardige rechter te zijn. Sophie werd in het midden van de bibliotheek op haar knieën geduwd door de soldaten. In één oogopslag zag ze dat de verlegen man van gisteren en de rechter van vandaag een en dezelfde waren: Isaac Newton, de man die ze al vanaf de allereerste keer dat ze hem had ontmoet, had verafschuwd. Een onbehouwen sukkel. De nacht had ze met haar polsen geboeid aan de muur doorgebracht in de vrouwenafdeling van Newgate, betast en gebruikt door de nachtwakers.

Met naast haar Candy, haar zesjarige dochtertje, die ook van haar bedje was gelicht en als kind beslist geen voorkeursbehandeling had gekregen. Door haar geboeide armen had Sophie niet eens een troostende arm om het kind heen kunnen slaan. Newgate was de hel voor arme mensen. Een duur hotel waar je voor elke gunst, zelfs voor water en brood, moest betalen. Met geld of in natura. Rijke gevangenen beschikten over privécellen waar ze alles konden laten aanrukken wat ze begeerden, van exquise diners tot dames van lichte zeden met elke gewenste haarkleur. Maar mensen als Sophie werden als ratten behandeld.

'Sophie Pilkington,' opende Isaac de zitting. 'Leeftijd?'

'Zesentwintig.'

'Burgerlijke staat?'

'Ongehuwd, meneer Newton, één dochter.'

Isaac fronste zijn wenkbrauwen.

'Een dochter? En wie is de vader? Hooke?'

'Hooke,' schamperde ze, 'die impotente schlemiel? Weet u dat hij een dagboek bijhield van de keren dat het hem lukte om klaar te komen? Vele witte bladzijden, kan ik u verzekeren. Hij heeft me de straat op geschopt, nog dezelfde avond toen ik er dankzij u als model uit werd gedonderd. Hij had geen geld om ons te onderhouden. De smeerlap!'

Wat kun je verwachten als je op foute mannen valt, dacht Isaac, maar hij wist die opmerking weg te slikken. Hij wilde proberen zijn vooroordelen opzij te zetten en Sophie een eerlijke kans te geven. Hij overlegde even fluisterend met Hopton. Toen gaf hij een soldaat het bevel het dochtertje ook voor te geleiden. Het angstige meisje, met bruine staartjes en slechts een kort slaapkleedje aan, werd naast haar moeder op haar knieën gegooid.

'En wie ben jij?' probeerde Isaac het kind zo vriendelijk mogelijk te vragen.

'Candy, meneer.'

'Werk jij ook in de Blue Valentine?'

'Het is een kind,' schuimbekte Sophie woedend. 'Ze is mijn dochter. Ik werk om haar kansen te geven, een beter leven dan dat van mij.'

Dacht ze nou echt dat de Blue Valentine een goede omgeving was om een kind op te voeden? Isaac wilde haar afbekken, maar wist het te vertalen in een harde vuistslag op tafel die duidelijk maakte dat hij geen uitvallen tolereerde.

Sophie zweeg en boog haar hoofd.

'Sophie Pilkington, je bent gisteravond op heterdaad betrapt op het bezit van valse munten die je verborg in je ondergoed. Heb je nog meer valse munten in je bezit?'

'Nee, meneer,' mompelde ze.

'Durf je dat te zweren op deze bijbel?'

'Ja, meneer,' zei ze brutaal.

Met een hoofdknikje beduidde Isaac dat de soldaat haar de bijbel moest voorhouden, waarop ze haar hand legde.

'Zeg mij na: "Ik zweer dat ik de waarheid zal spreken en niets dan de waarheid, zo helpe mij God." '

Met een spottende grijns herhaalde Sophie, die zich nooit veel aan God gelegen had laten liggen, omdat die ook nooit naar haar had omgekeken, de eed. Toen de soldaat de bijbel terug op tafel had gelegd, zei Isaac zacht: 'Onderzoek het meisje.'

De soldaat knikte, liep naar Candy toe en trok zonder te verblikken of verblozen in één keer het slaapkleed van haar magere lijfje.

'Blijf van mijn dochter af!' siste haar moeder, die ontzet toekeek hoe de soldaat het nachtgewaad onderzocht op geheime vakjes of boordjes.

'Hier zit niets in, meneer,' zei de soldaat.

Isaac keek het meisje, dat rilde van angst en kou, vorsend aan.

'Ook haar ondergoed,' zei hij toen.

'Smeerlap,' brieste Sophie, 'viezerik!' Maar ze werd meteen door de soldaat terechtgewezen door een vuistslag tegen haar wang en werd door een andere klemgezet met haar hoofd tegen de vloer. De soldaat trok het meisje overeind en deed toen ruw haar grauwe onderbroekje uit. Candy vocht tegen haar tranen terwijl ze met haar handjes haar naaktheid probeerde te verbergen voor de twee heren achter de tafel, die haar doordringend bleven aanstaren. De soldaat keerde het broekje binnenstebuiten en betaste de stof of hij ergens verborgen munten kon vinden.

'Niets, meneer,' zei de soldaat.

Onbewogen bleef Isaac naar het kleine meisje kijken. Zijn instinct vertelde hem dat dit kind iets verborgen hield wat haar moeder haar had opgedragen te beschermen. Hoe kon hij nu eerlijk rechtspreken als de beklaagden niet meewerkten? Recht werkte alleen wanneer men bereid was berouw te tonen. Wanneer iemand zijn fouten erkende en de wil er was het gebeurde ongedaan te maken door er iets goeds tegenover te stellen. Zo had hij het toch begrepen uit de *Halacha*, de joodse wetgeving?

'Trek haar handen weg,' zei Newton.

'Nee!' huilde Candy, die haar handje stevig tussen haar benen had geklemd. Maar ze was machteloos tegenover de soldaat die ze wegtrok. Isaac bestudeerde haar aandachtig en meende toen iets wits tussen haar benen te zien. Hij stond op van zijn bureau, liep naar het meisje toe en beduidde de soldaat met zijn ogen haar stevig vast te houden. Hij knielde voor het kind, en zag toen dat er een stukje witte stof tussen de benen van het meisje zat. Toen hij zijn hand ernaar uitstrekte, begon Candy met alle kracht om zich heen te stampen, maar de soldaat hield haar stil in een ijzeren greep. Isaac trok aan het witte lapje, en schudde teleurgesteld zijn hoofd toen er een dichtgevouwen servetje uit kwam. Hij vouwde het langzaam open en zuchtte omdat er drie penny's in opgeborgen zaten. Met het blote oog stelde hij vast dat er minstens twee van vervalst waren.

'Hoe kom je daaraan?' vroeg hij zo vriendelijk mogelijk aan het meisje. Maar zij hield woest de lippen op elkaar geperst en maakte duidelijk dat ze niets zou zeggen.

'Heb je je tong verloren?' vroeg Isaac. 'Luister, Candy, ik wil je helpen, en je moeder ook. Maar dan moet je wel meewerken.'

Het meisje draaide haar hoofd weg van de rechter. Isaac ging op één knie zitten en besloot dat hij het kind duidelijk moest maken wat er op het spel stond.

'Luister, Candy. We zijn hier alle twee om iets te leren. Jullie hebben iets verkeerd gedaan, en om dat te kunnen oplossen, is het noodzakelijk dat je dat toegeeft en je schuld erkent. Aan mij is de opdracht om me niet te laten leiden door wraak, maar door rechtvaardigheid. Dat is net zo moeilijk. Ik moet proberen jullie te vergeven. Dat is een van de moeilijkste dingen die er zijn. Toch weet ik diep in mijn hart dat het nergens toe leidt haat met haat te bestraffen. Als jij mij nu de kans geeft jullie te vergeven, dan kunnen we allemaal weer met een schone lei verder. Dan laten we wat er gebeurd is achter ons en beginnen we opnieuw. Wil je dat?'

Het enige wat het meisje zeker wist, was dat ze niets fout had gedaan en dat ze de liefste moeder van de hele wereld had, die door deze enge meneer werd bedreigd. Ze spuwde met alle kracht in Isaacs gezicht.

Beledigd wenkte Isaac de soldaat en snauwde: 'Misschien helpt dit om je aan het praten te krijgen.'

De soldaat sloeg haar moeder hard in het gezicht. Maar hoewel het bloed uit haar neus gutste en haar boventanden loszaten, seinde Sophie met haar ogen om niets te zeggen.

'Ook goed,' zei Isaac. 'Meer bewijs hebben we tenslotte niet nodig. Het bezit van deze munten is voldoende om je moeder te laten ophangen wegens hoogverraad. Breng haar weg, soldaat.'

'Nee!' huilde Candy. 'Breng haar terug, alsjeblieft! Mama! Ik praat wel, meneer.'

'Hou je mond, Candy,' beval Sophie, die vreesde dat haar dochter anders hetzelfde lot zou ondergaan. Maar het meisje kon niet anders. Het was de enige mogelijkheid om haar moeder te redden. 'Ik moest ze verstoppen, meneer. Van papa.'

'Niet doen, Candy!' brulde Sophie, maar de soldaat snoerde haar de mond.

'Wie is je papa?'

'*Chaloner*, de baas van de Blue Valentine. Hij geeft mama valse munten. Wisselgeld voor de klanten. Mama geeft ze me altijd in bewaring.'

'Je bent een braaf meisje,' zei Isaac, en hij streelde over haar bruine vlechtjes. 'Jammer dat je zo'n ontuchtige moeder hebt. Ik zal je een tweede kans geven. Ik stuur je naar het weeshuis waar je een degelijke opvoeding zult krijgen, ver weg van deze verwerpelijke losbandigheid. Jij verdient een tweede kans, Candy. Wat jou betreft, Sophie: jij hebt twee geboden overtreden: "Gij zult geen ontucht plegen" en "Gij zult niet stelen". Maar op enig berouw kan ik je helaas niet betrappen. Ik stuur je terug naar Newgate om eens goed over jezelf na te denken. Hopelijk brengt een verblijf in de hel je tot andere inzichten...'

'Rotzak!' schreeuwde Sophie. 'Het is jóúw schuld, niet de mijne. Alle oude munten zijn ongeldig geworden, en er is nauwelijks nieuw geld. Zeker niet voor arme mensen zoals wij. Waar moeten wij van leven? Ik woon in een krot in een stinkende steeg, waar we onze behoefte op straat doen. Met dichtgetimmerde ramen, om op z'n minst die belachelijke ramenbelasting te ontduiken. Je zou Chaloner dankbaar moeten zijn dat hij tenminste voor nieuwe munten zorgt, want jij doet het niet! Je bent nog steeds dezelfde dief van toen die nu met een stijve pik rondloopt met zijn rechterspruik.'

Isaac werd witheet van dit domme geklets. Dankzij hem lag de hermunting helemaal op koers. Hij maakte het onmogelijke waar door ervoor te zorgen dat er binnenkort alleen nog maar betrouwbare munten op de markt zouden zijn. Eerlijke munten die het bedrag waard waren dat er op gedrukt stond. Hij was de redder van het vaderland. Zonder hem zou Engeland door de knieën gaan en was het een weerloze prooi voor Frankrijk. Had die stoephoer dan niet in de "Gazette" gelezen dat hij al meer dan 300.000 pond had vrijgegeven? Had ze dan niet gehoord dat hij, om het tempo nog meer op te drijven, overal dependances had geopend in het land? Gloednieuwe munterijen in York, Bristol, Exeter, Norwich en Chester. Hij was een rechtvaardig man, zo hield Isaac zichzelf voor. Hij was de meest bekwame muntmeester die dit land ooit had gehad en die Engeland zou redden van het bankroet. Hij liet zijn plan niet verzieken door oplichters en prostituees. Deze vrouw was te ver gegaan.

'Ik ben te mild geweest in mijn oordeel. Noteer even, Hopton, ik stel mijn strafmaat bij,' dicteerde Isaac wraaklustig. 'Ik veroordeel u, Sophie Pilkington, tot de galg. Wegens hoogverraad, godslastering, belediging van het wettelijk gezag en medeplichtigheid aan valsemunterij. Voer haar weg!'

De soldaat greep de worstelende en spuwende Sophie vast en droeg haar over aan de twee wachten bij de deur, die haar wegbrachten.

'Waarom?' krijste ze.

'Omdat criminelen net als honden altijd weer terugkeren naar hun braaksel,' antwoordde Isaac.

De andere soldaat greep het meisje, dat hysterisch haar moeder achterna wilde rennen, trok haar haar slaapkleed weer over het hoofd, en zorgde ervoor dat ze werd afgeleverd bij het weeshuis.

Isaac zuchtte toen de deur weer dicht was. Hij had niet verwacht dat het zo moeilijk zou zijn om een rechtvaardige rechter te zijn. Toch geloofde hij dat ieder mens wist dat hij elk moment de keus had tussen goed en kwaad. De mens was uitgerust met een zintuig dat hem precies vertelde wanneer hij die dunne scheidslijn overstak. Maar net zo goed had de mens het talent ontwikkeld om fout gedrag goed te praten. Berouw – oprecht berouw – was een zeldzaam goed. Ieder mens kon duizend redenen bedenken waarom hij gedaan had wat hij had gedaan, hoe slecht het ook was. Maar waarom erkenden ze niet eenvoudigweg dat het gruwelijk was wat ze gedaan hadden, zodat ze konden besluiten alles in het werk te stellen om wat er gebeurd was te compenseren met liefdevolle actie? Nee, of het nu om grote of kleine misdaden ging, elk mens probeerde als hij eenmaal was gepakt in de eerste plaats zichzelf vrij te pleiten, en daarna wat er gebeurd was zo snel mogelijk te vergeten en onbekommerd verder te leven. Was het menselijkerwijs gesproken wel mogelijk om rechter te zijn, vroeg hij zich af. En dan ook nog in een zaak waarin hijzelf betrokken partij was.

'Hoeveel verhoren staan er gepland voor vandaag?' vroeg hij Hopton.

'Vijftien, meneer.'

Hij sloeg zijn ogen ten hemel. Liever had hij deze beker aan zich voorbij laten gaan. Maar het was noodzakelijk, hield hij zichzelf voor.

'Was ik te streng?' vroeg hij.

Hopton haalde zijn schouders op.

'Iemand moet het doen, meneer.'

'Ja,' zuchtte Isaac. Om de hogere zaak van het landsbelang te dienen, moest hij zijn gevoel uitschakelen. Dat was nodig om zijn missie te doen slagen. Hij zou er persoonlijk op afgerekend worden als hij er niet in slaagde de nieuwe munt door iedereen, zelfs door het schuim der aarde, te laten erkennen.

'De echte misdadiger is natuurlijk die vader, Chaloner,' zei Isaac. 'Daar moeten we onze verhoren op toespitsen, zodat we zo veel mogelijk informatie hebben over zijn valsemuntersactiviteiten. Chaloner zal hangen, zo waar ik Isaac Newton heet...'

Hopton trok zijn wenkbrauwen op.

'Dat soort types zijn niet makkelijk te vangen, meneer Newton. De hele stad beschermt ze.'

55

Voor de begrafenismis wandelde Isaac langs het Meer van Oates naar de open plek waar het ingrijpende ritueel had plaatsgevonden. Toen hij het eenvoudige houten kruisje zag in een bloemperkje leek het of hij een nekslag voelde die hem op zijn knieën wierp. Daar in de aarde lag het enige concrete begraven dat hij in zijn leven ooit had voortgebracht: een menselijk wezentje, door de natuurkrachten tot stand gebracht, gestopt op zijn levensreis nog voor die was begonnen.

'Het spijt me,' huilde hij. 'Het spijt me, het spijt me, het spijt me', wel honderdduizendmaal. Alle van angst vertrokken gezichten van mensen die hij de afgelopen weken naar de galg had gestuurd, rolden voorbij. En dan vooral het gebroken gezicht van Candy, die als een leeuwenwelp voor haar moeder had gevochten.

'Hoe kan ik zo zijn geworden?' riep hij naar de staalblauwe hemel, en hij nam zich voor om zodra hij terug in Londen zou zijn het doodvonnis van Sophie, de moeder van Candy, in te trekken. Met zijn handen beschermend voor zijn borst geslagen liep hij langs het weggetje om het meer naar het uit natuursteen opgetrokken kerkje in het dorp. Er is geen dood, probeerde Isaac zijn verdriet weg te filosoferen. Alles is energie, en het is een natuurwet dat energie nooit verloren gaat, maar transformeert. Een mens, hoe klein ook, is energie, gestolde trilling. Ergens, in een of andere vorm, trilde zijn kleintje tot in de oneindigheid voort, hield hij zichzelf voor.

Terwijl de priester het eenvoudige, bescheiden leven van John Locke prees, rustte Isaacs ogen op de simpele houten kist die in het middenpad van de dorpskerk stond opgesteld. Schuin links op de eerste rij zat Damaris, die als weduwe geen tranen, maar een glimlach toonde. Een blije glimlach, omdat ze aan de zijde van deze man, die zijn tijd zo ver vooruit was, had kunnen leven. Naast haar zat haar man, die Locke ook in zijn hart had gesloten, en de wijsheid bezat reeds vroeg te beseffen dat hij zijn echtgenote niet kon geven wat Locke wel kon. Een man die zijn geluk erin vond zijn vrouw gelukkig te maken en die daarom gastvrij de vertrekken ter beschikking had gesteld van iemand die hij niet als zijn rivaal wenste te zien, maar als zijn eigen onbekende kant.

De dorpelingen leken geroerd en trots toen ze tijdens de dienst afscheid namen van een man die een zo ander leven had geleid dan zij.

'En zo nemen we vandaag dan afscheid van John Locke,' besloot de priester zijn rede, 'onze dorpsgenoot die mooie boeken heeft geschreven over het wezen van de menselijke geest, die hij zich voorstelde als een tabula rasa. Hij geloofde optimistisch in de maakbaarheid van de mens, die zelf de keuze heeft hoe hij zijn onbeschreven blad invult. De Grote Examinator zal tevreden kunnen zijn over Lockes proefwerk; John heeft gedurende de te korte tijd dat hij hier was zijn witte blad ten volle benut.'

In het onregelmatige ritme van de kerkklok die luidde terwijl de kist naar buiten werd gedragen klonk een galm van hoop. Isaac bleef als laatste zitten terwijl de stoet achter de kist aan liep naar de begraafplaats onder de lindeboom. De eiken kerkdeur viel met een doffe plof in het slot, toen plots de holle stap van een man die zich achter een pilaar had schuilgehouden dichterbij kwam. Isaacs adem stokte toen hij in de zo vertrouwde tred Fatio herkende, gekleed in een zwarte mantel, het gezicht bedekt door een brede zwarte hoed met een slappe rand. Zwijgend ging hij naast Isaac op de kerkbank zitten. Minutenlang keken ze voor zich uit zonder een woord te zeggen, alsof hun ogen moesten wennen aan elkaars licht. Toen ze gelijktijdig hun hoofden naar elkaar toe draaiden, werden ze als krachtige magneten naar elkaar toe gezogen en drukten hun lippen op elkaar in een kus die heimwee, verlangen en vergeving uitdrukte. Pas toen de klok ophield met slaan en ze buiten de galmende stem van de priester hoorden die de laatste zegeningen uitsprak alvorens de kist ter aarde werd besteld, gingen hun lippen van elkaar en keken ze beiden hulpeloos. Ze haastten zich naar buiten om Locke de laatste groet te brengen en de familie te condoleren met het verlies.

'Fijn dat jullie elkaar hier weer ontmoeten,' fluisterde Damaris toen Isaac haar omhelsde. 'Dat zou John mooi gevonden hebben. Hij heeft zich altijd schuldig gevoeld over de verwijdering tussen jullie.'

'Heeft hij veel geleden?' vroeg Isaac.

'Nee, het is snel gegaan. Hij is gestorven zoals hij geleefd heeft: natuurlijk, gemakkelijk, bijna enthousiast, zou ik zeggen,' zei ze.

Ontroerd keek Isaac hoe Fatio zijn vochtige ogen tegen Damaris' schouder begroef. Ze drukte hem stevig tegen zich aan en kuste hem zacht op de wang.

'Komen jullie ook nog theedrinken op Oates?' vroeg ze.

'Ik moet op tijd terug zijn in Londen,' verexcuseerde Isaac zich. 'Er zijn wat problemen op de Munt die mijn aanwezigheid vereisen.'

Damaris knikte begrijpend en werd al snel weer afgeleid door anderen die hun medeleven uitspraken.

'Hoe gaat het met je werk met Saint Germain?' vroeg Isaac voorzichtig aan Fatio terwijl ze samen een wandelingetje maakten langs de grafstenen rond de kerk.

Fatio zuchtte.

'Pas bien, pas bien. Ik ben er met open ogen ingetuind,' gaf hij beschroomd toe. 'Het was allemaal opgeklopte lucht wat die man verkocht.'

'Hoezo?'

'Hij is er heel goed in te suggereren dat hij alle mogelijke kennis heeft, maar uiteindelijk bleek hij niets te weten. Ja, wel hoe hij mij veel geld afhandig kon maken voor het levenselixer dat we samen op de markt zouden brengen, maar...'

Fatio nodigde Isaac uit om naast hem op het bankje te komen zitten in de kerktuin.

'Ik woon nu in Spitalfields. Ik geef wiskundeles aan de kinderen van Franse vluchtelingen. Werk genoeg, want koning Lodewijk jaagt verbeten op elke protestant binnen zijn landsgrenzen. Het is beestachtig hoe hij ze vervolgt. Dankzij een van de vaders, die me met Saint Germain op de markt zag, vielen me de schellen van de ogen. Hij wist me te vertellen dat Saint Germain een spion is van de Zonnekoning.'

'Wat?'

'Vraiment, hij trekt heel Europa door op zoek naar alchemisten. Door zijn gladde praatjes probeert hij zo veel mogelijk informatie los te peuteren om zelf goud te kunnen maken voor de Franse koning. En tegelijkertijd probeert hij de alchemisten op een dwaalspoor te brengen, zodat ze zeker niet in hun opzet zullen slagen. Zolang Frankrijk economisch de sterkste macht is, blijven ze onoverwinnelijk. Lodewijk heeft er alle belang bij dat niemand de Steen der Wijzen vindt. Daarvoor gaat hij over lijken.'

'Je overdrijft.'

'Nee, het schijnt dat hij zelfs een congres van alchemisten heeft laten opblazen.'

Isaac was verbijsterd. Ondanks zijn scepsis had hij zichzelf overgeleverd aan Saint Germain, die zijn zwakke plek had weten te vinden. Als het een oplichter was, dan was hij wel briljant, en op z'n minst tot op zekere hoogte ingewijd.

'Weet je waar hij nu is?'

'Het schijnt dat hij nog in Londen is.'

Hun aandacht werd afgeleid door een valk die zijn klauwen in een witte duif zette die op het gras liep te pikken. De duif sloeg fel zijn vleugels uit en vluchtte de struiken in waardoor de valk haar moest loslaten. Er kwam bloed uit zijn witte vederdek en een van zijn vleugels was gebroken.

'Hij heeft moedig gevochten, maar toch zal hij het niet redden,' zei Isaac.

'Onderschat hem maar niet,' zei Fatio. 'Wilde duiven zijn taaie beesten. Straatvechters. Die geven niet snel op.'

'Moet je ook naar Londen, wilde duif van me?' vroeg Isaac een beetje verlegen.

'Ja,' zei Fatio.

'Ik ben hier met mijn eigen koets. Als je wilt...'

'Zo. Je eigen koets! Het gaat goed met meneer Newton,' zei Fatio, en hij legde een arm om zijn schouder. Hij bewonderde de prachtige gesloten rijwagen in glimmende zwarte lak, met maar liefst vier lenige hengsten. 'Nou, als je nog een plaatsje hebt...'

Isaac trok het portier open en liet de man die zo met hem verbonden was instappen. Hij kroop dicht tegen hem aan op het fluwelen bankje en legde zijn hoofd op zijn schouder, terwijl de koets rustig wegreed over de zandwegen van Oates tussen de bloesemende bomen.

56

De steeds maar groeiende gemeenschap *hugenoten* verschafte Fatio niet alleen een overvolle agenda aan bijlessen en een goed gevulde portemonnee, maar hij raakte ook meer en meer betrokken bij hun strijd. Nu koning Lodewijk het protestantisme illegaal had verklaard, waren reeds meer dan tweehonderdduizend hugenoten Frankrijk ontvlucht. De avonturiers trokken naar Amerika of Afrika om helemaal opnieuw te beginnen, maar vijftigduizend van hen bleven dichter bij huis en trokken de zee over naar Engeland. Ze moesten wel. Het was voor een protestant verboden om te werken in Frankrijk, hun dorpen werden belegerd door troepen, en de druk werd zodanig opgevoerd dat ze naast vluchten nog maar twee mogelijkheden hadden: katholiek worden of doodgaan.

Iets in het pamflet van de *Franse profeten* dat Fatio bij een van de families had gekregen, prikkelde hem. In de Frans-protestantse Kerk zou de profeet *Marion* in trance gaan en iedereen was uitgenodigd om dit bij te wonen. Slechts een twintigtal mensen was die avond naar de sobere kerk gekomen. Niemand had enig idee wat ze van deze bijeenkomst konden verwachten. Maar net als Fatio keken ze, verspreid over de kerk, respectvol en afwachtend naar de knappe, ongeschoren Fransman met wilde donkere krullen die voor in de kerk op de verhoging bij het altaar zat. Links en rechts van Marion, aan het altaar, zaten twee andere jongemannen, het witte hemd los uit de broek als trots symbool van hun protestantisme. Ze hielden een ganzenveer in hun hand en keken aandachtig naar Marion. Hoewel er helemaal niets gebeurde, voelde Fatio een geladen spanning die hem volkomen in het stilleven van de drie mannen trok. De lucht in de kerk leek meer en meer geladen te worden, zoals wanneer het langzaam donker wordt vlak voor een onweer. Hij keek om zich heen wat de oorzaak kon zijn van de zoete balsemgeur die hij plots rook, maar niets verklaarde waar de geur van de Heer Jezus vandaan leek te komen. In en rondom hem bouwde zich een zinderende spanning op, een stil, oorverdovend geluid als een schrille fluittoon die almaar hoger de toonladder beklom. Zijn blik hechtte zich vast aan de jonge Fransman en hij geloofde niet dat het verbeelding was dat er een lichte aura om hem heen zichtbaar werd. Een fel zonnig licht dat hem verblindde waardoor alleen Marions contouren nog zichtbaar waren. Alsof hij voor zijn ogen transformeerde tot een engelachtig wezen. Nadat het licht bijna zijn netvlies geschroeid had, werd het langzaam minder en begonnen de vlammen van de kaarsen te bewegen, maar er ging toch echt nergens een deur open, wat een bries zou kunnen verklaren. Marions pupillen werden groot en vulden zijn oogwit, tot ze weg leken te draaien en er alleen nog wit te zien was.

Fatio hield zijn adem in toen Marions bruine handen begonnen te beven. Al snel gingen ook diens armen en schouders schudden, en daarna zijn romp, zijn hoofd en zijn benen. Hij werd door een onzichtbare kracht bewogen die hem eerst zacht, maar toen steeds harder en harder, door elkaar schudde. Zijn lichaam werd in bezit genomen door een macht die Fatio nooit eerder van dichtbij had gezien. Een huiveringwekkende kracht. Marion bewoog op en neer op zijn stoel. Zijn hele lichaam werd met geweld door elkaar geschud, tot gekletter van de stoel onheilspellend door de kerk galmde. Marion lag nu voor het altaar in een stuiptrekking. Er stond schuim op zijn lippen en zijn hoofd en ledematen sloegen tegen de marmeren vloer. Fatio aarzelde of hij moest ingrijpen en de jongen moest omhelzen om te kalmeren, maar de rust van de twee schrijvers weerhield hem. Met een onverwachte klap zat Marion plots volkomen rustig met zijn benen uitgestrekt op de grond; het was alsof een wezen bezit van hem had genomen. Marion boog zijn hals en de uitdrukking op zijn gezicht was als die van iemand anders. Van diep uit zijn buik ontstond een stemgeluid dat na enkele onverstaanbare klanken plots schor en dreigend begon te spreken.

'De trompet is klaar om te schetteren. Vuur. Lichten, donderballen staan klaar voor jullie vijanden. Alleen de rechtvaardigen die zich aan mijn zijde scharen zullen deze oorlog overleven. De anderen zullen vernietigd worden. Het is nu tijd om te kiezen. De strijd is begonnen. Er zijn hier mensen aanwezig die enkel uit nieuwsgierigheid zijn gekomen. Aan hen zal ik mijn woord niet openbaren. Bereid u voor om zeer binnenkort dit land te verlaten en terug te keren naar uw broeders in Frankrijk. Daar zal de grootste strijd aller tijden plaatsvinden. Vecht schouder aan schouder met hen die niet gevlucht zijn. Het einde is nabij.'

Na deze woorden week al het leven uit het lichaam van de jongeman en viel hij slap neer op de vloer. Toch bleef iedereen zitten. De twee schrijvers keken op hun horloge en noteerden de tijd. Zonder gevoel observeerden ze het lichaam van Marion, dat in een dramatische houding op de kerkvloer lag.

Een Franse predikant in het publiek stond op en riep beschuldigend: 'Godschennis! Blasfemie! Dit soort vertoningen horen niet in deze kerk thuis. Jullie horen nog van me.' De opgewonden man keek om zich heen als een generaal die zijn troepen inspecteert, en schuldbewust stond een tiental mensen op om zich achter de veroordelende predikant te scharen. In zijn kielzog verlieten ze – niet geheel overtuigd van hun protest – de kerk. Onbewogen namen de schrijvers notitie van wat er gebeurde. Omdat er verder niets leek te gebeuren, verlieten daarna ook de andere aanwezigen een voor een de kerk. Alleen Fatio bleef achter. Het duurde nog minstens twintig minuten voordat er weer leven kwam in Marion. Verdwaasd stond hij op en keek om zich heen.

'Waar ben ik?' vroeg hij aan een van de schrijvers, die niet antwoordde maar zijn vraag noteerde. Marion krabde jongensachtig door zijn stoppelbaard.

'O ja,' zei hij. 'Ik was hier voor een trance. Is er iets gebeurd?'

'Ja,' sprak de andere schrijver, 'je hebt een prachtige openbaring gekregen. Indrukwekkend. Hier, lees maar.'

Voorzichtig kwam Fatio dichterbij, terwijl Marion de aantekeningen doornam.

'Weet u werkelijk niet meer wat er gebeurd is?' vroeg hij.

Met een heldere oogopslag keek Marion hem aan.

'Wie bent u?'

'Fatio de Duillier. Ik kreeg een pamflet van deze bijeenkomst. Ik ben diep onder de indruk. Ik heb zoiets nooit eerder gezien. Het leek of het woord van God vlees was geworden. Maar het kan toch niet dat u zich niets herinnert? Het was zo intensief. Incroyable.'

Marion schudde hem de hand.

'Zo gaat het altijd, meneer De Duillier. Ik ben slechts een instrument voor het geopenbaarde woord van God. Hij heeft mij als dienaar uitgekozen om Zijn woord te verkondigen. Maar ik ben lang niet de enige.'

'U zult wel afgepeigerd zijn,' zei Fatio bezorgd. 'Heeft u zich niet bezeerd? Moet u niet zitten?'

'Nee hoor,' antwoordde Marion. 'Na een openbaring voel ik me altijd beter dan ooit. Alsof ik drie dagen geslapen heb. Zo gaat het ook met de anderen.'

'Welke anderen?'

'God openbaart zich via veel van onze broeders en zusters, zowel in Frankrijk als hier. Willekeurig lijkt Hij ons uit te zoeken om overal zijn boodschap uit te dragen. Het einde der tijden is aangebroken en via ons wil Hij de mensen oproepen een keuze te maken.'

Vol ontzag knielde Fatio neer voor de jongeman die God zelf had uitverkoren. Hij keek omhoog en zag in het gelaat van de jongen de liefde van Christus.

'Ik wil u volgen,' zei Fatio. 'Ik wil mij aan u verbinden en me nuttig maken. Zeg me alstublieft wat ik kan doen.'

57

Isaac zat als een vorst naast de koetsier, die plechtig de ossenkar volgde waarin Londens beroemdste gevangene zijn laatste rit maakte van Newgate naar het dorpje Tyburn ten westen van Londen. Chaloner zat in een stalen kooi en werd de hele weg lang bedolven onder rot fruit en eieren. Eens was hij een Robin Hood geweest, de sympathieke schurk die van de rijken stal om de armen te helpen, maar nu was zijn heerschappij gebroken. Met zijn arrestatie was Newtons reputatie als hardvochtige Meester van de Munt legendarisch geworden. Vandaag was de apotheose van zijn kruistocht. Het zachte lenteweer verleidde duizenden mensen om in het kielzog van de gevangenisparade de stinkende stad achter zich te laten.

De koets hield halt voor de driehoekige galg van Tyburn, waaraan drie personen tegelijk gehangen konden worden. De inwoners van Tyburn, die hun welvaart dankten aan de vele terechtstellingen, hadden zich uitgesloofd om er weer een prachtige feestdag van te maken. Timmermannen hadden tegen de helling van de heuvel een grote tribune gebouwd voor duizenden betaalde zitplaatsen met een gegarandeerd goed zicht. Daarvoor was een eretribune getimmerd met duurdere plaatsen voor de rijken, en op grotere afstand gaven dranghekken de staanvakken voor het gewone volk aan. Overal stonden kraampjes met fruit, vis en drank; er waren muzikanten, acrobaten en vuurspuwers. Alles was in het werk gesteld om de Londenaren te verwennen op hun uitje.

Onder doodse stilte werd Chaloner door vier soldaten uit zijn kooi gehaald en onder de driehoek tentoongesteld. Even daarna stapte Isaac de koets uit en las de vierendertig verklaringen voor van getuigen die een kleurrijk beeld schetsten van het leven en de misdaden van de meestervervalser. Hij besloot zijn verhaal met de woorden: 'Vanwege dit overdonderende bewijs en het belangrijke gebod "Gij zult niet stelen" indachtig, wordt de heer Chaloner veroordeeld wegens hoogverraad tegen de Engelse staat en krijgt hij de straf die hij verdient: ophanging.'

'Goede dood, goede dood!' scandeerde het publiek traditiegetrouw.

Isaac hief zijn hand om om stilte te vragen en gaf Chaloner gelegenheid zijn laatste woorden uit te spreken. De gebroken schurk viel op zijn knieën en smeekte: 'Alstublieft, meneer Newton, laat God uw hart tot barmhartigheid en medelijden bewegen.'

'En waarom zou ik dat doen, meneer Chaloner?'

'Omdat ik onschuldig ben, meneer Newton. Het is waar, ik heb goede sier gemaakt met vervalste munten. Maar het was niet mijn plan, meneer Newton. Iemand anders heeft het me geleerd. Door zijn kennis was ik in staat uw munten zo goed na te maken.'

'Over wie heeft u het?'

Chaloner twijfelde. Tot op dit moment had hij zijn mond gehouden. Hij had er altijd op vertrouwd dat zijn geheimzinnige vriend hem wel zou redden. Hij was tot zoveel in staat, had zoveel belangrijke contacten. Maar nu, oog in oog met zijn beul, zag hij geen andere mogelijkheid meer dan zijn vriend te verraden.

'Saint Germain.'

'Wat?!'

Opeens werd het Isaac duidelijk hoe het mogelijk was dat er in zulke grote hoeveelheden valse munten circuleerden. De hele tijd had hij met de knagende twijfel geworsteld of die veredelde straatbandiet van een Chaloner wel tot zo'n grote zwendel in staat was. Chaloner had echter bij alle ondervragingen gezworen dat hij alleen had gehandeld. Maar zonder de kunde van een meestervervalser als Saint Germain was het natuurlijk niet mogelijk geweest, begreep hij nu. Hij moest zelfs toegeven dat het briljant bedacht was om door massaal valse munten te verspreiden de nieuwe sterke Engelse munt te breken. Het was een onzichtbare oorlog die met geld in plaats van met wapens werd uitgevochten, zonder dat iemand zich er bewust van was. De Engelse economie werd van binnenuit gesaboteerd zonder dat er bloed vloeide. Fatio had gelijk gehad: Saint Germain werkte voor Lodewijk. Geen middel lieten ze onbenut om Engeland te verzwakken en wellicht op gepaste tijd aan te vallen. Isaac aarzelde of hij Chaloner gratie moest verlenen omwille van deze bekentenis. Feit bleef dat, zelfs al was Saint Germain het brein achter de zwendel, Chaloner degene was die zijn munt als syfilis door Londen had verspreid.

'Weet je waar Saint Germain is?' vroeg Isaac.

'Nee,' zei Chaloner. 'Hij verschijnt en verdwijnt zoals het hem uitkomt. Ik ben nooit bij hem thuis geweest. U moet mij geloven, meneer Newton. Spaar mijn leven, alstublieft.'

Of Chaloner nu de waarheid sprak of niet, met deze bekentenis was hij nog geen stap verder, realiseerde Isaac zich woedend. Hij voelde de druk van de duizenden ogen die op hem gericht waren. Wat wilden deze mensen: bloed of vergeving?

'Goede dood, goede dood!' begon een groepje studenten achteraan aarzelend te scanderen. Al snel sloot het hele publiek zich bij hen aan en klonk het doodvonnis oorverdovend. Toen gaf Isaac de beul een knikje, waarna hij, zijn passen dramatisch accentuerend met zijn wandelstok, weer plaatsnam op de ereplaats, op de bok van de koets. De beul werd beloond met een luid applaus. Hij hielp de geboeide Chaloner de ladder op en toonde de terdoodveroordeelde nog een laatste maal levend aan de uitzinnige massa. Chaloner verborg zijn gezicht voor de gezichten vol haat. De beul bevrijdde hem van de hoon door de strop om zijn hals te leggen. Chaloner had nu alle bravoure verloren. De beul schopte de ladder omver en met een paar stevige rukken trok hij Chaloner de lucht in, die spartelde en met een van doodsangst vertrokken gezicht naar adem snakte. Het volk genoot en kraaide de gruwelijkste verwensingen naar de man die ooit hun held was geweest. Het was hun eigen angst die ze uitschreeuwden, het beest in zichzelf dat ze uitjouwden. Allen waren blij dat híj degene was die daar vocht met de dood, en niet zijzelf. Hun eigen gesjoemel, gekonkel en deelname aan de geldzwendel konden ze nu geheel in zijn schoenen schuiven, en ze overtuigden zichzelf ervan dat zij slachtoffers waren geweest van zijn gemanipuleer.

Toen Isaac zag dat Chaloner bijna het bewustzijn verloor, knikte hij naar de beul om het tweede deel van de terechtstelling te voltrekken.

Met een vlijmscherp mes sneed de beul de borstkas open en toonde de joelende menigte hoe de blootgelegde longen stuiptrekten. Chaloner slaakte een klankloze gil terwijl het mes dieper sneed en de beul de darmen en maag blootlegde en uit het lichaam wroette, zodat ze als bloedende zakken uit het lichaam hingen. Het werd stil op de tribunes. Bij het besef dat hier een levend wezen op gruwelijke wijze werd afgeslacht, verging zelfs de grofste grappenmakers de lust om iets te roepen. Vele vrouwen hadden hun ogen al afgedekt, en hier en daar hoorde men gebraak terwijl de beul verderging met het afsnijden van de armen, waaruit het bloed tot op de eretribune spoot – maar zelfs dat zorgde alleen voor een beetje hilariteit bij een groepje kinderen. Pas toen ook de benen werden afgehakt, was iedereen er ademloos getuige van dat de longen nog eenmaal krampachtig uitzetten en toen definitief in elkaar klapten als stukgeprikte varkensblazen.

Isaac stond op en keek rond, maar werd niet, zoals de gewoonte was, beloond met een oorverdovend applaus. Als een gekwetste vorst stapte hij terug de koets in. Hij wist dat hij met deze executie een definitieve slag had toegebracht aan het hele valsemunterscircuit. Voortaan wist iedereen, en Saint Germain in het bijzonder, welk lot hem te wachten stond, mocht hij toch in de verleiding worden gebracht. Vanmiddag had hij zijn ultieme voorstelling gespeeld. Nukkig trok hij de gordijntjes dicht om zichzelf aan het zicht van de ondankbare toeschouwers te onttrekken en gaf de koetsier de opdracht hem naar zijn nieuwe huis te brengen. Na al die onafgebroken maanden van inspanning en stress verlangde hij naar Jermyn Street. Een gewoon huis in plaats van een belegerde burcht. Net voor de koetsier de paarden de sporen gaf, hoorde hij buiten de stem van een jong kind.

'Mijn papa!' gilde ze. 'Ik wil mijn papa terug!'

Toen Isaac door het gordijntje gluurde, herkende hij Candy, het meisje wier moeder hij na een paar weken had vrijgelaten. Het meisje dat hij nu vaderloos had gemaakt.

58

Zonder de arduinen gevel van zijn nieuwe huis één blik waardig te keuren, stak Isaac gehaast de sleutel in het slot, spoedde zich naar binnen en liet zich in de grote marmeren hal tegen de binnenkant van de deur op de grond zakken. Daar begon zijn bovenlichaam heen en weer te wiegen in een lichamelijk gebed zoals de Joden de Thora reciteerden. Alleen woorden die met vuur en vreugde luid werden uitgesproken vonden gehoor, anders bleven ze in de nevelen hangen. Zelfmedelijden, verdriet en geklaag werkten als een maan die voor het licht van de zon schoof. Maar wat kon hij God nu nog vreugdevol vragen nu hij het recht zo in eigen hand had genomen? Nu hij zelf voor God had gespeeld die beschikte over leven en dood? Die gezinnen had verscheurd? Niet wat híj wilde, maar wat Gód wilde, was het enige wat nu nog telde. God bepaalt, dacht hij, niet ik, vooral niet ik. Uw wil is mijn wil. Hij besefte voor het eerst echt hoe verdwaald hij was. Al zijn studie en vrome geschriften hadden hem er niet van kunnen weerhouden de slechtste mens op aarde te worden. Hij herinnerde zich het verhaal over een eenvoudige man die in zijn wanhoop uitriep: 'Heer, u weet dat ik niet gestudeerd heb en niet eens Uw heilige boeken kan lezen. Het enige wat ik ken, is het alfabet. Ik geef u de letters en hoop dat u zelf de woorden wilt vormen van mijn gebed.' In navolging van hem zegde Isaac als in een trance de letters van het Hebreeuwse alfabet op: 'Aleph, beth, gimel...'

Weggezonken in een zwarte poel van zelfverachting en verwijt, waaruit hij zich naar boven trachtte te trekken naar het licht, ontging hem het gestommel hoog in het trappenhuis.

'Wie is daar? Wie is er binnengekomen?' klonk van ver de geschrokken stem van Kit.

Even later kwam ze schichtig de trap af met een laken haastig om haar blote lijf geslagen. Haar gezicht werd bleek toen ze haar oom gehurkt tegen de deur zag zitten.

'Oom Isaac, u bent het. Ik had u niet verwacht. Wat is er aan de hand? Waarom zit u daar?'

Toen Isaac zijn hoofd optilde, zag ze dat de tranen over zijn wangen liepen.

Hij keek in de verhitte ogen van zijn kleine meisje. Kit liep terughoudend op hem af, alsof ze bang was dat haar oom haar ieder moment zou kunnen raken met een zwaai van zijn wandelstok met de zilveren knop. Maar hij hees zichzelf overeind en spreidde zijn armen, en toen hij haar omhelsde, rook hij zijn eigen vlees en bloed. Hij sloot zijn armen om haar heen als twee beschermende vleugels. Hij huiverde bij de warmte van haar lichaam en klampte zich huilend aan haar vast.

'Oom Isaac, wat is er toch?' vroeg Kit verward. 'Wat is er gebeurd?'

Liefkozend streelde hij met zijn handen door haar verwarde haren. Toen liet hij het meisje los en bekeek haar van top tot teen.

'Mijn god, wat ben ik blij dat hij jou met rust heeft gelaten.'

'Wie?' vroeg Kit verschrikt.

'Jij zou het verderfelijkste wezen ooit worden,' zei hij, 'nog rotter dan ikzelf ben geworden.'

'Wie zei dat, oom Isaac?' vroeg Kit in paniek.

'Ik ben zo blij dat je gewoon veilig thuis bent. Ik zal je nooit meer aan je lot overlaten, Kit. Ik heb je sterk verwaarloosd. Je bent mijn kind. Ik zal goed voor je zorgen, meisje,' zei hij met een onzekere, breekbare stem. 'Ik heb bloed aan mijn vingers, Kit. Het is zo'n moeilijke tijd geweest. Ik kan het je niet uitleggen, maar ik heb mensen vermoord. Vrouwen en kinderen heb ik naar de galg gestuurd. Ik ben een slecht mens...'

Zijn gejammer werd onderbroken door het geluid van iemand die struikelde en hard op de grond viel.

'Wat is dat?' vroeg Isaac.

'Niets,' zei Kit vlug. 'Een kat misschien. Er sluipen hier wel eens zwerfkatten binnen langs de openstaande ramen.'

Isaac wilde de trap oplopen, maar Kit hield hem bij zijn armen tegen.

'Het is echt niets, oom. Vertelt u verder, ik wil alles weten wat u heeft doorgemaakt de laatste tijd. U bent asgrauw. Zal ik een glas water voor u halen?'

Maar Isaac trok zich met een korte ruk los en liep de drie etages langs naar de zolder, waar het geluid vandaan was gekomen.

'Charles,' zei hij niet-begrijpend toen hij de deken van het bed op de bovenste slaapkamer wegtrok en zag dat zijn oud-student naakt in het bed lag, 'wat doe jij hier?'

De minister van Financiën kon geen woord uitbrengen. Kit liep met een beschaamde blik de kamer binnen en nu viel het Isaac pas op dat ze slechts gehuld was in een laken.

'Ik hou van hem, oom Isaac,' verbrak ze de stilte. 'Ik weet dat het slecht is en dat het niet kan, maar ik hou heel veel van hem.'

Langzaam drong tot Isaac door wat er aan de hand was. 'Ik zal teruggaan naar mijn moeder. Het spijt me dat ik uw vertrouwen heb beschaamd. Ik ben zondig,' zei ze.

Isaac wendde zich tot Montagu, die de deken snel over zijn naakte lichaam trok.

'Hoe kon je dat doen, Charles? Ik vertrouwde je. Je zou voor haar zorgen alsof ze je dochter was.'

'Ik weet dat ze te jong is, dat ik mijn vrouw bedrieg, maar ik heb nog nooit zoveel van een vrouw gehouden als van Kit,' zei hij met neergeslagen ogen.

'Je hebt haar maagdelijkheid gestolen, Charles. Haar schatkist die ze maar één keer weg kan geven! Een meisje dat zichzelf wegschenkt, vertrouwt je haar diepste essentie toe. Alleen een man die haar respect, eer en een goede naam bezorgt, is zo'n kostbaar geschenk waard. Je hebt haar enige kans om zich in liefde te verbinden ontheiligd. Je bent een dief, Charles.'

'Dat is niet waar, oom Isaac. Ik heb me zelf aan hem gegeven. Hij heeft niets gedaan wat ik niet zelf wilde. Hij heeft me niets ontstolen. Hij heeft me vrouw gemaakt, en dat is het mooiste geschenk dat ik ooit heb gekregen,' zei Kit met betraande ogen.

'Kleed jullie aan,' zei Isaac kortaf.

Nadat hij de deur van haar slaapkamer had dichtgetrokken, opende hij de groen gelakte deur aan de overkant op de overloop waarop in sierlijke letters VERBODEN KAMER geschilderd stond. Meteen sloeg de stank van rotte eieren hem in het gezicht.

Hij sloot de deur en besloot die kamer maar nooit meer binnen te gaan. Toen liep hij traag de trap af naar beneden.

59

'Ongelooflijk wat ik vanmiddag hoorde bij lady Gardner, oom Isaac,' zei Kit nadat het dienstmeisje de linzensoep had opgeschept en de eetkamer had verlaten. 'Die oude gravin Salisbury, weet u wel, die twee maanden geleden overleed, nou, die is nog steeds niet begraven. Weet u hoe dat komt?'

Kit vond het niet vreemd dat Isaac niet antwoordde, maar onverstoord zijn soep oplepelde.

'Ze heeft in haar testament vastgelegd dat ze wil dat haar kist door acht dienstmeiden gedragen wordt. Voor die meiden heeft ze het geld klaargelegd in envelopjes. Er is echter één voorwaarde. Ze moeten een eed zweren op hun maagdelijkheid. Nou, ze hebben in heel Londen nog steeds niet voldoende maagden kunnen vinden! Het arme mens! Ik denk dat ze daar nog ligt bij de wederkomst van Onze-Lieve-Heer!'

Isaac liet zijn lepel in de soep vallen en keek Kit streng aan.

'Wat is er?' vroeg ze. 'Heb ik iets verkeerds gezegd?'

'Het wordt tijd dat ik orde op zaken stel,' zei hij, en hij stond op terwijl hij zijn lippen afveegde.

Niet-begrijpend keek Kit hem aan. Iedere dag vermaakte ze haar oom met een keuze uit de verhalen en roddels die ze had opgevangen. Nu haar schoonheid tot volle wasdom was gekomen en ze als maîtresse van de minister van Financiën – en het nichtje van de muntmeester –

in de hoogste kringen aanvaard werd, was Kit het stralende middelpunt van Londen geworden. Ze werd bedolven onder de invitaties voor theekransjes, lunches, middagconcerten en openingen. Montagu zag Kit als zijn persoonlijke creatie. Hij had deze eenvoudige predikantendochter ontdekt in een herberg in Cambridge en had haar stap voor stap omgevormd van een naïef meisje tot een prachtige dame van de wereld. Hij beriep zich er trots op dat hij haar vrouwelijkheid had gewekt en tot volle rijpheid had gebracht. Hij had haar geleerd hoe ze zich moest kleden volgens de nieuwste Franse mode. Hij had haar de kunst van tafelmanieren en conversatie bijgebracht en voor hij haar de wijde wereld in stuurde, had hij haar uiteengezet hoe de verhoudingen lagen in de adellijke kringen. Nog voor Kit één theekrans had bezocht, was ze al helemaal op de hoogte van wie met wie gebrouilleerd was, wie met wie een verhouding had, of wie niet te vertrouwen was. In een paar maanden had ze iedereen die ertoe deed in de hoofdstad leren kennen. Of beter gezegd: de echtgenotes of maîtresses van wie ertoe deden, want het opmerkelijke was dat Montagu haar alleen naar feestjes stuurde waar hoofdzakelijk vrouwen kwamen. Wat was het toch een aandoenlijke manier van redeneren, vond ze, dat hij dacht dat als hij haar het gezelschap van andere vrouwen aanbood, ze zich wel zou vermaken. Al snel kwam Kit erachter dat zich onder de wolken parfum, poeders, linten en hoeden meestal de donderwolken samenpakten van onderlinge vetes, jaloezie en lieftallig verpakte dodelijke opmerkingen. Zette je een groep dames bij elkaar die hun zinnen op dezelfde man hadden gezet, dan waande je je in een veldslag vol hinderlagen, opportunistische allianties, een-op-eengevechten en spionage. Maar Kit wist zich door haar vriendelijkheid, bescheidenheid en schranderheid goed te handhaven in dit geweld, en ze was verslingerd aan de dagelijkse nieuwe ontwikkelingen die zich ontrolden als een plot in de schandaalromannetjes van *Miss Manley*, die ze op aanraden van Montagu verslond.

'Ik heb gefaald,' zei Isaac, terwijl hij door de eetkamer ijsbeerde. 'Je bent bij mij komen aankloppen omdat je wilde ontsnappen aan het verstikkende wereldje van je moeder. Omdat je wist dat een vrouw tot meer in staat was dan alleen trouwen en kinderen krijgen. Ik heb veel te weinig naar je omgekeken. Het resultaat is dat je nu precies in de voetsporen van je moeder treedt, alleen het milieu is anders. Je verdoet je tijd niet met het liefdesleven van dorpsbewoners, maar met adellijke dames, maar dat maakt geen enkel verschil. Je denkt dat je midden in het leven staat omdat je precies weet wie het met wie doet in Londen. Ik heb altijd je nieuwsgierigheid gewaardeerd, je leergierigheid. Maar nu stel je jezelf geen vragen meer over de grote, vrouwelijke denkers. Ik ben teleurgesteld in je, Kit. En teleurgesteld in mezelf. Misschien had ik omwille van jou toch met Catherine moeten trouwen. Misschien had zij jou nieuwsgierigheid wakker kunnen houden.'

Kit zweeg. De toespraak was een klap in haar gezicht. Als ze iets níét wilde zijn, dan was het wel haar moeder. Maar haar oom had haar nu met een paar rake zinnen duidelijk gemaakt dat haar eigen leven net zo leeg was. Misschien wel leger zelfs, want haar moeder schrobde en boende nog om haar gezin te onderhouden.

'Maar wat moet ik dan?' riep ze kwaad. 'U zit de hele dag bij de Munt. U zei dat dit tijdelijk zou zijn. Maar de Munt is nu toch hervormd? Iedereen gebruikt nu toch uw gloednieuwe, blinkende munten? Maar nu wilt u de ultieme muntmeester worden. De muntmeester die zelf goud kan maken. U sluit zich de hele dag op in uw laboratorium. Tijdens het eten zegt u niets. Hoe moet ik mij dan laven aan kennis? Hoe kan ik mij ontwikkelen?'

Isaac schopte tegen de tafelpoot. Was dit het nichtje over wie hij iedereen trots vertelde? Het nichtje dat hij tegen iedereen die het horen wilde zo'n scherp verstand toeschreef? Het nichtje dat zijn gasten vaak verbaasde met haar schrandere opmerkingen tijdens diners? Hij liep op haar af, zette zijn handen links en rechts van haar soepbord en keek haar meedogenloos aan.

'Dit is het domste wat ik ooit gehoord heb,' zei hij met zijn gezicht vlak bij het hare. 'Denk je dat, toen ik zo oud was als jij, iemand zich om míjn opleiding bekommerde? Denk je dat iemand míj bij het handje nam naar de bibliotheek en vroeg of ik een boek wilde lezen? Denk je dat iemand míj dwong om hele nachten naar de maan te kijken en zijn baan te bestuderen? Integendeel! Op de universiteit verwachtte niemand van me dat ik studeerde, maar dat ik stinkende po's van rijke studenten verschoonde. Dáár werd ik op aangesproken. Jij hoeft hier in huis helemaal niets te doen, behalve onze bedienden aan te sturen. Hun gewoon 's ochtends mededelen wat je van hen verwacht, wat je nodig hebt, wat je hartje begeert. Geld is geen moment een probleem. Of het is misschien wel het grootste probleem. Herinner je je nog dat je als klein meisje zo afgaf op Anne Finch? Zij had het gemakkelijk, zei je, zij had geld genoeg. Nu verkeer je in dezelfde positie. Je hoeft je geen seconde druk te maken over geld. Evenmin als die babbelzieke tantetjes waar je je dagen mee verdoet. Leeghoofden die niets anders te doen hebben dan verspillen, spenderen en onzin uitkramen bij een kopje thee...'

Hij liep naar zijn bibliotheekkast, draaide het slot open en haalde er een dun boekwerkje uit.

'Lees dit maar eens in plaats van die nonsens van Miss Manley,' zei hij. ' "De principes", van Anne Finch. Een prachtig filosofisch werk over haar kabbalistische gedachtegoed. Zo kun je ook je tijd doorbrengen, Kit, snap je?'

Onverschillig bladerde Kit door het boekje. Ze haatte het dat haar oom haar almaar vergeleek met die vergoddelijkte gravin die hij nauwelijks gekend had. Wat wist hij nu werkelijk over haar? Wat wist hij überhaupt van vrouwen? Anne Finch zou ook wel eens feesten hebben gegeven, hebben geroddeld op theekransjes. Wie weet deed ze het wel met al die filosofen op haar landgoed. Haar man was er toch nooit. Misschien was al haar gefilosofeer niet meer of minder dan een handig verpakte verleidingstruc om een collectie beroemde minnaars aan te leggen.

'Ha,' zei ze plots triomfantelijk. 'Wie zegt dat dit boekje van Anne Finch is? Haar naam staat niet eens op de kaft, en ook niet binnenin. Er staat helemaal geen auteur vermeld.'

'Precies,' zei Isaac. 'Dat bedoel ik nou. De reden dat er zo weinig vrouwelijke denkers in de geschiedenis te vinden zijn, is dat zelfs nu nog werken van vrouwelijke filosofen anoniem worden uitgegeven. Over honderd jaar weet niemand meer dat er ooit een Anne Finch heeft bestaan, laat staan dat ze een boek heeft geschreven. Als de mensen dan nog iets over haar zullen weten, dan zal het zijn dat ze getrouwd was en haar zoontje op tweejarige leeftijd heeft verloren.'

'Waar zou ik me dan druk over maken?' vroeg Kit, die zichzelf bevestigd zag. 'Al werd ik de grootste filosofe die ooit heeft geleefd, niemand zou het weten. Dan kan ik me net zo goed de moeite besparen, toch?'

Ongelovig schudde Isaac zijn hoofd. Waar was het leergierige meisje gebleven? Het meisje dat zich had vastgebeten in haar onderzoek, het meisje dat zichzelf Hebreeuws en Grieks had geleerd?

'Durf de verandering te zijn, Kit,' zei hij terwijl hij zijn woorden kracht bijzette door met zijn vinger op de tafel te tikken. 'Maak het verschil. Dát is ontwikkeling. Jij kunt de vrouw zijn die ons verbluft en inspireert met de vrouwelijke kant van God. Er staat toch geschreven: "Naar Gods beeld schiep Hij hem, man en vrouw schiep Hij hen"? God was mannelijk én vrouwelijk. Maar waar is dat vrouwelijke deel? Waar is de Shekina?'

Kit voelde zich in haar hemd gezet. Isaac raakte iets wezenlijks aan waarvan ze wist dat ze het had verloochend, maar haar trots was te groot om het toe te geven. Er was maar één manier waarop ze zich tegen zijn harde woorden kon verdedigen: door terug te slaan.

'En waarom zou ik dit allemaal van u moeten aannemen, oom Isaac? U weet toch hoe ze u achter uw rug noemen? De Beul van Londen. U kunt hier op uw studeerkamer wel allerlei godsdienstige theorieën uitschrijven en toelichtingen schrijven op de noachidische geboden, maar hoe kunt u ooit "Gij zult niet doden" in overeenstemming brengen met uw geweten?'

Nooit hadden ze het hier samen over gehad. Met niemand had Isaac er ooit over gesproken dat hij geen nacht meer rustig sliep door zijn nachtmerries over de executie van Chaloner, en het kinderstemmetje dat 'Waar is mijn papa?' vroeg. De terechtstellingen hingen als een grauwsluier over zijn gemoed en hij zag geen mogelijkheid om ooit met zijn geweten in het reine te komen. Toch was hij dankbaar dat iemand hem vertelde wie hij was: een moordenaar. Een man wiens ziel besmeurd was met het bloed van honderden mensen.

'De enige rechtvaardiging,' zei hij zacht, 'die ik voor mezelf heb, is dat, als ik niet met harde hand orde op zaken had gesteld, Engeland niet meer zou bestaan, Kit. Dan was ons land bankroet. De vijand wist hoe zwak we waren. Als de economie zich niet had hersteld, had Frankrijk Engeland aangevallen. Dan waren er misschien wel tienduizenden doden gevallen. Welke soldaat had nog willen vechten voor Engeland als er geen geld was om hem te betalen?

Maar je hebt gelijk. Iedere gehangene heb ik in de ogen gekeken. Ze hebben me allemaal hun verhaal verteld, soms doorspekt met leugens, maar toch schrijnende verhalen. Sommigen vervalsten de munt uit winstbejag, maar de meesten deden het gewoon om te overleven, omdat ze geen andere uitweg zagen. Zij werden geofferd om te laten zien dat het niet langer zo kon. En ik was hun rechter. Maar ik wil me er niet achter verschuilen dat de doodstraf de enige uitzondering is die toegestaan wordt in het gebod "Gij zult niet doden". Wie was ik om over het leven van andere mensen te beschikken? Het enige wat ik nu kan doen, Kit, is mijn fouten ongedaan maken. Daarom werk ik harder dan ooit tevoren. God heeft me talenten gegeven, en het is mijn opdracht goud te maken. Ik moet al mijn studie en kennis nu omzetten tot een zuiver geschenk voor de mensheid. Ik moet alles op alles zetten om de puurste kennis over te dragen als mijn erfenis aan de wereld. Zo hoop ik een balans te vinden. Alleen op die manier kan ik zelf ooit voor de grote rechter verschijnen, die mijn wandaden tegen mijn verdiensten zal afwegen. Hij heeft me de vrije wil gegeven. Hij weet dat ik niet volmaakt ben en hier op aarde ronddwaal om fouten te maken. Want Hij wil dat ik tot inkeer kom. Niet door dogma's, maar uit vrije keuze. En blijkbaar kan ik alleen maar voor het goede kiezen, omdat ik ook het slechte in mezelf heb onderkend.'

Kritisch keek Kit naar de man die verloren in het midden van de kamer zijn verhaal had verteld. Niet eerder had haar oom zich zo onzeker getoond. Maar of dit een rechtvaardiging was voor zijn daden? Wilde ze in zijn voetsporen treden? Wilde ze net als hij zo blind een ideaal najagen en daarvan alle consequenties dragen? Of wilde ze alleen maar eenvoudigweg gelukkig zijn met Montagu? Genieten van zijn liefde en adoratie? Door Londen dwalen en zich overgeven aan vermaak en lichtheid?

Kit schoof kordaat haar stoel naar achteren en sloeg zo hard ze kon de eetkamerdeur achter zich dicht. Geërgerd ging Isaac weer aan tafel zitten en lepelde lusteloos zijn koude soep op.

'Ja!' zei hij afwezig toen er even later werd aangeklopt.

'Monsieur de Duillier wil u spreken,' zei het dienstmeisje.

Fatio stormde de kamer binnen.

'Isaac! Ik heb goed en ik heb slecht nieuws. Wat wil je het eerst horen?'

'Doe het goede maar,' zei Isaac ongeïnteresseerd.

'Robert Hooke is dood! En nu willen ze jou als voorzitter van het Koninklijk Genootschap. Je excuus dat je er geen voet meer binnen zet zolang hij er rondloopt is nu achterhaald.'

'God hebbe zijn ziel,' prevelde Isaac plichtmatig. 'En het slechte?'

'Het einde der tijden is nabij! Het Beest is opgestaan! Ik heb de profeet van de Apocalyps ontmoet!'

60

'Eindelijk erkenning,' zei *Flamsteed* toen hij van het terras op de heuvel van *Greenwich* Isaac Newton over de loopbrug van de pendelboot van Londen zag lopen. Jarenlang keek hij nu al vanuit dit koninklijke observatorium elke nacht naar de hemel. Meer dan twintigduizend observaties had hij opgetekend. Nooit had hij geklaagd dat zijn koninklijke aanstelling zo weinig opleverde dat hij als predikant in twee dorpen in de buurt zijn geld bij elkaar moest scharrelen om zichzelf en zijn assistent te betalen. Hij had er altijd in geloofd dat zijn stille arbeid vroeg of laat wel zou lonen, dat er een dag zou komen dat hij niet langer genegeerd werd door de natuurfilosofische wereld, maar de eer zou krijgen die hij verdiende. Hij was er altijd op blijven vertrouwen dat hij voorbestemd was tot onsterfelijke roem. Er zou een dag komen dat de hele wereld het observatorium van Greenwich kende en met bewondering over de astronoom Flamsteed zou spreken. Margaret, zijn vrouw, stond naast hem en keek hem ontroerd aan. Ze wist hoeveel het voor hem betekende dat de grootste natuurfilosoof van deze tijd, Isaac Newton, te kennen had gegeven met hem te willen samenwerken aan een belangrijk project. Al die jaren had zij hem gesteund.

Terwijl Newton langs het slingerpad de heuvel beklom, vroeg Flamsteed voor de tiende maal die ochtend: 'Is alles in orde, vrouw? Is het huis aan kant? Heb je voldoende eten?'

'Alles is in orde,' stelde ze hem gerust. 'Ik zal hem verzorgen als de voornaamste gast die we ooit hebben gehad. Ontspan je nu maar. Wees gewoon jezelf, dan komt alles goed.'

'Meneer Newton,' riep Flamsteed – te hard – toen Isaac de laatste helling nam. 'Wat een klim, nietwaar? Maar wel heel wat gezondere lucht dan in Londen! Heeft u een aangename boottocht gehad? Welkom! Wees welkom op Greenwich!'

Isaac bewonderde opgetogen het weergaloze uitzicht dat de heuvel over de omgeving bood.

'Je kunt hier zelfs de St. Paul's zien,' zei hij verrast.

'Ja, op heldere dagen heb je hier een prachtig uitzicht over Londen, en natuurlijk op de hemel,' zei Flamsteed fier. 'Dit is mijn vrouw, Margaret.'

Hartelijk schudde Isaac de klamme hand van de vrouw en omhelsde daarna kameraadschappelijk Flamsteed.

'Blij je nu eens eindelijk te zien, Flamsteed. We hebben elkaar wel af en toe geschreven, maar het is fijn om je nu in levenden lijve te ontmoeten.'

'Weet u dat ik u al veel eerder heb gezien?' zei Flamsteed glunderend.

'O ja?'

'Toen ik studeerde in Cambridge, was u net aangesteld als hoogleraar. Ik was een van die studenten die uw colleges bijwoonden. Voor de meeste van mijn jaargenoten waren ze te hoog gegrepen, maar ik hing aan uw lippen. Jammer genoeg stopte u plots met lesgeven. Uw lessen staan in mijn hart gegrift.'

Newton kon zich er niets van herinneren dat er ooit een geïnteresseerde student zijn lessen had bijgewoond. Een kreupele jongen bovendien, dat moest hem toch opgevallen zijn. Maar misschien was zijn onfortuinlijke leraarschap in zijn herinnering rampzaliger dan het werkelijk was, en waren de mooie momenten verdwenen in de plooien van de tijd.

'Zo,' zei Isaac beleefd, 'dat jij je dat nog herinnert. Ja, ik zie je daar ook nog zitten, hoor, als jong studentje. Je ziet er nog steeds goed uit. Dat is zeker dankzij de zorg van je charmante vrouw.'

Flamsteed en zijn vrouw lachten dankbaar, omdat deze grote man zich hem na al die tijd nog herinnerde.

'En nu wil ik je observatorium wel eens zien, beste man.'

'Natuurlijk,' zei Flamsteed, en hij ging hem, zo snel als zijn kreupele voet toeliet, voor naar zijn sterrenparadijs. Ze beklommen de trappen naar de achthoekige kamer met brede, langwerpige ramen, zodat elke hoek van het hemelgewelf kon worden afgespeurd. Belangstellend keurde Isaac de houten tweeënhalve meter lange telescoop.

'De lenzen zijn wel aan een opknapbeurt toe,' zei hij voorzichtig.

'Ja,' beaamde Flamsteed, 'ze hebben flink te lijden van vochtigheid, maar ik moet alle materiaal zelf bekostigen. Het is soms lapwerk om alles operationeel te houden, maar ik klaag niet, hoor. Zullen we naar beneden gaan? Dan kunnen we bij het eten met elkaar praten. Mijn vrouw is niet alleen charmant, maar kan ook heerlijk koken.'

'Dat is erg aardig,' zei Isaac, 'maar ik heb helaas slechts even de tijd. Nu het parlement ontbonden is door de dodelijke val van koning Willem van zijn paard, wordt er druk op mij uitgeoefend om me opnieuw kandidaat te stellen voor het parlement. Ik moet vandaag nog naar Cambridge en vanavond is er een diner met onze nieuwe koningin, Anne. Maar voor een volgende keer sla ik dat aanbod zeker niet af, mijn beste.'

'Natuurlijk,' zei Flamsteed om zijn teleurstelling te verbergen, 'maar tijd voor een kopje thee heeft u wellicht toch wel?'

'Nee, beste vriend,' zei Isaac vriendelijk, en hij legde zijn hand op Flamsteeds schouder. 'Over een klein halfuurtje vertrekt de boot weer naar Londen, en die mag ik niet missen. Ik zal je zeggen waarom ik gekomen ben. Je hebt natuurlijk wel gehoord dat ik sinds kort voorzitter ben van het Koninklijk Genootschap. Het wordt hoog tijd dat dit instituut weer wat aanzien krijgt nu het door pottenbrekers als Hooke is afgezakt. Daarom werk ik aan een herziene versie van de "Principia".'

'Een meesterwerk,' zei Flamsteed. 'U wilt niet weten niet hoe vaak ik uw boek gelezen heb.'

'Toch zijn er een paar onnauwkeurigheden in geslopen,' ging Isaac voort, 'die uiteraard in deze herziene druk verbeterd moeten worden. Ook ben ik van plan een paar nieuwe hoofdstukken toe te voegen. Als astronoom zal het je niet ontgaan zijn dat, wat de maan betreft, mijn zwaartekrachttheorie niet helemaal klopt.'

'Zeg maar rustig helemaal niet,' lachte Flamsteed.

'Pardon?' vroeg Isaac gepikeerd.

'Gaat u vooral verder, meneer Newton,' zei Flamsteed verontschuldigend.

'Goed. Ik heb nieuwe, nauwkeurigere observaties van de maanbeweging nodig, zodat ik kan berekenen waar de fout in schuilt. Wanneer ik de omloopbaan van de maan exact weet, zou dat wel eens tot een doorbraak kunnen leiden bij het *lengtegraadprobleem* op zee.'

Flamsteed voelde het koude zweet over zijn rug lopen. Isaac Newton vroeg niet meer en niet minder dan een bijdrage aan zijn beroemde boek. Hij moest op een stoel gaan zitten om dit grote nieuws te verwerken.

'U wilt maanobservaties,' vroeg Flamsteed om zichzelf ervan te overtuigen dat hij het niet verkeerd had begrepen.

'Precies. En wel zo snel mogelijk. Het spreekt voor zich dat ik je ervoor zal betalen. Je kunt je rekening naar de Munt sturen.'

'Nee,' zei Flamsteed beledigd, 'hoe zou ik hiervoor geld kunnen aannemen? Ik ben uw medewerker, uw collega. Natuurlijk krijgt u deze gegevens van mij. U krijgt zelfs nog veel meer. Ik werk namelijk aan *De geschiedenis van de hemelen*, de grootste sterrencatalogus die ooit is gemaakt, met de precieze positie van maar liefst 2935 sterren! Het zal alle oude sterrenatlassen overbodig maken, omdat het gebaseerd is op jaren vakkundige observatie met de grootste en modernste instrumenten. Ik ben een flink eind op weg met mijn kaarten, en het spreekt voor zich dat u als eerste mijn manuscript zult mogen inzien. Misschien inspireert het u wel tot een voorwoord.'

'Interessant,' zei Isaac. 'Hoe lang heeft u nog werk aan uw catalogus?'

Flamsteed wilde vooral niet te onbezonnen overkomen. Isaac Newton zou als geen ander weten dat het titanenwerk dat hij op zich had genomen eigenlijk te veelomvattend was voor een mensenleven.

'Een jaar of tien,' schatte hij voorzichtig.

'Wat,' zei Isaac, 'tien jaar? Je begrijpt toch, Flamsteed, dat ik onmogelijk zo lang kan wachten? Beperk je dan maar tot de maanobservaties, want daar heb ik genoeg aan.'

Flamsteed was gekrenkt. De interesse van Isaac voor zijn levenswerk leek zich uitsluitend te beperken tot wat hij zelf nodig had. De omvang van zijn ambitieuze plan leek hem zelfs te ontgaan. Hij moest dit keer voor zichzelf opkomen, voelde hij. Te vaak in zijn leven had hij zich laten overrompelen door geleerde heren, waardoor hij nooit een rol van betekenis had gespeeld. Nu, met Isaac Newton, was het van het grootste belang dat hij liet zien wie hij was en waar hij voor stond.

'Meneer Newton,' zei hij zo kalm mogelijk, 'in uw "Principia" toont u zelf helder aan dat alle hemellichamen elkaar beïnvloeden door de zwaartekracht. Daarom moeten we alles in zijn geheel beschouwen en kunnen we niet één natuurverschijnsel los zien van alle andere. Mij vragen om alleen de maan in ogenschouw te nemen, is – neemt u mij niet kwalijk – alsof we een olifant zouden proberen te beschrijven aan de hand van één olifantenhaar. Vertrouwt u nu maar op mijn kundigheid.

Ik zal u in mijn werk veel meer bieden dan de gegevens over de maan. U zult van mij alle berekeningen krijgen die van invloed zijn op de maanbeweging.'

Traag liep Isaac naar het raam dat uitzicht gaf op de Theems en zo bleef hij met zijn rug een tijdje naar de hevig transpirerende Flamsteed staan. Toen draaide hij zich rustig om.

'Zoals je wilt, Flamsteed,' zei hij vriendelijk. 'Als voorzitter van het Koninklijk Genootschap draag ik je bij dezen op om per direct over te gaan tot publicatie van je sterrenatlas. Tenslotte werk je hier in onze opdracht. Misschien ben je vergeten dat Wren dit prachtige observatorium niet gebouwd heeft voor jouw pleziertjes, maar om ons natuurfilosofen van gegevens te voorzien. Na al die jaren wordt het wel tijd dat we daarvan eens wat resultaten gaan zien...'

Flamsteed hapte naar adem. Dit kon Newton niet menen. Hij had toch duidelijk uitgelegd dat het hem nog minstens tien jaar zou kosten om alle gegevens te verzamelen, te controleren en nauwgezet op te tekenen? Het was gewoon ridicuul om te eisen dat hij nu een onrijp manuscript zou publiceren.

'Onmogelijk,' zei hij.

'Kijk, dat is nu een woord dat een natuurfilosoof nooit in de mond zou nemen, Flamsteed,' zei Newton, en hij trok zijn handschoenen aan. 'En dat geeft precies onze verhouding aan. Jij bezorgt mij de gegevens, en ik zal ze bestuderen en interpreteren. Als je mij nu wilt excuseren... Ik laat mijn secretaris, *Desaguliers*, contact met je opnemen over de praktische aspecten van de publicatie. Doe de hartelijke groeten aan je vrouw.'

Verslagen staarde Flamsteed door het raam naar Newton, die onaangedaan de heuvel af liep. De man van wie hij gehoopt had dat die hem erkenning zou brengen, bleek hem te behandelen als een leverancier van data, als loopjongen. Hij toonde geen enkel respect voor zijn nauwkeurige, nederige werk dat hij in duizenden eenzame nachten had volbracht. Maar nu moest het afgelopen zijn. Hoe dacht hij hem te kunnen dwingen tot een publicatie? Behalve het gebouw had hij nooit iets van het Koninklijk Genootschap gekregen. Al die jaren had hij zelf voor zijn onderhoud gezorgd, voor zijn dure instrumenten, voor zijn assistenten. De gegevens behoorden alleen hem toe, en hij zou beslissen wanneer die eraan toe waren om ze naar buiten te brengen. Hij zou nooit een slordig ondoordacht boekje als de 'Principia' op de markt brengen.

Margaret kwam ongerust de trap op lopen.

'Is hij al weg?' vroeg ze. 'Komt hij niet eten? Was hij onder de indruk? Wat is er, lieverd? Waarom ben je zo bleek?'

Flamsteed antwoordde niet. Hij stapte op zijn vrouw af en hield haar vast alsof ze zich staande moesten houden voor een aardbeving die Greenwich deed sidderen.

61

De laatste die Isaac verwachtte toen hij na het zachte geklop de deur van zijn oude kamer in Cambridge opendeed, was wel *koningin Anne* zelf. Toch was zij het die, samen met haar echtgenoot *George*, ontdaan van alle koninklijkheid, een kamerjas over hun nachtkleding, voor de deur stonden en fluisterend vroegen of ze mochten binnenkomen.

'Natuurlijk, majesteit,' zei Isaac overrompeld. Met de mouw van zijn nachthemd veegde hij haastig twee stoelzittingen schoon, die hij aan het koninklijk echtpaar aanbood.

'Ik kan u helaas niets aanbieden. Ik ben in geen tijden in deze kamer geweest...'

'Geeft niets,' stelde de koningin hem gerust. 'We komen hier ook zomaar midden in de nacht binnenvallen. Er was weinig gelegenheid om met elkaar te praten tijdens de plechtigheden. U leek me tamelijk verrast door uw *riddering*?'

'Dat heeft u goed gezien,' beaamde Isaac. 'Ik had werkelijk geen idee.'

Isaac was 's avonds een van de vele hoogleraren geweest die te gast waren op het diner dat de universiteit de nieuwe koningin aanbood. Toen de koningin na het voorgerecht haar dank uitsprak voor de ontvangst, was Isaac in de war toen ze hem naar voren riep. Bewogen hoorde hij dat de hele feestelijke avond, opgeluisterd door de koningin zelf, min of meer te zijner ere was georganiseerd.

'Meneer Newton,' had de koningin gezegd, 'vanwege uw enorme verdiensten als parlementslid, en omdat wij verheugd zijn dat u zich opnieuw kandidaat stelt, hebben wij de eer en het genoegen u tot ridder te slaan. Wilt u alstublieft knielen?'

In gewijde stilte had ze hem met het aangereikte zilveren zwaard op de schouders en het gebogen hoofd aangetikt, waarna er een studentikoos gejuich en applaus was losgebarsten. Isaac was vooral overrompeld door de reden waarom deze eer hem te beurt viel. Als het nu omwille van zijn 'Principia' was geweest, of omwille van zijn hervormingen van de Munt, dan had hij het wel begrepen. Maar een riddering om zijn politieke carrière te eren, vond hij haast lachwekkend. Het zou het onderwerp van een spotprent kunnen zijn in de 'London Gazette'.

'Ik hoop zo dat u door Cambridge gekozen zult worden,' zei de koningin. 'Hopelijk heeft de riddering uw kandidatuur ondersteund.'

'Met permissie, majesteit,' zei Newton, terwijl hij snel en zenuwachtig wat kaarsen aanstak, 'maar waarom hecht u zoveel belang aan mijn kandidatuur als parlementslid?'

De koningin en haar man wisselden een vertederde blik. De bescheidenheid van deze man was werkelijk buitengewoon.

'Gaat u toch zitten,' zei de koningin tegen Isaac, die nerveus rond de tafel drentelde.

'Natuurlijk,' knikte Isaac, en hij nam een stoel om aan te schuiven. Hij durfde nu voor het eerst echt naar de koningin te kijken, die ontdaan van alle opsmuk een gewone, bijna onopvallende vrouw bleek te zijn. Haar stuurse, hooghartige blik die hem bij het diner tot zwijgzaamheid had aangezet, was nu verdwenen. Met haar korte zwarte krullen en blozende bolle wangen leek ze eerder een aardige boerenvrouw. Hij probeerde zijn zenuwen te beheersen en het als de normaalste zaak van de wereld te beschouwen dat hij midden in de nacht in zijn kamer in Cambridge met Anne en George in zijn slaapkleed aan tafel zat.

'Ik heb uw laatste verslag over de Munt zeer aandachtig gelezen,' zei Anne vriendelijk, 'en de impact die uw aanbevelingen op ons land kunnen hebben zijn fenomenaal. Daarom is het zo belangrijk dat u weer in het parlement plaatsneemt om zelf uw idee over een *goudstandaard* te verdedigen. Want natuurlijk zullen de *Thories* zich daar met hand en tand tegen verzetten...'

'O,' was het enige wat Isaac kon uitbrengen nu hij eindelijk begreep waaraan hij de riddering te danken had. Door alle drukte rond het reviseren van zijn 'Principia', het opzetten van een nieuwe structuur voor het Koninklijk Genootschap, de aantekeningen die hij bewerkte voor zijn nieuwe boek *Optica* en zijn dagelijkse aangelegenheden als muntmeester, was hij bijna zelf zijn manifest om een goudstandaard in te voeren vergeten. Nu Engeland betrokken was geraakt bij de *Spaanse successieoorlog* dreigde het land opnieuw in een financiële crisis terecht te komen. Als Frankrijk en Spanje één koninkrijk zouden worden, was dat zeer gevaarlijk voor Engeland. Maar nog bedreigender was dat de jonge zoon van de verdreven koning Jacobus de Engelse troon opeiste. *Jacobus Francis* vond dat hij als mannelijke erfgenaam recht had op de koningstitel, en niet Anne, zijn halfzus. De geruchten deden de ronde dat hij een vloot voorbereidde om via Schotland Engeland aan te vallen.

Isaac zag zijn verdienste dat hij als muntmeester een welvarend land van Engeland had gemaakt in de rook van kanonnen opgaan. Op een geïnspireerde middag had hij daarom een plan opgesteld voor hoe Engeland zijn goudvoorraad onuitputtelijk kon houden. Omdat er veel geld naar het buitenland vloeide om de soldaten te betalen, verloor het goud veel van zijn waarde. Immers, in de meeste andere landen was zilver meer waard dan goud. Er waren dus vele goudstukken nodig om de oorlog op al die slagvelden te kunnen betalen. De hele Engelse goudvoorraad dreigde in het buitenland verloren te gaan.

Het plan van Isaac was briljant in zijn eenvoud. Hij stelde de prijs van een ons goud op drie pond en zeventien shilling. Van deze vastgestelde waarde zou men nooit meer mogen afwijken. Dit zou de goudstandaard worden. De Engelsen zouden zich in het buitenland voortaan laten betalen aan de hand van het gewicht van het goud, en niet door de eenheid die op de buitenlandse munt stond. Hierdoor zouden ze altijd een eerlijke, goede prijs krijgen. Een nog lucratiever voorstel was om het hoe dan ook te vermijden in het buitenland met goud te betalen. Zo bleef het goud, het enige edelmetaal dat nooit meer zijn waarde zou verliezen door de standaard van Newton, in het binnenland. Het goud zou als een buffer opgeslagen worden, en in het dagelijkse geldverkeer zouden vooral zilveren munten gebruikt worden. Op deze manier zou Engeland financieel onoverwinnelijk worden. De goudvoorraad zou alleen maar groeien in hoeveelheid en in waarde.

'Koning Willem, mijn zwager, had gelijk,' zei Anne vrolijk, 'toen hij zei dat hij geloofde dat u in staat was goud te maken, dat u zelfs een alchemist was. Eerlijk gezegd nam ik dat toen niet erg serieus, maar toen ik uw voorstel las, moest ik toegeven dat hij gelijk had. U bent een goudmaker. Dit is een briljant plan.'

Verlegen frunnikte Isaac aan de linten van zijn slaapkleed. De woorden van de koningin versterkten zijn hoop dat zijn goudstandaard misschien wel de voorbode zou zijn van het werkelijke goud dat hij wilde maken. De goudstandaard zou de rijkdom van Engeland op wonderlijk eenvoudige wijze vermenigvuldigen. Niet door lood in kroezen tot goud om te smelten, maar toch met hetzelfde effect. Zijn wiskundig inzicht had hem een eenvoudige formule aan de hand gedaan die werkelijk goud voortbracht. Hij was een economisch alchemist geworden.

'Maar,' voegde de koningin er somber aan toe, 'omdat de Tories zich zo verzetten tegen onze Spaanse oorlog, zullen ze zich ook verzetten tegen uw goudstandaard. Nu hebben ze alleen maar economische argumenten om de oorlog tegen te houden, omdat die ons land zoveel geld gaat kosten. Uw goudstandaard bewijst het tegendeel. De oorlog zal ons rijker maken dan ooit tevoren. Ze zullen weigeren zich te verdiepen in uw vernuftige idee achter de goudstandaard, zoals ze in hun aangeboren conservatieve levenshouding al wat nieuw en anders is afwijzen. Dat is de reden waarom ik uw kandidatuur ondersteun. U hebt het parlement al veel diensten bewezen door de strenge wetten op valsmunterij die u formuleerde. Die hebben ons al voor een oorlog behoed. Maar dit voorstel gaat veel verder. Als u hierin slaagt, zal het uw werk als auteur van de "Principia" in de schaduw stellen. De mensen zullen zich u herinneren als de man die Engeland rijk en vreedzaam maakte.'

'Ik zal mijn best doen, majesteit,' zei Isaac, geïmponeerd door de verwachtingen die de koningin van hem had. 'Maar zoals u weet, zijn er een paar andere sterke kandidaten voor de parlementszetel van Cambridge. Ik ben hier ook al zo lang weg, dat ik niet weet of ik veel steun heb.'

'Nooit heb ik zo'n nederig man ontmoet,' zei George, die tot nu alleen maar goedmoedig knikkend het gesprek had gevolgd. 'U bent beroemd, sir Newton, over de hele wereld. Ook in mijn eigen vaderland, Denemarken, wordt met ontzag uw naam uitgesproken. Ze zouden hier in Cambridge toch gek zijn als ze hun beroemdste hoogleraar niet afvaardigden? Ik zit 's nachts vaak in de tuin van het paleis door mijn sterrenkijker naar het heelal te kijken. Dan probeer ik te begrijpen hoe u beschreven heeft dat alles daar boven elkaar in evenwicht houdt, en hoe volmaakt God deze balans heeft aangebracht. Zou u mij eens het genoegen willen doen een nacht met mij door te brengen, en me alles wat u weet te vertellen over dat wonderlijke universum...?'

'George,' vermaande Anne haar man, 'sir Newton heeft het veel te druk om hem zoiets te vragen. Vergeef hem, maar hij is een groot bewonderaar van u.'

'Met alle genoegen,' zei Newton. 'Maar ik heb misschien een nog beter idee...'

'En dat is?' vroeg George gretig.

'Ik bracht vanochtend een bezoek aan onze koninklijke astronoom, de heer Flamsteed, in Greenwich. Hij is vergevorderd met een sterrenatlas. Maar hij is nogal armlastig, waardoor hij onvoldoende tijd kan vrijmaken en de publicatie uitstelt. Als u uw koninklijke naam en steun aan zijn atlas zou verlenen, en daarbij de druk opvoert om die snel te publiceren, dan bent u de beschermheer van de meest volledige sterrenatlas ter wereld...'

George glunderde. Ondanks zijn opgeruimde karakter viel het hem niet altijd mee almaar in de schaduw te staan van zijn echtgenote, de koningin. Anne was getroffen toen ze het gezicht van haar beminde echtgenoot zag opleven bij het voorstel van Newton.

'Dank u wel, sir Newton,' zei George ontroerd, 'zoiets had ik net nodig. Zo gauw we weer in Londen zijn, ga ik meneer Flamsteed achter de broek zitten! Die sterrenatlas moet er zo snel mogelijk komen! Kom Anne, laten we Newton niet langer zijn nachtrust ontnemen. Dank dat u even tijd voor ons wilde maken. Anne durfde eerst niet, maar ik zei het je toch, Anne, dat hij een hele aardige en deemoedige man is? Veel te deemoedig, sir Newton, veel te deemoedig!'

Toen Isaac het echtpaar uitliet, had hij het gevoel dat gedurende hun samenzijn de rollen waren omgedraaid. Hij werd door de koningin en haar echtgenoot bejegend alsof híj de koning was. En zo voelde hij zich ook, toen hij tevreden op zijn oude twijfelaar lag en droomde van alle projecten die nu stilaan tot voltooiing kwamen. De tijd was aangebroken om alle losse eindjes uit zijn leven aan elkaar te knopen. Om de maan te kunnen raken, moet je op z'n minst op de sterren mikken, dacht hij.

62

Isaac werd uitbundig omhelsd door Fatio toen hij, ondanks zijn eerdere aarzeling, toch naar de Barbican gekomen was, het leegstaande magazijn aan de rand van een vuilnishoop, dat de Franse profeten hadden gehuurd, nu ze niet langer welkom waren in de Franse protestantse kerken. Hij was opgewonden dat zijn beroemde vriend aanwezig was en stelde hem voor aan al de profeten die ongedwongen in gesprek waren met de vele belangstellenden. Nu Isaac zich aansloot bij de Franse profeten, zouden ze niet langer belachelijk worden gemaakt. Zijn lidmaatschap zou een erkenning betekenen van de authenticiteit van hun openbaringen en hun gegronde Bijbelkennis. Fatio straalde van zelfvertrouwen.

'Iedereen voelt dat er iets aan de hand is,' zei Fatio. 'Elke avond komen er meer en meer mensen. Niet alleen Fransen, zoals je ziet, want zeker de helft zijn Londenaren. Het zijn mensen die gevoelig zijn voor de tekenen. Mensen met het *kainsteken*. Al wie zich nu bij ons aansluit zal bij de uitverkorenen horen. Wij hebben de nederige taak om te proberen zo veel mogelijk mensen te redden. Dagelijks ga ik de straat op om pamfletten uit te delen, en mensen vertellen het door aan elkaar. Het zal niet lang meer duren of ook deze ruimte wordt te klein voor ons. Ik ben heel blij dat je je hart hebt gevolgd, Isaac, dat je de goede keuze hebt gemaakt. Je ziet er moe uit. Hoe is het in Cambridge gegaan? Ben je gekozen?'

Somber schudde Isaac zijn hoofd. 'Het was vreselijk,' zei hij. 'De ene dag werd ik door de koningin tot ridder geslagen, maar twee dagen daarna, bij de verkiezingen, stroomde het hele universiteitsplein vol met studenten. Jongens van hooguit twintig jaar scholden en joelden me uit.'

'Wat?' zei Fatio. 'Van je ridderschap heb ik natuurlijk gehoord. Daar heeft iedereen het hier in Londen over. Maar juist daarom dacht ik dat je nu wel de held van Cambridge zou zijn.'

'Ze hebben me nog net niet gevierendeeld,' zei Newton bitter. 'Cambridge is een echt Tories-bolwerk geworden. *Jonathan Swift*, hun pamflettist, is kennelijk in mijn verleden gedoken en heeft ontdekt dat ik de enige hoogleraar ben die nooit de anglicaanse eed heeft gezworen. Dat was natuurlijk koren op de molen van die fundamentalistische anglicanen. Het was verschrikkelijk, Fatio. Ik heb roemloos verloren.'

Isaac had geschrokken ondervonden dat hijzelf niet immuun was voor zijn derde bewegingswet van actie en reactie. Zoals een hemellichaam zich in een ellipsvormige baan bewoog, zo beschreven ook de feiten die een mens overkwamen een ellipsvormig pad, merkte hij nu. Sommige banen werden beschreven in tientallen jaren, andere omwentelingen vonden in enkele dagen tijd plaats. Maar alles wat een mens deed, kwam onherroepelijk in gelijke mate weer op zijn pad. Veroorzaakte men kwaad, dan trof dat kwaad in dezelfde hoeveelheid jezelf. Iedere actie, iedere beweging, of die nu van fysieke, mentale of spirituele aard was, ging altijd gepaard met een gelijke in richting tegengestelde reactie. Het deed hem inzien dat de mens fouten maakte en dat dit de reden was waarom hij op aarde was: om te ervaren, om te leren, om zich te ontwikkelen. Het leven was een speeltuin van ervaringen en sensaties, bedoeld om te groeien. Om uit de stommiteiten die ieder mens beging, lering te trekken en nieuwe keuzes te maken. God maakte het in Zijn oneindigheid niets uit welke keuze men maakte. Alleen moest iedereen altijd wel de gevolgen van zijn keuzes dragen. De kosmos had een onfeilbaar geheugen. Tegelijkertijd gaf dit levensprincipe de mens de kans om zijn eigen toekomst te herdefiniëren, want wie goed deed, ook goed ontmoette. De mens was de eigen schepper van zijn lot.

'Ja,' zei Fatio afwezig, die achter Isaacs rug zag dat de profeten zich terugtrokken rond de ovale tafel op de verhoging in het midden van de zaal. 'Het zijn allemaal symptomen van de eindtijd, Isaac. Ga alsjeblieft daar bij de ramen zitten, daar kun je het het best zien. Ik moet gaan noteren. Tot straks.'

Fatio ging aan het hoofd van de tafel zitten en legde met ceremoniële ernst zijn horloge op tafel, klapte zijn schriftje open en doopte zijn veer in de inkt om de tijd te noteren. Het geroezemoes verstomde nu iedereen een plaats ging zoeken. Er waren te weinig stoelen voor de belangstellenden, maar zonder morren boden de jonge mensen hun plaats aan de ouderen aan en gingen achteraan staan. Naast Isaac zat een stokoude vrouw die moeilijk keek.

'Ik heb last van al mijn gewrichten,' verklaarde ze Isaac fluisterend. 'Ik kan niet zo lang stilzitten, dus ik hoop dat de engelen maar snel zullen komen.'

'Natuurlijk,' knikte Isaac niet-begrijpend terug, en toen richtte hij zijn volledige aandacht op de ovale tafel, waar de acht profeten, onder wie één vrouw en één tienjarig meisje, allen vroom glimlachend voor zich uit staarden. Het was niet zozeer nieuwsgierigheid die hem vanavond hiernaar toe gedreven had als wel de behoefte om Fatio te zien. Bij hem wilde hij wat troost en warmte vinden na de nederlaag in Cambridge. Het was niet erg dat hij tot na de bijeenkomst moest wachten om hem voor zich alleen te hebben. Alleen al door naar hem te kijken raakte hij verzoend met de onrechtvaardigheid van het leven. Wat kon het hem uiteindelijk schelen wat ze in Cambridge over hem dachten? Als Fatio maar van hem hield. Hij wist niet wat hij van Fatio's nieuwe vrienden moest denken, maar hij zag wel dat hij opgeleefd was. Hij had een nieuw doel gekregen, na al die tijd dat hij niet had geweten waarvoor hij deugde en wat zijn aandeel in deze wereld was. Zijn ernstige gezicht was edel zo in het zachte kaarslicht. Een schilder als Rembrandt zou in Fatio een gedroomd model hebben gevonden, dacht Isaac verliefd.

Plots werd hij uit zijn zoete gedachten opgeschrikt door een diepe grafstem die riep 'Des mouches!'. Het was het jonge meisje met de zwarte paardenstaart, dat schuddend op haar stoel zat en met uitgestrekte arm naar het raam wees. Haar ogen stonden wijd open en haar gezicht had iets van dat van een kwaadaardige engel, terwijl ze met een stem die niet de hare was maar die van een oude dronkaard bleef herhalen: 'Des mouches!' Toen krijste er een jonge vrouw uit het publiek en wees ook naar het raam.

'Het kind heeft gelijk,' riep ze. 'Kijk, duizenden vliegen slaan zich te pletter tegen de ramen. Het regent vliegen! De lucht ziet zwart van de vliegen!'

'De plagen van Egypte komen over Londen,' riep een oude man dreigend.

Het publiek dromde samen bij de ramen om verschrikt toe te kijken hoe miljoenen vliegen zich te pletter vlogen alsof ze eensgezind door het glas wilden breken. De hele lucht leek gevuld met vliegen, en al snel werd er gegild, geraasd en gebeden. Het publiek raakte bevangen door een hysterische paniek. Sommigen vielen op hun knieën, anderen zochten beschutting achter een stoel. Fatio liep van links naar rechts om iedereen gerust te stellen. Hij bezwoer ze dat ze binnen veilig waren, dat ze uitverkorenen waren, die door hun gevoeligheid als eerste de tekenen zagen. Op een paar angstige vrouwen na die de zaal uit liepen en zich veiliger waanden te midden van de vliegenzwerm op straat dan bij die angstaanjagende profeten, ging uiteindelijk iedereen naar zijn plaats, waar ze al snel weer gefascineerd werden door het meisje, dat begonnen was met het maken van een tekening. Met grote, driftige halen zette ze houtskoolstrepen op het papier alsof haar hand door iemand anders gestuurd werd. Tegelijkertijd begon aan de andere kant van de tafel de mooie Fransman met de donkere krullen te beven. Zijn elegante gelaatstrekken veranderden in iets monsterlijks en het leek of hij geen adem meer kon krijgen. Ook andere profeten begonnen te trillen, met hun hoofd te schudden of als wilde katten te briesen en te blazen. De vrouwelijke profeet in het jezuskleed kreeg een epileptische aanval en kwam door een val op de grond terecht, waar ze in een vreemde, onbekende taal begon te orakelen terwijl ze met haar armen en benen sloeg. Fatio probeerde nauwgezet in snelschrift alle gebeurtenissen die tegelijk plaatsvonden te noteren, maar het was onbegonnen werk met acht profeten die tegelijkertijd uittraden, satanische gezichten trokken, over de vloer kronkelden en bijbelse verzen opzegden. Eén stem steeg uiteindelijk boven de andere uit. Marion stond op de tafel en zijn gezicht gloeide. Er was een diepe rust over hem neergedaald, die ook de andere profeten aanstak. Ze knielden voor de tafel, en werden hierin al snel gevolgd door een groot aantal mensen uit het publiek die de man als een afgezant van de hemel zagen.

'Mijn kinderen,' sprak Marion, 'ik heb grote gaven en grote geschenken voor u meegebracht. Wees mijn trouwe volgers. De komende dagen zullen erg lastig zijn. Maar ik zal mijn werk zichtbaar maken op aarde. Weet, mijn kinderen, dat Londen zal branden.'

Een huivering ging door de zaal, en zelfs Isaac wist even niet zeker of er nu wel of niet een brandgeur in de lucht hing.

'Brand,' herhaalden de medeprofeten onheilspellend terwijl ze hun armen in de lucht gooiden, 'Londen zal branden.'

'Over enige tijd,' ging Marion verder, 'zal Londen tot stof en as vergaan. Er zal een ziekmakende mist over de stad drijven, grauwgele nevelen zullen Londen omhullen en de huid van de ongelovigen doen openbarsten in zweren en builen, en uiteindelijk iedereen uitroeien die mij niet volgt. Bekeert u voor het te laat is, want er zullen ontzettend veel doden vallen.'

Isaac keek ontzet hoe nu iedereen, behalve hijzelf, op zijn knieën was gevallen voor de Franse profeet en jammerde en beefde. De profeet, die plots hete tranen over zijn wangen liet stromen, spreidde zijn armen als de gekruisigde Christus.

'O mijn kinderen, mijn kinderen, ik kan u vertellen dat de gruwelijke beelden uit de Apocalyps niets zijn in vergelijking met wat u de komende tijd zult meemaken. Het slagveld zal Londen zijn en niet Parijs. De Franse troepen zullen op Engelse bodem afgemaakt worden. Jullie voeten zullen door het bloed van de vijanden moeten waden dat door de straten vloeit wanneer jullie op weg zijn om jullie te verzamelen voor mijn komst. Wees bereid. Volg de tekenen. Vermoord de antichrist. Lodewijk en het satansgebroed Jacobus Francis zullen branden in de hel.'

Toen viel hij bewusteloos op tafel en de andere profeten verzamelden zich rondom Marion en streelden bezorgd en liefdevol zijn gezicht. Ook de toeschouwers troepten samen rond de tafel waarop de levenloze jonge man lag en sloegen hun armen om elkaars middel. Uit hun midden steeg een teder Frans lied op dat meerstemmig werd gezongen. Isaac keek met afschuw naar het vel papier waarop het twaalfjarige meisje een afschrikwekkend paard had getekend met een vacht vol occulte symbolen en doorboord met wel vijftig zwaarden. Toen het lied aanzwol, scheurde de profetes haar kleed zoals de hogepriester had gedaan bij de veroordeling van Jezus. Enkele jonge vrouwen in het publiek volgden haar voorbeeld en toonden trots hun borsten aan de hemel. Jonge koppels begonnen elkaar schaamteloos te strelen en te vrijen alsof dat alles was wat hun restte na de donkere profetieën.

'Ik heb geen pijn meer,' zei het stokoude vrouwtje met een hemelse gloed op haar gelaat. 'Die jongen is de verlosser.'

Toen Isaac zag dat Fatio Marions gelaat overdekte met kussen en door zijn haren woelde, maakte hij zich los uit de bij elkaar gepakte menigte en baande zich gehaast een weg naar buiten. Daar sloeg een regen van vliegen tegen zijn gezicht, en zich met zijn handen beschermend rende hij naar huis alsof de hoer van Babylon hem op een gevleugeld paard achternazat.

63

Toen Kit de voordeur hoorde opengaan, reikte ze Montagu snel een boek aan.

'Lees!' fluisterde ze.

Daarna ging ze met haar hoofd in zijn schoot op de schapenvacht bij het haardvuur liggen, met het boek van Anne Finch opengeslagen.

Helemaal van slag kwam Isaac de salon binnenlopen. Hij zag lijkbleek en was buiten adem.

'Goedenavond,' mompelde hij, terwijl hij bij de tafel en op de schoorsteen naar het koperen belletje zocht dat hij altijd kwijt was wanneer hij het dienstmeisje wilde bellen, zodat hij meestal zelf maar deed wat hij haar had willen vragen.

'Wat zoekt u, oom?'

'Ik heb een borrel nodig. Waar is dat belletje?' zei hij geïrriteerd.

'Ga zitten, beste vriend,' zei Montagu. 'Kit en ik waren net een fantastisch boek aan het lezen bij een heerlijk glas wijn. Ik zal je inschenken.'

Isaac ging op de chaise longue zitten en sloeg de inhoud van het glas dat Montagu hem aanbood in één keer achterover.

'Is er wat gebeurd, oom Isaac? U lijkt zo aangeslagen.'

'Ik weet het niet,' zei Isaac na een tijdje. 'Ik ben naar de Franse profeten geweest. Ik weet niet wat ik ervan moet denken.'

Kit en Montagu wisselden een teleurgestelde blik. De hele avond hadden ze op Isaac gewacht om hem te verrassen met hun nieuws, maar ze begrepen dat ze eerst naar zijn verhaal zouden moeten luisteren. Kit legde haar opengevouwen boek op het salontafeltje en ging naast haar oom zitten. Ze legde een troostende hand op zijn knie.

'Isaac,' zei Montagu bezorgd, 'ik hoop dat niemand je gezien heeft. Het is toch niet verstandig je in te laten met die waanzinnigen? Heel Londen spreekt er schande over. Vanmiddag nog, op de herensociëteit, waren ze het gesprek van de dag. Het zal niet lang duren voor ze voor de rechter worden gesleept. Daar wil je toch niet bij betrokken raken?'

'Ik wil weten wat Fatio bezielt,' verdedigde Isaac zich. 'Hij is toch niet gek? Bovendien praten ze geen onzin. Het Europese vasteland is met de Spaanse oorlog weer een brandend slagveld geworden. En het schijnt dat Jacobus Francis met zijn vloot onderweg is naar Schotland. Voor je het weet, verplaatst het zwaartepunt van de oorlog zich naar hier. Het is toch niet zo heel vergezocht om in dat alles de Apocalyps te zien? Ik wilde met eigen ogen vaststellen waarom ze zoveel mensen aanspreken. De halve stad is in hun ban. Maar ik wilde natuurlijk weten wat Fatio zo aantrekt in die profeten.'

'En,' vroeg Kit, 'heeft u het ontdekt?'

Isaac stond op en liep door de kamer alsof hij een loden bal aan zijn been meesleepte. Zijn nuchtere verstand verzette zich ertegen bibberende, orakelende mensen met het schuim op de mond serieus te nemen. Hoe hallucinant de vliegenregen ook geweest was, dat fenomeen was niets bovennatuurlijks. In Woolsthorpe had hij meer dan eens zomerdagen meegemaakt waarop de lucht zwart zag van de vliegen. Wanneer er gemest was en het lange tijd warm bleef, werkte dat als een broedkast voor vliegen. Massaal en versneld braken ze dan uit de eitjes. Het was het hele theater en de entourage die de avond zo onheilspellend hadden gemaakt.

'Ik heb me vaak afgevraagd hoe het mogelijk was dat ik ondanks mijn scepsis zo onder invloed van Saint Germain kon komen. Dat ik dingen deed die tegen mijn natuur indruisten. Maar misschien is het antwoord wel heel eenvoudig,' zei Isaac, terwijl hij Montagu gebaarde naast Kit te gaan zitten, zodat hij zijn nieuwe theorie aanschouwelijk kon maken.

'Alles in de natuur komt tot stand door de aantrekking tussen een vrouwelijk en een mannelijk principe,' zei hij, terwijl hij Kit en Montagu aanwees als vleesgeworden principes. 'Het vrouwelijke principe is passief en ontvangend, tot ze bevrucht wordt door het mannelijke. Dan wordt ze creatief en brengt nieuw leven tot stand. Maar die twee principes zitten ook in ieder mens zelf. Onze geest is afwachtend en passief, tot hij gepenetreerd wordt door een idee of indruk van buiten. Op dat moment komt er een creatief proces op gang dat tot nieuwe ideeën kan leiden. Dat is een natuurlijk en positief proces, maar mensen die het mannelijke principe zo ontwikkeld hebben, kunnen het ook misbruiken. Ze kunnen net als bij een verkrachting bewust de geest van een ander binnendringen. Door hun kracht kunnen ze mensen dingen doen geloven die zelfs tegen hun eigen geweten indruisen. Ze kunnen zelfs naar believen dingen laten zien of laten verdwijnen. Ze maken gebruik van de werkelijkheid zoals wij die ervaren, maar kleuren die met hun interpretatie tot een nieuwe werkelijkheid.'

'Ja,' zei Kit, die zich in deze theorie herkende. 'Toen ik u ging storen om de komst van Saint Germain aan te kondigen, had ik inderdaad het gevoel dat hij mij in zijn macht had. Hij dwong me om bij u aan te kloppen, ondanks uw verbod.'

'Saint Germain is een meester in hypnose. Op die manier moet hij ook zijn verdwijningstruc hebben uitgevoerd. Hij moet mijn gedachten zo hebben doordrongen van het feit dat hij zou verdwijnen, dat ik daarna in de werkelijkheid alleen maar bevestiging van die verdwijning vond.'

'Dat toont wel de enorme kracht van de menselijke geest,' zei Kit.

'Nee,' zei Isaac stellig. 'Het is een kunstje. Een gevaarlijk kunstje. Natuurlijk kun je met de kracht van de geest, de kracht van gedachten, de wereld veranderen. God zelf heeft de wereld gecreëerd door Zijn gedachten. "In den beginne was het woord..." Wanneer je werkelijk een nieuwe, oorspronkelijke gedachte voortbrengt, wordt die levend. Zo creëren we ons eigen leven. We worden bevrucht door een gedachte, we dragen die zoals in een zwangerschap en dan baren we ze in de wereld. Jij bent er altijd van overtuigd geweest dat je voor een ander leven bestemd was, Kit, en die gedachte heb je levend gemaakt en gemanifesteerd.'

'Ja,' zei Kit aarzelend.

'Ieder mens trekt precies dat in zijn leven aan, met dezelfde intensiteit, als wat hij zelf veroorzaakt heeft. Elk handelen, elke actie, brengt op een bepaald moment een reactie in een leven teweeg. Het gevoel van geluk, wanhoop, verdriet komt altijd voort uit een actie, een beweging. Maar het is een misverstand om te denken dat die beweging van buiten komt, dat er iets naar de mens toe moet komen dat hem zal transformeren. Alles wat op ons levenspad komt, is een reactie op wat we van binnenuit creëren. Wanneer we een besluit nemen, dan reageert de wereld. Zo kan het bewustzijn de wereld om ons heen transformeren.'

'Allemaal goed en wel.' Montagu, die weinig met dit soort gefilosofeer op had, veranderde ongeduldig van onderwerp. 'Dus als ik het goed begrijp, Isaac, denk jij dat die Franse profeten hun aanhangers manipuleren?'

'Dat denk ik, ja,' zei hij, 'en daar is dus ook Fatio door aangestoken. Sterker nog: ik denk dat hij verliefd is op hun leider, een zekere Marion, en dat hij aan hem zijn hart heeft verpand.'

'Ach, oom,' zei Kit zalvend, en ze omhelsde hem, 'dat kan ik nauwelijks geloven. Hij is zo vaak langs geweest toen u in Cambridge was, en ik heb hem alleen maar lieve dingen over u horen zeggen. Hij houdt werkelijk van u.'

'Al met al was het toch onverstandig om zo'n bijeenkomst bij te wonen,' sprak Montagu vermanend. 'Mensen die je willen beschadigen, zoeken in alles een aanleiding om je te beschimpen. Na de nederlaag in Cambridge kun je zoiets niet gebruiken. Voor je het weet, beschuldigen ze je van ketterij. Alles wat je hebt opgebouwd, kan zomaar weer vernietigd worden. Kijk naar mij! Onder koning Willem was ik minister van Financiën, en nu onder koningin Anne ben ik niets meer.'

Somber ging Isaac weer zitten en staarde verloren in de vlammen van de open haard. Hij moest met Fatio praten. Hij moest hem ervan doordringen dat die profeten oplichters waren, komediespelers, hypnotiseurs die goedgelovige mensen opjutten. Ze waren staatsgevaarlijk. Met hun doemgedachten wilden ze Engeland in een oorlog storten.

'Ik weet het,' zei hij plots met oplichtende ogen. 'Ik zal ze ontmaskeren, die valse profeten. Met eigen middelen. Ik zal de echte profetieën in de Bijbel bestuderen en dan precies de datum uitrekenen wanneer de Apocalyps zal plaatsvinden.'

'Zo ken ik u weer, oom Isaac,' zei Kit opgelucht, en ze knielde neer bij haar oom. 'Ik schenk u nog een glas wijn in, want Montagu moet u iets vragen...'

'Is dit wel het goede moment?' vroeg Montagu terughoudend.

Kit knikte hem bemoedigend toe en vlijde zich, na Isaac ingeschonken te hebben, bij hem op de zitting. Aarzelend kwam Montagu overeind en ging voor Isaac op één knie zitten. Kit legde haar hand op die van Isaac en bloosde.

'Beste Isaac,' zei Montagu, en hij schraapte zijn keel. 'We zijn nu al geruime tijd vrienden en hebben samen het een en ander doorgemaakt. Nu mijn vrouw – God hebbe haar ziel – zachtjes ingeslapen is, en zij mij gezegend heeft achtergelaten met een grote erfenis, heb ik besloten om Kits toekomst zeker te stellen en haar tot enige erfgename benoemd. Ook heb ik laten vastleggen – en hier zijn de documenten, zodat je het kunt nalezen – haar een jaargeld te schenken om in haar onderhoud te voorzien.'

Terwijl Isaac aandachtig en verheugd de documenten las, porde Kit haar minnaar achter Isaacs rug op om verder te gaan met zijn verhaal.

'Beste Isaac,' hervatte Montagu verlegen, 'ook voor jou heb ik een donatie opgenomen die ik je als vriendschappelijk gebaar schenk. Zie artikel drie van het document, de tweede paragraaf.'

Geërgerd beduidde Kit dat hij ter zake moest komen. Montagu haalde diep adem.

'Isaac, jouw nichtje Kit is alles voor me. Ik hou van haar. Ik wil met haar trouwen. Ik vraag je om de hand van je nicht...'

Geschrokken keek Isaac op.

'Onmogelijk,' antwoordde hij. 'Verzoek afgewezen.'

64

Tevreden inspecteerde Isaac het *wapenschild* dat hij boven de deur in Crane Court had laten aanbrengen. In klassieke letters stond het motto NULLIUS IN VERBA geschilderd, 'Niets in woorden', wat elke bezoeker meteen duidelijk maakte dat hij in het Koninklijk Genootschap alleen door bewezen experimenten bijval kon verdienen, en niet door geredeneer en gepraat. Deze nieuwe locatie voor de vergaderingen van het Koninklijk Genootschap, in het kleine steegje in Fleet Street, was dan misschien kleiner dan de lokalen die ze in Gresham College huurden, maar dit was tenminste hun eigendom. Isaac had zich er sterk voor gemaakt om deze verhuizing af te dwingen. Hij had zelf een selectie gemaakt van wat wel en wat niet uit het archief verhuisd zou worden. Het had hem de kans gegeven om in één keer alle herinneringen aan zijn rivaal Hooke te laten verdwijnen. Niet alleen het enige portret dat van Hooke bestond werd vernietigd, maar ook zijn tientallen uitvindingen en vooral de laffe schriftelijke aanvallen die Hooke gedurende zijn leven op Isaac had uitgevoerd werden verbrand. Deze verhuizing zou ervoor zorgen dat Hooke zijn rechtmatige plaats in de geschiedenis zou krijgen: als voetnoot. Isaac wilde dat deze nieuwe episode in de geschiedenis van het Koninklijk Genootschap duidelijk gemarkeerd zou worden door zijn presidentschap. Het was afgelopen met de lachwekkende demonstraties waarmee Hooke van het Genootschap meer een variététheater dan een natuurfilosofische ontmoetingsplaats had gemaakt. Het Genootschap zou opnieuw worden wat het ooit was: koninklijk. Het nieuwe elan van het Genootschap zou wereldkundig worden gemaakt door maar liefst drie werken van de nieuwe voorzitter. Zijn nieuwe boek 'Optica', dat hij al die jaren had uitgesteld om Hooke niet de kans te geven het af te kraken. Een boek waarin hij eindelijk zijn beroemde kleurenleer zou toelichten. Dan een herziene uitgave van de 'Principia'. En als klapstuk de *Chronologie*, waarin hij de gehele geschiedenis van de mensheid zou berekenen van zijn ontstaan tot en met de Apocalyps. Maar hij had de maanobservaties van Flamsteed nodig om zowel zijn *maantheorie* te perfectioneren in de 'Principia' als om eeuwen terug te gaan in de tijd in de 'Chronologie'.

De in livrei geklede portier opende de dubbele deur van de vergaderzaal en kondigde met luide stem aan: 'Heren, de voorzitter van het Koninklijk Genootschap, sir Isaac Newton.' Meteen stonden alle leden op. Desaguliers, de jonge secretaris, opende met witte handschoenen de glazen kist waarin de rijkelijk geornamenteerde gouden staf lag, en overhandigde hem eerbiedig aan de voorzitter. Isaac legde de staf, die bij de oprichting geschonken was door koning Charles, op zijn tafel, als symbool voor de opening van de vergadering, en ging toen zitten, waarna iedereen weer plaatsnam op de met pluche beklede banken. Hij keek tevreden rond. Persoonlijk had hij de rituelen en kaders opgesteld waarbinnen voortaan vergaderd zou worden. Hij richtte zich tot de portier en zei: 'Laat meneer Flamsteed binnenkomen.'

Met zijn kreupele tred betrad Flamsteed onzeker de vergadering. Hij liep met een dik pak papier onder de arm naar het spreekgestoelte.

'Meneer Flamsteed,' zei Isaac na langdurig door het dossier gebladerd te hebben uiteindelijk, 'u werd door koning Charles aangesteld om als koninklijk astronoom het observatorium in Greenwich te bemannen en ons land te voorzien van observaties. Uw werkzaamheden stonden van begin af aan onder het toezicht van het Koninklijk Genootschap. Het kan u niet aangewreven worden dat mijn voorgangers dit toezicht weinig of niet accuraat hebben uitgeoefend, waardoor bij u de verleiding kan zijn ontstaan uw eigen gang te gaan. Tot mijn spijt moet ik u echter mededelen dat deze situatie vanaf nu zal veranderen. Ondanks het dringende verzoek van prins George, de eerwaarde echtgenoot van onze koningin Anne, om het materiaal te leveren om onder zijn auspiciën een sterrenatlas uit te geven, hebben wij nog niets publiceerbaars ontvangen. Geen kaarten, geen aantekeningen, geen observaties – niets. En dat terwijl u mij zelf verklaard heeft dat u met uw sterrenatlas vergevorderd was. Kunt u ons deze onbegrijpelijke vertraging toelichten?'

Flamsteeds kin trilde van ongeloof. Newton schuwde werkelijk geen enkel middel om aan zijn maanobservaties te komen. Toen prins George hem in Greenwich had opgezocht, had Flamsteed zelfs nog even in de waan verkeerd dat dit uit erkentelijkheid was, dat Isaac zijn onbehouwen gedrag had ingezien en als goedmakertje de prins op zijn werk had geattendeerd. Maar al was de prins bijzonder aardig en zeer geïnteresseerd geweest, het werd hem al snel duidelijk dat het hem maar om één ding ging: hij wilde hem dwingen zijn sterrenatlas zo snel mogelijk uit te geven.

'Meneer Newton...' Flamsteed probeerde zijn woede niet te laten doorklinken in zijn stem.

'Sír Newton,' corrigeerde Isaac.

'Sír Newton, ik heb u, bij uw bezoek aan Greenwich, al duidelijk uitgelegd dat mijn werk nog niet klaar is. Dat als er nu een uitgave zou verschijnen, die vol fouten en onnauwkeurigheden zou staan. Het is onmogelijk om nu aan het verzoek van prins George te voldoen.'

'En hoeveel tijd dacht u dan nodig te hebben, meneer Flamsteed?'

'Tien jaar... op z'n minst.'

Er ging een afkeurend gemompel door de zaal. Isaac liet de staf even dof en kort op het tafelblad klinken om de zaal tot stilte te manen en bleef toen weer een poos zwijgen.

'Maar prins George heeft u wel een donatie van 863 pond gegeven voor de publicatie!'

'Ja! Waarvan ik zelf de drukker moet betalen! Zevenentwintig gevouwen bladen à één pond het stuk, in de oplage van driehonderd die hij wenst... dat is 8100 pond, sir Newton! Hoe denkt u dat ik dat kan betalen?'

Woedend snoerde Isaac hem de mond met een echoënde slag op het tafelblad. 'Zwijg! Nullius in verba. Ik heb besloten u te verplichten om per direct alle materiaal dat u heeft aan ons af te staan, zodat wij de publicatie kunnen opstarten. Ten tweede dwingen wij u per direct het ontbrekende materiaal te maken en binnen twee maanden aan ons te leveren. Heeft u dat goed begrepen?'

Flamsteed keek rond in het publiek in de hoop medeleven te vinden voor zijn zaak. Maar het was hem snel duidelijk dat iedereen als één blok achter Newton stond en er niet over peinsde zichzelf in diskrediet te brengen. Newton dreef hem in de hoek om zijn levenswerk naar buiten te brengen als een onvolgroeid gedrocht. Hij kon geen kant meer op.

'Heeft u onze besluiten begrepen?' herhaalde Newton ongeduldig.

'Ik weiger,' zei Flamsteed moedig, 'maar ik heb de boodschap wel begrepen. Ik ontruim het observatorium en zal alle telescopen en mijn persoonlijke bezittingen en aantekeningen verhuizen, zodat u zelf de observaties kunt doen die u verlangt.'

Newton stond op en stak een beschuldigende vinger naar hem uit.

'Dat zult u niet, meneer Flamsteed. Alles wat in het observatorium staat, is van het Koninklijk Genootschap. Al uw observaties zijn van ons. U verhuist helemaal niets, of u wordt aangeklaagd voor diefstal en kunt de komende tien jaar de sterren bekijken langs de tralies van Newgate. U vertoont gedrag dat een natuurfilosoof volkomen onwaardig is!'

'O ja?' Flamsteed begon zenuwachtig te lachen en richtte zich nu tot het publiek op de tribune. 'Is mijn gedrag onwaardig? Heren, weet u wel zeker dat de voorzitter die u zo bemint zo onkreukbaar is als hij zich voordoet? Ik heb een vers in de Bijbel opgezocht dat sir Isaac Newton in al zijn drukke verplichtingen misschien vergeten is. Maar ik wil hem er hier, in deze openbare vergadering, graag aan herinneren. Jeremia, hoofdstuk 10, vers 2.'

Buiten zinnen sloeg Newton op tafel en gaf de portier de opdracht om Flamsteed uit de vergaderzaal te verwijderen. Maar terwijl hij naar buiten werd gesleurd, reciteerde hij het vers: '"Neem de gewoonten van andere volken niet over; schrik niet voor tekens aan de hemel, ook al schrikken die volken daarvoor..."'

Er laaide een verontwaardigd, gedempt geroezemoes op. Iedereen wist maar al te goed dat Flamsteed zinspeelde op de gevaarlijke Franse profeten, van wie Newton volgens de geruchten vergaderingen zou bijwonen. Deze openbare beschuldiging was een blamage voor Newtons voorzitterschap. In het tumult siste hij Desaguliers toe dat die de woorden van Flamsteed uit de notulen moest schrappen en eiste toen met autoritaire stem dat iedereen zijn mond hield.

'Het spreekt voor zich dat Flamsteed per onmiddellijk ontslagen is als lid van het Koninklijk Genootschap,' zei hij. 'Deze vergadering is gesloten.'

65

Isaac opende de la van zijn bureau in zijn werkkamer op de Munt. Voorzichtig legde hij de map op tafel waarin hij zijn laatste berekeningen had opgeborgen, zijn meest volmaakte versie. Hij had het sterke vermoeden dat deze berekening helemaal klopte. Hij sloeg de zwarte map open en keek naar het stuk perkament waarop hij in donkerblauwe inkt zijn redenering had opgetekend. Zijn berekening van de goddelijke tijd. Om de Apocalyps te berekenen was hij in omgekeerde volgorde begonnen; hij zou pas het einde der tijden kunnen dateren wanneer hij eerst wist wanneer het begin der tijden had plaatsgevonden. Het ontstaan van het universum. De sleutel vond hij in een kabbalistisch boek uit de dertiende eeuw, van een zekere *Isaac van Akko*. Daarin werd verwezen naar het vers 'Duizend jaren toch zijn in Uw ogen als de dag van gisteren voorbij', in psalm 90.

Isaac van Akko redeneerde dat één Dag van God dus duizend mensenjaren duurde. Eén Jaar van God zou dan 365 maal langer duren. De berekening 365 maal 1000 was snel gemaakt. Een goddelijk jaar bestond uit 365.000 mensenjaren.

Uit Genesis analyseerde hij vervolgens dat de schepping tot stand was gekomen in zeven cycli van zevenduizend jaar. De eerste zes cycli waren goddelijke cycli, die hij vermenigvuldigde met zevenduizend goddelijke jaren die ieder 365.000 mensenjaren duurden. Isaac keek tevreden naar de berekening die helemaal klopte: 15 miljard en 330 miljoen jaar geleden moest het universum zijn ontstaan.

Om het exacte begin der tijden nog preciezer te berekenen, telde Isaac bij het immense getal ook nog de zevende cyclus van de schepping op, die wel in mensenjaren uitgedrukt werd, omdat God toen de zon aan de hemel had geplaatst, waardoor een dag vierentwintig uur ging duren, en niet langer duizend jaar. Isaac volgde hierin de joodse jaartelling, die alle oudtestamentische tijdsaanduidingen, zoals de leeftijden van de aartsvaders, optelde, waardoor hij in het jaar 5467 leefde, sinds het ontstaan van de denkende mens, gesymboliseerd door Adam en Eva. Het heelal werd, zo concludeerde Isaac, precies 15 miljard 330 miljoen en 5467 jaar geleden geschapen. De volgende stap die Isaac nu moest nemen, was om de chronologie van de mensheid van die 5467 jaren nauwkeurig in kaart te brengen. Met het Oude Testament als kompas wilde hij alle mythen, culturen en geschiedenissen van over de hele wereld met elkaar vergelijken, om de ware geschiedenis van de mens bloot te leggen en zo uiteindelijk tot de datum van de Apocalyps te komen.

Toen er op de deur werd geklopt, borg hij snel de map op in zijn bureaulade, en riep: 'Binnen.' Een wat slungelachtige man met rossig kroeshaar liep zijn kamer binnen en schudde hem de hand.

'Goedemorgen, sir Newton. Ik ben Jonathan Swift. Dank dat u tijd heeft ingeruimd om mij te ontvangen. Mij is gevraagd om namens de Tory-fractie een zaak van staatsbelang met u door te nemen.'

'Goed, meneer Swift, gaat u zitten.'

De lange jongeman keek vrijmoedig rond in het sobere kantoor. Isaac probeerde zijn diepgewortelde hekel aan Tories in het algemeen en Swift in het bijzonder achter een minzame oogopslag te verbergen. Hij was beslist nog niet vergeten hoe deze arrogante schrijver de studenten in Cambridge had opgehitst om hem uit te jouwen toen hij kandidaat was als parlementslid. De Tories stonden voor alles wat Isaac verafschuwde. Zowel hun ziekelijke trouw aan de monarchie, hun haast goddelijke verering voor koninklijk bloed, als hun dogmatische overgave aan de Anglicaanse Kerk vond hij gruwelijk. Het waren lakse, trouwe gezagsdragers, die, als je het land aan hen zou overlaten, de tijd jaren terug zouden draaien met belachelijke volmachten voor koning en Kerk. Swift was een van de ergsten. Als pennenlikker voor de Tories schreef hij de meest venijnige stukken in de krant die de reputatie van vele oppositieleden van de *Whigs* schaadden.

'Komt de naam Fatio de Duillier u bekend voor?' vroeg Swift met een olijke zweem om de lippen.

'Ja,' zei Isaac aarzelend.

'Ik heb hier een arrestatiebevel voor hem,' zei Swift, en hij streek het document glad op Isaacs tafel.

Onthutst las Isaac het bevelschrift om Fatio en zijn compagnon Marion op te pakken vanwege blasfemie, opruiing en verstoring van de openbare orde.

'Hij doet toch niemand kwaad?' stamelde Isaac. 'Hij organiseert gewoon bijeenkomsten met gelijkgestemden. Dat is toch geen misdaad?'

'Wij houden de Franse profeten al geruime tijd in de gaten, sir Newton. Hun aanhang groeit met iedere bijeenkomst. Ze hitsen de mensen op en zaaien paniek. Ze roepen op tot oorlog met Frankrijk. Noemt u dat ongevaarlijk? Heeft ons land al niet genoeg te stellen met de oorlog in

Spanje en de inval van Jacobus Francis in Schotland? De situatie is uiterst gespannen, sir Newton.'

Natuurlijk had Swift gelijk, wist Isaac. Het leek wel of de Franse profeten verlangden naar een bloedige oorlog die in de Londense straten uitgevochten zou worden. Met hun apocalyptische denkbeelden voelden ze zich onsterfelijk, omdat zij bij de uitverkorenen hoorden. Maar Isaac zou Fatio niet afvallen, nooit. Zeker niet tegenover een Tory.

'U bent ook gezien bij de Franse profeten, sir Newton,' zei de jongeman terwijl hij Isaac met zijn opgetrokken borstelige wenkbrauwen aankeek. 'Het is natuurlijk een publiek geheim dat u goed bevriend bent met Fatio de Duillier. Zeer goed bevriend zelfs...'

Isaac voelde het bloed uit zijn gezicht wegtrekken. Wie dacht deze roodharige derderangsschrijver wel wie hij voor zich had? Hij omklemde stevig zijn stoelleuningen om zijn woede onder controle te houden.

'Wat wilt u van mij, meneer Swift?'

'Goud.'

'Goud?'

'Ons land heeft met alle oorlogsdreiging op zeer korte termijn geld nodig – veel geld. Daar moet u voor zorgen...'

'Me dunkt dat dit nu precies tot de taak van uw politieke vrienden hoort, meneer Swift,' zei Isaac met ingehouden woede. 'Als de Tories mijn voorstel voor de goudstandaard hadden goedgekeurd in het parlement, dan zou dit land er heel wat beter voor staan. Als jullie geld nodig hebben, dan moeten jullie maar nieuwe belastingen verzinnen. Ik ben een eenvoudig ambachtsman, ik bewerk slechts het ruwe goud en zilver dat hier binnenkomt tot nieuwe munten.'

'Als dat zo is, sir Newton, dan kunnen we natuurlijk net zo goed een Tory tot muntmeester laten benoemen. Dan is er weinig noodzaak om u in deze functie te handhaven...'

'Aha.' Newton stak een beschuldigende vinger op. 'Dát zit hier dus achter. U wilt natuurlijk een Tory-fanaticus op mijn plaats hebben, zoals uw partij op alle belangrijke functies Tories probeert te installeren. Als u maar weet dat koningin Anne zelf mij de vrije hand heeft gegeven om de Munt te leiden zoals mij goeddunkt!'

Swift trok een spottend gezicht, alsof hij pijnlijk getroffen was door Newtons woorden. Geamuseerd keek hij naar de heetgebakerde muntmeester met zijn witte pruik, die door zijn woedende uitval was afgezakt.

'Maak u niet zo druk, meneer Newton. Straks krijgt u het nog aan uw hart,' spotte Swift vrolijk. 'En dat zou zonde zijn nu de tijd is aangebroken dat u onbekommerd door de parken van de stad kunt kuieren, de eendjes kunt voeren op de Theems of bezoekjes kunt brengen aan uw vriend Fatio in Newgate. Het is trouwens aandoenlijk dat u zich beroept op koningin Anne, want juist zij is de drijvende kracht om u tot medewerking te bewegen, sir Newton.'

'Wat?'

'Is het u dan ontgaan dat de Tories weer de dienst uitmaken in dit land? Wij zijn de natuurlijke bondgenoten van de koningin, die ons rondborstig in haar hart heeft gesloten. Zij maakt zich ernstige zorgen over de Franse profeten, maar is bereid uw vriend Fatio de Duillier ongemoeid te laten als u nu eindelijk datgene doet waarvoor u van begin af aan werd aangesteld als muntmeester: goud maken.'

'Alsof dat zomaar gaat!'

'Dat is uw probleem, sir Newton. U heeft al jaren de tijd gehad om te experimenteren. Het wordt tijd dat u nu resultaten laat zien. Wij wachten met ongeduld op nieuws van u. Laten we zeggen twee dagen. Als we dan niets van u gehoord hebben, zijn we genoodzaakt meneer de Duillier te arresteren. Nog een prettige dag.'

Fluitend verliet de rosse pamflettist de kamer. Isaac zakte in elkaar op zijn stoel. Het leek alsof de hele wereld zich in één keer tegen hem keerde. Zijn hele leven was hij gesteund door de vorsten van Engeland, maar nu moest hij daarvoor de prijs betalen. Koningin Anne, die hem in Cambridge met het zwaard op het hoofd had getikt om hem te ridderen, richtte nu het zwaard op zijn borst.

66

Dodelijk vermoeid lag Kit op de divan in de studeerkamer van Isaac. De afgelopen achtenveertig uur had ze inmiddels al honderden bladzijden uitgevlooid, op zoek naar cruciale data in de kerkgeschiedenis in opdracht van Isaac. Het was waanzin om te proberen in twee dagen tijd goud te maken. Maar het was misschien wel haalbaar om in die korte tijd het exacte jaartal van de Apocalyps te berekenen, had Isaac geredeneerd. Als die datum ver in de toekomst zou liggen, hoopte hij Fatio ervan te kunnen overtuigen dat de Franse profeten het fout zagen en dat er geen reden voor paniek was. Dan kwam Fatio misschien tot inkeer en was er geen reden meer om hem te arresteren.

Op de lege pagina's maakte Kit aantekeningen als: 'Het jaar 70: vernietiging van de tempel van Jeruzalem', 'Het jaar 325: Concilie van Nicea', 'Het jaar 1084: paus Gregorius de Zevende wordt gezalfd'. Al deze data werden door Isaac vergeleken met aanwijzingen in de Apocalyps van Johannes en vervolgens ingepast in de bouwtekening van de *Tempel van Salomo* die hij volgens de exacte beschrijvingen uit het boek *Ezechiël* had nagetekend. Al waren de getallen in dit Bijbelboek taai en hardvochtig geweest. Wat moest hij met omschrijvingen als 'De ingang was tien el breed, de beide penanten vijf el'? Zijn eerste grote doorbraak, na koortsachtige bestudering van de tekst in drie verschillende talen, was dat de joden gebruikmaakten van twee verschillende soorten 'ellen'. De gewone el, berekende hij, was vijf handpalmen groot, maar de heilige el, die als maatvoering in de Tempel werd gebruikt, was 25,2 Romeinse duimen. Met deze sleutel was hij in staat om heel precies het in zijn verbluffende eenvoud geniale grondplan op te tekenen. Het plan was een microkosmos, ontdekte hij, de blauwdruk van het universum. In de strakke maatvoering was de universele orde van het heelal opgetekend; de banen van de zon, de maan, de sterren en de planeten bleken allemaal in de precieze getallen verwerkt te zijn. Het plan liet zich op veelvoudige wijze lezen en interpreteren. In zijn schets vond hij de bevestiging van zijn chronologie: alle data die hij eerder berekend had om de geschiedenis van de mensheid tot één geheel om te smeden, correspondeerden met de verborgen data in het tempelplan. Vanuit deze puzzelstukken probeerde hij nu inzage te krijgen in de toekomst. Uit een profetie uit het boek Daniël, gecombineerd met het schallen van de zeven trompetten in de Apocalyps, had hij kunnen berekenen dat in 1944 het allergrootste lijden van het joodse volk achter de rug zou zijn en in 1948 de *joodse stammen* zouden kunnen terugkeren naar Jeruzalem.

Maar de opwinding over deze data deelde Kit niet. Sinds de avond dat Isaac, kortaf en zonder enige toelichting, het huwelijksaanzoek van Montagu had geweigerd, had ze een enorme hekel aan haar oom gekregen. Ze hielp hem omwille van Fatio, maar deed het plichtmatig, zonder plezier en zonder betrokkenheid. Waarom moest zij wel vechten voor de geliefde van Isaac, terwijl hij háár kans op een huwelijk verpestte? Als hij een reden had gegeven waarom hij het huwelijk verbood, had ze die nog kunnen aanvechten. Dan had ze een strategie kunnen bedenken om zijn ongelijk aan te tonen. Maar nu vocht ze tegen lucht. Tegen hemeltergend autoritair gezag, zonder argumenten. Geïrriteerd krabde ze aan haar rug. De hele dag had ze al last van een branderige jeuk die zich nu eens op haar zij, dan weer op haar buik en nu dus op haar rug voordeed.

Tot haar frustratie had ze ook aan Montagu niet veel steun. Hij had haar die avond op haar kamer getroost met de sussende gedachte dat Isaac wel zou bijdraaien. Ze hadden teder gevreeën, maar de ochtend daarop was hij naar Schotland vertrokken om de Schotten namens Engeland hulp aan te bieden bij de invasie van Jacobus Francis. Zij bleef troosteloos en zonder bondgenoot achter.

'Het jaar 800: *keizerin Irene* van het Oost-Romeinse Rijk wordt onttroond door de paus,' noemde ze geeuwend een nieuwe datum.

'Wat was er in 800?'

'Keizerin Irene onttroond. Paus kroont *Karel de Grote*,' herhaalde ze met tegenzin.

Isaac trok het geschiedenisboek uit haar handen en ging het driftig zitten lezen aan zijn bureau. Kit sloot haar ogen en viel meteen in een diepe slaap, waarin ze de hoofdrol vertolkte in een nare droom. Ze was een verlaten vrouw uit Lemnos, uit het verhaal van de Griekse *Argonauten*, dat ze die middag ook voor Isaac had doorgespit. Ze was gestraft door de godin Aphrodite, omdat ze verzuimd had te offeren. Haar huid was in haar droom vol bulten en ze verspreidde een afgrijselijke stank. Montagu, in een Grieks gewaad, walgde van haar en ze zag hoe hij Lemnos ontvluchtte terwijl hij op het schip de liefde bedreef met zijn slavinnen, die wél een gave huid hadden.

De geschiedenis van de Argonauten, de legendarische Griekse helden, op zoek naar het *Gulden Vlies*, was Isaacs aanknopingspunt om aan te tonen dat alle culturen afstamden van Noach. Op basis van de astronomische aanwijzingen in de mythe van de Argonauten die Kit voor hem noteerde, vergeleek hij de sterrenhemel van toen met de sterrenhemel van nu. Zo berekende hij dat de tocht van de Argonauten plaatsvond in 936 voor Christus, en niet honderden jaren eerder, zoals Griekse historici beweerden. De jacht op het Gulden Vlies vond vierenveertig jaar ná de dood van koning Salomo plaats, de man die de Tempel van Jeruzalem had gebouwd waarin de Ark des Verbond werd aanbeden. Het was overduidelijk, stelde Isaac, dat met het Gulden Vlies de Ark des Verbond werd bedoeld, en zo verweefde hij de mythe in de bijbelse geschiedenis. Om de geschiedenis van de mensheid van de afgelopen 5467 jaren te berekenen moest hij alle Griekse en Egyptische mythologieën in de basisgeschiedenis van het Oude Testament integreren. De resultaten bevestigden zijn vermoeden dat vanuit de kinderen van Noach alle volkeren op aarde waren ontstaan.

'2060!' riep Isaac vanachter zijn bureau plotseling triomfantelijk uit.

Kit deed vermoeid een oog open en viel meteen weer in slaap. Maar Isaac stapte op haar af, schudde haar wakker en zei met een stralend gezicht: 'Je hebt de code gekraakt, Kit. Het ontbrekend puzzelstuk was het jaar 800. Je bent geniaal! In het jaar 2060 vindt de dag des oordeels plaats.'

Zelfs haar schaamteloze gegeeuw stuitte hem niet in zijn euforie. Hij pakte zijn aantekeningen om precies te laten zien hoe hij tot dit jaartal gekomen was.

'Kijk, Kit,' zei hij, en hij toonde zijn grondplan van de Tempel van Salomon. 'Op kerstdag van het jaar 800 kroonde de paus, Karel de Grote tot keizer van het Oost-Romeinse Rijk. Het jaar 800 is dus hét scharnierpunt waarover de Openbaringen zeggen: "De heidenen zullen de heilige stad vertreden, tweeënveertig maanden lang." Want de paus eigende zich de politieke macht toe door te bepalen wie de keizer was. Hij onttroonde keizerin Irene en zette – ongevraagd trouwens – tijdens de kerstviering Karel de Grote de keizerskrans op. In het jaar 800 begon de tweeënveertig maanden durende regeringsperiode van de paus. Tweeenveertig maanden zijn 1260 dagen, en daarmee worden 1260 jaren bedoeld. De 1260 jaren dat het *Beest* over de aarde regeert en iedereen misleidt. Het Beest, waarvan men gelooft dat het redding brengt en dus aanbeden moet worden. In het jaar 800 begon de regering van het Beest. De regering van de corrupte Kerk. Dus...'

Verwachtingsvol porde hij Kit aan of zij zijn redenering af zou maken, maar zijn nichtje keek hem slechts slaperig aan.

'Kit,' zei Isaac ongeduldig, '800 plus 1260 is 2060. In 2060 komt het Beest ten val! Dan breekt de dag des oordeels aan! Dat zal God zijn volgelingen scheiden van de misleiden die achter het Beest aan liepen! De dag des oordeels begint in 2060, Kit! Dan valt de heerschappij van de paus.'

Met minachting keek ze naar Isaac, die triomfantelijk zwaaiend met zijn papieren door de studeerkamer liep. Wat haar nog het meest dwarszat, was dat het Isaac ontging hoe zij leed. Het was hem misschien niet eens opgevallen dat ze op het roepen van data na niet met hem sprak. Nu hij zijn berekening rond had, moest ze haar zelfopgelegde stilte verbreken en hem eindelijk de waarheid zeggen. Het was tijd voor de Openbaringen van Kit.

'Zal ik u eens voorrekenen wanneer de dag des oordeels begonnen is? Vorige week! Toen u het geluk van mij en Montagu vernietigde. Niet de paus is het Beest, maar u! Als een duivel die wegspringt voor wijwater, verdraagt u geen liefde in uw nabijheid. Liefde vermorzelt u met haat. U maakt mij tot de hoer van Babylon. De hoer van Londen. Door mij te dwingen een maîtresse te blijven, ben ik het lachertje van de stad. Het meisje van Montagu. "Het sletje", zoals sommigen mij al noemen. En waarom? Uit egoïsme, oom. Omdat u mij net als een pooier exploiteert. Omdat u mij als het kittige lokkertje gebruikt om uw belangrijke relaties hiernaartoe te krijgen. Omdat ik ze moet charmeren, complimenteren en adoreren, zodat ze met opgezwollen eigendunk weer naar huis toe gaan. We moesten hier maar een bord CHEZ KIT buiten de deur hangen. Alles moet altijd om u draaien. Dat was zo bij John. Dat was zo bij Catherine. En dat is nu zo met Fatio en met mij. Alles wat van waarde is, maakt u kapot.'

Isaac deinsde achteruit. Nog nooit was Kits gezicht zo lelijk van haat geweest. Ze had gelijk dat hij haar gebruikte als zijn pseudo-echtgenote: het charmante nichtje dat op iedereen indruk maakte door haar betoverende schoonheid en sprankelende conversatie. Zij zorgde voor licht, voor beweging. Zij gaf hem een reden om naar huis te komen, zelfs als hij dan niet met haar praatte. Toch was het niet waar, dacht hij, dat hij haar niet het geluk van een huwelijk gunde.

'Kit,' zei hij verward, 'ik gun je het beste van de wereld. Natuurlijk wil ik graag dat je iemand hebt om van te houden, om mee te huwen. Alleen... ach, lieve Kit, hoe moet ik het zeggen...'

'Toe dan!' drong ze aan. 'Geef me één reden waarom u het huwelijk weigert. Eén enkele reden!'

'Goed,' zei Isaac, al wist hij dat hij met die reden het verliefde vrouwenhart aan scherven zou gooien. 'Je bent niet de enige in Montagu's leven.'

'Wat?!' riep ze geschokt.

Isaac ging op de vensterbank zitten en keek bezorgd hoe zijn oogappel op zijn harde woorden zou reageren.

'Kit, toen zijn vrouw ziek op bed lag, vond hij plezier bij jou.'

'Maar zij was gek,' wierp ze meteen tegen. 'Ze dacht dat ze de keizerin van China was! Ze was stokoud, hoe kon hij van haar houden?'

'Ja,' zei Isaac, 'maar toch is hij bewust met haar getrouwd. Niet omdat hij van haar hield, maar omdat ze rijk was. Ontzettend rijk. En oud. Waardoor hij alleen maar de tijd hoefde uit te zitten tot ze stierf.'

'En ik ben niet rijk! Dus met mij wil hij uit liefde trouwen, niet om mijn geld!'

Isaac zuchtte. Het was moeilijk om iemand die verblind was van liefde met nuchtere redeneringen weer op aarde te brengen.

'Ten eerste ben je wel rijk, Kit. Misschien ben je zelfs wel het rijkste meisje van Engeland, als mijn belangrijkste erfgename. Je bent het nichtje van de enige man in de wereld die – bijna – weet hoe je goud kunt maken. Begrijp je dat? Je bent de dochter van koning Midas. En ten tweede, Kit, ben ik een belangrijk man. Een huwelijk met mijn nicht, die velen als mijn dochter beschouwen, poetst het geschonden blazoen van Montagu op. Door zijn naam aan de onze te verbinden, zal zijn aanzien weer stijgen.'

'En zelfs als dat zo zou zijn, wat dan nog?' snauwde Kit. 'Hij houdt van me. En ik van hem.'

'Misschien wel,' zei Isaac zacht, 'misschien houdt hij wel van je. Maar niet van jou alleen. Hij houdt nog van andere vrouwen.'

'Hoe bedoelt u?' stamelde ze. 'Ik geloof u niet. Hij heeft in zijn herensociëteit, de *Kit Kat Club*, een glas laten graveren met een liefdesgedicht ter ere van mij! Hij heeft voor al zijn vrienden op mij een toost uitgebracht!'

Isaac aarzelde of hij haar volledig uit de droom moest helpen. Hij besloot dat ze recht had op de waarheid. Dan was het aan haar om conclusies te trekken.

'Ik heb vorige week iemand van zijn herenclub gesproken, Kit. Hij vertelde me lachend dat Montagu stilaan een hele glazencollectie bij elkaar krijgt. Die heren, lieve Kit, troeven elkaar af in het verzamelen van minnaressen. Daar is hun traditie van die gegraveerde glazen uit ontstaan. Ik kan je zeggen dat Montagu aardig op kop ligt...'

Met open mond staarde Kit haar oom aan. Ze zocht vergeefs naar een teken dat hij loog. Maar zijn zachte ogen verraadden dat het vertellen van het verhaal hem net zoveel pijn deed als haar om het te horen. Sterk zijn, dacht ze, nu vooral geen tranen laten zien. Het besef dat zij slechts een glas in Montagu's collectie was, kwam aan als een mokerslag. Terwijl zij vol was geweest van plannen over hun huwelijk had hij met andere vrouwen zijn dubbelzinnige spelletjes gespeeld. Zou hij bij hen ook in de rol van leraar gekropen zijn? Ze voelde zich opeens vies, een onnozel kind dat met verve het onschuldige meisje had vertolkt in zijn perverse theater.

Was 'een koffievlek op zijn broek' wel de reden dat ze hem zonder broek had aangetroffen in de keuken met een van de dienstmeisjes? Hoe had ze genoegen kunnen nemen met het antwoord van de dienstmeid dat ze haar blouse opengeknoopt had omdat het zo warm was? En dat was dan nog in haar eigen huis. Wie weet wat hij buiten allemaal had uitgespookt? Was het werkelijk om politieke redenen dat hij die jonge barones mee had gevraagd op zijn 'diplomatieke' reis naar Schotland? Hoe had ze zo onnozel kunnen zijn? Hoe kon iemand zo bruut met oprechte gevoelens van liefde omgaan? Ze had het gevoel dat ze nu in één klap werkelijk volwassen was. Niet Montagu had haar tot vrouw gemaakt, maar haar oom.

Radeloos keek ze in de donkerbruine ogen van Isaac. Ondanks alles kende hij haar beter dan zij zichzelf kende. Genadeloos had hij het holle leven waarin ze zich gewenteld had ontmaskerd. Maar haar teleurstelling was te groot om dit zomaar toe te geven. Zenuwachtig krabde ze met haar gepolijste nagels aan haar zij. Om zichzelf een houding van onverschilligheid te geven, trok ze haar blouse uit haar rok om te kijken wat er zo brandde. Isaac sprong op toen hij de gezwollen blaasjes op haar huid zag.

'Mag ik eens kijken, Kit?' zei hij, en hij bestudeerde van dichtbij het geschuurde vel.

'Mijn hemel!' mompelde hij toen hij zag dat ook haar rug overdekt was met rode ontstoken blazen. 'Hoe lang heb je dit al?'

'Ik moet de hele dag al krabben, maar ik zie het nu pas,' zei Kit.

Terwijl hij ook blaasjes aantrof in haar nek en onder haar hoofdhaar, raasde hij in een bange woordenstroom: 'Je hebt de pokken, Kit. Je moet onmiddellijk de stad uit. Je moet rust hebben. Heb je koorts? O, mijn god, Kit. Gelukkig is je gezicht nog onaangetast. Warme melk van de koe heb je nodig, zowel om te drinken als om op de blaasjes te smeren. Ga meteen je spullen pakken. O, mijn god!'

'De pokken?' vroeg Kit, wit weggetrokken.

'Laten we in godsnaam hopen dat het niet de zwarte pokken zijn,' probeerde Isaac haar onhandig gerust te stellen, 'maar we mogen geen enkel risico nemen. Je moet vanavond nog weg. Eerst naar de dokter. Ik hoor heel veel goede verhalen over een nieuwe dokter in de stad, *Mandeville.* Ga daarnaartoe en rust dan uit op het platteland. En niet krabben, Kit, anders zit je hele lijf straks vol littekens.'

Ze zat in elkaar gedoken op de zetel. Ze wilde dat deze avond een boze nachtmerrie was. Toen vroeg ze, vechtend tegen haar tranen: 'Ga ik snel dood, oom?'

'Nee,' zei Isaac onzeker. 'Natuurlijk niet, meid. Jij bent geboren om te leven.'

67

Kit had heel snel willen wegrennen toen ze die avond laat aanbelde bij het donkergrijze herenhuis van dokter Mandeville aan de rand van de stad. Maar het leek of de doordringende blik en de zalvende stem van de jongeman met het vilten hoedje haar benen verlamd hadden.

'Goedenavond, Kit,' had Saint Germain gezegd. 'Ik verwachtte je al. Dokter Mandeville is helaas op reis. Maar tijdens zijn afwezigheid neem ik de honneurs waar.'

Ze had geen woord kunnen uitbrengen en was hem met bonzend hart gevolgd naar het kabinet.

'Kleed je maar uit,' had hij gezegd, en ze begreep zelf niet dat ze gehoorzaam haar jurk had losgeknoopt, terwijl Saint Germain aan zijn bureau enkele aantekeningen maakte.

'Alles moet uit, Kit,' had hij zonder opkijken gezegd, 'en ga dan maar liggen.'

Met een vergrootglas in de ene hand en een kandelaar in de andere bestudeerde Saint Germain de rode blaasjes op Kits rug. Ze lag ontkleed op het witte laken van de behandeltafel. Haar jurk hing slordig en vormeloos over de stoel naast de kast, haar rijglaarsjes waren er keurig onder geschoven. Hij streek haar lange bruine haar weg uit haar hals en ze voelde zijn natte adem over haar nekhaartjes strijken.

'Draai je om,' zei hij toen zakelijk.

Traag draaide ze op haar zij, terwijl ze een arm beschermend voor haar borsten hield, en rolde toen verder op haar rug. Haar benen drukte ze tegen elkaar, maar de jongeman nam met een klinisch gebaar haar beide voeten op, zodat ze lichtjes haar benen spreidde, en legde toen beslist haar armen naast haar lichaam. Ze keek huiverend naar het krullende zwarte haar onder het hoedje dat centimeter voor centimeter over haar benen gleed terwijl hij haar huid inspecteerde. Toen hij met een zacht, dwingend tikje de binnenkant van haar benen wilde onderzoeken, deed ze gehoorzaam haar benen verder uit elkaar. Zijn ernstige, gelige ogen bekeken elk stukje huid nauwkeurig door het vergrootglas. Ze voelde een ongewenst soort hitte in haar dijen toen hij haar daar bekeek, maar juist door te proberen dit gevoel af te schudden door haar benen te verleggen gunde ze hem ongewild een nog betere kijk.

'Je lichaam is net een ongebruikt altaar dat wacht tot er een mis op wordt opgedragen,' stelde Saint Germain vast. Zijn hoofd kwam steeds dichterbij toen hij over haar buik gleed en ook de warme huid van haar borsten minutieus onderzocht. Toen hij met zijn zachte vingers over haar halsstreek wreef op zoek naar blaasjes, was haar adem onrustig. Ze bevochtigde haar droge lippen met haar tong.

'Het kan twee kanten op met deze pokken,' besloot hij zijn onderzoek. 'Ze zijn nu nog rustig, maar als ze niet goed behandeld worden, kunnen ze geïnfecteerd raken tot variola major...'

'Zwarte pokken?'

'Waar ik me nog meer zorgen over maak, is dat verdriet in je ogen. Ik zie een gekwetstheid die me niet bevalt. Die was er nog niet toen ik je in de kamer van je oom in Cambridge voor het eerst zag. Het geeft je gezicht misschien wel diepgang, maar de ogen van een vrouw van jouw leeftijd horen te stralen en te fonkelen.'

Zijn blik gleed van haar ogen naar het goudkleurige driehoekje van haar schoot. 'Ik schrijf je daarom een behandeling voor waarmee ik die diepe wonde wil balsemen en genezen.'

Kit stond op om zich aan te kleden, maar de stem van Saint Germain hield haar tegen.

'Ga weer zitten, Kit. Kleding irriteert je huid. Daardoor ga je krabben. Om die huid van je weer zo glad te krijgen als satijn, is het belangrijk dat je ongekleed blijft. Daarnaast moet je je 's avonds en 's ochtends helemaal inwrijven met talkpoeder, dan jeukt het minder. Ik zal het even voordoen.'

Zijn nuchtere stem, met het Franse accent, en zijn ernst, die contrasteerde met de glinsterende blik die hij op haar vrouwelijkheid wierp, verwarden haar. Met een handvol talk bepoederde hij zorgvuldig haar lichaam zonder het aan te raken. Kwistig strooide hij over haar rug, haar boezem, haar buik, haar armen en haar benen. De koele talk dwarrelde niet alleen neer op haar lichaam, maar beiden losten even op in een mist van poeder. Toen ging hij op de stoel tegenover haar zitten en beschouwde goedkeurend de bepoederde naakte vrouw.

'Wat wil je nu werkelijk, Kit?'

'Genezen, natuurlijk,' zei ze verbaasd. 'Wanneer komt dokter Mandeville terug, meneer Saint Germain?'

'Vertrouw je me niet?'

'Ik weet niet wat ik hier doe,' zei ze, plots boos. 'Het is belachelijk dat ik hier naakt voor u zit. Ik kwam een dokter opzoeken die mijn oom me had aangeraden. Ik wil helemaal niet door u behandeld worden. Ik wil dokter Mandeville.'

Ze sprong van de tafel en trok haar onderrok aan. Als ik mijn gedachten afscherm voor zijn woorden, dan heeft hij geen invloed op me, hield ze zichzelf voor. Ik moet me afsluiten voor zijn blik, voor zijn hypnotiserende stem.

'Ik bén dokter Mandeville,' zei Saint Germain, terwijl hij geamuseerd naar Kit keek, die in haar zenuwen met haar voeten verstrikt raakte in de rok.

'Onzin!' zei ze.

'Ik word zo vaak verkeerd begrepen,' zuchtte hij melodramatisch. 'Daarom moet ik af en toe een andere naam aannemen, een andere identiteit. Nadat jouw oompje zo verbeten jacht op me had gemaakt, heb ik een nieuwe naam gekozen, een nieuw leven, in hetzelfde eeuwenoude lichaam. En een succesvol leven, moet je toegeven. Zelfs jouw oom is zo onder de indruk van mijn reputatie als dokter dat hij je naar Mandeville stuurde. Ik kan je genezen, Kit, is dat niet het enige wat nu telt? Genezen van binnenuit. Maar dan moet ik als een schatgraver delven naar je meest verborgen gedachten, naar de geheimen van je vrouwelijke psyche. Het is aan jou, Kit. Je kunt ook gaan. Hopen dat je pokken verdwijnen met warme koemelk. Een ander recept hebben de dokters van deze stad je niet te bieden. Ik ben de enige met een alternatief. De keuze is aan jou, Kit.'

Kit stond met haar jurk in haar hand. Niet luisteren, riep ze de hele tijd in zichzelf. Maar ook andere stemmen riepen haar toe in haar hoofd: stel dat hij gelijk heeft, je gaat dood als het zwarte pokken zijn, er is geen andere behandelmethode dan koemelk, wat heb je te verliezen?

'Wat wil je nu werkelijk?' vroeg Saint Germain vriendelijk.

'Weten of ik u kan vertrouwen,' zei ze, met haar blik naar beneden gericht. 'Weten of u me kunt genezen.'

'Als jij jezelf vertrouwt, Kit, dan kun jij jezelf genezen. Onder mijn begeleiding.'

Roerloos bleef ze staan. En net toen ze dacht: wat heb ik te verliezen, zei Saint Germain, alsof hij haar gedachten kon lezen: 'Kleed je weer uit, Kit, en ga liggen. Antwoord op mijn vraag: wat wil je nu werkelijk?'

68

Ontroerd keek Isaac naar het opgerolde lichaam van Fatio dat gestreeld werd door het vroege lentelicht dat door het raam viel. De krachtige gebogen ruggengraat met de strakke huid eromheen gespannen als het vel van een trommel. Waarom kon het leven op dit soort momenten niet voorgoed stilgezet worden? De ontwakende dag, een warm bed met twee mensen die van elkaar hielden. De stilte waarin de wereld buiten niet bestond en geen misverstanden mogelijk waren. Fatio hoorde bij hem zoals de maan bij de aarde. Zoals de maan elke dag het water op aarde naar zich toe trok en het weer losliet wanneer de aarde weer verder om zijn as draaide, zo trok ook Fatio altijd weer aan hem. Alleen in Fatio kon hij zichzelf, Isaac Newton, vergeten. Wanneer hij in hem was, werd hij de aantrekkingskracht die hij in formules had vervat. Bij hem was hij alleen een kloppend hart. Bloed dat door zijn aderen stroomde, adem die zuchtte op de cadans van het liefdesspel. Huid tegen huid, lippen die elkaar opzogen, warmte en zweet in de verzengende hitte van de liefde. Misschien was het een speling van de natuur dat zij hem van een man had laten houden. Maar dan was hij zo dankbaar als een dobbelaar wanneer die een driedubbele zes gooide.

Fatio kreunde en drukte zijn slapende gezicht in het kussen. Isaac kroop zo dicht tegen hem aan als mogelijk was en trok de dekens veilig over hen heen.

'Wat is er?' zuchtte Fatio.

'Niets, mijn lief, niets. Slaap maar zacht,' fluisterde Isaac in zijn oor.

'Hoe laat is het?'

'Het is nog erg vroeg. Ga maar lekker weer slapen.'

Fatio strekte zijn tenen en rekte zich uit met een golfslag die loom en bruisend door zijn lichaam sloeg. Hij draaide zich om naar Isaac.

'Goedemorgen, mijn lief,' zei hij, en hij drukte een stevige kus op zijn lippen. 'Wat was jij lief vannacht.'

'Jij ook, mijn profeetje, jij ook.'

Fatio sloot gelukkig de ogen om nog even te zweven tussen de warme omhelzing van de nacht en het lokgeroep van een nieuwe dag.

'Blijf je nu voor altijd bij mij?' fluisterde Isaac.

'Ik zou wel willen,' zei Fatio met gesloten ogen, 'maar ik moet de wereld redden.'

'Red mij,' zei Isaac, 'dan red je de wereld.'

'Kón ik je maar redden,' zei Fatio droevig. 'Maar het is mijn lot dat de man die me het meest dierbaar is me niet gelooft.'

Isaac zuchtte. Toen Fatio gisteravond laat had aangebeld, waren er geen woorden geweest. In de gang hadden ze elkaar gezoend alsof het de laatste kus was voor het einde der tijden zou aanbreken. Misschien waren ze beiden gevlucht in gevrij om een gesprek te vermijden. Want hoe ver hun werelden ook uit elkaar waren gedreven, er was nog steeds die ene brug die hen met elkaar verbond.

'Waar is Kit eigenlijk?'

'Ze heeft pokken,' zuchtte Isaac.

'Wat?!'

'Ik heb haar gisteravond nog naar die nieuwe dokter, Mandeville, gestuurd, die zoveel furore maakt. En daarna heb ik haar rust aanbevolen op het platteland. Ik hoop zo dat het niet de zwarte variant is. Gelukkig had ze nog geen blaasjes in haar gezicht. Wat moet ze als ze haar schoonheid verliest?'

'Het teken van het Beest, Isaac, de vijfde trompet, de sprinkhanen die uit de rook neerstrijken. "Men stond hun niet toe de mens te doden, maar wel hen te pijnigen, vijf maanden lang, en de pijn was de pijn veroorzaakt door de steek van een schorpioen. En in die dagen zullen de mensen de dood zoeken, en hem niet vinden, en zij zullen begeren te sterven, maar de dood vlucht van hen weg..."'

'Alsjeblieft, Fatio,' zei Isaac bezorgd.

'Maak je geen zorgen. Marion heeft mijn handen helend gemaakt. Ik zal haar genezen. Isaac, geloof me, het zijn allemaal tekenen van de Openbaringen.'

'Fatio, luister, jullie worden in de gaten gehouden. Ik heb bezoek gekregen van Jonathan Swift, van de Tories. Ze willen je arresteren. Ik werd onder druk gezet. Swift deed mij het krankzinnige voorstel dat als ik in twee dagen tijd goud zou maken, hij jou met rust zou laten. Je enige redding is afstand nemen van de profeten...'

Fatio's gezicht klaarde op.

'Echt waar? Mooi. Dat betekent dat alles in een stroomversnelling komt. De dag des oordeels laat nu niet lang meer op zich wachten. Luister niet naar de misleiden, Isaac. Sluit je aan bij ons, nu het nog kan.'

'Ik geloof in de Openbaringen,' zei Isaac, getergd zoekend naar toenadering, 'net zoveel als jij. Maar God spreekt met ons via de Bijbel, en via de natuur, niet via mensen van vlees en bloed.'

'En de profeten uit de Bijbel dan?' zei Fatio rustig. 'En Jezus Christus? Waren dat geen mensen van vlees en bloed? Waren zij geen boodschappers van God? Denk je dat God is opgehouden met ons te communiceren nadat Johannes het laatste woord van de Apocalyps had geschreven? Eén oorverdovende stilte van zeventien eeuwen? God blijft betrokken bij Zijn schepping, Isaac, zoals een herder zijn schapen in het oog houdt. En nu spreekt Hij via ons. Via de Franse profeten. Wij zijn een van de twaalf verloren stammen die een Nieuw Jeruzalem zullen bouwen.'

Isaac had geduldig geluisterd. Hij merkte dat Fatio zijn hart volgde en dat zijn geloof in de profetieën oprecht was. Hoe moest hij hem toch redden van deze waanideeën? Hoe kon hij toch de betovering verbreken van Marion en zijn vrienden?

'Isaac,' zei Fatio terwijl hij rechtop ging zitten, 'je kunt toch niet blind zijn voor de tekenen? Het Beest is ontmaskerd. Het is Lodewijk de Veertiende. In naam van zijn katholieke geloof heeft hij duizenden protestanten afgeslacht in Frankrijk en anderen gedwongen zich te bekeren. Hij probeert heel Europa te veroveren, alle koloniën. En via Jacobus Francis valt hij Engeland aan. We moeten het Beest stoppen. Sluit je aan bij onze stam. Doe net als wij een groen lint op je hoed, zodat de vernietigende engel je zal herkennen en sparen. Het is de belangrijkste zaak die je in je leven kunt dienen. Slechts 144.000 mensen zullen de Apocalyps overleven, zo schrijft Johannes. Zorg dat je daar bij bent.'

Isaac stapte uit bed. Hij moest Fatio tot rede brengen. Hij moest beheerst en kalm met argumenten aantonen dat hij in een hallucinatie geloofde.

'Lodewijk de Veertiende is een symptoom van het Beest, Fatio,' doceerde hij, en hij liep door de slaapkamer alsof hij een pleidooi in de rechtszaal hield. 'Daar hebben jullie gelijk in, maar hij ís niet het Beest. Het Beest is de paus die zich in het jaar 800 het wereldlijk gezag heeft toegeëigend. Zijn regering duurt 1260 jaar. De eindtijd zal dus nooit voor 2060 plaatsvinden.'

Fatio schudde eigenwijs zijn hoofd.

'Wat ik je nu zeg, is geheim, Isaac...' zei Fatio onheilspellend. 'Het is een openbaring die Marion alleen voor zijn ingewijden heeft gedaan. Je redenering klopt, maar je baseert je op het verkeerde jaartal. Twaalfhonderdzestig jaar geleden, in het jaar 448, werd *Merovech* de eerste Merovingische koning van de Franken. Merovech, zo kregen wij geopenbaard, is van de bloedlijn van Jezus. Hij droeg het bloed van Jezus en Maria Magdalena, die na de kruisiging met haar kinderen naar Marseille was gevlucht.'

'Hoezo naar Marseille?' vroeg Isaac, verbaasd over Fatio's stelligheid.

'Dat staat precies opgetekend in "Het leven van Maria Magdalena" dat de aartsbisschop van *Mainz* schreef.'

'Oké,' zei Isaac aarzelend, die dat boek niet kende, 'maar waarom zou Merovech dan een afstammeling van Jezus en Magdalena zijn?'

'Van Merovech werd gezegd dat zijn moeder werd bevrucht door een zeewezen gelijk aan Neptunus... snap je?'

Niet-begrijpend schudde Isaac zijn hoofd.

'Wat is het symbool van Jezus?'

'Een *vis*.'

'Juist... een vis of een zeewezen dus. Een goddelijk zeewezen in dit geval, de god van de zee, Neptunus. Zie je, Merovech was dus de zoon van Jezus en Maria Magdalena!'

Isaac knikte alleen maar om deze vergezochte verklaring in zijn nieuwsgierigheid naar de verdere redenering niet meteen af te kraken. Als hij wist hoe de profeten redeneerden, kon hij Fatio wellicht met betere argumenten tot rede brengen.

'Wel, Merovech startte in 448 dus een Merovingische dynastie van Koningen. In 800 maakte de paus een eind aan deze goddelijke koningen omdat ze een bedreiging waren. De paus wilde zelf de plaatsvervanger van God op aarde zijn.'

'Ja,' beaamde Isaac enthousiast, 'en daarom is het jaar 800 de cruciale datum.'

'Wacht,' zei Fatio arrogant, 'de *Merovingers* waren dan wel onttroond, maar ze bleven wel voortbestaan. Hun goddelijke bloedlijn vermengde zich uiteindelijk met het Huis van Lotharingen...'

'Ja, en?'

'Wie zou er nu koning van Frankrijk zijn als Lodewijk de Veertiende het niet was?'

Isaac had echt geen idee.

'*Gaston d'Orléans*, van het Huis van Lotharingen! Voor het eerst zou er weer een afstammeling van Jezus op de Franse troon zitten!'

'En waarom gebeurde dat niet?'

'Omdat na drieëntwintig jaar onvruchtbaarheid plotseling de moeder van Lodewijk toch zwanger werd, en Lodewijk baarde. Lodewijk werd toen hij vier jaar en acht maanden was tot koning van Frankrijk gekroond, maar tot zijn vijftiende was Frankrijk in rep en roer; zij wilden niet Lodewijk, maar Gaston d'Orléans!'

'En daarom benadrukt Lodewijk zo dat hij goddelijk is, bedoel je?'

'Ja! Zijn hele leven voert hij nu al oorlog, omdat hij weet dat hij ten onrechte koning is. De kroon behoort toe aan het Merovingische geslacht dat afstamt van Jezus, en in 448 aan de macht kwam. We leven nu in 1708, 1260 jaar later. Daarom is dit jaar, 1708, het einde van het Beest, het einde van Lodewijk de Veertiende.'

'Er valt wel iets voor te zeggen,' paaide Isaac. 'Alleen baseren jullie je op een verkeerde datum, Fatio. Denk nu toch eens na: Maria Magdalena die bevrucht wordt door een zeewezen dat Jezus zou zijn! Dat is toch krankzinnig?!'

'En de teksten uit de Apocalyps dan? Zijn die níét krankzinnig? Ze wemelen van de draken, geesten in de vorm van kikvorsen, en sprinkhanen zo groot als paarden! Dat is de symbooltaal van God, Isaac, dat hoef ik jou toch niet uit te leggen? Sluit je aan bij de profeten. Het is je enige kans op redding,' zei Fatio terwijl hij zijn hand naar Isaac uitstak. 'Misschien ben je jaloers op Marion, zoals je destijds op Saint Germain was. Maar dit is anders, Isaac. Ik hou van Marion – ja, maar als profeet, niet als man. Hij is een heel zuiver, heilig wezen. Als je naar hem kijkt, word je warm en koud tegelijkertijd. Ik wil je redden. Want met mij zal het toch slecht aflopen. Ik ben een van de twee getuigen uit de Apocalyps, heeft Marion geopenbaard. In zakken gekleed zal ik profeteren. Ik zal sterven en mijn lijk zal drieënhalve dag onbegraven op het plein van de grote stad liggen. Maar dan zal ik in een wolk ten hemel stijgen.'

'Alsjeblieft, Fatio, praat geen onzin. Ik heb nachten- en nachtenlang naar de hemel gekeken, door de krachtigste telescoop. Waar zou je naartoe stijgen? Naar het Koninkrijk der Hemelen? Waar zou dat zich in het universum bevinden? Op een andere planeet? Op een ster? Ik heb het niet gezien. Wie de Bijbel letterlijk neemt, is een dwaas. Ook het verwachten van een Messias is naïef, Fatio. De Messias is geen persoon, maar een toestand. Het is het moment waarop de mensheid als geheel naar een hoger plan is geëvolueerd. We zijn allemaal samen de Messias, Fatio, zoals we ook allemaal zonen en dochters van God zijn.'

Vol medelijden schudde Fatio zijn hoofd. 'Nog voor de haan tweemaal zal kraaien, Isaac, zul jij mij drie keer verraden. Maar het geeft niet. Ik hou van je. Ik hou zielsveel van je.'

In het fanatisme waarmee Fatio in de aankomende Apocalyps geloofde, zag Isaac de betrekkelijkheid van zijn eigen berekening dat die in 2060 zou plaatsvinden. God had de profetieën niet gegeven om de nieuwsgierige drang van de mens naar de toekomst te bevredigen, wist Isaac, maar om de mens na de feiten te laten zien dat het allemaal goddelijke voorzienigheid was. Gepijnigd sloot hij zijn ogen toen hij in een levendig visioen de martelgang van Fatio voor zich zag. Het gruwelijke beeld werd weggedrukt door het geschel van de bel. Isaac schrok en wilde Fatio omhelzen om hem te beschermen, maar Fatio stuurde hem weg. Isaac trok zijn kamerjas aan en liep de trap af. Aan de deur stonden twee soldaten van de koninklijke garde. Achter hen stond een grijnzende Jonathan Swift.

'Goedemorgen, meneer Newton,' zei de oudste soldaat. 'Wij hebben aanwijzingen dat de heer Fatio de Duillier zich hier bevindt.'

'Dat klopt,' zei Isaac achterdochtig. 'Hij heeft hier vannacht gelogeerd.'

'Wilt u hem roepen? Hij staat onder arrest. In opdracht van Hare Majesteit de koningin moeten wij hem arresteren. Volgende week wordt hij voorgeleid voor de rechtbank.'

'Het eerste verraad,' zei Fatio met een droeve glimlach. Hij had een slaapkleed van Isaac aangetrokken en stond boven aan de trap. Statig kwam hij naar beneden en vanwege zijn losse zwarte haren en witte gewaad moest Isaac wel aan Christus denken. Isaac schudde heftig van nee toen de soldaten hem in de boeien sloegen en naar buiten geleidden.

'Misschien kan ik het vonnis van rechter Jeffreys nog positief beïnvloeden,' zei Swift. 'Al heeft hij een gruwelijke hekel aan de profeten. U weet wat u te doen staat, sir Newton.'

69

'Wat wil je nu werkelijk?'

Door steeds dezelfde vraag te herhalen, sloopte Saint Germain langzaam maar krachtig Kits verzet. Hij dwong haar over haarzelf na te denken in plaats van zich te laten overheersen door haar angst en afkeer.

Ze vergat dat hij Saint Germain was, de man in wie zelfs oom Isaac zijn meerdere had gevonden. Saint Germain werd de stem van haar geweten, de stem die vorste naar haar werkelijke drijfveren. Een stem die geen genoegen nam met obligate antwoorden. Al snel ontdekte Kit dat niet het bedrog van Montagu de werkelijke oorzaak was van haar gewonde ziel; dat was slechts een aanleiding om werkelijk wakker geschud te worden. In hem was ze zichzelf verloren. Nu hij weg was, bleef er een groot gapend gat achter van dromen en verlangens die ze voor hem had opgegeven.

Naakt praten in het bijzijn van Saint Germain voelde niet langer onwennig of obsceen. Naakt had ze niets te verbergen, niets op te houden. Ze kwam erachter dat het moeilijker was haar gedachten bloot te geven dan haar lichaam. Ze merkte ook dat haar naaktheid haar beroofde van een wapen dat ze normaal gesproken vaak inzette. Nu er niets te suggereren viel, kon ze niet met bevalligheid en vrouwelijkheid koketteren, en als ze het toch eens probeerde, leek Saint Germain er volkomen ongevoelig voor.

'Wat wil je nu werkelijk, Kit?'

'Als klein meisje droomde ik ervan de vrouwelijke geschiedenis te schrijven,' zei ze op den duur gegeneerd. 'Ik wilde onderzoeken of er grote vrouwen te vinden zouden zijn die de wereld hebben veranderd. Ik heb Maria Magdalena onderzocht, Salomé, Maria, Eva. Maar ik ben ermee gestopt. Ik vond het kinderlijke onzin.'

'Ik mis één vrouw in dit rijtje,' zei Saint Germain. 'Waarom heb je *Lilith* niet onderzocht?'

'Lilith?'

'Lilith was de allereerste vrouw van Adam, nog voor Eva. Ze is weggesneden uit de geschiedenis. Zij was een vrouw die niet alleen gelijk was aan Adam, ze was ook zijn meerdere. Hij kon haar niet aan. Bij het vrijen weigerde ze onder te liggen. Ze wilde niet genomen worden; ze wilde nemen. Ze gebruikte haar seksuele kracht en verlangen. Dat schrikte Adam af. Met zo'n gevaarlijke vrouw kon hij niet leven. Zij was de eerste die de onuitsprekelijke naam van God durfde uit te spreken. Daarmee bewees ze haar diepe wijsheid, haar superioriteit in kennis ten opzichte van Adam.'

Kit ging rechtop zitten. Ze had nooit geweten dat er voor Eva een andere vrouw was geweest. Een vrouw die haar verbeelding prikkelde, de vrouw die ze in zichzelf vergeefs gezocht had.

'Ze is de donkere, duistere vrouw waar iedere man bang voor is,' bevredigde Mandeville haar honger naar kennis. 'Lilith begreep het bloedverbond. Het mysterie van de vrouwenschoot die maandelijks bloedde, die openspleet om nieuw leven te geven, en die het middelpunt was van begeerte. Maar Adam was bang dat datgene waar hij zich toe aangetrokken voelde hem ook zou kunnen vernietigen en verzwelgen. Daarom wilde hij niets met het bloed te maken hebben. De vrouw die vloeiingen had, werd onrein verklaard; ze moest uit de buurt van de man blijven; zelfs alles wat ze aanraakte, werd onrein verklaard. En dwaas genoeg zijn zelfs sommige vrouwen dat ook gaan geloven, en verafschuwen ze dat waar ze zo trots op zouden moeten zijn. Lilith moest haar vleugels uitslaan, ze moest Adam verlaten om zichzelf niet te verloochenen. Zelfs de smeekbede van de drie engelen die God naar haar stuurde om terug te keren, wees ze af. Lilith is de scheppende, creatieve vrouwelijke kracht. Haar naam komt van het Hebreeuwse woord "laila"...'

'"Nacht",' zei Kit verrast. 'De vrouw van de nacht dus.'

'Ja, kijk,' liet Saint Germain zich meeslepen. Uit de wit gebeitste apothekerskast haalde hij een oud joods boek, *Het alfabet van Ben Sira*, en toonde haar een afbeelding die een koude rilling door haar lichaam liet gaan. Voor het eerst liet Saint Germain zijn klinische masker vallen, en zag Kit de betovering in zijn ogen terwijl hij naar de afbeelding keek. Hij kwam naast haar zitten en streek met zijn vinger over de pentekening, en overal waar hij Lilith raakte, leek het alsof Kit zijn vinger voelde. 'Ze wordt voorgesteld met wilde, vuurrode haren als een roos. Rode wangen, blote, ronde borsten. Ze heeft twee sterke vleugels die uitslaan vanuit haar schouderbladen. Ze hoort als een godin bij de hemelse kennis. Ze is naakt, vriendelijk en schaamteloos. Ze is mooi en jeugdig. Haar voeten zijn vogelklauwen. Maar ze heeft ook een staf in haar handen, met meetlinten zoals de priesteressen van Isis, die de eerste beoefenaarsters waren van de geometrie.'

'Maar, is ze dan niet slecht?' Kit probeerde haar verlangen naar de Lilith in haarzelf te temperen. 'Ze lijkt me ook zo hard, zo harteloos.'

Pas de volgende dag had Saint Germain haar vraag beantwoord met zijn visie op goedheid en deugdzaamheid.

'Het enige werkelijke motief van de mens is zijn eigenbelang,' herhaalde hij die middag steeds weer, terwijl hij met zijn benen ontspannen over elkaar geslagen naast haar op een stoel zat. 'We hechten veel belang aan deugden zoals naastenliefde, liefdadigheid, eerlijkheid... maar dit zijn valse waarden, die de maatschappij eerder ontwrichten dan vooruithelpen. Een wereld waarin iedereen zichzelf wegcijfert en zorgt voor de ander, is een wereld die zichzelf vernietigt. Vooruitgang wordt alleen geboekt wanneer mensen worden gedreven door eerzucht, ijdelheid, zucht naar rijkdom. Dat zijn onze werkelijke drijfveren. Kijk maar naar je oom. Was hij ooit zover gekomen als hij de zorg voor de zwakkeren als voornaamste ideaal had gehad? Er is geen ambitieuzer man in Londen te vinden. Terecht. Of je minnaar Montagu, die wordt gedreven door lust naar jonge vrouwen, door verlangen naar geld, waarvoor hij zelfs een lelijke, seniele gravin trouwt. Hij is corrupt, en tegelijkertijd is zijn verdienste voor deze stad vele malen groter dan die van die vrome mannen die binnen de strakke gedragsregels van de Kerk proberen te leven en worden geregeerd door angst. Wat hebben we aan die misbakken Flamsteed die jarenlang op zijn sterrenkaarten heeft gezeten als een vrome non op haar missaal? Hoe lang zouden we nog hebben moeten wachten tot hij nog een verdwaalde ster in het zuidelijke halfrond had gevonden die hij zo nodig precies moest opmeten? Terecht toch dat je oom hem de kaarten uit handen heeft gerukt en ze zelf heeft gepubliceerd? Dát is vooruitgang. Fouten durven maken. En waar steekt ondertussen die Flamsteed zijn tijd in? Hij koopt alle boeken weer op. Hij is zelfs bij mij aan de deur geweest. Samen met dat volgzame vrouwtje van hem heeft hij inmiddels de vierhonderd gedrukte sterrencatalogi in vlammen laten opgaan, daar op zijn hemels paradijsje in Greenwich. Nee Kit, deugdzaamheid is tegennatuurlijk en houdt de evolutie van de mens tegen. Slechtheid leidt tot vindingrijkheid. Spilzucht houdt de economie op gang. De afwezigheid van zelfliefde is het einde van elke vooruitgang. Hoe groter het privébelang, hoe groter uiteindelijk de voordelen voor de maatschappij. Mensen begrijpen zichzelf niet. Dat ligt ook aan de schrijvers. Zij leren de mens wat hij zou moeten zijn, maar tonen nooit de mens zoals hij werkelijk is. Mensen praten niet om begrepen te worden; ze praten om te camoufleren en te verbergen wie ze zijn. Het enige motief is eigenbelang. Volg je ondeugd, Kit, daarin zit de vervulling van je geluk.'

Zo was een reeks van lange gesprekken begonnen, waarbij Kit zich ontkleed liggend op de tafel liet penetreren door het gedachtegoed van Saint Germain. Opmerkelijke libertijnse ideeën, die alles waar ze tot dan toe in had willen geloven omverwierpen. Saint Germain werd haar gids in de volwassen wereld der ondeugd. Hij vertrapte oude, vastgeroeste overtuigingen en bouwde steen voor steen een nieuw denkkader dat minstens zo overtuigend klonk als de christelijke moraal waarin ze had proberen te leven. Maar deze ideeën waren veel weidser; ze waren niet bekrompen, raakten haar diep in haar onderbuik en wakkerden fantasieën aan over een vrijgevochten leven waarin ze ongebonden al haar passies en lusten kon uitleven. Ze voelde zich vrij bij hem.

Soms raakte ze zichzelf aan wanneer ze naar hem luisterde. Ze schaamde zich niet haar vrouwelijkheid te beroeren. Ze was niet langer zijn patiënt, maar zijn gast. Ze kreeg een logeerkamer toegewezen en genoot de hele tijd van zijn onverdeelde aandacht. Wanneer hij af en toe het huis verliet, hoefde hij niet eens de deur op slot te draaien. Geen seconde overwoog ze te vertrekken. Integendeel, geduldig wachtte ze aan de keukentafel op zijn terugkomst en las de vreemde boeken die hij haar aanraadde. Ze had dan ook geen moment meer geaarzeld toen hij haar na een aantal dagen had uitgenodigd voor het vieren van een hoogmis met gelijkgestemden. 'Je huid is nu weer verjongd en veerkrachtig,' had hij gezegd. 'Je lichaam en je geest staan weer in volle bloei. Het is eindelijk klaar om als altaar in gebruik te worden genomen. Het is tijd om als tempelmaagd van Lilith het heilig huwelijk te voltrekken...'

70

De publiekstribunes van Queens Bench Court in Guildhall zaten afgeladen vol met aan de ene kant volgelingen van de Franse profeten die hun eensgezindheid uitdroegen in psalmengezang en aan de andere kant tegenstanders en notabelen uit de stad, die aangeslagen hun mond hielden. Rechter Jeffreys sloeg de splinters van zijn tafel om de aanhangers tot stilte te manen. De volgelingen zwegen, maar hielden hun armen zegenend de lucht in, gericht op Fatio en Marion, die geboeid in de beklaagdenbank zaten. De rechter die onder Jacobus het katholieke belang had verdedigd vanachter zijn kansel, bleek alle politieke omwentelingen in het land te hebben overleefd en nu zonder gêne de anglicaanse koningin te dienen. Aan arrogantie en autoriteit bleek hij nog niets te hebben ingeboet. Kort en zakelijk lichtte hij de aanklacht toe, waarin een veroordeling al onvermijdelijk besloten leek.

'Heren,' zei Jeffreys, 'u bent gearresteerd op last van Hare Majesteit koningin Anne. U heeft grenzen overschreden, wat de belangen van dit land in gevaar brengt. U wordt beschuldigd van blasfemie en opruiing. Niet alleen gebruikt u het woord van onze Here God ijdel, maar door uw doempreken heeft u ook angst en paniek veroorzaakt onder de bevolking. De stad is onder uw invloed in bange afwachting van de dag des oordeels. U doet dit middels schandelijk, godslasterlijk en theatraal vertoon. Getuigenissen spreken van seksuele rituelen en openbare zedenschennis waarbij omgang tussen mensen van hetzelfde geslacht, zelfs van mens met dier, niet ongewoon zijn. Daarenboven zweept u de koning van Frankrijk en Jacobus Francis op om Londen als slagveld te kiezen. Kortom, de koningin wil uw praktijken een halt toeroepen en de rust in dit land, en vooral in Londen, herstellen. Kunt u iets ter verdediging inbrengen?'

Marion zat met de ogen gesloten in kleermakerszit in de beklaagdenbank en had zich helemaal afgesloten voor zijn omgeving. Hij verkeerde in een diepe meditatieve rust en leek niet geneigd op de beschuldigingen te reageren. Daarom stond Fatio op. Liefdevol liet hij zijn blik over de rechter, de juryleden en het publiek glijden, dat hem aanbiddend aankeek.

'Vrienden,' sprak hij, 'de geschiedenis herhaalt zich. Herinnert u wat er met het joodse volk gebeurde toen ze de Messias verraadden. Niemand stond voor hem op. "Kruisig hem," riepen ze. Hij werd zelfs verraden door zijn trouwste apostelen.'

Zijn ogen bleven rusten op Isaac, die in een hoek achter in de zaal plaats had genomen en zijn hoed voor zijn gezicht trok nu Fatio de aandacht op hem vestigde.

'Hoe,' sprak Fatio zalvend, 'kunnen wij het gezag van een aardse rechtbank erkennen wanneer het goddelijke gerecht tot ons spreekt? Hoe kunnen wij níét naar God luisteren die ons, onwaardigen, heeft uitgekozen als zijn woordvoerders, zijn profeten? Deze rechtbank wil zich buigen over een zaak waartoe zij niet bevoegd is. Laten wij alleen buigen voor de opperrechter van het heelal, voor God, en om vergiffenis bidden voor deze misleide aardse rechters. Vader, vergeef hun, want ze weten niet wat ze doen!'

De volgelingen herhaalden als in een eucharistie de woorden van Fatio: 'Vader, vergeef hun, want ze weten niet wat ze doen!'

Toen stond plots Marion op met een van doodsangst verwrongen gezicht. Hij zweette terwijl hij naar de rechter wees en riep: 'Bloed! Ik zie het bloed van deze valse rechter door de rechtbank stromen, de straat op. U zult getroffen worden door de toorn van God. U zult uit elkaar spatten en mensen zullen dansen in uw bloed. Bekeer u voor het te laat is. God richt Zijn woede op u. Nog voor Londen ten onder zal gaan in vlammen, zult u gegeseld worden door Zijn wraak. Bloed en vlammen!'

'Halleluja!' juichte het publiek euforisch. 'God zij geprezen. Het recht zal zegevieren!'

'Stilte!' eiste de rechter. 'Heren van de jury, ik denk dat u genoeg heeft gehoord om een oordeel te vellen. Ik verdaag deze zitting tot u tot een eensgezind besluit bent gekomen.'

De donkere transpiratievlekken onder de mouwen van zijn toga getuigden ervan dat de voorspelling Jeffreys niet onbewogen liet en snel verdween hij in de rechterskamer. Terwijl het publiek de zaal verliet, hield Fatio zijn blik op Isaac gericht. Hij zag dat die aangesproken werd door de oude vrouw die hij op de bijeenkomst had ontmoet.

'U was er toen toch ook?' zei ze. 'U kent Fatio toch persoonlijk? Kunt u uw invloed niet aanwenden?'

Isaac, in verlegenheid gebracht door enkele leden van het Koninklijk Genootschap die achter hem aan schoven om de rechtszaal te verlaten, zei: 'Nee, mevrouw, zo goed ken ik hem niet. Ik ben hier gewoon uit belangstelling.' Hij schudde ontkennend zijn hoofd en weerde de oude dame af, die zich aan zijn arm wilde vastklampen.

Fatio stak, net voor hij werd afgevoerd, twee vingers omhoog naar Isaac, die besefte dat hij hem nu al twee keer had verraden. In afwachting van de uitspraak verzamelden de volgelingen zich op de trappen van het rechtsgebouw en preekten het einde der tijden voor de passanten en toestromende nieuwsgierigen. Toen Isaac door de grote poort naar buiten kwam, zag hij nog net hoe de profetes met het jezuskleed haar jurk scheurde en met alleen een omgeknoopte lendendoek op de hoogste trap het woord voerde.

'Dochters van Nieuw Jeruzalem, ween niet om mij,' riep ze boven de andere profeten uit, terwijl ze zichzelf met een ransel over de borsten geselde, 'maar ween om uzelf en om uw kinderen. Weet dat er een tijd zal komen waarop men zeggen zal: "Gelukkig de onvruchtbaren, wier schoot niet heeft gebaard en wier borst geen kind heeft gevoed." Dan zal men tot de bergen zeggen: "Val op ons," en tot de heuvels: "Bedek ons." Want als men zo doet met het groene hout, wat zal er dan met het dorre gebeuren?'

Isaac wilde zo onopvallend mogelijk verdwijnen, maar werd opgehouden door de aanhangers van de profeten die in een trek-en-duwgevecht verwikkeld waren met de soldaten die de profetes wilden arresteren. Hij was bang dat omstanders die hem daar hoog op het bordes herkenden, zouden denken dat hij erbij hoorde en deelnam aan deze blasfemische rituelen. Zodra de soldaten zich met stokslagen een weg baanden naar de bovenste trap, duwde hij enkele profeten weg en snelde hij naar beneden. Hij worstelde zich door de massa zo snel als hij kon het plein over. Net op het moment dat hij een zijstraat in wilde vluchten, werd hij bij zijn schouder tegengehouden.

'Gefeliciteerd, Isaac!'

Saint Germain keek hem grijnzend aan.

'Eindelijk dan nadert het proces van de fermentatie zijn voltooiing. Eindelijk durf je door de donkerste nacht van je ziel te gaan en in de gitzwarte spiegel van je schaduwkant te kijken. Zo diep was dus jouw liefde voor Fatio. Nu je de kans hebt je uit te spreken en je invloed te gebruiken, laat je hem vallen. Je kiest voor jezelf, voor je naam, je roem en glorie. Eindelijk ben je bereid de slechtste versie van jezelf te durven leven. Maar nu moet je nog één offer brengen...'

Isaac greep Saint Germain bij zijn jas en duwde hem tegen de muur.

'Bedoel je Kit? Waar is ze? Wat heb je met haar gedaan?'

'Ze is een voorbeeldige leerling, Isaac. Ik heb niets met haar gedaan. Ik heb haar alleen geïnspireerd met enkele inzichten. Zoals ik met jou heb gedaan.'

'Waar is Kit?!' schreeuwde Isaac.

'Ga je zo om met je meester, Isaac? Met de enige man die je nu kan begeleiden naar de voltooiing van je grote werk?'

Wrokkig liet Isaac Saint Germain los. Hij besefte dat hij nu alleen gebaat was bij zelfbeheersing.

'Ik geef vanavond een groot feest, Isaac, om Kits inwijding te vieren. Vanavond kiest Kit ervoor om zichzelf te bevrijden, om net als jij de duistere kant van zichzelf te erkennen. Daarmee zal jouw vijfde alchemistische stap voltooid zijn: het verrottingsproces van het hermafrodiete kind. Ik heb een plekje voor jou gereserveerd op dit exclusieve feest. Een plekje waar jij intussen in je smeltkroes de fermentatie tot stand kunt brengen...'

Radeloos liep Isaac weg, verscheurd door een onmogelijke keuze. Als hij niet alles op alles zette om zijn grote werk te voltooien, zou Fatio veroordeeld worden en misschien wel ter dood worden gebracht. Maar het offer was het meisje voor wie hij zich als een vader verantwoordelijk voelde. Het zou onverdraaglijk zijn om te moeten toezien hoe zij die zo begiftigd was met zuiver verstand en een kristalheldere ziel zich verloor in een duivels ritueel dat door Saint Germain was opgezet.

71

Kit had de instructie opgevolgd om slechts een zwarte cape te dragen over haar naakte lichaam en zo met de koets naar de abdij van *Medmenham* te gaan, iets buiten Londen, langs de Theems. Met groot respect en vertoon was ze ontvangen in de tuin, verlicht door talrijke fakkels en kaarsen, waar schaars geklede vrouwen rondliepen, mannen verkleed als geestelijken met een openvallend habijt dat hun geslachtsdelen accentueerde, kloosterzusters met ontbloot bovenlichaam en mannelijke slaven met niet meer dan een halsketting om die werden behandeld als honden. Sommige mannen die waren gekleed in zwarte mantels verborgen het gezicht achter een wit masker en paradeerden rond met vrouwen in helrode satijnen gewaden, met versierde maskers op en met gestifte lippen. Als prelude op het ritueel deden de gasten zich te goed aan een hels buffet waarbij het gebraden wild het lendenstuk van de duivel werd genoemd. Priesteressen gingen rond met bladen vol kelken met dampende hellevuurpunch. Pages gekleed in korte tunieken serveerden als dessert gebak in de vorm van de borsten van Venus, met vuurrode kersen als tepels. En in het midden van de tuin zat een man onherkenbaar onder zijn monnikskap, bij een kokende smeltkroes.

Kit herkende hier en daar een paar adellijke dames en heren die ze in hun dagelijkse vermomming van fatsoen en opgedoftheid op theevisites had ontmoet. Hier leek het of ze hun maskers hadden laten vallen en zich konden tonen zoals ze werkelijk waren. Er hing een prettige spanning en opwinding, en iedereen keek naar elkaar met verlangen en ongestilde lust.

Een goed uitziende jongeman met een lieve oogopslag en rossig haar, verkleed als een sater, ontfermde zich als chaperonne over Kit.

'Je hoeft niet zenuwachtig te zijn,' stelde hij haar gerust. 'We zijn allemaal gelijkgestemden. Het is een spel, en toch ook serieus. We noemen ons de *Hellevuurclub*. Mijn naam is trouwens Jonathan, Jonathan Swift. Ik ben schrijver.'

'O,' zei Kit gereserveerd terwijl hij haar hand kuste. 'Ben jij degene die mijn oom onder druk heeft gezet om goud te maken?'

'Ik heb grote bewondering voor je oom,' zei Jonathan met ogen die fonkelden in het maanlicht. 'Ik was slechts de boodschapper van de koningin, die me vroeg om hem te... prikkelen. Ons land heeft nu eenmaal dringend nieuwe fondsen nodig. Ach, ik ben maar een plaaggeest, Kit, een hofnar. Wat zie je er trouwens schitterend uit.'

Misschien kwam het door de ongedwongen sfeer, de vrijende paartjes die ze tijdens de wandeling door de tuin overal aantroffen, maar Kit aarzelde geen moment toen Jonathan haar bij de treurwilg warm en teder op de mond kuste.

Toen een kerkklok twaalf sloeg, begaven allen zich naar de ingang van een grot in de tuin en kwamen in een ronde ruimte terecht die werd verlicht door vuurkorven. Iedereen was stil en keek verwachtingsvol naar het grote rotsblok in het midden. Toen kwam Saint Germain tevoorschijn, gekleed in een goudbrokaten priestermantel, en stak zijn armen zegenend in de lucht.

'Welkom in de tempel der duisternis,' zei hij met een satanische grijns, 'verlicht door kaarsen gemaakt van het vet van de gehangenen van Londen. Het is onze wil om vanavond Lilith aan te roepen, zodat we door haar geest de levenskracht van seksualiteit en dood ervaren, ons laten vervullen door de kracht van haar woord. Ik zal deze hoogmis opdragen op de buik van een jonge maagd die vanavond voor het eerst bij ons aanwezig is. Kniel, broeders en zusters verbonden in ons bloedverbond, voor onze hogepriesteres Kit.'

Alle aanwezigen knielden devoot in de richting van Kit die nu nog als enige rechtop stond. Haar hart hamerde in haar borst. Ze was bang, maar tegelijkertijd nieuwsgierig en gevleid door de bijzondere positie die ze leek in te nemen. Vanavond zou ze een rol spelen die ze in zichzelf moest zoeken. Een rol waarvan ze voelde dat die ergens diep in haar verborgen zat, maar die ze nooit had durven aannemen. Vanavond zou ze de Lilith in zichzelf bevrijden. Een kleine knipoog van Saint Germain stelde haar gerust, en waardig als een priesteres schreed ze naar voren. Ze stond voor het rotsblok en werd bewonderend aangekeken door de tientallen mannen en vrouwen. Saint Germain stapte op haar toe en ontdeed haar met één ruk van haar zwarte gewaad. Een zucht van aanbidding echoode door het rotsgewelf. Alleen de monnik die bij de ingang van de grot het tafereel had gadegeslagen, huiverde. Hij wilde heel hard roepen, maar zijn stem was schor.

'O, Lilith, aan wie wij dit ritueel opdragen om weer te leren luisteren naar ons instinct, om dat te doen waar we zin in hebben en wat ons behaagt, ter bevrediging van ons geluk en genot, aan u draag ik deze geconsacreerde hostie, deze jonge maagd op, en ik vraag u haar als tempelpriesteres te aanvaarden in het heiligste der heiligen.'

Saint Germain nodigde Kit uit om op het rotsblok te gaan liggen, dat glad en warm was van het vet van de duizenden kaarsen die er hun laatste licht hadden verstrooid. Gracieus als een donkere godin strekte ze zich uit, haar haren als een koperkleurige waterval naar achteren. Toen Saint Germain met een weids ceremonieel gebaar een wit servet op haar slanke buik legde, waarop hij een gouden kruisbeeld plaatste, vluchtte de monnik bij de ingang de grot uit. Hoe had hij ooit zo onbezonnen kunnen zijn om Kit naar een dokter te sturen die hij alleen kende van horen zeggen? Wat had hij met haar gedaan? Zijn enige troost was dat hij had gezien dat haar huid was genezen. Maar de uitdrukking op haar gezicht kende hij niet.

Hij liet zich in het gras bij de smeltkroes op zijn knieën vallen en bad snikkend tot God. Ze doet dit uit vrije wil, hield Isaac zichzelf voor. Als ik haar werkelijk liefheb, moet ik haar durven loslaten. Erop vertrouwen dat ze de goede keuzes maakt vanuit haar hart. Haar de kans gunnen om zelf haar fouten te maken en daarvan te leren, omdat ervaringen de krachtigste leermeesters zijn. Ik moet in haar geloven, al doet ze dingen die dwars ingaan tegen alles waar ik in geloof. Ik moet me spiegelen aan de alomvattende liefde van de Schepper die iedere seconde van de dag Zijn kinderen de vreselijkste zaken ziet aanrichten. Die ze ziet moorden en liegen, oorlog voeren en verkrachten, stelen en bedriegen, maar toch nimmer Zijn hoofd afwendt. Ik moet er net zo'n onvoorwaardelijk vertrouwen in hebben dat haar aard goed is en dat ze niets kan uitrichten wat mij daaraan kan doen twijfelen.

Zijn gebed werd verstoord door een penetrante stank van stilstaand water in een hete zomer die tegen zijn gezicht aanblies. Met dichtgeknepen neus keek hij over de rand van de smeltkroes die tot die dag in de verboden kamer had gestaan. Hij zag op de bodem een smerig olieachtig mengsel, met vettige iriserende blazen. Maar hij voelde noch blijdschap, noch trots dat de fermentatie gelukt was.

'Scheid de aarde van het vuur,' prevelde hij, 'het subtiele van het grove, zacht, en met grote vlijt.'

Kit voelde op dat moment alleen de warmte van bloed over haar hals stromen. Om haar lippen lag een gelukzalige verrukking, en slechts in een waas zag ze Saint Germain drinken van een beker met bloed.

72

Met gesloten ogen zat Isaac op het houten bankje in de middagzon, bij het grasveld in het midden van de Tower, koortsachtig te piekeren. De raven vochten om de broodkruimels die hij gestrooid had. Hij had nog minder dan één dag om het onmogelijke waar te maken. Het vonnis was geveld. De profeten waren schuldig bevonden aan opruiing, en morgen, op maandagochtend, zouden Fatio en Marion op het plein voor de Tower vastgebonden worden aan een schandpaal, overgeleverd aan de wil van het volk. De enige die het vonnis had kunnen tegenhouden was hijzelf. Maar hij had gefaald. Vijf alchemistische stappen had hij succesvol doorlopen, maar de laatste twee, *destillatie* en *coagulatie*, had hij niet volbracht. Het was belachelijk om erop te hopen deze ultieme stappen nog op één dag te volbrengen. Misschien was dit wel een terechte straf voor alle fouten die hij op zijn levensweg gemaakt had, voor al het onrecht dat hij in zijn blinde ambitie mensen had aangedaan. Nu was het zijn tijd om zijn prijs te betalen, de hoogste prijs: zijn geliefde, de andere helft van zijn ziel, zou morgen voor zijn ogen gestenigd worden door de bevolking van Londen.

'Sir Newton?'

Isaac keek op bij het geluid van de oude, zachte stem die hem had aangesproken. Een elegant in donkergeel geklede, stokoude man, met een lange witte krulpruik op, stond achter hem en knikte hem vriendelijk toe.

'Ze zeggen dat als deze zwarte raven de Tower ooit verlaten, Engeland zal vergaan,' zei de man.

'Ik weet het,' wimpelde Isaac de man af. 'Daarom kom ik ze ook dagelijks brood geven. Je kunt niet voorzichtig genoeg zijn.'

'Ze schijnen een onbekend zintuig te hebben dat de nakende dood van mensen aanvoelt. U speelt met uw leven door de vriendschap van deze doodsvogels op te zoeken! Ik ben Christopher Wren, trouwens.'

'Meneer Wren,' zei Isaac gegeneerd, 'excuses dat ik u niet meteen herkende. Wat een genoegen. Wat een eer dat ik u ontmoet.'

'We worden er ook niet jonger op, sir Newton,' vergoelijkte de grote stadsarchitect het feit dat hij niet meteen herkend was. 'Ik heb iets voor u.'

Uit zijn jaszak haalde hij twee stukken van twintig shilling, die hij aan Isaac gaf.

'Dit bedrag ben ik u al zo lang schuldig, sir Newton. U weet toch nog dat Halley uw deelname vroeg voor de weddenschap die wij hadden afgesloten over de ellipsvormige banen? Wel, ik denk dat u met uw "Principia" overtuigend hebt gewonnen, nietwaar?'

Isaac lachte hartelijk en nodigde de oude man uit naast hem te komen zitten.

'Waarmee kan ik u van dienst zijn, meneer Wren?'

'Ik hoop dat ik ú van dienst kan zijn, sir Newton. Nu ons wijze Tory-parlement me ontslagen heeft als stadsarchitect, heb ik alle tijd om mijn oude hersenen ten dienste te stellen van andere onfortuinlijke lieden zoals u.'

Isaac keek hem niet-begrijpend aan.

'Ik ben op de hoogte van de terechtstelling van uw vriend die morgen zal plaatsvinden en weet dat u voor de schier onmogelijke taak staat die te voorkomen. Misschien kan ik u helpen. Tenslotte sta ik al jarenlang bij u in het krijt...'

'In het krijt? Hoezo?'

'Ach, misschien bent u het al vergeten, maar aan mijn geweten is het blijven knagen. Ik zat destijds in de redactie van de "Filosofische Verhandelingen". Boyle had u net ontmoet op het landgoed van Ragley en wilde uw formule voor filosofisch kwikzilver onder zijn naam in het blad publiceren. Ik heb bezwaar aangetekend en mijn ontslag ingediend. Maar misschien had ik meer moeten doen. Enfin, door dit voorval viel het Onzichtbare College uit elkaar. Toen heb ik zelf een poging gedaan om een eeuwenoud geheim genootschap nieuw leven in te blazen. Robert Moray, de oprichter van het Koninklijk Genootschap, heeft me ertoe geïnspireerd. Hijzelf was in Schotland ook lid geworden van een van de weinige loges die van dit oude genootschap waren overgebleven. Hij heeft me geïnitieerd. Het is overigens best een aardig weertje. Als u het goedvindt, maken we een wandelingetje door de stad. Ik wil u iets laten zien...'

Isaac aarzelde.

'Ik heb niet zoveel tijd, meneer Wren...'

'Heeft u een keuze, sir Newton? In uw eentje komt u er niet uit, toch?'

Isaac begreep dat de oude stadsarchitect hem niet zomaar opzocht. Hij knikte ongedurig en ze liepen zwijgzaam de Tower-brug op. Met een handgebaar hield Wren Isaac staande en wees toen met zijn arm recht vooruit.

'Toen ik Londen mocht herbouwen,' zei hij, 'ontwierp ik eerst een nieuwe plattegrond voor de stad. Weet u welke opdracht koning Charles me meegaf?'

Newton schudde zijn hoofd.

'Maak Londen tot het middelpunt van de aarde. Bouw voor mij een Nieuw Jeruzalem. Het was mijn bedoeling,' zei Wren, 'dat er hier op de Tower-brug een grote laan zou komen, dwars door de stad, naar het centrum, dat ik als een wiel had getekend waar tien grote straten op uitkwamen. Halverwege zou er een tweede groot achthoekig plein komen, met brede zijstraten. Doet dat u aan iets denken?'

Isaac probeerde zich de boulevard voor te stellen die Londen zou doorsnijden bij de St.-Pauls-kathedraal maar hij begreep niet waar Wren naartoe wilde.

'Kijk,' zei Wren, en hij haalde een rood boekje uit zijn jaszak, 'dit zal een en ander aanschouwelijker maken.'

In één oogopslag herkende Isaac nu wat Wren hem met woorden geschetst had. Bewonderend keek hij naar het volmaakte geometrische stadsplan van Londen, gebaseerd op de kabbalistische levensboom. Op de plaatsen van de tien Sefirot, oftewel de tien eigenschappen van God, had Wren voorzien om tien grote kerken te bouwen. Op het schitterende middelpunt Tipheret, het Hebreeuwse woord voor 'schoonheid', stond de St.-Pauls-kathedraal getekend. De tien kerken werden met elkaar verbonden door avenues zoals de tweeëntwintig paden, refererend aan de tweeëntwintig letters van het Hebreeuwse alfabet. Wat een geniaal plan, dacht Isaac, in al zijn eenvoud en schoonheid. De levensboom was een volmaakte structuur voor een stad die uit zijn as zou herrijzen.

'Maar...' stamelde Isaac vol ontzag, 'waarom heeft u het niet gerealiseerd? Waarom loopt deze laan niet waar hij had moeten lopen?'

Met gebogen hoofd borg Wren verlegen zijn boekje weer op en hervatte zijn wandeling met Isaac.

'Bij zo'n omvattend plan zijn vele belangen in het geding,' zei hij zonder zweem van bitterheid. 'Niet iedereen wilde zijn huis tegen de vlakte laten gooien, of zijn grond opofferen om de droom van een architect te kunnen realiseren. Ik heb dus moeten woekeren. Dat is nu eenmaal het lot van een architect. Hij bouwt niet alleen voor zichzelf, maar ook voor de mensen die zijn gebouwen zullen gaan bewonen. Toch zal het u nog verbazen hoeveel aspecten van de levensboom uiteindelijk wél gerealiseerd zijn.'

'Ik vind het fascinerend, meneer Wren, maar u moet me echt excuseren. Ik moet iets bedenken, ik...'

'Vertrouwt u me nu maar, sir Newton. Ik ben een vriend. Volgt u mij en het zal allemaal duidelijk worden.'

Al wandelend onthulde Wren een voor een de geheimen van het nieuwe Londen. Op vernuftige wijze had hij, woekerend met zijn beperkingen, de opdracht van de koning gerealiseerd en was Londen een goed uitgewerkte schets geworden van het Nieuwe Jeruzalem. Na een lange wandeling kwamen ze uit voor de kathedraal van St.-Paul. Het was bijzonder om naar de kathedraal te kijken zonder de bijbehorende geluiden van getimmer op weekdagen te horen.

'Meneer Wren,' zei Isaac, die onthutst constateerde dat het inmiddels al een flink stuk in de middag was, 'er is vast een reden waarom u mij dit alles toevertrouwt. Maar ik heb echt niet zoveel tijd meer, weet u...'

'Dat klopt,' zei Wren onverstoorbaar, en hij nam Isaac mee de trappen op van de kathedraal. 'Het is ook tijd nu. Kijk, ik ben gezegend dat ik deze kathedraal in volle glorie kan aanschouwen. De middeleeuwse kathedraalbouwers zagen nooit het eindresultaat. Zij deden een leven lang nederig hun werk, dat door de nieuwe generaties werd afgemaakt. Daarom zijn de steenhouwers zulke wijze lieden. Zij beseften dat het niet om henzelf ging, dat ze slechts een onderdeel waren van het grotere geheel. Ze verbonden zich met elkaar in loges. *Vrijmetselaarsloges.* Daarin wijdden ze de nieuwe generatie stap voor stap in in de geheimen van de bouwkunst. Geheime kennis die ze mondeling aan elkaar overleverden sinds de bouw van de mooiste tempel die ooit bestaan heeft: de Tempel van Salomo. Als bouwmeester van de stad Londen voelde ik me geroepen om Morays droom te realiseren. Ik heb de eerste Engelse loge opgericht, "De loge van de oudheid". Inmiddels zijn er vier vrijmetselaarsloges. Maar om eerlijk te zijn, stellen die niet zoveel meer voor. Ze dreigen een stille dood te sterven, tenzij er een krachtige nieuwe voortrekker komt. Daarvoor dacht ik aan u.'

'Ik?'

Ze stonden voor de gesloten poort van de St.-Paul.

'U kunt doen wat ik heb nagelaten, sir Newton. Ik heb de traditie hersteld, maar dat is niet voldoende. De loges moeten opengesteld worden voor de weinige onderzoekers naar de esoterische kennis die er nog zijn. De loge moet een ontmoetingsplaats worden zoals ooit het Onzichtbare Genootschap was. Een plek waar vrije geesten vrij kunnen spreken zodat er met respect naar ze geluisterd wordt en hun nieuwe ideeën niet met cynisme worden weggehoond. U heeft zoveel contacten, sir Newton. U weet precies welke natuurfilosofen in het Koninklijk Genootschap wel openstaan voor de verborgen kennis en welke alleen geloven in het mechaniek der dingen. U kunt ze op deze plek bij elkaar brengen. Ik heb de St.-Paul gebouwd volgens de maatvoering van de Tempel van Salomo. Het is vanaf het begin de bedoeling geweest dat dit de vergaderplek zou worden van de priesters van de geheime kennis. De mens is een ruwe steen die gepolijst moet worden tot een strakke kubus zodat hij in het bouwwerk van de schepping kan worden ingepast. De *regenboog van Noach* is het symbool dat ons herinnert aan de zeven wetten die de grondslag van het leven zijn. Het werk in de loge is geïnspireerd door de tempelrituelen uit het Oude Testament. *Hiram Abif*, de bouwmeester van de Tempel van Salomo, deelde zijn werklieden in in leerlingen, gezellen en meesters. Bij elke graad hoorde een geheim woord. Als u zich geroepen voelt, zal ik u inwijden tot de laagste graad, die van leerling. En dat is precies wat u nodig heeft om uw proces van destillatie te vervolmaken: nederig worden, uw kennis opdragen aan het grotere geheel, bereidheid in een traditie te stappen die uw eigen leven overstijgt, uw kennis te delen met gelijkgestemden. Durft u dat aan, sir Newton?'

'Ja,' zei Isaac zonder een spoor van twijfel. Dit was inderdaad precies wat hij nodig had. Hij moest zijn ijdelheid achter zich laten, zijn verworven kennis en inzichten ten dienste stellen van een hoger doel. Hij besefte dat hij het masker van autoriteit waarachter hij zich zo lang had verscholen, moest laten vallen. Wie succes en macht kreeg, moest sterke schouders kweken om die te dragen. Hij zou zijn werk niet kunnen voltooien vanuit eerzucht; hij moest het opdragen aan de liefde – zijn immense liefde voor Fatio, die hij misschien daardoor zou kunnen redden.

'Mooi,' zei Wren, 'dan zult u zien dat u uw tijd vanmiddag nuttig heeft doorgebracht. Ik vraag u om mij vanaf nu te gehoorzamen en te vertrouwen.'

Uit zijn zak haalde hij een zwarte blinddoek en die bond hij hem voor.

'Van oudsher,' sprak Wren terwijl hij hem een lederen voorschoot omknoopte die hij onder een steen bij de poort had klaargelegd, 'bekleden vrijmetselaren zich met het schootsvel, het symbool van onze noeste arbeid in dienst van de Meester. Ook overhandig ik u twee paar handschoenen. Eén paar voor uzelf. Ze zijn wit van kleur om u eraan te herinneren dat uw daden vlekkeloos zullen zijn. Het andere paar verzoek ik u te schenken aan de vrouw die u in het leven naast u hebt staan; betuig haar daarbij ons respect voor de wijsheid van de vrouw. Dan vraag ik u nu om driemaal aan deze poort aan te kloppen...'

Isaac sloeg driemaal op het harde hout.

Van binnen klonk een stem die streng zei: 'Zoekt en gij zult vinden.'

'U moet opnieuw driemaal aankloppen.'

'Bid en u zal gegeven worden,' antwoordde de stem ditmaal.

Toen hij voor de derde keer driemaal aanklopte, zei de stem, iets vriendelijker: 'Klopt en u zal worden opengedaan.'

Isaac hoorde hoe de deur ontgrendeld werd en op een kier werd opengezet.

'Wie klopt er aan de tempelpoort?'

'Hier staat een vrij man,' antwoordde Wren, 'van goede naam. Hij verlangt om vrijmetselaar te worden. Hij verlangt om ingewijd te worden, en zijn zoektocht naar het licht heeft ertoe geleid dat hij aan de tempelpoort klopt.'

Isaac voelde dat een hand hem naar binnen trok en de poort achter zich dichtsloeg.

73

Het was nog vroeg in de ochtend toen Jonathan Swift uit zijn bed werd gehaald voor een spoedoverleg op het koninklijk paleis. Kit, die sinds haar inwijding in de Hellevuurclub op bezoekjes aan andere minnaars na onafscheidelijk was geweest van Jonathan, had geen genoegen genomen met zijn verzoek om lekker in bed te blijven wachten tot hij terug zou zijn.

'Dan heb je het verkeerde vriendinnetje uitgekozen,' had ze gezegd. 'Eén keer was ik zo onnozel om als een huismus thuis te wachten tot mijn mannetje de goedheid had me op te zoeken. Maar die tijden zijn voorbij. Het is kiezen of delen, Jonathan. Ik ga met je mee, of je ziet me nooit meer terug.'

De lessen van Saint Germain en het ritueel hadden Kit ingrijpend veranderd. Ze had de andere kleuren van het spectrum van haar vrouwelijkheid ontdekt waarvan ze zelfs niet had vermoed dat ze die in zich had: het paars, het indigo, het violet. De donkere kant, de ongeremde kant. Een diepe begeerte, een lust, een verlangen naar zich op en top vrouwelijk voelen in het heetst van haar orgasmen. Ze had haar ontzagwekkende kracht gevonden: de vrouw die geen slaaf is maar meester, geen leerling maar leraar, niet dom maar wijs. Het was geen privilege voor mannen om gedreven te worden door hun onderbuik. Dat instinct bleek ook een wezenlijk onderdeel van de vrouwelijke natuur. Saint Germain had haar een nieuwe kijk op het leven gegeven en haar doos van Pandora geopend. Hij had haar eigenwaarde en zelfliefde hersteld. Het besef dat het leven alleen zinvol was als ze deed wat ze wilde. Haar eigen verlangens bevredigde, haar honger naar ervaringen en kennis stilde. En eenmaal van die verboden vrucht geproefd, was er geen weg meer terug. Huiselijkheid en deugdelijkheid waren synoniemen geworden voor knulligheid en gevangenschap. Ze minachtte die brave 'vrouwen van' die hun leven verkwanselden aan de verzorging van hun overspelige echtgenoten en van hun kinderen. Die zichzelf onwetend hielden van wat er werkelijk in henzelf leefde omdat ze verdronken in de ander. Die hun angsten en fantasieën wegprevelden in vrome kerkdiensten die dreigden met hel en verdoemenis, zonder ooit te weten dat de hel het paradijs was. Echtgenotes die hun mannen verzorgden als kinderen, die er een dagtaak in vonden hem te behagen en hem aan te moedigen vooruit te komen, en het radarwerk van hun eigen hersenen lieten verroesten.

Tegen zijn zin had Jonathan toegegeven en Kit meegenomen. Hij ontmoette zijn Tory-partijgenoten in de slaapkamer van koningin Anne, waar een ondraaglijke stank hing. In het bed lag de dode koningin, die bijna onherkenbaar was doordat haar lichaam geheel was opgezwollen door de infectie die haar fataal was geworden, op slechts negenenveertigjarige leeftijd.

'Hoe lang is ze al dood?' vroeg Jonathan.

'Net, een uurtje,' zei een parlementslid dat door de kamer ijsbeerde.

'En er is verder nog niemand die het weet?'

'Nee, natuurlijk niet. Wij moeten nu eerst overleggen en onze strategie bepalen.'

De langslepende ziekte van de koningin was voor de Tories een geschenk uit de hemel geweest. Langzaam maar zeker hadden ze haar kabinet geïnfiltreerd en ervoor gezorgd dat er geen Whig meer bij haar in de buurt kwam. De koningin lag al die tijd ziek in bed en de Tories konden ongestoord hun gang gaan om hun politieke greep op het land te versterken. Ze hadden van de situatie geprofiteerd door in haar naam Tories op belangrijke ministersposten te benoemen. Maar niemand had er rekening mee gehouden dat de koningin zo snel zou overlijden.

'Zodra de Whigs weten dat Anne dood is, zullen ze alles in het werk stellen om *George van Hannover* als opvolger te laten benoemen. Ze hebben al uitgebreid contact met hem gelegd. Het is dus maar de vraag of wij George voor de Tories kunnen doen kiezen,' dacht Jonathan hardop.

De Whigs hadden in het parlement de weg vrijgemaakt voor de protestantse George van Hannover, een Duitssprekende koning die een verre verwant was van koninklijke familie, waardoor tweeënvijftig andere troonpretendenten gepasseerd waren vanwege hun katholieke geloof.

'Hebben we dan keus,' zei het parlementslid. 'Met Jacobus Francis kunnen we zeker geen zakendoen. Hij schijnt nog katholieker te zijn dan zijn vader al was.'

'De religieuze overtuiging van koningen moet je niet al te serieus nemen,' zei Jonathan. 'Ze wisselen even snel van geloof als de wind van richting. We zouden toch met hem kunnen onderhandelen? Hem beloven dat hij koning wordt op voorwaarde dat hij zich bekeerd tot het anglicaanse geloof en de Tories steunt...'

'Wat?!' zei Kit ongelovig.

'Wie is zij eigenlijk?' vroeg het parlementslid.

'Mijn... verloofde,' zei Swift gegeneerd, die zelf liever ook dit gesprek zonder haar erbij had gevoerd. 'Ze denkt met ons mee.'

'Zijn jullie gek geworden?' zei Kit. 'Hoe kunnen jullie nu om politieke redenen onze kroon aan een marionet van Lodewijk de Veertiende geven? Hebben jullie dan geen principes? Gaat het jullie dan echt alleen maar om de macht?'

'Sinds wanneer hebben vrouwen verstand van politiek?' zei het parlementslid schamper. 'Jonathan, je verloofde is een mooi meisje, maar het lijkt me dat ze hier niet op haar plaats is.'

'Neemt u me niet kwalijk,' zei Kit, die begreep dat ze weggestuurd zou worden als ze zich uitsprak. 'Ik hou mijn mond wel.'

Wantrouwend wisselden de parlementsleden een blik, maar hun aandacht werd afgeleid door een gasbel die aan het lichaam van de ontbindende koningin ontsnapte en hen deed opschrikken.

'Ik denk dat we het moeten proberen,' zei Jonathan. 'We kunnen best Annes dood nog een tijdje geheimhouden. Intussen sturen we dan een gezant naar Jacobus Francis om te onderhandelen. Iedereen weet dat de koningin ziek is. Niemand zal het vreemd vinden als ze de komende weken niet in het openbaar verschijnt...'

'En haar hier laten liggen?'

'We sluiten de kamer af en laten de natuur haar werk doen. Ze doet hier niemand kwaad...'

'Wat staat er in haar agenda voor de komende dagen?' vroeg het parlementslid.

'Vandaag zou ze aanwezig zijn bij de terechtstelling van de Franse profeten,' antwoordde haar secretaris, 'maar dat was door haar ziekte toch al niet mogelijk.'

'Heeft ze wel het vonnis ondertekend?'

'Nee. We hebben haar de laatste dagen niets meer kunnen laten ondertekenen. Ze was te zwak.'

'Ik ken de rechter goed,' zei Jonathan geruststellend. 'Ik praat wel met hem.'

Kit was verbijsterd door de snelle, slinkse politieke praktijken van haar nieuwe minnaar. Een man die bereid was de dood van de koningin te verbergen om de ambities van zijn partij te realiseren, zelfs al zou dat tot de benoeming van een katholieke koning leiden. Een man die Fatio zonder officieel ondertekend vonnis vandaag wilde laten terechtstellen. Hoe had ze op deze rosse Ier verliefd kunnen worden? Hoe had ze zich door hem kunnen laten charmeren, vroeg ze zich af.

Na de bijeenkomst had Swift een raadselachtige lach om zijn lippen toen ze weer naar zijn huis liepen.

'Wat valt er te lachen?' vroeg Kit.

'Ik vind je zo mooi,' zei hij terwijl ze de trap op liepen naar zijn appartement. 'Ik heb ontzettend veel zin in je. Ben je in voor een spelletje?'

'Wat voor spelletje?' vroeg Kit ondeugend. Ze besefte dat ze haar best moest doen om nu niet zijn wantrouwen te wekken. Hij moest denken dat ze aan zijn kant stond. Alleen dan zou ze misschien de zaken die ze gehoord had kunnen gebruiken om Fatio te redden.

'Ik wil je zo graag helemaal bezitten,' zei hij hitsig, en hij sloot de deur. 'Ik wil dat je je overlevert aan mijn wil...'

'Hmm. Spannend,' zei ze, terwijl haar hart in haar keel bonsde.

'Ik wil je vastbinden,' zei hij, en hij haalde een broekriem uit zijn kledingkast. 'Ga eens op deze stoel zitten, met je handen achter deze leuning...'

Gehoorzaam ging ze op de stoel zitten en liet haar handen knevelen met de lederen riem.

'Au,' zei ze.

'Kom, kom, Kit,' zei hij, 'een beetje pijn hoort erbij...'

'Wat opwindend, Jonathan,' zuchtte ze verleidelijk. 'Nu kun je me overal strelen waar je maar wilt.'

'Ja,' zei hij, 'maar eerst je benen nog vastmaken aan de poten.'

Hij knielde voor haar neer om met een tweede riem haar rechterbeen aan de stoelpoot te binden, toen ze onverwacht met haar andere been uithaalde en hem midden in het gezicht schopte. Jonathan vloog achterover en viel met zijn hoofd tegen de openstaande kastdeur. Kit worstelde zich los uit de lederen handboeien terwijl ze op hem af strompelde om hem nog een paar schoppen te verkopen. Maar Jonathan kroop snel weer overeind, graaide de riem van de vloer en sloeg haar ermee in haar gezicht.

'Ik wist wel dat je niet te vertrouwen was, helleveeg!' zei hij. 'Jij komt deze kamer niet meer uit tot mijn plannen volbracht zijn. Ik laat mijn ambities niet door jou dwarsbomen.'

Kit schrok van zijn helse blik toen hij haar sloeg en hardhandig knevelde. Voor hij de deur dichttrok, gooide hij een brandende kaars op het bed, dat meteen vlam vatte.

74

Vanaf de middentoren keek Isaac naar het schavot dat opgesteld stond op het podium voor het plein van de Tower. Nooit eerder hadden zich hier zoveel mensen verzameld als op deze ochtend. Wel twintigduizend mensen op het plein en in de omliggende straten verdrongen elkaar; ze duwden, trokken en vochten om een zo goed mogelijk zicht te hebben op de twee schandpalen. Honderden garnizoenssoldaten stonden met de blik strak vooruit rond het podium in het gelid om in te grijpen wanneer de massa niet meer in de hand te houden zou zijn. De volgelingen van de profeten waren door Marion zelf geïnstrueerd om geen geweld te gebruiken. 'Wees bij ons in gebed, gezang en geloof, maar bied uw rechterwang aan wanneer iemand op uw linkerwang slaat,' had hij in een haastig gedrukt pamflet geschreven dat jonge kinderen uitdeelden. De aanhangers waren te herkennen aan het witte hemd dat ze los over hun broek of rok droegen, als verwijzing naar hun Franse hugenotentitel de *camisards*, en aan het groene lint in hun haar of op hun hoed. De tegenstanders waren net zo gemakkelijk te herkennen aan hun van spot en wraaklust vertrokken gezichten.

De angst voor de doemvoorspellingen had Londen de laatste weken in zijn greep gehouden en het leek nu de rechter de profeten had veroordeeld als oplichters, of hij daarmee ook het Einde der Tijden persoonlijk had geannuleerd. De burgers voelden zich bekocht doordat ze zo in onzekerheid hadden verkeerd. Sommigen hadden zich overgegeven aan bacchanalen. Zich erbij neerleggend dat ze toch niet bij de uitverkorenen zouden horen, stortten ze zich in een dagenlang feest met te veel drank en te veel genot, en verkwanselden hun hele bezit. Nu hun laatste dagen op aarde geteld waren, leefden ze op een manier waarover ze vroeger slechts durfden te fantaseren. Ze verlieten hun echtgenoot en hoopten in de lust van het gulzige beminnen alles uit het leven te halen wat erin zat. Anderen hadden hun huis voor een habbekrats verkocht omdat ze naar het vasteland wilden vluchten, hopend daar te ontkomen aan het zwaaiende zwaard van de aartsengel. Weer anderen hadden afscheid genomen van hun kinderen en aardse bezittingen, om de laatste dagen vroom en celibatair door te brengen, biddend en smekend in de kerken om bij de uitverkorenen te horen. Zo had iedereen volgens eigen aard en geweten gereageerd op die angstige verwachting van de dag des oordeels die de rechter nu nietig had verklaard.

Eindelijk had Fatio naam gemaakt, dacht Isaac. Zijn leven lang had hij ernaar verlangd iemand van betekenis te worden. Vandaag was het dan zover. Heel Londen sprak over hem. Iedereen vond iets van hem. Hij was eindelijk beroemd geworden. Een missie waarvoor hij zijn leven wilde geven. Had hij maar gelijk, bad Isaac, was dit maar de dag van de Apocalyps, dan zou Fatio werkelijk onsterfelijk worden.

Een hels kabaal rees op toen om klokslag tien uur de twee veroordeelden het schavot op werden geleid. Slechts gekleed in een broek, zonder schoenen en met ontbloot bovenlijf, trotseerden Fatio en Marion de verwensingen. Terwijl de soldaten hen met touwen vastbonden aan de palen, las rechter Jeffreys, de redder van de stad, nog eenmaal de beschuldigingen voor en liet de akte boven hun hoofd op de paal timmeren. Op de paal waaraan Fatio was vastgebonden streek een witte *pelikaan* neer, die dreigend zijn sterke vleugels toonde aan de menigte. Hij pikte met zijn langwerpige oranje bek in zijn zij tot zijn veren rood kleurden. Daarna vloog hij kwaadaardig schetterend over de duizenden hoofden van de mensen op het plein, die gefascineerd deze onheilsvogel volgden.

'Het staat u vrij, dames en heren,' besloot rechter Jeffreys zijn toespraak, 'om deze twee oplichters de hele dag lang te bekogelen met wat u goeddunkt. Zo zullen wij gezamenlijk deze heren leren dat met Gods woord niet gespot mag worden en ervoor zorgen dat ze voorgoed ophouden met hun godslasterlijke, onzedelijke taferelen. Dat God in zijn goedertierenheid deze mannen genadig mag zijn en tot inkeer mag laten komen. In naam van Hare Majesteit koningin Anne mag het verdict nu worden voltrokken.'

Rechter Jeffreys had zijn laatste woord nog niet uitgesproken of er vlogen een stel paardenkeutels door de lucht, die Fatio midden in het gezicht troffen. Er klonk een bulderend gelach op en binnen enkele seconden regende het stenen, drek en modder waarmee de twee werden belaagd. Fatio en Marion namen de stortbui van uitwerpselen in ontvangst alsof het toegeworpen rozen waren en straalden van geluk.

Isaac wendde zijn gezicht af van Fatio, die bedolven werd onder het vuil van de wereld en met zijn blik op de hemel zijn hoofd wiegde. Hoe was het mogelijk dat iemand die gezegend was met zo'n zeldzaam briljant verstand als Fatio zich had verloren in deze godsdienstwaanzin? Zijn maag keerde om bij de gedachte dat Fatio daar tegen die paal de laatste uren van zijn leven zou doorbrengen. Iemand die nog tot zulke grootse zaken in staat was. Waarom was Isaacs liefde toch niet krachtig genoeg geweest om hem te weerhouden? Of betekende werkelijke liefde dat je accepteerde dat de ander zijn eigen pad moest volgen, ook al betekende dat elkaar verliezen? Terwijl de tranen hem over de wangen stroomden, daalde Isaac af langs de wenteltrap van de toren, zijn oren met zijn handen bedekt om de afgrijselijke hoon en het gejoel niet te horen.

'De Heer is ons genadig,' riep Marion gelukzalig tegen Fatio. 'Net zoals Jezus belaagd werd aan het kruis, worden wij beproefd in ons geloof. Voorwaar, ik zeg u: vandaag nog zult gij met Mij in het paradijs zijn.'

'Gezegend is Zijn naam,' mompelde Fatio toen een kassei hem op het voorhoofd trof en het bloed uit de wond gutste.

Hij speurde het plein af in de hoop Isaac ergens te zien. Hij hoopte dat zijn vriend zou begrijpen dat hij deze uiterste consequenties van zijn geloof moest dragen. Weldra zou alle lijden voorbij zijn. Dan zou hij zijn moeder terugzien. God, wat zou ze trots op hem zijn, dacht Fatio verlangend. Maar wat jammer nu dat Isaac er niet was – op het allerbelangrijkste moment in zijn leven.

75

Beneden aan de torentrap werd Isaac opgewacht door Jonathan Swift en Saint Germain.

'U hebt kunnen zien dat het ons menens is, sir Newton,' zei Jonathan. 'Het valt niet te voorspellen hoe lang het duurt voordat een fatale steen hem treft. Toch kunt u hem nog steeds redden. Maak goud voor ons en ik zorg dat de terechtstelling meteen wordt afgebroken...'

'Wij zijn vrienden, sir Newton,' vulde Saint Germain zalvend aan. 'We zijn collega's. Ik heb gedaan wat ik kon om u tot dit punt te begeleiden. Ik weet wat u heeft doorgemaakt. Ik ken de pijn van de offers die u heeft gebracht. Lang geleden heb ik precies hetzelfde doorgemaakt. Geloof me: er is geen weg terug op dit pad.'

'Waarom doet u het zelf dan niet?' beet Isaac hem kokend van woede toe. 'Waarom moet ík het grote werk voltooien, als u zelf zo goed weet hoe het moet?'

'Omdat ik buiten deze tijd sta, sir Newton. Omdat het werk mij een onsterfelijke natuur heeft gegeven. Ik hoef u toch niet te vertellen dat wie het werk volbrengt, zichzelf omsmeedt tot goud? De alchemist die de laatste stap neemt, verwerft alle inzichten die denkbaar zijn. Hij weekt zich los van zijn eigen persoonlijkheid. Smeedt een nieuwere, edelere vorm van zichzelf die oneindig is, eeuwig, tijdloos, en niet langer gevangen in de beperkte waarneming van het menselijke. Mijn stoffelijke lichaam heb ik al lang geleden achter me gelaten. Het enige wat rest is mijn spirituele natuur. Ik ben niet langer gebonden aan de wetten van de aarde. Ik hoef niet te eten, niet te drinken, zelfs niet te ademen. Ik ben. Zonder meer. Maar de prijs die ik daarvoor betaal, is dat ik los sta van de materie. Ik kan de materie niet beïnvloeden, omdat ik vluchtig ben geworden, als parfum. Ongrijpbaar. Het enige wat ik kan, is mijn kennis delen en mensen zoals u helpen om het werk te voltooien.'

Isaac geloofde geen woord van wat de Franse oplichter vertelde. Het was ondenkbaar dat iemand die een dergelijke spirituele staat zou hebben bereikt, zich zou inzetten voor zulke aardse zaken als de strijd tussen Frankrijk en Engeland, tussen katholicisme en protestantisme. Van een verlicht wezen mocht je verwachten dat het een ruimer perspectief op de werkelijkheid had. Maar het gebulder van de hysterische menigte dat door de dikke wallen van de Tower heen drong, gaf hem geen tijd om in discussie te gaan. Hij moest proberen Fatio te redden. Hij moest zijn woede en achterdocht opzij zetten in een ultieme poging het onmogelijke waar te maken.

'Volg me,' zei hij kortaf, en hij liep met de twee mannen naar de werkplaats waar de grootste oven stond. Hij stuurde de smelters naar buiten en opende de afgesloten kast waarin hij de smeltkroes bewaarde waarin het proces van fermentatie had plaatsgevonden. Nu was het de vraag of zijn inwijding bij de vrijmetselaars van Wren, in de laagste graad van leerling, hem voldoende getransformeerd had. Het was een inwijdingsritueel geweest dat hem diep had aangegrepen. Geblinddoekt was hij door de kathedraal geleid, waarbij hij bewust tegen obstakels op zijn pad was geduwd die hem hadden doen struikelen en botsen. Het was een symbolische weg geweest waarin hem duidelijk werd gemaakt dat een mens als een blinde door het leven strompelt, waardoor het onvermijdelijk is dat hij zijn neus stoot en valt. Je kon alleen maar hopen dat je iedere keer de kracht vond om weer op te staan en dat er begeleiders op je pad verschenen die je weer een eindje op weg hielpen. Geen mens was in zijn eentje in staat om een kathedraal te bouwen. Alleen in delen, samenwerken, en nederigheid kon hij iets groots neerzetten dat zijn eigen persoon en leven oversteeg. Een mens die zijn levensmissie verbond aan een hoger doel, zoals een kathedraalbouwer zijn vakmanschap opdroeg om een monument voor God te bouwen, vond het gereedschap om zijn missie te volbrengen en de broeders die bereid waren hem verder te helpen op zijn pad. Het ritueel had hem de kracht van het woord helpen beseffen. Hoe elke gedachte en elk gesproken woord dat een mens voortbracht, geladen was met energie die in de kosmos werd vrijgelaten. Hoe de som van al die gedachten onze wereld creëerde, zoals het woord van God het universum had gecreëerd. Hoe gedachten over jezelf bepaalden hoe je leven eruit kwam te zien. Wie zichzelf vergiftigde met negatieve, destructieve gedachten, vond in de wereld om hem heen precies dat waar hij zijn focus op richtte. Maar wie zich voedde met opbouwende, liefdevolle, succesvolle gedachten, trof een wereld vol kansen, liefde en potentie. Wanneer de mensheid onwaarachtigheid en onverschilligheid van zich af schudde, keerde hij terug naar zijn staat van onschuld, kreeg hij weer de vermogens van Adam die de kennis van de boom van goed en kwaad niet nodig had omdat hij leefde in harmonie met zichzelf en de wereld.

Op de bodem van de smeltkroes lag een geleiachtig donkergeel ferment dat hij overhevelde naar een glazen bokaal. In een andere smeltkroes maakte hij snel en behendig filosofisch kwikzilver. De zilvergrijze bolletjes mengde hij in een salpeteroplossing en deze vloeistof goot hij bij het gele ferment in de glazen bokaal. Toen hij het mengsel op een licht vuur zette, sloeg er meteen een dikke rode wolk stoom af, die dreigend boven de bokaal bleef hangen. Saint Germain knikte hem bemoedigend toe. Toen de rook langzaam oploste, zag hij dat zich robijnrode korreltjes hadden vastgehecht aan de hals van de kolf. Zou het waar zijn, vroeg hij zich huiverend af. Voorzichtig schraapte hij de rode korreltjes los en verzamelde ze in een kommetje. In het schaaltje van de gouden weegschaal lag precies tien gram rood poeder: *pulvis solaris*, het poeder van de zon. Levend zaad van de oermaterie die elke substantie volmaakt

maakt. Zijn leven lang had hij duizenden mengsels en verbindingen gemaakt om dit allerzuiverste distillaat over te houden. Tien gram. Dit was het levenselixer van de natuur, het zaad van God. Nooit eerder was het iemand – behalve God zelf – gelukt dit specimen van levenskracht te fabriceren. Nu wachtte hem de laatste grote uitdaging. Om dit rode zaad werkzaam te maken in minderwaardige metalen zoals lood, moest hij een extreem warm vuur zien te stoken. Een vuur zo heet als de zon zelf. Pas bij een buitengewone temperatuur zou de ultieme transformatie tot goud plaatsvinden. Het vuur zou voortdurend gevoed moeten worden met nieuwe houtblokken, zoals de kometen die in de zon insloegen brandstof waren voor de zon.

'En?' vroeg Jonathan.

'Het is hem gelukt,' zei Saint Germain knikkend. 'Dit is rode aarde. Dit is de Steen der Wijzen.'

'Mooi,' zei Jonathan zakelijk. Rustig haalde hij uit de binnenzak van zijn groene jasje een revolver tevoorschijn. 'Dan is jouw rol uitgespeeld, Saint Germain. Erg naïef van je om te denken dat ik met je samenwerkte om een katholieke Jacobus Francis op de troon te helpen.'

Kort achter elkaar vuurde hij drie kogels af op de jongeman met het vilten hoedje, die neerzeeg op de grond. Jonathan knielde neer bij het lichaam, dat levenloos op de zandvloer van de werkplaats lag, drijvend in een plas dik vuurrood bloed.

'Hij is toch niet zo onsterfelijk als hij beweerde,' zei Swift gerustgesteld, en vervolgens richtte hij het pistool op Isaac. 'Vooruit, sir Newton. Tijd voor de laatste stap. Stook de oven op. Laat zien dat het poeder werkzaam is. Vermeng het met lood. Vlug. U hoort toch het geschreeuw daar buiten dat almaar harder klinkt?'

76

Vastgebonden op haar stoel in het midden van de slaapkamer keek Kit ontzet naar de om zich heen slaande vlammen. Met een enorme snelheid had het vuur zich verspreid en de vuurtongen likten alles wat op hun pad kwam hongerig op. De kledingkast stond in lichterlaaie, het bed was één grote vuurzee, en ook alle wanden van de kamer waren behangen met roodgele vuurvreters die zich over elkaar heen tuimelend een weg naar het plafond baanden. Het kon nooit lang meer duren of ze zou worden opgeslokt door een grote vlammenmond die haar met huid en haar zou verzwelgen. Ze sloot haar ogen tegen de brandlucht en de rook. Ze probeerde met al haar wilskracht haar geest tot rust te brengen. Ze mocht zich niet laten opjutten door het verwoestende ritme van de brand, maar moest proberen de weinige tijd die haar gegund was te vertragen. Ze probeerde zich vast te klampen aan de overtuiging van haar oom dat met geloof alles mogelijk was. Hoe vaak had hij haar niet het vers geciteerd dat wie het geloof van een mosterdzaadje had bergen kon verzetten? De sleutel was liefde, wist ze opeens. Ze probeerde zichzelf volledig te vullen met liefde: liefde voor zichzelf, liefde voor het leven, liefde voor iedereen die in haar leven was. Ja, zelfs voor Jonathan, besefte ze, die haar in deze vlammenzee had geworpen. Ze probeerde Jonathan niet te zien als de machtswellustige jongeman die loog en bedroog om in het centrum van de macht te komen, maar probeerde zijn essentie te zien, zijn ziel. Een ziel die net als zij op aarde was gekomen om de ervaring van het leven in al zijn aspecten te ondergaan. Met heel haar hart en ziel trachtte ze hem te vergeven dat hij haar in deze situatie had gebracht, dat hij Fatio liet martelen, haar oom in een machtsgreep hield, het land onwetend hield van de dood van zijn koningin om door list en bedrog voor een opvolger te zorgen die voor hemzelf en zijn partij het meest gunstig zou zijn. Ze voelde dat de hete vlammen haar stilaan omhelsden als een brandende deken en haar handen likten. Het leer van de riem die haar handen gebonden hield smeulde, en tot haar opluchting kon ze haar lederen boeien uit elkaar rijten. Ze probeerde in dezelfde welhaast meditatieve toestand te blijven en niet in paniek te raken. Ze concentreerde zich op haar vergevingsgezinde gedachten voor Jonathan, en stelde zich een ijskoude waterval voor die alle haat van haar af spoelde. Ze merkte dat haar lichaam kouder werd, alsof ze doorweekt was met ijswater. Toen ze bijna rilde van de kou, liep ze zonder een spoor van twijfel recht op de vlammen af. Het vuur sloeg met alle macht op haar neer, maar gleed krachteloos van de snel lopende vrouw af. Zelfverzekerd liep ze op de brandende deur af, die uit elkaar viel toen ze erdoorheen brak; zelfs de vuurzee die oplaaide door de zuurstof waarmee het vuur zijn longen volzoog, miste de jonge vrouw, gedreven door haar innerlijk vertrouwen, die zich zonder nadenken van de trap liet rollen. Beneden in de hal bleef ze bewusteloos en geradbraakt liggen. Woest sloeg het vuur boven aan de trapbalustrade om zich heen, als een wraaklustige minnaar die weigerde zijn geliefde te laten gaan. Tree voor tree kwam hij sissend en dampend naar beneden, en net toen hij de hele trap in lichterlaaie had gezet en als een roofdier Kit wilde bespringen, vielen er twee mannen de hal binnen die met hun schouders de voordeur hadden ingebeukt. De dikke rook benam hun het zicht, maar moedig met hun armen zwaaiend baanden ze zich een weg door de gang en struikelden over het lichaam van Kit.

'Er ligt hier iemand. Vlug, laten we haar naar buiten trekken.'

Maar het vuur was niet van plan haar ditmaal te laten ontsnappen en rolde over de twee mannen heen, wier kleren in brand vlogen. Toch weerhield dat hen er niet van de vrouw mee te sleuren door de gang. Toen ze door de dikke rook het daglicht van de deuropening zagen, wierpen ze zich met alle kracht die ze in zich hadden op straat.

'Er ligt een vrouw,' kon een van de twee mannen nog net waarschuwen voor hij door buurtbewoners met emmers water werd geblust. Maar Kit, bijgekomen door de frisse lucht, had inmiddels op eigen kracht weer weten op te staan, en had zich van de drempel van het huis laten vallen, waar ze door de toegesnelde helpers meteen werd weggetrokken van het brandende huis.

'Hoe is het mogelijk,' zuchtten ze toen ze zagen dat de vrouw alleen lichte brandwonden en blauwe plekken had opgelopen. Toen Kit in de ogen keek van de vrouw die haar brandplekken depte met water, begon ze eerst hevig te beven en barstte toen in tranen uit. Met een schok realiseerde ze zich dat ze de afgelopen tijd een leeg leven geleefd had. Een leven gebaseerd op plezier, eigenbelang en bevrediging van haar ijdelheden en lust. Een leven waarin liefde afwezig was geweest. Een leven zonder richting, zonder doel, zonder zin. Ze had zich niet afgevraagd wat zij kon bijdragen aan deze wereld, maar was alleen geïnteresseerd in haar eigen welzijn. Deze hallucinante ervaring liet haar met een schok zien dat ze zichzelf was kwijtgeraakt; dat ze in een poging zichzelf onafhankelijk te maken, zich juist tot slaaf had gemaakt van oppervlakkige vermaak. Maar nu had ze de overweldigende kracht van onvoorwaardelijke liefde ervaren. Liefde die mensen verbond in plaats van scheidde. Het besef dat iedereen één was, dat elk mens op je pad aspecten van jezelf vertegenwoordigde, en dat de grootste vijanden de grootste kansen boden om zuivere keuzes te maken. Dat de vicieuze cirkel van haat en wraak vernietigd kon worden door liefde en vergeving. Ze stond versteld van de kracht van de geest en de verbeelding die haar leven had gered. Ze huilde uit in de armen van de mollige vrouw, die troostend door haar haren streelde.

'Dank u wel,' snikte ze, 'maar ik moet gaan. Er is geen tijd te verliezen.'

'Geen sprake van,' zei de vrouw. 'Kom jij eerst maar eens rustig bij. Het is een godswonder dat je hier levend bent uitgeraakt.'

'Nee,' zei Kit, 'echt niet. Er is geen tijd. Ik moet gaan.'

Verdwaasd rende ze de straat uit, en keek nog één keer achterom naar de enorme rookpluim van wat haar grafkelder had kunnen zijn. Zo hard ze kon rende ze naar het plein voor de Tower. Maar alle zijstraten van het plein waren volgepakt met mensen, die zich net als zij een weg naar het plein toe vochten. Iedereen wilde getuige zijn van het einde van de twee profeten die zoveel angst hadden gezaaid. Telkens als Kit zich tussen de mensenmassa een plaats naar voren wilde dringen, werd ze tegengehouden en naar achteren gegooid. Maar de vrouw die door vuur kon lopen, was vastbesloten het podium te bereiken.

77

Isaac keek naar zichzelf. Hij kon om zichzelf heen lopen. Hij zag zijn ernstige gezicht met gesloten ogen. Een verstilde man in opperste concentratie, slechts gekleed in een losvallend wit hemd en een donkerrode kniebroek. Eigenlijk wel een mooie man, vond hij voor het eerst. Een man met een missie. Het gelaat doorschijnend en omgeven met licht in de verduisterde kamer, alleen verlicht door de flakkerende vlammen van de oven. Hij vond het niet vreemd om naar zichzelf te kijken, om naast zichzelf te staan, zich slechts vaag bewust van de gestalte die wantrouwig achter hem stond met een pistool op zijn rug gericht. Enkel zijn lichaam was daar. De werkelijke essentie van Isaac was licht en vrij, en kon reizen met de snelheid van een gedachte. Hij probeerde het uit door een gedachte aan Fatio te wijden en op hetzelfde moment stond hij naast Fatio, op het houten podium met duizenden scheldende mensen voor zich, bewusteloos vooroverhangend aan de paal. Het lichaam gewond en gekneusd, dodelijk vermoeid. Isaac kon zijn diepste gedachten lezen, die ergens ver weg in zijn onderbewuste maalden. De mantra dat hij toch wist dat hij gelijk had. Dat het nu eenmaal het lot was van elke boodschapper van God om eerst verguisd te worden. Het verlangen dat er een dag zou komen dat men hem, dood of levend, zou vereren. Kerken zullen er voor mij gebouwd worden, dacht Fatio. Mijn geschriften zullen op de kansel worden voorgelezen. Maar Isaac voelde ook de afschuwelijke pijn van zijn geblutste lichaam. De stenen die wonden hadden geslagen in zijn voorhoofd, het bloed dat over zijn gelaat stroomde, de uitputtingsslag, de angst voor de fatale steen die hem ieder ogenblik kon raken, het lichaam dat moe en op was en niet veel meer verdragen kon. Isaac legde zacht een hand op Fatio's schouder. Die opende even zijn ogen, maar zag hem niet. Maar zijn gezicht klaarde op. Door Isaacs aanwezigheid voelde hij zich gesterkt en getroost. Het volgende moment was Isaac alweer weg. Hij leek nu te reizen in de donkere luchtledigheid van het heelal. Maar wat hij zag was anders dan al die keren dat hij met zijn telescoop naar het uitspansel had gekeken. Nu maakte hij er deel van uit. Het voelde alsof hijzelf de ruimte was. Hij was de sterren, de planeten, de zon en de maan, en dat allemaal tegelijkertijd. Voor het eerst voelde hij wat zwaartekracht was, in plaats van dat hij die begreep. Hij ervoer de aantrekking die tussen al die hemellichamen werkte, die bij elkaar hoorden als alle onderdelen van één groot lichaam. Hij voelde de levendigheid van de kosmos. Het waren geen dode stukken steen, gas, of vuurbollen, maar bezielde lichamen die op elkaar reageerden in een volmaakte samenhang, zoals alle organen en lichaamscellen de taak hadden om samen een mens tot een zelfstandig mechanisme te vormen. De zwaartekracht was niet meer of minder dan de verbinding, de bloedsomloop die het hart van het universum deed slaan. De kosmos was overweldigend eenvoudig. Hij was niet chaotisch, maar gehoorzaamde aan de meest simpele, doeltreffende wetten. De Schepper had geen ingewikkelde mechanismen nodig om het sterrenstelsel in volmaakt evenwicht te houden. Het briljante zat 'm in de eenvoud.

Isaac voelde zich licht en blij, alsof hij gewichtloos om zijn as kon tuimelen. En toen dook hij plots in de vezel van een rietstengel. Hij hapte naar adem. Alsof hij door de lens van een microscoop was gekropen en in de structuur van het riet was opgenomen, dat hij ervoer als een enorm oerwoud. Een caleidoscoop van groene en gele tinten. Enorme cellen die licht dronken en zuurstof uitspuwden als de rookpluimen van vulkanen. En hij verbaasde zich over de overeenkomst met het heelal waar hij zojuist doorheen had gereisd. Dat die kleine stengel aan dezelfde wetten gehoorzaamde, een net zo oneindige levendige ruimte was als de kosmos zelf. Vanachter een van de parallellogramachtige cellen, die straalden als heldere ramen waardoor gouden licht viel, zag hij zijn moeder. Ze was weer net zo jong als op de dag dat ze hem had achtergelaten op de boerderij, maar nu voelde hij haar wanhoop in plaats van de zijne. Haar gevecht en schuldgevoel om te proberen iets van haar leven te maken in een tweede huwelijk, waarvoor ze hem had moeten opofferen. Hoe ze haar schaamte had weggelachen naast haar zure echtgenoot. Haar verwondering dat er een man was die haar wilde. Isaac omhelsde haar, en in die ontmoeting vond de vergeving plaats. Hij begreep de keuze die ze had gemaakt. Met het door zijn moeder geheelde hart sprong en rende hij door de groene lanen van de vezels die zacht als mos en elastisch als huid waren. Hij viel met zijn knieën in het gras en zat nu bij het overwoekerde, vergeten graf van zijn te vroeg geboren kind. Zijn handen gleden door de aarde als door boter en als een vroedvrouw trok hij een klein baby'tje uit het zand. Een ongeschonden kind met stralende, open ogen. Hij kuste het en het kindje lachte en zei: 'Papa.' Het groeide in zijn handen en binnen enkele seconden was het zijn vader geworden. Een grote sterke, verlegen man, met de hemdsmouwen opgerold. Een man zonder woorden, net als hijzelf. Een man die als twee druppels water op hem leek en bij wie het niet nodig was te spreken. Onhandig sloegen ze op elkaars schouders, en Isaac wist dat alles één was en verbonden.

Hij omhelsde Hannah, zijn zus, omdat ze zo'n prachtige dochter had gebaard. Ze was een moeder die haar dochter alleen maar had willen behoeden, en juist door haar kritiek had ze Kit sterk gemaakt. Hij voelde haar wanhoop dat ze haar dochter had verloren, terwijl ze alleen maar een goede, hardwerkende moeder had willen zijn.

Iedereen volbracht zijn bijdrage aan de schepping en iedereen was daarin onmisbaar. Deze ontdekkingen waren niet van hem; hij was slechts die ene persoon die ze zich herinnerd had. De kennis was van iedereen. Mensen als hij hadden als enige taak dat wat reeds zo lang bekend was opnieuw op te schrijven. Niet voor eigen eer, roem of glorie, maar zoals een nederige Thora-schrijver die letter voor letter de heilige geschriften overschreef op een rol. Het verschil tussen de laagste en hoogste staat van bewustzijn was zoals het verschil tussen zachte, zwarte steenkool en een harde, heldere diamant: ze leken totaal verschillend, maar zijn gemaakt van hetzelfde materiaal – koolstof.

Plots sprak zijn vader de woorden van Hermes Trismegistus die hij vaak gelezen had, maar nooit had begrepen: 'Als je je ziel opsluit in je lichaam en je vernedert jezelf met gedachten als "ik weet niets", "ik kan niets", "ik ben bang van de aarde en de zee", "ik kan geen bergen beklimmen", "ik kan niet opstijgen tot de hemel", "ik weet niet wie ik was of wie ik zal zijn", waarom zou je dan zoeken naar God? Hoe kun je dan ooit van de ene naar de ene door de ene gaan?'

Hij zag hoe betrekkelijk het was om goud te maken, omdat ieder mens in zijn leven de alchemistische processen doorliep. Ieder mens was als het stolsel in een smeltkroes dat lood bleef, of langzaam tot goud transformeerde. Allemaal konden we gedachten over onszelf levend maken over de persoon die we werkelijk wilden worden. We konden grootse dromen over onszelf hebben, over onze oneindige potentie, of kleine dromen, waarin we onszelf vernietigden zoals het anti-elixer deed. Iedereen had een vermoeden van wat wijsheid was, liefde, mededogen, inzicht, schoonheid. Met de kracht van de verbeelding, de kracht van de gedachte konden we de nobelste eigenschappen in onszelf creëren. Het leven dat je leidde was altijd het resultaat van de gedachten waarmee je jezelf gemanifesteerd had. Door die duizenden gedachten als een perpetuum mobile die uiteindelijk werkelijkheid werden.

Door te beseffen dat alleen dit ene moment bestond, verkreeg elk mens de eeuwigheid. Er was alleen dit moment van bewustzijn. Door dat alles in al zijn intensiteit te beleven, werd de mens onsterfelijk. Een gedachte stierf nooit, maar was oneindig. Ze verjongde zichzelf, ontwikkelde en werd iedere keer opnieuw geboren. En de mens was slechts een gedachte. Hij dacht aan Kit en werd samen met haar verdrongen op het plein voor de Tower. Hij voelde de paniek waarmee ze het podium wilde bereiken. Dat ze een boodschap had die ze koste wat het kost wilde vertellen. Zijn meisje, de vrouw met hetzelfde bloed. De vrouw die hem had laten ervaren wat familie is, wat onvoorwaardelijk van elkaar houden is. De vrouw die hem zo dierbaar was als een dochter. Hij legde even zijn hand op haar mooie bruine haar en was toen weer bij zichzelf, in de afgesloten werkplaats voor de hete oven. Hij zag hoe hij geconcentreerd staarde naar de vlammen die flink roet sloegen op de koperen ketel waarin een magisch proces plaatsvond. Waar de essentie van lood gezuiverd werd door het 'pulvis solaris', het poeder van de zon, dat hij eindelijk gedistilleerd had uit zijn levenslange werk in de grote kunst. Het poeder dat alles bevruchtte en levendig maakte. Het levenspoeder dat de mens verjongde, materie tot zijn puurste vorm smolt, en vleesgeworden kennis was van de goddelijke scheppingskracht. Wie dit proces voltooide was God zelf geworden, zoals Hermes in zijn geschriften geschreven had. Hij was zowel boven als beneden. Hij kon zich door de materie bewegen, en de processen van de natuur niet alleen begrijpen, maar ook voelen omdat hij er totaal één mee geworden was. Zodra Isaac zichzelf aanraakte, voelde hij dat hij zich weer vastklonk aan zichzelf. Alsof hij in de jas stapte waarmee hij zich in dit aardse leven bewoog, en de hemelse en aardse Isaac versmolten. Toen hij zijn ogen opende zag hij Jonathan voorovergebogen bij de smeltkroes staan. Isaac wilde opstaan, maar Jonathan draaide zich langzaam om. Zijn ogen schitterden als diamanten.

'Gefeliciteerd, Isaac Newton,' zei hij. 'Eerlijk gezegd hechtte ik weinig geloof aan deze onzin. Maar het is je gelukt. Je hebt ons land een grote dienst bewezen. We zullen je herdenken als de man die zijn leven offerde voor het landsbelang.'

Hij hief zijn arm op en richtte het drieloopse vuursteenpistool op Isaacs borst. Langzaam spande hij de trekker.

78

'Nee!' krijste Kit toen ze zag dat naast het podium de beul een ijzeren staaf verhitte in de vuurkorf. Een staaf met aan het uiteinde een stempel met het wapenschild van Londen: het brandmerk dat toegediend werd voor het geval veroordeelden een openbare terechtstelling overleefden. Zo zouden ze hun leven lang herkend worden en zou iedereen die hen ontmoette meteen gewaarschuwd zijn dat ze niet te vertrouwen waren.

'Ik ben zijn vrouw!' riep ze plots als bij ingeving. 'Laat mij alstublieft door, ik wil mijn man zien.'

Scheef werd ze aangekeken. De omstanders aarzelden of deze bekentenis een reden was om de vrouw van een van de profeten ook een lesje te leren. Van top tot teen werd ze opgenomen. Maar net toen de bierbrouwer met het stoere leren voorschoot en de lange hangsnor met zijn grote vuisten naar haar wilde uithalen, riep een jonge vrouw die medelijden had met Kit: 'Laat haar door. Ze is toch al genoeg gestraft dat ze haar man zo moet zien lijden? Vooruit, maak plaats voor haar.'

Met enige weerstand weken de mensen om ruimte voor haar te maken en overal om haar heen gonsden de stemmen: 'Het is de vrouw van een van die Fransen, laat haar maar passeren.'

Terwijl Kit steeds dichter bij het podium kwam, zag ze dat de voorhoofden van Fatio en Marion ingesmeerd werden met palmolie als voorbereiding op het brandmerken.

'Nee!' brulde Kit de hele tijd haar keel schor. 'Doe het niet! Ik heb groot nieuws!'

Maar haar roepen had geen effect. Ze was tot vlak bij het podium gekomen, waar een rij soldaten stond opgesteld die hun blik op de massa gericht hielden, toen de beul het podium betrad. Van de ene tel op de andere viel het oorverdovende getier en gekrijs stil. Iedereen keek ademloos naar de beul, die de gloeiende pook toonde aan het plein. Twee soldaten hielden de hoofden van de neergezegen profeten recht.

'Doe het niet, alstublieft!' riep Kit. 'Ik wil rechter Jeffreys spreken. Ik heb belangrijk nieuws!'

Een soldaat snoerde haar de mond met een klap tegen haar wang.

De beul richtte zijn ijzeren staaf en drukte die toen kort maar krachtig tegen het voorhoofd van Marion en even later tegen dat van Fatio. Kort en afschuwelijk hadden ze gebruld en vielen flauw. Het brandmerken ging gepaard met een kort gesis van hitte op lillend vlees en Kit kon de brandlucht ruiken van de lelijke wonde die op Fatio's knappe voorhoofd was gebrand. De soldaten smeerden buskruit in de wond, zodat de tekening scherp te zien zou zijn wanneer die de kans kreeg om te genezen.

Het onrecht maakte een verschrikkelijke woede in Kit los. Ze greep de soldaat die bij haar stond bij zijn jas, trok zijn gezicht tot vlak bij het hare, en zei op een toon die geen tegenspraak duldde: 'Ik ben een afgezant van de koningin. Als je me nu niet onmiddellijk bij rechter Jeffreys brengt, zorg ik er persoonlijk voor dat jij hetzelfde lot ondergaat wegens hoogverraad.'

De soldaat aarzelde. Hij was ook alleen maar getraind om orders op te volgen. Zijn enige taak was erop toe te zien dat het volksgerecht niet escaleerde. Hij kon toch niet zomaar zijn post verlaten?

'Hoe is je naam?' vroeg Kit.

'Richard Hawking.'

'Wel, Richard. Als je me helpt, kan ik ervoor zorgen dat je gepromoveerd wordt. Misschien kan ik wel regelen dat je een plaatsje krijgt bij de koninklijke garde.'

De soldaat dacht na, maar zag vooral de sancties die hem opgelegd zouden worden als wat de vrouw beweerde niet waar zou blijken te zijn. Hij was niet geboren voor een heldhaftig leven waarin hem plotseling kansen werden geboden die nooit meer terugkwamen. Door bevelen op te volgen had hij rust in zijn leven gevonden. Hij hoefde nooit na te denken en nooit beslissingen te nemen, want dat werd voor hem gedaan. Er was geen enkele reden waarom hij nu uit dat patroon zou stappen dat hem een leven lang houvast had gegeven. Hij duwde Kit hardhandig van zich af.

'Over een paar minuten wordt de terechtstelling hervat. Ik heb geen tijd voor dit soort onzin.'

Er restte Kit niets anders dan zich opnieuw door de menigte te dringen, ditmaal in de andere richting, naar de ingang van de Tower, en te hopen dat ze daar haar oom zou vinden. Ze maakte gebruik van de rust die na het brandmerken even over de mensen gekomen leek te zijn. Ze kwamen op adem om zodra het teken weer werd gegeven zich de longen uit het lijf te kunnen schreeuwen en alles wat ze bij zich hadden naar het podium te gooien. Bij de ophaalbrug werd ze vrolijk begroet door de muntarbeiders, die ook waren uitgelopen om de executie bij te wonen.

'Is mijn oom hier?' vroeg ze.

'Ja, die heeft zich met twee mannen teruggetrokken bij de smeltovens. Hij heeft ons er allemaal uit gestuurd. Maar ons hoor je niet klagen. Lekker hoor, zo'n onverwacht dagje vrij, met een groot spektakel. Kom er gezellig bij zitten.'

'Hoe zagen die mannen eruit?'

'De ene had ros stekelhaar en de ander droeg een vilten hoedje.'

'Mannen, ik heb jullie hulp nodig,' zei Kit gealarmeerd. 'Mijn oom is in groot gevaar. Willen jullie mij alstublieft naar de smeltovens begeleiden?'

'Zouden we zo'n aardig vrouwtje iets kunnen weigeren?' zei de voorman.

Met in haar kielzog enkele tientallen arbeiders die zich gevleid voelden omdat ze iets konden betekenen voor het nichtje van de muntmeester, liep ze door het straatje langs de werkplaatsen, naar het nieuwe gebouw vlak voorbij de bocht in de wallen waar de grootste smeltoven stond.

Ze fluisterde tegen de voorman dat ze op haar teken de deur moesten openbreken en de gasten van haar oom moesten overmeesteren. Maar terwijl de voorman zijn mannen voor deze klus opstelde, klonk er plots een schot vanuit de werkplaats. Kit trok wit weg.

'Nu!' riep ze. 'Nu!'

De arbeiders beukten meteen de deur in en stormden de donkere werkplaats binnen. Ze deinsden terug toen ze bij de laaiende smeltoven Jonathan Swift zagen staan, die het pistool waarvan de loop nog smeulde op hen gericht hield.

'Handen omhoog en achteruit, of ik schiet jullie overhoop,' commandeerde hij.

De werklieden gehoorzaamden en liepen voorzichtig achterwaarts weer naar de uitgang toe. Kit wrong zich tussen de mannen door en ging pal voor hen staan, oog in oog met Jonathan.

'Kit,' stamelde Jonathan, 'dat kan helemaal niet.'

'Waar is oom Isaac, Jonathan?'

'Ik wou dat ik het wist, Kit,' zei Jonathan terwijl hij zelfverzekerd de haan spande. 'Hij heeft de kaars uitgeblazen. Ik hem heb gemist, de oude rat. Maar hij kan nooit ver zijn. Misschien moet ik eerst maar met jou afrekenen.'

Jonathan haalde de trekker over, maar op datzelfde ogenblik kwam Isaac tevoorschijn vanachter een kist en dook naar zijn benen. Jonathan verloor zijn evenwicht, waardoor de kogel zich in het plafond boorde. De werkmannen aarzelden geen ogenblik en schoten de muntmeester te hulp. Ze lieten zich op de twee worstelende mannen vallen, waardoor die geen kant meer uitkonden, en Kit liep naar het pistool toe en griste het van de grond.

'Ik heb hem onder vuur. Laat oom Isaac gaan en zorg dat Jonathan niet ontsnapt.'

Isaac worstelde zich een weg tussen de mannen door en liep dankbaar naar Kit toe.

'Er is geen tijd te verliezen, oom Isaac,' zei Kit. 'We moeten nu naar

Fatio, voor het te laat is. En hij moet mee. Ik leg het onderweg wel uit.'

'Waar is Saint Germain?' vroeg Isaac verdwaasd toen hij zag dat het lijk verdwenen was. Zelfs het bloed leek opgelost. Maar Kit maande haar oom voort te maken. Geëscorteerd door een haag van stevige arbeiders gleden Isaac, Kit en de klem gezette Jonathan moeiteloos door de mensenmassa. Daar waar de toeschouwers niet wilden wijken, deelden de stevige jongens een paar tikken uit, en zo staken ze binnen de kortste keren het plein over en kwamen uit voor de haag soldaten.

'Laat je me er nu door?' vroeg Kit.

'Ik dacht het niet,' zei de soldaat. 'Het kan elk moment afgelopen zijn met die twee. Rechter Jeffreys kan nu zeker niet gestoord worden.'

Rechter Jeffreys, die naast het podium stond en gespannen in de gaten hield hoe lang zijn veroordeelden het nog zouden volhouden, merkte de onrust op de voorste rij.

'Wat is hier aan de hand?' vroeg hij.

'Dit juffertje wou u met alle geweld spreken,' zei Hawking. 'Ik heb haar natuurlijk gezegd dat daar geen sprake van kan zijn.'

'Rechter Jeffreys,' riep Isaac. 'Ik ben het, Isaac Newton, de Koninklijke muntmeester. Wij moeten u spreken.'

'Wel, wel, sir Newton. Als u dat vriendje van u wilt redden, bent u wat laat, vrees ik.'

'Deze man heeft de boel belazerd, rechter.' Kit greep haar kans en wenkte de arbeiders om Swift aan de rechter te tonen. 'Hij heeft u wijsgemaakt dat de koningin instemt met deze terechtstelling, maar dat is onmogelijk. De koningin is vannacht overleden. Deze terechtstelling is onwettig.'

'Wat? Is het waar wat deze vrouw vertelt, Swift?'

Jonathan hield zijn kaken op elkaar en wendde zijn hoofd af.

'Is dit waar, Swift?'

'Rechter Jeffreys,' zei Newton, 'deze vrouw is mijn nicht, ze heeft nog nooit gelogen in haar leven. Als zij het zegt, is het zo. U moet nu de executie afbreken.'

'Is dat waar, Swift?' vroeg Jeffreys nogmaals. Hij had weinig zin in gelazer. Swift had hem toch persoonlijk de opdracht gegeven in naam van de koningin de executie door te laten gaan? Die moest hem tot held van Londen maken. Hij had de Londenaren het grootste festijn gegeven sinds jaren. Hij had de stad nieuwe hoop gegeven, een nieuwe toekomst. Door de mensen zelf het vonnis te laten uitvoeren, hadden ze al hun frustraties kunnen uitleven. Als hij nu deze terechtstelling vlak voor de apotheose zou afbreken, zouden de gevolgen niet te overzien zijn. Er zou oorlog uitbreken in de straten. Hij zou gelyncht worden. De mensen moesten immers hun woede uiten. Dat waren die Franse paniekzaaiers toch niet waard?

Maar Kit had geen geduld met Jeffreys' overwegingen. Ze had van de verwarring en besluiteloosheid gebruikgemaakt om tussen de soldaten door op het podium te klimmen, en was met haar armen in de lucht voor de veroordeelden gaan staan. Het rotte fruit dat haar raakte, deerde haar niet. Ze liep kalm naar de rand van het podium en straalde zoveel overtuigingskracht uit dat langzaam de regen uitwerpselen minder werd en mensen elkaar begonnen aan te manen stil te zijn. Er volgde een stilte op de eerste rijen die snel uitwaaierde tot in alle hoeken van het plein. Iedereen keek afwachtend naar de jonge vrouw die met geheven armen rustig afwachtte tot iedereen zijn mond hield en bereid was om naar haar te luisteren.

'Beste inwoners van Londen. Gefeliciteerd! U bent er bijna in geslaagd twee mensen te stenigen, twee mensen ter dood te brengen.'

Aarzelend keken de toeschouwers elkaar aan. Moesten ze nu zichzelf toejuichen of hoorden ze daar toch een spottende ondertoon?

'Zeventienhonderd jaar geleden leefde er een man die ook een steniging bijwoonde, en wel van een vrouw. Ze had gezondigd en iedereen was het erover eens dat ze straf verdiende. Maar die man zei: "Wie zonder zonde is, werpe de eerste steen." Vreemd genoeg werd er niet één steen naar deze vrouw geworpen. Gelukkig zijn de tijden veranderd. De mensheid is gedurende die zeventienhonderd jaar zo geëvolueerd dat u allen wel zonder zonde bent, dat u allen wel het recht heeft deze twee schuldigen te bekogelen, deze twee mannen die niet meer deden dan hun geloof in die man die zeventienhonderd jaar geleden leefde tot uiting te brengen. Het is heel goed mogelijk dat zij het fout zagen, dat ze de tekenen van deze tijd verkeerd begrepen en die verwarden met de aankomende Apocalyps. Het is heel goed mogelijk dat ze zich vergisten. Maar het enige wat ze deden was hun overtuiging met u delen. Omdat ze u wilden waarschuwen, omdat ze u wilden redden. Misschien hebben ze u vergeefs bang gemaakt. Maar hebben ze u gedwóngen om naar hen te luisteren? Had u ook niet zélf de verantwoordelijkheid om hun woorden te wikken en te wegen met uw eigen verstand? Want net zoals u zich overleverde aan hun doemvoorspellingen, zo levert u zich nu over aan dit volksgerecht. U mag gelegitimeerd deze mannen bekogelen. Als ze sterven, bent u weer níét verantwoordelijk. Het was immers toch door de rechter bevolen? En bovendien: het was toch niet úw steen die hen gedood had? Nee, niemand kan zeggen van wie de steen was die hun fataal werd. U kunt allen uw handen wassen in onschuld. Of niet? Deze terechtstelling is immers niet terecht. U voltrekt dit vonnis in de naam van onze koningin, maar ik kan u vertellen dat Hare Majesteit geen handtekening onder het vonnis heeft gezet. Want, dames en heren, onze koningin is dood.'

Haar stem klonk ongewoon helder en hard. Er stak een luid geroezemoes op. Het bleek nog niet voldoende dat deze jonge vrouw hun de les kwam lezen; nu kwam ze ook nog spotten met hun koningin.

'U gelooft mij niet?' vroeg Kit.

Ze wenkte de arbeiders om Jonathan Swift het podium op te brengen.

'Dit is de man die vanochtend samen met mij in de slaapkamer van de koningin was: Jonathan Swift, beroemd schrijver en lid van de Tories. De man die toen hij vaststelde dat Hare Majesteit dood was, besloot dat de rechter moest worden voorgelogen. De man die besloot dat de executie door moest gaan. De man die u allen onwetend wilde houden van de dood van de koningin tot zijn partijgenoten Jacobus Francis voor hun karretje kunnen spannen om de nieuwe koning van Engeland te worden!'

Verontwaardigd begonnen de mensen Swift uit te jouwen. Misschien hadden die Franse profeten tussen al hun onzin door dan toch op één punt gelijk gehad, namelijk dat het niet lang zou duren voordat hun land in de handen van Frankrijk zou vallen. Terwijl de mensen joelden, zei Kit tegen Jonathan: 'Wees één keer een man, Jonathan, en zeg deze mensen de waarheid.'

Toen Kit haar hand opstak, zweeg iedereen weer. Ze gaf het woord aan Jonathan.

'De koningin is dood,' was het enige wat hij zei.

'Dames en heren, vandaag is een zwarte dag in de geschiedenis van Londen. Vandaag hebben we laten zien dat zeventienhonderd jaar beschaving ons nog nergens gebracht heeft. Vandaag hebben we overtuigend bewezen dat we, wanneer we geen verantwoordelijkheid nemen voor onze eigen daden makke schapen zijn die hun leider volgen, ook al stort die ons in de rivier. Welk mens heeft het recht iemand anders te doden omdat die een andere geloofsovertuiging heeft dan wij? Wie van ons is er zeker van dat zijn blazoen zo vrij van smetten is dat in andere tijden, met andere heersers, uw overtuigingen niet voldoende zullen zijn om de volgende keer hier gestenigd te worden? Misschien hebben we dankzij deze meneer binnenkort een katholieke koning. Alleen al uw anglicaanse geloof kan dan voldoende reden zijn om hetzelfde lot te ondergaan. En zo kunnen we nog eeuwen doorgaan met elkaar te bekogelen en te bevechten. Tot wérkelijk het einde der tijden aanbreekt. Of we kunnen vandaag de beslissing nemen dat dit nooit meer zal gebeuren. Dat geloof dat leidt tot haat en moord per definitie in strijd is met de boodschap van het geloof. Want welke verschillen er misschien ook bestaan in al die verschillende Kerken die we aanhangen, één ding hebben ze alle gemeen: alle prediken in de naam van de liefde. Alle roepen op om onze naaste net zo lief te hebben als dat we onszelf liefhebben...'

Toen stokte Kit. Plots werd ze zich ervan bewust dat ze op een podium stond op een plein dat volgepakt stond met mensen die vol ontzag naar haar luisterden. Mensen die knikten bij ieder woord dat ze uitsprak. Mensen die zagen dat, nu ze haar laatste bevlogen zinnen uitgesproken had, ze slechts een gewone vrouw was die even boven zichzelf was uitgestegen.

Er barstte een luid applaus los toen Kit van het podium stapte. Isaac had haar met open mond aangekeken. Dit was het meisje in wie hij altijd had geloofd. Dit was het nichtje van wie hij altijd had geweten dat ze voor iets groots was voorbestemd. Terwijl hij haar omhelsde, liepen de tranen over zijn wangen. Uit zijn broekzak haalde hij de witte dameshandschoenen die Wren hem had gegeven.

'Deze zijn voor jou, Kit. Ik moest ze aan een wijze vrouw geven. Niemand komen ze meer toe dan jij.'

'Kom, oom Isaac,' zei ze, 'we moeten Fatio en Marion van het podium halen.'

'Wat doen we met deze man?' vroeg de voorman.

Isaac keek naar de rosharige jongeman die hem bijna alles had ontnomen wat hem lief was. Hij wilde hem levenslang achter de tralies zien, hem hetzelfde lot laten ondergaan als Fatio. Maar hij had de woorden van Kit goed gehoord.

'Ga naar de haven,' zei Isaac, 'en zoek een schip dat naar Ierland vaart. Betaal de schipper om hem mee te nemen, vastgebonden. En dan hoop ik jou nooit meer in Londen te zien, meneer Swift.'

Fatio lag onder aan de paal op het podium. Hij baadde in het bloed en gaf geen teken van leven. Kit maakte de touwen los waarmee hij gebonden was, terwijl Isaac zijn pols voelde.

'En?' vroeg Kit.

Isaac keek bezorgd en legde zijn hoofd op Fatio's borst. 'Ik weet het niet,' zei hij. 'Hij moet hier zo snel mogelijk weg. Hij moet verzorgd worden.'

In een mum van tijd hadden de muntarbeiders van enkele losgebroken planken van het podium een brancard gemaakt, waar ze het lichaam van Fatio voorzichtig op tilden. Een andere ploeg bekommerde zich ondertussen om Marion.

Toen de muntarbeiders de twee levenloze lichamen over het plein naar de Tower droegen, klonk er overal applaus van de mensen die zich diep schaamden dat ze zich zo hadden laten meeslepen. Kit werd door iedereen omhelsd en gefeliciteerd. Isaac hield ondertussen de hand vast van de man die hij zo had liefgehad. De man wiens verlangen het was geweest om vandaag in een wolk naar de hemel te stijgen. De man die hem geleerd had dat liefde de grootst mogelijke vorm van wijsheid was die de mens boven zichzelf deed uitstijgen.

79 – *Jaren later*

'Prachtig,' zei *Pellet*, 'prachtig!'

Met zijn vergrootglas keek hij naar het ontwerp dat William Kent had gemaakt voor het *grafmonument van Newton*. Twee maanden was het nu al geleden dat de grote man de aarde had verlaten. Op 2 maart had hij zijn laatste vergadering van het Koninklijk Genootschap voorgezeten. Op de terugweg naar zijn nieuwe huis, in het rustige Kensington, was hij overvallen door koorts. Hoewel hij niet meer uit zijn bed kon komen en voortdurend zweette, had niemand van de vele bezoekers hem ooit horen klagen.

'Nierstenen,' constateerde de dokter, en hij gaf de familie weinig hoop op herstel.

Tot enkele uren voor zijn dood had Isaac in bed nog gewerkt aan verbeteringen en nieuwe aantekeningen voor zijn boek 'Chronologie', waarvan hij zo vurig hoopte dat het nog tijdens zijn leven zou verschijnen. Toen iedereen voelde dat het einde nabij was, vroeg de dokter of hij een predikant moest roepen voor de laatste sacramenten. Met een mild handgebaar had Isaac geweigerd. De dokter was van slag geweest, maar Kit had hem er kalm van overtuigd dat haar oom alleen maar rustig zou kunnen sterven zoals hij geleefd had: diepgelovig, maar in de joodse God, de God die alles is, en in wiens onmetelijkheid hij terug zou keren. Op 20 maart om één uur 's nachts sloot hij voorgoed zijn ogen. Zijn begrafenis was koninklijk geweest. Zijn kist werd gedragen door hertogen en graven.

'Het monument wordt uitgevoerd in wit en grijs marmer,' verduidelijkte Kit de schets, en ze wreef teder over de tekening waarop haar oom was afgebeeld als een liggende Romeinse keizer, met zijn ellebogen leunend op vier dikke boeken. Zijn vier meesterwerken: de 'Principia', de 'Optica', de 'Chronologie' en *Divinity*.

'Wat is dat vierde boek?' vroeg Pellet.

'*Divinity*, Goddelijkheid,' zei Kit. 'Het is naar mijn idee het belangrijkste werk dat mijn oom heeft geschreven, al moet het nog persklaar worden gemaakt. Zijn hele leven lang heeft hij aantekeningen gemaakt en er hoofdstukken voor geschreven. Eenmaal ging hij bijna tot publicatie over, maar hij was ontevreden over zijn eigen conclusies. Daarna heeft hij al die jaren verder gewerkt. Maar goed, ik wil u natuurlijk niet beïnvloeden in uw oordeel.'

'Bijzonder,' zei Pellet. 'Ik had geen idee dat uw oom ook geïnteresseerd was in religieuze zaken. Ik ben erg benieuwd. Waar heeft u zijn aantekeningen?'

'Daar.' Kit wees een enorme hutkoffer aan in de hoek van de studeerkamer waarin ze alle papieren van Newton had verzameld.

'Die zit toch niet vol, neem ik aan?' zei Pellet geschrokken.

'Tot het deksel, meneer Pellet. Het past er allemaal ternauwernood in. U kunt rustig dit bureau gebruiken om een en ander in te kijken. Ik zal het dienstmeisje vragen u vanmiddag te voorzien van thee.'

'Dat is heel vriendelijk,' zei Pellet, en hij trok de hutkoffer naar het bureau toe.

'Dan laat ik u nu alleen, meneer Pellet. Als u mij nodig heeft, ik ben in de woonkamer, bij mijn dochtertje.'

De erfgenamen hadden lang ruziegemaakt over de literaire nalatenschap van hun beroemde oom. Ze hadden de hoogste verwachtingen van de nagelaten geschriften. Ze wisten dat er nog stapels en stapels ongepubliceerde documenten waren, en verwachtten veel van de opbrengsten. Maar geen van hen kon goed lezen en wrokkig moesten ze toegeven dat zij niet de aangewezen personen waren om te beoordelen wat publiceerbaar was en wat niet. Kit vertrouwden ze het ook niet toe. Die was te partijdig. Zij zou best wel eens manuscripten kunnen achterhouden. Ze dwongen haar een borgsom te betalen van 2000 pond. In ruil daarvoor mochten de manuscripten in haar huis bewaard blijven, maar als ze erachter kwamen dat er zonder hun medeweten iets gepubliceerd werd, zouden ze die borg meteen incasseren. Uiteindelijk werd er een compromis gevonden in een onafhankelijke taxatie door iemand van het Koninklijk Genootschap. Hun afgevaardigde zou alle papieren doornemen en beslissen wat gepubliceerd kon worden.

Er verstreken uren zonder dat Kit iets vernam. De avond viel en toen de eerste drie sterren zichtbaar waren aan de hemel, besloot ze maar zoals iedere vrijdagavond te beginnen met het sabbatsfeest.

'Welkom Shekina,' sprak Kit terwijl ze de kaarsjes aanstak van de menora, 'vrouwelijke ziel van God. Wij heten u welkom in ons huis en vragen u om ons te inspireren met al uw eigenschappen van wijsheid, liefde, inzicht, warmte, inspiratie, troost en medeleven. Sabbat Shalom.'

'Sabbat Shalom,' zeiden Catherine en John, terwijl ze met glinsterende ogen naar de dansende vlammetjes keken. De tafel was gedekt met helderwit linnen en het zachte licht van de vallende avond gaf een betoverende fonkeling aan het tafelzilver.

'Moeten we meneer Pellet niet uitnodigen voor de sabbatstafel, mama?' vroeg Catherine. 'U zegt toch altijd dat we op sabbatavond ons huis moeten openstellen voor verwachte en onverwachte gasten?'

Aarzelend keek Kit naar John. Hun dochtertje had natuurlijk gelijk. Zo hadden ze het haar al die jaren geleerd. Het was goed om vreemden of minder bekenden aan de sabbatstafel uit te nodigen – omdat zij je de kans gaven gastvrijheid te oefenen, naastenliefde. Toch was het niet gemakkelijk om een intieme avond als de Sabbat te delen met onbekenden.

'Nou,' zei Catherine die ongeduldig werd van het weifelende gestaar van haar vader en moeder, 'zal ik meneer Pellet nu gaan uitnodigen of niet?'

'Ja, natuurlijk,' zei Kit tenslotte. 'Natuurlijk moeten we hem vragen. Zal ik met je meegaan?'

Hand in hand liepen ze de trap op. Kit voelde zich ongemakkelijk om meneer Pellet uit te nodigen. Alleen door de sabbat week na week na week te herhalen, had het ritueel ook voor haar pas betekenis gekregen. Dat was ook de kracht van een ritueel, had oom Isaac haar verteld; daarom hebben mensen rituelen nodig. Door iedere keer weer opnieuw dezelfde ceremoniële handelingen te voltrekken, werden de rituelen verinnerlijkt en kregen ze naast de universele betekenis een persoonlijke lading. Newton zelf had het grootste gedeelte van zijn leven het ritueel ontbeerd. Door zijn eigen zoektocht naar de waarheid had hij zich geisoleerd van het leven en van de gemeenschap. Toch had hij het samen delen een leven lang gemist. Hoewel geloof een persoonlijke zaak was, kwam het pas tot leven en vreugde in gemeenschap. In het kronkelpad naar de oudste sporen van de religie was hij telkens weer op de sabbatviering gestuit. Samen met Kit had hij zich de rituelen eigen gemaakt. Samen hadden ze, op hun manier, de oeroude traditie hersteld en tot leven gewekt.

In eenzelfde drang naar ceremonie en ritueel had Newton zijn secretaris Desaguliers de opdracht gegeven de droom van Wren waar te maken en de vrijmetselarij nieuw leven in te blazen. Desaguliers had de vier loges samengevoegd tot de grootloge van Londen, en in de tien jaar dat deze vrijmetselaarsloge nu bestond, was het een enorm succes geworden. Intussen waren er al tientallen loges opgericht waar mensen bij elkaar kwamen die zichzelf als een bouwwerk zagen dat voltooid moest worden. Desaguliers werd de grootmeester, met in zijn schaduw Newton, die met dezelfde gedrevenheid van zijn andere onderzoek de verloren rituelen achterhaalde en instrueerde. Rituelen waarvan het verboden was iets op papier te zetten, omdat de kracht van het ritueel niet door het verstand, maar door de beleving en het gevoel ervaren werd.

Vrolijk klopte Catherine aan op de deur van de studeerkamer van haar vader, waar meneer Pellet zich nu al de hele middag had teruggetrokken.

'Meneer Pellet,' riep ze vrolijk, 'mogen we u even storen?'

'Nee!' klonk de verschrikte stem van Pellet door de deur. 'Niet binnenkomen. Ik wil niet gestoord worden.'

Catherine keek haar moeder verbaasd aan. Was het niet onbeleefd dat een vreemde man die van de studeerkamer van haar vader gebruik mocht maken, een kamer die zijzelf niet eens alleen mocht betreden, hun de toegang weigerde?

'Gaat het wel goed, meneer Pellet?' riep Kit bezorgd. 'Kan ik u ergens mee helpen?'

'Laat me met rust,' riep de stem geïrriteerd. 'Laat me alstublieft met rust!'

'We wilden u uitnodigen voor het avondeten, meneer Pellet. U heeft al de hele dag niets gegeten of gedronken.'

'Ik zei dat u me met rust moet laten,' riep de man nu bijna boos. 'Gaat u alstublieft weg!'

Hoewel Kit zich behoorlijk geschoffeerd voelde door de manier waarop de man haar in haar eigen huis toesprak, verborg ze haar ongenoegen voor Catherine.

'Kom, Catherine, meneer Pellet is druk bezig. Je hebt het zelf gehoord. Kom, wij gaan sabbat vieren.'

'En?' vroeg John, die alleen aan de feestelijk gedekte tafel zat te wachten en inmiddels de wijn had ontkurkt.

'Meneer Pellet wil niet gestoord worden,' zei Kit terwijl ze even achter Catherines rug een bedenkelijk gezicht trok naar John. 'Hij is druk bezig, zegt hij.'

'O?'

'Wel, dan moeten we meneer Pellets wens maar respecteren,' zei John, en schonk de wijn in het glas terwijl hij de zegening uitsprak.

'Ik vind het toch zielig voor meneer Pellet,' zei Catherine.

'Het is niet anders,' zei John beslist. 'Kom, want anders komen we nooit aan eten toe. Het is tijd om onze handen te wassen.'

Catherine volgde Kit naar de tuin om water te scheppen uit de waterput. De schemering had ingezet en er was alleen nog het geluid van een paar vogels die hun laatste lied lieten horen voor het slapengaan.

'Mama,' vroeg Catherine aarzelend terwijl Kit aan de hendel draaide om de emmer te laten zakken, 'is het waar wat ze over u vertellen?'

'Wat dan?'

'Nou ja, wat de familie ook zegt: dat u gemeen bent en onbetrouwbaar en zo. Op school zei zelfs een meisje tegen me dat u een hoer bent.'

'Wat?!' Kit schrok en liet de emmer vallen. 'Wie zei dat?'

Catherine haalde haar schouders op.

'Nou mam, is het waar? Dat is het enige wat ik wil weten.'

'Catherine toch!' zei Kit. 'Ik... Ik zal je alles vertellen. Ga daar maar even zitten, dan ga ik papa zeggen dat we nog wat in de tuin blijven.'

Dat Kit zelf het mikpunt was van achterklap en scheve blikken, daar had ze allang mee leren leven, maar ze had nooit geweten dat ook haar dochtertje een prijs moest betalen voor haar verleden. Kit had moedig het hoofd recht gehouden na de publicatie van de schandaalroman *Memoires van Europa* van Miss Manley: een sleutelroman waarin Kit model stond voor het personage Bartica, een Romeinse lichtekooi die zich uitleefde op orgieën. Voor de lezers die twijfelden of het nichtje van Newton bedoeld werd, had Miss Manley een 'wie is wie' toegevoegd, waar achter Bartica Kits naam stond. Het boek was een groot succes geweest. Een boek waarvoor Miss Manley de informatie had gekregen van haar goede vriend Jonathan Swift. Deze Ierse satiricus had zelf ook nog venijnig teruggeslagen met zijn roman *Gullivers reizen*. Daarin had hij in een hoofdstuk een bijtende parodie geschreven op Newton en zijn Koninklijk Genootschap.

'John,' fluisterde Kit, 'ik moet even met Catherine praten. Ik leg je het straks wel uit.'

Catherine zat met opgetrokken benen op het bankje achter in de tuin. Kit ging naast haar zitten. Ze herinnerde zich de talrijke keren dat zijzelf naast haar oom Isaac onder de appelboom had gezeten in Wooltshorpe. Ze had hem toen ook de meest onmogelijke vragen gesteld. Nu was het haar beurt om Catherine serieus te nemen, om de goede woorden te vinden om Catherine haar leven te verklaren.

'Kijk, Catherine, iedere vrijdag nodigen we de vrouwelijke kant van God in ons huis uit, met al haar mooie eigenschappen die ons inspireren. Maar op zaterdagavond, wanneer we de kaarsjes doven met wijn, verlaat de Shekina ons weer, zes dagen lang, tot de volgende sabbat. Want wanneer we weer aan het werk gaan en onze dromen najagen, dan zijn we de Shekina snel vergeten. Dan wordt er een andere kant van de godin in ons wakker, met een minder lieflijk gezicht: Lilith.'

'Lilith? Wie is dat?'

'Lilith is een bloedmooie godin.'

'Net zo mooi als de Shekina?'

'Ja, maar dan op een andere manier. Ze is uitdagender, verleidelijker, brutaler, spannender. Lilith is de kracht van de vrouw die je nodig hebt wanneer je iets wilt bereiken in je leven. Ze kan een vrouw vleugels geven, maar ook te gronde richten. Het grootste verschil is misschien dat de Shekina vooral wil geven; zij wil het beste van zichzelf geven om de wereld harmonisch te maken. Maar Lilith wil vooral ontvangen; ze wil heersen, ze wil onderwerpen. Ze wil bemind en begeerd worden, ze is onverzadigbaar.'

'Wat een naar mens,' zei Catherine.

'Toch,' zei Kit, terwijl ze een arm om haar dochter heen sloeg, 'zit er ook een kleine Lilith in jou.'

'Hè?' zei Catherine verontwaardigd.

'Je weet toch dat je ontzettend driftig kunt doen? Wanneer je per se iets wilt, word je heel gedreven en zet je alles in om je doel te bereiken. Dat is ook heel goed, ik ben er trots op dat je vaak zo goed weet wat je wilt. Maar soms word je dan een beetje gemeen en zeg je dingen die kwetsen. Of je bedenkt sluwe, listige manieren. Of je gaat je heil bij papa zoeken, vlijt je tegen hem aan, kijkt hem heel lief in de ogen en zegt dat je van hem houdt, omdat je hoopt via hem te krijgen wat ik je heb geweigerd... waar of niet?'

Catherine giechelde. Haar moeder had haar beter door dan ze dacht.

'Wel,' zei Kit, 'dat is de Lilith-kracht. Ze helpt je, maar je kunt je ook in haar verliezen.'

'Oké,' zei Catherine beschroomd, 'maar wat heeft dit te maken met dat ze u... een hoer noemen...?'

De woorden sneden door Kits ziel nu ze door haar kleine dochter werden uitgesproken. Ze drukte haar dicht tegen zich aan en vertelde met gesloten ogen: 'Toen ik voor het eerst over Lilith hoorde, was ik meteen verleid. Ze vertegenwoordigde een kant van me die ik altijd onderdrukt had, maar die er wel was. Ik wilde haar leren kennen. Ik wilde de Lilith in mezelf ontdekken. Dat heb ik gedaan. Ik heb haar bevrijd uit haar gevangenis, en heb mezelf helemaal in haar verloren, zowel in haar daadkracht als in haar hebzucht, zowel in haar grootsheid als in haar slechtheid. Het was een soort verliefdheid. En als je verliefd bent, verlies je jezelf. Verliefde mensen doen vaak dwaze dingen waar ze zich achteraf misschien zelfs voor schamen. Maar omdat ik niet zomaar ergens een anoniem meisje op ontdekkingsreis was, maar het nichtje van de beroemde Isaac Newton, bleef het niet onopgemerkt en was er geen onderwerp dat méér besproken werd. Ik werd verketterd, uitgescholden voor hoer en slet. Voltaire schreef dat Newton alles te danken had aan zijn knappe nichtje dat de hoofden van belangrijke mannen op hol bracht. Er is zelfs een boek over geschreven, door Miss Manley.'

'Maar mensen zijn toch zelf net zo gemeen als Lilith als ze u en mij uitschelden?' riep Catherine vertwijfeld.

'Precies, Catherine. Mensen schelden altijd tegen zichzelf. Ze schelden tegen die eigenschappen die ze in zichzelf verafschuwen of waar ze bang voor zijn. Daarom moet jij voor jezelf de keuze maken, Catherine, of je net zoals de andere meisjes wilt worden, je best gaat doen om zo veel mogelijk op hen te lijken en daarmee jezelf te ontkennen en niet te doen waarom je hier op aarde bent. Of dat je de Lilith in jezelf zult durven leren kennen, en zij de kracht in jezelf wordt waarmee je grootse dingen gaat doen. Want weet je, Catherine, hoe krachtig Lilith ook lijkt, de Shekina is toch altijd sterker. We hebben ze alle twee nodig. De Shekina wast elke sabbat weer onze handen schoon, en dat moeten we nu eindelijk ook maar eens gaan doen, vind je niet?'

'Ja,' knikte Catherine, en haar ogen hadden weer een glinstering gekregen door de trots die haar moeder haar had geschonken. Zonder woorden liepen ze naar de waterput en trokken een emmer vers putwater op, dat ze in een schaal goten. Catherine voelde zich in deze eenvoudige handeling, die ze elke week met haar moeder verrichtte, vrouwelijker dan ooit. Het was de taak van de vrouwen om voor de maaltijd de handen te zuiveren, om schoongewassen het heilige voedsel van de aarde te kunnen ontvangen; omdat de vrouw verbonden was met de zuiverheid van de Shekina. Catherine tilde de schaal op en liep door de tuindeuren naar binnen, oppassend dat er geen water over de rand zou lopen.

John had geduldig op zijn dames gewacht. Hij was alleen even naar boven gelopen om aan de deur van zijn studeerkamer te luisteren, maar daar had hij slechts het geluid gehoord van papier dat werd omgedraaid.

'Zo, papa, geef uw handen maar, want het is hoog tijd dat uw zieltje weer eens schoongewassen wordt,' plaagde Catherine.

Hij stak haar zijn handen toe met de palmen naar boven en Catherine goot met een kommetje, waarmee ze water uit de schaal schepte, het koele water over zijn handpalmen.

'O, ja,' zei Kit, 'ik heb nog een brief van Fatio gekregen.'

'Ah! En?'

'Hij vindt het ontwerp voor het grafmonument ook prachtig, schrijft hij. Hij heeft ook een tekst geschreven voor het monument, maar die gaat meer over hemzelf dan over oom Isaac.'

John grinnikte. 'En hoe gaat het verder met hem?'

'Hij werkt nog steeds aan zijn verklaring van de zwaartekracht. Hij is zijn theorie in dichtvorm aan het gieten. Hij hoopt daarmee een plaats te verwerven in de Académie Française. Mochten we een volgende druk van de "Principia" overwegen dan mogen we zijn gedicht toevoegen, schrijft hij.'

John schudde geamuseerd zijn hoofd. Hoewel hij Fatio nooit echt goed had gekend, had hij vanaf hun eerste ontmoeting wel sympathie voor hem opgevat. Iedere keer kwam hij weer met nieuwe ideeën, van een *horloge waarvan het aandrijfmechanisme op robijnen was gebaseerd*, tot theorieën over de aanplanting van fruitbomen. Allemaal bruikbare theorieën, die hij helaas nooit uitwerkte waardoor anderen met de roem en winst aan de haal gingen.

Nadat hij op die dramatische middag van de schandpaal was gered, was Fatio samen met Marion naar Nederland gevlucht. Jarenlang waren ze door Europa getrokken om in alle steden het Einde der Tijden te profeteren. Dit had hen zowel in Nederland als in Polen wekenlang in de gevangenis gebracht. Aan het profetenavontuur was een einde gekomen toen Marion in Turkije was gestorven. Een zoveelste ontgoocheling rijker was Fatio weer naar Engeland verhuisd en had zich teruggetrokken in Worcester, waar hij opnieuw zijn geld verdiende door wiskundelessen te geven. Isaac was hem al die jaren blijven volgen en had hoop gehouden dat ze weer bij elkaar zouden komen. Maar de lange reis had hen te veel van elkaar vervreemd. Hij beschouwde de verloren liefde van Fatio als de prijs die hij had moeten betalen. Fatio was het offer voor zijn wandaden. Toch waren ze vrienden gebleven. Maar de liefde was nooit meer opgeflakkerd.

John rammelde inmiddels van de honger en net toen hij in zijn handen wilde klappen ten teken voor het dienstmeisje dat het eindelijk tijd was om het eten te serveren, werd er aan de deur geklopt.

'Ja, Candy?'

'Meneer Pellet heeft gevraagd of u even naar boven wilt komen, meneer en mevrouw.'

'Natuurlijk,' zei John.

Het hart bonsde in hun keel toen ze met z'n drietjes de trap op liepen. Eindelijk zouden ze horen hoe een onafhankelijk iemand de nalatenschap van hun oom zou inschatten. Documenten die nooit iemand anders dan zijzelf hadden gezien. Al zijn theologische aantekeningen, zijn geschiedenis van de mensheid, zijn noachidische leefregels van de oerreligie, zijn kabbalistische berekeningen, en natuurlijk de stapels alchemistische formules en toelichtingen op de filosofie van Hermes Trismegistus en de zes stappen om alchemistisch goud te maken. Wie bereid was alle consequenties te trotseren van het doorleven van deze zes stappen, had de zevende niet nodig. Daar zou hij zelf achter komen, en dat was ook de taak van ieder mens. Om via welke weg dan ook zichzelf te transformeren, van lood goud te worden, van een ruwe steen een gepolijste kubus. Het lag in ieders vermogen. Isaacs weg was slechts een van de vele die naar hetzelfde doel leidden. Het was mogelijk God te doorgronden, met God één te worden op aarde, je eigen goddelijkheid te ervaren, het vermogen een schepper te zijn, en de wereld en de werkelijkheid te veranderen. Het was een ontzaglijke kracht die alleen door sterke schouders gedragen kon worden. Maar dat zevende hoofdstuk moest iedereen zelf schrijven, had Isaac gezegd toen hij enkele weken voor zijn dood de finale van zijn levenswerk samen met John en Kit op de vuurstapel had gegooid. Kisten vol geheimen waarvan hij vond dat ieder mens ze zelf moest ontdekken in zijn leven.

Het slothoofdstuk van de alchemie was het leven van de alchemist zelf. Het was onmogelijk om mensen die niet dezelfde weg gingen ervan te overtuigen dat je goud kon maken. Ieder mens was een alchemist of een schatgraver, ieder mens had een graal die hij moest vinden, ieder mens had een queeste. Maar niet iedereen durfde het donkere woud in om zijn schat na te jagen. Degenen die aan de rand van het bos bleven, verweten de avonturiers dromers te zijn, waaghalzen die geloofden in sprookjes. In zekere zin hadden ze ook gelijk. Om de draak te verslaan was het geloof van het mosterdzaadje nodig waarmee je bergen kon verplaatsen. Isaac Newton geloofde in het wonder. Met dezelfde overtuiging waarmee een eenvoudige timmermanszoon uit Bethlehem de levens van miljoenen mensen had veranderd, had Newton geprobeerd naar de sterren te reiken. In sommige opzichten had hij, na veel strijd, de wereld kunnen overtuigen van zijn gelijk. Maar nu was het de vraag of ook zijn grootste ontdekkingen het cynisme en het dogmatische denken van de wereld zouden kunnen trotseren.

John liet Kit voorgaan. Ze haalde even diep adem en klopte toen op de deur.

'Binnen!' riep de norse stem van Pellet.

Ze schrokken toen ze binnenkwamen. Meneer Pellet stond met een krijtwit gezicht achter het openstaande deksel van de grote hutkoffer. Op het bureau lag een dun stapeltje papier.

'Zo, meneer Pellet,' zei Kit vriendelijk, 'we zijn heel benieuwd naar uw bevindingen.'

'Dit, mevrouw, is het enige wat ik verantwoord vind om naar buiten te brengen – en dan nog als curiosum. Wat ik in die koffer heb aangetroffen, daar heb ik geen woorden voor. Het is verschrikkelijk. Als u ook maar enige liefde voor uw oom koestert, dan wil ik u ten stelligste aanraden dat u die koffer voor altijd gesloten houdt en nooit, maar dan ook nooit aan iemand laat zien. Ik moet eerlijk zeggen dat het me moeite kost om mijn bewondering voor Isaac Newton overeind te houden. Uw oom was, neemt u mij niet kwalijk dat ik het zo zeg, een occulte ketter. Zijn geschriften lijken die van een krankzinnige. Ik ben geschokt tot in het diepst van mijn wezen. Ik betreur het dat ik deze taak op mij heb genomen. Deze koffer moet voor altijd gesloten blijven. Wanneer de inhoud bekend wordt, zullen de botten van uw oom in Westminster worden opgegraven, en alsnog op de brandstapel belanden. Niemand zal in hem nog een genie erkennen. In naam van de wereld, en in naam van de nagedachtenis van uw oom: houd deze koffer voor altijd gesloten.'

Toen klapte hij hard het deksel dicht.

Hij zette zijn hoed op, en zonder hun een hand te geven liep hij de kamer uit en verliet met een luide knal van de deur het huis.

Kit bekeek het stapeltje papieren dat op tafel lag. Het was de laatste versie die haar oom had geschreven van de 'Chronologie'. Ze zwoer bij zichzelf dat dit boek nog hetzelfde jaar gepubliceerd zou worden. Hoe was het mogelijk, dacht ze, dat een verstandig man als Pellet de graal had afgeslagen die hij in handen had gekregen? Sommige mensen zouden zelfs God niet herkennen als ze in de ogen van een pasgeboren kind keken, dacht ze moedeloos. Toen ze de koffer opensloeg en naar de andere manuscripten keek, was ze ziedend over de rode inkt waarmee Pellett op elk stapeltje geschreven had: 'Absoluut niet geschikt voor publicatie.'

EINDE

Catherine, het dochtertje van Kit, erfde de kist met documenten van Newton. Ook zij liet opnieuw de inhoud van de kist beoordelen door vooraanstaande personen. Toen bisschop Horsley de documenten had gelezen, was hij verbijsterd en adviseerde met klem nooit één letter naar buiten te brengen.

Zo ging het generaties lang, tot in 1936 een verre achterneef van Newton, lord Lymington, door geldgebrek gedwongen werd de inhoud van de kist te laten veilen. De collectie viel uiteen en kwam in het bezit van talrijke verzamelaars over de gehele wereld.

Van de documenten die door privéverzamelaars werden gekocht, weet niemand tot op de dag van vandaag wat erin staat. Een aanzienlijk gedeelte werd opgekocht door Abraham Yahuda, een joodse belegger die hoopte veel geld te kunnen verdienen aan zijn verzameling. Maar toen hij de papieren vluchtig doornam, werd hij gegrepen door Newtons fascinatie voor het jodendom. Hij schonk zijn verzameling aan de Nationale Bibliotheek van Jeruzalem. In deze collectie werd de berekening gevonden waarin Newton het Einde der Tijden voorspelde in 2060. Deze ontdekking was enkele jaren geleden wereldnieuws, maar het grootste gedeelte werd nog nooit onderzocht.

John Maynard Keynes, een beroemde, excentrieke econoom, was verbolgen dat er zo oneerbiedig werd omgegaan met de nalatenschap van een van de grootste genieën die ooit hadden geleefd. Hij wist de helft van de geveilde collectie terug te kopen. Keynes bestudeerde zelf de ruim één miljoen woorden die hij opnieuw bij elkaar had gebracht. Hij was verbijsterd. In 1942 zou hij ter gelegenheid van de driehonderdste geboortedag van Newton zijn bevindingen openbaar maken. De viering werd afgelast door de moeilijke omstandigheden van de Tweede Wereldoorlog. Vier jaar later, in 1946, vond op de universiteit van Cambridge alsnog de herdenking plaats. Maar twee maanden voor de viering stierf Keynes aan een hartaanval. Gelukkig had hij zijn toespraak al geschreven. Dit waren de woorden die hij had willen uitspreken:

'Ik moet bekennen dat ik enige schroom voel om vandaag het woord tot u te richten. De vier extra jaren die mij gegund waren, gaven mij de kans mijn bevindingen nogmaals te toetsen. Ik moet u waarschuwen dat het beeld dat ik van Isaac Newton kreeg, geheel anders is dan tot nu toe werd aangenomen.

Vandaag kennen we Newton als de eerste en de grootste van de moderne wetenschappers. De inhoud van deze kist werpt een totaal ander licht op hem. Niemand die inzage heeft gehad in deze collectie kan volhouden dat Newton de eerste man was van de Verlichting. Newton was de laatste van de magiërs, de laatste der Babyloniërs en Sumeriërs. De laatste grote geest die met dezelfde ogen naar de wereld keek als zij die tienduizend jaar geleden het fundament legden van onze beschaving.

Newton zag het universum als een raadsel dat hij zou oplossen. Het heelal was een cryptogram, opgeschreven door de Almachtige. Hij geloofde dat God een aantal mystieke sleutels had verborgen in de wereld, bestemd om gekraakt te worden tijdens een eeuwen durende schattenjacht door esoterische genootschappen. Hij was een van die broeders uit een ononderbroken ketting van zoekers die teruggingen tot de zonen van Noach. Als geïnitieerde in het geheim geloofde hij door pure gedachten en voortdurende concentratie van de geest in staat te zijn de code te ontsleutelen en als eerste mens de gedachten van God te leren kennen. Al werd hij verleid door de duivel, het is ontzagwekkend hoeveel eeuwenoude raadsels hij verklaarde door, op een manier zoals niemand ooit eerder of later deed, zijn intuïtie en kracht van de geest in te zetten, waardoor hij dokter Faust en Copernicus in één persoon werd.'

De geheime Newton is geïnspireerd op de documenten uit deze kist.

'Als we eenmaal een wens duidelijk geformuleerd hebben, gaat de hele kosmos aan de slag om ons te helpen die wens te realiseren,' zo luidt een van de oude kabbalawetten.

Toen ik, een paar maanden na het verschijnen van *De kabbalist*, tijdens een openbaar interview in het Bijbels Openluchtmuseum in Nijmegen onthulde dat het hoofdpersonage van mijn volgende roman Isaac Newton zou zijn, ging de kosmos meteen aan het werk. De interviewer, Rinus van Warven, fluisterde me na het interview in het oor: 'Ik ben vrijmetselaar. Binnen de Schotse Ritus heb ik de 30ste graad van Ridder Kadosh. Als je op het spoor komt van het verband tussen Newton en vrijmetselarij, ben je van harte welkom...' Enkele maanden later gooide deze ridder de poorten open van zijn loge Le Profond Silence in Kampen, en beantwoordde openhartig mijn vragen. Dank, mijn ridder van de Orde van de Prinsen en de maçonnieke Orde van de Ridders van de Tempel van St. Jan!

Even later werd ik in Ain Ibrahim (Het Huis van de Dialoog), in hetzelfde openluchtmuseum, op de schouder getikt door een man met een pientere oogopslag. Het was ingenieur Leo Können, docent Luchtvaarttechnologie aan de Hogeschool Inholland Delft. Hij zei: 'Ik gaf onlangs een college op de Technische Universiteit van Delft over de tweede wet van Newton, met krijt op een zwart bord. Toen die er eenmaal stond, werd ik getroffen door de schoonheid ervan. Ik zei tegen de studenten: "Moet je kijken, dit is zo mooi, het lijkt wel een schilderij. Ik zie er gewoon kleuren in." Ik wil maar zeggen: als ik je kan helpen met je boek, zal ik dat graag doen.' Leo las niet alleen geduldig mijn manuscript door om me te behoeden voor wetenschappelijke kemels, hij gaf me ook privécolleges in zijn leslokaal, waarbij hij bevlogen formules op het bord krijtte, waar ik vooral van begreep dat wiskunde net zoveel schoonheid bezit als andere menselijke uitdrukkingsvormen, zoals taal, muziek, kunst of bouwwerken. Hij liet me ervaren dat er wetenschappers zijn die voorbij de grenzen durven te kijken van hun eigen specialistische blik op de werkelijkheid. Wetenschappers die weten dat de dooddoener 'het is wetenschappelijk bewezen' ook altijd relatief en beperkt is binnen de grenzen van onze huidige kennis. Veel dank, Leo!

Ik popelde om aan mijn boek te beginnen maar diezelfde avond nog moest ik naar Ecuador, in opdracht van *Happinez*, om met een sjamaan door de jungle te trekken. Bij het afscheid op Schiphol huilde Zonneke, mijn toen vierjarig dochtertje, hartverscheurend.

'Hoe lang gaat je papa weg?' vroeg een douanebeambte.

'Tien...' was alles wat Zonneke uitbrengen kon.

'Tien jaar?' zei de man geschrokken.

Het waren slechts tien dagen. Gelukkig maakten we de reizen voor de research van Newton samen, maar toch was ik voor haar vaak afwezig, reizend in mijn hoofd en de zeventiende eeuw. Zonneke had echter een doeltreffende manier om me terug in het hier en nu te brengen. Bijna elke dag gooide ze de deur van mijn kantoor open en riep: 'Je moet komen kijken, papa, de regenboog van Newton!' Ik verwonderde me dan samen met haar over de prachtige kleuren die door de breking van haar slaapkamerraam op haar muur te zien waren. Dat je je altijd zo over de natuur en het leven mag blijven verwonderen, Zonneke. Of zoals jij zegt wanneer je voor een moeilijke opgave staat: 'Hocus, pocus, Newton!'

Toen ik dan eindelijk aan de slag kon, waarschuwde Lex Jansen, mijn uitgever, me dat een tweede boek schrijven nog veel moeilijker is dan een eerste. Overmoedig haalde ik mijn schouders op. Maar hij had gelijk. Het kostte me heel wat moeite alle stemmen van lezers die zo enthousiast op *De kabbalist* hadden gereageerd, naar de achtergrond te verbannen. Ik móést Newton schrijven, zelfs al zou dat een onlogisch vervolg lijken. Ik moest durven schrijven wat ik móést schrijven. Lex schonk me daarbij zijn onvoorwaardelijke vertrouwen en alle tijd die ik ervoor nodig had. Toen, na twee jaar, zijn eerste reactie binnenkwam – 'Het leest als een trein, het is echt weer een feest' – werd de champagne opengetrokken. Dank, Lex.

Dank ben ik beslist ook verschuldigd aan een van de laatste alchemistische meesters van deze tijd, de ingenieur in chemische techniek A.C. van E. Zijn meesterlijkheid bewees hij niet alleen met het wereldoctrooi op het maken van fosfor in de vorm van calciumfosfaat, hij liet me tevens de bezetenheid zien van het werk in het laboratorium, het wonder dat zich in 'smeltkroezen' voltrekt. Hij toonde de mogelijkheden én onmogelijkheden over het maken van goud.

En dan, natuurlijk, de andere helft van mijn ziel, Christine, mijn vrouw. Ze had me al onvoorwaardelijk gesteund bij het schrijven van *De kabbalist*, en zag al een schrijver in mij toen ik het zelf nog lang niet durfde te geloven. Ook nu weer sleepte ze mij door twee jaren heen, van hoop en wanhoop, van euforie en twijfel. Aan haar durfde ik elke bladzijde te laten lezen in embryonaal stadium. Van haar kon ik het verdragen dat ze tientallen hoofdstukken naar de prullenmand verwees, omdat haar liefde en geloof in het boek minstens zo groot was als dat van mijzelf. Natuurlijk heb ik weer veel te veel beslag gelegd op haar tijd, waardoor haar eigen schrijversactiviteiten zo vaak verdrongen werden. Nu hoop ik haar weer te kunnen steunen. Zonder Christine was ik nooit schrijver geworden. Dankjewel, mijn lief.

Ten slotte, aan al die lezers die mij mailden, al die lezers die me brieven en attenties stuurden, en al die lezers die ik ontmoette bij lezingen: jullie hebben mij zoveel liefde gegeven dat ik er vaak verlegen van werd. Het openhartige delen van wat *De kabbalist* voor jullie betekende, ontroerde me en verbaasde me, telkens weer. Jullie maakten mijn droom waar en maakten me trots. Ik heb de warmste lezers van de hele wereld!

Geert Kimpen

De met een asterisk (*) aangegeven titels zijn boeken die de auteur in het bijzonder aanbeveelt voor lezers die meer willen weten en lezen.

INFORMATIE OVER NEWTON

* Ackroyd, Peter. *Brief Lives. Newton.* Chatto & Windus. 2006.

Bardi, Jason Socrates. *The Calculus Wars. Newton, Leibniz and the greatest mathematical clash of all time.* Thunder's Mouth Press. New York. 2006.

* Bauer, Alain. *Isaac Newton's Freemasonry. The alchemy of science and mysticism.* Inner Traditions. Rochester, Vermont. 2003.

Beverley, Nicola en Farrer, Len. *Woolsthorpe Manor. A resource book for teachers.* The National Trust. 2001.

* Christianson, Gale E., *Isaac Newton. Lives and Legacies.* Oxford University Press. 2005.

Craig, Sir John. *Newton at the mint.* Cambridge University Press. 1946.

De Morgan, Augustus. *Newton, his friend and his niece.* Dawsons of Pall Mall. Londen. 1968.

* Fara, Patricia. *Newton. The making of Genius.* Columbia University Press. New York. 2002.

Fauvel, John, Flood, Raymond, Shortland, Michael, Wilson, Robin. *Let Newton be! A new perspective on his life and works.* Oxford University Press. Oxford. 1988.

* Gleick, James. *Isaac Newton.* De Bezige Bij, Amsterdam. 2004.

* Goldish, Matt. *Judaism in the theology of Sir Isaac Newton.* Kluwer Academic Publishers. Dordrecht. 1998.

Guicciardini, Niccoló. *Newton. Alchemist, filosoof en natuurwetenschapper.* Natuur & Techniek, Veen Magazines. Amsterdam. 2005.

Haddelsey, Stephen en Haimes, Susan. *Woolsthorpe Manor. Birthplace of Isaac Newton.* The National Trust. 2006.

Hafener, Graig en Lusitana, Donna E. *Sir Isaac Newton. The Gravity of Genius. Biography.* Video. Greystone Communications, Inc. for A&E Network. 1998.

Hall, Rupert A. *Isaac Newton. Adventurer in thought.* Cambridge University Press. 2000.

Jakeman, Jane. *Newton. A beginner's guide.* Hodder & Stoughton. 2001.

Kollerstrom, Nicholas. *Newton's Forgotten Lunar Theory. His Contribution to the Quest for Longitude. Includes the complete English text of Sir Isaac Newton's Theory of the Moon's Motion (1702) with commentary and analysis.* Green Lion Press. Santa Fe, New Mexico. 2000.

Newton, Isaac. *Observations upon the Prophecies of Daniel, and the Apocalypse of St. John.* Dodo Press.

* Oxley, Chris en Neaum, Malcolm. *Newton's Dark Secrets. The first modern scientist and the last of the ancient magicians.* DVD. Blakeway Production for BBC.

Poskitt, Kjartan, illustrated by Reeve, Philip. *Dead Famous. Isaac Newton ans his apple.* Scholastic Children's Book. London. 1999.

* Westfall, Richard S., *Never at rest. A Biography of Isaac Newton.* Cambridge University Press. 2005.

White, Michael. Foreword by Bill Bryson. *Coffee with Isaac Newton.* Duncan Baird Publishers. London. 2008.

* White, Michael. *Isaac Newton. The Last Sorcerer.* Basic Books. 1999.

INFORMATIE OVER PERSONAGES, ALLERLEI ONDERWERPEN EN PLAATSEN

Aaron, Richard I. *John Locke.* Oxford Paperbacks. 1965.

Abbott, G. *Mysteries of the Tower of London.* Hendon Publishing Co. 2004.

Boyd, Stephanie. *The story of Cambridge.* Cambridge University Press. 2005.

Chapman, Allan. *England's Leonardo. Robert Hooke and the Seventeenth Scientific Revolution.* Institute of Physics Publishing. Bristol. 2005.

Clawson, Calvin W. *The Mathematical Traveler. Exploring the Grand History of Numbers.* Perseus Publishing. 1994

Cooper Oakley, I. *The Comte de St. Germain. The Secret of Kings.* The Book Tree. Escondido, Californië. 1999.

Cressy, David. *Travesties and Transgressions in Tudor and Stuart England.* Oxford University Press. 2000.

Domson, Charles Andrew. *Nicolas Fatio de Duillier and the Prophets of London.* Arno Press. New York. 1981.

Dyer, G.P., *The Royal Mint. An Illustrated History.* Published by the Royal Mint. 1986.

Earle, Peter. *Monmouth's Rebels. The Road to Sedgemoor 1685.* Weidenfeld and Nicolson. Londen. 1977.
Emsley, John. *The Elements of Murder. A History of Poison.* Oxford University Press. 2005
Gilbert, Adrian. *The New Jerusalem. Rebuilding London: The great fire, Christopher Wren and the Royal Society.* Bantam Press. 2002.
Goldie, Mark. *John Locke. Selected Correspondence.* Oxford University Press. 2007.
Hall, Manly P. *The most holy trinosophia of the Comte de St.-Germain.* The Philosophical Research Society. Los Angeles. 1983.
Halliday, Stephen. *Newgate. London's Prototype of Hell.* Sutton Publishing. 2006.
Harwood, Kate en Wright, Joe. *Charles II. The Power and The Passion.* DVD. Just Entertainment. BBC. 2005.
Hedley, Olwen. *Royal Palaces.* The Pitkin Guide. 2005.
Hutton, Sarah. *Anne Conway. A Woman Philosopher.* Cambridge University Press. 2004.
Hyatt, Ph. D. Christopher S. en DuQuette, Lon Milo. *Sex Magic, Tantra and Tarot. The way of the Secret Lover.* New Falcon Publications. Tempe, Arizona, USA. 2004.
Impey, Edward. *Kensington Palace. The official Illustrated History.* Historic Royal Palaces in association with Merrell. Londen. 2003.
Impey, Edward en Parnell, Geoffrey. *The Tower of London. The official Illustrated History.* Merrell in association with Historic Royal Palaces. 2000.
Moormann, Eric M. en Uitterhoeve, Wilfried. *De klassieke mythologie in de kunst. Van Achilleus tot Zeus.* Uitgeverij Sun. Nijmegen. 1995.
Inwood, Stephen. *The Forgotten Genius. The Biography of Robert Hooke (1635-1703).* MacAdam/Cage. 2003.
Jardine, Lisa. *On a grander scale. The outstanding Life and Tumultuous Times of Sir Christopher Wren.* Perennial. 2002.
Jardine, Lisa. *The curious life of Robert Hooke. The man who measured London.* HarperCollins Publishers. 2004.
Jerome, Fiona. *Tales from the Tower. Secrets and Stories from a Gory and Glorious Past.* Think Books. 2006.
Kelly, Rosemary. *Crown & People. The Young Oxford History of Britain & Ireland.* Oxford University Press. 2001.
Leedham-Green, Elisabeth. *A concise history of the University of Cambridge.* Cambridge University Press. 2005.
Lippincott, Kristen. *A Guide to the Royal Observatory, Greenwich.* Royal Observatory Greenwich. 2007.

Malcolm, Noel. *Robert Boyle, George Pierre des Clozets and the Asterism: A new source. Abstract.* All Souls College. Koninklijke Brill NV. Leiden. 2004.

Manley, Mrs., *Memoirs Of Europe.* Kessinger Publishing Reprints.

Martínez, Alberto A. *Negative math. How mathematical Rules be positively bent.* Princeton University Press. 2006.

Mead, Walter Russell. *God & Gold. Britain, America and the Making of the Modern World.* Atlantic Books. 2007.

Mollenauer, Lynn Wood. *Strange Revelations. Magic, Poison and Sacrilege in Louis XIV's France.* The Pennsylvania State University Press. 2007.

Netz, Reviel en Noel, William. *De Archimes Codex. De Geheimen van een opzienbarende palimpsest ontsluierd.* Athenaeum—Polak & Van Gennep. Amsterdam. 2007.

Plaidy, Jean. *The loves of Charles II.* Three Rivers Press. New York. 2006.

Plaidy, Jean. *The Pleasures of Love. The story of Catherine of Braganza.* G.P. Putnam's Sons. New York. 1992.

Pointer, Michael. *The Glory of Grantham.* BG Publications. 1996.

Principe, Lawrence M. *Georges Pierre des Clozets, Robert Boyle, The Alchemical Patriarch of Antioch, and the reunion of Christendom: Further new sources. Abstract.* The John Hopkins University. Koninklijke Brill NV. Leiden. 2004.

* Principe, M. Lawrence. *The Aspiring Adept. Robert Boyle and his Alchemical Quest. Including Boyle's 'Lost' Dialogue on the Transmutation of Metals.* Princeton University Press. New Jersey. 1988.

Rule, John. *The Vital Century. England's Developing Economy, 1714-1815.* Pearson Education. Longman Group. 1992.

Schwartz, Hillel. *Knaves, Fools, Madmen and that Subtile Effluvium. A study of the Opposition to the French Prophets in England, 1706-1710.* University of Florida Social Sciences Monograph Number 62. 1978.

Schwartz, Hillel. *The French Prophets. The history of a Millenarian Group in Eighteenth-Century England.* University of California Press. Berkeley. 1980.

Seymour, Henry Jocelyn. *Ragley.* Heritage House Group Ltd. Sobel, Dava. With an introduction by Armstrong, Neil.
Longitude. The true Story of a Lone Genius Who Solved the Greatest Scientific Problem of His Time. Harper Perennial. 2005.

* Swift, Jonathan. *De reizen van Gulliver.* Athenaeum—Polak & Van Gennep. Amsterdam. 2004.

Swift, Jonathan. *The journal to Stella.* Echo Library. 2007.

Swift, Jonathan. *Richtlijnen voor bedienden.* Uitgeverij Heureka. Weesp. 1985.

Taylor, Kevin. *Central Cambridge. A Guide to the University and Colleges.* Cambridge University Press. 2004.

The Pitkin Guide. *The Royal Line of Succession. The British Monarchy from Egbert AD 802 to Queen Elizabeth II.* Pitkin Guides. 2005.

Towers, Eric. *Dashwood. The man and the myth. The Life and Times of the Hell Fire's Club Founder.* Crucible. 1986.

Reveliyan, G.M. *Trinity College. An Historical Sketch.* Cambridge at the University Press. 1943.

Robson, R., *Trinity College.* Trinity College. Cambridge. 1967.

Tudhope, George V., *Francis Bacon, Robert Boyle, And John T. Desaguliers.* Kessinger Publishing.

Vallance, Edward. *The Glorious Revolution. 1688 – Britain's Fight for Liberty.* Abacus. 2007.

Vermij, Rienk. *Christiaan Huygens. De mathematisering van de werkelijkheid.* Veen Magazines. Diemen. 2004.

Wilson, Derek. *All the King's women. Love, sex and politics in the life of Charles II.* Hutchinson, Londen. 2003.

Wilson, Robert. *The Houses of Parliament.* Pitkin Guides. 2006.

INFORMATIE OVER ALCHEMIE

Baigent, Michael en Leigh, Richard. *Het Elixer en de Steen. De wereld van magische, occulte en onbekende krachten.* Tirion. Baarn. 1997.

Dobbs, B.J.T., *The Janus Faces of Genius. The Role of Alchemy in Newton's thougt.* Cambridge University Press. 2002.

* GnosticTeachings. *Sex. The Secret Gate to Eden. Alchemy, tantra and Kabbalah in the mysteries of Adam and Eve. DVD. A Thelema Press Production.*

Greiner, Frank. *Licht op alchemie.* Servire Basisreeks. 1998.

* Hauck, Dennis William. *The Emerald Tablet. Alchemy for Personal Transformation.* Penguin Compass. 1999.

Helmond, Johannes. *Alchemy Unveiled.* Merkur Publishing, Inc. Salt Lake City. 2000.

Thompson, C.J.S., *The Lure and Romance of Alchemy.* Bell Publishing Company. New York. 1990.

Linden, J. Stanton. *The Alchemy Reader. From Hermes Trismegistus to Isaac Newton.* Cambridge University Press. 2003.

Maeterlinck, Maurice. *The Great Secret. Life's Meaning as Revealed Through Ancient, Hidden Traditions.* The Book Tree. San Diego, California. 2003.

Newman, R. William en Principe, M. Lawrence. *Alchemy tried in the fire. Starkey, Boyle and the Fate of Helmontian Chymistry.* The University of Chicago Press, Chicago. 2002.

Ogiluy, Guy. *The Alchemist's Kitchen. Extraordinary potions & Curious notions.* Wooden Books Ltd. 2006.

Principe, M. Lawrence en DeWitt, Lloyd. *Transmutations; Alchemy in Art. Selected Works from the Eddleman and Fisher Collections at the Chemical Heritage Foundation.* Chemical Heritage Foundation. Philadelphia, Pennsylvania. 2002.

* Three Initiates. *The Kybalion. A study of the Hermetic Philosophy of Ancient Egypt and Greece.* Wilder Publications. 2007.

Trismegistus, Hermes. *Hermes Trismegistus. Pater Philosophorum. Tekstgeschiedenis van het Corpus Hermeticum. Tentoonstelling in de Bibliotheca Philosophica Hermetica.* Bibliotheca Philosophica Hermetica. Amsterdam. 1991.

Van den Broek, R. en Quispel, G. *Corpus Hermeticum.* In de Pelikaan, Amsterdam. 1991.

* Wertheim, Margaret. *De broek van Pythagoras. God, fysica en de strijd tussen de seksen.* Anthos. 1997.

World Library. *Staya Erusa. Find the book of knowledge.* DVD. Staya Erusa Inc. 2007.

INFORMATIE OVER DE KABBALA

* Aaron, Rabbi David. *Seeing God. Ten Life-changing lessons of the Kabbalah.* Jeremy P. Tarcher/Putnam. New York. 2001.

Bartlema, Ruud. *Mystiek van de Hebreeuwse letters.* Bekking & Blitz. Uitgevers. Amersfoort-Brugge. 2006.

Berenson-Perkins, Janet. *De Kabbala ontcijferd. Geheime boodschappen van de mystieke leer.* Librero. 2005.

Berg, Karen. *God wears Lipstick. Kabbalah for Women.* Kabbalah Centre International. 2005.

Berg, Michael. *Becoming Like God. Kabbalah and our ultimate Destiny.* Kabbalah Center International. 2004.

* Berg, Rav P. S. *De essentie van de Zohar. Bron van kabbalistische wijsheid.* Altamira – Becht. Haarlem. 2003.

Berg, Yehuda. *The power of Kabbalah. Technology for the Soul.* Kabbalah Center International. 2004.
Bindman, rabbi Yirmeyahu. *The seven colors of the Rainbow. Torah Ethics for non-jews.* Resource Publications Inc. San Jose, California. 1995.
Cecil, Alan W. *The Noahide Code. A Guide to the Perplexed Christian.* Academy of Shem Press. Aventura, Florida. 2006.
Charing, Douglas. *De Tora. Informatie over het Jodendom.* Callenbach. 1993.
Clorfene, Chaim en Rogalsky, Yakov. *The path of the Righeous Gentile. An Introduction to the Seven Laws of the Children of Noah.* Targum Press. Jerusalem. 1987.
Coudert, Allison P. *The Impact of the Kabbalah in the Seventeenth Century: The Life and Thought of Francis Mercury van Helmont (1614-1698).* Brill's Series in Jewish Studies 9. Leiden and Boston. 1999.
Dallen, Michael Ellias. *The Rainbow Covenant. Torah and the Seven Universal Laws.* Lightcatcher Books. Springdale, Arkansas. 2003.
* Gabrielli, Alexandra. *Kabbala, de complete gids.* Synthese – Mirananda. 2002.
* González-Wippler, Migene. *Kabbalah for the modern world. Third Edition, revised and expanded.* Llewellyn Worldwide. 2006.
* González-Wippler, Migene. *Keys to the Kingdom. Jesus & The Mystic Kabbalah.* Llewellyn Publications. St. Paul, Minnesota. 2004.
* Kimpen Geert. *De kabbalist.* De Arbeiderspers. Amsterdam. 2006.
* Kimpen, Geert. *Stap voor Stap van Wens naar Werkelijkheid.* Happinez. 2007.
Levi, Eliphas. *Elementen der Kabbala. Of Het Boek der Schitteringen.* Uitgeverij Schors. Amsterdam. 2003.
Madonna. *I'm going to tell you a secret.* DVD. Warner Bros Records. 2006.
Matt, Daniel C. *De Kabbala. Het hart van de Joodse mystiek.* Servire. 2005.
Ouaknin, Marc-Alain. *Mysteries of the Kabbalah.* Abbeville Press Publishers. 2000.
* Sasson, Gahl, Weinstein, Steve en Kimpen, Geert. *Een wens kan je leven veranderen. Kabbala maakt dromen waar.* Uitgeverij Ten Have. 2007.
Smith, Howard. *Let there be light. Modern Cosmology and Kabbalah. A new conversation between science and religion.* New World Library. Novato, California. 2006.
* Yochai, Rav Shimon bar. *The Holy Zohar. The Book of Avraham. The*

writings, Teachings & Light of the Holy Kabbalist Rav Shimon bar Yochai. A book of Healing & Protection. Pinchas. The Kabbalah Centre. 2002.

INFORMATIE OVER RELIGIE

Bijbelcitaten, meestal uit: *De Bijbel.* Uit de grondtekst vertaald. Willibrordvertaling. 1978. Katholieke Bijbelstichting. 's Hertogenbosch; in samenwerking met de Vlaamse Bijbelstichting. 1994.

Baigent, Michael, Leigh, Richard en Lincoln, Henry. *De Messiaanse Erfenis.* Tirion. Baarn. 2005.

Baigent, Michael, Leigh, Richard en Lincoln, Henry. *Het heilige bloed. De heilige graal.* Tirion. Baarn. 2006.

Cohen, Tim. *The AntiChrist and a cup of Tea.* Prophecy House Inc. 1998.

Dudley, Dean. *History of the First Council of Nice. A World's Christian Convention A.D. 325 With a Life of Constantine.* Kessinger Publishing's Rare Mystical Reprints.

Gardner, Laurence. *Bloodline of the Holy Grail. The hidden lineage of Jesus Revealed. Revised and expanded Edition.* Fair Winds Press. 2000.

Sagovsky, Nicholas en Trowles, Tony. *The Da Vinci Code is Harmless fun. However, it will thoroughly mislead people if they think it has something serieus to say about Christianity; which it does not.* Westminster Abbey. 2006.

* Schaup, Susanne. *Sophia. Het vrouwelijke in God.* Indigo. 1998.

Siebert-Hommes, Jopie. *De vrouw van de nacht en andere verhalen uit de bijbel.* Meinema. Zoetermeer. 1998.

Van Schaik, John. *Why Jesus didn't marry Mary Magdalene. A short history of Esoteric Christianity.* Floris Books. 2007.

Watté, Marcel. *Bijbelse vrouwen in woord en beeld.* Tabor – Brugge. 1995.

* Küng, Hans. *De katholieke kerk. Een geschiedenis.* De Bezige Bij. Amsterdam. 2003.

Livingstone, David. *The Dying God. The Hidden History of Western Civilization.* Writers Club Press. 2002.

Meijering, Eginhard. *Geschiedenis van het Vroege Christendom. Van de jood Jezus van Nazareth tot de Romeinse keizer Constantijn.* Balans. Amsterdam. 2004.

Monaldi & Sorti. *Imprimatur.* Cargo. Amsterdam. 2006.

Müller, Henk. *Homo in de Heer.* Walburg Pers. Zutphen. 1994.

Patel, Mansukh. *Jezus, nabije vreemdeling. Een filmserie over het leven van Jezus Christus.* DVD. Stichting Life Foundation International. 2006.

Prophet, Elizabeth Clare. *The Lost Years of Jesus. Documentary evidence of Jesus' 17-year journey to the East.* Summit University Press. 1987.

Prophet, Elizabeth Clare en Booth, Annice. *Mary Magdalene and the Divine Feminine. Jesus' lost teachings on woman. How orthodoxy suppressed Jesus' revolution for woman and invented original sin.* Summit University Press. Gardiner, Montana. 2005.

Slavenburg, Jacob. *Valsheid in Geschrifte. De verborgen agenda van Bijbelschrijvers.* Walburg Pers. 2008.

* Spalding, Baird T. *De meesters van het verre Oosten. Complete Editie.* Uitgeverij Sirius en Siderius. Den Haag. 1997.

Ziegler, Herbert en Gruber R. Elmar. *Het Oerevangelie. Wat Jezus werkelijk heeft gezegd.* Tirion. Baarn. 2000.

INFORMATIE OVER ESOTERISCHE GENOOTSCHAPPEN

Ashe, Geoffrey. *The Hell-Fire Clubs. A History of Anti-Morality.* Sutton Publishing. 2003.

Baigent, Michael en Leigh, Richard. *De Tempel en de Loge. Van tempelridders tot vrijmetselarij.* Tirion. Baarn. 1989.

* Bourlard, Tristan en De Smet, François. *The Scottish Key. An Investigation into the origins of freemasonry.* DVD. SimonGo! Productions. 2007.

Burstein, Dan. *Geheimen van de Code. De mysteriën achter de Da Vinci Code ontsluierd.* Uitgeverij Luitingh. 2004.

Churton, Tobias. *The Golden Builders. Alchemists, Rosicrucians and the First Freemasons.* Weiser Books. Boston. 2005.

Churton, Tobias. *The Mysterious Life of Elias Ashmole, scientist, alchemist, and Founder of The Royal Society.* Inner Traditions, Rochester, Vermont. 2006.

Cox, Simon. *De Geheimen van de Da Vinci Code. Wat zijn de feiten en wat is fictie?* Forum. Amsterdam. 2005.

Etchegoin, Marie-France en Lenoir, Frédéric. *De Da Vinci Code Gekraakt.* Spectrum. 2005.

Knight, Christopher en Lomas, Thomas. *The Second Messiah. Tem-*

plars, The Turin Schroud and the Great Secret of Freemasonry. Century. Londen. 1997.

* Lomas, Robert. *The Invisible College. The Royal Society, freemasonry and the birth of modern science.* BCA. 2002.

Lomas, Robert. Foreword by Wilson, Colin. *Turning the Hiram Key. Making darkness visible.* Lewis Masonic. 2005.

Mai, Klaus-Rüdiger. *Geheime Genootschappen. Mythe, macht en werkelijkheid.* Kosmos Z & K. Utrecht/Antwerpen. 2007.

Marrs, Jim. *Regeren vanuit het duister. De ware macht van vrijmetselarij, de Priorij van Sion, Illuminati, Skull and Bones onthuld.* Tirion. Baarn. 2006.

Matthew, John, Bamford, Christopher, Godwin, Joscelyn, Goodrick-Clarke, Nicholas, Powell, Robert, Bembridge, Paul, Prinke, Rafal, Gooodrick-Clarke, Clare en McIntosh, Christopher, introduced and edited by White, Ralph. *The Rosicrucian Enlightenment Revisited.* Lindisfarne Books. 1999.

Taylor, Greg. *De Geheimen van Dan Brown. Voor wie niet kan wachten. Wat staat er in zijn volgende bestseller? Greg Taylor licht de sluier op.* Forum. Amsterdam. 2005.

Van de Sande, Anton. *Vrijmetselarij in de Lage Landen. Een mysterieuze broederschap zonder geheimen.* Walburg Pers. Zutphen. 1995.

Van Zweeden, Annemarie. *Het mysterie van vrijmetselaars.* DVD. Ikon. 2006.

ROMANS WAARIN NEWTON EEN ROL SPEELT

Beaven, Derek. *Newton's Niece.* Faber and Faber. 1994.

Brown, Dan. *De Da Vinci Code.* Uitgeverij Luitingh-Sijthoff BV. Amsterdam. 2004.

Kerr, Philip. *Dark Matter. The Private Life of Sir Isaac Newton.* Three Rivers Press. New York. 2002.

Keyes, J. Gregory *Newton's Cannon. Book one of The Age of Unreason.* A Del Rey Book published by The Ballantine Publishing Group. 1999.

Landsman, Klaas. *Requiem voor Newton.* Uitgeverij Contact, Amsterdam/Antwerpen. 2005.

Stott, Rebecca. *Nachtwake.* Cargo, Amsterdam. 2006

White, Michael. *Equinox.* Van Holkema & Warendorf. Houten/Antwerpen. 2006.